2030년
그들의 전쟁

2030: The Real Story of What Happens to America
copyright ⓒ 2011 by Albert Brooks
Published by arrangement with William Morris Endeavor Entertainment, LLC
All right reserved

Korean Translation Copyright ⓒ 2012 by Words & Book Publishing Co.
Korean edition is published by arrangement with William Morris Endeavor
Entertainment, LLC through Imprima Korea Agency.

이 책의 한국어판 저작권은 **Imprima Korea Agency**를 통해
Albert Brooks c/o William Morris Endeavor Entertainment, LLC와의 독점계약으로
도서출판 **말글빛냄**의 임프린트인 도서출판 **북캐슬**에 있습니다.
저작권법에 의해 한국어판의 저작권 보호를 받는 서적이므로 무단 전재나 복제를 금합니다.

뉴욕타임즈 베스트셀러

2030년
그들의 전쟁

알버트 브룩스 지음
김진영 옮김

북캐슬

1.

 그날도 여느 때와 다름없었다. 아니, 그렇게 보일 뿐이었다. 사실 2030년에 관한 그 무엇도 브래드 밀러에게는 평범해 보이지 않았다. 우선 브래드는 자신의 80번째 생일파티에 나타난 많은 사람들을 보고 무척 놀랐다. 자신의 나이 대에 이렇게 많은 친구들이 있다는 것, 그리고 이들의 신체가 여전히 이처럼 건강하다는 것에 놀라움을 금할 수 없었다. 우리가 80대 노인이라는 사실을 믿을 수 있겠는가. 물론 주름살 제거수술, 지방절제술, 염색, 역사상 판매기록이 가장 높은 체중조절약 등의 도움을 받기는 했겠지만, 그것도 그러한 시술이 백 퍼센트 효과를 발휘했다는 전제에서다. 모든 것을 고려하더라도, 그들은 여전히 건강하고 젊어 보였다.
 그들은 모두 자신에 차 있었으며, 그들 부모들이 40대였을 때보다도 더 젊어 보였다. 그러나 그의 파티에는 빠진 것이 하나 있었다. 그것은 바로 젊은이들이었다. 브래드는 자신의 생일파티에서 젊은이들을 본 적이 언제인지조차 기억이

나지 않았다. 평소 거의 말도 섞지 않고 지내는 그의 아들마저도 50대 이상과는 대화도 하지 않았으며, 이는 브래드의 친구들도 마찬가지였다. 서로를 향한 분노와 두려움만이 가득했다.

파티에 빠지지 않고 등장하는 영상의 시간이었다. 조명이 흐려지면서 거실 한가운데서 '그의 삶'을 그린 동영상이 홀로그램으로 떠올랐다. 다들 이런 영상물엔 신물이 났다. 다른 이의 일생이 담긴 영상을 보는 것이 흥미 없는 일이라는 사실은 둘째치고라도, 그 속에서 실재감을 느낀다는 것은 전혀 별개의 문제였다. 지루함의 극치라고나 할까. 그런데도 브래드의 친구들은 동영상을 보며 박장대소했고, 그가 늙어가는 모습을 보는 것이 큰 즐거움이라는 반응을 보였다. 다른 이들과 마찬가지로, 브래드 역시 10년 전 모습보다 지금이 더 젊어 보인다. 예전엔 식이요법이나 규칙적인 운동, 충분한 수면 등이 칭찬의 조건이었다면, 지금은 부가 가장 중시되는 사회가 되었다. 게다가 인류의 숙적인 암이 정복되자, 성형 사업이 활개를 쳤다.

그곳에 모인 대부분의 사람들은 리처드 닉슨이 암과의 전쟁을 선포했을 때 겨우 20대에 불과했었다. 그 시대에는 암에 대한 전쟁도 다른 종류의 전쟁들과 마찬가지로 거의 성과가 없었다. 연구 속도는 무척이나 더뎠지만 그럼에도 암 치료법이 개발될 것이라는 사람들의 희망은 지속되었다. 그러나 2000년이 도래했을 때, 대머리에 뚱뚱하고 추한 예전의 모습은 여전히 다름이 없었고, 암 역시 정복되지 못했다.

그러던 2014년의 어느 날, 지금 이곳에 있는 모든 사람들이 다 기억할, 아니 세상의 모든 이들이 기억하고 있을 그날, 충격적인 뉴스가 보도되었다. 그전까지는 희망과 기대에 부푼 수많은 확인되지 않은 이야기들이 오고 갔고, 다수의 쥐에게서 암 치료 사례가 보도되었지만, 인간 대상의 실험에서는 쥐들도 쉽게 이겨냈던 크고 작은 병들로 사망자들은 늘어만 갔다. 그러나 그날, 뉴턴이나 아인슈타인 시대와 같이 인류의 위대한 발견의 날이 도래했다. 샘 뮐러 박사의 치료법은 기이하리만큼 간단했다.

일리노이 주 애디슨에서 지극히 평범하게 자란 샘 뮐러는 천재는 아니었다. 그에게 있어 특별한 월중행사라 하면 시카고에 피자 먹으러 가는 정도였다. 러시 의과대학원을 졸업한 후, 러시-장로교-성 누가 의료센터에서 인턴을 지냈으며 인턴으로 사는 삶이 경제적으로 만족스럽지 못하다는 것을 깨닫고는 다른 곳에서 직장을 찾기로 했다. 그는 당시 인기가 높았던 전담진료를 해볼까 하다가, 화이자 제약회사에서 높은 연봉을 제안 받아 그곳으로 옮기게 되었다. 그곳에서 일하다 보면 다른 기회가 생기지 않을까 하는 생각이었다. 그의 기대는 현실로 나타났다.

샘은 늘 면역계에 큰 관심이 있었다. 신체의 자기 방어기능이 만병통치약으로 작용할 수 있을 것이라는 연구가 의학계에서 시행되었지만, 결과가 예상만큼 긍정적이지는 않았다. 그는 회사에서 다양한 프로젝트를 맡았다. 흥미로운 것도 있었지만, 맡고 싶지 않은 일을 해야 할 경우도 많았다. 특히나 여성들을 위한 비아그라 프로젝트가 왜 필요한지 이해할 수 없었다. 그가 아는 여자들은 밤이 새도록 즐기고도, 시리얼 한 그릇으로 힘을 내서 다시 오후 내내 즐길 힘이 남아도는 경우가 대부분이었다. 어쨌든 그는 회사에서 시킨 대로 프로젝트에 착수했고, 결과는 대단했다.

샘의 팀은 넘치는 상여금과 연봉인상 외에도 각종 혜택을 듬뿍 누렸다. 심지어 하와이 공짜 여행도 누리게 되었는데, 그곳에서 샘은 미래의 아내를 만나게 된다. 샘의 아내가 된 그녀는 하와이 현지인이 아닌, 같은 프로젝트를 맡았었으나 친해질 기회가 없었던 회사 동료였다. 카우이에서 술을 마시고 해변을 거닐면서 세상에서 가장 아름다운 석양을 바라보던 중 서로에게 푹 빠져버리게 된 것이다.

매기는 샘에게 있어 훌륭한 반려자가 되어 주었다. 똑똑하고 서글서글한데다가 남편의 일이라면 무엇이든 지지해 주었다. 샘이 자신의 아이디어를 쏟아놓으면, 매기는 주의 깊게 경청할 뿐 아니라 격려해 주는 타입이었다. 그가 가장 마음에 들어 했던 아이디어는 그녀도 굉장히 흥미롭게 여겼던 것이었다. 자신의 혈액을 이용해 체내 암세포를 공격한다는 것이 골자였다. 샘은 어떤 사람의 혈액이 자신의 것과 서로 호환되지는 않지만 우연히 맞는 짝일 경우, 그 사람의 혈액이 체내에 들어왔을 때 자신의 혈액 내의 세포와도 싸울 뿐 아니라, 몸에 있던 암세포와도 싸울 것이라고 확신했다. 그러나 샘에게 있어 진정한 성공의 기회는 화이자 제약이 스위스의 한 회사와 합병한 후 그가 해고되면서 시작되었다. 샘이 매기 외에는 누구에게도 이 아이디어를 말하지 않았던 것은 천만다행이었다.

매기의 도움을 받아 샘은 30만 달러를 벌게 되었고, 창업파트너를 구해 이뮤니케이트라는 회사를 차렸다. 그의 아이디어는 방향은 매우 좋았지만, 결과를 보기까지 시간이 꽤 걸렸다. 외부의 혈액이 유입됐을 때, 체내의 세포들은 암도 공격했지만, 다른 체내기관도 함께 공격하기 시작해 곧 걷잡을 수 없을 정도로 모든 세포를 죽이고 말았던 것이다. 체내 장기를 훼손하지 않으면서도 암세포만을 없애려면 뭔가가 필요했다. 해답은 일반적인 아미노산에 있었다.

샘과 그의 파트너인 벤 와서는 혈액에 온갖 종류의 아미노산을 주입해 보았다. 컴퓨터의 도움으로 서로 다른 조합의 아미노산을 수백만 가지도 넘게 실험했다. 때로는 희망이 보이지 않을 때도 있었지만, 2014년 6월 30일 밤, 알라닌, 아이소류신, 프롤린, 트립토판의 적정량을 투입했을 때 기적은 일어났다.

  그로부터 2년 후, 임상실험에 자원했던 암 환자 중 94% 이상이 깨끗이 완치되었다. 극소수의 희귀암에는 효과가 없는 경우도 있었지만, 대부분의 경우 완치되었다. 높은 성공률을 보여 완벽한 실험을 끝낸 2016년 봄에는 일반 대중들에게도 치료제가 판매되기 시작했다.

2.

　캐시 버나드가 암 치료제에 대한 뉴스를 들었을 때, 그녀의 나이 겨우 다섯 살이었다. 그녀의 할아버지가 약의 효과를 볼 수 있을지도 모른다는 생각이 잠시 머릿속을 스쳐 갔지만, 그래도 어린 나이의 그녀에게는 별로 대단한 일은 아니었다. 그녀가 할아버지를 그다지 좋아하지 않았기도 했고, 사실 그녀는 좋아하는 사람이 별로 없었다. 심지어 6학년 때에는 학교에서 '분노에 찬 아이'라는 별명을 얻기도 했다.

　사실 그녀를 그렇게 만든 데에는 사실 명백한 이유가 있었다. 부모의 이혼과 가정폭력, 뭐든지 뺏으려고만 하는 이복오빠, 언어폭력이 심한 어머니. 그리고 그것이 전부가 아니었다. 어린 그녀의 눈에 보였던 가정의 경제적 몰락. 양부모의 실직, 청산 불가능할 정도로 어마어마한 빚, 당연히 그녀의 생일 따위는 잊히기 일쑤였다. 아메리칸 드림을 이룬 세대들을 위해 그녀의 세대들이 겪어야 하는 상황은 절망적이었으며, 이를 느끼는 건 그녀뿐만이 아니었다.

캐시는 10대가 되면서 일단의 무리와 함께 어울리기 시작했다. 이들 무리는 살인을 저지르거나 감옥에 가거나 하는 그런 부류는 아니었다. 그들은 모두 똑똑했지만 늘 분노에 찬 아이들이었다. 그들은 이 나라가 그들의 인생을 말아먹었다고 생각했다. 그렇다고 특정 민족을 싫어하는 일은 별로 없었다. 물론 누군가 '합법적' 불법체류자들에 대한 이야기를 거들먹거린다면 당장에 화를 내고 덤비겠지만… 그들에게 화를 불러일으킨 주된 원인은 자신들의 삶이 부모의 세대 때보다 훨씬 더 힘들 것이라는 점이었다.

캐시가 아주 어렸을 적, 그녀의 아버지인 스튜어트 버나드는, 적어도 그녀가 보기에는 안정적인 직업을 가진 것처럼 보였다. 그는 자기 아버지와 마찬가지로 GM에서 근무했다. 그러나 그와 그의 아버지가 차이가 있다면, 10년간의 직장생활이 단 하루도 순탄한 적이 없었다는 것이다. 늘 불안정했고 언제 잘릴지도 모르는 살얼음판과도 같았다. 결국 회사에서 해고당한 후, 그의 가족은 미주리 주로 이사했고, 그곳에서 그는 쉐보레 밴을 제조하는 공장에서 일했다. 다음으로는 캔자스 주에서 쉐보레 말리부를 만들었으며, 그 후로는 GM에서 생산 중지했던 새턴도 만들었다.

1990년에 가격을 흥정할 수도 없을 만큼 인기도 많았고 유러피언 스타일을 받아들여 한참 잘나갔던 미국 차는 그로부터 20년 후, 생산 중지에 이르렀다. 스튜어트는 그가 만들던 자동차의 삶이 사형선고를 받던 날 공장에 있었으며, 그의 삶과 목적도 그때 함께 끝나버리고 말았다. 그의 가족은 이번에는 인디애나폴리스로 이사했다. 그곳에서 스튜어트는 굿이어 타이어에서 5년간 근무했지만, 그곳에서도 해고되자 그는 갈 곳을 잃게 되었다. 결국 그는 미국에 2천 개가 넘는 체인을 가진 자동차정비 회사인 지피루브에서 고장 난 차를 수리했다.

남루한 작업복에 늘 검은 기름때가 자욱한 아버지의 얼굴을 보며 캐시는 화가 치밀기 시작했다. 도대체 어떻게 이런 일이 생긴 거지? 이제 난 어떻게 되는 거야?

9시 45분, 브래드 밀러의 생일파티는 끝났다. 노인들은 10시 반이 넘은 시간에 밖을 돌아다니는 것을 좋아하지 않았다. 또한 밖을 다닐 때에도 혼자 다니는 법이 없었다. 70세 넘은 노인이 혼자서 운전하는 일을 보는 경우도 거의 드물었다. 몇몇 회사에서는 이런 노인들을 위해 가짜 승객 인형을 제조했다. 20년 전쯤 고속도로에서 버스전용차선을 이용하기 위해 다인승 차량인 것처럼 둔갑할 때 쓰였던 그 가짜 인형처럼 말이다. 그런데 새로 만든 인형들은 정말 진짜처럼 보였다. 고객의 취향에 맞춰 다양한 피부색을 판매했는데, 물라토나 히스패닉 계열을 사람들이 가장 선호했다. 보기에도 진짜 사람처럼 보였으며, 무게도 가벼웠기 때문에 차에서 손쉽게 꺼내어 집으로 운반할 수 있었다. 진짜 사람인지 알아보기 위해서는 손으로 만져봐야만 알 수 있을 정도니, 빠른 속도로 운전하는 차 속에서는 구분하는 것이 불가능할 정도였다.

이런 가짜 인형은 집에서도 제구실을 톡톡히 해냈다. 초기에는 도둑들이 인형을 보고 진짜 사람인 줄 알고 침입하지 못했다. 곧 도둑들이 인형과 사람을 쉽게 구분하게 되자, 가짜 인형에서 한 단계 발전한, 한 걸음을 내딛으면서 입술을 움직이는 인형도 등장했다. 도둑은 창밖에서 이처럼 움직이는 인형을 보고 감히 집 안으로 들어갈 생각을 하지 못했다.

가짜 산업은 가짜 콘돔, 가짜 친구, 가짜 삶, 가짜 사랑에 이르기까지 점차 확대되었다. 가짜가 거의 진짜처럼 느껴지기에 이르자 '가상'이라는 단어는 사실상 사라지기에 이르렀다. 만일 누군가가 일주일간 타히티에 간다고 하면, 사람들은 "진짜 타히티 아니면 가짜 타히티?"라고 묻곤 했다.

가짜 산업이 부흥함에 따라 가짜 사람 아이도 만들어냈다. 여유 있는 사람들은 기술 높은 일본 회사의 제품을 사서 마치 애완동물처럼 기르기도 했다. 하지만 가짜 아이들은 성장하지 않아서 5살로 맞추어져 있으면 계속 5살짜리 아이를 데리고 있어야 했다. 그러자 예상치 못했던 문제가 생겼다. 사람들은 자라지 않는 아이를 사랑했지만, 곧 변하지 않는 모습에 시들해진 것이다. 일본 회사에서는 곧 시간에 따라 자라는 아이 인형을 만들어냈으나, 가격은 가히 천문학적인 수준이었다.

아이인형의 또 다른 문제가 생겨났는데 이는 소아성애증이었다. 소아성애자들은 아이인형이나 영화, 사진, 혹은 예술작품을 사들이거나 가상현실에 들어가 자신들의 환상을 채우곤 했다. 그래서 결국 성인보다 어려 보이는 인형을 사려면 허가증을 발급받아야 한다는 새로운 법안이 통과되기에 이르렀다.

다행히 브래드 밀러는 소아성애자가 아니었다. 브래드는 롤라라는 180센티미터의 히스패닉계 여자인형이 있어, 운전할 때 조수석에 태우거나 부엌에 앉혀놓는 데에 이용했다. 이러한 로봇 인형에 따른 조사에 의하면 도둑들이 히스패닉 여자인형을 보고 도망가는 경우는 진짜 사람을 보고 도망가는 정도의 빈도와 거의 비슷했다고 한다. 물론 이 조사는 라틴계 여자인형 전문회사에서 실시한 것이라는 맹점이 있었다.

브래드는 인형 롤라를 앞좌석에 태우고, 뒷자리에는 친구인 허브 파인과 잭 엘러를 태웠다. 차를 몰고 가는 그의 마음은 이러저러한 생각으로 가득했다. 7년 전에 죽은 아내에 대한 그리움, 비록 나이는 있지만 신체적으로는 멀쩡한 자신의 몸 상태, 물질적으로는 더 이상 바랄 것이 없었다. 비록 작지만 집도 있고, 국가에서 나오는 돈과 로스앤젤레스 수력발전소에서 받은 퇴직금이면 각종 세금도 충당할 수 있었다. 30대에 모발이식에 돈을 엄청나게 쏟아 부어 그로부터 50년이 지난 지금도 여전히 빗질할 머리카락이 남아 있으니 이 또한 감사할 일 아닌가. 그의 건강은 거의 20대 청년과 다름없었으며, 예전부터 허리가 굽을까봐 걱정했었지만 이 근심도 날아가 버린 지 오래였다.

가끔은 여자가 있으면 좋겠다는 생각도 들고, 롤라를 성적으로 바라볼 때도 있다는 것이 문제지만, 그 외에는 더 이상 바랄 것도 없고 너무도 건강했다. 때로는 알츠하이머 치료제를 개발해낸 사람을 원망하게 될 때도 있었다.

그는 "나쁜 기억을 떠올릴 수 있다는 건 그다지 좋은 일이 아니야."라고 말하곤 했다.

"이 멍청아!" 허브가 말했다.

"그러다 우리 집 지나치겠어. 이제 그만 정신 차려!"

브래드는 건물 앞 게이트가 달린 빌딩 앞에 차를 세웠다. 노인들이 사는 곳은 거의 어디나 게이트가 설치되어 있었다. 건물에 따라 경비실에 사람이 지키는 경우도 있지만, 허브가 사는 집처럼 게이트와 카메라, 그리고 로봇이 있을 뿐 사람이 없는 경우도 있었다.

브래드는 서서히 카메라 앞으로 운전했다. 허브는 창문을 내린 후, 렌즈를 똑바로 응시했다. 그리 1초 후 문이 열렸다.

"이 망할 카메라 때문에 없던 두통까지 생기겠어."

허브가 말했다.

"그렇게 나쁘게 생각할 것 없잖아." 잭이 말했다.

니?"

그는 어떤 대답이 나올 줄 알면서도 이렇게 물었다.

"알면서 왜 물어요."

스튜어트의 마음엔 만감이 교차했다. 그녀에게 다시는 그렇게 입지 말라고도, 그러면서도 늘 그렇게 입으라고도 말하고 싶었다. 캐시는 여자다운 면모가 거의 없어서 가끔은 이성애자가 맞는지 의심스러울 때조차 있었던 것이다. 그래서 이런 모습을 보고 자기 딸이 맞나 싶을 정도였다.

"정말 아름답구나, 캐시. 정말 예쁘고 성숙해 보이는구나."

"고마워요."

"브라이언 앞에서 이렇게 입은 적 있었니?"

"네."

"네가 옷 벗은 걸 본 적도 있고?"

"네?" 캐시는 자기 귀를 믿을 수가 없었다. 그런 이야기를 꺼내다니….

"내 말은 그저…."

"무슨 말인지 알아요. 걱정하지 마세요. 제가 아이를 낳을 일은 죽어도 없을 테니까요."

스튜어트는 입을 닫았다. 그녀의 대답은 그를 기쁘게도, 동시에 슬프게도 했다. 캐시가 엄마가 되고 싶다는 생각이 추호도 없다는 것은 그만큼 그녀가 어두운 사람임을 증명해주는 것이나 다름없었다. 아빠가 돼서 딸의 상처를 알고도 아무것도 할 수 없다는 것이 더욱 무능하게만 느껴졌다. 엄마가 없다는 건 이럴 때 특히 안타까웠다. 하지만 캐시의 엄마는 아이를 키우는 일에는 전혀 관심이 없었으며, 그래서 그녀가 떠났을 때 아무도 놀라지 않았다. 캐시에게 엄마가 되어줄 사람이 있었더라면 좋았겠지만 스튜어트는 그런 사람을 만나지 못했다.

바로 그때, 문밖에서 노크소리가 들렸다. 스튜어트는 문을 열고 브라이언을 바라보았다.

이 자식도 그들과 한패군, 하고 그는 생각했다.

하지만 적어도 브라이언은 다른 녀석들보다는 순진해 보였다.

"안녕하세요, 버나드 씨."

"어서 와라."

"캐시 있나요?"

"아니, 없다. 오늘은 나랑 가지."

브라이언은 의아한 표정으로 그의 얼굴을 쳐다보았다.

"네?"

"농담이네."

"아. 그렇군요. 깜짝 놀랐네요."

브라이언이 무슨 말을 해야 할지 생각할 틈도 없이, 캐시가 부엌에서 튀어나왔다.

"우와. 죽이는걸!" 하는 말이 브라이언의 입에서 거의 나올 뻔했다. 다행히도 그는 "오늘 너 정말 예쁘다."라고 말했다.

"몇 시에 올 거니?"

"늦어요." 캐시가 대답했다.

"그리고 추적 장치 켤 생각 마세요."

"그게 무슨 말도 안 되는 소리니."

스튜어트는 이렇게 대답했지만, 이는 말도 안 되는 소리였다. 이 세상에 있는 거의 모든 물건에 GPS가 내재되어 있지 않은가. 사람들의 위치 추적을 하지 않으려야 안 할 수 없는 세상이 되어 버린 것이다.

브라이언은 중국 스포츠카의 기어를 D에 놓고 밟았다. 8기통 엔진 소리 대신에 전기모터가 가동되는 소리가 들렸다. 요즘 차는 3초에 시속 120마일까지 나갔다.

미국에서는 한동안 자동차 사고가 감소해왔지만, 전기차가 보급되면서 이 현상은 완전히 역전되었다. 전기모터의 성능이 너무 좋아서 자동차 회사에서는 일부러 출발 속력을 늦추는 감속기를 달아놓았지만, 3백 달러만 주면 쉽게 제거할 수 있었다. 캐시는 순간 붙은 가속도에 몸이 뒤로 확 쏠리는 것을 느끼며 물었다.

"이 차랑 일본 차랑 뭐가 다른데?"

"일본 차는 2천 달러 더 비싸."

"뭐? 도대체 누가 그런 걸 산대?"

"그러니까 말이야."

일본, 중국, 한국, 독일, 미국제 차의 차이는 거의 없는 거나 마찬가지였다. 좀 더 부드러운 가죽이나, 좋은 재질을 사용한 차를 사려면 돈을 더 줘야 하지만, 차는 다 거기서 거기였다. 차를 만드는 로봇들은 다 비슷한 수준이었으며, 부품도 서로 교체가 가능했다.

수백 개가 넘던 예전의 부품도 단 몇 개로 줄어버렸다. 전기모터 하나, 기어 하나가 전부였다. 차마다 별다를 것도 없었으며, 물론 아주 고급 차를 생산하는 롤스벤틀리같은 데서는 모터에 금으로 된 와이어를 써서 전기 공급이 더 빠르고 발열량도 많지 않다고 선전하기는 했지만, 그것도 다 돈 낭비였다. 금을 쓴다 해도 큰 차이는 없었다. 금으로 된 와이어로 만든 스피커를 사겠다고 수천 달러를 쓰는 사람들은 그 같은 비싼 차를 구입하기는 했다.

 차를 살 때 돈을 더 투자해서 아깝지 않을 때가 있다면, 그건 운전자의 안전을 고려한 자재를 쓰는 경우였다. 제트기에나 사용되었던 최고급 자재로 만든 경우 전면충돌사고에서 보다 높은 안전도를 보였다. 하지만 이제는 싸구려 차라도 높은 안전도를 보장했기 때문에 그나마도 중요치 않았다. 게다가 자동차 사고율은 높지만, 차가 워낙 튼튼해서 생존율이 높았다.

 "태양열 자동차 산다고 하지 않았어?"

 "우리 아빠가 이것 살 돈밖에 안 주더라. 게다가 우리 집에 사는 한 전기세 걱정은 안 해도 되니까, 이걸로 만족하려고."

 "좋은데?" 캐시가 말했다.

 "나도 차가 있으면 좋겠어."

3.

샘 밀러의 55번째 생일을 위해, 그의 아내는 터스크와 카이코스 사이에 있는 그의 집에서 깜짝 파티를 계획했다. 하지만 백 명이 넘는 친구들의 비행기를 예약하면서 이를 비밀에 부친다는 것은 거의 불가능했고, 사실 그렇게 하지도 못했지만, 샘은 그냥 모른 척했다. 온종일 전용비행기가 집으로 날아들었다. 암 치료제를 개발한 저명한 인사를 위한 파티이므로 축하객들도 모두 한 자리씩 하는 사람들이었다. 오랜 친구들도 몇 명 있긴 했으나 대부분 사회 저명인사들과 상원의원들, 그리고 연예인들도 있었다. 교황으로부터 홀로그래피 메시지도 도착했다.

샘은 암 치료제 개발 후 별다른 신약개발 성과를 보여주지는 못했다. 하지만 아인슈타인도 상대성이론 이후 지지부진한 모습을 보여주었지 않은가? 샘은 아미노의 각종 조합을 이용해서 정신병 의약 개발에 전력투구했지만, 큰 성과는 없었다. 의약계의 발전에도 불구하고, 아직도 정신이 반쯤 나가 걸어 다니는 사람들이 널려 있었다. 정신분열증 치료를 위한 신약이 개발되었지만, 반대로 새로운 질병들이 생겨나기 시작했다. 최근 생긴 질병은 '가상치매'라고 불리는 것으로, 실제인 것과 가상인 것을 구별하지 못하는 병이었다. 학자들은 21세기 초부터 이를 예상하긴 했지만, 심각성에 대해서는 미리 깨닫지 못했다. 이 병을 가진 사람들은 게임에 중독이 돼서 실제 사람이 그들 앞에 서 있을 때 그것이 실제인지 구분할 수 있는 능력을 상실했다. 눈앞에 진짜 사람이 나타나면 두려움에 빠지면서 격렬한 분노를 느끼는 증상을 보였다.

샘 뮐러는 가상치매에 대한 신약개발에 수년간 몰두했지만 성공하지 못했다. 그는 이뮤니케이트에 매일 출근했지만, 행사나 대학 강연, 페이퍼뷰 방식의 홀로그래피 발표를 하는 데에만 몰두했다. 마음속 깊은 곳에서는 또 한 건을 크게 터뜨리고 싶은 열망이 있었다. 그러면서도 자신의 묘비에 '암을 정복한 사람'이라고 쓰일 것을 생각하면 위안이 되곤 했다. 그것만 생각해도 그의 얼굴에는 미소가 지어지곤 했다.

게다가 그는 상상할 수 없는 이상의 갑부였다. 일반 약품들은 초기 몇 년간 수십억을 벌어들이고 곧 후발상품으로 대체되지만, 그의 암 치료제는 로열티를 지불하지 않고는 결코 사용할 수 없었다. 2020년, 한 독일-프랑스계의 거대 의약 회사는 이뮤니케이트의 회사 지분 49%를 천3백억 달러에 사겠다고 제안했다. 처분하고 세금 지불을 마치자 샘의 수중에는 4백억 달러가 남았고, 여전히 회사의 대주주로서 영향력을 행사할 수 있었다. 그는 집을 여러 채 사서 자선단체에 기부했으며, 재단을 설립해 장학금을 지급했고, '스스로 날 수 있는 제트기'라는 이름의 걸프스트림 전용기 10A도 샀다. 이 제트기의 닉네임은 그냥 붙여진 게 아니었다. 말 그대로 조종사가 필요 없는 세계 최초의 개인용 무인 비행기였다. 이륙부터 착륙까지 모두 비행기가 스스로 조종했으나, 만약의 경우를 대비해 덴버에서 원격 조종사들이 실시간으로 비행을 감시했지만 사실 그럴 필요가 거의 없었다.

샘 밀러에게는 두 명의 자식이 있었다. 열다섯 살의 패티와 열세 살의 마크는 둘 다 그의 생일파티에 참석하지 않았다. 마크는 샘이 회사를 매각할 때 알게 된 스위스의 비싼 사립학교에 다녔다. 샘 부부는 독일, 스위스, 프랑스인 친구들과 새로 사귀면서 그들의 아이들과 함께 마크를 이 세상에서 가장 큰 특권을 누리고 있는 아이들이 다니는 엘리트 기숙학교에 보내게 되었다.

패티가 다니는 학교는 미국에 있었지만, 그녀는 수업에 빠지지 않는 성실한 학생이었고, 암을 치료한 아버지를 가졌다는 것을 나름 부끄러워했다. 일반적으로 그런 아버지를 가졌다는 사실을 자랑스러워할 것 같지만, 캐시 버나드가 어울리는 무리의 아이들에게 있어 암 치료제라는 것은 노인 세대들에게 불멸의 삶을 준 것이나 마찬가지로 여겨졌다. 어떤 아이들은 패티에게 이렇게 말했다.

"네 아빠만 아니었어도 우리 할아버지는 벌써 죽었을 텐데. 네 아빠 덕분에 우린 병원에 누워 있는 사람이 튜브로 먹는 비용까지 다 대야만 하다니, 정말 고맙구나!"

그래도 패티는 아버지를 자랑스러워했다. 다른 아이들과 달리 자신은 평생 먹고 살 걱정은 하지 않아도 되지 않는가. 하지만 쿨한 다른 애들로부터 뒤처지길 원치 않았다. 쿨한 애들은 '노인'들을 모두 싫어했다.

샘 밀러의 집에 놀러온 사람들은 섬에 펼쳐진 그의 드넓은 저택과 정원에 놀랐다. 안 가본 데 없는 사람들의 눈에도 샘의 저택은 대단한 것이었다. 메인 저택은 대략 700평에 달했으며, 손님용 저택도 각각 550평 정도였다. 그의 저택에는 2백 명 정도의 주지사급의 인사들을 최고의 서비스로 모실 수 있을 정도의 객실이 있었으며, 각 객실은 3개의 침실과 거실, 사실, 3개의 화장실과 집사 한 명이 딸려 있었다. 게다가 손가락에서 피 한 방울을 체취해 건강 검진 서비스를 제공했다. 손님들이 원하는 운동은 무엇이든 할 수 있었으며, 음식 또한 최고급이었다. 사람들은 이렇게 말하곤 했다.

이 남자는 도대체 60세가 되면 뭘 할까? 혹시 이탈리아를 사들이는 거 아냐?

하지만 샘이 가장 좋아하는 것은 저녁 만찬 후 카리브 해가 내려다 보이는 커다랗고 전망 좋은 베란다에서 벌이는 열띤 토론이었다. 바로 이곳에서 전 세계를 움직이는 사람들이 미래에 대해 이야기를 하며, 어디에 투자할지, 지구의 종말은 언제 올지 등에 대해 이야기를 나누곤 했다. 12년 전에 있었던 생화학 공격에 대한 뉴스를 처음 접한 곳도 바로 이곳이었다.

2018년 여름, 두 개의 사건이 터졌다. 미국 역사상 단 한 번도 없었던 열풍이 동쪽 해안을 타고 올라와 대략 6주 동안 40도를 웃도는 이상기후를 보였다. 남극의 램버트 빙하가 예상보다 300년 일찍 녹게 되자 지구온난화는 더 이상 논쟁거리가 아니었다. 몇몇 과학자들은 지구온난화가 인류가 저지른 결과물이 아니라고 말하기도 했고, 아주 추운 겨울날에는 지구온난화가 웬 말이냐고 외치는 사람들도 있었다. "저것 좀 봐, 눈보라다!" 그러나 혹독한 겨울 날씨는 그만큼 지구온난화가 심각해졌음을 반증하는 징후였다. 동쪽 해안 일대를 6주간 40도로 뜨겁게 달궜던 여름 날씨를 경험한 이후로, 이러한 목소리도 함께 녹아내렸다.

그해 여름, 또 하나의 사건이 있었다. 미국은 늘 핵 공격이나 생화학 공격이 일어날 가능성이 50%가 넘는다고 예측했었다. 사람들은 지진 발생가능성에 대해서도 마찬가지로 생각했었다. 뭔가 불길한 일이 일어날 것이라고 예상은 했지만, 그렇다고 그들이 할 수 있는 일이 뭐가 있었겠는가? 2018년 8월 15일, 샌프란시스코 전역에 걸쳐 감기증상을 보이는 환자들이 무더기로 나타났다. 천연두 균이 도시 전체를 휩쓸어 버린 것이었다. 정부에서는 천연두 균을 가진 대여섯 명의 테러리스트가 시내 곳곳, 백화점, 학교, 슈퍼마켓 등에 퍼뜨린 것이 아닌가 하고 추측할 뿐이었다. 얼마 지나지 않아 2만 명의 환자가 발병해 도시 전체가 마비되었으며, 주식은 50% 이상 하락했고, 도시 전체가 공포에 휩싸였다.

정부는 유력한 용의자들을 검거해 이 사건이 다른 사건과 연루되지 않았다고 주장했지만, 어쨌건 이미 일어난 일의 파장이 엄청났기 때문에 되돌리기는 쉽지 않았다. 국민들은 이 사건이 뉴욕이나 로스앤젤레스가 아닌 샌프란시스코에서 일어났다는 것에 안도했지만, 얼마 지나지 않아 이들 대도시에서도 얼마든지 일어날 수 있는 일임을 생각하며 공포에 떨었다. 보건복지국은 수천억 달러를 들여 천연두 백신을 개발해 국민들에게 투여했다.

이뮤니케이트도 그 당시 8천만 달러를 받아 백신개발에 참여했다. 천연두 백신은 100년 전에 개발되었지만 병이 사라진 이후로 백신을 맞는 사람은 아무도 없었던 것이다. 천연두가 다시 고개를 들었으니, 손쉽게 천연두 균을 예방할 수 있는 방법을 다시 생각해내야 했다.

샘의 회사에서는 다방면으로 예방대책을 강구했다. 음식에 투여하거나, 살균제처럼 뿌리거나, 인공누액에 넣는 방법 등… 하지만 어느 하나도 효과를 보지 못했다. 옛날 방식대로 예방접종을 하는 것이 그 어느 방법보다도 더욱 효과가 있었다. 천연두가 더 이상 재발하지 않자 정부도 백신 프로젝트를 중단했다. 결국 1930년대와 마찬가지의 방법으로 예방접종을 시행하게 되었던 것이다.

브래드 밀러는 친구들을 내려준 뒤, 자신이 사는 은퇴주택지구 경비실 앞에 차를 세웠다.
"안녕하세요, 밀러 씨."
"안녕하신가, 호세."
"생신 축하드려요."
"고맙군. 자네 생일은 언젠가?"
"12월이에요."
"생일 되기 전에 알려주게. 그래야 작은 거라도 선물하지."
"예 그러죠. 그리고 택배 하나가 와서, 스캔해보니 이상이 없어 우편함에 넣어놨습니다."
"누가 보냈는지 아나?"
"네. 하지만 생일 선물이니 직접 가서 열어보세요. 안전한 거니 염려마시고요."
"고맙네. 내일 보자고."
브래드는 대략 3백 채 정도 되는 고급 은퇴지구 사이에 있는 자신의 집으로 차를 몰았다. 주차장 문이 그의 차 정보를 인식하고는 금방 문을 열어주었다. 안으로 들어서 다음 단계로 눈동자인식 장치를 통과하자 안쪽의 진짜 주차장 문이 열렸다.
이 집에 대해 한 가지 마음에 들지 않는 것이 있다면 그것은 냄새였다. 너무도 깨끗했다. 마치 탈취제라도 잔뜩 뿌려놓은 것만 같았다. 이는 자재에서 풍겨 나오는 냄새였는데, 모든 자재는 오염방지제를 내장하고 있어서 절대 없어지지 않는 화학약품 냄새가 코를 진동했다. 브래드의 친구들은 이미 이 냄새에 익숙해져서 살 만하다고 했지만, 브래드만은 그렇지 않았다. 그의 코는 특히나 민감했다.

그는 부엌으로 들어가 옆문에 달린 우편함을 확인해 보았다. 깔끔하게 포장된 상자가 들어 있었는데, 카드는 보이지 않았다. 은퇴자지구협회에서 보내온 것일까? 아니면 옛날에 동부 쪽에서 알던 친구가 보낸 것일까? 그는 포장지를 뜯어 상자를 열어보았다. 그 안에는 파란 스웨터가 들어 있었다. 살짝 들어 올려 몸에 대보았다. 울이었다. 브래드는 울을 싫어했다. 울로 된 스웨터를 입으면 피부가 늘 가려웠다. 그를 잘 모르는 사람이 보낸 것임이 분명했다. 그때 포장지에 쓰인 "아빠에게"라는 글자가 눈에 들어왔다.

그럼 그렇지, 이 자식 말고 또 누구겠어?

브래드와 그의 아들 톰은 지난 2년간 통화 한 번 한 적이 없었다. 1년에 한 번 보낼까 말까 하는 생일축하 카드조차 보내지 않았다. 그렇게 연을 끊을 만한 큰 사건이 있었던 것도 아니었다. 적어도 브래드의 기억 속에는 말이다.

톰은 45세의 기혼자로 딸이 한 명 있었다. 브래드는 손녀딸과도 거의 왕래가 없었다. 손녀딸은 샌디에이고에 사는데 지난 5년간 딱 두 번 보았다. 브래드는 며느리 크리스탈이 마음에 들지 않았다. 그래서 실수로 톰의 결혼식 때 아내를 잘못 골랐다는 말을 했었는데, 아마 그게 화근인 것 같았다. 그 이후로 부자지간의 연이 거의 끊긴 것이나 마찬가지였다.

톰이 남긴 메모에는

아빠에게,

건강하시길 빌어요. 80번째 생신 축하드려요.

선물이 마음에 드셨으면 좋겠네요. 사랑하는 톰이.

라고 쓰여 있었다.

브래드의 마음은 복잡한 감정이 뒤얽혔다. 선물을 보내는 마음은 고맙지만, 선물은 싫었다. 그는 평생 울을 싫어했는데, 아들이 그것을 몰랐다니. 아님, 싫어하는 선물을 보내는 데에 어떤 메시지가 담긴 것은 아닌가? 그는 톰에게 직접 전화해서 감사의 표시를 하기로 결심했다. 집안의 모든 통신수단과 연결된 주방의 냉장고에 말을 하자, 톰과 관련된 전화번호는 모두 연결이 되지 않는 번호라고 하는 것이었다.

나쁜 녀석 같으니라고. 자기 번호도 알려주지 않는 못된 녀석!

브래드는 스웨터를 다시 상자에 집어넣었다. 호세에게 미리 생일선물로 줘버리기로 했다. 호세가 울을 싫어하지 않았으면 했다.

4.

　매튜 번스타인은 5시 35분에 정확히 눈을 떴다. 그는 알람시계가 필요치 않았다. 몇 시에 잠이 들건 상관없이, 백악관에 머무는 동안은 거의 매일 아침 이 시간에 정확히 눈을 떴다.
　번스타인은 미국 역대 대통령 중 최초의 유대인 대통령이었다. 2028년 대선은 많은 논란이 있었다. 여성 대선후보였던 마거릿 샌더는 사람들에게 인기가 많았지만 토론 때 잦은 말실수를 했다. 한 번은 화를 못 참고 "그것 참, 유대인다운 발상이로군요!"라고 내뱉었다. 여론에서는 당시 그녀의 심정을 이해한다는 내용도 많기는 했지만, 그녀의 성격에서 이중성이 드러나고야 말았다는 의견이 팽배했으며, 결국 유권자들은 그녀로부터 고개를 돌리고 말았다. 속마음을 알 수 없는 사람보다는 비록 유대인이기는 해도 속마음은 쉽게 읽을 수 있는 사람이 낫다는 것이 이유였다.
　번스타인은 자신이 유대인임을 드러내지 않으려 했다. 그의 어머니는 가톨릭이었으며, 번스타인은 유대인식 성인식도 치르지 않았던 것이다. 그의 외모, 행동도 전혀 유대인처럼 보이지 않았다. 그의 친구들은 그를 매트라고 불렀으며, 대학 때는 성을 번스타인에서 반스로 바꿀까 하는 생각도 해보았지만, 결국은 바꾸지 않았다. 유대교에서는 비록 아버지가 유대인이더라도 어머니가 유대인이 아니라면, 원칙적으로는 그들의 자식은 유대인이 아닌 것이다. 그러나 미국 대통령 후보라면 이야기가 달랐다. 아버지가 유대인이거나 심지어는 유대인과 같은 거리에 산다는 것만으로도 역사책에 미국 역사상 첫 번째 유대인 대통령이라고 쓰일 만한 일이었던 것이다.

정계에 입문하기 전, 그는 사업을 하면서 많은 돈을 벌기도 하고 잃기도 했다. 그는 가정용 태양열판을 제조하는 회사를 설립해 5년간 꽤 돈을 벌어들였다. 그러던 어느 날, 그의 회사를 사겠다는 제안을 일언지하에 거절한 지 얼마 안 되어 한 인도 회사에서 그의 제품보다 더욱 획기적인 태양열판을 제조하는 기술을 개발했다. 결국 그의 회사는 처음 제안의 반도 안 되는 가격에 매각되었고, 2022년 그는 국회의원에 출마했다. 그는 당선되어 재정위원회의 위원장으로 올라섰으며, 곧 최초의 유대인 하원의장이 되었다. 그는 정계에서 '최초의 유대인 어쩌고'라는 소리를 자주 듣게 되었고, 그러다가 최초의 유대인 대통령이 될 꿈도 꾸게 되었다.

그는 아내인 벳시를 대학 때 만났다. 벳시는 경제학 전공이었고, 그녀의 부모는 모두 유대인이었다. 번스타인은 자주 그녀의 집에 들렀다. 번스타인은 벳시의 어머니를 무척 좋아했다. 늘 자신이 바라던 어머니상이었던 것이다.

"당신 어머니는 늘 당신을 늘 지지해 주시는군. 정말 유대인이 맞는 거 확실해?"

라고 번스타인은 묻곤 했다.

둘은 비교적 젊은 나이에 결혼했고 둘 다 직장을 얻었다. 겉으로 보기에는 완벽한 부부처럼 보였다. 하지만 외모로 볼 때, 따로 떼어놓고 보면 그다지 매력적인 사람들은 아니었다. 벳시는 163센티미터의 키에 갈색 머리와 갈색 눈을 가졌는데, 다른 사람들에 비해 눈 사이가 가까운 편이었다. 벳시는 자신의 이국적인 눈이 마음에 들지 않았다. 그러나 그녀는 자신이 바꿀 수 있는 것과 그럴 수 없는 것을 분명히 구분할 수 있는 사람이었다. 두 눈의 위치를 재배열하는 건 불가능한 일이었으므로 일찌감치 희망을 내려놓았다.

번스타인은 이국적인 얼굴은 아니었다. 일찍부터 빠지기 시작해 머리숱이 남들보다 적었고, 180센티미터의 키에 82킬로그램 정도의 아주 평범한 체격이었다. 그가 대통령이 되기 전, 사람들은 그를 보며 늘 회계사가 아니냐고 묻곤 했다. 그는 안경을 썼는데, 이는 눈이 나빠서라기보다는 안경을 쓰면 더 지적으로 보인다는 의견 때문이었다. 잘생긴 외모는 아니지만, 그래도 안경을 쓰면 더 나아 보이는 게 사실이었다.

결혼 후 1년이 지나 그들에게 아이가 생겼다. 하지만 그에게는 희귀한 유전병이 있었다. 아이의 심장은 잘 자라지 못했으며 그가 한 살이 되기도 전에 멈추었다. 벳시는 그로부터 2년 후 다시 임신했으나, 곧 유산으로 이어져 그들은 아이를 포기했다.

벳시는 번스타인이 대통령 후보로 나선다는 것이 내키지 않았으나, 벳시는 번스타인에게 있어 가장 강력한 지원군이었다. 그녀는 무척 똑똑했으며, 그녀의 남편보다도 대중 연설을 더 잘했다. 마거릿 샌더가 '유대인'에 관한 말실수를 했을 때도, 벳시는 이 사건을 그대로 넘겨서는 안 된다고 주장했다. 번스타인은 일부러 쿨한 척하며 별일 아닌 듯 했지만, 벳시는 기회를 포착했다.

"우리 미국은 하나의 통일된 국가가 아닙니까? 여러분은 정말 소수민족에 대한 증오를 품고 있는 대통령을 원하십니까? 어쩌면 그녀가 당신을 증오할지도 모르는 것 아닌가요?"

사람들은 그녀의 말에 열렬한 환호로 화답했다.

투표가 있던 날, 그들 부부는 매튜 번스타인이 제47대 미국 대통령으로 당선되는 순간을 조용히 지켜보았다. 개표결과는 처음부터 너무나도 분명해서 역전드라마를 보는 재미는 없었지만, 혹시라도 예상을 뒤엎는 결과가 나오지는 않을까 모두들 진지하게 지켜보았다. 그러나 예상된 바와 같이 번스타인은 동부표준시 11시 30분 오하이오에서 승리를 거두면서 마침내 대통령으로 올라섰다. 그는 매우 행복한 동시에 무력감을 느꼈다.

미국은 2025년을 기점으로 국가채무에 대한 이자만으로 3조 달러를 지급해야 했다. 더 이상 의미 있는 새 프로젝트를 실시할 여지가 없었으며, 대통령의 임무라고는 그저 배가 가라앉지만 않고 잘 떠있도록 하는 것처럼 보였다. 새로운 시도를 해본다는 것조차 불가능하게 여겨졌다. 모든 일에는 엄청난 돈이 필요했다. 또한 번스타인은 50대 초반의 나이로 미국 젊은이들이 미국에 등을 돌리려고 한다는 것도 인지하고 있었다. 엄청난 부채가 당대 젊은이들의 어깨를 억누르고 있다는 것은 미리부터 예측되어오던 일이지만, 그래도 그들은 아메리칸 드림에 대한 희망의 끈은 놓지 않았다. 하지만 곧 부모 세대들보다 세금 부담이 훨씬 높아졌다는 것, 그럼에도 임금이나 국가 보조는 더욱 낮다는 것을 깨닫게 되자 그들의 분노는 하늘을 치솟았다. 번스타인은 선거운동 때 공약으로 젊은이들의 짐을 덜어 주겠다고 하고 싶었으나, 그렇게 되면 노인들의 표를 얻지 못할 것이므로 어떤 입장을 취해야 할지 난감했다. 결국 그는 다른 후보자들과 마찬가지로 어중간한 입장을 취했다.

브래드 밀러는 새벽 3시에 가슴에 통증을 느끼며 잠에서 깼다.

소화불량인가 보군, 하고 그는 생각했다.

최근 검사결과는 모두 정상이었으며, 그의 동맥이 완벽하다 싶을 정도로 건강한 것은 아니었지만 신약을 먹고 있었으므로 심장마비는 절대 아닐 것으로 생각했다.

그는 자리에서 일어나 물을 마신 뒤 자리에 앉아서 통증이 가라앉기를 기다렸다. 그로부터 10분 뒤 그가 냉장고에 붙은 응급버튼을 누르자 스크린에 한 남자가 나타났다.

"응급상황을 설명해 주시겠습니까?"

"심장마비인지 아닌지는 어떻게 알 수 있죠?"

"제가 말씀드리죠. 오른손을 옆의 송신기에 올려놓고 최대한 편안한 자세로 앉아보세요."

브래드는 실리콘 슬리브 관에 손을 올렸다. 그의 가슴이 순간 조여 왔다. 약 2분 후, 스크린의 남자가 다시 나타났다. "심장마비는 아니시네요."

"하지만 느끼기엔 꼭 심장마비 같네요."

"통증이 어느 부위에서 느껴지시죠?"

"어디겠소? 내 발이 아프겠소?"

"제 말씀은… 통증이 정확히 어디에서 느껴지시는지요? 가슴인가요, 아니면 팔인가요?"

"오른쪽 가슴 정중앙이오."

"환자분. 제가 시키는 대로 하십시오. 지금 일어나서 10회 점프해 보세요."

"당신 미쳤소? 그러면 난 죽을 게 아니오!"

"심장마비가 아니세요. 제 말대로 열 번만 뛰어보세요."

브래드는 그 남자가 시키는 대로 했다. 부엌에서 위아래로 뛰는 자신의 모습이 웃기긴 했지만, 그렇게 뛰기를 여덟 번 하자, 엄청 큰 굉음의 트림이 꺼억 하고 나오는 게 아닌가. 너무도 커서 옆집에서 다 듣는 건 아닐까 걱정할 정도였다. 스크린의 남자는 이를 보며 미소를 지어 보였다.

"이제 괜찮으신지요?"

"네. 통증이 이제 가라앉는 것 같구려."

"다른 건 도와드릴 게 없나요?"

"아니요. 이것도 보험처리 되나요?"

"네. 청구금액이 5백 달러입니다. 다른 건 다 보험처리 되실 겁니다."

"궁금해서 그런데, 총 진료비가 얼마요?"

"2천 달러입니다."

"엄청나군. 파스트라미와 오렌지주스를 같이 마시면 안 된다는 것을 5백 달러나 내고 배우다니."

"그러게요. 다른 건 필요하신 게 없으신지요?"

"당신은 어떤지 몰라도 난 이제 괜찮소."

"네? 무슨 말씀이신지?"

"아니오. 또 5백 달러 더 내라고 하기 전에 이만 끊읍시다."

스크린이 꺼지고 브래드는 침실로 돌아갔다. 그는 침대에 누워, 어떻게 정부가 천 5백 달러나 되는 돈을 지급할 수 있는지 의아했다. 돼지처럼 먹어댄 건 자신인데 말이다. 사실 그것을 이해하는 사람은 아무도 없었다. 이는 수십 년 전 사라져버린 마술과도 같았다.

적어도 내 돈이 조금은 나가니 미안해 할 건 아니잖아.

이것이 바로 당시 노인들이 자주 읊조리던 말이었다.

5.

파티가 끝난 건 새벽 1시였다. 브라이언과 캐시는 함께 2차에 합류했다. 2차까지 간 건 거의 대학 4학년생들이었다. 캐시는 가서 술을 좀 더 마신 뒤, 스테로이드를 한 대 피웠다. 그러자 곧 엄청 기분이 좋아지다가 분노에 휩싸이기를 10분, 그리고 곧 어지럽더니 곧 괜찮아졌다. 남자들은 이때 사정하기를 좋아했지만, 여자들은 그저 짜증만 날 뿐이었다.

캐시는 모인 사람들이 하는 소리를 듣고 있었다. 미래엔 무슨 일이 생길 거라는 둥, 사람들이 모두 환상에 빠졌다는 둥의 이야기였다. 캐시의 조부모님들은 돈은 필요하지만 돈이 싫어 반항했던 세대였다. 자유로운 삶과 사랑을 찾던 세대였다. 그러나 캐시의 부모님 세대는 반항할 시간이 없었으며, 물론 이는 조부모님 세대에서 이미 원하던 것을 다 얻었기 때문이기도 했다.

캐시 세대의 문제는 돈을 벌기가 쉽지가 않다는 것이었다. 아무리 발버둥을 쳐도 소용 없었다.

대학졸업 후에도 부모님이나 조부모님과 사는 경우가 대부분이었다. 이는 부모세대와 같이 사는 기간이 훨씬 길어졌음을 의미했다. 미국은 마치 이탈리아를 닮아갔다. 부모들이 내쫓으려고만 하지 않는다면, 거의 평생을 빌붙어 사는 경우도 있는 것이다. 자식들과 사는 것을 좋아하는 부모들도 없진 않지만 매일같이 고막이 터질 것 같은 스피커 소리마저 참아낼 부모들은 많지 않았다.

브라이언은 너무 술에 취해 캐시를 데려다 줄 수가 없는 상태였다. 이것은 운전자들이 결정하고 말고 할 문제가 아니었다. 차 자체가 음주운전자들을 거부했다. 이제 모든 차에는 음주측정기가 설치되어 있었다. 물론 다른 사람을 시켜 대신 불어보라고 시킬 수는 있지만, 이에 대한 범칙금이 워낙 많아 사람들은 거의 법을 지켰다. 버펄로에서 한 남자가 친구를 대신해서 음주측정기를 불어줬다가 그 친구가 큰 교통사고를 낸 적이 있었다. 그는 평생 철창 신세를 지게 되었고, 사람들은 그후부터 대리 음주측정을 거부하게 되었다.

캐시가 브라이언 대신 측정기를 불었고 덕분에 차는 시동이 걸렸다. 캐시는 운전해도 된다는 뜻이었지만, 그녀는 이를 원치 않았다. 스테로이드 때문에 시야가 자꾸 흐려져서 브라이언이 대신 운전석에 앉기로 했다.

"난 괜찮아. 내가 데려다 줄게."라고 그가 말했지만, 곧 쓰레기통을 들이받고 말았다.

"아빠한테 전화할게."

"안 돼. 안 그래도 날 싫어하는데, 내가 잔뜩 취했다고 하면 우리 사인 어떻게 되겠어?"

"그런 말은 안 할게." 캐시가 대시보드의 버튼을 누르자 그녀의 아버지가 자다 깬 목소리로 전화를 받았다.

"여보세요?"

"아빠?"

"아빠라고? 무슨 사고를 친 게냐?"

"사고 친 거 아니에요."

"저번에 나한테 아빠라고 그러더니만 그날 경찰서에서 만났잖아."

"브라이언이 샴페인 한 잔 마셨거든요. 그래서 아빠가 데리러 오시는 게 더 낫겠다 싶어서요."

"샴페인? 차에 시동은 걸리고?"

"네. 그래도 걱정돼서요." 스튜어트는 이 말을 믿지 않았다.

"택시 타고 와."

"돈이 없어요. 미리 예상을 못 해서 안 가져왔거든요."

"집에 오면 내가 준다고 해라."

"요즘엔 그런 거 안 해요. 다 미리 내야 하는 거 몰라요?"

"캐시! 지금 새벽 2시잖니. 시동 걸리면 그냥 운전하고 오면 되잖아."

"아빠! 저도 이러고 싶어서 이러는 거 아니에요."

캐시와 브라이언은 스튜어트가 도착할 때까지 차에서 기다렸다. 브라이언은 그날따라 더욱 아름다워 보이는 캐시를 바라보고만 있었다. 친구들은 그녀를 '얼음 공주'라고 부르곤 했지만, 사실은 그녀의 아름다움을 시기하는 것이었다. 이날 파티에서도 캐시는 모든 이들의 시선을 한몸에 받았다.

술김에 그랬는지, 아니면 그녀의 미모에 끌렸는지, 브라이언은 그녀에게 다가가 키스를 한 뒤, 그녀를 사랑하고 있다고 고백했다. 그러자 캐시는 말없이 웃더니 짧은 키스만 할 뿐이었다. 그리고는 아무 말도 하지 않았다. 브라이언은 마음이 타들어가는 것 같았다.

내가 왜 그 말을 했을까? 이러다 캐시와 더 멀어지는 것은 아닐까?

그는 자신에게 너무도 화가 났다. 바로 그때 스튜어트가 도착했다. 그녀는 차에서 내리면서 집에 태워다주기를 원하는지 물었다.

"괜찮아. 난 차에 들어가서 정신 차릴 때까지 기다렸다 갈게."

"그래. 들어가서 한숨 자고 술이나 깨라."

스튜어트가 말했다.

캐시와 스튜어트는 돌아가는 길에 아무 말이 없었다. 스튜어트는 잔소리를 하기엔 너무 피곤했고, 캐시는 아직도 스테로이드 기운에 정신을 차릴 수가 없었다. 보통 스테로이드는 기껏해야 몇 분이면 정신이 돌아오곤 했었다. 캐시는 공연히 화가 났다. 그렇지만 그 분노의 대상은 새벽 2시에 일어나 자신을 태우러 와야 하는 실업자인 아버지는 결코 아니었다. 하지만 그 외의 모든 것에 캐시는 화가 났다.

캐시의 할아버지는 간혹 길거리를 점령하고 시위를 하던 시절에 대한 이야기를 들려주었다. 하지만 지금은 시대가 달랐다. 그땐, 적어도 선택권이라는 게 있었다. 전쟁을 해서 이기건 지건 결론이 나기 마련이었으며, 국가에 전쟁의 책임을 물릴 수도 있었다. 그러나 지금 그녀에겐 엄청난 빚 외에는 아무 선택권도 없었다. 열심히 일해서 빚을 탕감하거나 아니면 영원히 빚을 지거나 둘 중 하나였다. 다음 세대에게 빚을 물려주고는 그 세대에서 뭔가 새로운 발명품이라도 만들어낼 것을 기대하는 것이었다. 하지만 아무리 과학이 발전했다고는 하지만 빚을 탕감해 주는 기계는 발명될 리 난무했다. 마침내 스튜어트가 입을 뗐다.

"내일 밤은 늦게 들어 올 거다."

"왜요?"

"직장을 구했다."

"정말요? 잘됐네요. 무슨 일인데요?"

캐시의 목소리에는 희망이 있었다. 아버지의 통장잔고는 거의 바닥을 드러내고 있었기 때문이었다.

"별건 아니고."

"뭔데요?"

"시립대에서 경비원을 한 명 충원하려고 한다는구나."

캐시는 순간 울컥했다. 경비원이라고? 경비원은 자동차 수리공보다도 더 천한 직업처럼 느껴졌다. 그렇지만 최대한 목소리의 톤을 가다듬었다.

"와, 잘 됐네요! 그러면 소일거리도 생기고요."

둘은 그대로 아무 말이 없었다.

다음 날 아침, 브라이언은 멍한 상태로 깨어났다. 지독한 숙취, 거지같은 대학, 대학 졸업까지 기껏해야 몇 년 시간을 번 셈일 뿐 곧 그도 엄청난 빚더미에 앉게 될 것이다. 그의 부모님이 그에게 준 유일한 재산은 차 한 대가 전부였다.

대학은 더 이상 의미 있는 교육의 전당이 아니었다. 등록금이 비싼 대학은 극소수의 특권층 학생들에게는 즐거운 곳이겠지만, 취업이 보장되지 않는 학위는 나머지 학생들에게 아무런 의미도 없었다. 부모가 등록금을 댈 수 없는 아이들은 대학진학을 처음부터 포기했다. 학자금 융자를 갚으려면 오랜 시간이 필요했으므로 정말 대학이 필요한지를 숙고해야 했다. 빌린 학자금을 갚는 데 매달 얼마씩 넣어 총 몇 년을 갚아야 하는지를 자동으로 계산해 주는 프로그램들이 많았기 때문에, 많은 학생들은 차라리 빚 없이 적은 임금으로 살아가는 것이 낫다는 결론을 낸 것이다.

   브라이언은 앞으로 무엇을 하며 살아야 할지 막막했다. 그의 아버지는 약사였지만, 이마저도 사양직종이었다. 이제 약사들은 약을 자동으로 조제해 주는 기계를 모니터해 주는 약국보조들에게 일자리를 넘겨줘야 했고, 이런 보조들의 임금도 매우 낮았다. 그렇다고 브라이언은 할아버지처럼 트럭운전사가 되고 싶지도 않았다. 할아버지는 늘 트럭회사를 옮겨 다녔으며 안정성 제로인 직장을 두고두고 욕하셨다. 게다가 브라이언은 할아버지를 전혀 존경하지 않았으므로 그의 삶을 닮고 싶지도 않았다. 또한 그가 어떤 직장을 잡게 되건, 그의 월급 일부는 그의 할아버지, 그리고 노인네들을 위해 쓰일 것이었다. 브라이언은 "나한테 생일선물 한 번 보내준 적 없는데 이제 그의 휠체어 비까지 지불해야 한단 말야?"라고 말하곤 했다.

6.

샘 뮐러는 트로피를 따로 소장하는 집을 한 채 따로 갖고 있을 정도로 상을 많이 받았다. 그는 현재 살아 있는 미국 대통령은 모두 만나본 적이 있었으나, 매튜 번스타인은 아직 만나보지 못했다.

번스타인 대통령은 대리인을 시키지 않고 직접 전화 거는 것을 좋아했다. 특히 갑자기 일반인 집 스크린에 뜨는 것을 좋아했다. 비서도, 경호원도 없이, 스크린에는 그의 모습만이 뜨곤 했다. 사람들은 이런 그의 모습을 보고 누가 장난치는 것으로 생각할 때가 많았다. 2018년부터 스크린에 나타나는 영상을 바꾸어 송신할 수 있는 프로그램이 생겼다. 성별조차 바꿀 수 있었다. 그래서 번스타인이 샘에게 처음 전화를 했을 때 샘조차 장난전화가 틀림없다고 생각했었다. 작년 이맘 즈음에는 마릴린 먼로에게 전화가 왔을 정도였으니까.

"제 번호를 어떻게 아셨습니까?" 샘이 물었다.

"내겐 모든 사람의 번호가 다 있습니다."

번스타인 대통령이 대답했다.

"바빠 죽겠는데 이런 전화까지 오다니. 여하튼 죽이는 프로그램은 맞군요. 목소리랑 얼굴까지 거의 완벽한데요."

"그거야 진짜니까 그렇죠."

바로 그때, 샘의 비서인 앨런이 사무실 문을 박차고 뛰어 들어왔다.

"그분 맞대요!"

"누구?"

"대통령이요!"

"그걸 어떻게 알아?"

"디지털 수신변조가 전혀 없이 깨끗합니다. 조금 전에 확인했어요. 게다가 백악관 경호원에게 전화했더니 대통령께서 직접 전화를 거신 게 맞답니다. 어서 받아보세요."

샘은 즉시 손짓으로 앨런에게 물러가라는 표시를 했다.

"대통령 각하. 이런… 죄송합니다. 전 정말 장난전화인 줄 알았거든요."

"다들 그렇게 말합디다." 번스타인은 웃으며 대답했다.

"이렇게 전화상으로 뵙게 되다니 영광입니다. 무슨 일로 전화하셨는지요?"

"혹시 워싱턴에 들를 일은 없나요?"

"그럴 계획은 없었지만, 이제 그래야겠군요."

"수요일은 어떤가요?"

"수요일에 제가 그쪽으로 갈까요?"

"그래 주시겠습니까?"

"몇 시가 좋으시겠습니까?"

"정오는 어떻습니까?"

"계속 제 의견을 물으시는 것은 별 의미가 없어 보입니다만…."

"그렇다면 정오까지 와주시겠습니까? 보건부, 의학계에 있는 사람들과 자리를 마련해 볼 생각입니다. 몇 가지 의견도 좀 나눌까 해서, 꼭 오셨으면 합니다."

"알겠습니다. 그때 뵙겠습니다."

"비용은 이쪽에서 대겠습니다."

"아니오. 괜찮습니다."

"뭐, 그러시다면야. 어차피 당신이 우리보다 돈이 더 많으니. 그건 그렇고, 이제부턴 나 혼자 전화 거는 일은 없을 겁니다. 이제 이런 스릴도 더 이상 즐길 수 없습니다."

"저 때문은 아니시겠죠."

"그건 아닙니다. 어쩌다 보니 그렇게 된 거지. 여하튼 수요일에 보죠."

번스타인은 웃으며 이렇게 말을 마치고 전화를 끊었다. 누가 됐건, 상황이 어찌 됐건, 대통령에게 직접 전화를 받는다는 것은 흥미로운 일이 아닐 수 없었다.

샘의 아내 매기는 이 소식을 듣고 흥분했다.

"백악관이라고? 내가 백악관에 가게 되는 거예요?"

"아내를 데려오란 소린 없었어, 여보."

"무슨 소리예요. 나도 갈 거예요. 회의에는 참석 못할지 몰라도, 백악관엔 가볼 거라고요."

매기가 농담조로 말했다. 바로 그때, 샘의 손목시계에서 진동이 느껴졌다. 샘의 또 다른 비서였다. 샘은 이런 순간을 늘 즐겼다. 옛날 그의 아버지는 그에게 오래된 만화책을 읽어보라고 하셨다. 그가 좋아하던 만화는 '리치리치'와 '딕트레이시'였다. 그랬던 그가 지금 이 순간 리치만큼이나 부유하고, 바로 딕처럼 손목시계로 비서와 통화하고 있지 않은가. 그의 아버지가 원더우먼이라는 책을 줬더라면 상황이 어떻게 달라졌을까? 어쨌거나 그의 손목시계에 떠오른 비서의 얼굴은 늘 똑같은 질문을 했다.

"사장님, 시간 괜찮으십니까?"

"무슨 일인가?"

샘은 그의 손이 비어 있는지를 확인한 뒤, 손목시계를 켰다. 이것도 나름 웃긴 습관이지만, 처음 손목시계에 전화기능이 들어가면서 크게 유행을 탔을 무렵, 사람들은 손에 커피를 들고 있다는 사실도 잊은 채 손목시계를 켜서 뜨거운 커피를 옷이나 무릎에 쏟곤 했었다. 애플사가 처음 개발했던 손목시계에는 손에 든 뜨거운 커피를 조심하라는 경고 동영상도 탑재되어 있었다. 물론 사람들은 이를 몹시 싫어했다. 그러자 애플에서는 손목시계 겉 상자에 "통화 전에는 반드시 손에 든 물건이 없는지 확인하세요."라는 문구를 삽입했고, 그것만으로도 법적 책임은 면할 수 있었다.

"백악관에서 15일 12시 확인 차 전화가 걸려왔습니다." 비서가 대답했다.

"사장님과 사모님 두 분 다 꼭 오시라고 합니다."

손목시계의 단점은 이어폰을 착용하지 않는 한 서로의 목소리를 다 들을 수 있다는 것이었다.

"그것 봐요!" 매기가 말했다.

"고마워요, 세라. 아내에게 전하겠소."

"감사합니다, 사장님. 이만 물러가겠습니다."

곧 그의 손목시계는 평상시처럼 시간표시창으로 전환되었다. 샘은 두 팔로 매기를 안으며 말했다.

"당신 없인 안 갔을 거야."

"거짓말쟁이. 어쨌든 너무 좋아요."

왜 사람들이 대통령이 되고 싶어 하는지는 점차 미스터리가 되어갔다. 끝없는 캠페인과 수없이 쏟아지는 무성한 소문들, 마치 MRI처럼 사람을 머리끝부터 발끝까지 속속들이 캐내는 보도들까지. 대통령의 업무란 자금을 모으는 것과 논쟁의 여지가 될 만한 것은 절대 입 밖에 꺼내지 않는 것뿐이었다. 무엇보다도 세상을 바꾼다거나 하는 일은 거의 불가능했다.

돈은 세상을 돌게 하고, 빚은 돈의 유통을 막는 일을 했다. 물론 대통령이 무기를 사용해 전쟁을 한다거나 총사령관이 된다거나 나라의 공식적인 대변인이 된다거나 하는 것이 대통령의 역할이기는 하나, 그다지 재미없는 일이었다. 대통령으로서의 진정한 기쁨을 맛보는 순간이라면 다음 세대를 위해 이 세상을 변화시키는 것이었다. 하지만 그러려면 돈이 필요했다. 엄청난 돈이. 하지만 더 이상 돈은 없었다.

번스타인은 이런 것들이 가능했던 프랭클린 D. 루스벨트 때나 버락 오바마 때가 좋았다고 생각했다. 그때만 해도 뭔가를 해볼 수 있었고, 국회도 수조 원의 빚을 내서라도 대통령을 지원했었다. 하지만 이제 법률이 바뀌었다. 국가 채무가 국민총생산을 넘어서자 국회에서는 엄격한 규정을 정해 행정부의 정책을 제한했다.

모든 것은 국회가 결정했다. 그전까지만 해도, 대통령의 목소리가 어느 정도의 힘이 있었다. 하지만 이제는 국회의원을 선출할 때 대통령의 권한에 제동을 걸 수 있는 능력이 있는지를 보았다. 과거 대통령들 때문에 미국이 망해가는 것을 비난하면서 백악관에 너무 많은 권력을 주어서는 안 된다고 다들 아우성쳤다. 대통령의 힘이 너무 막강한 것이 바로 모든 문제의 발단이라고 했다. 물론 이는 모두 말도 안 되는 짓거리들이었지만, 이로 인해 새로운 정체상태가 발로되었다. 국회의원들은 정당의 의견을 대표하지 않았고, 마치 모두들 대통령직에 출마하기라도 한 것처럼 제각각 행동했다. 미국을 다시 국민들의 손에 돌려줘야 한다는 문구 하에 수백 개의 목소리가 한꺼번에 들려왔다. 결국 정부는 아무런 힘도 없었고, 아무것도 할 수 없었다. 국회나 국민들은 새로운 지출안마다 반대하면서 자신들의 의견이 받아들여지는 것이라 느꼈다. 그러면서도 사람들은 자신들의 삶이나 나라의 기반구조가 망하는 것을 보고 싶어 하지는 않았다. 그들이 진정 원하는 것은 어려운 결정을 직접 내려줄 진정한 리더십이 필요했던 것이다. 입법부는 절대 리더가 될 수 없었다. 리더는 대통령의 역할이었고, 번스타인은 그런 대통령이 되고자 출마했던 것이다. 비록 불가능해 보일지라도, 그래도 그는 시도해보고 싶었던 것이다.

7.

그 사건이 발생했을 당시, 사람들은 이를 단순한 폭력사건으로 보았다. 2026년 1월, 누군가가 캘리포니아 주 팜데저트 근처의 카지노로 버스를 타고 가다가 12명을 총으로 쏘았다. 그 중 9명은 사망했고, 3명은 부상을 입었다. 이 사건에서 특이했던 점은 그 버스에는 총 30명이 타고 있었는데, 40세 미만으로 보이는 사람은 상처 하나 입지 않았다는 것이었다.

총을 쏜 사람은 26세의 젊은 남자로, 곧 버스운전자에 의해 살해되었으므로 결국 무슨 생각으로 사건을 벌였는지 알아낼 수가 없었다. 그의 가족이나 친구들은 인터뷰에서

"정말 조용한 아이였어요." "정말 착한 총각이었어요. 좋은 이웃이었고요."라고 말할 뿐이었다.

빵집을 운영하는 한국인 부부가 그를 아들처럼 여겼다는 소리도 들렸다. 하지만 좀 더 조사해보니, 이는 그저 그들의 아들과 비슷한 또래였다는 뜻이었지,

실제로 그렇게 여겼다는 소리는 아니었다.

  2026년의 폭력사건들은 과거의 폭력사건들과 다를 바가 없었다. 갱단, 살인, 가정 내 불화, 강도사건들, 모두 늘 있는 일들이었다. 한참 규모가 성장하고 있던 집단은 네오나치 당으로 스킨헤드였다. 이들은 미국의 현재 모습을 증오했다. 그들은 흑인과 유대인들, 그리고 새롭게 합법적인 미국인이 된 히스패닉 인종도 없애버려야 할 대상으로 생각했다. 그들은 자신들을 '마지막 남은 진정한 백인들'이라 불렀고, 이제는 예전의 미국으로 되돌아갈 수 없다는 것을 깨닫고, 그들이 증오하는 소수민족들을 해치는 것을 의무로 생각했다.

  그러나 그 해 일어난 버스 총기사건은 이들 단체와는 상관이 없었다. 총을 쏜 사람은 백인이었지만, 스킨헤드는 아니었다. 2년간 대학 교육도 받았으며, 단 한 번도 학교에서 문제를 일으킨 적도 없었다. 곧 그가 휴대전화와 인터넷에 올렸던 모든 글이 분석되었다.

  이제 이 새로운 세상에서는 범법자의 집에 쳐들어가 그를 체포하는 것은 마지막 단계의 일이었다. 그동안 그가 나누었던 모든 대화를 순식간에 수집해 분석하기 때문에, 소환장이 발부되면 사실 모든 게 끝난 것이나 다름없었다. 사람들은 이미 이러한 사실을 알고 있기 때문에, 정말 중요한 일이 있을 경우 그들의 부모나 조부모 시대에 했던 낡은 방식대로, 사람들의 집을 찾아가서나 손으로 편지를 써서 전달하는 방법을 택했다. 프로그램이 진화함에 따라, 사람들에 대한 많은 정보를 데이터화해 놓았기 때문에, 어떤 사람이 자기 아내를 살해하기 위해 '클로로폼'이라는 검색어를 검색엔진에 입력했었다면 이 역시 법정에서 범행 동기에 대한 증거로 사용될 수 있었다.

  만약 누군가가 범행을 저질렀다면, 그가 다운받아 읽었던 모든 자료와 그가 서핑했던 모든 인터넷 혹은 실제 상점과 구매 정보가 빛의 속도로 분석되었고, 경찰이 법원명령을 들고 그의 집 앞에 들이닥칠 때에는 모든 범행 동기에 관한 정보가 수집됐다고 봐도 과언이 아니었다. 버스 총기 난사 사건은 이러한 작업이 훨씬 간단했다. 그는 어느 하원의원에게 자신은 평생 한 번 병원에 간 적도 없는데 어마어마한 의료보험료를 왜 내야 하는지 이해할 수 없다는 분노에 찬 편지를 보냈었다. 또한 자신의 어머니에게 보낸 편지에는 직장에서 강등되고 월급도 깎여 할머니의 치료비를 낼 수 없다는 내용이 실려 있었다. 그뿐 아니라, 그의 피터 팬에 대한 과도한 집착은 컴퓨터로 하여금 다음과 같은 결론을 내리게 했다. '늙고 낡은 것은 무엇이든 혐오했다'는 것이다.

브래드 밀러의 공은 페어웨이를 가르며 날아갔다. 거의 300야드는 간 것 같았다. 허브의 공은 나무 사이로 날아갔고, 15번 홀까지 16오버 파였다.

"괜히 내기 걸었구먼…." 허브가 말했다.

"걱정 마. 아직 3홀이나 더 남았잖아. 계속할 텐가?"

"자네가 7타나 앞서 있잖아. 이번 판은 내가 진 게 확실한걸." 그는 50달러를 꺼냈다.

"여기 있네. 이제 그만하지. 내가 졌어."

"그러지 말고 한 게임 더 하자고."

브래드는 돈을 받으며 말했다. 그가 버튼을 누르자 16번째 홀이 눈앞에 펼쳐졌다. 이 홀은 항상 바람이 많이 불고 오른쪽에는 S자 모양의 굴곡이, 왼쪽에는 큰 모래더미가 쌓여 있었다. 브래드는 공을 치려고 자세를 바로잡았다.

"잠깐." 허브가 말했다.

"이번 게임은 바람 없이 쳐보자고."

"좋아."

브래드는 벽에 달린 컨트롤러 쪽으로 다가가 바람을 껐다.

골프 디포라 불리는 이 골프센터는 전국에 걸쳐 생겨나고 있었다. 처음 일본에서 개발된 이곳은 350야드 홀을 가진 최고급 골프센터였다. 한 홀을 끝내고 뒤돌아서면 다른 홀이 시작되는 식이었다. 경관도 바뀌며, 바람도 자연스럽게 세기가 조절되었고, 이곳저곳에서 모래더미가 나타났다. 같은 홀에서 움직이면서 나름 운동도 되었다. 대략 3제곱 에이커 정도의 공간을 차지하는 곳으로 동시에 4명씩 10팀까지 수용했다.

가격도 실제 골프장에 비하면 저렴했으며, 노인들에게는 안전성도 제공했다. 지난 몇 해간 골프 클럽에서는 크고 작은 사건들이 있었다. 젊은이들이 '노인'들에게 다가와 시간을 너무 끈다거나, 혹은 이런 곳에 나타났다는 자체에 시비를 걸었다. 따라서 골프 클럽에 가기보다는 안전한 이곳이 그들에게는 더할 나위 없이 훌륭한 골프장이었다.

게임을 마치고 그들은 브래드의 차로 걸어갔다. 브래드는 이제 거의 사라지고 말았지만, 미국 차를 사고 싶어 했다. 몇 년 전 포드와 GM이 합병했음에도 불구하고 부품의 대부분은 수입품이었고, 껍데기만 미국 차였다. 그럴지라도 브래드는 자신이 평생 함께 해왔던 로고가 있는 차를 타는 것이 좋았다.

그가 운전석에 타자, 벨트가 자동으로 채워지면서, 익숙한 여성의 목소리가 그에게 목적지를 물었다.

"뭐 먹으러 갈까?" 그가 허브에게 물었다.

"그러자고. 파스트라미 샌드위치 어때?"

브래드는 시내로 가는 길에 맛있는 파스트라미 샌드위치 집이 생각났지만, 정확한 가게 이름이 떠오르지 않았다. 그때 수지—브래드는 차에서 나오는 여자 목소리를 수지라 불렀다—에게 도움을 요청했다.

"수지, 시내 근처 10번 도로변에 있는 맛집 이름이 뭐지?" 수지는 식당 이름 세 개를 읊어주었다.

"그게 아닌데."

그러자 수지가 다른 집 이름을 말했다. 바로 그곳이었다. "거기 이름이 왠지 낯이 익은데. 전화 좀 걸어봐."

히스패닉 남자 목소리가 들려왔다.

"그곳에서 파스트라미 샌드위치를 파나요?"

"잘 안 들리는데요." 그 남자가 대답했다.

"됐어요."

브래드는 전화를 끊으며 말했다.

"바로 여기네. 억양이 딱 그곳인 거 같아. 거기로 가자고." 곧 수지는 식당으로 향하는 도로와 현재 도로상황, 추천 경로, 목적지까지 걸리는 시간, 평균 예상속도, 날씨, 가는 길의 휴게소 세 곳 외에 브래드가 필요할 것으로 생각되는 정보가 화면에 나타났다.

"멋진데." 허브가 말했다.

"식당 이름은 어떻게 알았지?"

"그 지역에 있는 모든 식당 정보를 검색해서, 메뉴와 리뷰를 읽고 파스트라미에 관한 이야기가 나오면 나한테 말해주는 거지."

그로부터 15분 후 브래드의 차는 아미고스 옆의 주차장으로 들어가고 있었다. 엄청 긴 줄이 이미 서 있었다.

"여긴가?" 허브는 약간 주저하는 목소리였다.

"시내에서 제일 맛있는 파스트라미 샌드위치 집이라고. 내 말을 믿어. 소문이 자자해. 그러니 저렇게 줄도 긴 거라고."

"병원 앞도 줄은 길지만, 그렇다고 병원이 인기 있진 않지 않나."

"들어가기 싫어?"

"아냐. 들어가자고."

그들은 차에서 내려 긴 줄 뒤에 섰다. 50세를 넘은 건 그들이 유일해 보였다. 그들보다 나이가 더 많아 보이는 사람은 당연히 없었다. 줄이 짧아지면서 안으로 들어가도 그들과 눈길을 마주치는 사람이 없었다. 허브는 다른 데로 가고 싶은 마음이 굴뚝같았지만 아무런 말도 하지 않았다.

그렇게 30분쯤을 서 있다가 주문을 했다. 파스트라미 샌드위치 라지 사이즈 두 개에 코울슬로, 피클과 그들의 입을 즐겁게 해줄 비프주스까지. 테이블에 앉아 있으면 음식을 가져다주는 시스템이었다. 그들은 창가에 작은 테이블을 찾아 자리에 앉았다. 바로 그 순간 20대로 보이는 히스패닉 남자 두 명이 다가와 브래드에게 이렇게 말했다.

"당장 여기서 꺼져, 여긴 내 자리야."

"자리가 비어 있어서 앉았네." 브래드가 말했다.

허브는 일어났다. 그는 말다툼에 끼어들고 싶은 생각이 없었다.

"어쩌면 이들이 맡아놓았는지도 모르잖아."

"아니야. 테이블 비어 있었네."

"당장 꺼지지 못해? 내 말 안 들려?"

그때 종업원이 샌드위치를 가지고 나와 테이블에 올려놓았다. 서 있던 남자 중 한 명이 샌드위치를 들더니 한 입 베어 물었다.

"도대체 이게 무슨 짓이야?" 브래드는 화가 났다.

"그건 내가 주문한 거라고!"

"아닐 텐데? 여긴 우리 자리고, 이건 우리 샌드위치야."

"가서 매니저를 불러야겠군."

"그래, 맘대로 해보시지. 노인 양반. 이야기 끝나면 우린 밖에서 보자고."

"브래드, 그냥 샌드위치 줘버려. 식욕이 떨어졌네."

"이렇게 뺏길 순 없어. 내 돈 내고 산 내 샌드위치라고."

브래드는 매니저를 찾으러 자리에서 일어났다. 허브는 그 자리에서 사라지고만 싶었다. 그는 그대로 서서 브래드가 히스패닉인 한 사내를 데려올 때까지 아무 말도 하지 않고 있었다. 브래드는 그에게 영수증을 보여주었다.

"이건 우리가 지불한 거요. 우리 것이란 말이요."

그 남자는 영수증을 보더니 두 남자에게 무언가 스페인어로 말을 건넸다. 그리고는 셋은 함께 크게 웃더니, 시비를 걸던 젊은이들은 자리를 떴다.

"늙고 재수 없는 새끼들. 샌드위치나 처먹어라."

그들 중 한 명이 이렇게 말했다.

"나중에 보자고." 그들은 그렇게 식당을 나갔다. 허브는 두려움에 덜덜 떨었다.

"밖에서 우리를 기다리나 봄세."

"그냥 먹기나 해." 브래드가 말했다.

"여긴 사람이 많으니 우리에게 함부로 못할 거야."

"무슨 소리야? 여기 멕시코인들 천지야. 그 자식들이 무슨 짓을 해도 말릴 사람은 없을걸. 여길 오지 말았어야 했어."

"제기랄. 자네 생각이었잖아."

"난 그저 파스트라미 샌드위치를 먹자는 거였지. 망할 놈의 자네 차가 우릴 감옥으로 보내버린 거라고."

브래드는 무표정하게 샌드위치를 한 입 베어 물었다. 그 역시 걱정이 되었지만 감정을 숨겼다.

"와, 이거 맛있구먼."

"우리의 마지막 식사가 될지도 모르는데 당연히 맛있어야지."

그들은 창 밖에 서 있는 차를 바라보며 입은 다문 채 먹고만 있었다. 아까 그 남자들은 보이지 않았다. 둘은 그들이 가버렸기만을 바랐다. 나이 때문에 조롱거리가 되는 게 이번이 처음은 아니지만, 갈수록 심해지는 것만 같았다. 허브는 다시는 이곳에 발길도 돌리지 않겠다고 결심했다.

매일 먹는 걸 먹는 게 찔려 죽는 거보단 낫지.

밤 10시, 스튜어트는 누군가 학교 체육관에 침입했음을 알리는 경고등을 감지했다. 카메라로 확인해보자 사실로 판명됐다. 6명쯤 되어 보이는 남자아이들이 농구공을 들고 체육관 문을 따려고 하는 것이었다. 이 얼마나 어리석은 일인가. 체육관 안이 이렇게 어두운데 도대체 이 어둠 속에서 뭘 하겠다는 걸까.

그는 순찰할 때 사용하는 바퀴가 세 개 달린 차량에 올라타 체육관으로 향했다. 그가 도착했을 땐 이미 문이 열려 있었고 옅은 불빛 속에서 농구공 소리가 들려왔다. 아이들이 전기등을 가져온 것이었다. 스튜어트는 가만히 서서 미소를 지었다. 그저 아이들이 농구를 하러 온 것뿐, 물건을 훔치거나 기물을 파손하는 것도 아니었다. 그러나 그의 임무는 학교 경비를 보는 것이므로, 스위치를 켰다. 갑자기 형광등에 불이 들어오자 남자아이들의 시선이 스튜어트를 향했다.

"얘들아, 여기 들어오면 안 돼."

"그냥 농구나 한 게임 하려는 것뿐인데요." 그들 중 한 명이 외쳤다.

"여기에서 나가줘야겠구나."

소리가 들리기도 전에 스튜어트는 몸으로 먼저 느껴야만 했다. 쇄골 속으로 깊은 통증이 느껴졌다. 그 순간 통증보다 느리게 총성이 건물 전체로 울려퍼졌다. 아이들은 모두 출구를 향해 달렸다. 스튜어트는 순간 몸이 허물어지는 느낌과 함께 바닥에 쓰러졌다.

"이 자식, 너 왜 그랬어?"

스튜어트는 한 아이가 총을 쏜 아이에게 소리치는 것을 들었다. 대답이 궁금했지만 그 순간 정신을 잃고 말았다. 그는 체육관 문이 열린 것을 보고 들어온 로봇이 그를 발견할 때까지, 피바다 속에 그대로 누워 있었다.

캐시의 집 전화기며 휴대전화, 모든 집안의 장치에 빨간 경고등이 들어왔다. 경고등에 대해서는 들어봤지만, 단 한 번도 직접 본 적은 없었다. 모든 장치에는 "세인트피터스 병원에 연락할 것. 아버지가 위급함."이라고 써 있었다.

캐시는 누군가의 고약한 장난이기를 바라는 마음뿐이었지만, 이머전시 칩을 해킹하는 것은 범칙금이 워낙 높았기 때문에 그런 장난을 할 사람은 거의 없었다. 그녀는 황급히 브라이언에게 연락했다. 둘은 15분 후 병원에 도착했다.

캐시는 창백한 얼굴로 두려움에 가득 차 있었다. 브라이언은 그저 위로의 말을 건넬 뿐 달리 그녀를 도울 방법을 알지 못했다. 그는 병원을 싫어했다. 병원 냄새만 맡아도 토할 것 같았다. 브라이언이 5살이었을 때 스쿠터를 타다가 넘어져서 상처를 꿰매야 했는데, 의사의 실수로 상처부위가 감염되었고, 결국 다시 병원 신세를 지게 되면서 스키를 타다 목이 부러진 남자아이와 일주일 동안 같은 병실을 써야 했다. 감염 자체는 별로 무섭지 않았지만, 머리부터 발까지 깁스를 한 환자를 밤낮으로 마주하고 있는 것은 그야말로 공포 그 자체였다. 병원이란 곳은 절대로 발을 디디선 안 되는 곳이란 생각만 들었다. 그때 그는 *차라리 그냥 죽는 게 나을 것 같다고* 생각했다.

응급실 문을 열고 들어서자 수많은 사람이 기다리고 있었다. 3백 명은 족히 넘어 보였다. 기침과 재채기를 하는 환자들이 너무 많아서, 이곳에서 나갈 때쯤이면 벌써 온갖 종류의 균에 감염될 것 같았다. 그나마 서 있을 수 있는 사람들은 S자 모양으로 줄을 서 있었다. 캐시는 항상 이 S자형 줄 세우기가 인류 최고의 아이디어라고 생각했다. 좁은 공간에서 사람들을 줄 세우는 동시에 금세 진료를 받을 수 있을 것 같은 착각을 불러일으키지 않는가.

도대체 누가 이런 걸 생각해냈을까?

사람들은 유리로 된 칸막이 뒤에 초췌한 얼굴로 앉아 있는 두 명의 간호사 쪽으로 천천히 다가가고 있었다. 휠체어를 탄 환자들도 마찬가지로 S자형으로 줄을 서서 기다리고 있었다. 캐시는 아버지를 찾기 위해 눈으로 이곳저곳을 훑었다.

"여기가 아닌가 봐." 그녀가 말했다.

"여기라고 하지 않았어?"

57

"분명 이 병원이라고 했는데….."

"우린 안 기다려도 될 것 같은데, 접수창구로 가보자."

그들은 건물 중앙으로 이동했다. 그곳에는 아까보다는 훨씬 짧은 줄이 있었다. 잠시 후 캐시가 직원에게 자신의 이름을 말하자, 직원은 마이크에 대고 캐시의 이름을 댔다. 그리고 스크린에 환자 정보가 뜨자, 그녀가 물었다.

"가장 가까운 가족 분 맞으신가요?"

캐시는 순간 극심한 공포가 몰려옴을 느꼈다. 나쁜 소식 같았다.

"네."

"환자분께서는 지금 수술 중이십니다."

"뭐라고요? 왜요?"

"자세한 정보는 드릴 수 없습니다. 잠시 앉아서 기다리시면 알려 드리겠습니다."

"저희 아버진 괜찮으신가요?"

"그건 저도 알 수 없습니다. 잠시 기다리시면 알려 드릴 겁니다."

브라이언은 순간 화가 치밀어 올랐다.

"도대체 그럼 당신 여기 뭐 하러 앉아 있는 겁니까? 도대체 얼마나 받고 일하는 거냐고요?"

다행히도 그 직원은 브라이언의 말에 아무런 대꾸도 하지 않았다. 젊은 사람 같았으면 벌써 그를 경찰에 신고했을 것이다. 그처럼 화를 내는 사람들이 있으면 당장 경비원에 연락하는 게 일반적이었다. 사람 대 사람 간의 관계가 드물어 사람들이 자신의 진짜 감정을 표출하게 되면 이를 받아들이려고 하질 않았다. 그저 적대적으로 보일 뿐이었다.

"그만 해."

캐시가 그의 팔을 잡고 그를 앉혔다.

"그냥 앉아서 기다리자."

둘은 대략 30분 남짓 그대로 의자에 앉아서 마냥 기다리고 있었다. 그러자 정장차림의 한 여자가 엘리베이터에서 나오더니 캐시 쪽으로 다가왔다.

"버나드 양이세요?"

"네." 캐시는 두려웠다.

"이쪽은 남편분이신가요?"

"아뇨. 그냥 친구예요."

"전 수 노전입니다. 병원 관리부서에 있습니다. 환자 가족들과 상담하는 것이 제 업무지요."

"왜요? 설마…?"

"아뇨. 이제 막 수술을 끝마치셨습니다. 괜찮으실 거예요."

"천만다행이네요."

캐시는 브라이언의 손을 잡고 매우 세게 쥐었다.

"몇 가지 문제가 있는데요." 수가 말했다.

"제 사무실로 들어오시겠어요?"

"지금 아버지를 볼 수 있나요?"

"지금은 면회가 불가능합니다. 중환자실에 계시거든요."

"세상에…. 그럼 심각한 거죠, 그렇죠?"

"수술 후에는 원래 중환자실에서 회복을 하셔야 합니다."

캐시는 아직도 아버지에게 무슨 일이 생겼는지 전혀 알지 못했다. 시간이 이렇게나 흘렀는데 아무것도 아는 게 없다니.
"아버지는 어떻게 된 건가요?"
"총상입니다."
 순간 기절할 것만 같아 주저앉은 캐시의 두 눈에 눈물이 흘러내렸다. 브라이언은 그녀의 어깨에 팔을 둘렀고, 수 노전은 차가운 손을 내밀었으나 전혀 도움이 되지 못했다.
"괜찮으실 거예요. 그게 중요한 거죠. 시원한 음료라도 드릴까요?"
 캐시는 고개를 끄덕였다.
"제 사무실로 들어가서 얘기해요."

8.

　사람들은 모두 미국 대통령이 바뀌는 인수인계 기간 동안 어떤 일이 일어나는지 궁금해 한다. 백악관에 들어가고 나오는 약 두 달 반의 기간에 과연 무슨 일이 일어날까? 새 대통령은 어떻게 나라의 비밀을 알게 될까? 매튜 번스타인에게 있어서는 모든 것이 그저 놀람의 연속이었다. 번스타인은 대통령 후보가 되었을 때 국가안보기밀에 대한 브리핑을 받았다. 이것만으로도 대통령직 출마를 포기해야 하는 건 아닌지 잠시 망설여질 정도였다.

　이제 세상은 더 이상 백 퍼센트 신뢰할 만한 뉴스도 없었으며, 뉴스 기관이나 리포터들이 전달해주는 정도의 지식이 아니었다. 각계각층의 전문가들, 아마추어들, 시민단체들, 가십거리와 세계 곳곳의 휴대전화 사용자들로부터 받은 정보 등이 여기저기에 널려 있어서 무엇이 진짜고 거짓인지를 판가름하는 것은 다 개개인의 능력에 달려 있었다. 어떤 사이트는 CIA의 아침 브리핑 내용이 무엇인지를 보도한다고 하기도 했다. 물론 그 사이트는 진실이 아니겠지만. 어쩌면 사실일 수도 있었다. 어쨌건 그 사이트의 다양한 뉴스가 곳곳으로 퍼져 나갔으며, 곧 사이트 자체가 폐쇄되더라도 곧 다른 곳에서 다시 재방영되었다.

그러나 번스타인이 대통령 후보가 되었을 때, 그는 대통령이 보고받는 내용에 버금가는 브리핑을 받게 되었다. 적어도 이것만큼은 사실이라고 믿어도 되는 정보들이었다. 닉슨의 말을 바꾸어 인용하면 "대통령이 듣게 되었다면, 그건 사실임이 틀림없다."

모든 것이 다 새로웠다. 하지만 이마저 그가 앞으로 대통령이 되어 알게 될 것에 비하면 빙산의 일각이었다.

대통령에 당선된 후, 11월 20일 즈음, 번스타인은 케이먼 섬에서 일주일간 온천여행을 하게 될 것임을 듣게 되었다. 그의 아내도 여행에 동참할 것을 허락받았으며, 그곳에서 "모든 정보를 듣게 될" 것도 알게 되었다. 취임하기 전, 이런 시간이 있다는 것은 알고 있었지만, 얼마나 많은 정보를 어디까지 알게 될 것인지는 그도 전혀 알지 못했다.

처음 진행은 여유로웠다. 첫날은 매일 아침에 주어지는 브리핑과 휴식이 전부였다. 그동안 후보로서 몇 달간 현안문제, 미래에 예측되는 문제들에 대해서 들어왔지만, 낙선할 경우를 대비해 그들도 모든 것을 다 알려주진 않았다. 11월 8일 이후로는 브리핑도 점점 길어졌지만, 이 한 주간의 기간에 들어야 할 것에 비하면 이것 역시 별것 아니었다.

케이먼에서의 첫 번째 공식 회의에서 번스타인은 두 명의 군인과 한 명의 정장 입은 남자와 마주앉았다. 군복을 입은 사람 중 하나가 번스타인에게 질문이 있는지를 먼저 물었다. 그동안 궁금해 했던 것 중 만족스러운 대답을 듣지 못한 것이 있었는지를 질문했다.

"와! 정말인가요?" 번스타인이 물었다.

"어디서부터 시작해야 할까?"

"무엇이든 말씀하시죠, 대통령 당선자님."

"정말 궁금했던 게 있어요. 외계인들이 지구에 온 적 있나요? 51구역은 도대체 뭐가 있습니까?"

정장 입은 남자가 웃음을 터뜨렸다.

"모두들 그 질문을 먼저 하신답니다. 우선 첫 번째 질문에 대한 답을 하자면 아닙니다. 우주인이 지구에 온 적은 없습니다. 정부에서 숨겨놓은 우주 생물체는 없지만, 51구역에서는 정부가 완전히 새로운 기술의 비행추진체를 구상하고 있었습니다. 접시 모양이었는데, 그게 추락했습니다. 사람들의 눈에 띄었고, 당시 정부에서는 국가보안 차원에서 외계인설 쪽으로 방향을 트는 게 안전하겠다 싶어 그쪽으로 뉴스를 내보냈지요."

"어떤 종류의 비행추진체 말인가요?" 번스타인이 물었다.

아무도 이에 답하지 않았다. 잠시 후, 군인 중 한 명이 입을 열었다.

"그에 대한 대답을 드리기엔 저희가 부적격하므로, 후에 다른 분께 설명을 들으시도록 하겠습니다."

번스타인은 이에 눈을 감았다가 떴다. 그럼 1주일이 그냥 시간 낭비란 말인가? 알려줄 것만 알려주고 나머지 이야긴 입 다물겠다는 건가? 그의 다음 질문이 이어졌다.

"이 나라를 진정으로 운영하는 건 누굽니까?"

"무슨 말씀이신지요?"

"이 나라를 조정하는 게 누구요?"

"오는 1월부터 대통령께서 직접 이 나라를 운영하시게 될 겁니다."

"그 말 못 믿겠네. 대통령직과는 상관없이 배후에 뭔가가 있을 게 아닌가요. 미국의 진정한 권력자는 누굽니까?"

"대법원 말씀이신가요?" 한 군인이 물었다.

"이건 농담이 아닙니다." 번스타인이 말했다.

"난 진심으로 묻고 있는 겁니다. 정확히 다시 묻죠. 이 나라엔 비밀 정부가 있습니까?"

51구역에 관한 질문에 대답했던 남자가 미소를 지으며 답했다.

"아닙니다. 세계엔 부유한 가문이나 개인이 존재하는 것은 사실이나, 적어도 제가 아는 바로는, 그들도 정부만큼 큰 권력은 갖고 있지 않습니다."

"당신이 아는 바로는?"

"네, 제가 아는 바로는 그렇습니다."

"존 케네디를 암살한 건 누군가요?"

"리 하비 오스왈드가 아닌가요?"

"알겠습니다." 대통령 당선자 번스타인은 물을 마시러 자리에서 일어났다.

"내가 궁금했던 세 가지 질문은 여기까지입니다. 이제 당신들이 이야기할 차례입니다."

그는 자기 앞에 있는 세 사람이 정말 극비사항을 알고 있는 것이 맞는지, 비록 맞다 해도 그에게 모든 것을 말하고 있는지 의심스러웠다. 만일 비밀을 알고 있는 것이 그들이 아니라면, 도대체 누가 알고 있는 것일까?

그래도 일주일간 그들에게 들은 정보만으로도 사실 놀라운 것들이었다. 미국이 가진 위험한 요소들은 후보 때 브리핑으로 들었던 것 외에도 엄청났다. 빛

문제와 보건 복지 문제, 아동 문제와 교육제도까지 모든 것이 어디서부터 손봐야 할지도 알 수 없는 난제였다. 날마다 그는 여러 가지 수치와 도표, 데이터와 알고리즘, 두뇌집단들의 미래 예측결과, 위험 인물들, 무너질 위험에 있는 다리, 허리케인 예측 등 산더미 같은 문제들이 꼬리에 꼬리를 물고 이어졌다.

4일째 밤, 번스타인은 아내 벳시에게 이 일주일간의 기간은 새 정부를 맡을 그로부터 모든 기운을 앗아가기 위해 치밀한 음모로 짜인 것임이 틀림없다고 말했다.

"비밀 정부가 있는 게 사실이라면, 신임대통령의 기를 꺾어버리려는 의도가 틀림없어."

벳시는 다른 각도로 바라보았다.

"당신은 잃을 게 하나도 없어요. 상황이 그렇게 심각한 게 사실이라면, 적어도 지금보다는 더 낫게 만들 수 있지 않겠어요? 이 나라의 영부인도 부하직원이 생기는 거예요?"

"물론이고말고."

"그것 봐요. 벌써 상황이 나아지고 있잖아요. 외계인들에 대해선 뭐래요?"

"그건 나도 이미 물어봤지. 없대."

캐시와 브라이언은 수 노전의 사무실 안 소파에 앉았다. 수는 다시 한 번 원칙상 환자와 직접 관계된 가족 외의 사람은 상담실 밖에서 대기해야 함을 알리며 그래도 원한다면 브라이언이 함께 듣는 것을 허락했다. 수는 캐시에게 결정하라고 했다. 그것은 캐시의 선택에 따른 것이며, 사실 수 자신도 별로 신경 쓰지 않는다고 했다. 그녀는 의자를 캐시 쪽으로 돌리고, 그녀의 얼굴을 바라보며 말했다.

"들으셨다시피 아버님은 직장에서 총상을 입으셨어요."

"전 들은 게 하나도 없어요! 지금 처음 듣는 거란 말이에요."

"근무하시던 학교에서 왼쪽 쇄골에 총 1발을 맞으셨어요."

"이런 세상에…."

"다행히도 심장을 관통하진 않았지만, 피를 많이 흘린 데다가 총알이 워낙 깊이 들어가서 빼내는데 오래 걸렸습니다. 왼쪽 어깨의 신경이 손상되었을 수도 있고요."

"그게 무슨 뜻이죠?" 캐시의 목소리는 떨리고 있었다.

"왼쪽 어깨의 감각이나 움직임이 어디까지 원활한지는 시간이 지나봐야 안다는 뜻입니다."

"움직이는 건 어느 정도나 못하게 되는 건가요?"

"저도 예측할 길이 없습니다. 괜찮을 수도 있고, 팔을 움직이지 못할 수도 있습니다."

"말도 안 돼. 어떻게 이럴 수가."

"현재로서는 앞으로의 상황을 예측하기가 어렵습니다. 제가 드리는 말씀은 현재 정보에 관한 것뿐이니까요. 일주일간 병원에서 계시면서 물리치료를 꾸준히 받으셔야 합니다."

"알겠어요." 캐시가 말했다. "필요하다면 뭐든지 해야죠."

수는 이 부분에서 캐시의 대답이 마음에 들지 않았다. 캐시는 이해하지 못하고 있었다. 수는 자신의 일을 좋아했지만, 이럴 때만은 사람들을 이해할 수 없었다. 왜 가장 기본적인 경제 상식도 모르는지 말이다.

도대체 학교에서 아이들에게 뭘 가르치는 거야?

"캐시? 캐시라고 불러도 될까요?"

"네." 캐시는 수의 질문이 결코 좋은 방향으로 흘러가지 않을 것임을 알면서 고개를 끄덕였다.

"아버님께서는 종합의료보험을 들어놓지 않으셨어요."

캐시의 얼굴은 굳어버렸다. 이제야 무슨 말을 하려는지 감을 잡은 것이다. 하지만 예상했던 것보다 상황은 더욱 심각했다.

"정확히 말씀드리면, 전혀 가입하신 보험이 없으세요. 종합보험료가 1년 6개월 동안 체납되었어요."

"하지만 그걸 지불하시려고 학교에서 직장을 구하신 거란 말이에요."

"그건 이해합니다만, 중요한 건 아버님께서 보험료를 납입하지 않으셨다는 사실이에요. 보험료를 납입하지 않으면 정부에서 보장을 해주지 않습니다. 매달 보험료를 납입하는 것은 모두의 의무니까요."

"그러면 지금이라도 밀린 것을 지불하면 안 될까요?"

"그러기엔 너무 늦으셨어요. 정부에서도 지금까지 많은 환자가 보험료를 납입하지 않다가 막상 병이 생기면 그제야 뒤늦게 납입하겠다는 경우를 많이 보아왔기 때문에, 그런 경우를 대비해 납기 후 지불에 관해 엄격한 법안을 통과시켰답니다. 주택융자금과도 같은 개념이지요. 융자금을 지불하지 못하면 집을 잃게 되는 것과 마찬가지예요."

캐시는 그녀의 말을 듣자 점점 화가 치밀었다.

"저희 집 대출금도 밀려 있지만 그래도 집은 아직 잃지 않았다고요."

"몇 개월이나 밀려 있으신가요?"

"2개월이요."

"아버님께서는 보험료를 1년 반 동안이나 체납하셨어요. 2개월이라도 문제인데, 18개월이라니, 제가 도와드릴 방법이 없네요."

"그럼, 이제 어떻게 되는 건가요?"

"우선 좋은 소식은 저희 병원에서 아버님께서 병원에 계신 동안에는 치료를 해 드릴 겁니다. 하지만, 만일 훗날 물리치료를 받으셔야 한다고 판명되면, 그것은 가족 분께서 직접 알아보셔야 할 겁니다."

"알겠어요." 캐시가 말했다.

스튜어트에게는 물리치료가 필요 없을지도 모르는 일이지 않은가. 그때, 수노전이 한 말은 캐시의 귀에 분명히 들리기는 했지만, 도저히 이해가 되지 않는 것들이었다.

"캐시, 병원비는 지불하셔야 합니다."

수는 잠시 말을 멈추고는 스크린에 뜬 숫자를 다시 확인했다.

"수술비와 일주일 입원비를 더하면 대략 35만 달러입니다."

그 말에 먼저 반응한 것은 브라이언이었다.

"뭐라고요?" 브라이언은 자리에서 일어섰.

"35만 달러요."

브라이언은 마치 성난 사자처럼 사무실을 걷기 시작했다. 캐시는 아직도 상황이 제대로 이해되지 않았다.

"종합보험에 가입하셨다는데 그렇게 많을 리가 없잖아요!" 브라이언이 말했다.

"보험료가 체납되어 더 이상 보장이 안 되십니다." 수가 대답했다.

"하지만 납입하시려고 했단 말이에요. 그래서 그분이 그 거지같은 직장에서 일해야만 했다고요!"

브라이언의 목소리는 높아졌다.

"그곳에서 총에 맞은 거라고요!"

"불공평하게 들리실 수 있다는 건 알지만, 제가 규칙을 만든 건 아닙니다. 전 그저 저희 병원이 진료를 계속할 수 있게 의료비를 수납하는 일을 할 뿐이고요."

"우린 그만한 돈이 없어요." 캐시가 말했다.

"그럼 아버지를 죽일 건가요?"

"그럴 리가요."

수는 자리에서 일어나 책상으로 걸어갔다.

"제가 진료비를 융자받을 방법을 댁 전화로 보내드리겠습니다. 해결방법이 있을 거예요. 대학 등록금은 대출 받으셨었나요?"

"대학 안 다녔어요. 돈 벌어야 하니까요."

"진료비는 가족 분께서 천천히 갚으시면 됩니다. 본인께서 갚으셔도 되고, 아버님께서 갚으셔도 됩니다." 캐시는 자리에서 일어났다. 그녀의 얼굴은 창백했다.

"그럼, 저더러 35만 달러를 대출받는 것밖에 방법이 없다는 말씀이신가요?"

"네."

"대출이 안 되면 어떻게 되나요?"

"아버님께서 소유하고 계신 집이 있다고 하지 않으셨나요?"

"네, 하지만 그 집도 대출금이 집값보다 더 많을 걸요."

"캐시, 진료비 대출은 주택담보대출보다 얻기가 수월한 편이에요. 우선 진료비를 지출해야 하는 일이 엄연히 발생했고, 그 돈을 갚을 사람이 직업이 있다면, 대출을 받을 수 있을 겁니다."

"대출을 못 받으면요?"

"캐시, 당신은 젊고 건강하잖아요. 아버님께서 다시 직업을 가지실 수 없게 될지라도, 당신이든 다른 가족 누군가는 일할 수 있지 않겠어요? 시간이 지나면 다 갚을 수 있을 겁니다. 물론 제가 대출을 해줄 수 있는 것이 아니라 병원 측을 대변하고 있는 상황이니, 우선 댁에 가서서 제가 보내드린 대출방안을 살펴보세요. 분명히 무언가 방법이 있을 겁니다."

"아버지는 볼 수 있나요?"

"중환자실에 계신 동안은 안 됩니다."

"언제 가능하죠?"

"우선은 집에서 보내드린 자료를 보고 기다리셨다가 제가 면회할 수 있게 되면 연락드리겠습니다."

브라이언은 화가 났다. 수라는 이 여자의 얼굴을 한 대 갈기고 싶었다. 하지만 캐시는 조용히 문 쪽으로 걸어갔다. 돈 문제를 당장 해결하지 못하면, 다시는 아버지의 얼굴을 보지 못할 것만 같았다.

9.

대통령 번스타인은 6월 12일 수요일 보건복지부 관계자들 및 의학계 전문가들과 회의를 할 예정이었으나, 그의 계획을 바꿀 사건이 기다리고 있었다.

브래드의 가장 가난한 친구인 잭 엘러는 수요일 오전 일찍 일어났다. 그는 오른발에 지독한 통증을 느꼈다. 그가 가입한 의료보험은 정부에서 제공하는 것 중 가장 보장범위가 좁았다. 그는 1년에 단 한 번 진료비를 지원받을 수 있었으며 3년에 1회 응급실 진료를 받을 수 있었다. 다수의 의사들 소견에 의해 수술이 불가피하다는 것이 공통의 의견일 때에만 수술비를 지원받을 수 있었으며, 구급차를 부르거나 간병인을 쓰는 일, 물리치료를 받는 것도 불가능했으며, 총 공제액은 5천 달러였다.

세상에 이런 보험 상품도 있는지 의문이 드는 사람이 있다면, 그 이유는 간단하다. 진료비가 너무 많이 들기 때문에, 사람들은 아예 병원에 갈 생각을 하지 않는 것이다. 집에서 쓰러진 경우는 구급차를 이용하면 추가로 3천 달러가 더 들기 때문에, 극적으로 운 좋은 경우에나 이웃 사람이 발견해서 직접 병원으로 후송했다. 그보다 더 운 좋은 환자라면 한두 군데서 수술이 필요하다는 확인서를 받았겠지만, 그마저도 세 번째 확인서를 기다리다가 죽어버리는 경우가 더 많았다. 정부는 이런 사실을 알면서도 정책을 바꾸지 않았다.

잭은 침대에 앉아 부은 발을 마사지하면서 벽에 걸린 시계를 쳐다보았다. 새벽 6시 35분이었다. 통증이 너무 심해 브래드에게 부탁해 병원에 가서 3년에 한 번 쓸 수 있는 응급실 진료를 오늘 받아볼까 싶었다. 지난 4년 동안 한 번도 응급실에 가지 않았던 것이다. 하지만 브래드를 깨우기에는 너무 이른 시간이다 싶어, 조심히 부엌으로 걸어가 커피머신의 버튼을 눌렀다. 그가 버튼을 누르는 순간 모든 것이 시작되었다. 1초면 사라질 수도, 아닐 수도 있는 진동이 느껴진 것이다.

로스앤젤레스에 사는 사람들은 이따금 찾아오는 이러한 진동에 이미 익숙해진 지 오래다. 대부분의 경우 순간의 진동으로 끝나버렸다. 2020년 팜스프링에서 있었던 강도 7.1의 지진은 로스앤젤레스 전역을 흔들고 지나갔다. 그 지진 후, 뉴스에서는 바로 그때의 지진이 '바로 그 지진'이라고 떠들어댔다. '바로 그 지진'이라는 것이 도대체 뭘까? 7.1 규모의 지진을 직접 경험해 본 사람이 없었으므로, 그때가 '바로 그 지진'이라고 추측할 수밖에 없었다.

잭은 진동이 멈추기를 기다렸지만, 이제 겨우 시작에 불과했다. 그로부터 약 12초 후에 강도가 두 배로 늘어나더니 곧 세 배가 되었고, 모든 것이 떨어지고 무너지기 시작했다. 잭은 침대 밑으로 들어가려고 했지만, 그렇게 생각하던 찰나 천정에서 커다란 구조물이 그의 이마를 강타했다.

브래드는 말 그대로 침대에서 내동댕이쳐졌다. 천정이 무너져 내려오려는 순간, 그는 화장실 문간에 서서 죽기만을 기다렸다. 그의 집에 있는 모든 유리창이 다 깨져버렸으며, 선반에 있던 것도 모두 떨어졌고, 냉장고와 연결된 중앙제어장치도 앞으로 쓰러졌다. 브래드와 그의 아내가 빌 클린턴을 만났을 때 찍었던 사진도 산산조각이 나버렸다. 은퇴 만찬 때 선물로 받았던 라리크 크리스털 수도꼭지도 수백 개의 유리조각이 되어버렸다.

처음 진동이 느껴진 15초 후 전기도 모두 끊겨버렸다. 손목시계 휴대전화도 모두 위성에 직접 연결되기 때문에 브래드는 손목시계를 들었지만, 누구에게 전화해야 할지, 뭐라고 말해야 할지도 몰랐다. 그는 허브에게 전화했다. 응답이 없었다. 잭에게 전화를 했다. 역시 응답이 없었다. 그때 손목 휴대전화가 울렸다. 그의 아들이었다.

"아빠?" 다급한 아들 톰의 목소리였다.

"톰, 괜찮니?"

"아뇨. 아주 큰 지진이 났어요."

톰이 브래드의 집에서 2백 마일은 떨어진 샌디에이고에서 살고 있다는 것, 그리고 진원지가 그곳이었다고 예상하더라도, 이번 지진이 얼마나 큰 것인지 유추할 수 있었다.

"아빠, 괜찮아요? 거기도 심해요?"

"여기도 심하다." 브래드가 대답했다.

"여진이 있을 테니 잘 피하고 있어라."

그리고는 응답이 없었다.

"톰?"

여전히 응답은 없었다.

"톰, 목소리 들리니?" 통신이 끊겨 있었다.

전화가 불통이었다. 사람들이 너무 많이 통화를 해서 끊긴 모양이었다. 브래드는 처음 진동이 멈추자마자 밖으로 나갔다. 그때 여진이 느껴졌다. 캘리포니아에서 기록된 지진 중 가장 강진이었다.

2010년 한 과학자가 앞으로 30년 안에 아주 큰 '바로 그 지진'이 일어날 확률이 50퍼센트라고 한 적이 있었다. 바로 이번이 그 지진이었던 것이다. 50퍼센트의 확률이었던 그 지진. 첫 지진의 강도는 9.1이었으며, 첫 번째 여진은 8.7, 두 번째 여진은 8.2, 세 번째는 8.0으로, 그동안 기록되었던 것보다 훨씬 더 높은 수치였다.

그런데 브래드는 몇 년 전 TV에서 샌안드레아스 단층에 관한 과학프로그램을 본 적이 있었다.

"다른 단층들과 비교해볼 때, 샌안드레아스는 높아야 규모 7.0 수준의 지진을 가져올 것으로 전문가들은 예측하고 있습니다."

게다가 그 쇼에서는 앞으로 백만 년 정도가 지나면 로스앤젤레스가 샌프란시스코보다 북쪽에 위치할 것이라고도 말했었다. 그때 브래드는 과학자들이 특정 단층이 가져올 지진의 강도에 대해 어떻게 예측할 수 있는지 의문스러웠다. 게다가 그 단층은 계속 이동 중인데도 말이다.

한 번쯤은 틀릴 수도 있는 것 아닌가? 지구가 한 번쯤은 지질학자의 예상과 달리 좀 더 빨리 움직일 수도 있지 않은가. 어떻게 지구의 지각활동에 대해 그렇게 자신 있게 예측하는 것인지…. 일기예보도 매일 틀리는 판에 말이다.

브래드는 그렇게 생각했던 기억이 떠올랐다. 아마 그때 그렇게 예측했던 그

과학자는 오늘 이 시점에 자신의 추측이 틀렸음을 깨닫고 무슨 생각을 하고 있을까?

로스앤젤레스도, 지구상의 그 어떤 곳도 이러한 규모의 강진에는 준비되어 있지 않았다. 모든 고속도로나 건물이 완전히 무너져버렸다. 로스앤젤레스 땅의 98%가 심각하게 훼손되었다.

사망자 수는 5만 명을 훌쩍 넘었으며 부상자 수는 측정 불가했다. 초기 보도에 따르면 족히 50만 명은 부상을 입은 것으로 추정된다고 했다. 병원도 완전 마비상태였다. 도시 자체가 회복 불가한 상태였으며 그저 살아 있는 사람들의 생명을 유지하는 것이 유일한 목표였다.

이 시점에서 한 가지 문제가 이슈로 떠올랐다. 도대체 미국의 가장 큰 도시를 회생할 돈을 어디서 구할 것인가? 이미 빚더미에 나앉아 버린 미국에 이는 불가능한 일처럼 보였다.

미국의 가장 큰 보험회사는 파산을 선고했다. 최소 1조 달러의 보험금을 지불해야만 할 형편이었으나 그것의 백 분의 일조차 지불할 능력이 없었다. 대규모 자연재해의 문제는 바로 이것이었다. 도로나 도시는 괜찮으나 자기 집만 조금 피해를 입은 경우라면, 꽤 큰 공제액을 지불하고 나면 약간의 보험금을 탈 수 있다. 하지만 도시의 모든 집이 다 피해를 본 경우라면, 같은 공식이 성립되지 않는다. 주 정부나 연방정부에서 받을 수 있는 보조금도 거의 바닥에 가까웠으며, 고속도로를 수리하는 것은 새로 짓는 것보다 50배의 비용이 들었다.

미국이 직면한 지진의 피해는 세계 각처의 뉴스에 헤드라인으로 보도되었고, 그 영상은 마치 제 3세계국의 모습을 방불케 했다. 길거리에 누워 있는 사람들, 인도에 쌓인 시체더미들, 도시 곳곳에 난 화재, 그뿐 아니라 수 시간 후면 퍼질 끔찍한 전염병들까지, 사태는 갈수록 심해져 갔다.

지진 발생시각은 태평양표준시로 오전 6시 36분, 동부표준시로 9시 36분이었다. 번스타인은 대통령 집무실에서 도넛과 커피를 즐기며 아침 브리핑을 읽는 중이었다. 그의 수석보좌관인 존 밴 다이크의 손목시계에서 진동이 느껴졌다. 그의 눈이 손목시계를 향한 순간 그는 기겁을 하고 말았다. 번스타인은 읽던 문서를 내려놓고 그의 얼굴을 바라보았다.

"무슨 일인가?"

"대규모 강진입니다."

"어딘데?"

"여깁니다."

"여기? 난 아무것도 안 느껴지는데?"

"로스앤젤레스입니다. 진도 9.1이랍니다."

"뭐라고? 무슨 말도 안 되는 소리야?"

번스타인이 옆에 있던 버튼을 누르자 그의 눈앞의 큰 화면에는 여러 개의 스크린이 뜨기 시작했다. 여기에선 대통령이 원하는 것이면 뭐든 볼 수 있었다. 모든 뉴스와 합동참모본부, 북미항공우주방위사령부(NORAD), 미국 전역에 있는 정부기관의 옥상에 설치된 실시간 카메라, 위성에서 보이는 영상까지 모두 다 그가 원하면 다 볼 수 있었다. 번스타인은 아무 말도 못 하고 입만 벌린 채 3분 동안 생생한 영상을 바라보고만 있었다. 역대 대통령 중에 이런 처참한 광경을 본 사람은 그 말고는 없을 것이었다.

번스타인은 어떠한 상황에서도 침착함을 보이는 것으로 유명했다. 대중 앞에서 자신의 감정을 내보이는 일도 거의 없었거니와 집무실 직원들에게마저도 이는 마찬가지였다. 하지만 지진 화면을 보는 순간 그 역시 숨이 가빠지면서 식은땀이 흐르고 심박수가 빨라지는 것을 느꼈다.

"존, 세상에. 이게 무슨 일인가? 이것 정말 지진이 확실한가?"

"무슨 말씀이신지요?"

"핵폭발을 지진으로 오해하고 있는 건 아닌지 묻는 걸세."

"지진이 확실합니다. 리히터 척도로 9.1을 기록했습니다."

"이런 세상에…어떻게 이런 일이…."

미국 제일의 도시가 순식간에 무너지는 장면을 보고 있던 미국 대통령마저도 이 말 외에는 아무 말도 할 수 없었다.

샘 밀러의 G10기는 오전 11시 레이건 국제공항에 도착했다. 지진 발생 당시 그는 기내에 있었다. 착륙하자마자 그는 열 명쯤 되는 다른 부유층 사람들과 함께 기내에서 지진 영상을 보았다. 그의 마음은 빠르게 움직였다.

회의가 취소되는 건 아닐까? 내가 뭔가 도울 일은 없을까? 이 사건을 해결하려면 무엇을 발명하면 좋을까?

다소 냉담하게 들릴지는 몰라도, 샘의 머리는 항상 이런 식이었다. 다른 이의 불행을 보면서 자기 사업계획을 짜는 사람들을 싫어하면서도, 샘은 스스로에 되뇌었다.

똑똑한 사람의 머리는 이런 식으로 돌아간다고. 똑똑한 자신을 탓할 것 없어.

백악관은 초긴장상태였다. 번스타인은 주 방위군의 절반을 캘리포니아로 파견했다. 서부에 있는 육군도 모든 인력과 자원을 그곳으로 보냈다. 또한 합동참모본부 부의장인 로버트 로스코 장군을 로스앤젤레스로 보내 서둘러 구조작업을 총괄하도록 지시했다. 또한 기껏해야 텐트겠지만 가능한 많은 임시병원을 설치해 가동하게 했고, 이러한 모든 과정에 대한 영상도 뉴스에 보도하도록 했다.

가장 먼저 원조를 보낸 나라는 캐나다였다. 그곳에서 30명의 의사, 100명이 넘는 간호사와 구호물자를 보내왔다. 멕시코 역시 원조를 보냈다. 번스타인은 직접 캘리포니아로 가는 것이 좋을지 갈등했으나, 먼저 군대가 발로 뛰어가 상황을 처리하면 그 후에 그곳을 둘러보는 계획으로 수정했다. 미국대통령이 그 지역을 순방하면 모든 초점이 그에게 맞춰질 수 있으므로, 현재는 지역 주민의 안전을 우선시해야 했다.

그가 워싱턴에 남아야겠다고 결심한 데에는 또 다른 중요한 이유가 있었다. 이처럼 큰 규모의 재난에는 나라 안팎으로 큰 사고가 터질 가능성이 농후했기 때문이다. 다른 이들의 불행을 악용하는 만약의 사태를 대비해 나라의 보안단계를 가장 높은 경고단계를 발령했다. 경찰들도 주야로 의심 가는 행동을 보이는 사람들을 경계했으며, 전략공군사령부도 전시상황을 선포했다. 모든 비행기의 이착륙을 금지했으며, 상용비행기도 48시간 동안 이륙할 수 없었으며, 비행물체가 보이는 즉시 발포를 하도록 명령했다. 불구가 된 것이나 마찬가지인 로스앤젤레스는 이제 어떤 작은 사건에도 완전히 무너질 위기에 처해 있었다.

번스타인이 상황실을 뜨려 할 때 수석보좌관 존이 그에게 회의에 대해 언급했다.

"보건복지팀과 회의가 잡혀 있는데, 취소할까요?"

"아니." 번스타인이 대답했다.

"취소하지 말고, 시간을 연기하게나. 상황이 상황인 만큼 그들의 조언을 반드시 들어보는 게 좋겠네. 회의 시간을 오후로 미루게. 음식을 제공하고, 백악관 내부를 관람시키건 동물원에 모시건 원하는 대로 하고. 우선 내가 생각할 시간이 몇 시간 필요하네. 3시로 하면 어떻겠나?"

"그렇게 하겠습니다."

번스타인은 집무실로 돌아가 스크린에 뜨는 처참한 영상들을 계속 바라보며 속으로 말했다.

걱정 마. 그나마 내 잘못은 아니잖아.

캐시와 브라이언은 인디애나폴리스의 캐시 집에서 지진의 참담한 상황을 보고 있었다.

"안 그래도 로스앤젤레스가 싫었는데. 돈만 많은 변태 새끼들. 당해도 싸지."

평소 같으면 브라이언의 말도 안 되는 지역감정과 일반화의 오류를 즉시 고쳐주었겠지만, 오늘은 그녀의 머릿속엔 온통 아버지 생각뿐이다.

"이건 말도 안 돼." 그녀가 말했다.

"우리 아빠 늦게라도 내려고 했던 건데. 멀쩡하게 살아 있는 재수 없는 노인네들 보다는 우리 아빠가 훨씬 젊단 말이야. 왜 내 돈으로 90세 먹은 노인들 의료보험료를 내야 하는 건데? 우리 아빠한텐 땡전 한 푼도 안 줄 거면서?"

"전적으로 동감해." 브라이언이 말했다.

"망할 놈의 새끼들 다 죽여 버려야 해."

그들은 다시 지진 재난뉴스를 시청했다. 이런 재난 속에서 자기 아버지만 생각한다는 게 조금은 이기적인 것처럼 느껴졌지만, 그래도 캐시에게는 35만 달러라는 큰 빛은 9.1 강도의 지진보다 더 큰 문제였다.

샘 밀러의 손목시계 화면이 반짝였다. 플로리다 지점의 비서였다.

"백악관 측의 비서를 통해 연락이 왔습니다. 회의시간을 좀 늦추어도 괜찮으시겠느냐고요."

"그러자고 해요." 샘이 답했다.

"그동안 뭘 하죠?"

옆에 있던 매기가 손목시계를 들여다보며 작은 목소리로 물었다. 비서가 그녀의 질문을 듣고 바로 대답했다.

"백악관에서 점심식사를 하신 후, 영부인과 백악관 투어를 하시거나, 원하시면 회의 전까지 자유 시간을 보내시다가 회의시간에 맞춰 도착하셔도 된답니다."

"지금 가서 점심과 투어 다 하는 걸로 해요." 매기가 말했다.

"방금 그 말 들었죠?" 샘이 말했다.

"아내가 하자는 대로 해줘요."

"알겠습니다, 사장님. 밖에서 차가 대기하고 있습니다. 로스앤젤레스의 지진 소식은 들으셨나요?"

"네. 그랬죠. 참담하더군요."

"저희 사무실과 실험실도 완전히 무너졌습니다만, 그래도 위험물질은 방출되지 않았답니다. 이른 시간이라서 아무도 없었으니 다행이지요."

"그러게 말이오." 샘이 말했다.

"한 시간 전쯤 밥이 전화했었소. 그곳 건물 월세가 다 비싸서 지점을 크게 안

내길 망정이지, 안 그랬으면 큰 손해 날 뻔했지. 나중에 또 연락할게요."

샘과 매기는 리무진에 올라탔다.

"어디로 모실까요?"

"백악관이요."

이렇게 대답하는 샘의 목소리는 한창 들떠 있었다. 이런 날이 올 줄 누가 알았겠는가.

상황실은 마치 전시상황처럼 바쁘게 돌아갔다. 그들은 보안정보 및 실시간으로 업데이트되는 사상자 수, 위성에서 보내온 사진을 관찰하고 있었다.

위성사진을 볼 때마다 번스타인은 감탄해 마지않을 수 없었다. 위성에서 동영상을 찍는 기술은 적어도 50년은 된 것으로 전혀 새로운 기술이 아니었다. 하지만 해상도와 선명도, 미세한 소리까지 잡아내는 기술이 나날이 발전하고 있었다. 50마일 상공에서도 자동차 번호판이 선명하게 찍혔으며, 그 차 안에서 나누는 대화까지 엿들을 수 있었다. 동영상을 통한 정탐은 법적으로 허용되나, 음성 녹취는 법원명령이 없이는 허락되지 않은 상태였다. 특히 침실 대화를 은밀히 엿듣는다는 것을 생각할 때 사생활 침해의 문제가 심각할 수 있으나, 정부에서는 일단 먼저 녹취를 한 다음, 후에 필요할 시 허락을 받는 방법을 취하는 게 일반적이었다.

그러나 오늘, 그들의 관심사는 음성 녹취가 아니었다. 개인이나 국가적인 음모가 아닌 국가적인 재난이었다. 그것도 미국이 겪은 가장 참담한 재난이었던 것이다.

10.

　미국은 핵전쟁의 위험이 늘 세계 곳곳에 도사리고 있다는 것을 잘 알고 있었다. 하지만 핵전쟁은 아직 일어나지 않았다. 2023년 시카고에서 일어난 방사능 오염폭탄 사건은 그래도 잘 마무리된 편이었다. 이러한 폭발은 넓은 지역에 걸친 방사능 오염으로 인해 거주할 수 없다는 단점은 있지만, 적어도 대규모 살상을 야기하진 않았다.

　사건발생 당시, 사람들은 극심한 공포에 떨었지만 상대적으로 짧은 기간에 처리되었다. 해당 도시 한 구획에 5년간 출입금지 명령이 내려졌으며, 신 방사능오염 제거제를 개발해 지역 일대를 정화했다. 그렇지만 그곳에 사는 사람은 여전히 아무도 없었다. 그리하여 결국 커다란 빌보드 판처럼 가이거 계수기를 설치해 방사능 유출량이 0이라는 것을 사람들로 하여금 확인하게끔 했다. 훗날 그 일대에는 '엑스레이'나 '핵폭탄'이라는 이름의 스트리퍼들이 서는 스트립 클럽이나 댄스 클럽이 성행하게 되었다.

그러나 미국을 제외한 곳에서는 상황이 그렇게 만만하지 않았다. 사람들은 이란이 핵무기를 보유하게 되었을 당시 중동, 혹은 파키스탄이나 북한이 핵전쟁의 발로지가 될 것으로 예상했다. 하지만 북한의 변화는 세계인들을 놀라게 했다.

김정일의 사망 후, 2013년에 북한은 남한의 손에 넘겨졌다. 그 후 몇 년간 북한주민들은 별다른 저항은커녕 오히려 감사하는 마음으로 남한과의 통일에 임했다. 북한 사람들은 수십 년 동안 남한으로 건너간 친척들이나 가족들을 통해서 북한의 가난과 무지의 실상을 파악했고, 더 이상 고립될 수 없다고 여겼던 것이다. 마침내 통일의 기회가 왔을 때, 그들은 굶주린 동물들처럼 기회를 잡아 버렸다.

이스라엘은 미국이 이란과 평화적 대화를 나누는 2012년까지 기다렸으나, 이스라엘 첩보원들은 진실을 알고 있었다. 이스라엘은 2013년 1월부터 한 달에 1개꼴로 핵무기를 제조했다. 이란 내부의 이중간첩 및 이집트와 요르단의 비밀원조 —두 나라는 이스라엘보다 이란을 더 두려워하고 있었던 것이다— 덕분에 이란의 야망을 적어도 십 년 전으로 되돌려 놓을 수 있는 대규모 전쟁이 일어났다. 아랍 국가들은 서로 싸웠으며 거의 6개월간 이 전쟁이 지속되었다. 미국은 무기 제공에는 동의했으나, 공식적인 참전은 거부했다.

2014년 후반에 이르러 이들은 잠정적인 휴전에 들어갔으며, 이란의 핵무기는 적어도 가까운 미래에는 제조될 수 없게 되었다. 물론 암시장에서 거래하는 경우를 제외하고 말이다. 기묘한 것은 전쟁이 마무리되자마자 이스라엘은 요르단과 이집트와 종래와 같은 긴장관계로 돌아가고 말았다. 절대 위기 상황에서는 아군이 되었지만, 종국에는 유대인은 유대인, 아랍인은 아랍인이었으며, 이 사실은 절대 바뀌지 않을 것이었다.

파키스탄과 인도의 상황은 이보다 더 심각했다. 2013년에 파키스탄엔 내분이 일어났다. 아프가니스탄에서 미국과 나토를 대항해 싸우던 탈레반은 베트남 전쟁보다 훨씬 더 긴 전쟁을 시작했고, 파키스탄을 전부 먹어치우겠다는 야욕으로 전쟁을 일으켰다. 그들은 해가 갈수록 지지를 얻어갔다. 인도와 달리 공산국가인 파키스탄은 가난하고 교육도 적게 받은 국민들이 많아 곧 탈레반의 이념에 넘어갔다. 땅은 잃었지만, 완전히 죽은 것도 아니면서 완전히 사라진 것도 아닌 상태였다. 그대로 몇 년간 조용하자, 사람들은 이제 최악의 상황이 다 끝난 것으로 생각했다. 하지만 이는 착각일 뿐이었다.

2013년, 탈레반은 그들에게는 아무런 종교적 의미도 없는 크리스마스이브에 전 세계의 크리스천들에게 "이 개자식들아, 메리 크리스마스 보내라."라고 외치기라도 하는 것처럼 다시 움직이기 시작했다. 군사력의 도움으로 유혈을 최소화한 급하고도 빠른 습격이었다. 결국 2014년 초 파키스탄의 핵무기는 모두 탈레반의 소유가 되고 말았으며, 정부마저 백기를 들고 항복하기에 이르렀다. 세계인들은 파키스탄 전체 국가가 코란을 바탕으로 한 샤리아 법에 의해 지배되는 모습을 공포 가운데 목도했다. 탈레반은 즉시 수천 명의 사람을 길가에 세워놓고 군대 사열에 참여시켰다. 결국 70개의 알카에다 폭탄이 현실로 다가왔다.

미국은 최고경계령을 발표했으며 파키스탄에 실제로 핵무기가 발포되는 일을 막기 위해 전쟁을 준비했다. 그러나 정말 두려움에 떤 곳은 인도였다. 물론 탈레반이 미국을 증오하는 것도 사실이었지만, 인도를 더욱 증오했다. 파키스탄인들과 마찬가지로 그들은 정당한 자신들의 땅을 되찾기 원했다.

그로부터 두 달 후, 카슈미르에서의 첫 충돌이 있었다. 인도는 파키스탄 군대가 그 사이 막강해진 것을 눈치 챘다. 그 뒤에는 탈레반 정부의 "땅을 내놓거나 목숨을 내놓으라"는 강한 경고가 배후에 있었다. 인도에게 있어 최악의 시나리오가 현실이 될 판이었다.

미국, 독일, 프랑스, 중국, 일본, 러시아, 영국 수뇌 간의 비밀회의가 결성되었다. 중국과 러시아는 새로운 파키스탄 정부에 큰 불만이 없었지만, 이들 국가를 제외한 나머지들은 파키스탄의 변화를 받아들일 수 없었다.

인도는 자신들이 먼저 핵무기로 공격할 것을 주장했고, 미국도 이에 동의했다. 중국과 일본은 인도의 결정에 시간을 좀 더 늦출 것을 권했다. 이슬람교도들이 다수 포함된 독일과 프랑스는 다소 불분명한 입장을 취했다. 인도의 공격은 그들 국가 내에서의 폭동을 불러일으킬 것이 뻔했으나, 그들 나라에 탈레반의 세력이 침투하는 것을 더욱 두려워했다.

미국은 인도가 벙커버스터를 이용하면 파키스탄의 세력을 무마시킬 수 있을 것이라 보았다. 이 핵무기는 대기 중에서가 아닌 땅속 깊은 곳에서 폭발하기 때문에 치명적인 방사능 오염 없이 엄청난 피해를 줄 수 있는 것이었다. 파키스탄이 폭탄을 발포하는 것을 막을 순 없으나, 새로 개발된 방어 미사일과 백만 명의 사상자쯤에는 끄떡도 하지 않을 인력을 내세워, 인도는 지금 아니면 손쓸 수 없다고 확신하기에 이르렀다.

인도는 주의를 돌리기 위해 카슈미르에서 계속 공격을 계속했고, 2014년 탈레반의 핵무기 및 영역을 빼앗기 위해 백만 명의 군사를 보냈다. 그들의 계획은 다분히 성공적이었다. 탈레반이 5개의 핵 로켓을 발사했다는 것을 제외하고는 말이다. 이들 중 세 개는 도시 근처의 인구밀집 지역에 떨어졌으며, 하나는 델

리에서 20마일 정도 떨어진 곳에 떨어졌다. 즉시 30만 명이 사망했으며, 그로부터 몇 주간에 걸쳐 수십만 명의 건강이 악화되었다. 하지만 인도는 파키스탄을 장악하게 되었다. 파키스탄인들은 순식간에 자신들의 나라가 넘어가는 것을 보아야 했지만, 탈레반에 가는 것도 원치 않았으며, 더 이상 저항할 힘도 여지도 없었다. 이제 인도가 탈레반의 핵무기를 모두 소유한 이상, 인도에 대항해 싸울 힘도 없었다.

인도의 첫 번째 당면과제는 자신들에게 유리한 정부를 수립하는 것이었다. 인도는 자신들의 생각에 동조하는 탈레반인들 및 망명 중인 지도자들을 불러들였다. 파키스탄은 50년 만에 처음으로 대규모 살상무기를 빼앗겨 버렸다.

이때 일어난 핵폭발로 인한 긍정적인 측면을 굳이 찾는다면, 세계인들이 직접 핵전쟁의 참사를 눈으로 볼 수 있는 계기가 되었다는 것이다. 2015년을 사는 대다수의 사람들에게 핵폭탄은 많은 의미를 가져다주지 못했다. 그저 뭔가 끔찍한 결과를 가져올 것은 예측했지만, 실제로 본 경험도 기억도 없었으며, 히로시마 사건에 대한 책도 읽지 않았다. 베이비붐세대 중 초등학교 시절 책상 밑에 숨어 있던 경험을 기억하는 이들도 있었지만, 그럴지라도 핵무기라는 것은 그저 먼 곳의 이야기일 뿐이었던 것이다. 핵폭발의 참사를 직접 눈으로 목도한 이들은 다시는 같은 일이 발생해서는 안 된다고 굳게 결심하게 되었다. 또 어떤 이들은 핵무기처럼 강력한 무기는 지구상에 다시는 없을 것이라 믿기도 했다.

로스앤젤레스의 상황은 바로 그때와 같았다. 마치 도시 한복판에 50메가톤의 수소폭탄이 투하된 것과 같았다. 방사능 오염은 없지만 그만큼 참상은 심각했다. 테러리스트들이 지진을 일으키는 방법을 모른다는 것이 천만다행한 일이었다.

11.

2시 45분. 번스타인은 상황실을 나와 의학계 전문가들과의 회의 전에 샤워를 마치고 옷을 갈아입으러 갔다. 그의 당초 계획했던 안건은 노인인구의 증가 및 평균수명의 연장에 대한 대책마련이었으나, 오전에 발생한 지진이 상황을 완전히 뒤바꾸어 놓았다. 그렇지만 여전히 미국에는 지진을 겪지 않은 49개의 주가 있으므로 이 안건은 추진되어야 했다.

번스타인에게 가장 중요한 질문은 바로 이것이었다.

사람들의 수명이 너무 길어진 건 아닌가?

그러나 그가 후보였을 때와 마찬가지로, 이 질문은 어떠한 방식으로 던지느냐가 가장 중요했다. 상대방 후보는 이 질문을 순식간에 되받아 왜곡해버리곤 했다.

번스타인 대통령후보는 노인들이 일찍 죽기를 바란다! 는 문장이 헤드라인을 장식한 적도 있었다. 그러나 번스타인은 그 문제만큼은 반드시 다루어져야 한

다고 믿었으며, 다른 누가 하지 않는다면 그라도 나서야 한다고 여겼다.

미국은 사회보장문제 때문에 이미 퇴직연령을 73세로 연장시켜놓은 상태였다. 의료보험의 프리미엄은 최대 올리고 보장범위는 최소로 감소시켰지만, 여전히 달라진 건 없었다. 의료비 문제는 갈수록 심각해져만 갔으며, 더 큰 문제가 현안으로 떠오르고 있었다.

번스타인은 고등학교 시절 토론 팀에 속해 있었는데, 한 번은 토론주제가 낙태였다. 그는 낙태 찬성 쪽을 원했으나 반대 팀을 배정받았다. 그래도 자신의 주장을 뒷받침하기 위해 최선을 다해 모든 근거를 조목조목 열거했다. 그는 삶이란 임신의 순간에 만들어지는 것이며 인간에게는 다른 인간의 생명을 취할 권리가 없음을 주장했다. 그리고는 다음과 같이 질문했다.

"만일 조나스 소크나 윈스턴 처칠이 낙태되었더라면 세상이 어떻게 뒤바뀌었겠습니까?"

판세는 그에게 유리하게 돌아가고 있었다. 그러자 상대편의 팀원이 다음과 같이 말했다.

"낙태 반대팀은 태아가 엄마의 뱃속에 있을 때에 관해서만 말하고 있습니다. 아기가 태어나는 순간부터는 책임도지지 못할 거면서 말입니다."

번스타인은 이에 아무런 답변도 하지 못했다. 그 역시 동의하는 바였다. 결국 그는 토론에서 지고 말았다.

그는 낙태반대자들은 삶의 총체적인 측면을 바라보지 못한다고 믿었다. 방법이 어쨌거나 일단 생명부터 살리고 보면, 나머지는 알아서 될 대로 되라는 식이었다. 하지만 그 뒤를 책임지는 것은 누구의 몫이란 말인가? 이제 대통령이 된 그가 그 토론을 이끌 차례였다.

"그리고 바로 이 책상에서 해리 트루먼은 히로시마에 원자폭탄을 투여하기로 결정했었지요."

벳시는 백악관 투어 가이드의 역할을 늘 즐거워했다.

디트로이트 출신의 평범한 여자가 이처럼 역대 대통령들이 전 세계의 운명을 바꾸던 순간에 대해 설명하고 있다니. 게다가 이곳에 모인 이들은 암과 근육병, 알츠하이머 치료제를 개발한 사람들이 아닌가. 그녀는 마치 백악관이 자신의 집인 양 소개했다. 2층에 있는 접견실은 블루룸이라고 불리곤 했지만 더 이상 파란색이 아닌 흰색이었다. 다른 방은 그녀가 손수 고른 1950년대 레트로 풍의 가구로 꾸몄으며, 수백 년 동안 자리를 지킨 카펫을 모두 인도식 러그로 바꾸고 남서부 풍의 장식품을 가져다 놓았다. 장식비용에 대해 걱정하는 사람들을 위해, 모든 가구와 장식품은 기증받은 것임을 일러 주는 것도 잊지 않았다.

샘 밀러 부부도 다른 이들과 마찬가지로 백악관 내부 투어에 흠뻑 매료되었다. 벳시는 손님들을 엘리베이터에서 "여러분은 특별하신 손님들이시니, 저희가 머무는 곳으로도 안내해 드리겠습니다. 이런 기회가 흔치는 않답니다."라고 덧붙였다. 이 이야기를 듣고 모두들 환호했다. 그러나 얼마 지나지 않아 매기는 자신의 눈을 믿을 수 없었다. 침실 한 칸은 문이 열려 있었으며 방 안은 더할 수 없이 너저분했다. 그녀는 팔꿈치로 샘을 찌르며 말했다.

"저것 좀 봐요."

그녀가 속삭였다. 샘도 방 안을 들여다보았지만 대수롭지 않게 말했다.

"뭐가?"

"며칠 간 정리도 안 한 것 같잖아요."

"그게 뭐 대수라고. 지저분한 사촌이 머물고 있는 가보지, 뭐."

"그래도요." 매기가 말했다.

"명색이 백악관이잖아요. 사람이 나오면 바로바로 청소해야 하지 않겠어요?"

"아직 사람이 있나 보지."

샘은 미소를 짓고 있었다. 별것 아닌 대화에도 즐거웠다.

"그럴 리가 없어요."

"CIA에서 투어 동안 가족들을 지키고 있는 걸지도 모르지."

십 분의 일 초 동안 매기는 그의 말을 믿을 뻔했다. 그의 말에 웃음이 터져나오려는 찰나에 벳시가 한 침실 문을 열고 말했다. "이곳은 에이브러햄 링컨의 방입니다."

그들이 문 안에 들어서자 살아 있는 링컨이 의자에 앉아 책을 읽다가 고개를 들고 인사했다.

"안녕하세요? 환영합니다."

방문객들은 모두 열광했다.

대략 75년 전쯤 디즈니사에서 시작된 애니마트로닉스가 현재에 이르러 거의 인간과 비슷한 로봇을 만들어내기에 이르렀다. 로봇 링컨은 말도 할 줄 알았으며 질문에 대답도 해주었다. 그러더니 잠시 후, "괜찮으시다면 전 이만 피곤해서 좀 앉아야겠군요."라고 말하는 것이었다. 물론 그것으로 끝, 링컨은 자리에서 일어나지 않았다. 로봇을 걷게 하려면 최소 2천만 달러가 추가로 든다고 했다. 로봇이 걷는 모습을 보진 못했지만, 백악관 투어에 참가한 이들의 마음속에는 살아 있는 링컨으로 남아 있었다.

한 과학자가 링컨의 암살자인 존 윌크스 부스를 아는지 물었다. 로봇을 만든 창시자가 그 질문을 예상하지 못했겠는가. 이 질문에 링컨은 어리둥절한 표정을 짓더니 잠시 후 이렇게 답했다.

"그게 누군지 저도 잘 모르겠군요. 어쨌든 현재 제가 살아 있다는 걸 기억하세요." 이 대답에 이 질문을 꺼낸 사람을 제외한 모두가 큰 소리로 웃었다.

3시가 되자 방문객들은 백악관 서관으로 안내되었다. 잠시 쉬고 있으면 대통령과 참모총장이 곧 도착할 것이라는 말을 들었다.

그곳에 모인 사람들은 서로 잘 아는 사이였다. 그들 중 몇몇은 노벨상을 타거나 후보에 오르기도 했었다. 샘 뮐러 외에, 고(故) 제리 루이스와 함께 근육중 치료제를 개발한 시드니 내쉬, 알츠하이머 치료제(비록 부작용으로 다른 기억력 상실을 유발하는 경우도 있기는 하나) 개발로 유명한 헤더 맥밀런도 거기 있었다. 또한 세계에서 가장 큰 제약회사의 사장인 베넷 프리드먼과 보건복지부 장관인 신시아 로웬스타인, 의무감인 패트리샤 트웨인도 함께였다. 그곳에는 샘이 모르는 사람도 있었지만, 그들은 모두 샘에 대해 잘 알고 있었다. 암 치료제 개발자를 모를 사람이 누가 있겠는가. 그들은 대통령이 나타날 때까지 가벼운 담소를 나누었다.

"사업은 어떤가, 샘?" 베넷이 물어왔다.

"그건 회계사들에게 물어야 할 것 같은걸. 그쪽은 더 이상 관여하고 있지 않다네." 샘이 답했다.

"소문에 듣자하니 성장스프레이는 완전한 실패작이었다는데?"

"그런가?" 샘이 웃으며 답했다.

"내가 들은 이야기와는 다른걸."

성장스프레이는 각 회사에서 우열을 다투며 개발에 나서고 있는 제품으로,

기존 제품들과 달리 부작용이 없이 노인들의 몸에 뿌리기만 해도 성장호르몬이 공급되어 건강을 돕는 역할을 했다. 소위 '기분 좋게' 만들어주는 약으로 젊어지는 듯한 느낌만 주는 약을 개발하는 것이 가장 어려웠다. 임상시험에서 뛰어난 효과를 보였던 약들마저도 몇 년 후 부작용을 보였다.

거의 10년간 부작용이 없는 것으로 알려진 것이 2019년에 만들어진 합성카페인이라는 제품이었다. 흔히 알려진 부작용을 보이지 않았으며, 약을 먹으면 하루 동안 에너지도 생기고 생각도 맑아지고, 기분도 좋아졌으며, 어지럼증도 없었다. 게다가 밤이 되면 효과가 떨어져 수면에도 오히려 도움이 되었다.

임상시험 결과는 더할 나위 없이 완벽했다. 2022년에 승인을 거치고 나서 Alert라는 이름으로 판매되기 시작했다. 제품은 세 번째로 잘 팔리는 약이 되었다. 그러나 곧 약을 투여한 사람들의 신장에서 이상 증세를 보이기 시작했다. 몇 년간 아무런 증상이 없다가 사용자 중 20%에게서 신장 기능에 이상이 생기게 되자, 그 약을 제조했던 글로벌파마라는 제약회사는 결국 200억 달러라는 손해배상금을 지불해야 했다.

그럼에도 불구하고, 제약회사들은 연구를 지속했다. '기분 좋게' 만드는 약을 성공하면 황금알을 낳는 거위를 얻는 것이나 마찬가지란 생각에서였다.

"커피에 특허를 낸 사람이 있다고 상상해봐"라고 그들은 말하곤 했다. 그 말만으로도 그들은 기분이 좋아졌다.

대통령이 문을 열고 들어서자 모두들 자리에서 일어났다. 버나드 번스타인 대통령은 악수를 하지 않았다. 초기부터 두 손을 펴서 가슴에 모으고 고개를 숙이는 인도법 인사를 사용했다. 처음에는 이상하게 보였지만, 곧 그것이 그의 트레이드마크가 되어 버렸으며 많은 정치인들도 그의 인사법을 따라 했다. 중국인들과 인도인들은 악수의 문제점을 잘 인식하고 있었다. 인사한답시고 감기바이러스를 얻어올 이유는 없었던 것이다. 번스타인은 이러한 동양의 방법이 건강에도 좋을 뿐 아니라 훨씬 평화롭고 안정되어 보인다고 생각했다. 두 명의 보좌관들이 세정제를 들고 다니는 꼴불견도 볼 필요가 없었다. 사람들은 대통령이 악수를 하자마자 세정제로 손을 닦는 모습에 난색을 표했던 것이다.

"어려운 자리 해주셔서 감사합니다. 오늘 여러분들을 한 자리에 모신 것은 다름이 아니라 보건 및 건강과 관련된 여러 가지 현안에 대해 논의하기 위함입니다. 게다가 오늘 아침 역사를 뒤흔들 만한 로스앤젤레스 지진사태에 대해서도 이야기를 나누었으면 합니다. 현재 로스앤젤레스는 2030년인 현시점에, 콜레라 감염을 대비해야 할 상황입니다."

회의석상에 모인 그들도 지진에 대해서는 익히 잘 알고 있었지만, 대통령의 얼굴을 보자 사건이 생각보다 더욱 심한 것을 감지할 수 있었다. 번스타인은 말을 이었다.

"원래 이 회의의 주요 안건은 아니지만, 이왕 자리해 주셨으니 이 위기를 헤쳐 나가기 위해 여러분의 지혜를 구하고 싶습니다."

그는 지진 대처방안에 관한 전문가들의 의견을 모았다. 임시병원설립, 백신 투여, 군대투입, 깨끗한 물 공급 등은 이미 실행에 옮겨진 상태였다. 대통령은 모든 의견을 들은 다음 이에 감사를 표하고 주제를 바꾸었다.

"또 다른 중요한 문제에 대해 여러분의 의견을 듣고 싶습니다."

그는 잠시 말을 멈춘 후, 최대한 적절한 표현을 찾았다. "생명연장기술이 너무 발전해 있는 것은 아닐까요? 생존을 추구할 가치가 없어지는 시점이라는 게 있는 걸까요?"

테이블에 앉아 있던 그들의 얼굴은 그대로 굳어 버렸다. 대통령이 이런 질문을 해오리라고는 상상도 못했다는 표정이었다.

"지금은 아니더라도 어느 시점에는 반드시 해결해야 할 문제라고 생각합니다. 대선 때는 의견을 거론하자마자 반대 의견이 팽배해 목소리를 낼 수가 없었습니다. 우린 이제 노인인구 수를 조절하는 데에 과학의 힘이 너무 거세어진 것은 아닌지 조심스럽게 우려해볼 때가 되었습니다. 이곳에 모이신 여러분들이라면 이 주제에 대해서도 귀한 의견을 주실 것이라 믿어 의심치 않습니다."

현직 대통령이 노인수명연장 문제에 관해 이토록 직접적으로 거론하는 일은 그들 누구도 본 일이 없었다. 일반 대중들이야 물론 수도 없이 노인문제에 대해 떠들어댔으며, 새로운 생명연장제품을 판매하는 회사들조차도 "이 걸어 다니는 시체들을 대체 누가 돌보겠습니까?"라며 우스갯소리를 했다. 좀 전까지만 해도 남의 일이었던 것이 이제 그들의 손 안에 던져진 문제가 되어버렸다.

토의를 시작하기도 전에, 비서처럼 보이는 사람이 회의실로 들어와 번스타인에게 쪽지를 건네주었다.

"죄송합니다." 그가 말했다.

"급한 용무가 생겨 먼저 자리를 뜨겠습니다. 로스앤젤레스와 관해 여러분들의 의견에 감사드리며, 노인수명연장에 대해 제가 언급했다는 사실은 극비에 부쳐주시기 부탁드립니다. 다음에 기회가 닿으면 또 자리를 마련해 이 회의를 계속했으면 좋겠군요."

그리고는 자신의 모습이 냉담하게 비치지 않기 위해 한 마디 덧붙였다.

"혹시나 오해의 소지가 있을까 해서 말씀드립니다만, 과학의 생명연장에 대한 공헌도가 지대함은 이루 말할 수 없으며, 이러한 노력은 앞으로도 계속 유지되어야 합니다. 저의 노모께서 현재로 94세이신데, 이 또한 모두 여러분 덕분입니다. 다만 제가 말씀드리고자 하는 것은 생명연장으로 인해 야기되는 문제들에 대해 논의할 필요가 있다는 것입니다. 오늘 이 자리에 와주신 것에 다시 한 번 감사합니다." 말을 마치고 그는 문 뒤로 사라졌다.

베넷 프리드먼은 패트리샤 트웨인을 바라보며 황당한 표정으로 물었다. "도대체 이게 다 뭐죠?" 이를 들은 번스타인의 열렬한 지지자인 의무감은 대통령의 편을 들었다.

"언젠가는 논의해야 할 문제였습니다. 젊은 세대들에게 있어 중요한 이슈가 되고 있음을 대통령께서 간파하신 것이죠. 반드시 짚고 넘어가야 할 문제라고 생각합니다."

"정말 그게 다일까요?" 프리드먼이 물었다.

"자신의 노모를 싫어하는 걸지도 몰라요."

그러자 트웨인을 포함한 모두가 이에 웃음을 터뜨렸다.

미국에서 보건 쪽으로는 제일가는 보건전문가들과 접견을 마치자, 번스타인은 이제 전 국민들과, 아니 전 세계인들과 대면할 차례임을 직감적으로 느꼈다. 이제 그의 목소리와 얼굴이 세상의 모든 송신기를 통해 전송될 것이다. 그의 모든 말은 전문번역기를 거쳐 중국 노동자들이나 쿠웨이트 공사장 일꾼들에게도 순식간에 전달될 것이다. 그날 동부표준시로 정확히 8시에, 번스타인은 카메라 앞에 서서 엄숙한 목소리로 세상을 향했다.

"안녕하십니까. 오늘 새벽 전 세계 국민들의 눈앞에서 벌어진 미국 최대의 재난은 우리를 모두 놀라게 했습니다. 9.1의 강진과 그 후의 강한 여진이 여러 차례 걸쳐 캘리포니아 남부를 강타했습니다. 우리 정부에서는 이미 수만 명의 군인과 의료진을 파견해 상황을 수습하고자 노력 중입니다. 이 나라의 대통령으로서 저는 이 시간 여러분에게 다짐합니다. 최대한 빠른 시일 내에 피해복구에 힘씀으로 이 나라의 제일 큰 도시를 원상태로 복구할 것입니다. 이 참사로 인해 그 어느 나라도 우리 미강대국을 얕볼 수 없도록 복구해야 합니다. 우리나라는 어떠한 위기에 당면할지라도 이를 헤쳐 나갈 수 있는 힘이 있으며, 종국에는 이번 재난으로 말미암아 자유와 민주를 향한 우리의 단결력을 입증할 수 있게 될 것임을 확신하는 바입니다. 이번 재난에 지원해준 각국의 협조에 진심으로 감사를 표합니다. 여러분의 도움이 우리에게 큰 힘이 되어줄 것입니다. 언제 또 무슨 이유로 인해 이런 자연재해가 발생하는지는 정확히 예측할 수 없으나, 이를 통해 우리가 더욱 강한 국가로 거듭날 것임을 믿어 의심치 않습니다. 로스앤젤레스 시민 여러분, 단연코 이제 여러분의 미래는 더욱 밝을 것입니다. 신의 가호를 빕니다. 감사합니다."

번스타인은 이 연설을 마친 후에도, 책상 앞에 앉아 미동도 하지 않고 있었다. 존 밴 다이크는 그에게 말을 건넸다. "정말 훌륭한 말씀이었습니다. 이보다 더 좋은 연설은 다시없을 것입니다."

"이 모든 게 거짓이 아니었다면 더할 나위 없이 좋았겠지." 번스타인의 말이 무슨 뜻인지 존은 완전히 이해했다. 미국은 이와 같은 대규모의 재난을 해결할 정도로 재정이 풍부하지 않았다. 도대체 '밝은 미래'라는 게 어디서 도래할 거란 말인가? 하지만 적어도 오늘 그 걱정을 할 필요는 없었다. 존은 그나마 지진 첫날 행할 행정적 업무는 다 완수된 것으로 만족해야 했다. 그가 이곳 백악관에서 배운 것 한 가지가 있다면, 공무원으로서 어떤 일을 수행하건 그 어떤 일에도 즐거움은 없다는 것이었다.

번스타인은 계단을 올라 침실로 향했다. 그의 연설을 화면으로 바라본 벳시는 그를 위로했다.

"지금으로선 그게 최선이었어요."

"이처럼 무력감을 느끼는 날은 처음이야. 어떻게 해야 할지 갈피를 잡을 수가 없어."

"일단 오늘은 다 잊고 휴식을 취하는 게 좋겠어요. 그러다 보면 차차 생각이 나겠죠. 저녁 생각 있어요?"

"응. 배고파."

"딥디쉬 피자를 주문해 놓을게요. 기다리는 동안 등산이라도 좀 하고 있어요." 번스타인은 가볍게 미소를 지었다. 여기서 등산이라 함은 가상등반으로서, 이 가상등반기계에 올라타면 실제로 산을 오르는 것과 거의 흡사한 기분을 만끽할 수 있었다. 등반만 하면 그의 모든 걱정거리는 순식간에 사라졌다.

처음 가상등반 소프트웨어를 세팅할 때는 번스타인을 따라다니는 비밀요원이 같이 가상공간에 따라붙었다. 번스타인은 이에 격노했다.

"도대체 왜 이딴 짓을 한 거요?"

"대통령 각하." 인도의 한 프로그래머가 대답했다.

"가능한 현실과 흡사하게 만들려고 저희도 나름 노력한 겁니다."

"미쳤소? 얼른 없애시오."

"알겠습니다. 그러면 특별히 원하는 사람이라도 있으십니까?"

"그냥 평범한 등반가가 좋소. 내가 누군지 전혀 모르는 사람, 링컨처럼 말이요."

"네, 이제 알겠습니다. 현실과 비슷하게 짜려 하다 보니 그렇게 됐네요."

12.

　스튜어트 버나드는 이제 중환자실이 아닌 6인실에서 다른 환자들과 병실을 공유했다. 캐시는 처음 면회 왔을 때, 환자들이 그렇게 많다는 것에 짐짓 놀랐다. 마치 군대수용소라도 되는 것 같았다. 그녀는 아버지의 옆에 앉아 밝은 얼굴로 그를 바라보려 무척 애를 써야만 했다. 스튜어트가 입원비에 대해 일절 언급하지 않았으므로 캐시도 그 문제에 대해서는 입을 다물고 있었다. 하지만 그녀의 마음 뒤편에서는 끊임없이 돈 문제가 그녀를 괴롭혔다.

　도대체 이 많은 돈을 어떻게 마련한담?

　그러면서도 애써 얼굴에서 미소를 짜냈다.

　"좋아 보여요, 아빠."

　"고맙구나." 스튜어트가 답했다.

　"몸이 아직은 그래도 많이 불편하다."

　"의사 말로는 수술이 아주 잘 됐대요. 곧 완전히 회복할 거라는데요."

"괜히 젊은 애들 농구하는 걸 막아보려다 이 지경이 되다니. 나도 그 나이 땐 똑같았을 텐데 말이다."

"그런 생각 마세요. 아빤 할 일을 하신 거예요. 그 애들이 그러다가 사고를 쳤을지도 모르는 거고요."

"그래. 사고야 결국 내가 당했지. 그 녀석들은 잡았다든?"

캐시는 그냥 거짓말을 하기로 했다.

"네, 잡았대요."

"세상에 내가 총에 맞을 줄이야. 아직도 못 믿겠구나. GM에서는 상상도 못할 일이란다."

"옛날 일은 다 잊으세요. GM의 이상한 놈들 때문에 아빠가 하찮은 경비원을 하게 된 거잖아요."

이 말을 뱉는 순간 캐시는 후회했다.

"하찮다는 게 아니라, 제 말은, 아빠라면 더 훌륭한 일도 하실 수 있다는…그런 뜻이에요."

"무슨 말인지 안다. 하찮긴 하지. 그래도 그것도 일이잖니." 스튜어트는 피곤한 듯 크게 하품을 했다.

"좀 쉬세요. 내일 또 올게요."

"고맙다. 사랑한다, 얘야."

"저도요." 캐시는 그의 뺨에 가볍게 입을 맞추었다.

병실 밖을 나서는 캐시의 눈에 수 노전이 보였다. 수는 처음에는 기억을 못 하는 것 같더니, 잠시 후 캐시를 알아보았다. 캐시의 입에서는 "입원비는 알아보고 있는 중이에요."라는 말밖에 튀어나오지 않았다.

"입원비에 대해 물을 생각은 없었어요. 아버님 상태가 어떠신지 여쭤보려는 참이었어요."

"결국 그게 그거 아닌가요?"

"캐시. 저도 이러고 싶어서 이러는 건 아니에요. 그저 병원을 대표해서 할 일을 수행할 뿐이죠."

"아, 그랬군요. 진작 알려주시지."

캐시는 뾰로통한 얼굴로 그녀를 바라보았다.

수는 더 이상 할 말이 없어 미소만 지어 보이며 지나갔다. 캐시는 순간 사과할까 하다가 이내 생각을 버렸다. 엄청난 입원비를 어떻게 해결해야 할지 아직도 방법을 찾지 못했다. 잠시 동안 그녀는 돈 걱정 따윈 전혀 하고 있지도 않는 아버지가 부러워졌다.

스튜어트의 차를 지하주차장에 세운 순간부터 캐시의 얼굴엔 땀이 송골송골 맺히기 시작했다. 열기가 느껴지거나 해서는 아니었다. 곧 있을 변호사와의 만남이 어떻게 진행될지 그녀는 무척이나 걱정되었다. 이 회의만 끝나면 그녀의 미래가 어찌될지 알 수 있을 것이다.

그녀는 엄청난 진료비 문제를 도와줄 변호사 이름을 적어뒀었다. 보험납부기한을 놓쳤던 사람들도 법률사무소의 도움으로 문제를 잘 해결했다는 이야기를 들은 적이 있었다. 이 법률사무소는 광고하길

"도움을 못 드리면 변호 수임료를 받지 않습니다."라고 했으니, 상담 한 번 받아보는데 나쁠 게 뭐가 있겠는가. 캐시는 아버지의 퇴원 후까지 변호사 면담을 미룰까 하다가, 총상을 맞은 것도 끔찍한데 35만 달러의 청구서를 받으면 그의 기분이 어떨까 상상해 보았다. 미리 알아보고 조치를 취한다면 그에게 그나마

좋은 소식이라도 들려줄 수 있지 않겠는가.

캐시는 엘리베이터에 올라타 6층에서 내린 다음, 페이튼-그레이스-오스본의 법률사무소로 발걸음을 옮겼다. 최근 광고에서 많이 등장하는 의료전문변호사들이었다. 광고를 보고 변호사를 찾아간다는 것이 마땅치 않았지만, 적어도 광고할 여력이 있다는 것은 그만큼 자신이 있다는 게 아닐까 생각했다. 도와줄 수 없다면 비용도 청구하지 않겠다고 하지 않았던가. 그녀는 사무실 문을 열고 들어갔다. 대기실은 텅 비어 있었다. 스크린에서 접수원의 얼굴이 뜨더니 그녀에게 물었다.

"안녕하세요? 무엇을 도와드릴까요?"

"캐시 버나드로 예약했는데요."

"네, 확인됐습니다. 앉으시죠."

캐시는 자리에 앉아 15분을 기다렸다. 탁자에 놓인 전자신문을 들어 이것저것 훑어보았다. 거의 로스앤젤레스 대지진에 관한 것으로 이미 신물이 나도록 본 사진들이었다. 그녀가 신문을 내려놓자 문이 열렸다,

"버나드 양?"

"네."

"케빈 부커입니다. 들어오시죠."

캐시는 그의 사무실로 따라 들어갔다. 케빈은 변호사보조원이었다.

광고에 나왔던 그 남자는 어디 갔지?

케빈의 사무실은 작지만 나름 안락해 보였다.

"앉으시죠."

"감사합니다."

"정말 대단한 지진이었죠. 누가 상상이나 했겠어요?"

"그러게요. 정말 끔찍하더라고요."

이제는 첫 만남에서의 소재가 날씨가 아닌 대지진이 되어버렸다. 앞으로 최소 몇 달간은 지진에 대한 언급으로 인사말을 대신하게 될 것이다.

"하나님을 고소할 수 없다는 게 참 안타깝네요."

케빈은 자신이 한 농담에 큰 소리로 웃었다. 캐시는 가볍게 미소를 지으며 빨리 본론으로 들어가고 싶은 마음이 굴뚝같았다.

"그건 그렇고, 무슨 일로 오셨는지 간략하게 말씀해 주시죠."

"아버지 건강보험료가 미납되었는데, 직장에서 총상을 입으셨어요. 그런데 종합보험이 적용되지 않는다고 하더군요. 그래서 진료비를 다 떠맡게 될 형편이에요."

케빈은 진심 어린 표정으로 걱정해 주었다.

"정말 안됐군요. 아버님은 괜찮으신가요?"

"병원 의사 말로는 생명에는 지장이 없을 거라고 하지만, 앞으로 치료를 얼마나 더 받아야 할지는 아무도 모른대요."

"병원비가 총 얼마라 하던가요?"

"35만 달러예요."

케빈은 고개를 끄덕였다.

"그나마 그 정도인 게 다행이네요. 조금 전에 왔다 가신 고객은 병원비가 3백만 달러나 나왔는데, 아드님이 아직도 의식불명이라네요. 여기서 가장 중요한 질문을 드리죠. 보험료를 얼마나 밀리셨나요?"

"18개월이요."

케빈은 나지막하게 휘파람 소리를 냈다. 캐시는 직감적으로 느낄 수 있었다.

"캐시. 나쁜 소식이에요."

"나쁜 소식이요?"

"1년을 넘겼을 때는 저희도 도와드릴 수가 없어요. 한두 달 정도면, 아니 석 달까지만 되어도 어떻게 해보겠는데, 1년 6개월은 너무 길어요. 죄송합니다."

"이건 정말 불공평해요. 평생 보험료를 내다가 이제 겨우 몇 번 밀린 건데. 게다가 보험료를 내려고 직장도 새로 얻으신 거란 말이에요."

"어디에 총상을 입으셨죠? 어떤 직장인가요?"

"시립대학에서 경비하는 일이에요."

"젠장." 케빈이 말했다.

"하필이면 시립대학입니까? 시는 정부소속이라 아무리 소송을 걸어도 거의 승산이 없어요. 계약서도 분명 그쪽에 유리하게 작성했을 겁니다."

"그럼 전 이제 어떻게 해야 하나요?"

"대출밖에는 방법이 없겠네요. 의료비 대출회사엔 연락을 해보셨나요?"

"아직… 먼저 법률상담을 받아보려 했죠."

"제가 유명한 곳을 소개해 드릴게요. 사실 이자가 만만치는 않겠지만, 저당 잡힐 부동산이 있다면 대출을 받을 수 있을 겁니다. 아버님 소유의 집은 있나요?"

"집도 이미 저당이 잡혀 있어요."

"고객님께서 아직 젊으시니까, 갚을 의사가 있다는 것만 확실하면 분명 방법이 있을 겁니다. 아버님께서도 회복하셔서 다시 일을 하시게 될 수도 있고요."

"그렇군요." 캐시가 자리에서 일어나며 말했다.

"회복해봤자 다시 총 맞은 곳으로 돌아가시겠죠."

"죄송합니다. 저도 도와드릴 수 있으면 좋겠어요."

"마음만으로도 감사해요." 캐시는 문 쪽으로 향했다.

"죄송합니다만, 오늘 건은 지금 결제하실 건지, 아니면 저희가 차후에 계좌에서 직접 인출해갈까요?"

"네?" 캐시는 그녀의 귀를 믿을 수 없었다.

"하지만 당신들 광고에서 도움을 못 주면 공짜라고 했잖아요."

"그건 저희가 사건을 맡았을 때에 한한 겁니다. 법률상담은 무료가 아닙니다."

"상담료가 얼만데요?"

"일반적으로 천 달러입니다만, 고객님의 상황을 고려해 저희가 절반 가격으로 해드리겠습니다."

캐시는 그 자리에서 그를 총으로 쏘아버리고 싶은 심정이었으나, 그대로 카드를 건네줄 수밖에 없었다. 그는 카드를 스캐너에 긁고 돌려주었다.

"저희가 이 가격에 상담을 해 드린 적이 없습니다. 나중에 제가 혼날지도 몰라요."

"성자시군요."

캐시는 이렇게 내뱉고는 "개 같은 자식"이라는 소리가 나오려는 것을 꾹꾹 누르며 참았다.

캐시는 브라이언에게 전화를 걸었다. 그는 이야기를 듣고 "말도 안 돼!"라고 외쳤다.

"그러게. 해준 것도 없으면서 5백 달러라니."

"개자식 같으니라고. 캐시. 오늘 밤은 그냥 다 잊어. 저녁에 약속 있어?"

"그저 이 참담한 상황을 즐겨야겠지."

"그럼 우리 모임에 와."

"무슨 모임?"

"나도 잘은 몰라. 건강보험 문제에 관한 모임이라고 누가 그러던데."

"그 이야긴 더 이상 듣고 싶지 않아."

"그런 게 아냐. 우리 세대 친구들이 어떻게 이 문제를 해결할 건지를 의논하는 그런 혁명적인 모임이라나 봐."

"이 문제라니, 무슨 문제?"

"일단 와봐. 우리 세대가 고민하는 문제들이래."

"몇 신데?"

"9시에나 시작하니까, 일단 먼저 뭘 먹고."

캐시는 잠시 아무 말도 없었다. 브라이언이 다시 입을 열었다.

"재미없으면 그냥 나오면 되잖아."

"알았어. 7시에 데리러 와줘."

안락사는 전 세계에서 3개국에서만 허용되었으며, 미국의 몇몇 주에서는 극심한 통증과 고통을 느끼는 환자의 경우에만 의료개입을 허용했지만, 연방정부에서는 이를 허용치 않았으므로 이러한 범죄를 범할 경우 사법부의 처벌을 받을 가능성도 있었다. 비록 아직은 그러한 처벌이 시행되지는 않았다. 안락사 문제는 2020년 대법원까지 갔으나 4대 5로 다시 각 주 정부의 권한으로 넘겨진 후 아직까지 풀리지 않은 숙제로 남아 있다. 특정 주에서는 안락사를 허락하는 한편 다른 주에서는 금지했다.

오리건 주는 안락사에 가장 너그러운 주로, 한동안 사람들이 생명을 끊기 위해 이 주로 넘어가는 일이 많아지자 주 관광국에서는 이를 이용해 슬로건을 만들었다.

"죽기 전에 오리건을 보라"는 것이 그러한 의미의 슬로건 중 하나였다. 하지만 안락사를 이용해 관광 사업을 부흥시켜보겠다는 것은 너무도 상업적이며 퇴폐적이라는 의견이 팽배했다. 네바다, 워싱턴, 몬태나, 노스다코타, 노스캐롤라이나, 플로리다도 이러한 주에 속했다. 플로리다의 결정은 어쩔 수 없었다.

캘리포니아는 여전히 확실치 않았다. 고통이 심한 환자를 그 고통에서 놓아주려는 의사를 비판하는 경우가 단 한 건도 없다가, 2023년에 루게릭병을 앓고 있는 75세의 할머니 가족이 의사를 고소하는 사건이 있었다. 그녀는 온몸의 운동신경이 쇠약해져서 거의 움직일 수도 없는 상황이었고, 환자 본인이 의사에게 목숨을 끊어달라고 사정했다. 의사는 그녀의 부탁대로 안락사를 시행했는데, 그로부터 정확히 3일 후 아침신문에 루게릭병의 치료제 개발 가능성에 관한 소식이 실린 것이다. 비록 그 치료제를 일반인들에게 사용하는 것은 몇 년 후의 일인데다가 임상시험조차 시행하지 않은 상태였지만, 환자의 가족은 의사를 고소했고, 결국 승소했다.

배심원들은 상당히 감정적이 되어 환자의 고통 따위는 무시하고, 가족의 손을 들어주었다. 그 의사의 보험회사 측에서는 2천만 달러의 손해배상금을 지급해야 했다. 이 사건으로 캘리포니아의 의사들은 안락사를 전면 중단했다.

그때 나타난 사람이 월터 매스터스였다.

월터 매스터스는 70세의 과학교수로 6년간 코마상태에 빠진 아내의 죽음을 지켜보아야 했다. 의사들은 회복 가능성이 없다고 입을 모아 이야기했지만, 정확히 말하면 뇌사상태도 아니었으니 그 누구도 플러그를 뽑을 생각을 하지 못했다. 그렇게 6년을 보낸 월터는 아내의 죽음 이후 분노했다. 이후로 그는 다른 가족들이 자신처럼 한 사람으로 인해 모든 정신적, 물질적 고통을 당하는 것을 막는 것이 자신이 이 세상에 태어난 이유라고 생각했다. 사실 그와 그의 아내는 평생을 이와 같은 일이 일어날 경우 어떻게 할 것인지 자주 대화를 나누어왔었다. 그는 그녀가 기계에 의존한 삶을 원치 않는다는 것을 분명히 알고 있었다. 하지만 그녀는 어느 곳에도 그러한 자신의 의지를 적어놓지 않았다는 것이 문제였다. 그는 자신의 학생들에게 중요한 문제는 언제나 적어 놓을 것을 강조했다.

월터 매스터스는 현대의 잭 케보키언(130여 명을 안락사 시켜 '죽음의 의사'라 불리던 미국의 의사)이었던 것이다. 군데군데 흰머리가 나고 콧수염을 기른 월터의 외양은 그를 돋보이게도, 가끔은 미친 사람처럼 보이게도 했다. 그는 곧 안락사라는 지하세계에서 유명세를 타게 되었다.

월터는 쉽게 안락사 시키지 않았다. 가족 중 단 한 명이라도 반대하는 사람이 있다거나, 동기가 불순하다는 느낌이 오면, 즉각 거부했다. 또한 자신의 손으로 플러그를 뽑는 일은 없었다. 그가 설치한 장치는 코드를 꽂고 5분 후에 약물이 서서히 투입되는 종류였으며, 가족들이 모두 병실에서 함께 있기를 권유했다. 또한 환자의 의식과 운동능력이 있는 경우 환자 스스로의 손으로 약물 투여를 시작하게 했다. 또한 코드를 꽂았더라도 마음이 바뀌면 누구든 뽑을 수 있었지만, 실제로 마음이 바뀐 사람은 단 하나도 없었다. 돌이킬 생각이 있었으면 그곳에 가기까지 수고를 겪지도 않았을 것이다.

월터가 제안을 거절하는 일도 간혹 있었다. 45세의 사지마비인 남자 환자였는데, 스키를 타다가 회전 실수로 산 밑으로 추락한 경우였다. 사지마비일지라도 뇌의 기능이 정상일 경우, 오리건에서조차 안락사를 허용하지 않았다. 환자의 부탁으로 월터는 그를 보러 직접 찾아갔다.

월터는 그의 상황이 안타깝지만, 그의 뇌와 정신은 전혀 손상을 입지 않았으며 새로 나온 장치들을 이용하면 그의 삶도 가치가 있을 것임을 강조했다. 또한 30년 전이라면 몰라도, 신기술 덕분에 보조 장치가 많아져 안락사를 실행할 수 없다고 했다. 그 환자는 애걸복걸하며 이렇게 말했다.

"제 아내는 아이들을 데리고 다른 주로 이사했습니다. 제 삶엔 이제 아무도 없습니다. 죽고만 싶습니다."

"죄송합니다만." 월터가 말했다.

"상담을 좀 받으신다면, 아직도 충분히 훌륭한 삶을 영위할 가능성이 있습니다. 게다가 아이들이 아빠를 잃게 된다면 얼마나 슬프겠습니까. 제가 도와드릴 순 없지만, 환자분을 도와줄 사람을 소개해 드리겠습니다."

"그럴 돈도 없습니다."

그러자 월터는 10회에 달하는 상담료를 직접 지불했다. 그래도 그로서는 일말의 희망을 안고 그를 도우려고 노력했으나, 아무런 성과도 없었다. 그는 모든 장치의 힘을 동원해 마약을 스스로에게 주사하는 일 외에는 아무런 노력도 하지 않았다.

모두를 살릴 수는 없는 노릇이다.

컨 카운티에 살던 월터도 대지진을 몸소 느꼈다. 이곳은 로스앤젤레스로부터 북쪽으로 200마일가량 떨어진 곳이다. 그러나 그가 보다 몸소 사건을 심각하게 느꼈던 것은 지진 후 그에게 걸려온 전화의 횟수였다. 수많은 사람들이 심각하게 부상을 당했으나 기다리는 도움의 손길이 오지 않자, 가족이나 자기 자신의 목숨을 포기하고자 하는 사람들이 줄을 섰다.

월터 자신도 이에 어찌해야 할지 몰랐다. 적어도 하루에 50통씩 전화가 왔다. 50통이라니! 그는 이 많은 사람들의 고통을 이해할 수 있었지만, 가고 싶어도 로스앤젤레스로 갈 수가 없었다. 모든 길이 막혀 있었다.

사람들은 제발 도와달라며 구조를 요청했다. 한 사람은 전화상으로 안락사를 해줄 수 없냐고도 물었다. 하지만 그가 할 수 있는 일이라고는 그의 연락처를 받아 적은 뒤, 로스앤젤레스에 갈 수 있게 되면 연락하겠다고 하는 것뿐이었다. 그때쯤이면 이미 그들 대부분이 사망했을 것이다.

브래드 밀러는 지진으로 인한 자신의 콘도 손상 정도를 정확하게 파악하지 못할 정도였다. 사실 어찌 보면 그는 운이 좋은 케이스였다. 1층에 있었음에도 천정은 내려앉았지만, 2층 전체가 그의 머리 위로 무너져 내리진 않았다. 롤라를 넣어두었던 옷장도 가라앉았으며, 롤라의 머리가 그녀의 몸 옆에 굴러다니는 것을 보며 브래드의 마음은 적잖이 우울했다. 그러나 도둑이 머리 없는 여자의 모습을 보면 무서워서 황급히 달아날 걸 상상하니 순간 너털웃음이 터져 나왔다. 그 꼴 한 번 볼 만 하겠구먼.

은퇴지구 곳곳을 돌아다니다 보니 2,3층이 폭삭 가라앉은 집들도 군데군데 보였다. 지붕 위에 놓였던 거대한 태양열패널과 에어컨 시설이 바닥으로 송두리째 가라앉아 있었다.

밤이면 인조 잔디 위에 앉아서 누가 살았고, 누가 죽었는지 이야기를 나누곤 했다. 브래드는 허브와 잭에게 연락을 취해보았지만, 그들의 생사조차 확인할 길이 없었다. 옆집에 살던 남자는 수면 중에 사망했다고 했다.

그러나 그들을 두려움에 떨게 했던 것은 구조의 손길이 언제 나타날지 모른다는 것이었다. 도시 전체가 폐허나 마찬가지였다. 사람들은 도와줄 수 있는 한 서로를 도왔다. 방이 있는 사람은 부상자를 데려와서 살려보려 애를 썼고, 음식이 있으면 나누어 먹었다. 방위군이 도착하기 전까지 그들 스스로 도둑의 침입을 막기 위해 돌아가며 보초를 섰다. 무기를 소지한 사람들은 현명한 사람으로 찬사를 받았다.

브래드는 레이저 건을 할인 판매할 때 잠시 구매 충동을 느꼈었지만, 한 번도 권총을 소지해본 적이 없었다. 레이저건은 50야드 바깥에서도 사람의 피부에 구멍을 낼 정도로 강력한 빔을 발사했다. 브래드는 친구 허브가 레이저건을 구매했을 때 이렇게 말했었다.

"우리 지구엔 경비원이 있으니, 나쁜 녀석들은 그들더러 처리하라고 하지 뭐."

경비실이 무너졌을 때, 경비원은 그 길로 줄행랑을 쳤다. 브래드는 그가 도망가던 길에 적어도 도둑 한 명쯤은 잡았겠지 하고 바랄 뿐이었다.

13.

 브라이언과 캐시는 차지앤잇에서 나와 모임 장소로 떠났다. 둘 다 이 모임에 대해서는 아는 바가 거의 없었다.
 전기차가 나오면서 새로운 가게들이 들어섰다. 그 중 특히 인기를 끌었던 것은 이처럼 전기차 충전과 식사를 같이 할 수 있는 드라이브인 식당이었다. 석유는 석유회사를 통해서만 판매될 수 있지만, 전기는 누구나 판매할 수 있었다. 주유소는 손님을 끌기 위한 생존전략으로 상점, 패스트푸드점, 게임방, 복권판매 등 모든 수단과 방법을 가리지 않았지만, 주유소에서 기름을 넣으면서 차 안에서 식사하고 싶어 하는 사람은 아무도 없었다. 하지만 전기 충전이라면 이야기가 달랐다.
 차지앤잇이 처음 오픈한 것은 2016년 피닉스에서였는데, 오픈하자마자 대박을 터뜨렸다. 자동차 안에 앉아 충전을 하면서 식사를 주문하면 롤러스케이트를 탄 예쁜 아가씨들이 음식을 배달했다.

급속충전을 원하는 손님들을 위한 코너도 따로 마련되어 있었는데, 이는 프리미엄 석유와 마찬가지로 가격이 비쌌다. 그래서 사람들은 30분 걸리는 저속충전을 기다리면서 햄버거나 감자튀김을 즐겼다. 이는 완벽한 궁합이었다. 차지앤잇을 처음 고안한 사람은 드라이브인 영화관도 도입하려 시도했지만, 이는 곧 실패하고 말았다.

"길을 잃은 거 같아." 캐시가 말했다.

"지금 세상에 길 잃는 사람이 어디 있어? 스마트카가 다 알아서 데려다 주잖아."

"스마트카는 무슨. 이 근처에 와본 적 있기나 해?"

브라이언은 창밖을 바라보았다. 허허벌판이었다. 갑자기 내비게이션은 그들이 사유도로에 진입했으며 더 이상 위치를 확인할 수 없다는 말을 반복했다.

"빌어먹을."

"내 말이 맞지?"

"한 번도 이런 적이 없었는데."

"여기서 어디로 가야 하는 건데?"

"교회래. 아니면 교회처럼 생긴 건물이던가. 이 마을은 정말 작은가 봐."

순간 내비게이션이 다시 작동하면서 3마일만 더 가면 목적지에 도착한다는 것이었다. "그것 봐!" 브라이언은 자기 차가 다시 자랑스러워진 모양이었다.

"길 잃은 적이 한 번도 없다니깐."

그로부터 대략 10분가량 더 차를 몰고 가자 교회처럼 생긴 건물이 모습을 드러냈다. 하지만 적어도 몇 년간 인적이 끊긴 것처럼 보였다. 스테인드글라스가 군데군데 깨져 있었으며, 나무판자로 창문을 막아 놓았다. 캐시는 한 번도 이런 모습을 본 적이 없었다. 스테인드글라스를 깬다는 것은 신성모독이나 마찬가지로 여겨졌던 그녀에게는 이런 모습이 충격이었다. 정문 앞에서 차와 오토바이가 몇 대씩 주차되어 있었다. 캐시는 혼란스러웠다.

"여기 누가 오자고 했어?"

"어떤 애가."

"누군데?"

"경비 쪽 일을 하는 애야."

"무슨 경비?"

"그냥 도어맨인데, 엄청 착해. 똑똑하기도 하고."

"뭐라고?" 캐시가 외쳤다. "술집에서 만난 애 말을 믿는단 말야?"

"정말 괜찮은 애야. 네 아버지 얘기를 했더니 모임이 있다면서 한 번 와보라고 하더라고."

"왜 우리 아빠 얘기를 하고 다니는 건데?"

"별 것도 아닌데 괜히 화내지 좀 말아봐. 그 애도 너랑 처지가 비슷해. 자기 어머니의 진료비를 갚느라 뼈 빠지게 일하고 있어. 경비 일은 그냥 알바일 뿐이야."

캐시가 이에 뭐라 대답도 하기 전에 오토바이 두 대가 부릉거리며 차 뒤로 다가왔다. 캐시도 본 적 있던 덩치 큰 남자가 브라이언을 알아보고 인사를 해왔다.

"어, 왔네!"

"안녕, 루이."

"잘 왔어!"

루이는 스킨헤드였다. 2미터의 키에 130킬로그램이 넘는 그의 온몸엔 문신투성이였다. 문신을 한 후에도 간단한 레이저 시술만 받으면 쉽게 지울 수 있었는데, 루이는 오른쪽 어깨에 '엿이나 처먹어'라고 썼던 것을 다 지우고, '엿 처먹을 것들'이라고 바꿔 문신을 새로 했다. 후에 그는 '처먹'을 놔두고 지웠으면 3천 달러는 아끼는 건데 그걸 몰랐다며 두고두고 후회했다. 브라이언이 똑똑하다고 한 친구가 바로 이 친구였던 것이다.

그들은 함께 안으로 향했다. 대략 35명 정도 되는 젊은이들이 마약에 취해 주저리주저리 떠들고 있었다. 캐시도 마약이라면 싫어하진 않았지만, 오늘 같은 날 이곳에서 취해 있고 싶진 않았다. 모인 청년들을 보며 그녀는 여러 감정이 복잡하게 뒤섞이는 것을 느꼈다. 알아보지도 않고 이런 곳에 끌려온 브라이언이 어리석게 여겨지는 한편, 마치 자석처럼 이들에게 순간적으로 끌렸다. 그들 모두에겐 공통점이 있었다. 바로 분노가 그것이었다.

한 금발의 남자가 자리에서 일어섰다. 30대 초반으로 보였다. 캐시는 그의 외모에 감탄하며 그에게서 눈을 뗄 수가 없었다. 그는 190센티미터의 키에 90킬로그램 정도 되어 보였다. 운동과 몸매 관리를 잘해 포스터에라도 나올 것처럼 생겼다. 얼굴 또한 멋졌다. 영화배우처럼 생긴 것은 아니지만, 올림픽 스키 팀에 참가할 운동선수처럼 잘생겼다. 그는 자신을 소개했다.

"여러분, 제 이름은 맥스입니다. 메인 주 출신이고요. 이곳에서 지낸지는 3년 됐는데, 아주 지겨워 죽겠습니다." 이 말에 모두들 웃음을 터뜨렸다.

"우린 모두 단 한 가지의 이유로 이 자리에 모였습니다. 빌어먹을 미국이란 나라가 우리 청년들 따윈 거들떠도 안 본다는 거죠. 노땅들이 떠넘겨준 빚이나 갚으며 살고 있다는 게 도대체 말이나 됩니까? 이제 우리의 목소리를 높일 때가 됐습니다. 더 이상 빚 갚는 인생은 싫다 이겁니다!" 모두들 이에 큰 박수로 호응했다.

캐시의 눈에서 눈물이 흘러내렸다. 그녀는 그에게 완전히 흠뻑 빠져버렸다. 브라이언을 보며 그에게 미안한 감정을 느꼈다. 모임에 가보자고 권유하던 그의 아이디어가 둘의 관계를 완전히 끝내버리고 말 줄 그는 상상도 못했을 것이다.

캐시는 누구에게 첫눈에 반한 적이 한 번도 없었다. 지금 경험하는 감정을 생각해 볼 때, 지금까지 사랑에 빠진 적이 있었는지조차 의심스러웠다.

내가 미쳤지. 일단 그가 하는 말이나 듣고 보자. 내일이면 다 잊혀질 거야.

그러나 시간이 흐를수록 그녀는 그들과 일체가 된 것처럼 느꼈다. 그들은 분노의 집단이라 불리는 모임과는 사뭇 달랐다. 그들은 현명하고 지혜로웠으며, 보다 논리적이고 조리가 있었다. 그들은 그녀가 겪고 있는 상황을 진심으로 이해해 주었다.

샌디라는 한 젊은 여자는 이제 겨우 25살의 나이임에도 심장판막에 이상이 생겨 늘 피곤하고 지쳐 있었다. 그녀의 어머니가 가입한 의료보험으로는 그녀의 수술비용조차 댈 수 없었고, 그녀는 75세의 할머니의 몸으로 살아가는 거나 다름없었다. 로버트라는 친구는 자신의 차를 강탈하려는 도둑들과 다투다가 왼쪽 시력을 잃고 말았다. 수술을 일찍 받았더라면 시력을 잃지 않았겠지만, 그의 아버지는 어머니와 이혼 후 재혼해서 아들을 낳았다. 그래서 아버지의 의료보험은 그에게 아무런 도움도 줄 수 없는 상황이었다. 국회에서는 이런 경우 개정법을 통과시키려고 했지만 실행에 옮기지 못했다.

참석자들이 하나 둘 일어나 자신이 겪고 있는 일들을 이야기했다. 브라이언은 자신의 부모님이 어마어마하게 청구되는 할아버지의 병원비를 대느라 고생하고 있다는 이야기를 했지만, 큰 인상을 남기지 못했다. 캐시는 처음엔 자신의 이야기를 나눌 생각이 없었지만, 그녀가 아버지의 일에 대해 말하자 모두들 공감하며 함께 걱정해 주었다. 맥스의 경우 특히 그랬다. 캐시는 모든 것을 털어놓자 훨씬 마음이 편해졌다.

자신들이 겪고 있는 일들에 대한 발언이 끝나자 맥스가 일어나서 마무리를 지었다.

"오늘은 저희의 첫 시작점입니다. 우리의 경험과 감정을 공유하는 것이 중요합니다. 다음에는 우리가 어떤 행동을 취할 것인지에 대해 논의하겠습니다. 슬픔을 극복할 방법을 모르는 무기력감이 우리를 가장 슬프게 할 테니까요. 이제 힘을 모을 때입니다."

모두들 이에 박수를 쳤다. 그의 말이 무슨 뜻인지 정확히 아는 사람은 없었지만, 그의 말에는 일리가 있었다. 다음 모임 때도 모두들 나오겠다고 약속했다.

캐시는 자리를 뜨고 싶지 않았다. 맥스와 밤새도록 이야기를 나누고 싶었다. 캐시는 그에게 다가서서 말했다.

"정말 대단하세요. 다음 모임 때 또 봐요."

맥스는 그녀를 안아주었다.

"기운 내요." 그가 말했다.

맥스의 팔이 그녀의 어깨 위에 느껴지자 캐시는 브라이언 쪽을 쳐다보았다. 그의 얼굴빛만 봐도 무슨 말을 하고 싶은지 알 수 있었다.

괜히 빠지지 마. 네 삼촌뻘은 되겠는걸.

"고마워요."

캐시는 서둘러 그의 품에서 빠져나왔다. 브라이언을 생각해서였다. 최대한 감정을 숨기려 단조로운 어투를 유지하려 애썼다.

"다음에 또 뵐 일이 있겠죠."

돌아오는 길에 브라이언과 캐시는 아무 말이 없었다. 그러다가 브라이언이 말문을 열었다.

"좀 지루하더라. 괜히 끌고 와서 미안해."

"전혀 지루하지 않던데. 정말 재미있었어. 공감도 많이 되고."

"설마 다시 갈 생각은 아니겠지?"

브라이언은 이미 그녀의 대답을 예측할 수 있었다.

"무슨 소리야? 어떤 해결책을 내놓을지 들어보고 싶은데. 넌?"

"글쎄. 별 뾰족한 수가 있겠어?"

"아무도 해결하려고 하는 사람이 없잖아."

"그럼 다시 갈 거야?"

"그러려고. 넌 싫음 빠져도 괜찮아."

"아냐. 괜찮아. 나도 가지 뭐."

그들은 다시 말없이 그대로 있었다. 브라이언은 공허한 침묵을 채우기 위해 버튼을 눌러 음악을 켰다. 그녀가 내릴 때까지 둘은 말이 없었다. 캐시는 브라이언이 내리기도 전에 재빨리 말했다.

"피곤해 죽겠다. 가서 책 좀 읽다 자야겠어. 모임에 데려가 줘서 고마워. 정말 좋았어."

그녀는 짧게 키스를 한 뒤, 차 문을 열었다.

"내일 전화할게."

브라이언이 말했다.

"좋지."

이에 캐시는 최대한 진심인 척 이렇게 대답했다.

14.

 셴 리의 40번째 생일파티는 성대하게 이루어졌다. 그는 후난 성에 사는 부모님뿐 아니라 고향 친구들의 비행기 표와 호텔비까지 지불했다. 그들 대부분은 비행기를 타본 적도 없을 뿐 아니라 베이징 하이야트 호텔처럼 화려한 호텔에 발을 디뎌본 적도 없었다.

 셴 리의 성공이야기는 그의 고향에서는 가히 전설적이었다. 그는 고향 친구들과 함께 마을의 작은 시골학교에 다녔으나, 어린 시절부터 그는 또래보다 뛰어났다. 16살 때, 그는 후난 성 근처 공장유수의 개울물 오염에 대해 항의하는 운동을 펼쳤다. 그의 남동생 휴는 10살의 나이에 암 진단을 받았는데, 셴 리는 그 원인을 오염된 개울물에서 찾았다. 이유인즉, 그의 남동생은 날씨에 상관없이 날마다 그곳에서 다이빙과 수영을 즐겼기 때문이었다.

 남동생이 사망하자 리는 그 공장에 항의하기로 결심했다. 16살의 나이 때에는 시위를 하는 것 외에 할 수 있는 일이 없었다. 그러나 25살의 나이에 법대를

3등으로 졸업한 후 거의 모든 사건마다 승소해온 마추타 제조공장을 상대로 고소해 유일하게 승소의 쾌거를 거두었다. 이로 인해 그는 유능한 변호사뿐 아니라 장래 정치가로서의 행보를 시작했다. 그와 같이 가난한 배경에서 자란 사람이 그렇게 빨리 성공하기는 쉽지 않았으나, 그에게는 남다른 재능이 있었다.

그때까지도 그 개울물에서 빨래를 하던 리의 어머니는 아들의 생일파티를 보며 마치 화성에라도 온 듯한 착각이 들었다. 자신의 아들이 너무나도 자랑스러웠으며 가끔은 이렇게 생각했다.

이 애가 내 아들일 리가 없어. 태어났을 때 다른 아이와 바뀐 것은 아닐까.

리의 아버지는 사탕가게에 풀어놓은 아이 같았다. 한 번도 호텔 뷔페를 먹어본 적 없던 그는 그동안 먹고 싶었던 것을 모두 한 입씩 즐기며 행복해했다. 호박찜, 초고 버섯, 치즈 참새우 구이, 식초에 절인 생선 눈과 머리 요리 등….

리의 어머니는 개구리요리를 즐겼다. 다리뿐 아니라 개구리 전체를 삶고 찢어서 피망과 양파와 같이 무친 요리를 특히 좋아했다. 두 부부는 평소 애주가는 아니었지만 향긋한 칵테일에 흠뻑 취해 아들 자랑에 여념이 없었다. 리가 아직 그렇게 유명한 것은 아니었지만, 확실히 유명세를 타고 있었다.

리는 법률계에 끝까지 남을 생각은 없었다. 그 정도로 그의 흥미를 끄는 일은 아니었다. 그는 자신의 열정이 닿는 쪽에서 사업을 펼쳐 성공할 자신이 있었다.

변호사인 그는 연필 휴대폰을 제조하는 회사에 얼마간의 돈을 투자했다. 이름에서도 알 수 있듯이 연필 모양의 휴대폰에 카메라도 달려 있었는데 부피나 무게의 증가 없이 일반 연필과 별반 다를 바 없는 크기였다. 원가는 1달러인데 판매가는 7달러였다. 이것이 2년 동안 천만 개도 넘게 불티나게 팔리면서 리는 어느 정도 자금을 모았다. 그러나 그는 작은 물건으로 판매수익을 얻기보다는 보다 중요한 일로 부를 축적하고 싶었다. 어린 시절 남동생을 암으로 떠나보냈기 때문인지, 리는 늘 인민들의 보건복지를 위해 뭔가를 해보고 싶어 했다. 그리하여 2022년 Health Care for All이라 불리는 회사를 설립했다.

기본 취지는 간단했다. 물론 이를 실행하기에는 여러 복잡한 단계를 거쳐야 했지만 말이다. 약 10억의 중국인들은 평생에 두세 번 의사를 만날까 말까 할 정도로 가난했다. 태어날 때 한 번, 초등학교 입학하기 전에 한 번, 인민군에 징병 될 경우 또 한 번이었다. 게다가 좋은 의료시설은 대도시에나 존재했다.

간헐적으로 회사 고용인들이 아끼는 직원들이나 자칫 잘못하다가 고소당하거나 엄청난 벌금을 물릴 가능성이 있는 직원들을 베이징이나 상하이에 있는 병원에 데려갈 때도 있었다. 하지만 대부분의 일반 서민들은 거의 의료 혜택을 받지 못했다. 리의 생각은 이랬다. 사람들이 적은 돈이라도 낼 수 있다면 현재의 의료데이터에 접속할 수 있는 간호사들이 운영하는 마을 진료소를 설치할 수 있을 것이고, 그렇게 해서 질병이 있거나 혹은 사망에 이를 수도 있는 환자들을 진료할 수 있을 것이다. 그는 폐렴과 같은 병을 치료하는 데는 이 방법이 비용이 적게 들 뿐 아니라, 2차 전염도 막을 수 있어 훨씬 효과적임을 알고 있었다. 일반 서민들의 보건복지 문제를 해결하는 데에 적은 돈으로 큰 효과를 거둘 수 있다는 것을 알게 된 중국 정부는 Health Care for All의 가장 큰 투자자가 되었다. 그리하여 리는 현대 중국에서 가장 성공적인 공공 민간합동 벤처회사를 세우게 된 것이다.

번스타인이 아침 운동을 하고 있을 때, 존 밴 다이크가 문을 열고 들어왔다. 그는 *잠시 개인적으로 말씀드릴 것이 있다는* 얼굴을 하고 있었다.

번스타인은 트레이너를 잠시 내보냈다. 그는 세면대에서 물을 틀어 얼굴에 끼얹고 물었다.

"무슨 일인가, 존? 또 지진이 일어난 건가?"

"각하의 어머님께서 혼수상태에 빠지셨답니다."

번스타인은 이 말을 듣고 거의 1분간 아무 대답도 하지 않았다.

"언제?"

"대략 30분 전 일입니다."

"지금 어디 계신가?"

"성모병원으로 이송되셨습니다."

번스타인은 어머니와 늘 논쟁을 하는 일이 많았다. 번스타인은 그녀가 자신을 어른으로서, 막강한 권력을 가진 사람으로서 대우하지 않는다고 느꼈다. 물론 이제 미국은 세계 최강국은 아니지만 아직까지는 아시아 국가들과 함께 강국의 대열에 끼어 있지 않은가. 또한 어머니가 아버지에게 50여 년의 결혼생활을 끝내는 이혼 통첩을 선포했을 때, 그의 아버지는 아연실색했다. 어느 날 아침 일어나보니 편지만 남기고 떠난 것이었다. 겉봉투에는 아버지의 이름이 쓰여 있고, 옛날 스타일로 손으로 쓴 편지였다. 아버지는 이런 일이 있으리라고는 상상도 하지 못했기 때문에 결혼생활 내내 얼마나 불행했는지를 토로하는 어머니의 편지를 읽고 충격과 비탄에 빠졌다. 그동안 알아왔던 모든 사실을 의심하기 시작해 결국에는 주변의 그 누구도 더 이상 신뢰하지 못했다.

번스타인은 그 당시 하원의장을 맡고 있었는데, 바쁜 일정 속에서 부모님의 이혼까지 뒤처리해야 한다는 것에 매우 화가 났다. 그는 아버지를 워싱턴으로 모신 후 집을 구해 주었지만, 아버지는 그 해가 가기 전 돌아가시고 말았다. 그날 이후 그는 장례식에 남자친구를 데려온 어머니를 두고두고 원망했다. 그녀는 그저 기운을 잃은 상태라 그가 데려다 준 것뿐이라 해명하려 했으나, 번스타인은 둘이 손을 잡고 있는 모습을 목격했다.

존은 이 모든 사실을 알고 있었으므로, 번스타인이 어머니의 소식에 별 반응을 보이지 않아도 크게 놀라지 않았다.

"한 번 찾아가 봐야겠군." 번스타인이 말했다.

대통령 신분이니 자신의 감정을 숨기고 연기를 해야만 했다. 자기 어머니가 혼수상태에 빠졌는데 이에 슬픔을 보이지 않으면, 나라 전체가 혼란에 빠지고 말 것이다.

"당장 약속을 잡게, 존. 오늘 떠나자고. 할 일은 해야지."

"일정은 이미 다 정리해 두었습니다. 준비된 연설문을 미리 보시겠습니까?"

"아니. 할 말은 다 알고 있네."

번스타인이 시카고에 도착했을 때, 이미 기자단들이 줄을 서 있었다. 벳시 역시 시어머니를 전혀 존경하거나 좋아하지 않았지만, 비행기에서 내리는 두 사람의 모습은 아카데미 수상 후보들 같았다. 벳시는 눈물까지 훔쳤다. 번스타인은 기자들에게 다가가 말했다.

"지금은 어머니의 상태에 대해 아는 바가 더 이상 없습니다. 지금 혼수상태에 계시며 그분과 함께 하기 위해 병원으로 서둘러 가는 길입니다."

그때 기자 한 명이 크게 외쳐 물었다.

"어머니와의 관계는 어떠셨습니까?" 번스타인은 이에 웃음을 터뜨릴 뻔했다. 이 얼마나 용기 있는 질문인가.

"네, 매우 친했습니다."

대통령의 자동차 행렬이 병원에 도착하자, 그곳에도 이미 기자들이 진을 치고 있었으나, 그들을 피해 곧장 주차장으로 향했다. 곧 번스타인 부부는 그의 노모가 입원 중인 중환자실로 안내되었다. 최소 15명은 수용할 수 있을 정도로 넓은 병실을 독차지하고 있었다. 다른 환자들은 어디 있는지 묻자, 노모 보호 차원에서 다른 층으로 옮겨졌다고 했다. 이 말을 들은 그는 매우 화가 났다. 중환자실에 있어야 할 환자들이 그의 노모를 위해 다른 곳으로 옮겨졌다는 설명에 속으로 어이가 없었지만, 그는 당연히 점잖은 목소리로 "고맙습니다."라고 답했다.

그는 어머니의 얼굴을 바라보았다. 아무런 표정도 읽히지 않았다. 미 대통령의 질문에 대답하기 위해 총 세 명의 의사가 가까이서 대기하고 있었다. 번스타인은 그녀의 손을 꼭 잡았다. 그녀의 손은 아무런 반응도 없었다. 몇 분간 그녀의 얼굴을 어루만지고 팔을 마사지한 후, 그는 담당 의사를 불렀다. 육중한 몸의 의사가 자신을 닥터 마티네즈라고 소개했다.

번스타인은 의사들의 몸매에 항상 놀라곤 했다.

도대체 의사란 놈들은 자기 몸무게도 못 빼면서 어떻게 남들을 진료한다는 거야? 이 녀석들은 체중조절약을 왜 안 먹는 거지? 우리에게 뭔가 심상치 않은 비밀을 숨기고 있는 거 아냐?

그는 둘이서만 상담할 수 있겠느냐고 물었다.

둘은 작은 진료실로 들어갔다. 번스타인이 물었다.

"진실을 말씀해 주시죠. 얼마나 더 사실 수 있는 건가요?" 마티네즈는 즉시 대답했다.

"장치에 연결된 한 적어도 5년은 사실 겁니다."

"그런가요?" 번스타인의 어조는 변함이 없었다.

"혼수상태에서 깨어나실 확률은 있습니까?"

"연세와 출혈 정도를 고려할 때, 거의 없다고 봅니다."

"뇌사상태인가요?"

"아닙니다."

"뇌사상태가 아닌 채로 계속 생명이 유지된단 말씀입니까?"

"네, 그럴 것 같습니다."

"장치를 언제까지 연결할지는 누가 결정하는 겁니까?"

"DNR을 받아두셨습니까?"

"그게 무슨 약자지요?"

"'소생시키지 마시오(Do Not Resuscitate)'의 약어입니다."

"그건 확실치 않은데. 유언장에 쓰여 있을까요?"

"유언장이나 남기신 기록에 있을 겁니다."

"그렇군요. 자세히 알아보고 있으면 알려 드리죠. 중환자실에 계속 있을 순 없으니까요. 이젠 어디로 가게 되나요?"

"요양원으로 가시게 될 겁니다."

"그것 참 재미있게 들리는군요. 아리엘 샤론(이스라엘의 전 총리)과 점심도 먹을 수 있겠네요."

닥터 마티네즈는 이 농담에 웃지 않았다. 그가 누구인지 몰랐던 것이다.

번스타인은 워싱턴으로 돌아가는 비행기에 올라타서야 감정이 복받쳐오는 것을 느꼈다. 그가 울컥한 것은 복합적인 이유에서였다. 그의 어머니가 혼수상태라는 것도 슬펐고, 둘의 관계가 그토록 심각하게 악화되었다는 것, 그리고 거의 죽은 것이나 마찬가지인 환자들의 생명연장 문제를 공식적으로 다루어야 할 이 시점에 하필이면 이 사건이 터졌다는 것이 그를 슬프게 만들었다. 그러다 갑자기 그가 웃기 시작했다.

소생시키지 마시오라니, 이 얼마나 웃긴 말인가.

그는 그녀라면 DNR이 아닌, RAAC(Resuscitate At Any Case, 무슨 일이 있어도 소생시키시오)라고 썼음이 분명할 것이라 생각하니 삐져나오는 웃음을 참을 수가 없었다.

15.

 캘리포니아 남부에 군인들이 도착하기까지는 꼬박 2주가 걸렸다. 상황이 너무나도 악화되어 있었으므로 무엇부터 손대야 할지 대책이 서지 않았다. 하지만 우선은 시체를 묻고, 부상자들의 위치를 확인한 뒤 치료하는 게 다음이었다. 로스앤젤레스 전역에 걸쳐 백여 곳에 초진실을 설치했다. 밤낮에 걸쳐 전기와 수도 복구공사를 진행했으며, 지상통신선이 완전히 파괴된 곳에는 발전기를 설치해 이웃마을에 전기를 공급할 수 있게끔 했다. 물론 그나마도 남아 있는 건물이 있는 곳에 한했다. 급수 본관도 손을 보았지만, 워낙 수도관도 파손이 심해 수돗물조차 흐르지 않았다.
 수백 대의 트럭이 물을 싣고 마을마다 돌아다니며 급수를 했고, 사람들은 물 몇 통 얻겠다고 긴 줄을 서야 했다. 양동이와 보온병을 들고 줄 선 시민들의 모습은 방글라데시를 방불케 했다. 헬리콥터가 확성기와 스피커를 들고 날아다니면서 음식배급소의 위치를 알려주었으며, 시민들이 4마일 이상 걸어 음식을 받는 일이 없게 하기 위해 곳곳에 음식배급소를 설치했다.

정부에서는 외상환자들을 치료하는 데에 집중하느라 바빠 정신질환자들까지는 찾아낼 수 없었다. 우선은 사람들에게 음식과 물을 공급하고 전염병 확산만 막으면 일단 90%는 성공한 것으로 봐야 했다. 하지만 정신적으로 심한 충격을 받고 희망을 잃은 사람들은 어쩐단 말인가? 이에 대한 대책은 미비했으며, 특히나 이렇게 많은 이재민들을 돌보는 것은 거의 불가능해 보였다. 수백만의 사람들의 삶이 송두리째 뽑혀 버렸으며, 그들의 미래가 나아질 거란 보장조차 없었다. 그저 모든 것이 혼돈 그 자체였으며, 결국은 혼란스러운 모습이 당연시 여겨질 정도였다.

월터 매스터스는 마침내 로스앤젤레스에 도착했다. 그는 연락처를 받았던 환자들을 수소문해서 찾았으며, 그들의 삶을 마감하기 위해 50회 가량의 시술을 진행했다. 그가 나타났다는 소문이 퍼지자, 사람들이 몰려와 그에게 죽여 달라고 빌기 시작했다. 신체적으로는 괜찮을지 몰라도, 경제적으로 모든 것을 잃은 이들이 그에게 자비를 베풀어 달라고 했지만, 이는 월터조차 어떻게 할 수 있는 문제가 아니었다.

경제적인 문제 때문에 목숨을 끊겠다는 사람마저 받는다면, 지구 끝까지 줄이 길어지겠군.

브래드 밀러의 콘도에도 마침내 붉은 딱지가 붙었다. 이제 그곳에서 더 이상 살 수 없다는 뜻이었다. 거의 한 달간을 밤마다 천장에 뚫린 구멍으로 새어 들어오는 바람을 맞으며 자야만 했다.

어느 날 누군가 그의 현관문을 두드렸다. 경찰이나 군인처럼 보이는 사람이었다. 그는 브래드에게 패서디나에 있는 보호소로 가야 한다고 말했다.

"패서디나라고요?" 브래드가 물었다.

"거기엔 아는 사람도 없는데, 그냥 제 집에서 살면 안 되나요?"

"안 됩니다. 이 지역은 한두 달 후면 다 밀어버릴 겁니다."

"그럼 내 소유의 건물은 어떻게 되는 겁니까?"

"그건 저희 소관이 아닙니다."

"하지만 난 땅이 아니라 콘도 건물만 소유하고 있단 말이오. 이제 그게 없어지게 되면, 돈을 돌려받는 겁니까?"

"패서디나에 가면 그런 문제에 대해 설명해줄 겁니다. 말씀드렸지만 그건 저희 소관이 아닙니다. 그리고 떠나실 땐 여행가방 1개만 허락됩니다."

"가방 단 하나라고요? 어찌 짐 가방 하나에 모든 것을 다 넣는단 말이오? 내 물건들은 다 어쩌라고요?"

"죄송합니다만 가방 하나에 들어갈 정도의 중요한 소지품만 골라 짐을 싸십시오. 도움이 될 만한 자료를 남겨 드릴 테니 참고하세요. 버스는 목요일에 출발합니다."

"이틀밖에 안 남았단 소린데, 난 그럴 준비가 안 되었단 말이오."

브래드의 말이 채 끝나기도 전에 그 남자는 자리를 떴다. 단 한 장의 종이만을 남긴 채. 그 종이 위에는 '여행가방 1개만 허락됨'이라고 쓰여 있었다. 아래에는 앞으로 남은 평생 필요한 물품목록이 적혀 있었다.

브래드는 종이를 던져 버렸다. 짐 싸는데 정부의 도움 따윈 필요 없었다.

그는 밖으로 나가 나무 아래 앉았다. 이 은퇴지구에는 이제 겨우 12명만 남아 있었다. 그들은 밤마다 모여 슬피 울며 과거를 회상했다. 그런데 사람마다 수용소의 위치가 다 달랐다. 브래드는 그 기준이 무엇인지 궁금했다. 적어도 유대인과 비유대인을 나누는 건 아니기를 바랐다.

나무 밑에 앉아 마지막 날을 보내던 중, 누군가 월터 매스터스라는 이름을 떠올렸다. 이틀 전 한 남자가 그에 의해 편안한 죽음을 맞았다고 했다. 마치 그가 죽음의 마술사인 것처럼 말했다.

"그가 무슨 일을 했죠?"라고 브래드가 물었다.

"그를 고통에서 구했지요." 그 남자의 아내가 대답했다.

"어떻게요?"

"글쎄요. 주사액을 놔주는 것 같던데요."

"어떤 종류죠?" 다른 남자가 물었다.

"머리에 직접 놔주는 거겠지." 브래드가 농담 삼아 말했다.

그 여자는 정확히 어떤 주사인지는 모르지만, 아주 빠르게 효과를 발휘했으며 남편이 통증 없이 죽음을 맞았다고 했다.

"그게 합법적인가요?" 다른 누군가가 물어왔다.

"그게 무슨 상관이겠어요?" 여자가 답했다.

"우리 같은 사람들을 나라에서 보살펴 주기나 하겠어요?"

그녀의 말이 맞았다. 브래드는 자신에게 그 주사약이 있었더라면 당장에라도 자신에게 주사했을 거라 생각했다. 앞으로 남은 평생을 여행가방 달랑 하나로 살아가야 하다니….

16.

샘 밀러의 가족은 콜로라도 베일에 있는 집에서 휴가 중이었다. 그들은 겨울에는 스키 타는 것을 즐기고 여름에는 자전거를 타고 하늘을 찌를 듯 솟아 있는 소나무숲을 여행했다. 샘은 때때로 자기 자식들을 너무 응석받이로 키운 것은 아닌가 하는 걱정이 들었다. 패티는 점점 아름다운 숙녀로 자라고 있었으며 마크는 시대를 잘못 태어났으면 과체중에 시달릴 뻔 했으나, 하루에 한 알만 먹으면 살이 저절로 빠지는 체중조절약을 먹으면서 정상수치를 유지하게 되었다. 샘의 아내는 그들이 얼마나 축복받았는지를 알게 하려고 온 힘을 다했다. 무엇보다도 '가진 부를 사회로 환원하는' 것의 중요성을 체득하도록 했지만, 아직 아이들인지라 쉽지가 않았다. 사실 그들이 가진 것은 다 부모에게서 물려받은 것이었다. 그러므로 사회로 환원하는 체험을 한다 할지라도, 자신의 것을 주는 것이 아니라 부모님의 것이 다른 이들에게 돌아가는 것을 목격한다는 것 외에는 아무런 의미도 없었다.

샘은 늘 자식들에게 아무것도 남기지 않음으로써 그들 스스로 삶을 개척하고 부를 꾸려나가도록 하는 교육관을 선망해왔다. 하지만 보통 부자들이 유산을 남기지 않겠다는 말은 10조 달러가 아닌 5천만 달러를 남긴다는 뜻이었고, 사실 그 정도 돈이 그들에게는 아무것도 아닌 것처럼 여겨질지는 몰라도 그것만으로도 상당한 재산이었다. 어쨌든 샘은 그런 방법을 택하지 않았다. 그는 유언장에 자신 소유의 부동산은 아이들과 아내에게 남긴다고 적어두었다. 그리고 간혹 자기 아들에게 화가 날 때는 유언장을 다시 쓰겠다고 협박용 멘트를 날렸다. 하지만 열세 살인 마크는 가족사유지인 땅에 대해 아버지가 협박해도 눈 하나 꿈쩍하지 않았다.

그 전날 밤, 그의 대저택에는 상당한 긴장감이 흘렀다. 저녁 식사를 마친 후, 샘의 식구들은 영화를 보기로 했다. 영화가 시작하기 전 샘은 로스앤젤레스 대지진 사태를 다루는 채널을 틀어 주요뉴스를 잠시 시청했다.

"사태가 정말 심각하군. 사고 현장을 보기만 해도 마음이 아플 정도야." 샘은 무심코 혼잣말로 중얼거렸다.

"그곳에 사는 게 잘못이죠." 마크가 말했다.

이 말에 샘은 발끈했다.

"너 방금 뭐라 했니?"

"여보." 매기가 말했다.

"화내지 마세요. 별 말 안 했어요."

마크는 순간 긴장했다. 샘의 이런 모습이 나타날 때는 긴장의 끈을 늦추면 안 되었다.

"지금 이 모습을 보고도 그런 말이 나오는 거냐? 거기 사는 사람이 우리처럼 선택의 여지가 있었다고 생각하는 거냐? 원하는 집을 아무 데나 살 수 있는 우리 처지와 같다고 생각 하냔 말이다!"

"아빠." 패티가 말했다.

"그런 의미로 말한 게 아닐 거예요."

"패티, 넌 끼어들지 마라. 마크, 넌 무슨 생각으로 그딴 소릴 지껄인 거냐?"

"몰라요. 별 생각 없이 한 말이에요."

"네 맘엔 동정심 따윈 없는 거야?"

"여보, 마크도 사람 동정할 줄 아는 애예요."

"그래? 난 한 번도 그런 모습을 본 적이 없는데? 지 친구 녀석 보트가 망가질 때나 가슴 아파하겠지."

마크는 눈물을 참으면서 그대로 일어나 문을 박차고 윗층으로 올라가 자기 방문을 쾅 닫았다. 매기가 그 뒤를 따라가려 하자 샘이 그녀를 막았다.

"그냥 놔 둬. 뭘 잘못했는지 생각할 시간을 좀 주라고."

"저 앤 자기가 뭘 잘못했는지도 몰라요."

거실에는 샘과 패티 뿐이었다. 패티는 분노로 떨리고 있는 샘의 손을 꼭 잡았다.

"아빠, 마크가 그런 뜻으로 한 말은 아닐 거예요."

"저 앤 감사라는 게 뭔지도 모르는 놈이다. 너는 어떻냐?"

"당연히 감사하죠. 얼마나 감사할 게 많은데요."

"감사에서 그쳐선 안 되는 거야. 다른 이들에 대해 깊이 생각하고 그들을 돌볼 줄 알아야 하는 거다. 내 성공이 너희들을 망치는 거라면 그것처럼 후회되는 일은 없을 거다." 패티는 아버지의 얼굴을 보며 미소를 지어 보였다. 패티는 샘의 기분을 잘 맞춰줄 줄 알았다.

"아빠. 이 세상에 태어날 때 아무 기대도 안 했는데, 아빠의 딸로 태어나는 행운을 얻었어요. 그게 얼마나 감사한 일인지 잘 알고 있어요. 마크도 마찬가지일 거예요."

샘은 그녀를 가볍게 안아주었다. 순간 죄책감이 몰려왔다. 어쩌면 마크가 내뱉은 말과는 아무 상관도 없는 일인지도 몰랐다. 만일 그가 정신분열증 치료제를 개발했더라면, 암 치료제 개발 한 가지로 평생을 우려먹고 있다는 자책감을 느끼지 않았을 것이다. 암 치료제 이후로 새로운 신약 개발을 해내지 못했다는 콤플렉스로 마크의 대답에 과민 반응한 것인지도 몰랐다.

다음 날 아침 샘은 식당으로 내려갔다. 마크와 패티가 아침을 먹고 있었다. 그는 마크를 안으며 말했다.

"지난밤 아빠가 화를 내서 미안하구나."

"괜찮아요. 사실 제가 어제 한 말 그런 의도로 한 말이 아니었어요. 그저 그렇게 큰 지진단층(fault: 잘못이라는 뜻과 단층이라는 의미를 함께 가지고 있음)에 사는 게 실수라는 뜻이었어요."

샘은 큰 소리로 웃었다.

"네 말이 맞다. 정말 어리석지." 그들은 한바탕 크게 웃었다. 잠시 후, 샘은 마크에게 한 가지 제안을 했다.

"마크, 다음 주에 아빠가 연설이 하나 잡혀 있는데, 너도 함께가지 않겠니?" 마크는 아버지의 얼굴을 바라보았다. 그는 한 번도 출장에 함께 가자는 말을 한 적이 없었다.

"어디로 가는데요?"

"시카고."

"제가 가야 하나요?"

"물론, 그런 건 아니지."

샘은 다소 실망한 표정이 역력했다. 마크는 순간 그냥 간다고 할 걸 하고 후회했다.

"아빠, 저 갈게요. 재미있을 것 같아요."

"아냐. 괜찮아. 생각해 보고 결정해라."

"아니에요. 갈게요. 재미있을 거예요."

"내 생각도 그렇단다. 함께 가면 재미있을 거야. 아빠와 아들 간의 여행이라. 야구 게임도 한 판 하고, 좋겠구나." 샘이 해맑게 웃으며 대답했다.

스튜어트 버나드가 퇴원하고 집에서 머무는 며칠간, 그의 기색은 좋아지는 것처럼 보였다. 그러다가 월요일 아침, 침대에서 내려오다가 쓰러졌다. 뭐에 걸려 넘어진 게 아니라 현기증 같은 증세가 느껴졌다. 그는 잠시 그대로 누워 있다가 일어나서는 뭔가 잘못 먹었거나 그랬겠지 하고 넘겨버리기로 했다. 캐시에게는 걱정할까봐 이 사실을 숨기기로 했다. 하지만 자식에게 그렇게 큰 재정 문제를 안겨주게 되었다는 것만으로도 벌써 죄책감이 무거운데, 여기에 문제를 더하고 싶지 않았다.

캐시는 벌써 일어나서 아침을 먹고 있었다. 그녀는 아버지의 얼굴을 오랫동안 바라보았다.

"아빠, 얼굴이 안 좋으세요."

"괜찮다."

"얼굴이 정말 창백해요."

"아니야. 그건 그렇고, 이번 주에 면접을 보기로 했다."

캐시는 이 말에 흥분했다. 돈 문제가 안 그래도 큰 짐이었는데, 조금이라도 수입에 보탬이 될 가능성이 생긴 것이다.

"무슨 일인데요?"

"공사장 관리직이야."

"그게 뭐하는 건데요?"

"나도 잘은 모른다. 밥 아저씨가 전화하더니, 나 같은 사람이면 경력에 도움이 될 거라면서 추천해 주더라."

"밥 아저씨가 누구예요?"

"5년 전에 새턴에서 같이 근무했다가 토론토로 이사 갔지. 아주 살기 좋다는구나."

"토론토로 갔다는 게 무슨 뜻이에요?"

"무슨 뜻이라니?"

"그럼, 아빠가 간다는 직장이 토론토에 있다는 거예요?"

"그렇지."

"아빠가 캐나다로 가는 건 용납 못 해요."

"용납 못하다니?"

"제가 싫어요."

"얘야, 여기에 있으면 너한테 짐만 된단다. 돈 문제뿐 아니라, 이것저것."

"아빠가 이 집을 떠나는 건 원치 않아요. 직장은 여기에서도 구할 수 있잖아요. 나라 밖으로까지 가면서 그러실 필요 없어요."

스튜어트는 이런 캐시를 무척이나 사랑했다. 그녀는 자신을 진정으로 아껴주었다. 그는 자리에서 일어나 그녀를 안아주었다. 그것이 그의 생전에 한 마지막 일이 되어버렸다. 그는 순간 정신을 잃고 바닥에 쓰러졌고, 캐시는 이에 역시 정신이 혼미했다. 그녀는 구급차를 부른 뒤, 상황을 설명했다. 그들은 심장이 뛰고 있는지 확인해달라고 요청했다. 이 신세계에서는 환자가 죽은 게 확실하면 구급대원을 보내지 않았으며, 시체를 덮고 그대로 놔두고 기다리라고 했다. 환자가 살아날 가망이 있을 때만 누군가를 보내주었다.

그들은 캐시에게 환자의 머리에 송신기(모든 가구는 한 대씩 송신기 설치를 의무화했다)를 대라고 했다. 송신기로 보내지는 정보를 통해 그들의 결정이 판가름 날 것이었다. 그로부터 60초 후, 캐시는 가장 두려워하던 소리를 들었다. 그곳에 누워 있는 사람은 이미 사망했다는 감정 없는 딱딱한 목소리가 전해져왔다. 시체를 이불로 덮고 그 방에서 나가 있으라고 했다. 그녀는 정신없이 소리를 지르며 그릇을 사방에 던지고는 주먹으로 벽을 치기 시작했다.

"젠장, 젠장 할!"

그리고는 망연자실한 채 앉아 주체할 수 없는 눈물을 흘렸다. 그녀는 아버지의 시체에 담요를 덮은 뒤, 그들이 말한 대로 부엌에서 나갔다. 그리고는 정말 이상한 일이 일어났다. 그녀는 전화번호부에서 맥스 레오나드의 번호를 찾았다. 그때 모임 이후로 한 번도 본 적도 없지만, 이 긴박한 순간에 그녀가 가장 원하는 사람은 바로 맥스였다. 아버지가 죽은 지 채 1분도 안 된 이때, 단 한 번밖에 본 일 없는 남자의 품에 안겨 모든 게 다 괜찮을 거라는 위로의 말을 듣고 싶었다.

맥스 레오나드는 막 28세가 되었다. 그는 부유한 가정에서 태어나 메인 주에서 자랐으며, 아이러니한 것은 그의 부모는 돈이 많아 그에게 짐을 안겨주는 일 따위는 없었다. 하지만 그는 다른 사람들과는 달랐다. 그는 아주 어릴 적부터 반항기가 많았다. 부유한 집의 다른 아이들과도 차원이 달랐다. 그러한 친구들은 보통 철부지 망나니로 자라거나, 마약중독자가 되거나, 아버지의 사업을 물려받는 경우가 전부였다. 하지만 맥스는 이 모든 것이 개 같은 소리라고 생각했다.

그는 대학을 휴학하고, 미국 내 저소득층 가족들을 위한 복지단체인 케어코프에 가입해서 1년간 봉사했다. 그는 웨스트버지니아 주의 마을로 보내졌다. 예전에는 여름에 바하버 해변에서 휴가를 보낸 적이 있었다. 그런데 그곳에서 천 마일도 채 안 되는 곳에 이렇게 가난한 사람들이 있다는 것을 알고 매우 놀랐으며, 그곳에서 새로 만난 입양가족들과 매우 가까워졌다.

그는 학교에서 가르쳐 주지 않는 것을 삶 속에서 체험적으로 배웠다. 예를 들어, 그에게는 가난 속에서 자란 사람들이 더욱 친근하게 여겨졌다. 그들은 이혼율도 낮고, 인생을 장난처럼 여기지도 않았으며, 훨씬 헌신적이었다. 부유한 사람들은 그가 싫어하는 타입의 행동을 자주 보였다.

맥스의 입양가족과의 삶은 결코 쉽지 않았다. 아버지는 암치료약 근처에도 가보지 못한 채 암으로 죽었고, 어머니는 몸이 좋지 않았지만, 늘 술을 벗하며 살며 네 아이들을 키우느라 고생했다. 결국 맥스는 8개월간 대리부가 되어 아이들을 돌보았다. 그 이후, 어머니의 알코올중독이 심해져서 결국 아이들은 친척들과 살고 있다. 맥스는 이후 자신이 한 일이 아무것도 없는 것처럼 느껴졌지만, 실상은 그렇지 않았다. 그의 삶이 완전히 바뀐 것이었다. 그는 부모가 예비

해준 운명을 거부하고 이 세상을 바꿀 사람이 되겠다고 다짐했다. 그의 결심은 진심이었다.

그는 대학으로 돌아가는 대신 여행을 했다. 그러면서 여러 사회복지 단체에서 일하면서 여러 지역을 돌아다니는 자선 구호활동을 펼쳤으며, 자신의 영혼에 어떤 재능이 있는지를 알아내려 애썼다.

그는 다음으로 인디애나폴리스에서 빈민가 아이들을 돌보는 일을 했는데, 그곳에서의 일이 무척 마음에 들었다. 그래서 마을 어귀에 작은 농장 집을 사서 작품도 만들고 그림도 그리면서 마치 은퇴한 노인처럼 아이들과 시간을 보냈는데, 그의 적성에 잘 맞는 일이었다. 21세의 나이에 그는 평생을 놀고먹어도 될 만큼 어마어마한 유산을 상속받았으니, 이제 열정을 쏟을 일만 찾으면 되었다. 단 한 가지 그에게 확실한 것이 있다면, 그가 만났던 아이들의 눈에는 희망이 없다는 것이었다. 어른이 된다는 것에 대한 흥분과 기대도 없었으며, 그토록 어린 나이에도 벌써부터 삶의 무게를 느끼고 있었다. 맥스는 그들을 변화시키고 싶었다. 그러한 이유로 그가 캐시가 참석했던 모임을 소집했던 것이다. 그는 원하면 어떤 여자든 가질 수 있었지만, 한 번도 사랑에 빠져본 일이 없었다. 적어도 지금까지는.

그녀의 목소리가 들려올 때, 그는 헬스장에서 운동을 하던 중이었다. 이어폰으로 음악을 듣고 있는데, 전화벨이 울렸다.

"제가 방해한 건가요?"

그녀의 목소리가 너무나도 또렷이 들려서 그는 혹시나 하고 주위를 두리번거렸다.

"누구시죠? 아. 캐시?"

"네, 어떻게 아셨어요?"

"그냥 감으로요. 무슨 일이에요?"

잠시 후 맥스는 곧장 그녀의 집으로 달려갔다. 대략 10분 후, 그는 그녀의 집 앞에서 그녀를 안고 다독이고 있었다. 스튜어트의 시체는 아직도 부엌에 있었다.

"어쩌다가 그렇게 되신 거예요?"

"자리에서 일어나다가 갑자기 쓰러지셨어요."

그는 안으로 들어가 담요를 살짝 걷어 올렸다. 그는 스튜어트의 얼굴을 바라보며 말했다.

"잘생기셨어요. 좋은 분이셨을 것 같아요."

"어떻게 아세요?"

"당신을 보니까, 그럴 것 같아서요." 그리고 그들은 키스를 나누었다. 아버지가 누워있는 부엌 바로 옆에서.

정말 미친 짓이야, 라고 그녀는 생각했다.

그녀는 이 남자에게 미친 듯이 빠져들고 있었다. 아버지가 죽은 채로 누워 있는 이곳에서 입안에 들어온 그의 혀를 느끼며 그녀는 이 상황이 어이가 없어 터져 나오려는 웃음을 간신히 참았다.

"데이트 신청하는 방법도 참 특이하네요."

그녀가 말했다.

맥스는 그녀의 눈을 바라보았다. 웃거나 얼굴을 찡그리지도 않았다. 그녀의 얼굴을 바라보면서 그는 자신이 그동안 기다렸던 사람임을 단번에 알 수 있었다. 그때 벨이 울렸다.

"시체는요?" 현관에서 서 있는 사람 중 한 명이 물었다.

"부엌에요." 캐시가 대답했다.

다른 한 사람은 필요한 정보를 묻기 시작했다. 그는 캐시의 뇌파를 잠시 측정해도 되느냐고 요청했다. 대단한 장치가 필요한 일도 아니었고, 그저 관자놀이에 작은 장치를 5초간 누르고 있었다. PTS(Portable Truth Scanner : 휴대용 진실탐지기)가 나온 지는 거의 5년이 되었다. 이 장치는 아직 법정에서 인정되지 않았지만, PTS 테스트에서 거짓말을 하는 것으로 판명나면 법정에서 인정되는 구식의 거짓말탐지기의 테스트를 걸쳐야 했다. PTS를 거부하면, 그 자체만으로도 이미 유죄나 다름없었다. 이 제품을 판매하는 회사에서 실시한 연구에 따르면 PTS를 거부하는 경우 90퍼센트가 실제로 거짓말을 하고 있었다고 했다. 그러므로 테스트 거부는 거짓말을 하고 있음이나 다름없었.

캐시는 무사히 테스트를 통과했다. 그들은 스튜어트의 시체를 옮긴 후, 그녀에게 화장할 것인지를 아니면 다른 계획이 있는지를 물었다.

"다른 계획이라고요?" 그녀가 물었다.

"아버지를 되살릴 수 있나요?"

"아뇨, 그건 당연히 불가능합니다."

"그럼, 화장해 주세요."

캐시는 거실로 들어가 맥스 옆에 앉았다. 그리고는 그의 어깨에 머리를 묻고 울기 시작했다. 한 남자가 가고 다른 남자가 들어왔다.

삶은 때때로 이렇게도 아이러니하구나.

17.

 번스타인이 가장 혐오하는 회의가 있었는데, 그중 특히 늘 최악의 상황으로 치닫곤 했던 것은 예산관련 회의였다. 그가 회의실에 도착할 때쯤, 이미 모두들 대기 중이었다. 재무장관, 연방준비은행 은행장, 행정관리예산국장, 그리고 하늘이 무너지기라도 한 듯한 표정을 한 12명의 관료였다.
 지금으로부터 약 15년 전, 2016년, 세계 기축통화로서의 달러의 고공행진도 끝이 났다. 다른 통화로 교체된 것이 아니라, 이전까지만 해도 달러나 유로를 기축통화로 가지고 있었던 세계의 은행에서 이제 위안화, 루피, 달러, 유로, 파운드, 그리고 샛별처럼 떠오른 한국의 원을 모두 사용하게 된 것이다. 환율차익을 노리고 화폐를 거래하는 사람들은 이익을 보지만, 번스타인은 이로 인해 미국의 힘을 약화된 것이라 믿었다.
 번스타인은 대통령 선거유세 때 세계단일통화 문제를 언급했었으나 이로 인해 사람들이 두려움에 빠지는 것 같았다. 달러화의 공식적인 약세가 강대국으로서의 미국의 파워를 본격적으로 약화시킨다고 생각했다. 그러나 '달러'라는 단어가 영어에서 사라질지도 모른다는 사실은 사람들에게는 너무나 심각한 문제로 다가왔다. 게다가 경제전문가들조차 세계단일통화의 사용이 미국을 더욱 부유하게 만들 가능성이 적다고 판단했다. 번스타인은 이들의 의견에 동의하지 않았다. 그는 화폐 매매거래만 사라져도 수조 달러의 낭비를 막을 수 있을 것이라 생각했다. 전 세계의 통화를 단 하나로 통일한다면, 외환거래를 멈출 수 있을 것이라고 본 것이다. 그는 특히 소수의 사람이 달러의 그날그날의 가치를 결정할 수 있다는 사실을 혐오했다. 왜 돈을 커피나 설탕처럼 거래하는 것일까? 그러나 번스타인이 대통령직에 오른 후, 수많은 이슈들이 불거져 나와 결국 세계통화를 단일화 시키겠다는 그의 공약은 물거품처럼 사라졌다. 하지만 그의 결심은 변함이 없었다.

　그가 자리에 앉자 비서실장 존이 회의를 시작했다. 존은 거의 모든 분야에 대해 박식했으며, 어떤 분야에 있어서는 전문가 수준이었다. 그는 미국이 채무국이라는 점을 싫어했지만, 다른 이들과 마찬가지로 해결책은 딱히 없었다.

　그 빚이라는 것이 남녀노소를 불문하고 모든 국민에게 영향을 미쳤으나, 이를 해결하려면 전 국민의 삶이 급격한 변화를 겪어야 했는데, 변화를 좋아하는 사람은 아무도 없었다. 이제 빚이 모든 이들의 삶의 일부가 되어 지극히 자연스러운 현상처럼 받아들여졌다. 채무액이 국민총생산을 넘어서기 시작하자, 대선후보자들은

　"이제 빚을 청산할 때입니다"라고 주장하는 것이 아니라, "저를 뽑아주시면, 빚이 늘어나는 건 막아드립니다"라고 외치곤 했다.

　2016년 대선 때는 한 후보자가 '세계용서의 날'이라는 것을 창시하겠다고 공

약을 내세웠다. 서로의 빚을 깨끗이 청산하고 새 출발을 할 수 있는 날이라는 것이었다. 대중들은 이 아이디어를 무척 좋아했지만, 곧 전문가들이 내린 결론은 부자들은 자신들의 돈을 모두 잃게 되며, 결국 은행은 파산할 것이라는 것이었다. 은행은 빚으로 사업하는 것이기 때문이다. 결국 그의 아이디어도 언제 그랬냐는 듯 사라져 버렸다.

번스타인은 재무부장관 모튼 스필러 쪽을 바라보며, 그에게 먼저 시작하도록 사인을 보냈다. 스필러는 매우 똑똑한 사람이긴 했지만, 시간이 흐를수록 그에 대한 신뢰도가 떨어져갔다. 초기에 번스타인은 그가 6년간 미국 골드만삭스의 회장이었다는 경력을 높이 샀다. 그 기간 골드만삭스의 매출액은 세계 최고를 기록했었다.

스필러는 정부기관에서 일해 본 적은 없었지만, 번스타인이 그에게 재무장관의 자리를 내주었을 때 이를 거절할 수가 없었다. 그의 요청은 단 한 가지였다. 1년 중 4개월 동안은 낸터켓에 있는 그의 농장에서 근무하겠다는 것이었다. 통신수단이 워낙 발달한지라 대통령도 선뜻 그의 요청을 수락했으나, 다른 스탭들은 워싱턴에서 더운 여름을 지내는데 스필러만이 잠옷 바람으로 집에서 쉬고 있는 것을 보면서 차츰 그의 결정을 후회하기에 이르렀다.

번스타인은 스필러가 영상회의를 할 때 자주 파란 정장을 입는 빈도수가 높음을 눈치 챘다. 결국 그가 파란 정장을 입고 나타날 때는 실제론 옷도 입지 않은 채 회의에 임하고 있음을 확신하게 되었다. 스필러가 입을 열기 전에, 번스타인이 말했다.

"이 자리에서 자네를 보니 더 좋네. 그 정장은 어디 있나?"

"다시 말씀해 주시겠습니까?"

"아니네. 그냥 한 소리네. 농장은 어떻고?"

"잘 되고 있습니다."

"다행이군." 번스타인이 말했다.

"가족들에게 안부 전해 주시게. 이번엔 얼마동안 백악관에 머물 계획인가?"

스필러는 번스타인의 목소리에서 냉소를 느낄 수 있었다. 하지만 일부러 모른 체하기로 했다.

"이번엔 오래 머무를 계획입니다. 각하께서 저를 다른 곳에 보낼 계획이 아니시라면요."

"잘 됐군." 번스타인이 말했다.

"회의실에서 직접 보니 더 좋군. 그래, 오늘 안건은 무엇인가?"

존이 대답했다.

"캘리포니아 예상피해액을 검토해 보았습니다만, 상황이 좋지 않습니다."

번스타인이 스필러 쪽을 바라보았다.

"스필러, 한 번 저질러 봐. 상황을 들어보자고."

이 농담은 그가 자주 썼던 것이지만, 회의실에 모인 이들은 이에 키득거렸다. 미국 역사에서 수많은 변화가 있었던 것이 사실이지만, 변치 않는 사실은 대통령이 농담할 땐 모두들 웃어준다는 것이었다. 수준 낮은 농담이건, 반복된 농담이건 상관없이 그들은 늘 웃어주었다. 이는 아첨의 한 형태였다. 번스타인은 한 번 벳시에게 그 이야기를 털어놓았다. "내가 무슨 농담을 하든지 사람들은 매번 웃어. 지도자들은 다 겪는 일인가 봐. 모세가 농담할 때도 사람들이 금송아지를 만들다 말고 웃어주었겠지?"

이 말을 듣고 벳시도 크게 웃어주었다. 그는 아내의 웃음도 혹시 가짜가 아닌가 하고 의심한 적도 있었다.

스필러는 로스앤젤레스 대지진과 관련해 심각한 경제난에 대한 발표를 마치고 번스타인의 대답을 기다렸다. 차트와 그래프에 가득한 숫자들을 보며 번스타인은

"그래서 이게 무슨 뜻인가?"라고만 물었다.

"복구 불가능하다는 뜻입니다."

스필러가 말을 이었다.

"미국은 현재까지 이런 규모의 재난을 겪어본 일이 없습니다. 로스앤젤레스 크기의 도시 전체가 한 번에 무너진 일은 없으니까요. 전쟁보다 더 심각한 상황입니다. 핵폭발이 일어났어도 이 정도는 아닐 겁니다. 최저예상비용이 12조 달러입니다."

번스타인은 잠시 숨을 들이마셨다.

"12조 달러라고? 보험회사는 어쩌고?"

"보험회사라 해도 이 정도의 액수는 어림없습니다."

스필러가 말했다.

"구제금융 외에는 방법이 없습니다. 보험회사는 있는 족족 모두 파산할 겁니다. 보험금을 상환해준다는 것은 불가능한 일이나 마찬가지입니다."

그때, 누군가가 끼어들어 설명을 덧붙였다.

"이건 미국의 모든 자동차가 한날한시에 사고 난 경우와 같습니다. 보험회사에서 이런 사고가 일어날 것까진 예측하지 못하죠."

번스타인은 화가 났다.

"망할 것들. 보험회사에도 이런 일이 일어날 것을 다 예상했겠지. 예측가능한

일 아닌가? 그저 자기 일 아니라며 신경 꺼버렸겠지. 지불할 생각이 없으면 보험금을 받지도 말았어야지. 이거 위법 아닌가?"

"위법인 건 맞습니다만."

스필러가 말했다.

"지금 문제는 그게 아닙니다. 그 회사들도 그만 한 돈이 없으니까요. 미국정부에도 그런 정도의 돈이 없습니다. 이 시점에선 법원에 고발을 한들 딱히 결론이 안 나오죠. 이 문제를 해결할 방법을 찾아야 합니다."

번스타인은 내무장관을 바라보며 물었다.

"현재 상황이 어떤가?"

"지금으로선 신속한 복구가 우선입니다. 심각한 환자들을 치료하는 것과, 붕괴 위기의 건물을 찾아 바로 세우는 작업, 식수와 식사 제공이 급선무입니다."

"그것만으로도 1주일에 50억 달러씩 듭니다."

스필러가 말했다.

번스타인은 오른손으로 이마의 땀을 닦으며 신음했다.

"그럼 이젠 대체 어떻게 해야 하지?"

존이 아이디어를 냈다.

"우선 환자들을 장기간으로 돌볼 수 있는 병원을 세워야 합니다. 지금은 초진실이 전부라, 상처 꿰매주는 것과 전염병 확산 방지 외엔 할 수 있는 게 없습니다. 기본 시설은 확충해야 합니다."

"그건 알고 있네." 번스타인이 말했다.

"나는 지금 그것보다 더 큰 문제에 대해 묻고 있는 걸세. 웨스트코스트를 재건하는 방법이 무엇이겠는가?"

아무도 이에 대답하지 못했다. 얼마간 침묵이 이어졌다. 그러다 스필러가 입을 열었다.

"그냥 포기해야죠."

"뭐라고?" 번스타인이 물었다.

"포기해야 할 수도 있다는 말입니다. 그냥 그대로 방치하면 예전 사막으로 돌아가겠죠."

"지금 농담하는 건가? 그럼 지금 천 5백만 명을 오렌지 밭에 떠돌아다니게 두자는 건가?"

"아뇨. 그런 뜻이 아닙니다. 그 대신 사람들을 다른 주나, 서부에 인구가 적은 곳으로 이주를 시키거나 하는 방법을 택하자는 겁니다."

"좋네." 번스타인이 말했다.

"그럼, 자네 농장에 10만 명만 받아줄 생각 있나?"

스필러를 제외한 모두가 이에 웃음을 터뜨렸다. 스필러는 고개를 돌렸다. 그의 감정이 상한 것은 분명했지만, 적어도 사람들 앞에서라 참는 듯했다.

"전 그저 한 가지 방법을 말씀드린 것뿐입니다."

"이해하네." 번스타인이 답했다.

"하지만 그렇다고 해서 수백만 명을 다른 곳으로 이주시킬 순 없네. 도시 재건 비용이 더 들면 더 들었지, 덜 들지는 않을 걸세."

"저도 그것까지는 계산해 보지 않아서, 정확히는 모르겠습니다."

"현재로선 도시재건에 주력해야 한다고 보네. 이미 주요 도시들엔 인구가 넘쳐나고 있으니 받아줄 곳도 없단 말이지. 좀 더 적은 자본으로 해볼 수 있는 건 없겠나? 존이 우리나라에서 으뜸가는 건축가들과 회의를 하고 있지 않은가?

그건 어떻게 돼가지?"

"그쪽에서도 돈이 더 필요하다고 합니다."

"그렇겠지." 번스타인은 자리에서 일어났다.

"세계단일통화 건은 다음 기회로 미루기로 하지. 오늘은 다른 중요한 사안들이 있으니, 회의는 여기까지로 하고, 로스앤젤레스 문제가 중심 현안이네. 모두 더 좋은 아이디어를 짜내도록 하지. 스필러, 잠시 집무실로 따라와 주겠나."

이 말을 마치고 번스타인은 회의실을 나갔다. 스필러가 존에게 물었다.

"대체 무슨 일이죠?"

"저도 모르겠네요. 대통령께서 어떤 결정을 하시겠다는 것 같습니다."

스필러가 집무실로 들어가자, 번스타인은 소파에 자리를 잡고 있었다.

"앉게나." 번스타인이 말했다.

"자네가 정말 훌륭한 인재라는 것은 인정하지만, 더 이상은 농장 일은 그만뒀으면 좋겠네."

스필러는 번스타인의 의도를 알면서도 짐짓 모른 체 했다.

"농장 일이라고요?"

"한 나라의 재무장관으로서 백악관에서 계속 상주하면서 같이 일했으면 하네. 가끔 휴가를 가는 것은 좋지만, 4개월은 너무 길다는 생각이 들어. 전례를 만드는 거나 다름없네."

"하지만 지난번에 계약할 때 약속하신 게 있지 않습니까?"

"그랬지." 번스타인이 대답했다.

"하지만 더 이상은 그럴 수가 없네. 지금은 비상시국 아닌가."

"우선 가족과 상의해봐야 하겠습니다. 며칠 생각할 시간을 주시겠습니까?"

"그럴 시간이 없네. 심각한 위기국면을 맞은 현 상황에 국가를 먼저 생각할 사람이 필요해."

"저도 이 나라를 사랑합니다."

"그래야지. 자넨 신보다도 더 돈이 많지 않은가. 자네 농장이 자네를 필요로 하는 시기라는 것은 잘 이해하네. 하지만 나도 1년 내내 곁에서 같이 일할 충신이 필요하네."

"전 항시 대기하며 업무에 충실해왔습니다."

"이곳 워싱턴에서 말일세."

"저보고 사임하란 말씀이신가요?"

"지금 결정을 내려달란 말이네."

"그럴 순 없습니다."

"그런가?" 번스타인이 말했다.

"이건 어떤가? 2시간 동안 생각해 보고, 우리 앞에 닥친 일이 어떤 일인지 알고 있을 테니, 그 정도 시간밖엔 줄 수가 없네. 자네 인생에서 다시 한 번 마라톤을 뛸 수 있겠다 생각된다면 이곳에 남아주길 바라네. 하지만 그렇지 못하겠다고 하더라도 이해할 걸세. 사직하게 될 경우엔 존과 함께 언론을 위해 그럴 듯한 이유를 만들어 주게. 안 그래도 보험금에 집 걱정으로 두려워하고 있는 시민들의 고통을 덜어주지는 못할망정 더해줄 수는 없으니까."

"알겠습니다. 6시 이전에 결정 사항을 말씀드리겠습니다."

"고맙네."

로스앤젤레스 대지진 사태 이후 현지상황을 뉴스로 보면서, 셴 리는 초강대국이었던 미국이라는 나라의 재해대처수준이 제3국 수준으로밖에 보이지 않음에 놀라지 않을 수 없었다. 음식물 상자와 임시병원 앞에 서 있는 긴 줄을 보며 무질서한 시민들의 모습에 역시 애처로움을 느꼈다. 세계인의 고통을 걱정하는 마음과 또한 사업 확장으로 부를 축적하고 싶은 마음이 복합적으로 작용하기 시작했다. 그는 어떻게 하면 자신이 이번 사건에 개입할 수 있을지 생각했다.

리는 무엇보다 시민들의 정신건강 측면에 도움을 줄 수 있을 거라 보았다. 오랜 경험을 통해 그는 이와 같은 트라우마에 익숙하지 않은 사람들에게 있어 정신적인 지원은 상당한 도움을 준다는 것을 알고 있었다. 심리치료는 이제 하나의 과학이며, 제대로만 된다면 그들의 외상치료에도 큰 도움이 될 것이다.

예를 들어, 서양의 경우 상황은 달라지겠지만, 어떤 종류의 음악이 치료에 도움이 되는지 연구한 리의 연구결과를 도입할 수 있을 것이다. 또한 그는 어떤 색상과 온도가 효과적인지, 스트레스를 받고 있는 사람들에게는 어떤 위로의 말을 해야 하는지, 정신질환 약을 투여할 시기가 언제인지도 잘 알고 있었다.

미국인들이 잘 하지 않는 것 중 하나가 리가 말하는 '긴 줄에 선 사람들에게 다가가기'라는 방법이었다. 진료를 받기 위해 병원 곳곳에 줄을 서서 기다리는 환자들에게 정식 훈련받은 사람들을 투입해 신체적, 언어적 접촉을 제공할 때 효과가 있음을 밝혀내었다. 이는 누구나 쉽게 생각해낼 수 있는 방법 같지만, 리가 연구하기 전 세계에서 그 누구도 관심을 가지지 않는 주제였던 것이다. 보통은 환자들이 의사를 만나 진료 받는 순간에 초점을 맞췄다. 그러나 그의 조사에 따르면, 무방비로 내팽개쳐지는 수많은 환자들은 특히나 극심한 심적 고통을 경험한다는 것이다. 그래서 그는 '긴 줄에 선 사람들에게 다가가기'라는 방법을 고안해냈다.

리는 자신이 개발한 프로그램을 미국사회에 어떻게 적용할 수 있을지 고민하다가, 작은 것부터 시작하기로 했다. 부모와 기다리는 아이들에게 적용할 수 있는 것이다. 그는 아이들이 잠시나마 겪었던 처참한 재앙을 잊을 수 있도록 퍼즐 등 다양한 종류의 게임을 즐길 수 있는 장치를 만들었다. 아이들은 게임만 할 뿐 아니라, 줄 서 있는 다른 아이들과 대화를 함으로서 공감대를 형성하게 되었고, 결국 작은 집단의 위력은 곧 진가를 발휘했다. 줄 서 있는 사람들이 서로 의사소통을 할 수 있도록 함으로서 하나의 공동체가 만들어진 것이다. 뿐만 아니라 그들의 스트레스를 완화해주는 음악과 전문상담, 음식 제공, 게다가 마술쇼까지 더하자 기다리는 재미가 생겨났다.

리는 아이들의 손에 들려주는 휴대용 장치를 기부했다. 그리고 미국정부에 이를 개당 1달러의 가격에 총 100만 개를 수출하기에 이르렀다. 그는 이런 방법으로 미국에 발을 디뎠다. 중국 최대의 건강관리 사업자가 세계 최초로 미국 정부와 대화하기 시작한 것이다. 리는 이를 미국을 상대로 사업을 할 수 있는 단초로만 본 것이 아니라, 동양의 방법이 서양에서도 통할 수 있는지를 시험해보기 위한 방법이 될 것이라 여겼다.

18.

 브래드 밀러는 자신의 손에 들린 달랑 한 개의 여행 가방을 보면서, 자신의 80 평생이 어쩌다 이 가방만해졌는지를 생각하며 큰 아쉬움과 분노를 느껴야 했다. 자신의 콘도를 떠나고 싶지 않았다. 자기 집을 어떻게 할 것인지 그 누구도 말해주는 이가 없었다. 그는 평생 번 돈을 이 집에 투자했었다. 그런데 어떻게 정부는 수표 한 장, 아니면 어떤 약속 한 장 없이 자신에게 이 집을 떠나라고 명령할 수 있는 것인가?

 그는 마지막으로 현관문을 열고 버스가 기다리고 있는 곳으로 걸어갔다. 몇몇 사람들이 경찰에서 쓰는 접근금지 테이프를 블록 주변에 크게 붙이고 있는 것이 보였다. 주변 건물이 안전하지 못하므로 들어가면 벌금형이나 구금형을 받을 수 있다고 써있었다. 그는 이를 보고 쓴웃음을 지었다.

 무슨 감옥? 지진이 나면서 다 무너져버렸는데 무슨 감옥이 있다는 거야? 그럼 어디에 처 넣을 건데? 어이가 없군.

그는 버스에 올라 한 때 사랑했던 자신의 집을 마지막으로 바라보았다. 이제 다시는 돌아올 수도 없는 집인지라 생각도 하고 싶지 않지만, 어쩔 수가 없었다. 그는 돈을 원했다. 집을 재건축한 뒤 다시 들어가 살라고 할 것인가? 패서디나에 가면 수표를 줄 것인가?

버스는 겨우 1/3정도만 차 있었다. 하지만 버스가 곳곳에 서면서 여행 가방을 하나씩 든 사람들이 너도나도 안으로 들어와 결국에는 꽉 차게 되었다.

뚱뚱한 노인 하나가 브래드의 옆에 앉았다. 그의 몸에서는 역한 냄새가 났다.

패서디나까지만 가는 게 다행이군. 냄새 한 번 역겹네.

옆자리의 노인은 곧 잠에 빠져 큰 소리로 코까지 골았다. 브래드는 그의 터질 것처럼 튀어나온 그의 배를 내려다보았다.

체중조절약 값도 못 댈 정도로 가난한가? 아니면, 건강상태가 안 좋아 약을 먹으면 안 되나 보지? 아님, 그냥 뚱뚱한 상태가 더 좋아서 먹지 않는 건가?

브래드는 웃음이 나왔다. 그의 삶이 이렇게까지 내리막으로 치닫다니. 버스 옆자리에 탄 뚱뚱보 남자의 삶에 대해 궁금해 하게 되다니 말이다. 그가 큰 소리로 웃자 옆자리의 남자가 잠에서 깼다.

"뭐가 그리 웃깁니까?" 뚱보 노인이 물었다.

"별 것 아닙니다. 스트레스를 이겨내는 방법에 웃는 것 만한 게 있나요."

"동감이오." 뚱보가 말했다.

"이건 스트레스 정도가 아니지요. 이럴 때 기분을 낫게 하려면 먹는 거밖엔 없수다."

"정말입니까? 그러면, 약을 먹어볼 생각은…."

"당연히 먹었죠."

뚱보가 그의 말을 막았다. 이런 질문에는 이미 익숙해진 터였다.

"그 약이 10%의 사람들에게는 효과가 없다는 것도 알고 있습니까?"

"네."

"바로 제 경우 입니다."

"그래요? 그 약이 효과가 없다는 사람은 처음입니다."

"음. 살은 빠졌지만, 부작용을 견디기가 힘듭니다."

"어떤 부작용이?"

"편집증적인 망상이나, 주체할 수 없는 땀, 심계항진증, 불면증이니 뭐니 다 나타납디다. 약상자 속에 써 있던 부작용 모두요."

"안 됐군요."

"뭐가 안 됐습니까? 내가 뚱뚱해서요?"

"아뇨. 부작용을 겪으셨다니까요. 힘드셨겠습니다."

"그러게 말이오…. 당신 이름은 뭡니까?"

"브래드요."

"브래드, 과체중 문제는 다른 문제에 비하면 아무것도 아니오. 난 이혼한 데다 애들 얼굴도 못 보지, 집사람과 애들은 동부로 떠났는데 난 망할 놈의 샌 앤드리아스 단층에 남아 살았지. 그래서 이제 내 인생엔 남은 게 없소. 게다가 이제 내 몸은 수용소로 가고 있다니…."

브래드는 순간 당황했다.

"방금 뭐라고 하셨습니까? 수용소라고요?"

"왜 2차 대전 때 일본인들 처 넣은 곳 있잖소. 그런 곳이라던데."

"설마요. 그곳이 어떤 곳인데요?"

"왜 철조망치고 그런 데 있잖소."

"그 얘긴 어디서 들은 겁니까?"

"배식소에서 누가 그럽디다."

"그럴 순 없습니다! 우리를 수용소에 넣을 권리는 없다고요!"

"나도 자세한 건 모르오. 가면 곧 알게 되겠지. 영양바나 뭐 그런 거 가진 거 있소?"

"아뇨."

"그럼, 난 다시 잠이나 청해야겠수다. 코를 심하게 골면 꼬집으슈."

20초도 안 되어 그는 골아 떨어졌고, 브래드는 창밖을 내다보았다.

대지진 전이라면, 브래드의 집에서 패서디나까지 차로 가는 데 20분, 막히면 1시간가량 걸렸었다. 하지만 지진 후, 그곳까지 최단 시간이 1시간이 되어 버렸다. 로스앤젤레스의 모든 도로는 끊어졌으며, 도로를 수리할 건지, 얼마나 수리할 건지부터 결정해야 했다. 우선 정부의 지원을 받아 도로 중 가장 중심부는 어느 정도 수리가 된 상태였다. 12차선이었던 도로도 이제 겨우 1,2차선만 운행이 가능해져서, 급한 경우가 아니면 그나마 차를 움직이지 않았다.

버스가 마침내 패서디나에 도착했을 때는 도로의 상태가 심각해 시속 1내지 2마일의 속력으로 기어가야만 했다. 수백 개의 길 중에 이제는 겨우 한두 개만 겨우 지나갈 수 있을 정도였다. 그때 브래드의 눈에 표지판이 들어왔다. '로즈보울 경기장까지 2마일 남음.'

"우릴 경기장에 쳐 넣겠다는 거야?"

그가 큰 소리로 외쳤다.

"난 로즈보울에서 살고 싶지 않다고! 차라리 공원에서 자고 말지!"

옆자리 뚱보가 일어났다.

"로즈보울에 갈 리가 없는데요."

"왜요?"

"거기도 다 무너졌어요. 사진에서 봤죠. 거기랑 다저스 스테디움 전부 다요."

곧, 버스는 로즈보울 경기장이 있던 곳으로 들어갔다. 풋볼 경기장 크기만 한 커다란 텐트가 보였다.

로즈보울 경기장이 있던 곳에는 미 육군공병단이 들어와서 제일 먼저 밀어버리고 임시 가건물을 설립했다. 건물이라고 하기에는 뭐하고, 그저 세계에서 제일 큰 서커스단 천막처럼 생겼다. 수용 예상인원은 약 4천 명이었다.

안으로 들어가자 양쪽에는 각각 3백 명이 잘 수 있는 4층짜리 군용침대가 놓여 있었다. 화장실은 100개였으며, 배식소가 총 4곳, 사람들이 앉아 있을 수 있는 곳에는 총 10개의 대형 스크린이 설치되어 있었다. 소음이 매우 심했지만, 냄새는 나지 않았다. 이런 가건물의 통풍환기 시스템은 완벽하게 개발된 지 오래 되었지만, 열기는 어쩔 수 없었다.

브래드는 자기 눈을 믿을 수 없었다.

얼마나 오랫동안 이 곳에 있으란 말인가?

그는 군입대하는 사람이 아니라 엄연히 집이 있는 사람이 아니던가? 영원히 이곳에 쳐 박아둘 계획일까? 그는 답을 원했다. 이곳에서 살 순 없었다. 뚱보와 침대를 나눠 쓸 일은 없기를 바랐다. 사실 그 뚱보가 마음에 안 든 건 아니었다. 수용소로 가는 버스에서 그처럼 태연하게 코를 골 수 있는 사람이라면 사실 좋은 사람임에 분명했다. 하지만 그에게는 우선 앞으로 어떻게 될 것인지에 관한 정보가 필요했다.

대체 그들의 계획이 뭐지? 돈은 돌려받을 수 있는 건가?
하지만 그의 질문에 대한 그들의 대답은 한결같았다.
"그 문제는 나중에 알려드리겠습니다."
그가 받은 유일한 정보는 침대 번호와 천막 생활에 관한 규칙뿐이었다. 또한 식권과 서랍열쇠를 하나 받았다. 그로부터 10분 후, 그의 감정은 분노에서 혼돈으로, 그러다가 수동적으로 차츰 변해갔다. 그러나 화장실 앞에 선 긴 줄을 보며 그의 마음은 다시 분노로 터질 것만 같았다.

"아버지가 돌아가셨다고 말해야겠어요." 캐시는 맥스의 손을 잡으면서 이렇게 말했다.
"그래. 도와줄까?"
"브라이언에게 전화해야 해요."
"혼자 있을 시간이 필요하겠네. 마음 편해지면 전화 줄래?"
"덕분에 마음이 한결 편해졌어요." 그들은 현관문 앞에서 다시 한 번 키스했다. 매우 열정적이고 아름다운 키스였다. 단 하루 동안 이처럼 격정적인 감정들을 느낄 수 있다는 것에 캐시는 다시 한 번 놀랐다.
맥스가 떠나고, 캐시는 소파에 앉아 다시 울기 시작했다. 아버지 때문에, 자기 자신 때문에, 또한 브라이언의 마음에 상처를 입힐 것 때문이었다.
"여보세요?" 브라이언이 손목시계를 보며 전화를 받았다.
"안녕?"
"온종일 왜 대답이 없었어? 계속 전화했는데."
"아버지가 돌아가셨어."

"뭐? 정말이야? 어떻게? 언제? 지금 당장 갈게."

캐시가 대답도 하기 전에 전화가 끊겼다.

브라이언은 10분 후 캐시의 집에 도착했다. 현관문은 열려 있었고 캐시는 부엌에서 차를 끓이고 있었다. 브라이언은 그녀에게 다가가 꼭 안아주었다. 그는 키스하려고 하지 않았다. 물론 캐시도 이를 허락하지 않았을 것이다.

"괜찮니? 어쩌다가 그렇게 되셨어?" 그가 물었다.

"그냥 갑자기. 바로 이곳에서 쓰러지셨어. 아침 식사를 하려던 참이었는데."

"아침이라고? 그럼 오늘 아침에 돌아가셨단 말야? 근데 왜 전화 안 했어?"

캐시는 아무 말도 하지 않았다. 그녀는 차를 들고 거실로 들어갔다. 브라이언이 그 뒤를 따랐다. 그가 다시 물었.

"6시간도 더 지났단 거잖아. 왜 전화 안 했어?"

캐시는 소파에 앉았다. 그녀의 눈가에는 눈물이 그렁그렁 맺혔다.

"미안해." 브라이언이 말했다.

"울리려던 건 아닌데. 그냥 내가 도울 수 있었으면 했을 뿐이야. 진작 연락하지 그랬어."

캐시는 그의 말을 더 이상 듣고 있을 수가 없었다. 그녀는 솔직히 말하기로 결심했다.

"널 사랑하지 않는 것 같아."

"뭐라고? 뭐라고 했어?"

"브라이언, 너처럼 멋진 남자는 없을 거야. 너와 함께 했던 시간도 정말 좋았고. 하지만 널 사랑하지 않아."

"언제부터야?"

"나도 몰라. 그냥 그렇게 됐어."

예전의 캐시였다면 그냥 순간을 모면하기 위해 *지금은 너무 혼란스러워. 생각할 시간이 필요해,* 라고 말했을 것이다. 하지만 그녀는 솔직하게 말하기로 했다.

"나 맥스 레오나드를 좋아하나 봐."

그 순간 브라이언의 머릿속은 과거의 모든 일들이 영화처럼 스쳐지나갔다. 이미 다 알고 있었으면서도, 그는 그녀가 이렇게 말하자, 마치 놀랐다는 것처럼 연기해야 했다.

"뭐? 제길. 모임에서 만났던 그 사람 말이야?"

"응."

"언제부터야?"

"그냥 그렇게 됐어. 아마 순간이었겠지. 나도 몰라."

"그래서 그 자식한테 전화를 했던 거야?"

"그건 중요한 게 아냐."

"나한텐 중요해. 네 아버지가 돌아가셨는데 그한테 전화를 했다고?"

"응."

브라이언은 순간 그들의 관계는 이미 끝났음을 알았다. 그 전화가 얼마나 중요한 것인지 그는 잘 알고 있었다. 그의 마음은 타들어가는 것 같았다. 자신의 마음을 뭉개버리는 것이 얼마나 가슴 아픈 일인지 말해주고 싶었지만, 그녀의 아버지가 돌아가신 날인 데다가, 더 이상 그녀에겐 아무 말도 통하지 않음을 알았다. 그는 그대로 일어났다. 그는 담담히 여자 친구에게 차였을 때 가장 흔히 쓰는 말을 뱉었다.

"캐시, 그 누구도 나만큼 너를 사랑할 사람은 없을 거야. 앞으로도, 영원히."
 그리고 그는 눈물을 흘리며 그녀의 집을 떠났다. 그는 미치도록 그녀를 사랑했던 것이다.

19.

그의 손목시계에서 진동소리가 났다. 로버트 골든은 손목시계를 내려다보았다. 나쁜 소식이었다. 이유도 없이 노인들을 살해한 버스 사건이 발생한 지 만 2년이 되어가는 시점에, 또 다른 사건이 애리조나 주의 퇴직한 노인들의 공동체 주변에서 발생했다. 한 젊은이가 버스에 올라타서는 60세 이상으로 보이는 노인 8명을 총으로 쏜 것이다. 실상은 그 중 7명만이 60세 이상이었으며, 한 명의 47세의 남자는 전날 밤 아마도 야간근무를 하느라 지쳐 늙어 보였던 모양이었다. 첫 번째 사건이 사람들의 기억에서 사라졌다 싶을 때, 또 한 사건이 터졌다.

로버트 골든은 노인과 관계된 문제를 모두 총괄하는 AARP라는 단체의 회장으로, 얼마 전에 65세가 되었다.

AARP는 2010년에 3천 5백만 명의 회원으로 시작했다가 2030년에는 1억 명의 회원이 가입한 어마어마한 단체가 되었다. 워싱턴에서만 해도 이 단체의 힘은 막강했으며, 노인들의 권리가 법적으로 침해된다 싶으면 그들은 곧장 들고 일어났다. 그들은 데모나 캠페인 운동을 벌이는 데에도 일가견이 있었다.

로버트는 이사회에 소속된 몇 안 되는 젊은이들 중 폴 프레스콧이라고 자신이 총애하는 부하직원을 자신의 사무실로 불러들였다. 폴 역시 50세나 먹었지만, 젊은 축에 속하므로 젊은이들과 보다 잘 통할 거라 생각한 것이다. 하지만 사실 그 역시 젊은이들에 대해 아는 바가 전혀 없었다. 그는 아이가 없는 게이로, 자기 친조카들이 자기를 무척 따른다고 입으로는 떠들어 대지만, 실제로는 청년들이 하는 일은 모두 못마땅하게 여겨왔다.

"이 소식 들었나?" 로버트가 물었다.

폴은 스크린을 보더니 재생버튼을 눌렀다.

"인디언 카지노에서 있던 일인가요?"

"아니." 로버트가 말했다.

"퇴직자 아파트 근처에서 일어난 사건이야. 사람들은 별개의 일이라고 하지만, 아무래도 2년 전 사건과 뭔가 관련이 있는 것 같아."

"사건은 절대 이유 없이 발생하지 않지요. 인간에겐 그런 능력이 없는 것 같아요." 폴이 대답했다.

"무슨 소린가?"

"사람들은 그렇게 독창적이지 않다는 뜻이죠. 그런 일을 혼자서 저지르는 것은 불가능하단 말입니다. 사건을 만들려면 다른 사람들의 아이디어든, 도움이든 뭔가가 필요하죠. 별개의 사건이란 사실 존재하지 않는다고 봐도 무방합니다."

로버트는 그의 통찰력에 놀랐다. 폴이 하버드대의 우등생 명단에 들었다는 사실, 혹은 그가 AARP 잡지에 유명기사를 많이 올렸다는 것 때문인지는 몰라도, 그는 늘 폴이 천재라고 생각했다.

"정말 통찰력 있는 생각이군."

로버트가 말했다.

"그럼 모나리자 작품은?"

"그 작품이 그거랑 무슨 관련이 있단 말씀이십니까?"

"그 후에 모나리자를 그린 사람은 아무도 없지 않은가. 그건 독창적인 작품이 아니란 말인가?"

"아뇨. 그게 독창적인 작품이라면 사람들이 아예 그림을 안 그렸어야죠. 불행한 여인의 모습을 똑같은 모습으로 그린 화가가 없다고 해서, 시도조차 없었다는 건 아니지 않습니까?"

"무슨 말인지 알겠네."

로버트가 말했다. 그는 다시 원래 주제로 말을 돌렸다.

"이 사건을 좀 더 파헤쳐서 알아낼 수 있는 건 다 조사하게. 다른 사건과 연루되어 있을 수도 있으니. 그저 과거 사건을 모방한 범죄에 불과한 건지, 더 큰 일로 번질 건 아닌지 알아봐야겠어."

"모방범죄는 보통 처음 몇 달간 일어납니다. 2년 후에 일어난 일을 모방범죄라 보긴 어렵습니다."

"알겠네. 그럼 모방범죄를 넘어선 것일 수도 있겠군. 그걸 알아봐 주게. 일단은 우리 잡지에 사람들의 마음을 놓일 수 있는 글을 하나 써주고. 확실해지기 전까지는 확대해석하지 말자고."

"알겠습니다." 폴은 이렇게 말하고 자리를 떴다.

정말 똑똑한 친구군. 로버트는 생각했다.

내가 만일 게이라면, 저런 사람이랑 사귈 거야. 아니, 그보다는 근육질의 남자가 더 낫겠군. 글쎄….

이렇게 1년에 두 번쯤 있을 자신이 게이라면 어쩔 것인지에 대한 상상의 날개를 펼치려고 할 때, 갑자기 인터콤이 울렸다.

"무슨 일인가?"

"샘 뮐러 박사의 변호사입니다."

"고맙네."

로버트는 샘이 계획을 취소하려는 것은 아니길 바랐다. 그는 의자를 돌려 벽에 걸린 스크린을 향했다.

"칼, 안녕한가? 무슨 일로 전화했고?"

"안녕하세요. 이번에 샘 박사님께서 시카고 연설에 아드님과 동행하신답니다. 그러니 스위트룸을 방 3개짜리로 바꾸어 주시거나, 아드님을 위한 스위트룸을 하나 새로 잡아주셔야 하겠습니다."

"그게 전부인가? 문제없네."

"또한 '고통 없는 노년의 삶'이란 주제가 맞는지 확인해 달라고 하십니다."

"그게 맞네."

"됐습니다. 티켓은 매진인가요?"

"뒤쪽 발코니 석에 몇 좌석이 남았긴 하지만, 그것도 금방 매진될 걸세."

"예상 수익이 얼마가 될까요?"

"다운로드를 빼도, 150만 달러는 될 걸세."

"좋습니다. 박사님도 좋아하실 겁니다. 금요일 날 뵙죠."

"고맙네."

전화를 끊으면서, 로버트는 샘 밀러 박사가 욕심이 많다는 인상을 지워버릴 수가 없었다.

총수익의 90퍼센트나 가져가다니.

로버트는 이곳에서 광고 및 모든 것을 다 총괄하고 있는데, 그의 단체는 겨우 10퍼센트밖에 가져가지 못하는 것이다. 그러나 다시 생각을 고쳐먹었다. 그는 암을 치료한 사람이 아니던가. 그의 치료제 덕분에 AARP회원이 5천만 명은 늘어난 것이다.

그냥 달라는 대로 줘야지 뭘 어쩌겠어?

캐시와 맥스는 이른 저녁 그녀의 집 앞에 앉아 있었다. 그녀는 브라이언의 마음에 상처를 준 것에 죄책감을 느끼고 있었고, 맥스는 이러한 그녀의 마음을 잘 알고 있었으며 어떻게 그녀의 마음을 어루만져야 하는지도 알았다. 그녀가 자신의 마음을 토로할 때, 그는 아무 말 없이 그녀의 말을 다 들어주었다. 그러자 그녀 스스로 자신은 브라이언을 사랑한 것이 아니며, 그는 그녀의 짝이 될 운명이 아니었으므로, 더 좋은 사람이 나타났다고 해서 예전 남자친구를 차버린 건 아닌 것이라는 결론을 내리기에 이르렀다.

대부분의 경우, 한 사람과의 관계가 청산되기도 전에 새로운 관계를 시작하게 되면, 이전 관계가 새 관계의 경계가 모호해지면서 새로운 관계도 결국 금세 무너지고 마는 게 일반적이다. 하지만, 아주 가끔은 새로 만난 사람과 반평생을 함께 하게 되기도 한다.

"금요일에 재미있는 일 있는데 같이 갈래?"

"물론이죠." 그녀가 대답했다.

"샘 뮐러라고, 암 치료제 개발한 사람 말이야. 시카고에서 수천 명의 노인들 앞에서 연설을 한다고 하는데, 같이 갈래?"

"그래. 그러지 뭐. 근데 왜 가려고 해요?"

"무슨 말을 할지 궁금해서. 이 나라가 이렇게 망해가는 주된 원인이 그 작자 잖아. 노인들의 생명을 연장하는 사람은 억만장자가 되고, 그 노인들 치료비는 우리한테 받아내고."

"재밌겠다. 그런 쪽으로 생각해본 적은 없는데. 나도 갈래요. 벌써 그 사람이 싫어지는 걸요."

"잘됐네. 가면서 드라이브도 즐기고."

캐시는 잠시 머뭇거렸다.

"아버지가 돌아가신 지 얼마 안 됐는데, 너무 이른 건 아닐까요?"

"아버지를 위한 여행이라고 생각해. 90세 먹은 노인들 살리느라 쓴 우리 돈을 네 아버지를 위해 썼더라면, 아직도 살아계실지 몰라."

" 맞아요. 우리 아버지한테 한 것만 생각하면 지금도 치가 떨려요."

"필요한 데엔 안 쓰고 낭비하는 거나 마찬가지야."

맥스가 말했다.

"그건 그렇고, 아버지 유골은 어쩔 생각이야?"

"나도 몰라. 그냥 벽난로 위에 올려놓을까봐요."

"좋은 생각이 났어. 아버지 유골단지를 뒷좌석에 태우고 시카고까지 같이 여행하는 거야. 아버지도 같이 여행하는 것처럼 말이야. 그런 다음 미시간 호처럼 아름다운 곳에 뿌려서 아버지를 자유롭게 해드리자."

캐시는 그의 눈을 바라보았다.

"자긴 정말 최고예요."

그리고 그들은 다시 키스했다. 정열적인 키스가 아닌, 이러한 대화에 맞는 부드러운 키스였다.

무인 제트기가 이글 카운티 공항활주로를 타고 내려왔다. 샘 밀러는 비행기 여행을 즐겼지만, 베일처럼 리조트가 딸린 작은 공항은 딱히 좋아하지 않았다. 그는 고개를 돌려 마크 쪽을 바라보았다. 그들은 부자지간의 여행이나 운동을 해본 일이 많지 않았다. 그래서 시카고까지 자신을 따라와 준 아들이 고마웠다.

샘은 워낙 팬이 많았다. 패티는 이에 감동하는 눈빛으로 아버지를 바라보곤 했지만, 마크는 무감동 그 자체였다. 마크가 자기정체성을 찾고 있는 청소년기라 그런지는 몰라도, 그래도 가끔은 자신을 존경해주길 바랐다. 마크가 이번 여행에 따라오겠다는 건 좋은 징조였다. 수천 명의 사람들이 자신의 업적을 칭송하며 기립 박수치는 모습을 보면, 조금은 감동할지도 모른다.

제트기가 25번 활주로를 지나 1분간 정지했다. 덴버에 있는 조종사가 스크린에 모습을 드러냈다.

"박사님, 이륙 준비가 되셨나요?"

"다 됐네." 샘이 말했다.

"안전한 여행이 되실 겁니다. 필요하신 게 있으시면 일레인에게 부탁하십시오. 즐거운 여행 되세요."

"고맙네."

마크는 고개를 돌려 일레인을 보며 웃어보였다. 그녀도 역시 웃어 보였다.

와, 정말 섹시한 걸. 모델 같은데? 저렇게 예쁜 여자가 음식을 가져다주다니!

마크는 사람들이 제트기에서 어떻게 그녀와 섹스를 할지 궁금했다.

 어차피 아무도 없지 않은가. 게다가 조종실도 비어 있으니 누가 알겠어?

그는 아버지에게 물었다.

"여기 소리나 영상도 조종사에게 전달되나요?"

"내가 원할 경우에만. 그건 왜 묻니?"

"그냥 궁금해서요."

"그건 승객이 원할 때만 가능해. 난 이쪽 영상이 전달되는 걸 선호하는 편이지만, 안 그런 사람들도 있으니까."

"화장실에선 안 보이겠죠?"

"그것도 승객이 원할 때만 가능해."

"화장실에서 볼일 보는데 그걸 보여주고 싶은 사람이 어디 있어요?"

"그것도 맞는 말이지만, 갑자기 위급상황이 생겼을 땐 도움을 요청할 수 있으니까."

그때 제트기가 다시 활주로 위를 움직이기 시작했다. 이 최신 걸프스트림 제트기는 99퍼센트 방음기능을 가지고 있었다. 엔진이 최고로 돌아갈 때에도 에어컨이 돌아가는 소리 정도로 작았다. 마크는 스크린을 '조종실'로 돌리고 화면을 보았다. 이는 덴버에 있는 조종사가 보는 모든 화면을 다 볼 수 있었다. 그는 일레인이 자신을 어린 아이라고 생각할까봐 창피해하는 마음도 잊고 자신도 모르게 두 손을 올려 비행기를 조종하는 척했다.

"조종사가 없는 비행기가 나온 지가 얼마나 됐어요?"

"거의 2년 됐지." 샘이 대답했다.

"처음에 안 무서웠어요?"

"좀 불안했지만 시스템이 워낙 안정되어 있으니 나중엔 신경도 쓰이지 않더구나. 컴퓨터에서 모든 것을 다 조종할 수 있으니, 덴버에 조종사들만 믿으면 염려할 게 없어."

"정말요? 하지만 제가 없으면 일레인이랑 단 둘이 있었을 텐데, 그런 생각은 안 해봤어요?"

"뭐라고?"

"아뇨." 마크는 피식 웃음을 짓고는 이렇게 말했다.

샘은 이에 뭐라 말해야 할지 고민했다. 샘은 자기 부인을 두고 바람을 피우는 남자가 아니었다. 하지만 그러면서도 자기 아들이 한 말에 뭔가 동조를 해줘야 할 것만 같았다. 아빠답게 다른 여자는 생각도 안 해봤다고 말할까 하는 생각도 들었지만, 부자지간의 대화의 기회가 적다 보니, 그 순간을 날려버리고 싶지 않았다. 그는 지금만은 아빠가 아닌, 마크의 친구로서 대화하기로 결심했다. 그는 일레인을 한 번 바라보고는 다시 마크 쪽을 향했다.

"아마 아빠도 그 생각은 했을 것 같은데?"

마크는 소리 없이 미소 지었다. 두 남자들만의 순간이었다. 그 순간 둘은 통하는 게 생긴 것이었다. 오래 가지는 않겠지만, 그래도 그 시간이 그에게는 소중했다.

20.

벳시 번스타인은 몹시 화가 났다. 그녀는 존이 작성한 모든 스필러의 사직서를 읽은 참이었다. 자신의 남편을 무시하는 식으로 쓴 것이 마음에 들지 않았다. 서면에는 스필러가 대통령의 정책과 업적을 존경하지만 둘의 의견차로 인해 대통령의 방향과 맞는 사람을 찾도록 하는 것이 좋겠다는 내용이었다. 벳시는 존에게 전화를 했다.

"이건 말도 안 돼요."

"뭐가 마음에 안 드시나요?"

"뭐가 마음에 안 드냐고요? 마치 이 나라의 대통령을 경제에 대해 아는 것 하나 없는 애 취급하고 있잖아요. 자기가 원해서 떠나는 것처럼 썼잖아요."

"여러 의견을 걸쳐 면밀히 검토를 받았습니다. 사람들의 말로는 대통령과 스필러 장관의 의견이 불일치했고, 대통령께서 다른 적임자를 찾고 있다는 것으로 생각된다고 하더군요."

"제 생각은 다른데요. 스필러는 농장에서 일하는 것을 워싱턴에서 나라일 보는 것보다 선호하므로 농장에 남기로 했다고 솔직하게 써야 하는 거 아닌가요?"

"그렇게 쓸 순 없습니다."

"왜 안 되죠?"

"그러면 국민들은 대통령이 그런 계약을 했다는 것 자체를 비난할 겁니다. 스필러 장관의 조건을 들어줬으므로 대통령의 약한 모습이 드러났다고 할 겁니다."

벳시는 거기까지는 생각이 못 미쳤음을 깨달았다.

"그럼, 보통 사람들처럼 가족과 더 많은 시간을 보내기 위해 떠난다고 하면 안 될까요?"

"그건 워낙 진부한 변명처럼 들릴 겁니다. 뭔가 미심쩍은 이유를 감춘다고 생각할 겁니다."

"사직서를 분명히 검토해보셨다고 하셨죠?"

"네. 면밀히 검토했습니다."

"예상 통계치는요?"

"55%는 정책 불일치, 20%는 스필러가 다시 회사로 돌아가 돈을 벌고 싶어 하는 것임, 10%는 처음부터 그를 선택한 것이 잘못임, 15%는 그가 누군지도 모르겠다고 응답했습니다."

"알겠어요. 그럼. 하지만 그의 능력 밖의 일이었기 때문에 사직한다는 내용이 들어갔으면 좋겠어요."

"그런 내용엔 장관이 사인 안 할 겁니다. 우선 사직 먼저 시키고, 새로 시작해야죠. 괜찮은 후보들이 몇 명 올라와 있습니다."

"누군가요?"

"오늘 오후에 대통령께 리스트를 보내드릴 겁니다. 그때 같이 보시면 될 겁니다."

"그러면 되겠네요."

대통령의 측근들이 집무실에 모여 스필러를 대신할 재무장관 후보 명단을 검토하고 있었다. 보나마나 뻔한 명단이었다. 대형회계사에서 CEO로 근무한 경력이 있는 남자들이 다였다. 번스타인의 눈에는 다 비슷해 보였다.

"이 리스트의 문제가 뭔지 아나?"

번스타인이 물었다.

"지루해 보인다는 건가요?" 존이 대답했다.

"그것뿐이 아니야."

그들은 리스트를 보면서도 대통령의 질문의 의도를 파악하지 못했다.

"여자는 한 명도 없다는 거지."

그들은 번스타인의 말이 옳다는 것을 곧 인정했다. 현재 내각의 구성원은 모두 남자로 여성 장관이 없는 마지막 내각이 될 것이었다.

"이번 기회를 통해, 로스앤젤레스 사태도 해결하고 세계단일통화 문제도 이끌어갈 똑똑한 여성 장관을 임용하면 어떻겠소?" 번스타인이 말했다.

"의회의 동의를 받을 사람을 찾기가 쉽지 않을 겁니다."

"첫 여성재무장관을 부결할 리 없을 테니 걱정 말고, 리스트를 만들어 보지. 이틀을 줄 테니 15명을 만들어 오게. 이건 정말 중대한 기회네. 역사를 새롭게 창조해간다는 것, 즐거운 일 아닌가?"

　첼시바의 음악소리는 다소 시끄러웠지만, 폴 프레스콧은 그런 분위기를 오히려 즐겼다. 대화를 엿들을 사람이 아무도 없기 때문이었다. 사실 그와 사귀면서는 이런 바에 오는 일이 거의 없지만, 사실 가십거리를 주워듣기 좋아하는 그로서는 바처럼 즐거운 곳도 없었다. 워싱턴 중심가의 게이바에는 특히나 가십거리가 넘쳐났다.
　국회의원이 이곳에서 춤을 추는 것을 본 첫 날, 그는 무척이나 놀랐었다. 하지만, 이 게이바에 워낙 거물급 인사들이 많이 등장하는 것을 보고 나서는 그것도 시들한 일이었다. 상원의원이나 판사들까지 들락거렸다. 이곳에 자주 오다 보면 대통령까지 볼 수 있을 거라는 농담도 나돌았다. 폴은 성적욕망의 힘이 대단하다는 것을 자주 느꼈다. 비록 시간이 흐르면서 외모가 덜 중요하다고는 하지만, 그래도 폴은 여전히 외모를 중시했다. 게이로서 사는 것은 흑인이나 유대인, 히스패닉계로 사는 것과 별개의 문제였다. 인종에 대한 멸시는 해당 인종에 대한 경멸일 뿐이었다. 하지만 게이를 증오한다는 것, 아니면 게이인 고위층 사람들을 불편해 한다는 것은 자신의 성정체성에 두려움을 느끼는 것과 밀접한 관련이 있었다. 게이를 싫어하는 사람들은 어느 날 자신이 게이가 되어 있을지도 모른다는 사실을 두려워했다. 적어도 흑인을 싫어하는 사람들은 다음 날 자신의 피부색이 변해 있을까봐 두려워하지는 않는 것이다.
　폴은 자리에 앉아, 많은 사람들의 시선이 자신을 향하고 있다는 것에 자신감을 느꼈다. 184센티미터의 키에 머리숱도 많아 거의 35세처럼 보였으며 건강미도 넘치는 몸매였다.

수십 년 동안 근육자극기계가 유행을 타면서 오고 갔지만, 2020년 초 옷 안에 입을 수 있는 성냥갑크기의 제품이 활개를 쳤다. 이 작은 기계는 근육에 작은 전류를 흘려보내어 번갈아가며 근육 이완과 수축을 도왔고, 이 덕분에 집에서나 운전할 때, 직장에서 일할 때 가만히 있기만 해도 수천 번의 윗몸일으키기 효과를 볼 수 있었다. 많은 사람들이 애용한 것은 아니지만, 식스팩을 고통 없이 만들려는 사람에게는 효과만점이었다. 폴은 자신의 복부 근육이 자랑스러웠다.

그러나 적어도 오늘은 한 가지에만 관심이 있었다. 사람들에게 버스 총기 난사 사건에 대한 의견을 묻기 위한 것이었다. 그는 낯익은 사람을 발견하고는 그에게 다가가 자기소개를 했다. 잭 윌먼이라는 사람은 꽤 친절해 보이는 사람으로 다소 조심스러운 면이 보였다. 폴이 옆자리에 앉자 잭이 말했다.

"클럽에 온 건 오늘이 처음입니다."

폴은 이에 웃었다.

"당신이 여기에서 산다 해도 신경 안 써요. 저한테 변명할 것 없습니다. 지금 사귀는 사람을 만나기 전엔 거의 매일 밤 이곳에서 살았는 걸요."

"지금 사귀는 사람이 있군요?"

"네, 6년 됐죠. 당신은요?"

"결혼한 지 3년 됐습니다."

"남자랑요?"

"아뇨, 여자예요."

"이해해요. 걱정 마시고. 그저 자신이 어떤 사람인가를 발견하는 게 먼저예요. 그러면서 그 가운데 재미를 찾는 거죠. 그게 제가 할 수 있는 충고죠."

"좋은 충고네요. 그건 그렇고, 무슨 일 하시죠?"

"AARP에서 일해요."

"와. 정말 젊어 보이시는데요?"

"회원은 아니고, 그곳에서 직장을 얻은 거죠." 폴이 웃었다.

"그곳 정말 막강한 압력단체죠. 제 상사가 AARP 승인 없이는 아무것도 못한다면서 투덜대거든요."

"상사가 누군데요?"

"허난데즈요."

"허난데즈라면, 판사 말입니까?"

"맞아요. 바로 그 사람이죠."

"와. 대단한 상사를 두셨군요. 그분이 우리 노인네들을 욕할 줄 누가 알았겠어요."

"맞아요. 다들 노인네들이 뭐라 생각하는지 벌벌 떨죠. 그건 그렇고, 오늘은 무슨 일로?"

"오늘은 정보를 좀 얻을 수 있을까 해서 온 거예요. 소식통들이 이곳에 워낙 많이 오니까요."

"무슨 정보죠?"

"그 버스 총기 난사 사건에 대해 많이 들어보셨나요?"

"지난 며칠간 그 사건 때문에 정신이 없죠."

"그럼 좀 알려줄 수 있나요?"

"음. 사실 말씀드릴 게 없을 것 같은데요. 말했다가 괜히 낭패만 볼 것 같아서요." 그때, 폴은 자칫하면 엄청난 역효과가 날 뻔한 일을 저질렀다. 그는 몸을 숙여 혀는 쓰지 않은 채 잭의 입술 위에 가볍게 키스했다. 하지만 진짜 키스였다. 잭은 그의 키스가 아닌, 그가 가진 용기에 순간 당황했다. 폴은 곧 지혜의 말을 몇 마디 던지며 키스를 끝냈다.

"당신이 알아야 할 게 몇 가지 있어요. 우리와 같은 사람들은 서로 뭉쳐야 해요. 우린 암묵 간에 서로서로를 돕죠. 워싱턴이 돌아가는 이치도 그와 똑같아요. 수천 명이 서로 정보를 교환하죠. 비슷한 정보가 누구에게 들어가는지를 알면, 누구에게 물어야 할지도 알게 되죠. 내가 당신을 돕고, 당신은 나를 돕고, 다른 사람들에게는 비밀로 한 채로 그러면서 우린 뭉치는 거죠. 우리는 비슷한 사람들이니까. 무슨 말인지 알겠어요?" 잭은 그의 말을 이해했고, 곧 그에게 대답을 주었다.

"음모가 있는 것 같아요." 잭이 말했다.

"태동 단계라 아직 단체가 조직되거나 하진 않았어요. 아직까진 이곳저곳에서 폭력 사건이 발발하는 정도지만, 점점 심해지고 더 조직화된 형태를 띨 거라 봅니다."

"어떤 음모죠?"

"몇몇 청년들이 한계점에 이르고 있는 것 같아요. 경제적인 부담에 눌려 분노를 표출하는 거죠. 점점 확산되고 있어서 얼마 안 있으면 폭력사건이 훨씬 더 많아질 것 같아요."

"그래서 해결책은 뭔가요?"

"아무도 모르죠. 정부에서 개입해서 세금을 줄여야 할 겁니다."

"그걸 어떻게?"

"저도 모릅니다. 그거야 당신이 전문일 것 같네요."

"사람 이름이나, 단체 이름이라도 모릅니까?"

"단체 이름은 들은 바 없고, 현재로서는 개개인을 조사하는 중입니다."

폴은 코트 주머니에 손을 넣어 잭에게 명함을 한 장 건넸다. 신기술과 결부되어, 심플했던 명함이 화려해진 모습으로 돌아왔다. 완전 복고풍이었다. 사람들은 화려한 색과 홀로그램을 넣은 명함을 제작했으며, 가끔은 숲이나 바다 향기를 넣기도 했다.

"제가 알아야 할 게 있으면 연락주세요. 제가 도울 일이 있으면 적극 돕겠습니다."

잭은 명함을 받아들었다.

"좋은 생각이네요."

"이름이 뭐라고 했죠?"

"잭 월먼이요."

"고마워요, 잭. 가끔 연락해도 될까요?"

"네."

"언제 한 번 넷이 저녁이라도 먹죠."

"지금은 싱글이에요."

"그거야 곧 바뀔 수 있는 일이니까요. 좋은 사람 같은데, 괜찮은 사람 있으면 소개시켜 줄게요."

"여자는 안 돼요."

"네. 그건 이미 알아요."

로즈보울 천막 속의 냄새는 역겨울 정도였다. 통풍환기 시스템이 오작동하기 시작했는데, 수리하러 오는 사람 하나 없었다. 브래드는 침대에 누워 자기 위층의 침대만 바라보고 있었다. 너무나도 우울했다. 이곳에 온지 며칠이 지났지만, 제대로 된 정보를 알려주는 사람이 없었다. 곧 문제를 해결할 수 있을 거라 했지만, 상황은 같았다.

하루에 한 번씩, 어떤 여자가 와서 사람들에게 상태가 어떤지를 묻고 체크하고 갔다. 개개인의 건강에 대한 염려라기보다는 독감이 유행할까 하는 두려움에서였다. 이런 큰 천막에서라면 독감은 산불처럼 순식간에 퍼져나갈 것이다.

지난 수년간 의학계의 기적과 같은 제품들이 많이 등장했지만, 독감 치료제만은 아직이었다. 독감은 너무나도 똑똑했다. 독감 바이러스는 순식간에 새로운 환경에 적응할 뿐 아니라 유전자 속이 아닌 점막 내부에 기생했기 때문에 쉽게 고칠 수 없었다. 물론 약을 투여해 상태를 호전시키거나 예방접종을 실시해 면역성을 기를 순 있지만 몇 년에 한 번씩 독성을 지닌 변종이 나타나면 인간의 몸에 순식간에 퍼져버렸다. 또한 바이러스와 치료제 간의 경쟁에서 바이러스가 너무 빠르면 그것도 큰 문제가 될 수 있다. 각각의 변종 바이러스는 이미 기존의 약에 면역력을 가지고 있으므로, 어느 날인가엔 인류가 개발한 모든 감기약에 다 내성을 지닌 독감 바이러스가 생길 것이라고 예측하는 학자들도 많았다. 그러므로 독감은 무엇보다 조심해야 했다.

"오늘은 어떠세요, 밀러 씨?"

"별로 안 좋네. 우울하기만 하고."

"그건 저희가 도와드릴 수 있어요. 혈액 한 방울만 채취하고, 필요한 약을 가져다 드릴게요."

"필요한 약은 나도 알고 있소."

"그래요? 뭔가요?"

"돈이지. 당신들이 내 땅에서 앗아가 버린 돈을 내 혈관에 집어 넣어주면 다 나을 것 같네. 돈 가진 거 있나?"

그 여자는 미소 짓더니 똑같은 말만 반복했다.

"때가 되면 누군가가 와서 문제를 해결해 줄 거예요."

"그게 언젠데? 내가 죽기 전이오, 죽은 후요?"

"감사합니다, 밀러 씨. 필요하신 게 있으면 말씀하세요."

말을 마친 후 그녀는 사라졌다. 브래드는 그녀의 등에 대고 소리쳤다.

"돈을 내놓으란 말야, 돈을! 약에 넣어 주던지, 주사기에 넣어 주던, 돈을 달라고!"

브래드는 침대에 누워 잠이 들었다. 그가 잠에서 깼을 때, 한 젊은이가 정장 차림을 하고 그의 옆에 서 있었다.

"밀러 씨?"

"무슨 일이오? 내가 죽은 거요?"

"전 스티븐 콜라드라고 합니다. 내무성 소속입니다. 같이 가주시겠습니까?"

"어디 가는 거요?"

"잠시 개인적으로 드릴 말씀이 있어서요. 밖에 사무실로 가시죠."

"날 돕겠다는 게 당신이오?"

"노력은 할 수 있겠죠."

그들은 텐트 밖으로 걸어 나와 300야드 가량 걸어 임시 사무실로 걸어갔다. 레고 블록으로 만든 것 같은 3층짜리 철조 건물로 매우 붐비는 것처럼 보였다. 사무실마다 사람들이 북적거렸다. 브래드는 스티븐을 따라 2층으로 올라가 복도를 지나 작은 사무실로 들어갔다. 작은 책상과 소파 하나가 전부였다. 스티븐은 책상 앞에 앉았고, 브래드에게 앞에 앉도록 손짓했다. 브래드는 서 있겠다고 했다.

"브래드 밀러 씨. 위로가 될지는 모르겠지만, 지금 어떤 상태를 겪고 계신지 저도 잘 이해합니다. 저의 삼촌도 똑같은 처지세요."

"그도 여기 있나?" 브래드가 물었다.

"아뇨. 그분은 저희 집에 계세요. 패서디나로 오진 않으셨어요."

"그럼 나랑 같은 처지는 아니지."

"제 말씀은 재정적인 측면에서 마찬가지란 뜻입니다. 지진 때문에 갖고 계시던 콘도가 무너졌는데 보험금을 타지 못했으니까요."

"그래, 그게 어떻게 내게 도움이 된단 말이오?"

"우선, 보험은 들어두셨죠?"

"물론이지. American Life에 가입했네."

"거기선 뭐라고 하던가요?"

"아무 말도 없어. 전화도 안 받고. 보험회사들 전부 다 법정관리에 들어간다나 뭐래나. 망할 놈의 미국 정부가 돕지 않으면, 우리도 다 망한 거지."

"전부 다 그렇진 않을 겁니다만, 많은 경우 그럴 겁니다."

"그럼 어쩌란 말인가?"

"정부에서도 보험에 든 사람들을 무일푼으로 내쫓으려고 하는 건 아닙니다만, 시간이 좀 걸릴 겁니다. 물론 대통령께서 보험가입자들에게 보험금을 지급한다고 약속하셨지만, 저희가 현재 그것에 대한 해결방안을 모색 중입니다."

"정부에서 나한테 수표를 써주고, 내 보험회사에서 받으면 되지 않겠나?"

"그게 말처럼 쉽진 않습니다. 다만 말씀드릴 수 있는 건 조금만 기다리시면 결국 해결책이 나올 거라는 겁니다."

"조금만 기다리라고? 그럼 그때 가서 얼마를 받을 수 있다는 건가?"

"필요하신 한 이곳에서 음식과 필요한 의료비를 다 제공해드릴 겁니다."

"이봐! 난 콘도가 있는 사람이라고! 그건 분명 내 거니까, 당신들한테 빌어먹고 재워달라고 할 필요가 없단 말이야! 내가 돈이 없으면 요양원에 갔겠지, 안 그래? 난 돈이 있다고! 이 나라의 시민으로서, 그 돈을 받을 권리가 있단 말일세!"

"밀러 씨, 저도 그 말에 동의합니다. 저희 삼촌도 밀러 씨와 같은 입장이십니다."

"잘됐군. 그럼 그 사람이랑 나랑 처지를 바꾸면 어떻겠나? 내가 자네 집에 가서 지내고, 자네 삼촌이 여기서 지내보라지."

스티븐은 가만히 웃기만 했다. 그는 더 이상 할 말이 떠오르지 않았다.

"밀러 씨, 그저 저희가 밀러 씨를 투명인간 취급하고 있지 않다는 것을 말씀드리고 싶습니다. 저희로서도 최대한 해결책을 찾으려고 노력하고 있습니다. 워낙 이번 사태가 국가적으로 이례적인 일인 것을 이해해 주셨으면 좋겠습니다."

"그래, 그 말 참 위안 되는군. 이봐, 나랑 같이 두 시간 동안 화장실 앞에 줄 서 보겠나? 이 어르신께서 소변이 마려운데 말이지."

캐시와 맥스는 시카고로 향하고 있었다. 중서부의 아름답고 온화한 날씨와 파란 하늘이 보이는 화창한 날이었다. 스튜어트의 유골단지가 뒷좌석에 안치되어 있다는 것만 빼면, 그녀 생애의 최고의 날이었다.

첫 모임 때 맥스의 이야기를 들은 사람이라면, 맥스의 차를 보고 매우 놀랐을 것이다. 생각보다 훌륭해서 캐시 역시 놀라고 말았다. 그는 가난한 집안에서 태어나 남의 차를 얻어 타거나 20년 된 고장 난 중고차를 몰고 다닐 사람처럼 보였기 때문이었다. 그의 차는 모든 옵션이 다 장착된 독일제 스포츠카였다. 시속 백마일로 달리면서도 차 안에 있다는 것조차 잊을 정도였다. 특히나 자동운전 모드일 때 말이다. 최첨단 레이더 시스템 덕분에 사고 날 염려도 없었다. 전후방 1마일까지, 사이드로는 0.5마일까지 감지할 수 있는 센서도 장착되어 있었다. 누군가 옆에서 끼어들기를 할 참이면 모드를 바꾸어 운전자에게 조심하라고 일깨워준다. 하지만 그것을 제외하면 운전자가 할 일은 거의 없었다. 혼자서도 코너를 돌았고, 전방에 위험물이나 장애물이 감지되면 곧바로 섰다. 동물이나 사람이 앞을 지나가려 할 때면, 실제 사람보다 훨씬 빠른 속도로 이를 감지해 멈추어 섰으므로 실제로 운전자가 운전한다는 것은 자신의 안전을 위해서라기보단 지루한 시간을 달래기 위한 용도나 마찬가지였.

41번 고속도로를 달리면서, 맥스는 캐시에게 자신의 삶에 대해 이야기해주었다. 그가 어쩌다 이곳까지 오게 되었는지 그의 이야기를 듣는 내내 캐시는 바로 그가 자신의 이상형임을 듣고 놀랐다. 돈도 있는데다가 반골인 똑똑한 인재였다. 실재적인 안락과 위로도 줄 수 있으면서도 세상을 변화시킬 힘도 가진 것이다. 그녀는 자신이 그처럼 돈 많은 사람을 원했다는 것이 너무 물질적으로 보여 부끄럽게 여겨지는 동시에 *뭐 그럼 어때? 나 좋은 대로 된 건데*, 라고 생각하며 꿈속의 왕자가 눈앞에 나타난 것이 믿겨지지 않았다. 특히나 그의 재산 때문에 빠진 사랑이 아니라 먼저 사랑에 빠졌는데, 우연치 않게도 그가 백마 탄 왕자였던 것이 아닌가.

맥스는 그녀의 35만 달러의 치료비에 대해 알고 있었고, 여행 중에 그 이야기를 꺼냈다.

"이 세상에서 제일 재수 없는 일이 뭔지 알아?" 그가 말했다.

"뭔데요?"

"환자가 죽었는데도 치료비를 내야 한다는 것 말이야."

"그 얘긴 관둬요. 그건 재수 없는 일 정도가 아니죠."

"돈 안 내면 어떻게 되는데?"

"글쎄, 감옥에 가든지 어떻게든 되겠죠."

"해결 방법이 있을지도 몰라."

"오늘은 일단 잊고 즐겨요. 우리 아빠 앞에서 그런 얘기하기 싫어." 맥스는 뒷좌석에 놓인 단지를 바라보았다.

"그건 이해해. 하지만 네가 한 얘기로 들어서는, 네 아버지도 정말 화가 났을 것 같은데."

캐시는 아버지의 유골단지를 품에 안고는 램프의 요정이라도 나타나길 바라듯 쓰다듬었다.

"아빠가 자기를 맘에 들어 하실 거야." 그녀가 말했다.

21.

번스타인의 어머니 버니스 번스타인은 볼티모어에 있는 시설로 후송되었다. 그곳은 거의 혼수상태의 환자들이 누워 있는 곳으로 회복가망이 거의 없는 경우가 대부분이었으며, 정부 지원금으로 운영되고 있었다.

버니스는 401호실에 누워 있었다. 병실 창문 너머로는 공원 같은 전망이 펼쳐졌으며 내부 기계들이 하루 24시간 내내 돌아갔다. 그녀의 얼굴은 무표정했고 두 눈은 꼭 감겨져 있었다. 얼핏 보면 살아 있는지 조차 의문이 들 정도로 심해 보였지만, 기계에 의해 생명은 유지되고 있는 상태였다.

번스타인은 그녀가 이곳에 자리 잡은 지 1주일 만에 요양원을 찾았다. 그리고는 병실에 앉아 백악관 사진사에게 언론보도용이 아닌 가족사진을 찍어달라고 했다. 그는 어머니의 이마에 키스를 하고, 손을 가만히 잡거나, 침실 머리맡에 앉아 있거나, 창 쪽을 바라보거나, 수심에 잠긴 모습 등을 사진에 남겼다.

병실을 나온 그는 벳시에게 다시는 들어가고 싶지 않다고 말했다. 그런 그의 얼굴엔 분노와 슬픔과 같은 복잡한 감정이 미묘하게 서려 있었으나, 그런 감정에 대해서는 내비치고 싶지 않았다. 그는 또한 94세의 부유한 할머니가 일반 서민들의 세금으로 생명을 유지하고 있다는 것이 언론에 좋게 비칠 리가 없다는 것을 인지하고 있었다. 테레사 수녀님이나 교황과 같은 사람들처럼 한 나라를 위해 위대한 일을 한 사람이라면 국고를 털어 생명 연장하는 일이 정당하겠지만, 부유한 집안의 가족을 위해서 세금을 쓴다는 것은 의미 없는 생명 연장처럼 보일 것이다. 번스타인 역시 그들과 의견을 같이 했다. 하지만 그가 뭘 어떻게 할 수 있단 말인가? 그가 플러그를 뽑을 순 없는 일이었다. 그렇다고 해서 어머니가 돌아가시길 바라는 속내를 드러낼 수도 없었다. 만약 그 DNR(Do Not Resuscitate: 소생시키지 마시오)만이라도 있었더라면. 어쩌면 DNR이 있는데, 아직 못 찾은 것일지도 몰랐다.

존이 환한 미소를 띠며 백악관 집무실로 들어왔다.
"이걸 읽어보세요."
그가 말했다.
대통령은 스크린에 나타난 이름을 읽어 보았다.
"수잔나 P. 콜버트? 왠지 낯익은 이름 같은데?"
번스타인이 물었다.
"미국에서 제일가는 사업가 중의 한 사람으로, 전 HomeInc의 회장이자 The Card의 설립자 중 한 분이며, 현재는 은퇴했지만 새 출발을 하고 싶어 한답니다. 재무장관 자리에 알맞은 후임자죠."
"통화는 해 보았나?"

"아직 아닙니다. 각하께서 어떻게 생각하시는지 의견을 묻고 나서 하려고 했습니다. 하지만 제가 보기엔 적임자 같습니다만."

"투표성향은?"

"거의 대부분 공화당을 뽑았습니다. 2008년과 2012년에는 민주당을 뽑았으나, 그게 전부 입니다. 그래서 대통령께는 특히나 유리합니다. 아마 이 제안을 거절하기 힘들 겁니다."

번스타인은 이 말에 웃음을 터뜨렸다.

"그럴까? 나이는?"

"70세입니다."

"설마?" 번스타인은 그녀의 사진을 다시 쳐다보았다. 사진 상으로는 전혀 70세로 보이지 않았으므로 오래된 사진이라 추측될 뿐이었다.

"관심 있는지 연락해 볼까요?"

"아니. 우선은 그녀의 경력에 흠 잡힐 것이 있나 알아보고, 만일 아무것도 없다면 내가 직접 나서보지."

"그럼 지금 하시죠."

"깨끗한가?"

"아기 엉덩이 같은 사람입니다."

"뭐? 그게 무슨 뜻이지?"

"그만큼 투명하다고요."

"이 사람아, 그건 말도 안 되는 비유야. 사람 나이가 아무리 젊어도 어떻게 엉덩이가 투명할 수 있나."

"알겠습니다, 알겠어요."

존은 문 쪽으로 걸어갔다.

"괜히 생트집잡지 마세요. 여하튼 아기 엉덩이 피부처럼 투명하다는 거니까요."

"기저귀 발진 난 엉덩이 직접 본 적 있나?"

"저 고집 하고는." 존이 말했다.

"어서 전화나 하세요. 아마 그쪽에서도 엄청 놀랄 겁니다."

번스타인은 비서에게 연락해 수잔나 콜버트에게 전화 연결을 부탁했다. 그는 화상통화가 아닌 음성통화를 요청했다.

대통령의 비서인 애니가 대통령을 대신해서 전화를 걸 때마다, 다양한 사람들의 반응을 엿볼 수 있었다. 게다가 비서를 통해서가 아닌 직접 통화인 경우, 대부분의 사람들은 성대모사인 것으로 착각했다. 하지만 애니가 대신해서 전화를 걸 때 조차도 "미국 대통령께서 통화를 원하십니다."라고 말하면, 사람들은 장난인 줄 알 때가 많았다. 장난일 거라고 생각하면서도, 혹시나 진짜이면 어쩌나 하고 마음이 설레는 것이었다. 수잔나의 경우도 그와 같았다. 그녀가 "이거 장난 전화인가요?"

라고 물으려는 참에, 번스타인의 목소리가 들려왔다.

"수잔나…? 수잔나라고 불러도 될까요?"

"네, 그런데 누구시죠?"

"매트 번스타인입니다. 지금은 대통령이지만 얼마나 오래 갈지는 아무도 모르겠죠."

대부분 이 정도까지 말하면 사람들은 웃음을 터뜨려주곤 했지만, 수잔나는 아직도 갈피를 잡지 못한 채였다. 번스타인이 말했다.

"제가 번호 남겨 드릴 테니, 편하신 시간에 이쪽으로 다시 전화 주십시오. 중요한 문제로 상의드릴 게 있으니까요. 아셨죠?"

"알겠습니다." 그녀가 대답했다.

그리고 통화는 종료되었다. 이것 역시 번스타인이 좋아하는 스타일이었다. 자신의 번호를 남긴 후, 전화가 걸려오면 자동으로 집무실로 연결되는 것이었다. 그러면 사람들은 장난전화가 아님을 알게 되었다. 1분도 안 되어, 애니의 목소리가 들려왔다.

"콜버트 씨 전화 연결되었습니다."

"전화 주셔서 감사합니다."

번스타인이 장난스러운 목소리로 답했다.

"음, 안녕하세요, 대통령 각하."

"그냥 매트라고 부르라 하고 싶지만, 사실 각하라는 호칭이 더 좋군요." 여기까지 하자 그녀도 살짝 웃음을 터뜨렸다. "지금 어디신가요?"

"애리조나에요."

"그곳에 사시나요?"

"네, 대부분 이곳에서 지냅니다."

"잘됐네요. 하루나 이틀쯤 시간 내서 이쪽으로 와주시겠습니까?"

"언제가 좋으신데요?"

"내일 어떠세요?"

"좋습니다."

"애니에게 다시 연결해드리죠. 자세한 일정을 알려줄 겁니다. 내일 모임이 기대되는군요."

"무슨 일 때문인지 여쭤 봐도 되겠습니까?"

"대화를 나눠보면서 잘 맞는다 싶으면, 일자리를 제안하고 싶습니다. 아주 좋은 일자리죠. 일단은 그것까지만 말씀드릴게요."

"알겠습니다. 그럼 내일 뵙죠."

좋은 징조였다. 아예 일에서 은퇴한 상태로 다시 일할 의지가 없었더라면 머뭇거리거나 무언가 추가 질문을 했을 것이다. 그는 그녀의 목소리와 자세도 마음에 들었다. 그는 첫 만남의 경우 의도적으로 영상통화를 하지 않고, 실제로 대면할 때까지 기다리는 편이었다. 그런 편이 더 감동도 컸다.

시카고 센터가 곧 꽉 찰 것이다. 거의 70~80세가 넘은 노인들 만 명이 모였다. 샘 밀러의 연설은 대부분 노인들이 주관객이었다. 노인들에게는 그만한 연설가도 없었다. 어떤 이들은 그의 강연이 거의 목사들의 설교처럼 들린다고도 했다. 그가 암을 치료했다는 것만으로 어떤 이들은 그의 존재만으로도 병이 치유될 거라 믿기도 했다. 그런 이유에서 그의 표가 매진된 것이었다.

샘과 그의 아들 마크는 시카고 타운하우스라는 작지만 최고급 호텔로 향했다. 그들은 그곳에서 5층으로 안내되었으며, 층의 한 편을 단 둘이 쓸 수 있는 것이었다. 스위트룸을 모두 다 연결해 총 5개의 침실과 3개의 거실, 3개의 욕실에는 스팀욕조와 월풀이, 게다가 부엌도 여러 개에, 체육관 1개, 화려한 피아노까지 딸려 있었다.

이미 충분히 부유한 샘은 이런 화려한 것들에 늘 감동받았다. 자신이 이곳까지 오게 될 줄은 상상도 못했던 것이다. 하지만 마크는 그와 달랐다. 그가 아는 세상이란 화려함과 부가 전부였다. 샘은 이런 시설들이 그를 놀라게 할 것을 기대했지만, 그는 전혀 놀란 눈치가 아니었다.

"어떠니?"

"멋지네요." 마크가 답했다.

"전 맨 끝 방에서 잘게요."

"내 방 옆에 것을 쓰면 어떻겠니? 왜 굳이 먼 데에서 자려고?"

"그냥요. 그게 편해요."

"알겠다. 배는 안 고프고?"

"괜찮아요."

"그래, 그러면 난 낮잠을 좀 잘 테니, 나갔다 오려면 6시까지는 와야 한다. 그래야 강연장까지 함께 걸어갈 게 아니니."

"걸어가야 해요?"

샘은 그의 반응에 분노를 삭여야 했다.

"마크, 겨우 두 블록인데, 같이 걸으면 어떻겠니?"

"알았어요. 그렇게 해요."

"고맙다." 샘은 스위트룸의 문을 닫았다.

이건 다 내 탓이야. 저 앤 가진 게 너무 많아. 다 내 탓이야. 그는 이렇게 생각하면서 어떻게 하면 아들 문제를 해결할지 고민하기 시작했다.

상속을 없애? 군대식 학교에 보낼까? 정신과의사를 바꿔? 아님, 약을 바꿔 버려?

그는 도무지 방법을 알 수 없었다. 언젠가는 철이 들지도 모른다는 생각을 했지만, 모든 것이 있는 왕국에 사는 왕자에겐 사실 거의 불가능한 것처럼 보였다.

캐시와 맥스는 행사장에 일찍 도착했다. 그들은 유골단지를 트렁크에 넣고 잠갔다. 혹시나 도난당하면 어쩌나 걱정이 되긴 했지만, 그렇다고 별 일 있을 것 같지도 않았다. 아버지의 유골을 어디에 뿌려주지 않을까? 아니면 골프장이나 정원처럼 더 예쁜 곳에 장식용으로 쓸지도 몰랐다. 어쨌건 이런 단지를 훔칠 도둑은 없을 것이다.

그들은 가장 저렴한 좌석을 구매했다. 발코니 쪽의 가장 마지막 두 좌석이었다. 표 한 장에 4백 달러였는데, 2030년에 이 정도면 싼 가격이었다. 그들은 가장 먼저 도착해서 관중들의 반응을 엿보고 싶었다. 샘 뮐러라는 사람을 신격화하는 사람들이 어떤 이들인지를 보기 위해, 그리고 '고통 없는 노년의 삶'이라는 주제의 연설을 듣기 위해 엄청난 돈을 들이는 사람들에 대해 알기 위해서였다.

새로운 진통제들이 계속 출시되고 있었다. 대형제약회사들이 주로 관심을 갖는 제품 중에 하나가 바로 진통제였다. 의약기술의 진보와 함께 진통제도 통증의 위치에 따라 매우 달라졌다. 팔꿈치와 같은 특정 부위의 통증에 맞춰 제조된 약품을 먹어야 했다. 또한 진통제를 먹으면 기분이 좋아지는 효과를 없애 중독을 예방하게 되었다. 바이코딘과 같이 오래전에 사랑받던 제품은 정신적인 환상에 빠지게 하는 효과가 없는 신약으로 대체되었다.

모르핀처럼 극한점의 고통을 줄여주는 의약품도 여전히 존재했지만, 신약의 기술발달은 특정 뇌구조를 겨냥한 것이 대부분이었다. 예를 들면 팔은 움직이지 않고 손만 움직일 수 있게 할 수 있는 것이나 마찬가지였다.

사람들은 각성제와 같은 의약품의 판매를 중지하는 것에 강한 반대의사를 표시하기도 했다. 그러나 우울증 환자들에게 필요한 약은 특히나 강한 효능을 발휘해서 자주 남용되는 경우도 있었다. 공황장애나 양극성장애와 같이 심한 케이스가 아닐지라도 우울증 약을 먹으면 희열과 행복감을 경험하게 해주었다. 단, 이는 실제로 뇌가 심하게 말썽을 부려 결국 우울증 증세를 보이게 되는 경우가 되면 약효가 떨어졌다. 매우 복잡한 딜레마였다. 5년간은 기분 좋게 생활할지 몰라도, 어느 날 갑자기 양극성장애 진단을 받게 될 즈음에는 이 정신질환을 치료할 약이 없는 것이다. 아무리 인류가 진화할지라도, 기분 전환에 대한 욕망은 여전한 것이다.

샘 뮐러는 6시 20분이 되어 잠에서 깨어났다. 강연 시작 시간은 8시였는데, 너무 일찍 도착하면 지나치게 긴장하게 되어 강연을 망칠 것 같아서 30분 전에 도착하려는 계획을 세웠다. 우선 간단히 샤워를 마치고 옷을 갈아입은 후 7시쯤 아들 방 앞에서 그를 불렀다. 아무런 응답이 없었다.

"마크." 그가 다시 불렀다.

"어서 가자. 이제 떠날 시간이다."

여전히 대답이 없었다.

걱정하기에 앞서 그는 화가 먼저 났다.

이 녀석은 도대체 왜 사사건건 문제를 일으키는 거야?

그는 옷매무새를 가다듬고 다시 시계를 쳐다보았다. 7시 15분이었다. 그때, 마크의 얼굴이 샘의 손목시계에 나타났다.

"아빠."

"어디니? 지금 몇 신 줄이나 알아?"

"저 벌써 왔어요. 강연장이에요."

"벌써 갔다고?"

"네, 여기 멋진데요."

샘은 한숨을 돌렸다.

"알았다. 무대 뒤에서 기다리고 있으렴."

"지금 사람들이랑 대화 중이에요. 아빠 오실 때쯤 저도 그쪽으로 갈게요."

"알았다. 곧 보자."

샘의 얼굴에 미소가 떠올랐다. 방금 전까지만 해도 문제아라 생각했던 아들이었는데 미리 가서 기다리고 있었다니.

마치 매니저 같잖아? 정말 기분 좋은 걸?

마크는 아버지와 통화를 마치고 다시 맥스와 캐시 쪽으로 다가갔다. 그곳에 온 유일한 청년들이었으므로 곧 마크의 시선은 그들 쪽을 향했고, 자연스럽게 그들에게 이야기를 하게 된 것이었다. 셋은 시시콜콜한 이야기를 주절주절 늘어놓았다. 하지만 마크는 아버지에 대한 이야기는 하지 않았다. 아버지 자랑을 하고 싶을 때도 있는 반면 그렇지 않을 때도 있는 법이었다.

"여긴 무슨 일이니?" 맥스가 물었다.

"그냥 구경하러 왔어요. 뭐 대단한 연설을 하나 들으러 왔죠."

"너처럼 어린 애가 이런 연설 들으러 오다니. 흔한 일은 아니지."

"글쎄요."

"어디 아픈 데라도 있니?" 캐시가 물었다.

"아프냐고요? 그건 왜 물으세요?"

"오늘 연설 내용이 그런 거 아냐?"

"아, 그렇죠." 마크는 순간 쥐구멍에라도 숨고 싶었다.

"아버지가 아프셔서, 그래서 같이 왔어요."

"안 됐다." 캐시가 말했다.

"아버진 어디 계셔?"

"글쎄요. 화장실 가셨을 걸요."

"연설하는 사람이 누군지 아니?" 맥스가 물었다.

"아뇨. 개인적으론 몰라요."

"그 사람이 뭣 땜에 유명한지 알아?"

마크는 슬슬 자리가 불편해지려 했다. 왜 처음부터 거짓말을 했을까?

"네. 암을 고쳤다면서요."

"그것에 대해 어떻게 생각하니?"

"멋진 거 아닌가요?"

"아기가 암환자라면 훌륭한 일이겠지만, 할아버지의 암을 고치는 것도 과연 훌륭한 걸까?"

"그건 왜요?"

캐시가 끼어들었다.

"이 애한텐 너무 복잡한 얘기 아네요?"

그때 강연장에서 근무하던 사람이 발코니 쪽으로 다가왔다. "마크 밀러?" 마크는 꼼짝없이 갇히고 말았다. 그는 그렇다고 대답했다.

"아버님께서 무대 뒤로 모셔오라고 하십니다."

마크는 더 이상 아무 말도 하지 못한 채 그를 따라갔다.

"무슨 저딴 새끼가 다 있어?" 맥스가 말했다.

"샘 박사 아들놈이잖아!"

"설마. 확실해?"

"당연하지. 성도 같지, 무대 뒤로 데려간다지. 분명 아들놈을 보내 스파이 노릇 시킨 게 확실해."

"정말 그럴까?"

"저런 사람들은 워낙 고단수인 거야. 우리처럼 젊은이들이 이곳까지 무엇을 하러 왔는지 정보를 캐러 온 거야."

"세상에." 캐시가 말했다.

"그런 일은 꿈에도 생각 못했어."

강연장에 사람들이 차츰 모여들자, 둘은 관중들의 평균연령에 다시 한 번 놀랐다.

"봤지?"

"그러게."

캐시는 주위를 둘러보았다. 알지도 못하는 노인들을 혐오한다는 것이 쉽진 않았지만, 성형수술과 온갖 종류의 주사약을 정맥에 투여한 덕에 그들은 더욱이 건강하고 젊어 보였다. 이렇게 약을 먹고 또 먹으면 아마 영원히 살 수도 있을 것처럼 여겨졌다.

우리 아버지는 그토록 일찍 돌아가셨는데, 이 노인들은 아파 보이지도 않잖아?

이런 생각을 하게 되자, 그녀 역시 화가 나기 시작했다.

샘 밀러는 단상에 올라오면서 기립박수를 받았다. 그의 강연은 거의 90분간 지속되었다. 그는 전문적인 용어 사용을 줄이고 다양한 영상과 화면을 보여주면서 쉽게 설명하려 노력했다. 그는 이뮤니케이트사의 생명연장을 위한 다양한 기술 및 신약 개발성과에 관한 프레젠테이션을 선보였다. "이제 얼마 안 있으면 인류의 수명이 150세까지 연장될 날이 올 것입니다." 이 말에 관중들은 환호성을 질렀다. 그 순간 맥스와 캐시의 인내심이 분노로 변해 화가 머리끝까지 치밀었다.

"더 이상 들어줄 수가 없군."

맥스가 말했다. 분이 식지 않아 이글거리는 눈빛으로 샘을 쳐다보지만, 그렇다고 뭘 어쩌겠는가.

강연이 끝난 후에도 그들은 노인들이 자리를 비울 때까지 자리를 지켰다. 관중들이 거의 나갔을 즈음 맥스와 그의 아들이 무대 옆문으로 나가는 모습이 보였다. 샘은 그들을 보지 못했지만, 뒤돌아본 마크의 눈동자가 그들을 향했다. 마크는 웃어 보였지만, 맥스의 얼굴에는 표정의 변화가 없었다. 그들의 첫 만남은 이렇게 끝났다.

22.

　제트기는 워싱턴 덜레스 국제공항에 조용히 착륙했다. 대기하고 있던 차가 수잔나 콜버트를 태우고 그녀에게 매우 친숙한 헤이애덤스 호텔로 안내했다. 그곳에는 그녀가 자주 애용하는 스위트룸도 있었다. 그녀는 HomeInc사의 CEO일 때 로비를 위해 워싱턴에 자주 들르곤 했었다.

　HomeInc사는 게이트가 달린 은퇴지구를 주로 건립하는 건축회사로 토지매입부터 건축까지 모든 일을 맡았다. 초창기에는 퇴직자들을 위한 센터 건립에 주력했으나, 최고급 보안설비를 갖춘 은퇴지구에 대한 수요가 늘어나기 시작했다. 차를 가진 사람이면 누구나 부유층이 거주하는 단지에 쉽게 접근할 수 있었고, 이에 따라 사람들은 전문적인 경비시설을 원하게 되었다. 어느 정도 부를 축적한 사람은 개발 지구를 선호하지 않는다는 것이 일반적인 견해이나, HomeInc사는 이러한 수요를 예측해 약 300~400평 규모의 최고급 조립식 주택을 대단지에 건설함으로써 자본규모를 확대하게 되었다.

이로써 자기자본금으로 회사를 운영했으며, 각 단지마다 개성을 살렸다는 점이 키 포인트였다. 한 지구만 봐서는 계획적으로 건설되었다는 것을 알 수 없었다. 주택마다 겉모습과 특징이 달랐다. 그러나 다른 도시에 가게 되면, 특정 도시에서 봤던 동일한 지구의 형태를 발견하게 되는 것이다. 보통의 개발지구의 경우와 같이 주택의 형태를 그대로 복사하는 것이 아니라 지구 전체를 복사한 것이었다. 그러므로 롱아일랜드에 살던 거주민이 팔로알토까지 가보지 않는 한, 자신의 주택과 똑같은 것이 존재한다는 느낌을 받지 않는다는 것이다. 이런 방식으로 HomeInc사는 건축비와 디자인 비용을 최소화하면서 이윤은 극대화할 수 있었던 것이다.

수잔나는 15년간 HomeInc사에서 근무하다가 The Card사를 설립했다. The Card사는 최고소득층을 겨냥해 최고의 연회비를 지불하는 고가의 신용카드를 만들어냈다. 해당 카드소지자들은 세계 일류의 호텔과 식당, 리조트에서 특별 혜택을 누릴 수 있었으며, "당신에게만 특별히 알려드립니다"라는 슬로건을 내걸었는데 최고급 부유층에게 큰 인기를 끌게 되었다.

The Card 소지자는 카드를 가졌다는 이유만으로도 5성급 식당에서 테이블을 얻을 수 있었으며, 이 카드 자체가 유명인들보다 더 유명해져서 이 카드를 가지고 있으면 못 들어가는 곳이 없을 정도였다.

The Card 소지자들은 다른 신용카드회사처럼 막대한 수수료에 휘둘릴 필요가 없다는 큰 장점이 있었다. 마스터 카드만 해도 18%의 수수료를 물리는 한편, The Card는 10%만을 요구했다. 결국 게으른 소비중독자들은 체납액을 지불할 것을 차일피일 미루기 십상이었고, 연간 1만 달러의 연회비에 10%의 수수료까지 받으니 사업은 성공할 수밖에 없었다.

게다가 최고한도액이 3백만 달러나 되었다. 그러므로 The Card 소지자가 마카오에 가서 도박으로 2백만 달러를 빚졌다 해도 The Card사에서 자동으로 결제해 주므로 걱정할 필요가 없었다. 물론 이는 카드소지자에게 유동자산이 있는 경우에 한했다. 수잔나는 회사를 떠나기 전 세계 최고급 호텔들에게 특정 한 층 전체를 The Card 회원들에게만 제공하는 계약을 따냈다. 이는 전무후무한 경우로 수잔나가 은퇴하던 날에는 The Card에 가입하려는 대기자만 해도 1만 2천명이 넘었다.

번스타인은 그녀가 주로 상류층 사람들과 상대함으로써 부를 축적했다는 것 때문에 내심 걱정이 되었다.

과연 그녀는 일반 서민들과 통할 수 있는 사람일까?

미국의 재무장관이 될 사람이라면 모든 계층의 사람들을 이해할 수 있는 사람이어야 했는데, 이는 직접 얼굴을 마주보아야 결정할 사항이었다. 물론 기존 장관들 중에서도 월스트리트 출신이나 상류층 출신 중에서도 서민들의 경제를 이해하는 데에 아무런 문제도 없었던 사람들도 있었으므로, 그녀와 어느 정도 시간을 보내는 것이 필수적이었다.

그는 저녁 8시에 호텔로 전화를 걸어 워싱턴에 온 것을 환영하며, 다음 날 백악관에서 점심 약속을 잡았다. 통화시간이 자그마치 1시간이나 되었다.

번스타인은 통화를 오래 하는 타입은 절대 아니었다. 그는 통화를 하면 누군가가 도청할 것이라는 생각에 되도록 짧고 요점만 간단하게 했다. 그러한 이유로 그가 마치 편안한 친구처럼 대화를 하다가 눈을 들어 시계를 봤을 때 58분이나 지났다는 사실에 그는 사뭇 놀랐다. 그녀는 유머감각과 지혜를 겸비한데다가 재미있는 에피소드도 많이 가지고 있었다. 그는 수화기를 내려놓은 후, 둘 중 어느 누구도 그녀가 다음 날 백악관에 와야 하는 이유에 대해 언급하지 않았음을 깨달았다. 그녀 역시 묻지 않았다. 그런 일은 처음이었다.

그가 위층으로 올라가 벳시에게 이 일을 이야기하자 그녀는 질투 나는 표정으로 그를 바라보았다. 그가 그처럼 오랜 시간동안 전화통화를 하는 일은 단 한 번도 없었던 것이다. "무슨 이야기 했어요?"

"정치, 사업, 경제 등등 이런 저런 사는 이야기 했지."

"장관 일에 적임인 것 같던가요?"

"우선 좋은 어머니인 것 같다는 느낌이 들더군."

"그게 무슨 말이에요?"

"정말 지혜로운 사람이야. 어머니와 통화하면 이런 느낌이면 좋겠다 싶은 그런 사람 말이지."

"그래요? 재무장관으로 부적격이라면 상담치료사로 고용하면 되겠네요."

번스타인은 그녀의 말을 듣고 웃었다.

세상 사람들 몰래 상담치료를 받을 수만 있다면.

"내일 만나 보면 확실히 알겠지."

"벌써 확신이 선 것 같은데요?"

그 다음날 번스타인은 기분이 들떠 있었다. 번스타인을 1시간 동안이나 수화기에 붙들 수 있는 능력의 소유자는 과연 어떤 사람일 것인가? 이제 몇 시간만 지나면 알게 될 터였다.

그가 아래층으로 내려가자 존이 대기하고 있었다.

"한 시간 후면 채무절감 관련 회의가, 1시에는 마샬 장군과 회의가 있습니다."

"1시라고? 수잔나와 12시에 점심 약속이 잡혀 있잖나? 시간이 부족할 것 같은데?"

"우선 만나보시면서 오후에 2차 회의를 잡으실 수도 있겠죠. 하지만 개인적으로는 10분이면 그녀를 재무장관으로 임명할지 말지 결정하실 수 있을 거라 생각합니다."

"어떤 자리에 관한 건지 귀띔해 주었나?"

"직접 말씀하시겠다고 하셔서 저도 가만히 있었습니다. 중요한 자리인 것은 아실 것입니다."

"그렇군. 다만 내가 직접 말할 때 그녀의 반응이 어떠한지 직접 보고 싶어 그러네. 눈빛만으로도 뭔가를 알 수 있거든."

"영상통화 하시지 않으셨습니까?"

"이봐." 번스타인이 말했다.

"전 재무장관 얼굴을 영상으로 너무 많이 봐놔서인지, 영상으로 첫 만남을 갖는 것은 신뢰할 수가 없게 되어버렸네."

"무슨 말씀이신지 알겠습니다. 1시간으로 부족하신 것 같으면 12시 반까지 말씀해 주시면, 장군과의 회의를 미루도록 하죠."

번스타인은 오전 시간 내내 적어도 15분 간격으로 시간을 확인했다.

쉬는 시간만 목 빠지게 기다리던 학생 때로 돌아간 것 같군. 도대체 내가 왜 이러지?

남은 서류에 서명을 하고 있는 중 애니가 호출해왔다.

"대통령 각하. 수잔나 콜버트 씨께서 오셨습니다."

그가 문을 열자 그의 눈앞에는 팔등신 미녀가 서 있었다. 첫 인상은 그것이었다. 50대로 보이는 70세의 여인, 희끗한 금발 머리에, 세련미 넘치는 날씬한 몸매, 푸른빛이 감도는 회색 눈에, 청록색 캐시미어 드레스와 신비로운 미소까지 겸비하고 있었다. 번스타인이 손을 내밀어 악수를 청한 후 그녀를 집무실로 안내했다.

"후에 생각하고 보니, 어제 한 시간이나 통화하면서 여기 무슨 일로 보자고 했는지를 안 물었더군요."

수잔나가 말했다.

"저도 늦게나마 생각났습니다. 시장하신가요?"

"네."

"뭐에 대한 시장함일는지?"

"의미심장한 질문이시네요. 식사 얘기라면 효모빵으로 만든 칠면조 샌드위치가 좋겠네요."

"빵은 구운 걸로 드시나요? 음. 제가 맞춰보죠. 정답은 '그렇다'."

"아뇨."

"이런. 당신에 대해 알 만큼은 다 알아냈다고 생각했는데."

"보통 빵이라면 구운 걸로 먹지만 효모빵만은 아니에요. 호밀빵이었다면 구운 걸로 먹었겠죠."

"그건 왜죠?"

"굽지 않은 효모빵은 샌드위치의 맛을 흡수한다는 특징이 있답니다."

"그런 것까지 자세하게 알고 계시다니 다행이네요. 그렇지 않아도 백악관 최고주방장 자리를 내어드리려고 했으니까요."

수잔나는 그의 농담에 곧바로 웃지는 않았다. 자신을 훌륭한 요리사감이라고 생각해왔던 차라, 그 이야기도 사실 일순간 그리 나쁘지 않은 제안처럼 들렸던 것이다.

"받아들이죠."

"샌드위치에 무얼 넣어 드시나요?"

"대통령께서 권하시는 걸로 먹죠."

번스타인은 굽지 않은 효모빵으로 만든 칠면조 샌드위치에 피클, 토마토를 넣고 프렌치 머스터드소스를 곁들여 달라고 주문했다. 그리고 커피도 두 잔.

"보통 손님과 동일한 메뉴로 주문하시는 편이신가요?"

"전 이미 식사했습니다. 혹시 많이 배고프실까 해서 두 개 주문한 거죠."

그녀는 웃었다.

"유머감각이 정말 뛰어나시네요."

"감사합니다."

그는 잠시 말을 멈추고는 직접적으로 제시했다.

"오늘 오시라고 한 건 미국 역사상 최초의 여성 재무부장관이 되실 의향이 있는지 여쭙기 위해서 입니다."

이 말을 들은 수잔나는 순간 한 대 얻어맞기라도 한 듯 얼얼했다. 전혀 예상치 못했던 제안이었다.

"정말요?"

그녀는 이 한 마디를 간신히 내뱉었다.

"네. 관심 있으신지요?"

"네. 생각해본 적은 한 번도 없지만, 말씀을 들어보니 제가 늘 하고 싶었던 일인 것 같네요."

"저도 그런 기분이 들 때가 있지요." 번스타인이 말했다. "전 그런 걸 데자베세르라고 부릅니다."

"그게 뭐죠?"

"방금 지어낸 말입니다. 베세르는 히브리어로 '운명'이죠. 그리고 '데자'는… 뭐 이미 아실 거고."

"맘에 드는 표현이에요." 그녀가 말했다. "그리고 제안하신 자리, 관심 있습니다."

"예상하셨겠지만, 이 일을 맡게 되면 이쪽으로 이사를 오셔야 할 겁니다."

"문제없습니다. 제 남편도 워낙 출장이 잦은 편이라, 제가 이사를 한들 그가 눈치조차 못 챌 걸요. 아이들도 이미 다 컸고요."

"남편 분께서는 어떤 일을 하시는지?"

번스타인은 이미 답을 아는 질문이었지만, 그녀에게서 듣고 싶어 물었다.

"고고학자예요. 몇 군데 대학에서 강의를 하죠. 아주 훌륭한 사람이죠."

그때 점심식사가 도착했고, 둘은 자연스럽게 대화를 나누었다. 1시가 되어갈 무렵 이미 임명은 결정된 것이나 다름없었다.

"수잔나. 청문회 과정에서 별 무리는 예상되지 않으나, 그래도 존과 함께 며칠 시간을 보내시면서 해야 할 업무가 무엇인지, 문제될 것은 없는지 꼼꼼히 살펴보시기 바랍니다. 국회에 장관임명 건을 올렸을 때, 만에 하나 뒤늦게 저희를 실망스럽게 할 만한 요소가 없는지도 생각해 주십시오. 별 문제는 없겠지만, 혹시나 하는 우려의 말씀을 드리는 겁니다. 존과 함께 스케줄을 상의하신 후, 다 준비되셨다 싶을 때 언론발표를 할 겁니다. 물론 그때까지 마음 바꾸실 일 없길 바랍니다."

"저도 마음 바꿀 일 없을 걸로 확신합니다."

"당연히 그러시겠지만, 아직 연봉 확인도 안 하셨잖습니까. 만족스럽진 못할 겁니다."

수잔나는 미소를 지었다.

"그런 기대는 안 하니 염려마세요. 여하튼 감사합니다. 그 기간 동안 궁금한 게 있으면 연락드려도 될까요?"

"궁금한 게 없어도 연락주세요. 밤늦게는 말구요. 집안에 문제 일으키고 싶진 않으니까요."

수잔나는 이 말에 다시 웃었다. 번스타인은 이 여인을 좋아하게 되었다. 하지만 이는 성적인 것과는 거리가 멀었다. 지금까지 나이 든 여인이 자신의 삶을 이 정도로 채워줄 수 있으리라고 상상도 못했던 것이다.

23.

센 리가 로스앤젤레스의 아이들을 위해 보낸 선물은 무사히 전달되었다. 캘리포니아 주지사가 직접 전화를 걸어 그에게 감사를 표했다. 그러나 미국 시장의 진입이 리의 목적이었기 때문에, 이걸로 만족할 수는 없었다. 보건복지 문제가 전 세계인들에게 중요한 문제가 되었으므로 그 목적만을 달성한다는 것은 사실 쉬울 수 있을지 모르나, 그의 궁극적인 목표는 미국을 변화시키는 것이었다.

앤덤블루크로스가 몇 해 전 아랍인들의 회사에 매각될 당시, 국회에서는 "아랍인들이 미국인들의 건강을 책임진단 말인가?"라는 말들이 오고가며 거센 반발이 있었다. 그러나 국가적인 보안 문제가 결부되지 않았으므로 곧 통과되었고 곧, 아랍연합보건기구는 미국에서 두 번째로 큰 의료보험회사로 자리매김하게 되었다.

그러나 사람들은 이전과의 변화를 쉽게 눈치 채지 못했다. 아랍연합보건기구의 주 방침은 종전 시스템을 그대로 유지하되 유망한 사업체를 매입하고 세계 다른 산업체들과 손을 잡음으로써 비용을 절감하겠다는 것이었다. 아랍인 의사들이 병원을 독차지할 것이라 생각했던 것과 달리 의사들의 구성도 같았고, 길게 늘어서 있는 환자들의 줄, 낙후된 서비스, 병원 건물 자체도 이전과 같았다. 그러나 셴 리의 구상은 이와 같은 방식이 아니었다.

리는 자신이 중국에서 창조해낸 시스템은 전 세계 어느 곳에서나 효율적일 것이라 믿었다. 그렇지만 미국은 그에게 아이디어를 빌려달라고 먼저 사정하지 않는 것이었다.

2026년 먼저 그는 인도의 시장에 진입해 폭풍과도 같은 저력으로 인도의 시장을 휩쓸었다. 인도는 이미 대도시에 건실한 보건체제가 잡혀 있었다. 그러나 중국과 마찬가지로 작은 시골마을에서는 그러한 시스템을 눈 씻고 찾아보려야 찾을 수가 없었다. 그러나 인도인들의 대부분은 그런 작은 마을에 거주하고 있었다. 마을 주민들이 병에 걸릴 경우 작은 진료소에 가려고 해도 수백 마일을 가야 했기 때문에 병을 더 키우는 일이 다반사였다. 리는 중국에서 시작했던 방식으로 인도에서의 보건체제를 잡아 나갔다. 그는 의사를 만나본 적 없는 작은 시골마을 주민들을 위해 도움의 손길을 뻗쳤다.

리의 비밀병기는 간호사들이 가상의 의사를 돕도록 하는 것도 있었지만, 가장 막강한 것은 로봇이 실시하는 수술이었다. 수술이라는 것은 정식 훈련을 받은 의사들이 시행하는 것이 당연했었지만, 이제 기술진보로 하여금 세계 어느 곳에서든지 수술이 가능했다. 리는 최고가의 로봇 수술 장비를 곳곳에 설치하는 대신 장비를 이동하는 방식을 택했다. 수술로봇들은 이곳저곳을 옮겨 다니며 환자들을 찾아 수술을 실시했고, 그 덕분에 한 대에 5백만 달러나 나가는 로봇은 쉴 틈이 없었다. 로봇을 특급 배송하는 개념과 비슷하다고 보면 되었다. 수술을 마친 로봇은 한 시간 내에 다음 장소로 이동되는 중에 세척되었으며, 비용을 절감하기 위해 버스나 비행기, 트럭, 기차 등, 운송수단이라면 무엇이든 이용했다.

모든 필요시설을 완비한 수술로봇장치는 심지어 전기가 없는 곳에서도 자가발전할 수 있는 시설을 갖추었으므로 환자들이 수술을 받기 위해 대도시로 후송되어야 하는 일은 먼 옛일이 되어 버렸다. 인도 시골마을의 한 환자가 급성충수염으로 수술을 받아야 하는 일이 생긴 경우, 반나절이면 로봇이 그곳까지 도착할 수 있었다. 이는 그 환자를 수천마일 밖의 대도시로 후송하는 데 걸리는 시간보다 훨씬 빠른 것이었다.

홍콩이나 베이징, 또는 리가 승인한 곳에서 근무하는 의사들은 원거리에서 원격조정으로 충수염 수술을 집도했으며 필요한 간호사는 단 한 명 뿐이었다. 심지어 마취과 의사도 원거리에서 마취를 할 수 있도록 간호사들을 교육시켰고, 또 모든 상황을 모니터할 수 있었다.

셴 리는 이러한 이동 로봇수술 장비 시스템을 세계에서 처음으로 고안했으며, 여전히 그쪽 기술에는 최고였다. 비록 미국에서도 이러한 수술에 참여하는 의사들은 있었지만, 이 시스템으로 미국시장을 뚫는 것은 아직 시기상조였다.

미국의학협회에서는 미국은 그러한 의학적 장비가 필요 없다고 여겼는데, 그 이유는 미국은 인도나 중국과 같은 작은 시골마을이 없으며 필요하면 언제라도 병원에 갈 수 있는 상황이라 판단했기 때문이었다. 그러나 사실 이러한 로봇들로 인해 의사들의 밥줄이 끊길 것을 두려워하는 것이 주된 이유였다. 일례로 남미의 유능한 수술전문의가 미국에 있는 환자에게 하루에 7~8회 정도의 원격수술이 가능했기 때문에 결국 미국에 있는 의사들 중 상당수가 길거리에 나 앉게 될 가능성이 없는 것은 아니었다.

그래서 미국의학협회는 가상수술이 아닌 실제 의사가 있는 병원 수술실에서 받는 수술의 장점을 광고를 하기 위해 엄청난 돈을 들였다. 한 광고에서는 아픈 할머니가 따뜻한 눈길을 보여주는 의사와 기계소리를 내는 로봇 사이에서 침대에 누운 모습을 보여주었는데, 이 광고는 대 히트를 쳤다. 마지막 장면에서 "당신이라면 어느 쪽을 택하시겠습니까?"라는 내레이션을 들려주었다. 하지만 로봇장비가 실제 의사보다 더 뛰어나거나 부족하지도 않다는 연구결과가 나왔다. 수술 집도의가 그린란드에 있든 실제 수술실에 있든 결과는 마찬가지였다.

그렇지만 여전히 미국시장을 개척할 방법은 필요했다. 리는 캘리포니아 주지사로부터 받은 감사편지를 액자에 넣어 벽에 걸었다. 이게 무언가의 시발점이 될지도 모른다고 생각하면서.

맥스와 캐시는 미시건 호수의 북쪽까지 올라가 아버지의 유골단지를 열었다.

"이런 건 처음이라서." 캐시가 말했다.

"기도를 먼저 해야 하는 거야?"

"신을 믿는다면 그렇겠지."

"글쎄, 적어도 신이 있다는 건 믿으니까, 우리 아버지가 저 우주 어느 곳에선가 마음의 평화를 찾고 행복하길 빌어야겠어요."

"좋은 생각이야." 맥스가 말했다.

"마음의 평화와 행복이라…. 좋은 기도야."

그가 말을 마치자 캐시는 두 팔을 쭉 높이 뻗어 빙글빙글 돌았다. 그러면서 아버지의 유골을 호수에 뿌렸다. 일부는 그녀의 발에 떨어졌지만, 거의 대부분 호수 면에 내려앉아 서서히 가라앉거나 바람에 날려갔다.

"아버지가 낚시하는 것 좋아하셨니?"

"아뇨."

"보트 타는 건?"

"그다지."

"그럼, 물이랑 관련해서 특별히 좋아하셨던 건?"

"물 자체를 별로 좋아하진 않으셨는데."

"그럼, 왜 호수로 온 거야?"

"자기 생각이었잖아요."

"난 네가 호수 쪽을 원할 거라 생각했던 거지."

"그건 맞아요. 여기 정말 아름답다."

"그래도 물을 조금이라도 좋아하셨을 거예요. 음… 튀긴 대합조개요리를 좋아하시긴 했어요."

"그것 봐. 곧 자신이 좋아하던 것의 일부가 되실 거야."

그 말을 듣자, 캐시는 자신이 한 일을 후회하기 시작했다.

어쩌면 이곳이 최적의 장소가 아니었을지도 몰라. 볼링장으로 갔어야 했을지도 몰라.

하지만 날씨가 너무도 아름다웠으며, 태양이 호수 맞은편에서 지고 있었으니 이 정도로도 멋진 작별인사를 했다고 생각되었다. 캐시는 집으로 돌아가는 길에 차창 밖을 바라보며 조용히 생각에 잠겼다.

"지금 무슨 생각해?"

맥스가 물었다.

"아까 강연에서 봤던 노인들 생각하고 있었어요. 그 사람들 정말 행복해 보이지 않았어요? 마치 두려움을 건너버려서 더 이상 공포나 걱정이 없는 것처럼."

"젠장 할. 네 말이 맞아. 우리 돈으로 보살핌을 받고 있으니까. 내가 필요한 걸 보살펴줄 젊은 노예들을 백만 명쯤 거느리고 있는 거나 마찬가지잖아."

"우리 아버지는 전혀 평화로운 삶을 누리지 못하셨는데, 그건 너무 불공평하잖아요. 아빠 마음은 늘 걱정으로 가득하셨어요."

"왜 안 그랬겠어. 죽도록 보험료를 내다가 혜택도 제대로 못 받으셨는데. 하지만 우리 땐 지금보다 열 배는 더 심각한 상황이 될 거야. 우리가 노인이 되어도 이 재수 없는 노인네들 그때까지 살아 있을 걸? 120살 먹은 사람들 화장실까지 데려다줄 간병인들 돈까지 내야 될지도 몰라."

"그럼 우린 어떻게 해야 하죠?"

"다 죽여 버리지."

캐시는 그의 얼굴을 보고 웃어넘겼다.

"농담이지?"

"그렇지 뭐. 그건 사실 거의 불가능하니까. 그래도 우리 젊은 층의 짐이 무겁다는 것을 보다 강력한 방법으로 알려야만 해."

"어떻게?"

"아직은 잘 모르겠어. 그게 바로 내가 몇 년 동안 고민하는 문제야. 뭔가 결정적인 해결책이 있을 거야."

캐시는 '결정적인 해결책'이란 말이 마음에 들었다. 물론 그녀는 그가 어떤 방법을 말하는지 몰랐다. 이는 맥스 자신도 마찬가지였다.

"멋진데?" 캐시가 말했다.

"직접 만든 말인가요?"

"아닐 걸. 나도 들은 것 같아. 무슨 전쟁 관련 용어 같아. 한 번에 모든 것을 해결한다는 뜻이야."

"그 결정적인 해결책이라는 거, 자기라면 생각해 낼 수 있을 것 같아요. 너무 멋있어요. 자기가 어떤 사람인지를 느끼게 해주는 말 같아."

"정말 똑똑한 여자예요."

존이 번스타인에게 한 말이었다.

"대통령 각하를 빼고, 지금까지 그토록 많은 정보를 순식간에 받아들이면서 이해하는 사람은 처음인데요."

"나도 그렇게 느꼈네."

번스타인은 수잔나에게 전화를 걸었다.

"존의 이야기를 들은 후에도 여전히 관심이 있습니까?"

"네, 그렇습니다."

"좋습니다. 그러면 가족이나 친구들에게 어서 연락하세요. 이제 당신은 미국 최초의 여성 재무장관이 되었다고 말해주세요."

수잔나는 기쁨의 환호성을 질렀다.

"감사합니다. 대통령 각하."

"다음 주는 우선 이사나 그밖의 필요한 것들을 준비하는 기간으로 활용하십시오. 그런 후 상원의원들 앞에서 소개하겠습니다. 그들도 이곳 사람들처럼 순식간에 당신의 매력에 빠져들 거요. 개인적으로 당신이라면 이 일에 최고 적임

자라고 생각하니까. 그리고 수잔나, 한 가지 더 중요한 것이 있어요."

"네."

"캘리포니아 문제도 문제지만, 내가 말했던 것처럼 세계단일통화에 관한 건도 연구해 보고, 의견 있으면 주저 말고 내게 보고해 주세요."

"알겠습니다. 상원의원들과는 문제가 없어야 할 텐데요."

"내가 예측할 수 있는 문제라면, 신임 재무장관이 너무 좋아 안 놔줄까봐 그게 걱정이지."

"그렇게 말씀해 주시다니 감사합니다."

"또 봅시다." 번스타인은 스크린을 껐다.

"입이 귀에 걸리셨는데, 병을 치료할 만한 의사를 불러와야 하지 않을까요?"

"그렇게 심했나?"

"저도 그분이 맘에 듭니다. 훌륭하게 해내실 것 같습니다."

"훌륭한 정도가 아니야. 자네 빼고, 이 세상에서 그 사람처럼 대화하기 편한 상대는 처음이야. 자네보다 더 나을지도 모르겠는 걸?"

"제가 걱정해야겠네요."

"당연하지. 게다가 그녀의 사업수완과 통찰력은 훌륭한 정도를 능가하네. 아이디어도 많고 태도나 어조도 매우 설득력이 있지. 하지만 더 훌륭한 점은, 그런 아이디어가 마치 내가 낸 아이디어인 것처럼 느끼게 만드는 힘이 있어. 그건 정말 대단한 재능이거든. 솔직히 말해서, 왜 지금까지 의원에 출마한 적이 없는지가 궁금해. 출마만 했어도 당선되었을 것을."

"돈 버느라 너무 바빴겠죠."

"그 점도 정말 신기해." 번스타인이 말했다.

"그 사람과 이야기하고 있으면, 그녀가 재벌이라는 생각이 전혀 들지 않아. 그런 티를 전혀 내지도 않고, 신경 쓰지도 않지. 그래서 그녀가 더 마음에 든다는 걸세."

그때 벳시의 얼굴이 스크린에 떠올랐다.

"어떻게 됐어요?"

"아주 잘 됐지. 일 맡기로 했어."

"미국 역사상 재무부장관을 최초로 여성으로 뽑은 사람이 당신이라는 게 자랑스러워요. 중요한 역사의 순간이 되겠어요."

"고마워. 나중에 보자고."

번스타인은 책상에서 일어나 M&M이 담긴 그릇 쪽으로 걸어갔다.

"존, 내 말 깊이 새겨듣게. 전 국민이 이 여자와 사랑에 빠지게 될 거야. 늘 신뢰할 수 있는 이 나라의 어머니와 같은 존재가 될 거라고. 내 임기 중 세계단일통화를 기필코 만들어내고야 말겠어. 그녀라면 내 계획을 도와줄 수 있을 걸세."

"저도 각하 말씀에 동감합니다. 보다 중요한 건, 로스앤젤레스 대지진 사건과 관련해서 그 누구도 생각하지 못했던 방법이 그녀의 머리에서 나올 수도 있을 거라는 겁니다."

"로스앤젤레스라는 이름, 5분에 한 번씩 들으니 머리에서 쥐가 나려고 하네. 그 주에선 나를 뽑지도 않았을 텐데. 오늘 아침 그곳 상황은 좀 어떤가?"

"갈수록 심각해져만 갑니다."

"다시 한 번 가봐야겠어. 두 번으론 충분치 않아."

"제 생각도 그렇습니다." 존이 말했다.

"우선 콜버트 장관을 임명한 후, 함께 그곳으로 가는 게 좋겠습니다. 그녀라면 뭔가 방법이 있겠죠."

번스타인이 웃으며 말했다.

"자기 돈으로 문제를 해결할지도 모르겠네."

24.

패서디나 천막에서 거주하는 약 2천명의 시민들과 마찬가지로 브래드 밀러도 서서히 희망을 접고 있었다. 지난주만 해도 벌써 자살 사건이 두 차례 발생했으며, 그 중 한 명은 브래드가 최근에 사귄 친구였다.

하루는 아침 뉴스에 대통령이 어떤 여자를 신임 재무부장관으로 임명한다는 것과, 그녀와 동행해 캘리포니아 남부를 순방할 것이라는 소식이 들려왔다. 또한 화상전화 방식을 통해 대통령에게 질문도 할 수 있을 거라고 했다. 브래드는 이를 듣고, 자신도 대통령에게 직접 질문을 하고 싶으니 천막에 카메라를 설치해 줄 것을 건의했다. 그러자 관리자들도 자신도 아는 바가 없으니 알아본 다음 그에게 연락 주겠다고 했다. 이곳에선 모든 사람들이 다 그렇게 말하곤 했다. 아는 것이 하나도 없다는 것을 마치 자랑거리라도 되는 양 떠들고 다녔다.

번스타인은 상원의원들로부터 극찬을 받으며 장관자리에 임명된 수잔나 콜버트와 존 밴 다이크, 내무부장관인 프랭클린 리틀과 함께 에어포스원을 타고 캘리포니아로 날아가는 중이었다. 그들은 이번 여행의 목적에 대해 회의를 했다.

"다들 알다시피 우린 아직도 해결책이 없소."

번스타인이 말했다.

"그러니 우선 수잔나가 일을 맡은 지 얼마 안 되어서 당장 구체적인 계획은 내놓을 수 없지만, 현명한 그녀가 우리 미국이 당면한 최악의 재난으로부터 우리 모두를 구제할 수 있을 경제정책을 제시할 것이라고 해야 할 것이오."

"국민들의 질문에 제가 직접 대답해야 할까요?"

수잔나가 물었다.

"안 될 이유는 없을 거라 보는데. 존, 자네 생각은 어떤가?"

"제 의견으로는 만일 장관의 답변이 너무 구체적일 경우, 우리에게 좋을 것은 없습니다. 그러니 임명된 후 로스앤젤레스 사태를 가장 최우선으로 정책을 세우려고 고심한다는 내용으로만 대답하면 문제될 게 없으리라 봅니다. 하지만 원한다면 마음껏 매력을 발산해 보시죠."

에어포스원이 도시 위를 낮게 날자, 수잔나는 대참사 후의 광경을 직접 보고 할 말을 잊었다. TV나 신문으로 사진과 동영상은 숱하게 보았지만 실제 보는 것과는 차원이 달랐다. 눈으로 보면 더 좋은 정책이 생각날 거라 기대했지만,

"맙소사 어떻게 이런 일이"

그녀가 말했다. "핵폭발이라도 일어난 것만 같군요."

"핵폭발이었다면. 적어도 건물은 붕괴되지 않았을 겁니다. 사망자 수는 많더라도 기반시설은 그나마 멀쩡했겠죠."

존이 대답했다.

대통령 일행을 태운 헬리콥터는 대형 임시병원 앞에서 착륙했다. 헬리콥터에서 내린 그들은 환자들을 먼저 방문했고 곧 기자회견이 열렸다. 곧 각지에서 분노한 피해자들로부터 질문을 받았다. 그러나 워낙 분노에 찬 사람들의 질문공세가 이어졌으므로 미리 사회자가 적절한 질문만을 내보내는 것으로 맞추었다. 백악관은 감정적인 불만의 토로의 장이 아닌, 그가 대답할 수 있는 적절한 수준의 질문만을 받기 원했던 것이다. 곧 사회자의 진행으로 담화가 시작되었다.

"첫 번째 질문은 샐리 맬스트롬이라는 분께서 하시겠습니다."

나이든 여성의 얼굴이 화면에 나타났다. 화면에 나오려고 머리도 새로 한 것 같아 보였다.

"안녕하세요. 저는 현재 예전에 샀던 콘도에 지진이 나서 다른 곳으로 이동해 거주중입니다. 그곳 사람들 말로는 곧 대책을 수립하겠다는데 대통령께서 계획하는 대책은 어떤 것입니까? 제 집을 다시 지어주실 겁니까? 그 콘도가 제 유일한 투자처였습니다."

브래드 밀러는 패서디나의 텐트에서 이 기자회견을 듣고 있다가 순간 자리에서 일어나며 외쳤다.

"바로 나도 그게 궁금하다고! 나도 그 대답을 듣고 싶네! 한 번 뭐라고 하나 들어보자고."

"샐리." 번스타인이 대답했다.

"먼저 질문해 주서서 감사합니다. 현재 부동산 관련 현안을 정부에서도 최우선으로 해결하려고 하고 있습니다. 아시다시피 기존 보험회사들이 이번 지진으로 인해 파산한 경우가 많습니다. 현재 정부는 대규모 보험회사들과의 회의를 진행하고 있으며, 막대한 비용을 정부에서도 해결할 수가 없어 다른 수입원을 찾고 있는 중입니다."

개소리만 지껄이고 있구만. 브래드가 생각했다.

"샐리. 지금 제 옆에 미국 최초의 여성 재무부장관 수잔나 콜버트를 소개하고 싶습니다. 그녀는 훌륭한 경영마인드와 다양한 아이디어가 풍부합니다. 저희가 워싱턴에 돌아가자마자 로스앤젤레스를 원상태로 복귀시키기 위해 최선의 노력을 다해줄 것으로 기대해도 좋겠습니다."

브래드는 혼자서 중얼거렸다.

이 자식, 여기 관리자들이 하는 소리랑 똑같은 소리만 지껄여? 입 닥치고 내 돈이나 내놓으란 말이야!

나머지 기자회견도 거의 비슷한 형식을 취했다. 확실한 답을 원하는 시민들에게 그럴듯한 대답조차 줄 수 없었다. 그러다가 담화가 막바지에 다다랐을 때 콜버트 장관에게 질문할 차례였는데, 한 45세의 남자로부터 대본에 없던 질문이 튀어나오고야 말았다.

"장관님. 그럼 그 돈을 어디서 구할 겁니까? 나라도 돈이 없다지, 보험회사에도 돈이 없다지, 그럼 그냥 찍어낸다는 겁니까? 돈을 찍어내면 가치가 떨어질 거 아닙니까? 도대체 그 돈이 어디서 나온다는 겁니까?" 순간 존은 대본을 확인했다. 대본에 없는 질문이었다. 수잔나 혼자 대답해야 했다. 그녀는 아무런 망설임도 없이 대답하기 시작했다.

"그 말씀이 맞습니다. 무턱대고 돈을 찍어낼 수는 없습니다. 돈을 찍어내는 것은 달러의 가치하락을 야기할 겁니다. 따라서 다른 나라에게 재정원조를 구할 때가 왔다고 판단됩니다. 물론 이는 대통령 각하의 결정사항이지만, 지금 현재로는 그 방법 외에는 없다고 생각됩니다."

수잔나는 말을 마치고 고개를 돌려 번스타인과 존의 반응을 살폈다. 두 사람의 표정은 굳어있었다. 공식적으로 다른 나라의 원조를 받겠다고 계획한 것도 없는데, 이제 되돌릴 수 없는 상황으로 치닫게 된 것이다. 수잔나는 자신의 실수를 돌리기 위해 재빨리 덧붙였다.

"다시 말씀드리지만 이는 대통령께서 결정하실 사안이며, 현재로서 여러 가지 옵션을 고려중이십니다. 최종 결정을 내리실 대통령께서 가장 현명한 판단을 내리실 것입니다."

에어포스원이 채 이륙도 하기 전, 미국 전역의 신문과 TV에는 다음과 같은 헤드라인을 대서특필했다.

"대통령 외국원조 요청계획 발표"

수잔나는 돌아오는 길에 혼자 앉았다. 그로부터 한 시간 후 직원이 오더니 대통령의 사무실로 호출했다. 그녀는 최단시간동안 근무한 장관으로 신기록을 세울 것을 예상하며 그녀의 뒤를 따라갔다. 사무실 문이 열리고 들어가자 번스타인의 얼굴은 웃고 있었다.

"앉으시지요."

"정말 죄송합니다. 저 때문에 곤란해지신 것 같아서…."

"오히려 정반대요. 그것 외에는 방법이 없었으나 차마 우리가 인정하지 못하고 있던 사실이었으니까. 이제 비밀이 탄로나 버렸으니 때가 된 거지. 이제 워싱턴으로 돌아가서 가장 먼저 할 일은 이 막대한 자금을 어떻게 빌릴 것인지 머리를 맞대고 고민해봐야겠어요. 우선 내 계획은 한 국가에서 집중적으로 받는 것보다 여러 국가에서 원조를 받는 것이 좋다고 봐요. 이미 나랏빛이 산더미인데 어디서 20조 달러를 빌릴 수 있을까 싶지만, 그게 장관의 임무입니다."

수잔나는 다소 안심했다.

"제가 알아보겠습니다. 그리고 다시 한 번 저로 인해 예상치 못한 일이 발생하게 되어 죄송스럽게 생각합니다."

"이런 일에 준비될 사람이 어디 있을까요. 그러니 오히려 내가 감사할 판이에요. 그런데 수잔나?"

"네."

"앞으론 다시 이런 일이 없었으면 해요. 뒤통수 맞는 기분이니까. 이해하시죠?"

"알겠습니다."

수잔나는 다시 자리로 돌아갔다. 아직 자신이 잘못했다는 건지 잘했다는 건지 이해되지 않아 머리가 어질어질하기만 했다.

20조 달러라니. 그게 얼마나 되는 돈인지 감도 잡히지 않는 걸.

현재 빚만 해도 어마어마한데 이 이상 빚을 지게 되면 어떻게 될 것인가? 그녀는 진통제를 한 알 입에 넣은 후 위스키 한 잔을 주문했다. 잠에 빠지거나 기분 좋게 여행을 즐기게 되거나 둘 중 하나였다. 오래 전 그녀는 비행은 푹 쉬며 즐기는 것이라 배운 기억이 났다. 이러다 비행기가 추락한다면, 그동안 걱정하는 데 쓴 시간이 얼마나 아깝겠는가. 그녀는 주위를 둘러본 후 자신의 살을 꼬집어보았다. 에어포스원에 처음 탈 때는 누구나 그렇듯이.

로버트 골든은 회의 중에 큰 폭발음을 들었다. 사무실 바깥에서 큰 자동차 사고가 난 것이라 생각했다. 화재경보기가 울리기 시작했으며 화면마다 보안경비원의 얼굴이 나타났다.

"지금 즉시 비상구를 통해 건물에서 대피해 주십시오. 서두르거나 당황하시지 마십시오."

폴 프레스콧이 달려 들어왔다.

"이게 도대체 무슨 일이죠?"

"나도 모르겠네. 어서 나가자고."

밖으로 나가자 AARP 본사 출입구 옆쪽에 커다란 구멍이 보였다. 주변에 차가 부서진 흔적은 보이지 않았으니 자동차 사고가 원인일 리는 없었다. 누가 봐도 작은 플라스틱으로 만든 사제폭탄이 틀림없었으며, 작지만 큰 피해를 입히고 말았다.

그로부터 2시간 후 경찰들은 직원들에게 사무실로 복귀해도 좋다고 했다. 물론 대부분은 집으로 가서 안정을 취하는 쪽을 택했다. 로버트는 즉각 내부조사를 명령했고, 최근에 해고당하거나, 문책을 받았거나 회사에 불만을 품은 사람들을 조사해 용의자 리스트를 작성시켰다.

폴 프레스콧은 대법원에서 근무하고 있는 잭에게 전화했다.

"괜찮으세요?" 잭 월먼이 물었다.

"다치진 않으셨어요?"

"소식 들었나보네요?"

"지금 TV에서 나오고 있어요. 그렇지 않아도 전화하려던 참이었죠."

"도대체 무슨 일이죠?"

"저도 모르죠. 갑자기 일어난 일이니까요."

"버스 총기사건과 관련된 건가요?"

"저도 모르겠어요."

"우리 건물에 커다란 구멍이 뚫렸어요. 분명 불만을 품은 사람이 있을 거예요."

"수수료가 너무 비싸다고 생각하는 사람이 저지른 짓일지도 몰라요."

"농담할 때가 아니에요."

"죄송해요. 그건 그렇고, 몸은 괜찮아요?"

"괜찮아요. 어떻게 지내요?"

"저야 잘 지내죠. 저희 건물엔 구멍이 안 났거든요."

"나 원 참. 하여튼 혹시 뭐 알게 되면 연락이나 해줘요."

폴이 말했다.

"그러죠. 요즘엔 클럽에 안 가세요?"

"아니, 그때 이후론 안 가봤어요."

"그때 즐거웠어요. 언제 또 만나서 이야기하죠."

"그러죠."

폴은 로버트의 사무실로 다시 들어갔다. 그곳에는 FBI에서 두 명, 재무성 검찰국에서 두 명, 총 네 명이 나와서 조사 중이었다.

"여긴 폴 프레스콧이오. 내 동료죠."

로버트는 폴에게 종이 한 장을 건넸다. 폭탄을 설치하고 간 자들이 남긴 협박 편지였다.

"경고한다. 이제 내 놓아라. 당신들은 항상 가져가기만 하고 우리에게는 아무 것도 주지 않았다. 이젠 다른 이들에게도 돌려줄 것을 요구한다. 우린 결코 멈추지 않을 것이다. 당신들이 누리는 평안과 부를 우리에게도 나누어주지 않을 경우, 이보다 더 위험한 일을 겪을 것이다. 당신들이 모두 다 가져가 버려서 우리에겐 이제는 아무것도 남지 않았다."

평등을 위한 젊은이들의 모임.

폴은 할 말을 잃고 자리에 앉았다. 그는 FBI에게 누가 이런 짓을 했는지 아는지 물었으나, 그들도 모른다고 했다.

"이제 어떻게 되는 거죠?" 그가 물었다.

FBI 요원은 다른 단체들은 이미 파악이 되었으나, 이런 단체 이름은 처음이라고 했다. 그들은 주위의 시선을 끌지 않는 범위 내에서 주변 보안을 강화하겠다고 했다.

"주위의 시선을 안 끌면서 보안을 강화한다고?"

로버트가 물었다.

"차라리 시선을 끄는 편이 나을지도 모르지. 그러면 다시는 이렇게 우리를 협박할 수 없다는 것을 알게 될 걸세."

"이런 일은 저희 같은 전문가들에게 믿고 맡기십시오. 만일 비슷한 협박이 계속될 것으로 예상되면 그에 걸맞은 조취를 취할 겁니다. 그러나 지금 우리 쪽에서 염려하는 것처럼 행동한다면 그들은 더 많은 공격을 가해올 겁니다. 이런 난동에 신경 쓰지 않는 척해야 그들은 시간을 들여 신중한 공격을 계획할 겁니다. 그렇게 해야 그들을 잡을 수 있습니다."

"못 잡으면 어떻게 되나요?"

"잡을 겁니다."

폴에게 중요한 의문이 떠올랐다.

"이 편지가 언론에 공개되었습니까?"

"네." 검찰국 요원이 대답했다.

"여기저기에 뿌려졌더군요."

"그러면 어떻게 대처할 겁니까?"

"한 시간 후에 발표할 성명을 저희가 작성하도록 도와드릴 겁니다. 또한 기자들이나 시민들의 질문은 되도록 직접적으로 답하지 마십시오. 확실한 답을 요구하는 경우, 있는 그대로 아무것도 아는 바가 없다고 답하시면 됩니다."

"그럼 이제 이 건물은 안전한 건가요?"

로버트가 물었다. 검찰국 요원이 그에게 대답했다.

"제 여동생이 여기에서 근무합니다. 평소와 다름없이 출근하도록 말해두겠습니다."

"여동생이 누군가요?"

"제니스 이튼입니다."

로버트는 잠시 생각하더니 스크린 앞에서 확인해 보았다.

"그렇군. 능력 있는 사람이지."

"예전엔 경리과에 있었습니다만, 지금은 기획팀으로 옮겼습니다."

"잘됐군요." 로버트가 말했다. "훌륭한 일꾼이지."

"제니스 말로는 기획팀 일이 적성에 맞지 않는다고 합니다. 예전 경리과로 다시 옮겨주실 수는 없을까요?"

"그렇게 처리하지요. 경리과로 다시 옮겨도 좋다고 전해주세요."

검찰국 요원의 심기를 불편하게 하는 일은 없어야 했다.

맥스는 폭발사건에 대한 뉴스를 듣고 뛸 것처럼 기뻐했다. 때로는 이런 문제에 관심을 가진 사람은 세상에서 자신밖에 없다고 느낄 때도 있었다. 하지만 세상을 향해 이런 성명을 내거는 사람들이 있다는 것에 그는 안도했다.

그는 나름 샘도 났다. 지금까지 그가 해온 일이라고는 회의를 소집하고 사람들을 모으는 것뿐이었는데, 이처럼 계획을 실행에 옮기고 있는 사람들도 있었던 것이다. 그날 밤 캐시를 만난 그의 얼굴은 흥분으로 가득했다.

"이 단체에 대해 알아봐야겠어. 우리도 가입하자."

캐시도 이를 듣고 기뻐했지만 아직 그녀는 맥스처럼 깊이 생각해 본 것도 아니며, 건물폭파와 같은 폭력적인 방법이 과연 좋은 방법인지 의문이었다. 그녀는 그런 자신의 생각을 말했고 맥스는 그녀를 이해했다. 그러나 곧 그녀도 그의 생각을 따르기로 했다.

"이런 일 없이는 아무런 변화도 없을 걸. 이런 일이 있어야 혁명이 일어나는 거야. 그 노인네들에게 혜택을 분에 넘치게 받았다는 것을 일깨워줄 사람이 필요한 거야."

그리고는 캐시의 의료대출건을 언급했다. 그녀가 겪은 일을 한두 번씩 상기시켜주면 그녀는 곧 그의 말에 수긍해주었다.

"자기가 진 빚을 갚으려면 얼마나 오래 걸릴지 상상이나 해봤어? 평생 갚아도 못 갚을 걸? 게다가 그 대출을 받은 이유가 뭣 때문인지 기억해? 그 노인네들이 다 챙겨먹어 버려서, 네 아버지는 하나도 받지 못했잖아. 그런 일이 공평하다고 생각해?"

"아니." 캐시도 분에 차서 대답했다.

"그것 봐. 내 말이 맞잖아. 그 노인네들은 투표권을 악용해서 동전 한 푼 포기 안 한다고 할 걸? 인류 역사를 되짚어 봐도 모든 일에는 어느 정도의 희생이 필요해."

맥스는 자신의 말에 확신이 서지 않았지만, 캐시는 그의 말에 전적으로 동감하기 시작했다.

"자긴 천재예요. 진정한 혁명가 같아." 그녀가 말했다.

"아직 어림도 없어. 건물에 폭발물을 설치한 그 사람이야 말로 혁명가지. 지금으로선 난 말만 앞서고 행동은 전혀 하고 있지 않잖아."

"그렇지 않아요. 지금 자긴 어떤 방법이 최선인지 고민해보고 노력하는 중이잖아. 회의 또 소집할 거예요?"

"아직 모르겠어. 그런 모임을 갖는다는 것이 지금으로선 시간낭비처럼 여겨져. 하지만 우선 이런 일이 터졌으니, 한 번 만나봐야지."

번스타인은 폭발사건을 듣고 크게 놀라지 않았다. 충분히 예고된 일이었다고 생각했다. 수면으로 드러난 것은 이번이 처음이겠지만, 지난 10년간 상황은 점점 악화되어가고 있었다. 새로운 세대가 자신의 목소리를 찾고 있었다.

1960년대 후반, 정부는 젊은이들이 마약에 빠졌을 때 이들을 엄하게 처벌하는 척했지만, 사실 환각제는 그들에게 꿈과 같은 존재나 마찬가지였다. 환각제든 마약이든 엑스터시든 간에 젊은이들이 이런 것들에 빠져있을 때, 그들은 폭탄과 같은 폭력적인 방법을 쓰려하지 않았다. 관료들은 이에 화난 척만 했을 뿐, 실제로 젊은이들이 자신들의 일을 빼앗을까봐 두려워했는데, 그들이 마약 하느라 정신 줄을 놓아준 것에 오히려 감사했던 것이다. 또한 징병제가 폐지되었을 때, 정치인들 중 단 한 명도 징병제를 다시 복귀하자고 주장하지 않았다. 징병제는 젊은이들이 길거리에 앉아 항쟁을 하던 유일한 이유였기 때문이었다. 이들은 자신들이 반대하는 전쟁에 끌려가서 죽길 원치 않았다.

그러나 번스타인은 신세대가 짊어진 빚과 관련된 항쟁을 하기까지 이렇게 오래 걸린 이유를 결코 이해하지 못했다. 그가 바로 그 빚 문제 때문에 선거유세 때 노인층의 생명연장을 논의하려 했던 것이며, 그의 어머니가 정부의 돈으로 목숨만을 부지하고 있는 식물인간이 된 것을 싫어하는 것도 빚 문제 때문이었다.

번스타인은 노모의 상태에 대해 언급하는 것을 꺼렸지만, 가끔 기자회견 때 그녀의 건강에 대해 묻는 기자들이 있었다. 그때마다 그는

"상태가 좋지는 않습니다. 다만 나아지기를 바라고 있으나 호전될 가능성이 많아 보이진 않습니다."라고 대답했다.

그럴 때마다 그는 그 다음 질문으로 "그렇다면 무엇 때문에 회복 가능성이 없는 사람의 의료비를 국민들의 혈세로 지불하려는 겁니까? 세금을 더욱 의미 있는 데에 쓰는 게 낫지 않은 걸까요?"라는 질문공세가 이어질 것을 두려워했지만, 그런 질문을 하는 사람은 아직까진 없었다. 그러나 여전히 자신의 노모가 소생시키지 말라는 메모를 남겨뒀더라면 이런 고민은 하지 않았을 거란 생각을 하며, 그녀가 이기적이라 생각했다.

그가 수잔나 콜버트에게 끌린 이유 중 하나가 바로 그것이었다. 수잔나는 부유한 사람이지만, 그의 어머니처럼 이기적이지 않았다. 사실 그가 만난 사람 중 가장 덜 이기적인 사람이었다. 대부분의 부유층 사람들은 자기 사업의 성공에 모든 에너지를 쏟아 그 외의 것에는 신경도 쓰지 않았다. 하지만 수잔나는 전혀

그렇지 않았다. 특히 그녀의 장관임명식 때 그녀의 자식들의 모습에 더욱 감탄해 마지않을 수 없었다.

전형적인 틀에서 벗어난 데다, 똑똑하고, 겸손하고, 유머감각에, 자기 어머니를 무척 사랑하는 아이들이군. 도대체 어떻게 이 여자는 그토록 훌륭한 아이들을 길러내면서 돈도 그렇게 많이 벌 수 있었을까?

그는 그녀가 재무장관이 되어준 것을 감사했다. 어쩌면, 그녀의 마술이 미국에도 통할지 모른다고 그는 생각했다.

25.

샘 밀러가 암 치료제 이후 새로운 신약 개발의 기대를 접어가고 있던 어느 날, 아침 일찍 스크린에 한 얼굴이 뜨며 전화가 걸려왔다. 그가 침대에서 자고 있을 때, 이뮤니케이트의 수석연구원인 피터 스턴이 "샘, 일어나 봐요."라고 말했다.

"무슨 일인데?"

"우리가 해냈어요!"

샘은 순간 그의 말을 이해했다. 전 세계 모든 사람들이 달려들어 연구하고 있는 것이었으므로, 만약 피터의 말이 사실이라면 그들은 암 치료제 다음으로 또 한 건을 터뜨린 것이었다.

"확실한 거야?"

"어서 와서 이 생쥐를 직접 보세요."

연구소에 달려가는 샘의 심장은 터질 것 같았다. 노인들의 주요 문제 중 하나는 뼈였다. 뼈가 상하는 것을 예방하기 위해 먹을 수 있는 약이 있긴 했지만, 장기적으로 볼 때 거의 효과가 없었다. 많은 노인들이 90세나 100세를 넘어서까지 장수를 누릴 순 있을지라도 자칫해서 넘어지면 뼈에 금이 가는 경우가 다반사였다. 생물학자들은 뼈를 재생할 수 있는 방법을 모색하기도 했지만, 주로 뼈가 부러지고 난 후에 회복속도를 빠르게 하는 데에 초점을 맞추어 왔다.

이뮤니케이트는 그들과 다른 연구를 실행에 옮겼다. 손상되지 않은 뼈 조직의 재생이 그것이었다. 시간이 흘러 약해진 뼈를 유전자와 새로운 종류의 줄기세포를 이용해 90세의 늙은 뼈를 40세의 뼈 수준으로 돌려놓을 수 있게 된 것이다.

그러나 이 재생과정에서 봉착한 문제는 뼈만 재생시키려고 하는 게 아니라 다른 신체기관에도 영향을 미쳐 함께 재생시킴으로서 결국 수포로 돌아가고 만다는 것이었다. 그러나 마침내 이뮤니케이트가 그 문제를 완전히 해결한 듯 보였다. 피터는 초고속으로 쳇바퀴를 돌리고 있는 생쥐를 샘에게 보여주었다.

"다른 기관으로 유출되지 않고 뼈 조직에만 남아 있는 겁니다."

샘은 지난 수년간의 경험을 통해, 눈으로만 보이는 연구결과에 쉽게 속지 말아야 함을 배웠으나, 이번만큼은 흥분되는 마음을 가라앉힐 수 없었다. 그와 그의 회사 임직원 모두 이런 연구결과를 손꼽아 기다린 것이었다.

"이게 성공만 한다면, 백세 노인들도 올림픽에 참가할 수 있게 될 걸세. 이제 개한테도 실험해 보자고."

"그것도 안 해보고 회장님께 연락했을 거라고 생각하셨어요?"

"그랬단 말이야?" 샘은 놀랐다. 이전 같으면 그에게 알리지도 않고 그런 실험을 하는 일이 없었겠지만, 그건 과거의 일이었다. 회사규모가 워낙 커진 까닭에 개개인의 연구에까지 신경을 쓸 겨를이 없었다.

"그래서 어떻게 됐는데?"

"똑같았어요!" 피터가 말했다.

"결과가 똑같더라니까요! 뼈는 멀쩡하고 유출은 전혀 없었고요!"

"이런 세상에! 기간이 얼마나 걸리는데?"

"부분적으로 재생되는 데 3개월, 완전한 재생에는 6개월이 걸렸습니다."

샘은 순간 기절할 것만 같았다. 이 연구는 암 치료제만큼은 아니지만, 자신의 직접적인 연구는 아닐지는 몰라도, 그가 세운 회사 덕분에 노인들이 아이들처럼 뛰어놀게 된 것이다.

"언제부터 임상시험에 들어갈 수 있겠나?"

"필요한 문서는 전부 올릴 겁니다. 앞으로 대략 2개월 정도 예상하시면 될 겁니다."

"세상에 크게 터뜨려야겠네. 우리 이뮤니케이트가 절대 강자라는 것을 세상에 알리자고. 아직 임상시험에 들어가지는 않았다는 것과, 이런 동물연구결과는 처음이라는 점을 반드시 알리게. 모든 제약회사가 우리를 부러워하게 될 걸세! 정말 기쁘군!" 그의 뉴스는 각국 헤드라인을 장식했다.

"이뮤니케이트사 동물의 노쇠한 뼈 재생개발에 성공, 임상시험 희망적"

이 기사를 보고 맥스의 눈은 점점 커졌고 순간 화가 나 쓰러질 지경에 이르렀다.

"이게 무슨 뜻인지 알아?" 그가 캐시에게 물었다.

"그 노친네들이 적어도 20살은 앞으로 더 산다는 뜻이야. 뼈를 재생하는 방법을 발견했으니, 다른 기관들에 관한 연구도 뒤따르겠지. 망할 놈의 노인네들

200살까지 살고도 이 땅을 안 떠날 거야."

"그래도 아직 인간한테 실험해본 건 아니잖아요."

캐시가 말했다.

"인간한텐 안 될지도 몰라요."

"그게 중요한 게 아냐. 그들의 우선순위가 무엇인지를 봐봐. 샘 뮐러가 나이를 더 먹으면 자기 나이 또래랑 단체를 만들겠지. 더 이상 이대로 두고 볼 순 없어."

"그럼 어떻게 할 건데요?"

"모임을 소집하자. 그러면 뭔가 방법이 나오겠지."

브래드 밀러는 뼈에 대한 소식을 접하면서 여러 복잡한 감정을 느꼈다. 그의 뼈는 아직 이상이 없었지만, 예전처럼 돈과 집이 있다면 이 소식을 듣고 기뻐했겠지만, 집도 없고 돈도 없는 마당에 뼈가 더 건강해진대 봤자 무슨 소용이 있겠는가? 이제 천막살이는 지긋지긋했다. 어쩔 수 없이 그는 자존심은 모두 마음속 깊이 구겨 넣고 자신의 아들에게 전화를 걸었다.

"아빠? 괜찮으신 거예요? 아직도 패서디나에 계세요?"

"그래."

"한 번 찾아가고는 싶은데, 도로상황이 말이 아니에요."

"그래. 이해한다. 괜찮다."

"뼈에 대한 기사 보셨어요?"

"그래."

"대단하죠? 안 그래요?"

"그래, 나도 기쁘다."

"지금은 생쥐연구 단계라지만, 아버지를 위해 좋은 연구결과 있기를 기도할 게요."

"고맙다." 브래드는 냉소적인 어투로 대답했다.

"고맙기도 하구나."

"거기 상황은 좀 어때요?"

브래드는 더 이상 무의미한 안부인사는 접기로 했다. 그는 용기를 내어 그냥 내뱉어 버렸다.

"내가 너희 집에 가서 살면 어떻겠냐?"

순간 영원처럼 느껴지는 적막이 이어졌다. 화상통화가 아니었더라면 전화가 끊겼다고 생각했을지도 모른다.

"저희랑 같이 살고 싶으세요?" 톰이 낮은 소리로 물었다.

"아니다. 됐다. 그냥 잠깐 생각해 본 거다."

"아뇨, 아뇨. 그냥 좀 놀라서요. 크리스탈과 상의해 볼게요. 갑자기 꺼낸 말씀인 데다, 저희 집에 지금 여유가 없어서요. 저희 집 워낙 작은 것 아시잖아요."

"톰. 괜찮다. 그냥 잠깐 생각해본 거라니까."

"아니에요. 아빠. 좋은 생각이에요. 일단 제가 한 번 방법을 생각해볼게요."

"알겠다. 생각해 봐라. 사랑한다."

그렇게 브래드는 전화를 끊었다. 전화를 건 것부터 잘못했다고 생각하면서.

뼈에 관한 소식이 백악관을 돌면서 아침 기자회견 때 회자되었.

"대통령께서 뼈 재생 연구에 대한 소식 들으셨나요?"

"네, 그렇습니다."

언론담당인 엘리자베스 포먼이 대답했다.

"대통령 각하께서도 매우 기뻐하셨습니다. 그러나 다른 연구결과와 마찬가지로 임상시험이 가장 중요하므로 현재 좋은 연구결과가 나오길 기대하고 계십니다."

"대통령의 어머니께선 호전되셨는가요?"

"아뇨. 상태는 여전하십니다."

그때 단상 위에 있던 스크린에서 질문이 이어졌다. 백악관의 기자회견의 20퍼센트는 국외 기자들에게서 받도록 되어있었다. 독일의 한 남성이 물었다.

"대통령의 어머니께서는 DNR을 남기셨나요?"

언론담당비서는 이 질문에 대한 답을 알지 못했으나 이 질문이 사적인 영역을 침범하므로 언짢은 듯한 표정으로 답했다.

"그 질문에 대한 답은 저조차 알지 못합니다. 알고 있더라도, 말씀드릴 수 없겠지요. 가족의 사적인 문제입니다."

그녀는 더 이상 질문이 없을 것이라 예측했으나, 그의 질문 공세가 이어졌다.

"그건 사적인 문제가 아니라 공적인 문제가 아닙니까? 모든 국민들의 세금으로 수명을 연장하고 있는 것 아닙니까? 아니면 대통령의 개인 돈으로 진료비를 대고 있는 겁니까? 보험회사에서 지불하는 겁니까?"

회견장에 모인 기자들은 모두 침묵했다. 그들은 이런 문제를 논의하기에는 시기상조라 여겼으나, 해외 기자들은 상황이 다른 모양이었다. 엘리자베스는 분을 삭이려 애쓰며 대답을 이어나갔다.

"대통령께서는 영부인과 자녀들까지만 혜택을 받을 수 있는 보험에 가입해 있으십니다. 모두 아시다시피 이는 부모에게까지는 혜택이 가지 않습니다. 번스타인 여사께서 직접 보험에 가입하셔야 합니다. 혹시 지금 보험 상품을 판매하려는 겁니까?"

그녀는 이 질문으로 기자들에게서 웃음을 빼놓았다. 독일의 기자가 다른 질문을 하기 전에, 그녀는 스크린을 꺼달라는 모션을 취했다. 이번 일로 인해 판도라의 상자가 열린 것은 아니길 바랄 뿐이었다.

번스타인은 운동 중에 이 기자회견을 보고 있었다. 그는 이 질문이 이제야 나왔다니, 그것도 국내가 아닌 국외기자에게서 나왔다는 것에 다소 놀랐다. 솔직히 말해서, 그 역시 그 기자의 의견에 동의했다. 그의 어머니는 정부에서 드는 보험에 가입되어 있었으므로 결국 막대한 비용 낭비인 것이다. 그렇지만 그도 어쩔 방법이 없었다.

번스타인은 일찍이 개인변호사 해리 캐넌에게 전화를 걸어 거의 불법수준의 이야기를 나누었다.

"다 찾아봤나?"

"네. 하지만 발견된 것이 하나도 없습니다. 부동산을 자식들에게 남긴다는 유언은 있으나, 이것과 관련된 것은 없었습니다."

"DNR을 후에 첨가할 수 있는 방법은 없나?"

"방금 뭐라고 하셨습니까?"

"부모가 자식들에게 자신을 소생시키지 말라는 지시를 했다고 쳐보자고. 자식들은 부모가 무엇을 원하는지 안단 말이네. 그런 경우엔 후에 추가할 수 없나?"

"그런 말씀 하시는 것을 들으셨습니까?"

번스타인은 그의 얼굴을 보며 답했다. "그랬을 수도."

"누님들이 계시지 않으십니까?"

"그렇다네."

"누님들께서 그런 이야기를 들으신 적은 없으십니까?"

"한 명은 어머니와 전혀 대화를 하지 않는 사이었고, 다른 한 명은 생명은 영원히 지속되어야 한다고 믿고 있지."

"누님들께서도 그런 이야기를 들으신 적이 없으시다면, 지금에 와서 유언을 고치는 것은 어렵습니다."

번스타인은 해리 캐넌이 자신의 자서전을 쓸 때 부정적인 측면을 기록하지 않도록 몸을 사렸어야 했다는 것을 깨달았다.

"나도 우리 어머니께서 고통 없이 최고의 보살핌을 받길 원하네. 다만 대통령으로서의 위치 때문에 쉽지가 않네. 서민들이 내는 의료보험료가 대통령의 어머니의 목숨을 부지하는 데에 쓰인다고 생각한다면, 상황이 어찌될지 자네도 이해하지?"

"네, 이해합니다. 지금 뇌사상태신가요?"

"살아계실 때도 뇌가 별로 활동을 안 했더랬지."

해리는 이 말을 듣고 웃었다. 사실 좀 놀랍기는 했다. 그는 대통령과 어머니의 관계가 어떤지 자세히는 몰랐으며, 백악관 직원들로부터 들은 몇 이야기가 전부였다. 보아하니 둘의 관계가 좋진 않았던 것을 추측할 수 있었다.

"의학적으로 뇌사상태이신 건가요?"

"아니. 깊은 혼수상태라 나아질 가망은 전혀 없다고 하더군. 그래도 뇌가 활동은 한다는군."

"상황이 어렵네요. 만일 의사가 안락사를 실시했다가 누님께서 고소하는 경우, 각하께서는 모든 것을 잃게 될 겁니다. 그러니 그럴 위험을 안을 의사는 없겠지요. 분명 서면으로 기록된 뭔가가 남겨져 있어야 합니다."

"개인적인 편지나 그런 데에 기록된 것이 있다면 어떻겠는가? 아직 어머니의 물건들을 다 들춰본 것이 아니라 말이네."

해리 캐넌은 잠시 생각에 잠겼다. 그는 이 질문을 듣고 마음이 편치 않았지만, 변호사로서 그런 심정을 내비칠 순 없었다.

"정확히 뭐라고 쓰여 있는지가 중요할 겁니다. 구체적으로 명시된 것이 있다면 나름 효과가 있을 겁니다."

"알겠네, 해리. 고맙네. 이제 개인 물건을 찾아보고 뭔가 나오면 알려주겠네."

"그렇게 하세요."

해리는 전화를 마치자마자, 자신의 아버지의 유언장을 찾아보았다. 그의 어머니는 암 치료제 개발 이전에 돌아가셨지만, 그의 아버지는 아직 살아계셨고, 대통령이 겪고 있는 그런 고민에 처하고 싶진 않았던 것이다.

그날 밤 침실에서 번스타인과 벳시는 오전 기자회견에 관한 대화를 나누었다.

"그 독일기자가 질문한 것 봤소? 다들 묻고 싶어도 참고 있는 것을 그가 묻더군."

"네, 봤어요."

"이제 난 내가 동의조차 하지 않는 일에 대명사가 되어버리겠군."

"그렇다고 다른 뾰족한 수가 있는 것도 아니잖아요."

"그냥 죽게 내버려둘까? 이래봬도 난 이 나라의 대통령이라고."

벳시는 웃음을 터뜨렸다. 그러면서도 혹시 그가 진심은 아닐까 하는 의문이 들었다.

"자연스럽게 돌아가실지도 모르는 일이죠."

"그 병실에 많은 기기들 봤잖아. 우리보다도 오래 사실 걸."

"그래도 당신이 어쩔 수 있는 건 없어요. 또 알아요? 자연이 우리를 놀라게 할지도 모르죠."

"그래. 혼수상태에 빠져서 자기 아들 욕하는 기적이 일어날지도 모르는 일이지."

AARP에서는 매일 상사들에게 회사와 직간접적으로 관련된 기사를 보고했다. 그 독일 기자의 질문이 그 중 머리기사였다. AARP의 주된 역할은 노인들의 권리와 입장을 대변하는 것이었으나, 젊은이들의 입장도 십분 헤아린다는 인상을 주는 것도 중요했다. 그 부분은 사실 전략이었지만, 홍보에도 많은 돈을 써서 단체의 이미지를 개선하려 노력했다.

한 예로, 뼈에 관한 기사를 크게 다루지 않았다. 물론 이미 신문과 언론에서 매일 떠들고 있기 때문에 그럴 필요가 없다는 것도 한 이유였지만, 득의양양한 태도를 보여줄 순 없다는 것도 이유였다.

폴은 독일 기자의 질문을 듣자마자 홍보부장인 준 스컬리에게 전화를 걸었다.

"방금 그 질문에 대해 어떻게 생각하세요?"

"나도 같은 심정이야."

"제 심정을 어떻게 아시죠?"

폴은 웃고 있었다. 그와 준은 생각이 일치했다. 그녀는 열살 연상으로 직업철학이나 감수성, 그 외 모든 면에서 폴은 그녀를 숭배했다.

"내가 걱정하는 건…." 준이 말했다.

"같은 질문이 계속 반복될 것이라는 점이야. 생명연장의 필요성에 대해 운운하던 대통령이 선출되었는데, 이제 자신의 논리 오류에 빠져버린 셈이지. 시간이 지나면 다 사라질 거야."

"어찌 보면 대통령의 어머니가 사라지길 바라야겠죠."

준은 이 농담에 웃었다.

"솔직히 폭탄 사건도 있었고, 이런 질문이 터져 나오는 것을 볼 때, 분명 문제가 있어. 그녀처럼 유명한 인사가 나라 세금으로 연명하는 것은 보기에 좋지 않지."

"그러게요. 현재로선 방법이 보이지 않네요."

"로스앤젤레스 사건으로 사람들의 관심이 다른 데로 돌려질까 기대했건만, 갈수록 심해지고만 있으니. 돈이 모자랄수록, 우리를 아니꼽게 보는 시선이 더 늘어나겠지."

"제가 아직 50대라는 걸 감사해야겠군요."

폴이 웃으며 말했다.

"눈 크게 뜨고 다른 데서도 이런 소식이 들리는지 알려주세요. 작든 크든 상관없이요."

"그러지, 폴. 나도 걱정돼."

26.

번스타인은 다른 역대 대통령들과 마찬가지로 대통령들의 역사에 대해 전문가나 다름없었다. 대통령이라는 소수의 집단에 속하다 보면, 저절로 알게 되는 것이 많아지는 법이었다. 역대 대통령 중 그의 흥미를 끄는 사람은 리처드 닉슨이었다. 닉슨이 훌륭한 대통령이어서가 아니라 백악관 집무실에서 앉아 자기의 목소리를 녹취했다는 점 때문이었다. 이 세상에서 가장 막강한 권력을 가진 사람의 내부사정을 모두 다 들을 수 있을 것이라고 누가 감히 상상이나 했단 말인가. 지난 10년 동안 닉슨의 나머지 녹취테이프가 모두 발견되어 나온 것이다.

번스타인은 유대인인 헨리 키신저가 어떻게 아랍인들처럼 유대인을 혐오했던 닉슨과 같은 사람을 위해 일했는지 궁금했다.

어쩌면 강한 애증의 관계라고 착각했는지도 모르지.

그러나 수천 개의 테이프에 담긴 닉슨의 목소리에는 사랑이란 전혀 없었다. 늘 '그 유대인 자식'이나 '그 게이 자식'이란 말을 입에 담고 살았다.

세상에. 닉슨은 브로드웨이 쇼도 한 번 못 봤단 말인가? 하고 번스타인은 생각하곤 했다.

닉슨은 자신의 목소리가 녹취된다는 것을 알고 있었다. 그게 더 놀라운 부분이었다. 자신의 막강한 권력의 힘을 믿고, 녹취된 테이프가 결국 밖으로 빠져나가지 않을 것이라고 믿었다니. 사실 워터게이트 사건 전까지는 그랬지만.

워터게이트 사건은 결코 번스타인의 머리를 떠나지 않았다. 밤에 침대에 누우면 계속 그 생각이 떠올랐다. 다른 정당의 비밀을 도둑질한다는 점이 아니라, 아무도 몰래 침입해서 자신의 임무를 수행한 뒤 몰래 빠져나가는 부분을 골똘하게 생각했다. 비슷한 전략을 짜면 어머니의 침실에 몰래 침입해서 플러그를 뽑고 나갈 수 있지 않을까 하고. 그러다가 그는 곧 웃음을 터뜨렸다.

그래. 그렇게 해서 닉슨이 어떻게 됐는지 좀 봐. 자기 어머니를 살해한 첫 번째 대통령이 되겠지. 됐다. 다음 안건.

그러나 번스타인은 버스 총기 난사사건과 AARP 폭발사건에 대해서도 잘 알고 있었다. 곧 상황이 악화될 것도 예측한 바였다.

우리 어머니가 지금부터 2년 동안 식물인간 상태를 유지한다면, 나의 재선가능성은 어떻게 될 것인가?

그런 생각을 하고 있는 자신이 혐오스러웠지만, 그러면서도 대통령으로서 모든 가능성을 다 염두에 두어야 했다.

잠들기 전, 늘 그렇듯 그의 생각은 캘리포니아 쪽으로 향했다. 이것이 가장 큰 문제였다. 해결책이 없었다. 누구 하나 죽는다고 문제가 해결될 수가 없었던 것이다.

내일은 콜버트 장관이 임명된 후 첫 내각회의가 열린다. 로스앤젤레스에 관한 자신의 생각을 제시할 것이다. 물론 그럴 가능성만 있다는 것이다.

수잔나 콜버트 장관은 내각에서도 곧 신임을 받았다. 그녀의 존재는 그처럼 놀라웠다. 그녀는 노먼 로크웰이 그림에 옮길 만한 기독교 신자에 모성애까지 겸비한 미인이었다. 그러나 어떠한 주제건 간에 회의에 들어가기만 하면, 그녀는 그 회의실에서 가장 똑똑한 사람이 되어 있는 것이었다. 자만하거나 아는 척하는 것이 아닌, 늘 준비된 데다, 아이디어가 넘치며, 누구의 말이든 잘 들어주었고, 마치 컴퓨터처럼 모든 문제의 해결사였다. 내각회의의 시작 15분 후, 더 이상 모든 스필러를 떠올리는 사람은 하나도 없었다.

그러나 로스앤젤레스 지진과 관련된 아이디어는 드물었다. 재건하는 방법은? 돈을 더 찍어내야 할까? 극심한 인플레이션 상태에서 조금 나아졌다 싶다가도 다시 원상태로 복귀하는 일이 반복되는 와중인데, 돈을 더 찍어냈다가는 가치 없는 달러의 블랙홀 속으로 완전히 빠져버릴 것이 자명했다.

결국 결론은 동일했다. 빌리자는 것이다. 그들이 빌릴 수 있는 자금을 확보하고 있는 국가는 중국이 유일했다. 어차피 현재 중국이 미국의 가장 큰 채권국인데 더 빌려주지 않으면, 빌려준 돈조차 못 갚을 형편이니 달리 방도가 없을 것이라는 계산이었다. 게다가 미국은 너무 커서 망할 수 없는 구조라는 것에 안심하고 있었다.

수잔나의 의견은, 물론 번스타인도 동의하는 바였지만, 자금을 빌리기 위해서는 양국 고위층의 회동이 시급하다고 말했다. 그녀는 돈을 한 번에 다 빌릴 필요는 없다고 했다. 우선 몇 조 달러로 초기 자본을 획득하고, 후에 추가로 요청할 것을 건의했다.

그리하여 신임 재무부장관은 베이징에 가서 중국의 재무장관을 만나 로스앤젤레스 건으로 3조 달러의 긴급자금 차관을 요청하기로 했다. 그녀는 자신의 매력을 마음껏 발산해 가능한 미국에 유리한 조건을 받아올 것이다. 베이징 여행에는 그녀를 수반으로 하여 몇 명의 국장들이 참석할 계획이다.

회의를 마치고 다들 해산할 때, 번스타인은 그녀에게 다가가 물었다.

"확신 있소? 너무 빠른 건 아니고?"

"아닙니다." 그녀가 대답했다.

"일을 맡을 때부터 예상했던 일입니다. 준비해오고 있었습니다."

"넥스트론 사용해본 적 있소?"

"네. 흥미롭던걸요. 자금을 빌리면 그것에 먼저 투자할 계획입니다."

"좋소. 이번 건은 정말 중요하오. 특히 조건을 잘 받아올수록 유리하니 잘 준비해 주시오."

"네. 알겠습니다. 이번 건은 성공할 것이라 확신합니다."

그때 번스타인의 입에서 주제와도 관련 없는 물음이 튀어나왔다.

"부모님은 살아계시는지?"

수잔나는 잠시 빗나간 주제라 당황했지만, 회의 주제의 일부인 것처럼 별다른 반응 없이 대답했다.

"저희 어머니는 90세에 돌아가셨고, 아버지는 아직 살아계십니다. 지금 98세시죠."

"잘 됐군. 건강은 어떠신가요?"

"좋으세요. 위가 안 좋아 고생하시면서 튜브를 꽂고 한동안 생활하셨지요. 하지만 이제 퇴원하셔서 매일 운동하시며 블로그에 여러 생각을 담으시느라 바쁘시죠."

번스타인은 이에 미소를 지었다.

"아버님께서는 DNR을 남겨두셨는지요?"

수잔나는 이 질문에 잠시 아무 말 없이 생각에 잠겼다. 번스타인은 DNR의 의미를 몰라서 그런 건가, 하고 다시 입을 떼었다.

"Do Not…."

"아뇨. 무슨 약자인지는 압니다. 사실, 저도 그 질문에 대한 답은 모르겠습니다. 아버지께서는 과도한 방법으로 수명을 연장하는 방법을 찬성하진 않으십니다. 상당 기간 동안 의식이 없는 상태가 지속된다면, 기계에 연결해 생명을 연장하는 것은 찬성하지 않으십니다. 그건 확실하구요."

"내 말을 잘 듣고, 반드시 서면으로 받아놓는 게 좋을 것이오. 중국에 가기 전에 미리 해놓으시오. 사람들은 그런 일을 차일피일 미루다가 결국 못하는 경우가 있지."

수잔나는 번스타인의 마음을 즉시 읽었다.

"어머니께서는 서면으로 남기지 않으셨군요?"

"그렇소."

"제가 중국에서 다녀오면, 저를 병원에 데려가 주세요."

"어머니를 뵙겠다고요? 왜?"

"대통령 각하께서 겪고 있는 상황을 알고 싶으니까요. 무슨 마음이신지 저도 알 것 같습니다."

번스타인은 그 자리에 가만히 서 있었다.

이 여인은 훌륭한 어머니에 상담가, 최고의 재무장관이 될 사람이야.

아직 마지막 부분은 확신할 순 없지만, 적어도 두 가지는 확실했다.

다음 모임은 캐시 버나드의 집에서 개최하기로 했다. 스튜어트가 그녀에게 남긴 집이었다. 그 집은 주택대출금이 아직도 50만 달러나 남아 있었으며, 의료비까지 더하면 거의 백만 달러의 빚을 진 셈이나 마찬가지였다. 게다가 그녀는 직업도 없었다. 그의 아버지가 남긴 약간의 돈으로는 앞으로 몇 달간 빚을 갚는 데 쓰고 나면 사라질 것이다. 맥스는 그녀를 돕고 싶었다.

"내게 돈이 있어. 의료비만이라도 조금 갚게 해줘." 그가 말했다.

"그럴 순 없어요."

"왜?"

"당신을 사랑하지만, 벌써부터 빚을 지고 싶진 않아요."

"빚을 지는 게 아냐. 내게 돈이 있다니까. 나도 돕고 싶어."

"우선 마음으로만 고맙게 받을게요. 지금은 아직 좀 그래. 나중에는 어떻게 지 모르지만, 그래도 지금은 아직 싫어요."

맥스는 그녀를 이해했다. 그런 점 때문에 그녀를 더욱 좋아했다.

"여기서 모임을 가져도 괜찮은 거 확실해?"

"뭐가 어때서? 지난번에 몇 명이나 왔는데요?"

"오십 명쯤?"

"그 두 배가 와도 뒷마당에서 하면 돼요. 핫도그나 음료수 정도 사다놓으면 되겠죠."

사람들은 종전과 마찬가지로 비공식적인 경로를 통해 소문을 듣고 캐시의 집에 모여들었다. 토요일 정오에 모인 사람들은 350명가량이었다. 맥스는 들떴고, 캐시는 당황했다. 여기저기 사람들이 서 있었고, 화장실 앞에도 긴 줄이 늘어서 있었다. 그녀의 작은 집이 터져나갈 지경이었다.

오토바이족, 교사, 아주 평범해 보이는 사람들까지 다양한 종류의 사람들이었다. 지난번보다 훨씬 평범해 보이는 사람들이 많았다.

그 중 스무 명가량은 월터 매스터스라는 사람의 얼굴이 그려진 티셔츠를 입고 있었다. 맥스는 처음으로 월터에 대해 알게 되었다. 월터에 대해 친척으로부터 들은 친구가 그의 얼굴을 찍은 티셔츠를 가져와 모임에서 사람들에게 나누어 주었다. 사람들도 월터가 어떤 사람인지 자세히 아는 이가 없었다. 누가 물으면, "노땅들을 처단해 준다는 걸." 이라고 말했다. 그게 무슨 뜻인지를 아는 사람도 없었지만, 멋지게 들렸다.

"여러분!" 맥스가 소리쳤다.

"가능하면 뒷마당으로 많이 나와 주시겠어요? 그리고 나머지 분들은 뒷마당 쪽의 창문을 열고 같이 참석해 주십시오."

캐시는 수많은 사람들이 자기 집을 짓밟고 다닌다는 사실은 싫었지만, 이토록 많은 사람들이 모였다는 사실에 감동했다.

첫 모임 후에 도대체 무슨 일이 있었기에 이렇게 많은 사람들이 모인 거지?

맥스는 곧 회의를 주도했다.

"여기 모이신 분들 모두 이 모임의 목적을 잘 아시리라 믿습니다. 우리는 우리 젊은이들에게도 노땅들이 받고 있는 것과 똑같은 부와 기회를 받을 권리를 찾고자 모였습니다."

"노땅이라고?" 누군가 소리쳤다. 그러자 다른 쪽에서 외침이 들려왔다.

"노땅들 말야, 노땅들. 우리 것은 몽땅 빼앗아가는 탐욕스런 노인네들 말이지!"

그러자 모든 이들이 환호성을 질렀다. 맥스는 다음 말을 이어갔다.

"지난번 모임 이후로 많은 일들이 있었습니다. AARP에서 있었던 폭탄사건은 다들 아실 것이라 믿습니다."

관중들은 이에 열렬한 박수를 보냈다.

"제가 아는 바로는 그 사건과 우리는 아무런 상관도 없는 것으로 압니다. 그러니 우리 말고도 해결책을 찾으려 고민하고 있는 사람들이 많다는 뜻이지요. 오늘은 세상을 바꿀 여러분들의 아이디어를 듣고자 합니다."

캐시는 이곳저곳에서 터져 나오는 아이디어들을 들으며, 그들이 얼마나 분노에 가득한지를 보고 놀랐다. 30대로 보이는 한 청년은 시민혁명을 일으켜야 한다고 주장했다. 남북 간의 전쟁이 아니라 노인들과 청년들 사이의 전쟁을 의미했다. 관중들은 다시 환호성을 질렀다. 맥스는 아이디어는 흥미롭지만 그들이 어떻게 전쟁을 시작할 수 있을 것인지 의문이었다.

모임의 이름은 이따금씩 여기저기서 들려오는 탄성 소리로 정하기로 했다. 'Enough Is Enough(이제 그만하면 됐어)'라는 것이었다.

맥스는 이 모임 자체만으로는 큰 의미가 없다는 것을 깨달았다. 물론 그들이 모여 소요를 일으키거나 보다 폭력적인 방법을 쓸 수도 있겠지만, 계획성 없이 행동했다가는 총에 맞아 죽기가 쉬웠다. 그는 첫 모임 때부터 그와 함께 했던 세 명을 지목했다. 그런 후 다음 몇 주간 이 모임을 이끌 몇 개의 작은 그룹으로 나누기로 했다. 모두들 Enough Is Enough라는 모임이 결성된 것을 기뻐했다.

캐시는 이따금 브라이언 넬슨이 혹시 나타나지는 않나 해서 주위를 두리번거렸다. 그의 모습은 보이지 않았다. 속으로는 그가 나타나주길 바랬다. 그러나 이런 생각도 잠시뿐, 사람들이 그녀의 방을 들락거리는 것을 막느라 바빠졌다.

하루가 끝날 무렵, 얼마 안 남은 사람들을 뒤로 하고, 맥스는 캐시를 꼭 안았다. 그는 매우 행복했다.

"정말 대단하지 않았어? 적절한 장소만 있다면 우리 모임을 온 세상 사람들에게 알릴 수 있을 거야. 적어도 백만 명은 올 걸."

"자기 정말 대단해요. 타고난 리더야. 이젠 이 사람들과 어떤 행동을 취할 건지 결정하기만 하면 되겠어요."

"맞아. 그게 가장 어려운 점이야. 생각했던 건데, 티셔츠에 있던 그 사람한테 연락해볼까 봐."

"그게 누군데요?"

"월터 매스터스."

"그가 하는 일이 정확히 뭐죠?"

"노인들을 그들의 고통에서 풀어주는 거지."

"살해하기라도 하는 건가?"

"나도 정확히는 몰라. 노인들의 동의를 받고 하는 거라는데, 뭔가가 있겠지. 그 사람에게 우리 모임에 가입하라고 하면 아이디어를 줄지도 몰라. 그를 아는 사람을 찾아 연락해 볼 계획이야."

"좋은 생각이네요." 캐시가 진심으로 말했다.

비록 노인들을 살해하는 것이 최적의 방법이라는 점은 동의하지 않았지만.

월터 매스터스는 로스앤젤레스로의 여행을 마치고 컨카운티에 있는 자신의 집으로 돌아왔다. 그는 캘리포니아에서 110명의 생명을 놓아주는 일을 마치고 와서 몹시 피곤한 동시에 우울증이 몰려왔다. 그는 앞으로 어떻게 해야 할지 고민하기 시작했다. 물론 사람들이 일정수수료를 주고 비용을 지급하기는 했지만, 그것을 직업으로 삼을 수는 없는 노릇이었다. 사람들을 돕기 위해 시작한 일이지만, 이제 지치기 시작했다.

여행을 마치고 돌아오자 수백 건의 메시지가 도착해 있었다. 그는 단축키를 눌러 연락해줘서 고맙다는 메시지와 거리나, 질병의 종류, 환자의 나이 등의 여러 가지 이유 중 하나를 선택해 지금은 도울 수가 없다는 메시지를 보냈다. 때로는 장난 전화나 문제를 일으킬 만한 사람이라 생각된 경우를 대비해 "전화 잘못 거셨습니다."라는 메시지도 단축키에 저장해 두었다.

마침내 맥스가 남긴 메시지를 확인했다. 맥스 레오나드라고 자신을 소개하면서, 그를 추천한 사람들 이름을 여러 명 댄 다음, 편한 시간에 직접 만날 수 있는지 물었다. 화상통화가 아닌 만남을 요청했다. 맥스의 나이대의 사람이 연락하는 경우는 드물었으므로, 월터는 곧 그의 전화번호를 눌렀다.

"여보세요?" 맥스는 거의 잠든 목소리에 수염도 깎지 않은 채였다.

"월터 매스터스입니다."

"세상에. 아, 안녕하세요?"

곧 월터의 화면은 잠시 까맣게 변했다. 얼마 후 맥스는 깨끗한 티셔츠에 머리를 빗고 나타났다.

"갑작스러운 통화라 죄송합니다."

"다른 때 다시 연락드릴까요?"

"아뇨. 지금도 좋습니다. 괜찮으시다면 직접 얼굴을 뵙고 만날 수 있을까 해서요."

"어디가 안 좋으신가요?"

"아뇨. 그런 건 아니고, 그저 나눌 이야기가 있습니다. 선생님을 진정으로 존경하고 있습니다."

"계신 곳이 어디시죠?"

"전 인디애나폴리스에 있습니다."

"음. 전 캘리포니아인데요. 동부 여행계획이 당분간 잡혀있질 않군요."

"제가 찾아뵈면 어떨까요?"

월터는 잠시 생각에 잠겼다. 그는 다소 혼란스러웠다.

"무슨 용무인지 여쭤 봐도 되겠습니까?"

"매스터스 씨. 저는 Enough Is Enough라는 모임의 회장입니다." 이렇게 말하는 맥스는 자신이 생각해도 이름이 멋지다고 생각했다.

"사람들의 자연적인 수명을 연장하는 데에 지속적으로 투입되는 비용에 대해 우려하고 있는 모임입니다. 저희 모임에 선생님의 팬도 아주 많고요. 제가 바라는 건 그저 잠시 앉아서 이야기를 나누고 싶을 뿐입니다. 편하신 시간이라면 내일이라도 갈 수 있습니다."

"사람들의 자연적인 수명을 연장한다는 것이 정확히 무슨 의미죠?"

"부탁드립니다. 전화 통화로 모든 것을 다 설명 드리고 싶지는 않습니다. 딱 한 시간만 내주십시오. 선생님께도 흥미로운 주제가 될 거라 확신합니다."

월터는 맥스의 얼굴을 바라보았다. 꽤 똑똑하고 진지해 보이는 청년인데다가, 자신과 통화하기 위해 셔츠까지 갈아입지 않았던가.

"금요일에 오세요. 제가 사는 마을의 식당에서 만나죠."

그리고 월터는 그에게 식당위치와 시간을 설명했다. 맥스를 자기 집으로 초청하는 것은 적절치 않지만, 공적인 장소에서 한 시간쯤 만나주는 것이야 큰 문제가 될 리 없었다.

"감사합니다. 정말 감사합니다."

맥스는 전화를 끊고 크게 환호했다.

"무슨 일이예요?" 캐시가 물었다.

"만나주신대."

"누가?"

"티셔츠에 있던 그 영웅 말야. 월터 매스터스라고."

"와, 잘됐네. 나도 갈까요?"

"캘리포니아까지 가야 해. 내가 간다는 것도 머뭇거렸는데, 다른 사람을 데려 간다고 하면 안 좋아할 것 같아. 우선 나 먼저 갔다 올게."

캐시는 그의 의도를 이해할 수 있었다.

"잘 됐다. 천재 같은 사람인가 봐. 그 사람도 모임에 가입하면 좋겠어요."

27.

 에어포스원을 타고 베이징에 내린 수잔나 콜버트 장관은 무엇보다도 담담하리만큼 준비가 잘 되어 있었다. 그녀는 1990년이래로 과거 40년간 중국과 미국 간의 이루어진 모든 무역협정조약을 다 암기하고 있었다. 또한 중국의 문화와 역사, 중국인민들의 삶에 대해 철저한 조사를 마쳤다. 그녀는 후 란초이 부총리와 회담을 가지기로 되어 있었다. 특히 그는 재무관련 분야에서 유명한 사람이었다.

 장관과 수행원들은 공항에서 내려 소녀들이 주는 꽃다발을 받고 외국 고위 방문객들을 위한 고급 주택으로 안내되었다. 그녀는 중국에 방문한 횟수를 기억할 수 없을 정도로 이곳에 자주 들렀으며, 중국어 구사능력도 뛰어났다. 다른 사람들은 모두 넥스트론을 사용했다.

 넥스트론은 사람들이 그토록 기다려오던 자동번역기였다. 이 기계 덕분에 다른 언어를 배울 필요가 없게 되어 버렸다. 수십 년 전, 휴대전화나 번역기와 같은 장치에 각국의 번역프로그램을 탑재했으나, 다들 문제가 있었다. 어떤 이들은 기계를 위해 말하는 속도를 낮추거나 심지어 목소리 훈련을 해야 하기도 했고, 그런 훈련을 받았더라도 기계는 번역 오류를 자주 일으켰다. 넥스트론은 오류가 없는 최초 번역기였다. 상대방을 보며 편한 속도로 말하면, 책 크기의 반만 한 작은 상자에서 원하는 언어로 통역을 해줄 뿐 아니라 사용자가 원하는 이미지를 보거나, 음악을 틀거나, 영상을 찍는 등 모든 일이 가능해졌다. 여행자들은 이 기계를 들고 식당이나 호텔에 가서 원하는 여섯 개의 언어 중 하나를 선택해 통역할 수 있었다.

수잔나 콜버트 장관이 국장들과 함께 회의실에 들어가자, 회의실에는 이미 테이블마다 넥스트론이 준비되어 있었다. 그렇지만 다들 집에서 가져온 것들이 있었다. 이는 '이거 없이 집 떠날 생각 말아야 할'만 한 장비였다. 수잔나는 유창한 중국어로 자신을 소개했지만, 회담이 시작되자 넥스트론이 곳곳에서 돌아갔다.

기본적인 인사를 마치자 수잔나는 바로 본론으로 들어갔다.

"여러분들 모두 아시겠지만 미국은 캘리포니아에서 일어난 재해로 인해 상황이 심각합니다. 크고 작은 지진에 익숙하신 여러분들께서도 로스앤젤레스와 같은 큰 도시에 그런 강진이 발생했을 때 어느 정도의 피해가 발생할지는 실제 보지 않고는 이해하시기가 어려울 것입니다."

란초이는 그녀의 말을 들으며 안타까운 표정을 지어 보였으나, 실제로는 이렇게 생각하고 있었다. *미리 준비를 했어야지. 우리처럼 말이야.*

중국인들은 지진에 대한 준비가 잘 되어 있었다. 지난 세기 동안 작은 마을에서 큰 규모의 강진을 수차례 겪으면서 건물마다 지진에 대비한 설계를 했다. 3

층 이상의 건물은 모두 고무로 된 조인트와 베어링을 장착했다. 이로서 이전보다 4배가 넘는 강도의 지진에도 끄떡없었다. 고무 부분에서 지진의 충격을 흡수해 건물 자체는 손상을 입지 않았다.

2017년 이후 건립된 모든 고층건물들은 이와 같은 골격을 가지고 건축되었다. 이들은 단 한 번도 베이징이나 상하이를 휩쓴 적이 없는 강도 9.0의 지진에도 견딜 수 있는 정도였다. 란초이는 거대 단층 위에 지어진 도시인 로스앤젤레스에 왜 이런 건축설계를 도입하지 않았는지 의문이었다.

수잔나의 요청을 간단히 요약하면 "우리에겐 일단 3조 달러가 필요하고 차후에 더 빌릴 계획이다"라는 것이었다. 란초이는 이에 고개를 끄덕이며 이미 모든 것이 기정사실인 것처럼 경청했다. 그리고 수잔나가 소위 '부탁 연설'이라고 불리는 멘트를 마치자, 그들은 모두 넥스트론에서 나오는 소리에 경악을 금치 못했다. 수잔나의 연설이 끝난 후 란초이가 하는 말의 속도는, 인간 통역사였더라면 동시 통역이 불가능할 정도의 스피드였다. 물론 넥스트론에게는 아무런 문제가 되지 않았다.

"우선 첫째로, 현재 미국이 처해 있는 재난의 심각성을 이해하고 있으며, 이와 관련해 중국이 돕지 못하고 있는 인도주의적 측면에 대해 말씀해 주시면 즉시 도와드릴 용의가 있습니다. 그러나 우리는 더 이상 미국에 이처럼 큰돈을 빌려드릴 수가 없습니다." 그는 말을 하는 내내 얼굴에 미소를 머금고 있었다.

수잔나는 이 말을 듣고 눈 하나 깜빡하지 않았다. 3조 달러가 안 되면, 2조 달러라도 빌려줄 수 있지 않을까 싶었다.

그는 말을 이었다.

"우리 중국은 미국과 늘 가깝게 지내왔으나, 이처럼 막대한 돈을 빌려주는 것은 이제 끝낼 시기가 왔습니다. 아시다시피, 현재까지 미국이 중국에 빌린 돈이 15조 달러에 이르며, 상당히 높은 이자로 갚고 있기는 하나, 밑 빠진 독에 물 붓기나 마찬가지여서 더 이상 이런 큰 금액의 추가 지원은 불가능합니다. 미국이 아니라 다른 국가가 3조 달러를 요청한다고 한들 우리의 결론은 마찬가지일 겁니다."

수잔나는 이에 웃음이 나왔다. 3조 달러나 되는 돈이 필요할 나라가 미국 외에 어디 있겠으며, 중국 외의 나라에서 그와 같은 금액을 빌려줄 수 있을까 싶어서였다. 미국은 이미 인도로부터 1조 달러, 인도네시아로부터 2022년에 5조 달러를 빌렸으니, 중국 외에는 방도가 없었다.

수잔나는 할 말을 잃었다. 예전 같으면 이런 자리를 박차고 나가버렸겠지만, 그녀는 현재 미국의 재무장관이었기 때문에 현 상황을 더 이상 악화시킬 행동을 해선 안 되었다.

"확실하게 여쭙고자 합니다. 금액이 너무 커서 그런가요? 아니면 이미 빌려간 차관이 커서 더 이상 해주실 수 없다는 뜻입니까?"

"양쪽 다입니다."

"둘 다라고요? 그러면 더 이상 미국에게 차관할 계획이 없다는 뜻입니까?"

"아뇨. 그건 아닙니다. 적은 금액은 가능하겠죠. 몇 백만 달러 정도야 가능하겠지만, 지금 요청하시는 큰 금액은 불가능하다는 겁니다."

처음으로 수잔나의 낯빛이 어두워졌다. 란초이는 안타까운 표정으로 다음 말을 이어갔다.

"장관님, 도움을 드리지 않겠다는 것이 아니며, 다만 기존 방식대로는 불가능하다는 것입니다."

"네, 무슨 말씀이신지 잘 알겠습니다. 인도주의적인 지원은 가능하시지만, 재정적인 방법으론 어렵다는 거죠." 그녀는 이제 회담을 마칠 때가 이르렀음을 알았다.

"시간 내주서서 감사합니다. 대통령 각하께서 회의 결과를 궁금해 하실 테니, 오늘은 여기서 마치고 보고 드려야겠군요. 이번 안건은 또 다음에 회의하기로 하죠."

"장관님. 제가 말씀드리려는 부분을 잘 이해해 주셨으면 합니다. 우리는 미국에서 필요로 하는 지원을 제공할 용의가 있습니다. 다만 예전과 같은 비생산적인 방법이 아니라는 뜻입니다."

"정확히 무슨 의도로 말씀하시는 건지 잘 이해가 안 갑니다만."

"그 안건은 우리 주석과 미국 대통령께서 같이 의논하셔야 할 부분 같습니다. 이건 제 능력 밖의 일이니까요."

"그러면 정상회담을 요청하시는 겁니까?"

"제가 말씀드릴 수 있는 것은 각국의 정상께서 만나 이 안건에 대해 논의하시면 좋겠다는 것뿐입니다. 이는 장관님이나 제가 논의할 부분은 아닌 것 같습니다."

그가 하려는 말이 무슨 말인지는 알 수 없었으나, 적어도 이처럼 큰돈을 빌릴 때는 양국의 정상들이 만나야겠다는 의견이었다. 번스타인도 결국 수락할 것으로 생각되었다. 달리 무슨 방법이 있겠는가.

"그러면 말씀해주신 부분은 대통령께 전달하겠습니다. 시간 내주서서 감사합니다."

"만나 뵈어서 반가웠습니다. 저도 중국에 The Card가 상륙했을 때, 최초로 발급받은 몇 사람 안 되는 사람 중 한 명이었지요."

수잔나는 미소 지어 보였다.

"저도 알고 있습니다. 제가 승인했으니까요."

맥스의 컨카운티 방문은 처음이었지만, 대부분의 사람들의 경우와 달리 적어도 그는 이곳에 대해 아는 것이 좀 있었다. 그의 삼촌이 컨트리 음악의 팬이어서 벅 오웬스에 대해 자주 언급했으며, 그가 베이커스필드라 불리는 도시를 소유하고 있다는 것도 알고 있었다. 사실 베이커스필드 자체를 소유한 것은 아니고, 그곳에 엄청 큰 땅을 가지고 있다는 것, 그리고 크리스털 팰리스라 불리는 나이트클럽도 그의 것이라 했다. 그의 유명세 덕분에 컨카운티도 나름 유명해졌다. 월터 매스터스는 베이커스필드에 살지 않았다. 그의 집은 그곳에서 서쪽으로 30마일 떨어진 태프트라는 곳에 있었다. 또한 그는 컨트리 음악을 좋아하지도 않았다.

대지진 전이라면, 맥스는 인디애나폴리스로부터 로스앤젤레스 공항까지 비행기를 탄 후, 차를 렌트했겠지만, 지금은 상황이 달랐다. 로스엔젤레스로 비행한다는 것은 악몽이나 마찬가지였으므로, 그는 세 번 갈아타고 메도우즈필드에 내려야 했다. 그리고는 차를 렌트해 태프트까지 운전했다. 마치 타임머신을 타고 온 것 같은 느낌이 드는 마을이었다.

미국에도 작은 마을들은 결코 변하지 않는 것처럼 보이는 곳들이 있었다. 그곳에는 지난 30년간 한 번도 리모델링을 한 적이 없는 것 같은 월마트가 있었으며, 지난 세기 같은 날 지어진 것처럼 똑같이 생긴 두 개의 쇼핑센터가 자리하고 있었다. 나름 새 건물처럼 보이는 영화관이 하나 있었다.

영화관에서는 더 이상 필름이나 비디오를 틀 필요가 없었다. 모든 제품은 위성에서 직접 전송되는 데이터를 받아 상영했으므로, 실제 영화관에서는 큰 장비나 창고도 필요 없었다. 이로 인해 영사실도 자취를 감춘 지 오래였다. 새로 나온 작은 프로젝터는 뒤쪽 벽에 설치되었고, 그 뒤에 공간이 필요 없었으므로 영화관도 예전과는 다른 모습이었다. 기존 장비가 놓였던 곳에는 간이음식점들이 들어왔으며, 자리에 앉아서 음식을 주문하거나 경기를 볼 수도 있었다. 모든 영상은 입체안경이 필요 없는 홀로그래피 방식이거나 진화된 3D방식이었다. 평면 영화를 보려고 60달러나 지불하는 사람은 없었다. 그런 것은 다 옛날 일이었다.

맥스는 약속된 시간에 맞춰 제니스라는 작은 식당에 들어섰다. 식당 문에는 2009년에 지어졌다고 쓰여 있었다. 월터는 뒤쪽에 테이블을 잡고 앉아 있었다. 그는 맥스의 얼굴을 보고 자리에서 일어나 악수를 청했다.

"통신 기술이 발달하다 보니 사람을 처음 만날 때도 얼굴을 알고 만나는군요. 상대방이 어떻게 생겼을까 궁금해 하던 시절도 다 갔네요. 앉으시죠."

"전 늘 화면을 통해서 사람들을 만나봐서, 그런 시절은 잘 모르겠어요. 전 늘 이렇게 살아왔으니까요."

"꽤 재밌었죠. 상상력을 자극했으니까요."

그들은 자리에 앉았고, 월터는 맥스의 얼굴을 몇 초간 뜯어보았다.

"어떻게 도와드릴까요?"

"먼저 배에 뭐라도 넣고 이야기 하면 어떨까요? 그러면 더 생각이 잘 날 것 같아요. 제가 주절거리는 소리를 들으시느라 시간 낭비하시는 것도 좋지 않고요."

"그러죠. 직원을 불러도 되지만, 직접 부엌에 주문하는 걸 더 좋아하더라고요."

"메뉴가 있나요?"

월터는 맥스 뒤에 있는 벽을 가리켰다. 맥스는 고개를 돌려 옛날 방식의 메뉴를 훑어보았다.

"참치 샌드위치와 디너 샐러드, 그리고 콜라 한 잔이요." 월터는 인터콤으로 주문했다. 자신은 피치카블러와 콜라 한 잔을 시켰다.

"음식 나올 때까지 기다릴까요? 아니면 그냥 먼저 말해도 좋고요."

이 사람은 시간 낭비하는 걸 좋아하지 않는군. 이런 곳에서 사는 사람이라면 여유 있는 삶을 즐길 것 같은데 아닌가보네.

"지금 시작하죠." 맥스는 물을 한 모금 마신 뒤 생각을 정리했다.

"자신과 같은 생각을 공유하고 있는 사람을 만나는 건 언제나 즐거운 일이죠. 그러니 먼저 제 생각을 말씀드릴게요. 전 이 세상에 너무 많은 노인들이 살고 있다고 믿습니다."

"제가 그런 생각을 한다고 누가 그러던가요?"

"음. 누구한테 들은 소린 아닙니다. 다만 선생님께서 하시는 일을 볼 때, 나이든 사람들이 자신의 의지와 반대로 생명을 유지하고 있다고 생각하시는 것이라 추측했습니다."

월터는 그의 이야기에 끌렸다. 대부분의 젊은이들은 그와 이런 주제로 이야기를 나눈 적이 없었다.

"제가 하는 일은 기본적으로 사람들의 고통을 줄여주기 위한 것입니다. 나이 때문에 그들의 생명을 판단하거나 한 적은 없습니다."

"그러면, 사람들이 적절한 수명보다 오래 살고 있다고 생각하시나요?"

"적절한 수명이란 게 무슨 의미죠?"

"사람들이 너무 오래 살고 있는 건 아닌가요?"

"그런 사람도 있긴 하죠."

"선생님께서는 연세가 어떻게 되는지 여쭤 봐도 될까요?"

"아뇨. 그건 중요하지 않으니까요."

"연세가 어떻게 되시든 간에, 선생님께서 제 나이 또래였을 때와 지금은 세상이 많이 달라졌다는 것을 아실 겁니다."

"그건 압니다. 그게 당신과 무슨 연관이 있는지를 말해보시죠. 일반론적인 이야기는 그만 두고."

"제게 영향을 준 건 없습니다. 전 돈이 있으니까요. 하지만 돈이 없는 사람은 완전 망한 거나 다름없죠. 요즘 젊은 친구들이 지고 있는 빚은 도저히 감당할 수도 없을 정도로 큽니다. 예를 들어, 제가 동거하고 있는 여자 친구는 죽은 자신의 아버지의 진료비로 40만 달러나 대출을 받아야 했습니다."

"그게 저와 무슨 상관인가요?"

"파이 한 조각도 벌어먹기 어려운 시대에, 노인 세대들의 수명을 영원의 수준까지 끌어올리려고 하고 있습니다. 그 빌어먹을 돈은 누가 대고 있습니까? 말이 거칠게 나온 것을 용서하세요. 그 돈은 제가 지불하고 있고, 제 친구들도, 아무것도 모르는 5살짜리 꼬마 애들이 지불해야할 형편입니다. 선생님께서도 같은 의견이실 거라 생각했습니다."

그때 음식이 나왔다. 체중조절 약에는 관심조차 없어 보이는 여인이 음식을 내려놓고는 말했다.

262

"필요한 게 더 있으시면 버튼을 누르세요."

맥스는 샌드위치를 먹으면서 이야기를 계속했다.

"저는 수백 명의 젊은이들의 모임인 Enough Is Enough의 회장을 맡고 있습니다."

"그 모임의 성격은 어떠한가요?"

"아직은 모릅니다. 그래서 선생님을 찾아뵈러 온 것입니다. 계획이 필요합니다. 노땅들은…."

"노땅들?"

"저희는 70세가 넘은 사람은 다 그렇게 부릅니다."

"기억해 둬야겠군. 계속하세요."

"노땅들이 모든 권력과 돈을 다 가지고 있습니다. 무언가 조치를 취하지 않으면 안 됩니다. 폭력이 필요하다면 해야겠지요."

"맥스. 당신의 심정은 이해해요. 당신의 의견에도 상당부분 동의하고 있고. 하지만 내가 도울 수 있는 것이 무슨 일인지 모르겠군요."

"그들을 다 죽이면 되죠." 맥스는 월터가 유머를 이해했기 바라면서 말했다. 만일 그에게 유머감각이 없다면, 이제 끝난 거나 마찬가지였다.

"그럴 시간도, 약도 없네요. 절반을 죽일 양밖에 없을걸요."

맥스는 안심했다.

"반만 되도 좋겠는데요."

"이봐요. 당신의 의견이 일리가 있고, 현재로서 거의 불가능한 체제에 도전하려고 노력하는 점도 높이 사고 있소. 다만 내가 어떻게 도울 수 있을지를 모르겠다는 것이요."

"그럼 절반을 죽이겠다는 것은 농담이셨나요?"

"그 대답을 꼭 해야만 알겠어요?"

"그럼 왜 아무도 하지 않는 일을 자처하시는 거죠? 저와 같은 이유 때문은 전혀 아니신가요?"

"아니. 당신이나 나나 개혁적인 성격은 비슷해요. 내가 당신 나이였더라면 나라도 그 모임에 가입했을 거요. 하지만 내 이유는 매우 달라요. 난 고통을 혐오합니다. 인구조절이 목적이 아니란 뜻이죠. 실제로 고통이 심하면서 회생 불가능한 젊은이들의 생명을 보내준 적도 있었지요."

맥스는 아무 말도 없었다. 그가 무엇을 기대하며 이곳까지 왔는지는 몰라도, 그의 대답은 예상처럼 그에게 도움이 될 것 같지 않았다. 그때 월터가 그의 마음을 읽는 질문을 했다.

"무슨 생각으로 여기까지 온 건가요?"

"저도 잘 모르겠습니다. 그저 선생님께서도 저희 모임에 가입하시지 않을까 싶었습니다."

"어떻게?"

"저도 모르겠어요."

"내 생각은 달라요. 당신 마음으론 내가 도우면 당신들의 적을 제거하는 데 도움이 될 거라 생각했겠지요?"

월터의 말을 듣자, 그의 말이 맞다는 것을 깨달았다. 다른 이의 목소리로 듣자 자신의 생각이 터무니없었다는 것을 깨달았다.

"당신이 왜 나를 보자고 했는지는 알겠어요. 하지만 내가 보기엔 다른 방향을 모색해야 할 것 같군요. 그들과 이야기를 해봐요. 의사들이나 정치가들, 종교인들이건 누구건 간에, 인간들로부터 마지막 몇 분의 시간마저도 짜내려고 하는 사람들 말이에요. 그들과 대화를 해야 방법이 나올 겁니다. 여기가 아니라. 무슨 말인지 이해하나요?"

그 순간 맥스의 머릿속에서는 샘 뮐러를 숭배하는 노인네들의 이미지가 떠올랐다.

"그런 것 같습니다. 아니, 정말 그러네요.

맥스는 자리에서 일어나 월터의 손을 잡았다.

"만나주셔서 감사합니다."

"당신은 현명한 사람 같아요. 내가 조금만 어렸어도 당신을 도왔을걸요. 가서 세상을 한 번 바꿔보세요. 샌드위치 값은 내가 내지."

28.

 패서디나의 천막은 갈수록 보안이 소홀한 감옥과 같았다. 새로운 사람들이 들어오고, 기존 멤버들은 친구다 친척들이다 하며 같이 살 사람들을 찾아 다른 주로 떠났다. 몇몇은 은퇴한 노인들을 위한 배로 떠나기도 했다.

 수십 년 전부터 유행했던 은퇴노인을 위한 크루즈는 부유층 노인들을 대상으로 시작되었으며, 일 년 중 몇 달간을 그곳에서 살기도 했다. 가격은 매우 사악해서 상류층 노인들만이 누릴 수 있었다. 그러던 중 2021년에 로열 스웨디시 크루즈 라인에서는 The Retirement One이라 불리는 나름 서민층을 위한 은퇴크루즈를 선보였다. 가격을 낮추기 위해, 사치품을 최소화했으며, 2천 명가량의 노인들을 수용하는 평범한 방과 식사, 몇 가지 오락시설과 문화 활동시설을 갖춘 평범한 은퇴지구와 비슷했다. 몇몇 사람들은 '물 위에 떠 있는 요양원'이라고도 불렀다. 이들 배는 몇 달 동안 운항하지 않는 일도 있었다. 총 6개국 중 한 곳에 정박해서는 한 계절을 지나는 경우도 많았다. 거주자들은 일 년 중 단 3개월 동안만 진짜 크루즈를 즐길 수 있었다. 그래도 사람들의 선호도가 높아져서 로열사에서는 두 번째 배인 The Retirement Two, 그리고 세 번째 배인 '선셋'도 만들었다.

5년 전의 브래드였다면, 이런 배 따위엔 콧방귀를 뀌었을 것이다. 그는 친구 잭에게 "불쌍한 노인들이 통조림 속에 갇힌 꼴이라니. 적어도 통조림 속의 정어리는 뱃멀미는 안 할 것 아닌가."라고 말하곤 했다.

그러나 지금은 브로슈어를 바라보는 그의 마음은 이만하면 감지덕지라는 것이었다. 단 하나의 문제라면, 그 정어리가 될 돈조차 없다는 것이었다. 모든 투자금은 콘도에 묶여 있었고, 살고 있지도 않은 콘도를 담보로 잡을 수도 없는 일이었다. 80세의 생일 때만해도 그토록 생기 있던 그가 이제는 종종 죽음에 대해 생각하게 되었다.

가끔은 밤에 두 눈만 멀뚱멀뚱 뜬 채로 월터 매스터스에게 편지라도 써볼까 싶었다. 마치 어린 시절 산타할아버지에게 편지를 쓰던 때처럼 말이다. 가끔은 선셋이라는 브로슈어를 쳐다보며 여행기분에 젖기도 했다. 날이 갈수록 천막살이보다는 크루즈가 낫겠다 싶었다.

어느 날 브래드는 세 명의 신참들과 함께 카드를 치고 있었다. 그때 스피커에서 그의 이름을 부르며 누군가가 찾는다는 연락이 왔다. 한 번도 손님이 온 적이 없어 나름 흥분해 자리에서 일어났다. 좋은 소식이 기다리고 있는 것은 아닐까!

그는 밖으로 나가 자신의 아들을 발견했다. 톰은 온다는 연락도 하지 않았다. 아버지를 깜짝 놀라게 하려는 심산이었다. 그의 얼굴을 보고 가장 놀란 것은 그의 상태였다. 그의 배는 앞으로 툭 튀어나와 있었다. 요즘 같은 세상에 자기 외모에 신경을 안 쓰는 사람이라면 모를까 이런 모습의 사람은 보기 드물었다. 게다가 그의 머리도 생각보다 더 많이 벗겨져 있었다. 톰은 마치 패배자처럼 보였다.

젠장. 모든 걸 잃은 건 난데, 저 자식은 나보다도 더 우울해 보이는군.

"아빠."

"왜 미리 연락도 안 하고 왔냐?"

"그냥 한 번 와볼까 해서요."

"이렇게라도 만나니 반갑구나."

"네, 저도요." 톰은 아버지에게 샌드위치를 내밀었다.

"이건 뭔데?"

"치즈 샌드위치요."

"기왕 오는 김에 좀 맛있는 걸 사오면 어떠냐? 내가 치즈 샌드위치 따위나 먹고 싶어 할 줄 알았단 말이야?"

그의 마지막 말이 톰의 마음에 불을 붙였다. 수년간 눌러왔던 감정과 분노가 몰려왔다.

"아빠가 뭘 원하는 지 대체 내가 어떻게 알아요? 보자마자 샌드위치가 어쨌느니 불평부터 하지 말고, 그냥 고맙다고 한 마디 하면 뭐가 덧나요? 길도 하나 제대로 뚫린 곳 없는 여기까지 찾아오느라 얼마나 생고생을 했는지 아시냐고요! 도대체 아빤 왜 그 모양인데요?"

브래드는 그대로 몸을 틀어 아무 말 없이 천막으로 향했다. 톰이 그를 뒤따라왔다.

"죄송해요. 죄송해요. 그냥 전 고맙다는 말이라도 듣고 싶어서 그랬어요. 아빠, 그만 저 좀 보세요."

　브래드는 발걸음을 멈추었다. 격한 감정의 물결이 그의 가슴을 뒤엎었다. 톰의 얼굴은 고통으로 일그러져 있었다. 브래드는 톰에게 다가가 두 팔로 안은 뒤 사과했다. 오랜만에 안아보는지라 좀 어색함도 없지 않아 있었지만, 아들의 분노를 멎게 하고 싶었다.

　"아버지가 이곳을 싫어하신다는 것 저도 잘 알아요. 저희 집에 오시고 싶어 하셨는데 못 오시게 한 건 말 그대로 방이 없어서예요. 오시면 멜리사와 방을 함께 쓰셔야 하는데, 그건 또 그렇잖아요."

　"괜히 걱정마라. 나도 손녀딸과 같은 방 쓰고 싶진 않다. 네가 여유가 있었다면 기꺼이 불러줬을 거라는 것 나도 잘 안다."

　"저도 아버지 상황에 대해 이곳저곳 수소문해봤으니까, 분명 다시 콘도를 찾을 수 있을 거예요."

　"내 콘도라고? 더 이상 내 콘도는 존재하지 않아. 아무것도 없는데 대체 뭘 할 수 있단 말이냐."

　"돈으로라도 돌려받을 수 있을 거예요."

　"어떻게?"

　"정부에서 해결해야죠. 무슨 방법을 써서라도 해 줘야죠."

　"그런 법이 어디 써 있다니? 헌법에 아님 십계명에?"

　그때 톰은 재킷 주머니에 손을 넣어 무언가를 꺼냈다. '선셋' 브로슈어였다. 브래드는 자기 눈을 믿을 수 없었다. 그러나 짐짓 처음 보는 양 모른 척했다. 오랜만에 만난 아들에게 자기도 바로 그걸 원했노라고 어떻게 말할 수 있겠는가.

　"이건 뭐니?" 그는 최대한 놀란 척 가장하며 물었다.

"아버지가 사실 배예요. 가격도 저렴한 편이고, 이 정도라면 편하게 지내실 수 있을 것 같아서요. 원하시면 기꺼이 대출이라도 받을 수 있어요."

톰의 마지막 말에 브래드는 주체할 수 없는 눈물이 흘러나왔다. 울음이 그칠 줄 모르자 톰은 아버지가 염려되기 시작했다.

"아빠, 그만 하세요. 그냥 도우려고 했을 뿐인데요."

브래드는 고개를 가로저으며 자신이 화가 나서 우는 게 아니라고 말하고 싶었다. 하늘이 이런 상황으로까지 그를 몰고 갈 줄이야 누가 알았겠는가. 그는 울먹이며 간신히 이렇게 말했다.

"이렇게까지 생각을 해주다니… 대출은 받을 수 있겠니?"

톰이 진실을 말해야 할 순간이었다. 사실 그는 대출을 받을 수 있을지도 확실치 않았다. 거의 파산 상태나 마찬가지였다. 의료보험도 제대로 낼 수 없었으며, 그는 매일 가족들이 아프거나 병나는 일 없기만을 기도했다. 하지만 아버지에게 이런 선물을 하겠다고 결정한 것은 그동안의 일을 서로 잊고 화해하고 싶어서였다. 지금 사실을 말해버린다면, 지금까지 노력한 것이 모두 물거품처럼 사라질 것이다. "네, 받을 수 있을 거예요."

브래드는 브로슈어를 받아들었다. 톰의 진심이 담긴 이 큰 선물을 감사히 받아 그를 진정한 영웅처럼 느끼게 만들어 주고 싶었다. 그는 브로슈어를 들고 놀란 척하려 노력했다. "내가 가져가서 읽고 생각해 봐도 되겠니?"

"물론이죠. 그러세요. 그리고 잘 생각해 보세요. 이걸로 아버지가 행복해지실 수 있을 것 같다면, 제가 나머지는 처리할게요."

"정말 고맙구나. 톰."

"괜찮아요. 아버지라도 그렇게 하셨을 거잖아요."

톰은 이렇게 말했지만, 그가 브래드의 나이가 되었을 때 자신에게 이런 선물을 줄 사람은 아무도 없다는 것을 아주 잘 알고 있었다.

폴 프레스콧은 진짜 가게에서 쇼핑을 하고 있었다. 이런 쇼핑은 정말 오랜만이었다. 아침에 그의 파트너와 말다툼을 한 이유로, AARP 사무실 근처에 있는 골동품가게에서 선물이라도 하나 사들고 들어갈 참이었다.

보안용 앵무새도 나름 귀여웠다. 작은 가지에 앉은 진짜 앵무새처럼 생겼으며, 보이는 것을 모두 녹화했고 간단한 대화도 할 줄 알았다. 가상어항도 마음에 들었다. 어항 속에 여섯 마리의 살아 있는 구피가 헤엄치고 있었는데, 이 역시 거의 실물과 비슷해서 진짜인지 가짜인지를 구분하는 것이 불가능할 정도였다. 가까이 보려고 하면 다가오다가 다시 헤엄쳐 돌멩이 속에 숨는 등 진짜 물고기들이 하는 짓은 다 했다.

폴은 다른 것을 사기로 마음먹었다. 그는 와인 램프를 샀다. 와인 병을 시원하게 식혀주는 동시에 병 속에 빛을 비추어 아름다운 패턴의 빛이 발산되는 장식품이었다. 와인 맛까지 한층 돋워 준다는데, 아직까지 증명된 바는 없었다. 계산을 하려는데 마침 손목시계에서 진동이 느껴졌다. 잭 월먼이었다.

"지금 바빠요?"

"전혀. 잘 지내고 있어요?"

"네, 그럭저럭. 다름이 아니라, 흥미 있는 정보를 발견했어요."

"오호. 잘됐군."

"전화상으로 말씀드리긴 좀 곤란해요."

폴은 잠시 생각했다.

"지금 집에 가는 길인데, 밖에서 만날까요?"

"네, 그러죠. 미디터레니언이라고 아세요?"

"여기서 세 블록만 가면 돼요."

"그럼 15분 후에 거기서 뵙죠."

미디터레니언은 깔끔한 맛으로 유명한 작은 식당으로 늘 손님으로 붐볐다. 조지타운 근처에 위치한 젊은 층이 선호하는 곳이었다. 2010년에 생긴 후로 주방장이 몇 번 바뀌었으나 그러다가 천재 주방장을 만나고 유명세를 타기 시작했다. 클램소스를 뿌린 링귀니와 리조토 알고르존다는 특히나 일품이었다. 오후 늦게 술 한 잔하러 갔다가 배부르게 먹고 나오는 곳이었다. 손님이 앉자마자 바로 브루스케타를 내놓았으며, 너무 맛있어서 다 먹으면 또 시키게 될 정도여서 오후 늦게 회의 차 만난 손님들은 결국 이곳에서 저녁식사까지 해결하곤 했다.

폴과 잭은 와인을 마시며 가벼운 대화를 했다. 잭의 얼굴은 지난번보다 더 좋아보였다. 화상통화로 할 때보다 직접 보니 더욱 그랬다.

"살이 좀 빠졌나요?" 폴이 물었다.

"아닌데요. 제가 뚱뚱했던 걸로 기억하시나 봐요."

"그건 아닌데, 좀 달라보여요."

"눈 확대수술을 했거든요."

"정말? 그런 것도 해요?"

"네. 별것 아니에요. 눈꺼풀 부분을 조금 제거하면 눈이 더 커지게 되죠."

"얼마나 걸리는데요?"

"수술하는 데요, 아니면 회복하는 데요?"

"둘 다."

"점심시간을 이용해서 수술하고, 몇 주간 선글라스 끼고 다니면 돼요. 그러고 나면 한 열두 시간은 자고 난 것처럼 보이죠."

"혹은 뭐에 놀란 것처럼 보이기도 하고."

"그래요?"

잭은 걱정된 목소리였다.

"그렇게 보이나 봐요. 덜 피곤해 보이려고 한 건데."

"농담이에요. 눈이 커지니 더 보기 좋은데요."

"고마워요."

"그나저나 그 비밀이라는 게 뭔가요? 궁금해서 못 참겠어요."

"대단한 건 아니지만, 알게 되는 것 있으면 말씀드린다고 약속했으니까. 인디애나 주에서 모임이 지난 주에 열렸답니다."

"인디애나에서?"

"네, 인디애나폴리스요. 거기서 아는 사람이 꽤 혁명적으로 보이는 모임에 대한 소식을 들었답니다. 모임의 명칭은 Enough Is Enough구요."

"처음 듣는데, 그쪽에서 우리 건물을 폭파한 건가요?"

"그런 것 같진 않지만 폭탄을 설치한 사람들과 뜻을 같이 한다고 하니 그쪽 일파가 아닐까 싶습니다. 그곳에 있던 사람들 이름도 확보했고, 리더는 맥스 레오나드라는 청년입니다. 들어본 적 있으신지요?"

"그런 이름은 처음인데요?"

"저희 쪽에서도 처음 듣는 이름입니다. 하지만 혹시 모르니 그에 관한 정보가 있으면 조사해 놓는 편이 좋을 겁니다."

폴은 그의 말대로 메모를 했다.

"고마워요."

"그리고 AARP 건물 폭탄 건에 관해섭니다. 대법원에서도 이 소식을 듣고 좀 더 사건을 깊이 조사하는 중입니다."

"훌륭한 정보네요. 이 신세를 어떻게 갚죠?"

"언제 한 번 바람이나 쐬러 나가실래요?"

폴은 그를 보며 미소를 지었다.

"지금 나와 있잖아요?"

"아니, 제 말은…."

"무슨 말인지 나도 알아요. 하지만 나는 만나는 사람이 있고, 관계가 썩 좋은 편은 아니지만 이를 망치고 싶진 않아요. 그렇다고 해서 앞으로 당신과 절대 만날 수 없다는 건 아니지만, 지금 우리 관계에서 다른 사람을 끌어들이는 건 현명하지 않은 것 같아서요."

"그럼, 승낙인거죠?"

"그래요. 그런 것 같네요. 곧 전화할게요."

미국으로 돌아오는 길 기내에서 수잔나는 존과 통화하는 중이었다. 이미 회의에 대해서는 참석했던 다른 이들에게 간략히 들었지만, 그녀로부터 직접 듣고 싶었다.

"어떤 회담을 원하는 건지 감 잡은 건 없나요?"

"아뇨." 수잔나가 대답했.

"대통령께서 직접 요청하길 바라는 것 같습니다. 큰 액수이기 때문이겠죠."

"돌아오는 대로 함께 회의하죠. 정상회담을 할 준비도 채 갖춰지지 않은 상태지만, 그렇게라도 해야 한다면, 이쪽으로 초대해서 그들 의견을 들어보죠."

"그들의 속내를 알아내려면 그 방법밖엔 없는 것 같네요. 제가 스필러 장관이 아니라는 점이나 이제 막 임기를 시작했다는 것을 악용한 건 아닐까 우려도 되고. 각하 생각은 어떠신데요?"

"경험부족을 이용한다는 건 그쪽 측면에서 본다면 타당성이 전혀 없는 일은 아니죠. 하지만 스필러 장관에 대한 거라면, 중국에서도 스필러를 싫어했어요. 그들에게 직접 들은 말이랍니다."

"싫어하는 사람을 더 존중하는 건지도 모르죠."

"그건 아랍인들의 특징이죠. 중국인들은 당신을 좋아하게 될 걸요. 돌아오면 곧 뵙죠. 원하던 성과는 이루지 못했지만 수고했습니다."

"그나마 2천억 달러는 여행경비로 챙겼어요."

존은 이를 듣고 웃었고, 곧 통화는 종료되었다. 그가 어린 아이었을 때, 2백만 달러라는 돈으로도 세상을 바꿀 수 있었다. 그런데 이제 그 정도의 돈은 눈에 차지도 않았다. 그런 변화들이 그에게 있어 세월의 흐름을 느끼게 했다.

29.

셴 리는 중국정부의 큰 손들과 돈독한 우정을 나누는 사이였다. 그는 정치권 인사들에게 가끔 자신이 설계한 건강관리 모델을 소개하면서 미국에 도입하고 싶다고 했지만, 그들도 아직 적극 나설 수 없는 형편이었다. 그들은 늘 "그쪽에서 먼저 요구하면, 그때 치고 들어갑시다."라고 답했다.

그는 실리를 챙기면서 중국 정부에도 돈을 벌어다 줬다. 그뿐 아니라 지혜로운 사업 수완으로 중국 정부의 이미지까지 업그레이드시키는 능력이 있었다. 중국의 평균수명은 세계 18위에서 16위로 상승했다. 2030년에 보통 중국일반 서민들은 평균 84세까지 살게 되었는데, 가난한 마을 주민들의 복지와 건강을 향상시키는 데 기여한 리의 공이 컸다. 주위에서는 그에게 정계에 진출하라는 권유를 했지만, 정치는 그의 관심거리가 되지 못했다. 대중 앞에서 연설을 하거나 관심을 받는 것은 좋았지만, 그보다도 큰 사업을 벌여 상상할 수 없는 부를 얻는 것이 그에겐 무엇보다 중요했다.

하루는 현 정치입법위원회의 회장직을 맡고 있는 주 쿵린과 저녁식사를 함께 했다. 쿵린은 당의 고위간부 중 한 명이기도 했다. 그는 수잔나 콜버트 장관과 나눈 회담에 대해 언급하면서 중국이 3조 달러의 차관요청을 거부했음을 알렸다. 리는 이를 듣고 충격을 받았다. 중국 정부가 마침내 미국의 요구를 거절하기 시작했다는 것을 듣고 그는 여러 가지 생각이 몰려왔다. 우선 미국의 지속되는 중국 차관 중독을 치료해야 한다는 점에는 동의하나, 대규모의 사업기회를 날려버린 것은 너무 안타까웠다. 그러자 쿵린은 미국이 다시 새로운 거래를 하기 위해 구조의 손을 내밀 것임을 확신한다고 밝혔다.

"그게 무슨 의미죠?" 리가 물었다.

"정확히 말할 순 없지만, 이제 미국이나 기타 다른 국가들과 사업하는 방법 자체를 바꿀 기회가 온 것 같네."

"그게 무슨 의미인지 말씀해 주시죠. 사람 궁금하게 만들지 말고."

"어쩌면 자네의 꿈이 이루어질지도 모르지."

"제 꿈이요?"

"자네가 소원하는 대로 미국 시장을 점령해버리자고. 자네의 로봇들이 미국인들의 심장을 수술하게 되는 날이 올 걸세."

"정확히 무슨 의미죠? 공격을 하겠다는 건가요?"

쿵린은 이에 웃음을 터뜨렸다.

"그렇지. 미국을 쳐들어갈 거네. 지금 이 순간 로켓이 발사되고 있는 중이지. 허허. 농담은 그만하고. 너무 많은 정보를 알려준 것 같네. 우선 자네에게 상황이 이롭게 돌아가고 있다는 것만은 알려주지. 더 이상은 입 다물어야겠어."

그의 말뜻은 이해할 수 없었으나, 적어도 리의 꿈이 이루어질 날이 한층 가까워진 것만은 사실이었다. 그 기다림의 시간 동안은 참고 즐길 수 있었다. 그들은 새벽이 가까워질 때까지 술을 마시며 여자나 돈, 차, 그리고 음악에 대해 이야기했다. 리는 클래식 음악이면 시대를 가리지 않고 좋아했다. 그는 베토벤, 또한 아론 코플란드를 존경했다. 때로는 서부를 점령하는 꿈을 꾸면서 '시민을 위한 팡파르'를 즐겨 들었다. 그의 펜트하우스를 청소하던 하인은 그 음악을 들을 때마다 "저건 악마의 음악이야"라고 중얼거렸는데, 그 투덜거림에 리는 볼륨을 더욱 높이 올리곤 했다.

수잔나가 중국에서 돌아온 다음 날 내각회의가 열렸다. 그녀는 그곳에서 얻은 정보를 상세히 공유했다. 번스타인은 귀 기울여 들었다. 단 한 번도 경제 원조를 거부당한 적 없는 그였기에, 이번 사건은 그의 마음을 흔들었다.

"대통령이 가서 무릎 꿇고 빌기라도 하라는 뜻인가? 내 귀엔 그렇게 들리는군."

"저도 모르겠습니다." 수잔나가 대답했다.

"제 판단으로는 이런 큰 액수의 차관에 대해서는 앞으로 새로운 조건을 걸겠다는 것 같습니다."

"그렇지만 20퍼센트의 이자율을 내걸기 위해 나를 부를 수는 없다고 보오. 그런 정도의 조건이라면 이미 제시하고도 남았을 거요. 안 그런가요?"

"그렇습니다."

의견이 분분했다. 국무부장관 밥 뉴전트는 현재로서의 정상들의 회담을 반대했다.

"좋은 이야기가 나올 리 만무합니다. 덫을 놓으려는 속셈입니다. 수치를 맛보게 하려는 작전이라고 밖엔 볼 수 없습니다."

번스타인은 이에 반대의견을 냈다.

"우리에게 제일 우선순위는 우리가 그들을 얼마나 필요로 하는가? 라고 생각해요. 3조 달러를 빌리려면 빌기라도 해야 할 처지니. 그렇게 하길 원한다면, 그렇게 해 주지."

부통령 로널드 심슨은 번스타인의 의견이 맞는지 확인하기 위해 직접 중국을 방문하겠다고 자청했으나, 번스타인은 이에 반대했다.

"부통령이 갔다가 마찬가지로 거절 받고, 대통령을 직접 보겠다고 할 수도 있어요. 그렇게 되면 처음부터 내가 간 경우보다 좋지 않은 결과만 초래할 수도 있어요."

"그들을 이쪽으로 초청하면 어떻겠습니까?" 존이 물었다.

"제 생각엔 초대에 응할 것이라고 봅니다." 수잔나도 말했다.

"그러면 정상회담을 준비해야겠군요." 존이 답했다.

"안 돼." 번스타인이 말했다.

"여긴 언론의 눈이 너무 많아. 캠프 데이비드는 어떤가?"

"그들이 초대를 거절하면 어떻게 합니까?" 부통령이 물었다.

"그럼 반쯤 죽여 버려야겠지요." 존이 대답했다.

번스타인은 한 쪽 눈 꼬리를 치켜 올리며 그를 쳐다보았다.

"존. 나도 그 마음은 백배 이해하네만, 우린 그 돈이 필요해. 돈 없이는 전기도 못 켤지도 모르니, 그렇게 말할 상황이 아냐. 그들이 초대를 거부한다면, 그건 그때 가서 해결하자고. 지원을 해주든 안 하든, 회담을 원하는 건 사실이니, 원하는 것을 주도록 해야겠네. 캠프 데이비드에서 만나자고 한 다음, 그곳으로 초대받는 것이 큰 영광이라는 느낌을 주도록 하게. 중국인들이 그 땅을 밟고 다니는 건 싫지만, 이번만 특별히 허락하는 것이니, 귀한 손님을 모신다는 느낌을 주도록."

내각각료들이 자리를 뜨려고 할 때, 번스타인은 수잔나를 잠시 불러 세웠다. 회의 후에 개인면담을 요구하는 것이 벌써 두 번째였다. 이런 일이 반복된다면 사람들은 말을 만들어내기 시작할 것임에 틀림없었다.

"첫 회의는 어땠소? 긴장되진 않았고?"

"처음이라 뭔가 성공하길 바랐었죠. 큰 건을 하고 돌아와야겠다는 마음뿐이었습니다. 그런 제 마음을 읽고 이용한 거겠죠."

"수잔나, 그들이 당신을 이용한 거라 생각하진 않소. 당신을 보낸 데는 다 이유가 있었소. 스필러 장관의 언행은 그동안 그들을 언짢게 할 때가 많았으니, 새로운 인물을 보냄으로써 새 출발을 제안하는 의미였지."

"그래도 실망시켜드린 것 같아 죄송합니다."

"그런 걱정은 말아요. 그럴 일은 없을 테니까."

그녀는 이에 미소를 보였다.

"그렇게 말씀해 주셔서 감사합니다. 그건 그렇고, 어머니는 어떻게 지내시는지요?"

"물어봐 줘서 고맙소. 현재로선 기계 속에서 몇 십 년은 사실 것만 같지. 편안히 돌아가 주시는 게 가장 편할 것을…."

이 말을 한 그나, 이를 들은 수잔나 모두 순간 놀라고 말았다. 그녀의 존재는 그가 이런 대화를 서슴없이 내뱉을 수 있게 만드는 힘이 있었다. 그녀 역시 그가 자연스럽게 감정을 쏟는 것을 보고 놀랐다.

"무슨 말인지 저도 알아요." 그녀가 말했다.

"정말이오?"

"정확히 이해하는 건 아니지만, 제가 그 입장이라면 똑같이 느꼈을 겁니다."

"이젠 어떻게 해야 하지요?"

"이전에 말씀드린 것처럼 저도 병원에 가보고 싶습니다. 같이 가는 게 좀 이상할까요?" 번스타인은 이에 대해 잠시 생각해 보았다.

"그건 좋은 생각이 아닐 거요. 언론에게든, 내 아내에게든, 국민들에게든. 다른 사람들이 이해하긴 어려울 것 같소."

"이해합니다. 그럼, 제가 혼자 찾아뵙는 건요?"

"진심이오?"

"그럼요. 직접 가서 보면 제가 상황을 잘 이해하는 데 도움이 되지 않겠어요?"

"그러면 그렇게 합시다. 고마워요."

번스타인은 자리에서 일어나 그녀를 문까지 안내했다.

"업무 외의 일로 때로 자문을 구해도 되겠소?"

"업무 외의 일이요?"

"우리 어머니 일."

"그럼요. 무엇이든 말씀하세요. 전 좋습니다."

"나도 그렇소. 고맙구려."

문 밖으로 나서는 그녀의 뒷모습을 보며, 번스타인은 워싱턴 전체를 통틀어 그녀처럼 대화하기 편한 상대가 없다고 여겼다. 그녀가 연장자이기 때문인지, 아니면 존경하기 때문인지, 그 이유는 알 수 없었지만, 마치 영혼의 친구처럼 느껴졌다. 자기 어머니가 돌아가셨다면 좋겠다는 소리를 내뱉은 것은 이해할 수 없지만, 그랬음에도 편안했다. 번스타인은 자신의 성격을 잘 알았다. 이런 관계에 익숙해지면, 결코 그녀를 놓을 수 없을 것이다.

로스앤젤레스의 상황은 갈수록 악화되고 있었다. 거의 100년간 없었던 제3세계에서 일어날 만한 전염병이 곳곳에서 창궐하고 있었다. 에코파크에서는 하수도관이 곳곳에서 파열되어 오염된 물이 대수층까지 스며들었으며 결국 콜레라 환자가 3천명이나 발생했다. 도시 다른 한쪽에서는 상기도감염으로 인한 기침 감기가 들끓었으나 발생원인은 규명되지 않았다.

한 때 화려했던 도시는 집단 신경쇠약으로 고생하고 있었다. 이곳에 남은 사람들은 수백만 명에 이르렀으며, 그들의 주거주지라고 해봤자 다 허물어진 건물이나 군용텐트였고 심지어 차에서 거주하는 사람들도 있었다. 그들의 정신은 황폐해질 대로 황폐해져 버렸다.

마치 좀비 영화를 방불케 했다. 매일 밤 사람들이 떼거지로 이곳저곳을 어슬렁거렸다. 곳곳의 가게에서 물건을 훔치기도 했고, 완전히 넋을 잃은 사람들처럼 변해갔다.

그들은 처음엔 그저 도시 곳곳을 걸어 다녔다. 매일 밤처럼 노래를 부르거나 조용할 때도 있었다. 그러다가 차츰 가게를 터는 일이나 집 안을 침입하는 일이 잦아졌다. 벨에어나 비벌리힐스처럼 집들이 완전히 무너진 곳은 좀비들이 더욱 극성을 부렸다. 집주인들은 주택을 버리고 도망간 지 이미 한참이었다. 그들은 떠나면서 피카소 작품이나 다이아몬드와 같은 귀중품은 들고 갔다. 그러면 남은 그랜드 피아노 등 귀한 것들은 좀비들 차지였다. 윌셔 가를 따라 스타인웨이 피아노를 밀면서 천 명쯤 되는 무리가 소리 높여 노래하는 모습은 보기 드문 광경이었다. 경찰이나 방위군들은 이를 보며 손을 놓고 있었다. 상황이 상황이니만큼 폭력만 예방할 수 있다면 무엇이든 상관없었다.

살인사건은 예전보다 열 배나 증가했다. 대부분 무장 강도들의 짓이었고, 돈이 있는 사람들은 누구나 타깃이 되었다. 완전 미치광이들도 있었다. 술에 취해 그냥 서로 죽도록 싸우는 것이었다. 도시 전체가 심리적 외상 후 장애를 겪고 있었지만 그 누구도 해결하지 못했다.

브래드 밀러와 같이 수용시설에 보내진 이들은 오히려 행운아였다. 적어도 폭력의 대상이 되지는 않았기 때문이다.

브래드는 왜 다른 이들은 남겨진 반면 자신은 선택되었는지 이해할 수 없었다. 패서디나 천막 안에 거주하는 이들은 도시에 남겨진 이들보다 신체적 조건이 약한 경우였다.

브래드는 노인들, 아이들, 아기가 있는 엄마들, 장애인들에 의해 둘러싸여 있었다. 3,40대의 중년은 보이지 않았다.

연약한 사람들만 텐트에 모아 놨군.

하고 브래드는 결론지었다. 도시를 휘젓고 다니는 좀비 갱단의 소식을 접할 때는 차라리 몸이 약한 게 다행이라고 여겼다.

괴물같은 놈들에게 당하느니 이 편이 낫지.

그러나 브래드의 마음은 여전히 바깥 세상에 있었다. 어찌 해서든 이곳을 탈출하고 싶었다. 마치 스타인벡 소설 〈생쥐와 인간〉에 나오는 레니처럼 호주머니에서 은퇴자들을 위한 크루즈를 꺼내보곤 했다. 그에겐 이곳이 머나먼 네버랜드였다. 이쪽을 선택한다면 자기 아들에게 짐이 될 것을 알면서도 유일한 탈

출구는 이것 밖에 없다는 결론에 도달했다.

맥스 레오나드가 월터 매스터스와의 만남을 뒤로 하고 인디애나로 돌아가는 길에 무엇인가 그를 완전히 바꿔놓은 것 같았다. 캐시는 즉시 이를 알아챘다. 조용히 생각하는 시간이 많아졌으며, 혼자 있는 것을 좋아했다. 캐시는 무슨 일인지 캐어보려고 질문도 해보았으나 그의 반응은 신통치 않았다.

둘은 거의 동거하는 것이나 마찬가지였다. 맥스는 매일 캐시의 집에서 잤다. 그러나 월터의 집에서 돌아온 후로는 자기 침대에서 잤다. 그녀는 저녁을 먹자거나, 놀러 오라거나, 사랑을 나누자고 전화를 하곤 했지만, 그는 처음으로 거절을 했다. 그녀는 자기 때문이라고 생각했다.

캘리포니아에서 다른 사람을 만난 걸까? 그를 저토록 변하게 한 건 무엇일까? 이제 사랑이 식은 걸까?

하지만 맥스는 그것은 사실이 아니라고 말했다. 그는 또한 예쁜 팔찌를 사주면서 그녀를 누구보다 더 사랑한다고도 고백하기도 했지만, 그의 마음은 먼 곳으로 떠나버린 것만 같았다. 그러나 이는 그가 어떤 계획을 짜느라 밤새 골몰히 생각하며 거의 잠을 못 잤기 때문에 그녀를 귀찮게 하고 싶지 않다고 했다. 그녀는 그의 변화를 받아들이기로 했다.

Enough Is Enough는 더 이상 모임을 갖지 않았다. 그 대신 모임에서 리더급인 5명과는 꾸준히 연락을 취했다. 그는 시카고에서 있던 사회보장제에 대한 시위를 허락하는 것과 같은 일은 했지만, 그 외에는 자기 계획에 몰두했다. 그러다 캐시가 미리 연락 없이 그의 집을 들어갔을 때 비로소 알게 되었다.

문을 두드려도 대답이 없자 그녀는 안으로 들어가 집 안을 둘러보았다. 맥스는 침실에 있었다. 커튼을 다 내리지 않아 밖에서 들어오는 햇빛 때문에 그의 위치에서는 그녀를 볼 수 없었다. 그의 방을 본 그녀는 큰 충격을 받고 말았다.

벽 한쪽에는 샘 밀러의 전 생애가 다 붙어 있었다. 가족사진, 그의 부모, 어떻게 이뮤니케이트를 창립하게 되었는지, 또한 그가 받은 특허가 장식하고 있었으며, 현재 및 미래 스케쥴까지 체크해 놓았다. 암 치료제를 개발한 사람에 대한 졸업논문을 쓰면 딱 A감이었겠지만, 캐시는 그의 꿍꿍이를 알 수 없었다. 그녀는 맥스가 눈치 채기 전에 자리를 떴지만, 적당한 때가 되면 물어보리라 결심하며 집을 나섰다.

그가 샘 박사와 사랑에 빠진 것일까? 자기도 과학자가 되려는 걸까? 아님, 뭔가 나쁜 일을 계획하는 것인가?

집에 도착하자 맥스가 손목시계에 메시지를 남겨두었.

"자기, 오늘 저녁 같이 할래요? 연락해. 지금은 좀 바쁘지만 이따가 엄청 배고파질 것 같아. 사랑해요."

맥스는 그녀를 태우고 둘이 자주 가는 식당으로 향했다. 12개의 테이블에 단 한 명의 직원, 어두운 조명에 쿠바 음악이 흐르며, 멕시코와 중국 요리가 나왔다. 오리고기를 넣은 타코와 소고기와 치즈를 넣은 팟스티커도 있었다. 가장 인기 있는 메뉴는 오렌지 치킨 엔칠라다였다. 맥스는 배고플 때면 세 개씩이나 해치웠다.

캐시는 하루를 어떻게 보냈는지 물었다. 맥스는 갑자기 입을 열더니 수다쟁이가 되었다.

"그에게 좋은 인상을 남길 방법을 연구했지. Enough Is Enough라는 모임을 이용해 사람들의 관심을 끌 방법을 말이야."

"어떻게 할 건데?"

"샘 밀러 연설을 들으러 갔을 때 기억나? 그때가 바로 내 영혼을 울리는 순간이었던 것 같아. 하지만 당시에는 깨닫지 못했지. 월터 매스터스에게 우리 모임에 참가해달라고 갔을 때, 난 우리에게 좀 더 원대한 계획이 필요하다는 것을 깨달았어. 그래서 샘 밀러를 우리 모임에 가담시키기로 결심했어."

캐시는 그의 입에서 샘의 이름이 언급된 것을 듣고 안심했다. 그러면서도 샘 밀러를 위한 성전처럼 꾸며진 그의 침실을 생각하면 아직도 석연치 않은 부분이 남아 있었다.

"어떻게 할 건데? 그런 사람이 왜 우리 모임에 오겠어? 생명연장으로 먹고 사는 사람인데."

"바로 그 거야. 장수에 자신의 모든 것을 바친 천재지. 만약 자신이 끼치는 악영향이 무엇인지 알게 된다면, 그러면 세상도 따라 변하게 되어 있어. 내 뼛속 깊은 데서부터 느껴져. 그 덕분에 이제 120살까지 살게 될 이 뼈 속에서 말이야."

일단 캐시는 맥스가 바람을 피우는 건 아니라는 사실은 확인한 셈이었다. 하지만 그의 생각은 과대망상처럼 들렸다. 샘 밀러가 평생의 업적을 버리겠어? 그 벽에 있던 사진들은 다 뭐지? 그녀는 머릿속을 휘젓는 질문을 그의 앞에서 쏟아내고 싶었다.

그냥 대놓고 물어볼까? 아까 집에 들렀는데 벽 전체에 샘 밀러 사진이 있던데, 그건 웬 거냐고?

그때 아이디어가 떠올랐다.

"오늘 자기 집에서 자도 돼요?" 맥스는 이 말에 놀란 표정을 지었다. 전엔 한 번도 그의 집에 가고 싶단 말을 한 적 없었다.

"왜? 양말 냄새 나서 싫다더니?"

"그냥 가고 싶어서. 집에만 있으니까 아빠 생각만 나고 그리워. 계속 슬픈 생각만 떠오르고. 다른 곳에 가고 싶어요."

"더 좋은 생각이 있어. 차 끌고 가까운 곳에 모텔로 가자. 하룻밤의 짧은 여행처럼 말이야."

이에 더 이상 무슨 말을 더 하겠는가. 그녀는 한 번 더 시도해보기로 했다.

"하지만 자기 침대 속에서 따뜻하게 쉬고 싶어. 안 가본 지 너무 오래 됐잖아."

"거긴 너무 더러워. 드라이브나 하자."

"그럼, 그러든지요."

샘을 위한 성역에 대해서는 다음에 묻기로 했다.

30.

언론을 피해 중국의 주석 셴 비아오를 캠프 데이비드로 초대하는 것은 쉽지 않았다. 중국의 주석과 기타 국가의 대통령들과의 만남이 없었던 것은 아니나, 늘 긴 시간의 여유를 두고 진행되거나 기후, 무역, 평화와 같은 중대한 주제를 토론할 필요가 있을 때가 전부였다. 2주 후에 중국 주석이 캠프 데이비드를 방문한다는 사실을 언론에 조심히 알려야 했다. 사전 예고도 없는 방문은 한 번도 없었다.

공보비서관인 엘리자베스 포먼과 존 밴 다이크는 며칠 간 머리를 맞대었다. 존은 비아오의 방문 일정을 멕시코 및 북미로까지 연장하는 계획을 냈지만, 중국 측에서 거부했다. 존은 이번에는 성공하기 쉽지 않은 "아무에게도 알리지 않는" 방법을 제안했다. 처음에는 머뭇거리던 중국 측도 이 방법을 수용했다. 나름 신비로운 방법을 선호했던 것이다.

중국 측에 미국비행기를 타고 오도록 제안했는데, 신기하게도 이에 수락하겠다고 했다. 그들도 에어포스원에 탑승할 수 없다는 것은 알고 있었으나, 미국 측에서 제공하는 특별 제트기는 거의 펜트하우스나 마찬가지였으므로 쉽게 그들의 구미를 당겼다. 그들이 중국 측에 보낸 것은 무인비행기 걸프스트림으로 샘 밀러 박사가 탔던 것보다도 더 고급스럽고 화려했다. 조종사가 필요 없음에도 두 명의 조종사를 태워 보냈다.

 기내의 인테리어와 장비도 중국 측의 요구대로 한 치의 오차 없이 준비했다. 비아오 주석이 즐기는 요리와 오락거리를 준비했으며, 특별 침구세트도 들여놓았고, 원하는 색상배합에 맞춰 아내와 애완견을 위한 거실도 꾸며주었다. 개인 마사지사와 상담사, 체력관리사, 그리고 풍수 전문가까지 함께 탔다. 인테리어를 마치자 중국 제트기처럼 보여 워싱턴에 착륙했을 때 언론의 눈을 쉽게 피할 수 있을 것이다. 마치 민간인 전용제트기처럼 보일 정도였다.

 착륙 후 제트기가 격납고에 들어가면, 중국 측 손님들이 모두 비행기에서 내리는 것으로 계획했다. 그런 후 기다리고 있던 헬리콥터를 타고 캠프 데이비드로 이동하는 것이다. 그러면 대통령의 스탭이나 가까운 친구들이 여행하는 것처럼 보일 것이다.

 비밀의 회담 장소에 도착한 중국 측을 맞이하는 어떠한 성대한 행사도 준비하지 않았다. 이 계획에 번스타인은 매우 만족했다. 비록 현재 미국의 처지가 두 손 내밀어 큰돈을 다급히 구걸해야 하는 애매한 상황이지만, 적어도 미국 땅 안에서 회담을 열게 되었으니 다시 힘을 조금이나마 되찾은 것 같았다. 또한 만약 회담의 결과가 수포로 돌아갈지라도, 언론의 감시망을 벗어났으므로 걱정할 필요가 없었다.

 중국 대표단이 주석보다 이틀 먼저 도착했다. 금요일 오전, 수잔나와 존, 그리고 상무부 장관인 제임스 길포드가 이들을 맞이했다. 보통 이런 임무는 국무장관인 밥 뉴전트의 담당이지만 한국에서 열리는 무역회담에 참가하는 중이므로, 그를 부르는 것은 의심을 살만할 행동이었다.

대표단들만을 위한 바비큐 파티가 금요일 저녁에 열렸다. 가볍게 술도 나누면서 웃음꽃이 피는 분위기 좋은 파티였다. 정치에 관해서는 한 마디도 언급되지 않았다. 중국인들이 곤드레하게 술에 취해 음담패설을 서슴없이 즐겼고, 가끔 그들이 하는 농담을 이해하지 못할 때도 있었지만, 모두 즐겁게 웃을 수 있었다. 그들은 북한을 애물단지 취급하며 농담을 일삼았고, 티베트의 달라이 라마 관련 농담과 세탁소에서 일어난 일과 같은 소소한 농담도 던졌다.

밤이 되자 그들은 서먹서먹했던 관계가 풀려 다음 날 맞을 정상회담을 위한 모든 준비를 끝냈다. 미국인들은 중국인들이 협상을 할 때 까다롭게 굴 것을 예상했지만, 그래도 실제적인 회의시작 전 모든 게 잘 될 것처럼 위장하는 것도 나름 즐거운 일이었다.

번스타인과 영부인은 토요일 오전 헬리콥터를 타고 이동했다. 엘리자베스 포먼은 언론에 가족과의 휴일을 즐기기 위한 것뿐이라 설명했다. 번스타인의 마음속엔 언젠가 진실이 밝혀질 것에 대한 우려도 생겼지만, 언론에 사실대로 중국과의 협상과정이 매우 복잡하기 때문에 비밀유지를 하는 것이 중요했다고 밝히면 될 것이므로 곧 이와 관련된 우려는 떨쳐버렸다. 또한 어떤 협상이 이루어질지는 몰라도, 적어도 번스타인이 대통령직에 있는 동안은 비밀이 누설되지 않을 거라 생각했다. 중국인들은 비밀을 지키기로 유명한 사람들이었고, 만일 미국 대표단들이 자신들이 내건 비밀유지 선서를 철저히 지킨다면, 이번 회담은 철저히 비밀리에 진행될 것이다.

바비큐 파티가 있던 날, 청년들은 노인들을 상대로 네 번째 테러를 감행했다. 샌디에이고 은퇴지구에서 폭탄이 터져, 20명의 노인들이 사망했고 젊은 직원들을 포함해 100여명이 중경상을 입었다. 몇 년 전만해도 관련 없는 사건이라 여겨졌던 것들이 이제 연속적으로 발생하고 있었다. 폴 프레스콧은 소식을 듣자마자 잭 월먼에게 전화를 걸었다.

"도대체 무슨 일인지 알고 있어요?"

"이번 사건은 저도 모릅니다. 자살테러였거든요."

"설마."

"시체는 회수했고, 조사결과 뭔가 나오겠지만 현재까지 테러에 대한 사전경고도 발견된 것이 없기 때문에, 이전 사건들과 관련되었는지 여부는 아직 미지수입니다."

"세상에." 폴이 답했다.

"사건 규모는 어떤가요?"

"잘 모릅니다. 이번 건은 상당히 컸던 것 같아요. 그곳에 살고 있던 사람이 저질렀을지도 모를 일이죠."

"혹시 모르죠. 빙고 게임에 져서 홧김에 벌인 일인지도…."

"글쎄요. 유산을 노린 친인척이 벌인 사건일지도 모르죠. 정보가 입수되는 대로 알려드리죠."

"잭, 정말 고마워요. 매번 신세만 지는 것 같군요. 보답할 방법이 없을까요?"

"레드스킨스 티켓 구할 수 있으시다면 기꺼이 받죠."

"풋볼 팬인가 보군요."

"네."

"1주일만 기다려요. 벤치 근처 자리를 마련해 줄테니까."

"뭔가 바라고 하는 건 아니에요. 대가가 없어도 정보는 드릴 수 있어요. 이번 건은 정말 사악한 냄새가 풍겨요. 젊은 직원들도 사망했다는 것 아시죠?"

"나도 봤어요. 도대체 이유가 뭘까요?"

"노인들을 해치울 수만 있다면, 희생양쯤은 아랑곳하지 않는 놈들이죠. 무서운 놈들입니다."

"추가 정보가 생기면 또 알려줘요."

"그러죠. 티켓 미리 감사해요."

"소식 들었어요?" 캐시가 물었다.

"들었어."

"지금 어디에요?"

"지금 미술용품 가게야." 맥스가 답했다.

캐시는 아직도 그의 벽에 대해 묻질 못했다.

도대체 거기서 뭘 하는 거지?

"누가 이런 짓을 한 걸까?"

"자기 생명을 버리면서까지 이 일에 열정을 지닌 사람이지. 나도 그게 누군지 궁금해."

캐시는 당연히 맥스의 편이었지만, 자살폭탄테러범을 묵인할 순 없었다.

"설마 잘했다는 뜻은 아니죠?"

"아무나 무차별적으로 살해하는 것은 나도 반대야. 젊은 친구들이 목숨을 잃게 되었다는 것도 알고. 하지만 이런 일을 계획한 그 열정만은 높이 평가해. 만일 그가 우리와 같은 이유로 일을 벌인 거라면, 적어도 그 목적은 옳은 거잖아. 방법은 틀렸을지도 모르지만."

"틀렸을지도 모른다고요?"

"캐시, 우린 지금 전쟁 중이나 마찬가지야. 피를 흘리지 않고는 얻을 수 없다고. 나 역시 폭력 없는 혁명이 바람직하다 생각하지만, 너도 알다시피 그건 불가능해. 어쨌든 이번처럼 살인을 감행한 건 나도 옳지 않다고 생각해. 알겠지?"

"알았어요." 캐시는 그의 말을 듣고 안심했다.

"그나저나, 미술용품점엔 왜 갔어요?"

"뭐라고?"

"아, 아무것도 아냐. 집에 가면 전화해요. 사랑해."

"나도 사랑해."

31.

캠프 데이비드에서도 자살폭탄사건이 주요 이슈였다. 번스타인은 토요일 오전에 소식을 접했으며, 미국, 중국 대표단들은 아침식사 도중 듣게 되었다.

약 10년 전, 중국도 비슷한 사건이 있었으나, 곧 잊혀졌다. 중국에서는 노인 폭행을 절대 쉽게 봐주지 않았다. 아시아 국가들의 노인공경사상이 예전과 달라진 것은 사실이었지만, 그래도 그 기본바탕은 변하지 않았으며, 노인들을 공경해야 한다는 의식이 아시아 문화 속에 깊이 뿌리박혀 있었던 것이다. 게다가 당 고위층에는 나이든 관리들이 많았고, 이런 사건은 그들이 도저히 용납할 수 없는 종류의 것이었다.

당시 중국에서는 젊은이들이 모이기도 전에 수천 명의 중국군들이 도처에 깔렸다. 시위가 진압된 후 젊은이들은 무기형을 살거나 고문 또는 사형을 집행당했으며, 이는 전국의 학생들에게 언론을 통해 뿌려졌다. "이런 일이 당신들에게도 일어날 수 도 있으니 각별히 조심하라"는 것이 당의 메시지였고, 이 방법은 매우 효과적이었다.

    토요일 오전 공식 회담이 전 국가원수들 간의 아침식사 도중, 비아오 주석은 중국의 젊은이들도 그들과 마찬가지로 '도발' 단계에 이른 적이 있었다고 했다. 그는 이렇게까지 상황이 곪게 놔둔 것이 잘못이라는 것을 조심스럽게 내비쳤다. 번스타인은 그의 충고에 감사한 다음, 노인들의 생명연장에 관해 그와 논의하고 싶은 욕구가 순간 솟구쳤다. 하지만 비아오의 나이가 곧 88세가 될 것임을 생각하면서 다음 주제로 넘어갔다.

    그들은 식사 도중엔 날씨나 축구, 음식 등과 같이 의미 없는 주제에 대한 대화를 나누었지만, 곧 정오가 되어 참석자들이 모두 큰 회의실에 모여 회담을 시작했다. 비아오의 영어는 매우 훌륭했지만, 중국어와 영어를 혼용해 썼다. 회의 참석자들이 모두 넥스트론을 틀었기 때문에, 그가 중국어를 사용할 때는 곧 영어로 통역된 문장을 들을 수 있었다.

    비아오의 첫 마디는 "우린 20조 달러라는 돈을 빌려줄 수 없습니다"였다. 그의 강경한 태도에 번스타인은 순간 기가 눌렸지만, 그 역시 시간을 낭비하지 않고 본론으로 들어갔다.

    "우린 지금 당장 그 돈이 필요하다는 것은 아닙니다. 현재로서는 3조 달러를 요청하는 바이며, 그 돈으로 로스앤젤레스 복구사업을 시작하려는 겁니다."

    "차후 계획이 어떻게 됩니까?"

    "확실치 않습니다." 번스타인이 대답했다.

    "적어도 몇 년간은 그 돈으로 버틸 수 있을 거라고 봅니다."

    "하지만 얼마지 않아 우리에게 나머지 17조 달러를 빌리러 오겠죠. 하지만 우리는 그런 요청을 들어줄 수 없습니다." 번스타인은 잠시 생각했다.

"반드시 추가 차관을 요청하리라는 법은 없습니다."

"어떻게 말입니까?"

"채권을 발행하거나 다른 곳에서 빌릴 수 있을 겁니다. 몇 년의 시간이 지나면 다른 방도를 생각해 낼 겁니다."

"안타깝게도 그건 불가능합니다. 다른 국가에는 그런 큰돈이 없으니까요. 게다가 지금까지의 부채만으로도 미국경제에 큰 타격을 입고 있지 않습니까. 현 시점에서 3조 달러 추가 차관은 미국으로서 부담이 클 겁니다. 제 말이 틀렸습니까?"

그의 말에 틀린 부분은 한 구석도 없었지만, 번스타인은 마치 자신이 아이처럼 가르침을 받고 있다는 점이 마음에 들지 않았다. 그러나 용돈을 더 받으려고 부모의 잔소리를 듣는 꼬맹이처럼 가만히 들을 밖에 도리가 없었다. 이번 회담에선 중국은 줄곧 부모노릇을 하려는 게 분명했다.

"그 돈이 없으면, 이 세상에서 가장 큰 도시 하나가 망하고 말겁니다. 베이징에 핵폭탄이 투하되었다고 가정해 보시죠." 번스타인은 순간 자신의 말실수를 깨달았다. 잘못 받아들일 경우 협박처럼 들릴 수도 있는 말이었다. 비아오 주석은 그의 실수를 가볍게 넘겼다.

"상황은 이해합니다. 주요 도시 중 하나가 날아간 거나 마찬가지니까요. 하지만 미국과 중국의 차이는, 베이징이 그런 사태에 처할지라도 우리에겐 재건할 자금이 충분하다는 겁니다. 중국은 미국에게 돈을 빌릴 필요가 없습니다."

"그건 맞는 말씀입니다." 번스타인이 말했다.

"3조 달러를 빌려주는 것은 불가능합니다. 가능한 금액이라고 해봤자, 지난번 장관께 말씀드린 바와 같이, 2천억 달러에 불과합니다. 이미 빌린 돈이 너무 많지 않습니까?"

번스타인이 이에 뭐라 말도 꺼내기 전에, 비아오 주석이 다시 입을 열었다.

"미국은 우리에게 가장 중요한 국가입니다. 우리 물건과 서비스를 구매해주고 있으며, 우리는 좋은 품질의 노동력과 상품을 제공하려고 노력하고 있습니다. 그동안 돈을 빌려주었던 이유는 언젠가 그 돈이 우리에게 다시 돌아올 것이라 믿었기 때문입니다. 하지만 이제 상황이 바뀌었습니다. 도시를 재건하는 데 필요한 돈은 지금까지 빌렸던 돈을 다 합해도 모자랄 판입니다. 우리가 만든 옷이나 자동차를 사주는 데 필요한 게 아니라, 미국의 대도시를 복구하는 데 쓰이는 비용을 빌려주는 것은, 이자율이 얼마가 되건 상관없이, 우리 금고를 고갈시키는 원인으로 작용할 수 있습니다."

번스타인과 미국 대표단은 모두 침묵했다. 그는 생각했다.

그럼, 도대체 여기까지 행차하신 이유가 뭐야?

그렇지만 억지로 미소를 지어보였다.

"그렇다면 이자율 따위는 논외라는 말씀입니까? 원하시는 이자율이라도 말씀해 보시죠."

"지금껏 돈을 빌려줌으로써 우리 중국 경제가 여러 모로 이득을 보았기 때문이지, 이자율 때문에 돈을 빌려준 적은 한 번도 없습니다."

이쯤 되자 미국 측에서는 회담은 그대로 결렬된 것이라 느꼈다. 수잔나는 여러 가지 생각으로 머리가 복잡했다. 비집고 들어갈 틈이 없다는 것에 화가 나면서도 동시에 대통령이 직접 설득에 나섰어도 중국은 부동자세를 보이니 그나마 안도했다. 그때 주석이 폭탄선언을 했다.

"로스앤젤레스 재건을 돕기 위한 다른 협상안을 제안하지요."

넥스트론에서 들려온 그의 말에 회의실은 쥐죽은 듯 조용해졌다.

"어떤 안입니까?"

번스타인이 물었다.

"우리가 미국과 파트너가 되는 겁니다."

"파트너라고요? 무슨 의미인지 정확히 이해가 안 됩니다만."

"우리가 당신들의 파트너가 되어 도시 재건을 돕겠다는 겁니다. 비용은 거의 우리 측에서 지불하되, 도시 재건이 마무리되면 도시를 반반 나누는 겁니다."

번스타인은 수잔나의 얼굴을 바라보았고, 그녀는 나머지 대표단들을 쳐다보았다. 중국인들은 싱글벙글 웃고 있었다. 이 상황을 즐기는 듯 했다.

"주석께서 방금 하신 말씀을 다시 설명해 주시겠습니까?"

"우리는 다른 국가들과 달리 힘이 있습니다. 우린 대규모 공사를 최고의 품질로 시행할 수 있는 능력도 있습니다. 또한 세계 최대의 인력자원이 있습니다. 지난 20년간 우리의 건축기술의 발전을 두 눈으로 확인하셨으니, 이는 더 이상 부연설명이 필요 없겠죠. 다른 나라 같으면 5백 명을 고용할 현장에 우리는 5천 명까지 고용할 수 있습니다. 로스앤젤레스를 마치 내 도시처럼 여기고 전보다 더 훌륭하게 재건할 능력과 자부심도 있습니다. 필요한 인력과 자재, 노하우를 모두 공급해 완전히 변화시켜 드릴 겁니다. 이 과정에서 우리가 원하는 건 로스앤젤레스의 파트너가 되는 것뿐입니다."

"파트너가 된다는 것의 정의를 내려주시죠."

"파트너란, 캘리포니아 남부 지역이 예년과 같은 모습으로 돌아가게 되면, 이 세상 어느 지역보다 더 많은 수입을 올리게 될 겁니다. 로스앤젤레스만 쳐도 연방세를 수십억 달러는 걷을 수 있겠죠. 게다가 아메리카의 서부해안에 배를 정박하려면 다른 항구들보다도 엄청난 비용을 지불한다고 들었습니다. 그러니 그런 모든 수수료까지 합하면 결국 우리에게 돌아올 것도 많겠죠."

비아오 주석은 웃고 있었다.

"그러니 우리가 그 일을 해주되 당신들의 파트너가 되는 겁니다."

참석자들의 눈은 모두 번스타인을 향하고 있었다. 미국 대표단들은 할 말을 잃었다.

"얼마 동안 파트너가 되자는 말씀입니까?"

"영원히요. 50대 50으로. 중국인들이 로스앤젤레스를 살려주면, 차후에 미국인들의 세금은 절반씩 나누자는 겁니다."

번스타인의 시선은 아래를 향했다. 미국 대표단들의 표정을 정확히 읽을 수는 없지만, 관심 있는 표정이 역력했다.

"주석께서 사전에 이러한 안건을 언급하셨더라면, 우리 측에서도 적어도 수백 가지 방법을 구체적으로 논의했을 겁니다. 괜찮으시다면, 잠시 휴식을 취한 뒤 오후에 다시 회의를 계속하는 게 좋겠습니다. 일단은 중국 측의 제안의 실효성을 먼저 의논할 필요가 있다고 봅니다. 어떠십니까?"

"그렇게 하시죠." 주석이 답했다.

"근처에 편자 던지기를 하는 곳이 있다고 들었습니다. 그곳으로 안내해 주시겠습니까?"

"물론입니다." 번스타인이 존을 향하며 말했다.

"안내해 드리게."

미국 측 대표들 간의 회의 분위기는 놀라울 정도로 침착했다. 수잔나를 포함한 대부분 사람들이 중국 측의 제안을 긍정적으로 바라보고 있었다.

"우선 냉정하게 상황을 바라보면, 중국 외에는 돈을 빌릴 곳이 없습니다. 이런 돈을 찍어내고도 경제에 영향을 받지 않을 나라는 없으니까요. 그쪽에서 도시 재건에 드는 비용과 관련된 여파를 감당할 수 있다고 한다면, 이익을 나누는 것도 우리 측에서는 이득이 될 겁니다. 차후 이득을 절반이나 요구한다는 것은 과하며, 이에 대해서는 차후 협상이 필요하다고 보지만, 로스앤젤레스에서 50조 달러의 수입을 내기까지 얼마나 오래 걸리겠습니까? 족히 100년은 걸릴 것이며, 영원히 그런 수입을 창출하지 못할 수도 있습니다. 어쩌면 일정 기간을 정하자는 의견에 동의할지도 모르는 일이구요."

마크 홈스 차관이 자리에서 일어났다.

"다들 정신이 나가셨습니까? 중국인들에게 우리 도시를 내주자는 말씀입니까?"

"20조 달러를 빌리는 것과 이건 기본적으로 별 차이가 없다고 봅니다." 존이 답했다.

"그런 큰돈을 빌리면서 지급해야 하는 이자를 생각해 볼 때, 오히려 우리 측에 큰 이익이 될 것입니다."

"어떤 이익을 말하는 건가?" 번스타인이 물었다.

"먼저, 그들은 로스앤젤레스를 다시 복구시켜 수익을 창출하기 전까지 공동의 목표를 위해 노력할 것임이 자명합니다. 도시의 재건을 위해 투자한 것이 있고, 바라는 것이 있기 때문에, 미국을 공격한다는 등의 일은 없을 겁니다."

"허, 그럼 그냥 나라 절반을 뚝 떼 주시지 그래요?"

마크가 쏘아붙였다.

"그럼 절대 공격할 일이 없겠군요."

사람들은 이 말에 웃었지만, 존은 진지하게 다음 말을 이어갔다.

"그들이 원하는 건 나라의 절반이 아닙니다. 게다가 지금 아쉬운 쪽은 우립니다. 그럼 이 외에 다른 방법이 있으면 말씀해 보시죠. 전 없다고 봅니다."

번스타인이 자리에서 일어나 테이블 주위를 걷기 시작했다.

"이 제안은 우리 측에 호의적으로 작용할 수 있을 겁니다. 위협적 요소를 제거하기 위해서는 장기간의 투자를 제시해야 합니다. 우리가 단순히 돈을 빌리는 거라면, 결국엔 채무관계를 청산하더라도 파트너가 되는 것보다 긍정적인 결과를 낼 순 없을 겁니다. 게다가 그들의 건축기술이 훌륭한 건 누구나 아는 사실입니다. 최악의 재난 후에 최고의 도시를 갖게 될 것이며, 여전히 우리 군대가 주둔하는 미국 땅이 될 겁니다. 수입만 나누는 것뿐이죠. 왜 이걸 좋지 않다고 생각하는 거죠?"

대표들 대부분은 고개를 끄덕였다. 기간은 줄이고, 보다 좋은 협상안을 고안하며, 미국인들이 불안을 느끼지 않도록 보안체계를 구축해야 할 것이다. 게다가 이것 외엔 방법이 없었다. 로스앤젤레스 전역을 떠돌아다니는 좀비들을 보며 다른 지역의 사기가 떨어지는 상황으로 볼 때, 시급히 대책을 강구해야 했다. 게다가 중국인들은 '시급히'라는 말의 의미를 특히 잘 이해했다.

이제 주사위는 던져졌다. 미국 역사에 새로운 길이 열릴 것이다. 번스타인은 그의 팀에게 실효 가능한 협상안을 고안하도록 지시했다.

"50대 50보다 더 좋은 안을 만들고, 50년간의 계약으로 하게. 그러나 이것 외의 대안은 없으니 서로 구미에 당길 수 있도록 하면, 나도 국민들에게 제안해보도록 하겠네."

번스타인은 회의장을 나가 편자놀이를 하고 있는 비아오 주석을 발견했다. 4

개는 포스트에 걸려 있었고 3개는 거의 근처에 떨어져 있었다.

"아주 잘하시는데요."

번스타인이 말했다.

"자, 그럼 이제 제안하신 대로 진행해 볼까요?" 비아오가 웃으며 얘기했다.

"좋은 생각입니다. 추가 회의가 필요하겠습니까?"

"아닙니다. 이제 양국 대표단들이 만나서 구체적인 사안을 논의할 겁니다. 하지만 잘 검토 해주시죠. 저도 우리 국민들에게 전달해야 하니까요."

"물론입니다. 주말동안 이곳에 머물러도 괜찮겠습니까? 이곳 공기가 아주 좋습니다."

"원하시는 만큼 머무셔도 좋습니다. 단, 아무리 좋다하셔도 캠프 데이비드는 안 팝니다."

비아오는 이 말에 큰 소리로 웃음을 터뜨렸다.

32.

 FBI의 조사 결과 샌디에이고 자살폭탄테러범은 제프리 J. 앤더슨으로, 앨러배마 주 몽고메리 출신이었으며 전과기록은 없었으나 종이 공장에서 해고된 후 정신이 나가 이와 같은 범행을 저지른 것으로 알려졌다. 그는 매달 아버지의 요양원 비용을 대고 있었는데, 아버지가 살고 있던 은퇴지구로 달려가 20명이나 죽이고 말았다. 그가 남긴 메모를 읽고, 맥스는 한기를 느꼈다.

 "관계자분들께. 나는 부모님을 사랑했지만, 내가 받고 있는 적은 급료로는 그들을 보살필 수 없었습니다. 버는 돈은 모두 그분들을 위해 쓰였습니다. 어머니가 돌아가셨을 때, 보험회사에서는 어머니가 음주운전을 했다는 억지주장을 펴면서 보험금을 지급하지 않았습니다. 전 매일 아침 두 분을 위해 돈을 벌기 위해 일어났으며, 나 자신의 인생 따윈 생각할 겨를도 없었습니다. 결혼을 하거나 자식을 낳아 키울 돈이 없으므로 나중에 내가 늙었을 때 나를 봉양할 자식도 없을 겁니다. 우리 아버지는 받을 줄만 아는 탐욕스런 사람입니다. 미국정부는 젊은이들을 포함한 모든 국민에게 공평한 사회를 건설해야 합니다. 난 우리 아버지가 천국에 계시길 바랍니다. 적어도 그곳은 미국 땅이 아니니 내 손으로 그를 봉양할 필요도 없을 것이며, 대신 세금을 내란 소리도 하지 않을 테니까요."

맥스는 이를 읽고 기가 막혀 캐시에게 보여주었다.
"이 사람 정말 똑똑하지 않아요?"
"똑똑한 것까진 모르겠지만, 나도 이걸 읽고 가슴이 아팠어." 무고한 생명이 죽어가는 것을 지켜보는 것은 슬펐지만, 적어도 이 글을 쓴 사람의 심정은 이해가 돼."
캐시 역시 이미 돌아가신 아버지의 빚을 갚기 위해 앞으로 십 년 넘게 벌어야 했다. 하지만 무고한 사람들이 그 한 사람 때문에 죽어야 했다는 것엔 동의할 수 없었다.
"매우 훌륭한 글 같아요. 하지만 그런 테러에는 공감할 수 없어."
"하지만 생각해봐." 맥스가 말했다.
"지금 전 세계 사람들이 이 편지를 읽고 있을 걸?"
"그렇다고 해서 뭔가 변화가 있을 거란 뜻이에요?"
"엄청 대단한 사람의 귀에까지 이 편지글이 들어가게 된다면야."
"누구?"
"대통령이나, 백악관 대변인이나, 노벨상 수상자들이나, 그런 사람들⋯."
"어떻게 해야 그렇게 될까요?"
"글쎄 내가 하려는 게 바로 그거야."

노인들은 이 메시지를 읽고 두려움에 떨어야 했다. AARP에도 수십만 통의 전화가 걸려왔다. 그의 편지에는 누구도 묵인할 수 없는 진실이 담겨 있었던 것이다. 이 사건으로 인해 잠자던 거인들이 잠에서 깨어난 것이었다.

로버트 골든은 백악관에 연락을 취해 긴급회의를 소집했다. 다음 날 아침 그는 존과 아침식사 겸 회의를 하기로 했다. 그것만 봐도 AARP의 정치적 영향력을 알 수 있었다.

로버트는 분노에 찬 목소리로 말했다.

"대통령께서 이 일에 개입하셔야 합니다. 계속 함구하고 계시면 상황은 점점 나락으로 치닫고 말 겁니다."

"대통령께서도 일의 심각성을 알고 계십니다. 하지만 이 시점에서 성명을 발표한다는 건 오히려 불똥이 다른 데로 튈 수 있어요." 존이 말했다.

"버스에서 총질하고, 우리 건물도 폭파하고, 이젠 20명이나 죽어 버렸으니, 우리 회원들이 다들 놀라 자빠졌단 말입니다."

"노인들은 누워있는 게 정상 아닌가요?"

"웃기는 소리 말아요, 존. 지금 이건 웃을 문제가 아닙니다. 대통령께서 한 말씀 해주셔야 한다고요."

"로버트. 이 상황에서 대통령께서 무슨 말씀을 하신다면, 오히려 그 정신병자들이 더 신나게 반발하고 나설 겁니다. 현재 이 사건에 관심을 쏟고 있는 중이며, FBI도 오래 전부터 투입했습니다. 대통령께서 나서게 되면, 그건 이 나라의 최고 관심거리가 되어버리고 말 겁니다."

"하지만 그게 사실이잖소."

"아니죠. 로스앤젤레스가 가장 중요한 문제죠."

"존. 지금 우리가 얼마나 떨고 있는 줄 아시오? 난 아침에 출근할 때마다 총에 맞는 게 아닌가 하고 걱정하며 살고 있어요."

"그럴 일 없으니 걱정 마십시오. 경호원이 더 필요하신 겁니까?"

"각하가 나서서 이런 일은 그만두도록 경고해야 합니다."

"현 시점에선 오히려 그게 역효과를 불러일으킬 겁니다. 제 말을 믿으세요."

"백악관이 폭파되었더라면 그런 소린 못했을 거요."

"그렇겠죠. 말씀하신 건 대통령께 전달하겠습니다. 기억하실 것은 지금은 그럴 때가 아니란 것뿐입니다."

한밤중 번스타인은 두 눈을 뜬 채 침대에 누워 있었다. 평소에는 넘치는 잠에 이미 코를 골며 자고 있을 것이었다. 필요하면 의사에게 수면제를 달라고 하면, 이 세상에 있는 모든 종류를 다 구할 수 있을 것이다.

2020년대에 수면제는 큰 도약의 시기를 맞았다. 새로 나온 수면제들의 유일한 부작용이라고 한다면, 일단 먹기만 하면 아주 깊은 잠에 빠진다는 것이었다. 잠에 푹 빠져서 절대 깨는 일도 없었으며, 일어나서 음식을 찾는다거나 운전을 한다거나 실수로 전화를 건다거나 아침에 일어나도 찌뿌둥한 느낌이 전혀 들지 않았다. 게다가 마치 마취약 같아서, 일단 맛들이면 끊기가 힘들었.

번스타인은 약에 의존하지 않는 자신을 늘 자랑스럽게 여겼다. 필요할 경우라면 그도 수면제를 먹었지만, 강인한 성격을 기르기 위해 되도록 참는 끈기를 기르려 노력했다. 벳시는 4년간 매일같이 수면제를 먹었으며 약을 끊는 것에는 관심이 없었다. 수면제는 구체적으로 여섯, 여덟, 열, 열두 시간으로 나누어져 있었으며, 약을 먹으면 정확한 시간에 깼다. 초기 실험에 따르면, 3천명의 환자들이 8시간짜리 약을 먹고 15분 만에 잠에 들었고, 대략 8시간 후에 깼다고 한다. 한 독일제약회사는 약 성분을 시간대로 조절하는 기능으로 특허를 따냈다. 광고에서는 알람시계가 정확한 시간을 알기 위해 수면제를 쳐다보는 장면이 등장했다.

번스타인은 밤중에 누군가 대화상대가 필요하면 벳시를 깨우곤 했다. 하지만 벳시가 약을 먹기 시작한 이후론 그것도 불가능했다. 새벽 3시의 벳시는 거의 무능한 아내나 마찬가지였다. 코를 골며 뭔가 듣는 척 했지만, 다음 날 물어보면 아무것도 기억하지 못했다. 그러한 까닭에 그는 수잔나 콜버트에게 늦은 밤중에 전화하는 버릇이 생겼다.

수잔나는 장거리 여행을 할 경우를 제외하고는 수면제를 먹지 않았다. 번스타인이 최초로 밤중에 전화를 건 건 목요일 새벽 1시였다. 캠프 데이비드 회담 바로 다음 주의 일이었다. 그녀의 남편이 출장 중인지 알 순 없었으나, 만일 집에 있다 해도 대통령이 중요한 일로 전화했다고 하면 끝날 일이었다. 대통령들이 사람들 잠을 깨우는 건 항상 허용되는 일이었다. 전화를 받은 사람은 수잔나였다.

"여보세요?"

"나 때문에 깬 건 아닌지?"

"누구시죠?"

"대통령이오." 그녀는 깜짝 놀랐다.

"무슨 일이죠? 뭐가 잘못됐나요?"

"아니. 당신이 자고 있는지 아닌지 몰랐고, 남편을 깨울 생각은 없었는데. 너무 늦었다면 미안하군요."

"남편은 출장중이예요. 어차피 각방을 쓰니까요. 사실 손에 차를 들고 깜빡 졸았는데, 전화 안하셨으면 손에 화상 입을 뻔했네요."

"그럼, 내 덕분에 깬 거군요."

"그렇죠. 무슨 문제가 있는 건가요?"

"잠이 안 와서. 너무 생각할 것들이 많아요."

"캠프 데이비드에서 있던 일 때문인가 봐요."

"그것도 그렇고, 우리 어머니 일도 그렇고. 어머니 생각을 할 때마다, 당신 생각이 나네요."

"칭찬인지 아닌지 애매하네요."

"칭찬이오. 왜 각방을 쓰는 거죠?"

"네?"

"그냥 궁금해서 물었어요. 대답 안 해도 돼요."

"각방 쓴지 꽤 오래 되었어요. 언제부턴지 생각도 안 나네요. 그냥 이제 익숙해졌어요. 제가 침대에서 늦게까지 일하니까 그이가 깨서 그랬을 거예요."

"그렇군요."

"어머니 말씀하니까 생각나네요. 내일 혼자 병원에 가볼까 해요. 괜찮으시다면."

"난 괜찮소. 그런데 정말 가고 싶은 거 확실하오?"

"네. 가서 직접 보고 싶어요. 미리 말씀 안 드렸는데, 그 병원이 우리 회사에 투자했었죠."

"설마."

"아마 병동만 해도 200개는 족히 될 겁니다. 엄청 큰 사업체죠. 게다가 The

Card와도 깊은 연관이 있죠."

번스타인은 잠시 아무 말도 잇지 못했다. 그녀의 능력에 완전히 감탄하고 말았다. 여인의 부드러움과 남성의 사업수단을 모두 갖춘 매혹적인 사람이었다. 능력 있는 여자들은 항상 오만불손하다 생각했었는데, 그녀는 전혀 달랐다.

"그렇게 해준다면 정말 고맙겠소. 다녀와서 생각을 알려주시오. 이제 그만 끊어야겠군. 당신도 자야할 테니."

"한밤중에 깨워놓고 도망가시려고요?"

그는 웃었다.

"알겠소. 그럼 캠프 데이비드 일에 대해 논의해 봅시다. 이제 난 미국을 팔아먹은 대통령으로 역사에 길이 남겠지요?"

"오히려 그 반대죠. 부담감이 크시겠지만, 현재로선 다른 방도가 없잖아요. 변화는 두렵고 예측 불가능하기도 하죠. 그래서 대부분의 대통령은 변화를 싫어하죠. 하지만 운명이 그 기회를 준 겁니다. 이 선택을 저버리는 게 오히려 나라를 망치는 일이겠지요. 제 생각엔 훌륭하게 대처하신 것 같습니다."

"의회에도 그렇게 말해주겠소?"

"네." 수잔나가 웃음을 터뜨렸다.

"아침에 할게요. 그런데 그거 아세요? 의원들도 아마 별말 없을 겁니다. 사태가 워낙 심각한 걸 아니까요. 이런 궁여지책이 아니라면 미국은 망할 겁니다. 이것 외엔 해결책도 없고요. 저도 제가 의회에 가길 원하신다면, 당연히 그럴 겁니다. 사실 제가 가서 그들을 설득해야 한다고 생각도 하고 있어요."

번스타인의 얼굴에 큰 미소가 걸렸다. 그러다 옆방에서 자는 벳시를 깨울까 걱정이 되었다.

"고맙소, 수잔나. 내일 봅시다."

"그리고, 대통령 각하?"

"네?"

"아무 때나 전화하셔도 괜찮습니다."

"그러죠. 잘 자요."

번스타인은 이 여인과 몇 시간이고 이야기하고 싶었다. 이런 감정은 고등학교 이후 처음이었다.

33.

텍사스 주의 댈러스에서는 매년 이뮤니케이트의 주주총회가 열렸다. 할로윈데이 1주일 전이었다. 맥스는 그곳에 가야겠다고 마음먹었다. 맥스는 샘 밀러에게 가서 개인적으로 대화를 할 수만 있다면 모든 계획이 착착 진행될 것이라 믿었다. 그는 캐시에게 텍사스에 같이 가겠는지 물었다.

캐시는 맥스의 침실 벽에 대해 여전히 말을 꺼내지 않고 있었다. 하지만 샘 밀러를 만나러 가기 전엔 반드시 말해야 할 것 같았다. 그녀는 맥스의 집에 다시 깜짝 방문을 하기로 했다. 이른 오후에 전화를 걸자 그날은 집에서 일할 거지만 저녁 같이 먹는 건 좋겠다고 했다. 그래서 캐시는 오후 4시쯤에 그의 집으로 갔다. 배가 고픈데 일찍 저녁 먹을 생각 없냐고 물을 계획이었다.

그녀가 도착했을 때, 집 뒤쪽으로 다가가 몰래 그의 방을 엿볼까 하는 생각도 했지만, 곧 생각을 버렸다. 그녀는 현관 벨을 울렸다. 맥스는 매우 기분 좋은 얼굴로 문을 열었다.

"왔어? 웬일이야?"

"볼일 있어서 밖에 나왔다가 배가 고파져서. 일찍 먹을 생각 없어요?"

그는 시계를 쳐다보았다.

"네 시에 저녁 먹자고? 정말이야?"

"꼭 지금은 아니더라도. 뭐 한 시간 후에 먹어도 되고."

그녀가 두려워하던 순간이 다가왔다. 그의 침실에서 몇 미터 채 안 되는 거리에 서서 들어가겠다고 할 때, 그가 어떻게 나올까? 그냥 가자고 할까? 그건 너무 무례한 행동이었다. 그러자 맥스가 말했다.

"지금도 괜찮아. 가서 코트 가져올게."

캐시는 문 안으로 들어가 거실을 보았다.

"자기 집은 정말 깨끗하네요."

"응. 어제 아주머니가 다녀가셨거든. 어제만 해도 싱크대에서 엄청 냄새가 심했어."

캐시는 그의 침실 문이 살짝 열린 것을 보고 기회다 싶어 무작정 들어가 보기로 했다. 맥스는 막으려 하지 않았다. 그녀는 문을 열었으나 침실 벽엔 아무것도 없었다. 깨끗한 방에 깨끗한 벽, 새 침대보에 청소한 듯 깨끗한 카펫이 보였다. 침대 맡에 놓은 향기 나는 초에서 은은한 향이 풍겨져 나왔다.

캐시는 잠시 자신이 미친 게 아닌가 하고 생각했다. 분명 지난번에 봤던 것이 모두 사라지고 없었다. 그냥 솔직하게 말하고 물어볼까? 그러면 처음부터 왜 자기 집을 훔쳐봤는지 물을 것이고, 그래봤자 좋을 것도 없었다. 결국 그녀는 입을 다물기로 했다. 오히려 이젠 잘된 일이라고 생각했다. 전에 본 벽은 집착이 아니라 그냥 옛날 방식의 조사와 같은 것이라고 생각했다. 필요한 모든 정보를 다 벽에 오려붙인 뒤 멀찌감치 떨어져서 바라보면서 생각을 하는 것이라고. 그렇게 생각하자 모든 게 이해되었다. 그냥 한 때 그랬던 것뿐이다. 사실 고등학생 때, 그녀 역시 아프리카 국가의 위치를 공부할 때 똑같은 방법을 쓰지 않았던가. 그녀가 맥스의 방 사건을 합리화하면서 말없이 서 있자, 맥스가 그녀의 어깨에 손을 올렸다.

"가자. 배고프다면서, 어서 가자."

캐시는 순간 자신이 바보 같았다. 그를 잘못 판단했을 뿐 아니라, 한밤중에 저녁을 먹는 스페인에서 살고 싶다던 그녀가 오후 4시 반에 저녁을 먹으러 가는 꼴이 되어버린 것이다. 결국 자기 꾀에 자기가 빠졌다고, 사랑하는 사람을 의심하더니 결국 이렇게 된 것이라며 쓴 웃음을 지었다.

브래드 밀러가 점심을 먹고 있을 때, 패서디나 관리인이 다가와서 식사 후에 사무실로 오라고 했다. 브래드는 돈 받을 생각은 일찌감치 접어뒀으니, 뭔가 문제가 생겨 질책을 듣는 건 아닌가 하고 생각했다. 그는 만든 지 1년은 된 것 같은 에그 샐러드 샌드위치를 다 먹고 나서 테이블에서 일어나 사무실 건물로 향했다. 위층으로 올라가 대기실에 앉아 있자 누군가 그의 이름을 불렀다. 액자 하나 없는 복도 벽을 지나 지난번에 갔던 작은 방으로 안내되었다. 이번에는 한 여자가 앉아 있었다.

"앉으시죠, 밀러 씨. 전 앨린입니다."

"여기 처음이요?"

"패서디나에는 처음입니다. 그동안 랭카스터에서 근무했습니다."

"이 사무실 쓰던 놈은 어디 갔소?"

"모릅니다."

"내 집값 내놓을 거요?"

"그럴 수도 있고, 아닐 수도 있습니다."

브래드의 표정이 밝아졌다.

"그럴 수도 있다고 했소?"

"글쎄요."

"그럴 수도 있고, 아닐 수도 있다면서?"

"밀러 씨, 패서디나에는 지금 수용공간이 모자랄 형편입니다. 지난 몇 달간 이곳에서 묶도록 해드렸습니다만, 이젠 떠나실 때가 되셨습니다. 그래서 저희가 2만5천 달러를 드릴 겁니다."

"2만 5천 달러라고? 개 소리하고 있네. 내 콘도 값이 그것밖에 안 된단 말이야?"

"이건 콘도 값으로 드리는 게 아닙니다. 로스앤젤레스에 가지고 계신 소유지에 대한 문제해결이 오래 지속될 것으로 예상되어 선불해 드리는 겁니다. 하지만 이 돈은 세금을 내실 필요가 없으시니, 이 돈을 받으시고 밀러 씨 같은 기회를 받지 못한 분을 위해 공간을 내어드리려 하는 겁니다."

"기회라고? 농담하는 거지? 이게 나한테 기회를 준 거란 말인가? 내 삶을 송두리째 빼앗겼을 때만 해도 죽고 싶었는데, 그게 다 기회라고? 나 죽고 나서 흙 속에 파묻혔을 때도 오히려 죽을 기회를 받아서 감사하다고 해야 할 판이군."

앨린은 소리 없이 미소를 지었다. 이런 사람들을 평생 상대해왔으니, 이제 익숙해져 버렸다. 그래도 지난번 일자리보다는 이쪽이 나았다. 루이지애나에서 일하면서 들었던 욕설들을 생각하면 이곳은 천국이었다.

"밀러 씨, 제 말은 밀러 씨처럼 삶을 빼앗겼지만 여전히 공원에서 지내는 사람들보다는 나은 형편이란 뜻입니다. 거기서는 음식조차 제대로 구하지 못하고 있어요."

"그래? 그 사람들한테 여기 음식에 대해 미리 경고해주는 게 낫겠군. 차라리 공원에 나가 사는 편이 낫겠다고."

옐린은 그의 말을 무시했다.

"그럼 그렇게 하실 건가요?"

"뭘 어떻게 해?"

"선금으로 2만 5천 달러를 받으시고 일주일 후에 떠나시는 겁니다."

"안 가겠다면?"

"돈도 잃고 어차피 내쫓기실 겁니다."

"알겠소. 그렇게 하는 걸로 하지."

천막으로 돌아가면서 그는 이 편이 오히려 낫다는 생각이 들었다. 어차피 내쫓을 거였다는데, 적어도 이젠 2만 5천 달러는 받지 않았는가? 그는 주머니에서 너덜너덜해진 브로슈어를 꺼내어 아들에게 전화를 걸었다.

"데이트가 있다고?"

"데이트가 아냐. 고객을 풋볼 경기에 데려가는 거지."

폴이 말했다.

폴의 남자친구인 오웬 스테인은 그의 말을 믿지 않았다. 지난 6개월간 둘의 사이는 나빠질 대로 나빠져 가고 있었다. 섹스도 없었고, 웃는 일도 없었으며, 그저 말없이 마주보고 앉아 저녁을 먹는 게 고작이었다. 오웬은 뭔가 심상치 않다고 했다.

"심상치 않을 게 뭐가 있어. 그저 우리 둘 다 스트레스를 많이 받아서 그래. 인생이 늘 장밋빛인 건 아니잖아."

"그게 대체 무슨 소리야?" 오웬이 물었다.

폴은 오웬을 처음 만났던 순간을 상기했다. 그는 골동품 가구점에 들어가 거울을 사려는 중이었다. 그때 그에게 찾아온 점원에게서는 기분 좋은 냄새가 났다. 꽤 인물도 좋아 보였다. 폴보다 8살 연했다. 그는 회색 구레나룻을 길렀으며 파란 눈에 별로 다듬지 않은 덥수룩한 머리를 하고 있었다. 키도 꽤 컸다. 폴보다 5센티미터나 컸다. 폴은 자신보다 어린 남자는 사귀지 않았으나, 이번만은 달랐다.

폴은 여성적인 성향의 남자들은 좋아하지 않았다. 그는 게이 냄새를 풍기지 않는 건강한 체격을 선호했다. 오웬은 병적으로 운동을 좋아했으며, 42세의 나이에 30세처럼 보였다. 그의 나이처럼 보이는 건 가끔 돋는 흰머리뿐이었다. 그들은 함께 운동을 하러 다녔으며, 좋아하는 영화나 음악도 같았다. 그들의 관계상의 문제는 아무것도 없었지만, 그저 폴은 오웬을 생각보다 깊이 사랑하지 않았다. 동거를 하게 되면 뭔가 바뀔 것이라 기대했지만, 그로부터 수년이 흐른 지금 모든 것이 시들해져 버렸다. 폴보다는 오웬이 그를 더 좋아했다. 게다가 그는 쉽게 질투를 하는 타입이었다.

"풋볼 경기에 데려간다는 고객은 어떤 사람인데?"

"대법원에서 일하는 친군데 내가 필요한 정보를 알려주는 사람이야. 최근 폭발 사건의 배경에 대해 관련 정보를 주고 있지."

"그 사람 이름이 뭔데?"

폴은 그냥 이름을 말해줘도 되었다. 하지만 실수로 "왜?"라고 물어버렸다.

"왜라니? 그냥 이름이 궁금해서 묻는데."

"오웬. 나한테 이런 정보를 알려주는 것만으로도 그 사람 직장이 위태해질 수 있어. 그 사람 이름이 오르내리는 걸 원치 않을지도 모르잖아."

"오르내린다고? 그게 도대체 무슨 뜻이야? 이제 나도 못 믿어?"

"잭. 잭이야."

"알겠어. 잭이랑 즐거운 시간 보내, 그럼." 오웬은 그대로 문을 닫고 집을 나가버렸다.

대체 내가 왜 그랬을까? 그냥 이름만 말해주면 될 것을. 폴은 답을 알고 있었다. 하지만 생각하고 싶지 않았다.

경기장의 날씨는 매우 쌀쌀했다. 폴은 잭 월먼이 특히 그날 멋지다고 생각했다. 헤링본 목도리와 장갑, 청바지, 구제 운동화 차림이었다. 잭이 멋지다고 생각했던 적은 없었는데, 오웬과의 다툼 때문에 그랬는지도 몰랐다.

폴은 중요한 정보원이 되는 잭이라는 사람을 놓치고 싶지 않았다. 만일 그와 사귀었다가 관계가 틀어지게 되면, 대법원에 있는 누구에게 정보를 얻을 것인가? 하지만 그를 보면서 둘이 잘될 수도 있지 않을까 하는 생각이 끊임없이 들었다.

"여기 자리 정말 좋네요. 이런 자리에 앉아본 적 한 번도 없어요." 잭이 말했다.

그의 말은 사실이었다. 로버트 골든은 경기 때마다 늘 최고의 좌석을 구했다. 로버트는 풋볼 팬이 아니었지만, 폴이 레드스킨스 대 베어즈 경기 티켓을 구해달라고 하자 30분 만에 구해주었다. 좌석 위치는 레드스킨스 벤치 바로 두 줄

뒤였다. 코치가 하는 말까지 다 들렸다.

"언제부터 풋볼을 좋아했어요?" 그가 잭에게 물었다.

"옛날부터요. 광팬이라고 할 정도는 아니지만, 자동차 사고를 보는 것 같은 기분이 좋아요."

"그게 무슨 뜻이죠?"

"선수들이 서로 부딪힐 때, 그게 내가 아니라는 부분이 좋은 것 같아요. 서로 미친 듯이 달려들어 싸우는데 그 모습을 볼 수 있다는 게 좋은 거죠. 다른 경기를 볼 때는 그런 느낌이 안 들어요. 대리만족과 같은 거겠죠."

"그렇게 생각해본 적은 없었는데. 이제부턴 그렇게 봐야겠군." 폴이 말했다.

잭이 그를 보고 웃었다.

"자살폭탄테러와 관련해 여러 정보가 들어오고 있어요. 언제 한 번 정리해서 넘겨줄게요. 이들이 어떤 사람들인지 알 수 있을 거예요."

"그래주면 고맙겠어요. 그 사람들 프로파일 같은 것 말인가요?"

"맞아요."

"잘됐군요. 그들이 누군지 알게 되면 막을 수 있는 가능성이 높아질 거야."

"법이 바뀌지 않는 한 어려울 걸요."

"무슨 뜻이죠?"

"장년층의 의료비를 삭감하고, 사회보장 범위를 줄이는 것 등이죠. 이런 것 때문에 그들이 난리치는 거니까요."

"그게 가능할지 모르겠네." 폴이 말했다.

"그러다가는 다른 문제에 봉착할 수 있어요. 노인들도 그 정도의 폭력은 쓸 수 있거든."

"그럼 노인들이 애들 생일파티에 폭탄을 투여할지도 모른다는 말인가요?"

"웃기는 소리. 어쨌건 그들 나름대로 데모와 시위를 할 걸요. 그런 제안을 한 정치인을 몰아내겠지."

"개인적인 생각으론, 이들을 잠재울 뭔가 대책을 마련해야 할 것 같아요. 꽤 큰 걸로요."

그 순간, 레드스킨스가 득점을 했고 관중들은 미친 듯 환호성을 질렀다. 잭은 자리에서 일어나 큰 환호성을 질렀고, 폴도 따라 일어났지만 그의 마음은 다른 곳에 있었다.

도대체 자신을 폭발시킬 정도의 젊은이들을 어떻게 잠재울 수 있단 말인가?

대통령의 노모는 메릴랜드 주 볼티모어에 있는 컴패셔닛 케어라는 요양센터에 비밀리에 안치되었다. 컴패셔닛 케어는 식물인간 상태의 환자들을 전문으로 하는 곳으로 고성능 기계가 탑재되어 있었다. 병원에서든 일반 요양원에서는 이렇게 기계에 의존해 사는 환자들을 수용할 수 없었다. 게다가 기계 값이 너무 비싸서 재벌들이나 투자자로 나섰다. 네이트 캐스도 그런 투자자 중 한 명이었다.

캐스 가는 미국 제일의 재벌가 중 하나로 내슈빌에 있었다. 1945년에 로널드 캐스 가 흰개미 사업에 뛰어들면서 진 세계의 가장 큰 해충박멸회사로 자리매김했다. 캐스 해충박멸회사는 40개 주, 전 세계 20개국에 사업체를 확장했으며, 1955년대에 이르러서는 1년에 1조 달러의 매출이익을 챙겼다. 로널드의 다섯 아들은 사업을 물려받아 2000년대에 이르러 이를 300조로 불려 제과 및 비료와 같은 다양한 사업체에 투자했다. 또한 퍼듀 다음으로 세계에서 으뜸가는 닭 농장을 경영하기에 이르렀다.

 다음으로는 무한한 투자가치가 있는 건강산업에 뛰어들었다. 둘째 아들인 네이트는 사업수완이 뛰어난 인물로 의료보험, 연구 병원, 제약회사와 점차 성장 중에 있는 생명유지장치, 그리고 마지막으로 수년간은 살 수 있는 혼수상태의 환자를 돌보는 사업에 투자했다.

 2020년에 종교단체들은 삶과 죽음 문제에 있어 각종 활동을 펼치기 시작했다. 복음주의자들이 여러 사건에 대해 법정분쟁을 벌이자, 의사들은 플러그를 뽑는 것을 더욱 두려워하게 되었다. 월터 매스터스와 같은 이들이 필요하게 된 것과 마찬가지로 캐스 가는 점점 더 많은 부를 축적하게 되었다. 컴패셔닛 케어는 그 누구도 상상하지 못했던 아름다운 자연환경 속에 지어진 건물로 적어도 환자들의 심장이 멎는 순간까지는 그들에겐 꿈의 공간이나 다름없었다. 네이트는 생명유지장치를 훨씬 작고 예쁘게 보이도록 만들었으며, 가족들이 방문할 때 모든 것이 평범해 보이게끔 디자인했다. 심장과 호흡을 보여주는 모니터나 펌프 등도 침대의 뒷부분에 부착시켜 가족들이 쉽게 볼 수 없게끔 만들었다. 그래서 병원이 아니라 디자이너들이 꾸민 침실처럼 보였다. 가족들이 방문할 때는 환자들의 얼굴에 화장도 했다. 마치 방금 전에 산책을 마치고 돌아온 듯 얼굴에는 홍조를 띄고 있는 그들은 코마에 빠진 것이 아니라 잠시 낮잠을 자는 듯 보였다.

 이런 것을 반대하는 이들도 있었다. 특히 번스타인이 그러했다. 그러나 법정에서는 뇌사판정을 받아야 진짜로 죽은 것이라 여겼다. 뇌파가 조금이라도 움직이면, 환자 자신의 동의 없이는 플러그를 뽑을 수 없었다.

 복음주의자들은 뇌가 무슨 일을 하고 있는지 관심이 없었다. 어쨌건 예수님이 그 안에 계시다고 믿었다. 그들은 작은 뇌파만으로도 꿈을 꿀 수 있다고 배심원들을 설득시켰다. 한 변호사는 다음과 같은 유명한 말을 남겼다.

"우리가 전혀 상상할 수도 없는 세계 속에서 꿈을 꾸고 있는 걸지도 모릅니다. 이러한 생명을 그대로 보내는 건 살인입니다."

결론적으로, 캐스 가는 떼돈을 모았다. 수천 명의 환자가 컴패셔닛 케어에 누워서 때로는 십 년도 넘게 살아 있었으니, 정부는 그 만큼 막대한 비용을 지불해야 했다.

번스타인의 어머니는 3층 코너에 있는 병실에 누워, 만일 이게 맞는 표현이라면, 살아 있었다. 예쁜 벽지가 발라져 있었고, 작은 책상과 소파도 놓여 있었다. 천정에는 선풍기도 있었다. 에어컨은 손님이 방문할 때만 틀었으므로, 전기도 절약하고 분위기도 정겹게 만들어주는 이중의 효과를 보았다. 병실을 왜 시원하게 만들 필요가 있겠는가.

수잔나는 금요일에 아무에게도 알리지 않고 이곳에 찾아갔다. 그녀가 도착하자 직원들은 미리 화장도 안 된 환자를 보여줘야 한다는 사실에 당황했지만, 한 국가의 재무장관을 누가 내쫓을 수 있겠는가. 그녀는 대통령의 노모를 혼자 보고 싶어 했다. 하지만 센터 측에서는 좋아할 리 만무했다. 직원이 누군가 옆에 있어서 환자가 매우 건강하게 잘 지낸다는 말을 해주기를 원했다.

"며칠 전에 웃는 모습을 본 것 같아요." 또는 "지난주보다 너 좋아지셨어요."라고 습관처럼 말했다.

그런 쓰레기 같은 말들이 그들의 삶을 더 낫게 만들기라도 하는 듯.

수잔나는 병실로 향했다. 병실까지는 안내를 받았지만, 혼자 들어갈 수 있었다.

세상에. 이 사람 죽었잖아, 하고 생각했다.

그 모습 속에 생명이란 찾아볼 수 없었다. 뇌파가 살아 있는 동안 꿈을 꾼다는 소리 따윈 말도 되지 않았다. 겨우 꿈을 연장하겠다고 국민들의 혈세를 쓰는 건 있어서 안 되는 일이라 생각했다.

즐거운 꿈을 꾸고 있다는 건 어떻게 알지? 엘리베이터에서 떨어지는 꿈이나 기말고사 준비하는 꿈을 수년 동안 꾸어야 한다고 상상해봐.

노모의 얼굴을 바라보던 수잔나는 번스타인의 고뇌를 단 한 번에 없애줄 수 있다면 얼마나 그가 기뻐할지를 생각했다. 그녀는 스위치를 찾아 두리번거렸지만 찾을 수가 없었다. 기계를 감쪽같이 숨겨놓았기 때문에 전원 플러그가 어디 있는지도 알 수 없었다. 그 순간 샤림 술라조라는 당직의가 문을 열고 들어와 얼굴에 큰 미소를 띠고 물었다.

"장관님! 여기까진 어쩐 일이십니까?"

"누구시죠?"

"전 닥터 술라조입니다. 낮 동안 센터를 관리하고 있고, 이 센터의 주주이기도 하죠." 그는 자신의 농담에 혼자 좋아서 헤죽거렸다.

"대통령께 어머니가 계신 곳을 보고 싶다고 말씀드렸습니다. 상황을 알아보기 위해 온 겁니다."

닥터 술라조는 혼돈스러웠다.

왜 재무장관이 대통령의 어머니 상태를 확인하러 왔을까?

"개인적으로 친분이 있으신가요?"

그녀는 이 질문에 쉽게 답변하기가 거북했다. 그녀는 대화를 빨리 끝내기 위해 거짓말을 했다.

"네. 친구였습니다. 정말 좋은 분이셨죠."

수잔나는 가방을 집어 들고 문 쪽으로 걸어 나갔다.

"요즘 근황에 대해 알려드릴까요?" 그가 물었다.

"어떤 거죠?"

그러자 술라조는 판에 박힌 거짓말을 했다.

"어제는 웃는 모습을 본 것 같습니다. 밤에도 푹 주무셨고요. 지난주보다 좋아지신 것 같습니다."

수잔나는 더 이상 참을 수 없었다.

"감사합니다. 잘 지내신다니 기쁘군요."

34.

이뮤니케이트사의 주주총회가 열리는 10월 21일이 다가오자, 맥스는 댈러스 여행이 들뜬다고 말했다. 캐시는 이번 여행에 그만큼은 관심이 없었다. 이미 샘의 연설도 한 번 들었었고, 지루한 주주총회에 가고 싶지 않았다. 하지만 맥스를 혼자 보내고 싶지 않았다.

"천 마일은 될 텐데. 정말 거기까지 운전할 생각이에요?"

"아니. 비행기 타고 가서 렌트하자."

이 말을 듣고 나니 가지 않을 수가 없었다. 자신을 생각해주는 그가 고마웠다.

"궁금해서 묻는 건데, 거기 가면 뭐가 있는데요?"

"캐시. 내 생각에 샘 밀러가 우리에게 중요한 열쇠가 될 것 같아."

"어떻게요?"

"만일 그가 자기 철학을 바꾸게 된다고 생각해봐. 노땅들의 뼈를 고치는 대신 젊은이들의 삶의 질을 향상시키는 데에 노력을 기울인다면, 그거 정말 대단한 일 아니겠어?"

"하지만 자기 평생 사업이잖아요. 자기 자신의 노력과 과학적 업적을 하루아침에 뒤엎으려 하겠어요?"

"그래서 우리가 가는 거잖아. 누군가 그의 이목을 끄는 역할을 할 필요가 있어."

캐시의 생각에도 그의 목표는 정당했다. 그가 과연 어떻게 샘의 생각을 바꿀지는 미지수였지만, 그래도 노력하는 모습은 자랑스러웠다.

댈러스에 도착한 그들은 한국에서 만든 전기차 '카'를 렌트했다. 충분한 여력이 있는 사람이라면 '카'를 사지 않겠지만, 그래도 저렴한 차의 느낌은 어떤지 확인해보는 것도 나름 가치가 있었다. 맥스는 감탄했다. 5인이 편안하게 승차할 수 있는 크기였으며, 시속 120마일에, 한 번 충전으로 300마일까지 달렸다. 운전자가 원하는 경우 옛날 레이스카 분위기가 나는 소리가 나는 기어도 달려 있었다.

한국이 만든 차는 합성수지로 만든 버킷시트로 되어 있어 좌석이 편안했다. 앞뒤로 조금만 움직이면 쉽게 조정할 수 있으며, 허리부분은 움직이지 않아 제조과정에서 비용을 절감할 수 있었다. 에어컨은 22도까지 히터는 25도까지만 조절이 가능했다. 또한 그들이 금속에 돈을 들여 철과 합성수지의 조합으로 만든 차체는 특히나 강했다. 그래서 일부러 뒤를 약하게 만들어 다른 차량이 와서 부딪힐 때 차가 완전히 구겨지는 대신 가능하면 운전자의 상해를 최소화할 수 있도록 고안되었다. 럭셔리한 모델은 아니었지만 맥스는 한국인들이 만든 모델이라면 최고일 것이라 믿었다.

맥스와 캐시는 댈러스에 있는 가장 좋은 호텔에 머물기로 했다. 샘 박사라면 그곳에 있을 것이란 계산에서였다. 그 호텔은 프랑스와 이탈리아의 합자회사로 작지만 최고급 호텔을 짓는 임피리얼 그룹에서 시공했다. 맥스에게 돈이 없었다면 그곳에 머물 수도 없었겠지만, 적어도 샘 밀러와 대화를 할 수 있을지도 모른다는 점을 생각할 때 그만한 가치가 있었다.

캐시는 경이에 찬 눈으로 바라보았다. 이처럼 호화로운 호텔은 본 적이 없었다. 300개의 스위트룸에 침실은 1개, 2개, 3개로 나뉘어 있었다. 각층에 안내원이 대기했으며, 룸 가격에 포함된 음식까지 최고였다. 아침 뷔페는 일류 주방장이 준비한 것으로 방에서 먹거나 내려가서 먹을 수 있었고, 식사 시간도 밤중이든 언제든 상관없었다. 안내데스크에 전화를 할 경우는 손님의 이름을 부르며 3초 안에 응답했다. 또한 안락한 스파도 있었다. 임피리얼 그룹은 특히 스파로 유명했다. 게다가 최고급 미용기기도 갖추고 있었다.

수십 년간 여성들을 거짓말로 현혹했던 기계들은 사라지고 셀룰라이트 기계가 발명되었다. 이 기계는 한 번 받으면 적어도 1년간은 효능을 발휘했다. 이 기계는 피부 속에서부터 음파를 진동시켜 마사지를 해주는 새로운 기술도 포함해서 한 대 가격이 2백만 달러에 달했다. 스파마다 이런 기계를 둔 곳은 임피리얼 그룹 호텔이 유일했다.

또한 룸마다 가상 벽을 가진 호텔로도 유명했다. 손님들이 처음 거실에 들어설 때는 그저 벽처럼 보이지만, 사실 벽 사진을 보여주는 것으로, 버튼 하나만 누르면 벽 전체가 TV 스크린으로, 또는 시냇물이 흐르는 자연 풍경, 또는 유명한 예술작품으로 변했다. 억만장자들의 집에나 있는 것이었다. 임피리얼 그룹이 처음 가상 벽을 설치하자, 이 벽을 보러 수천 명이 호텔에 투숙하기도 했다. 캐시가 피카소라고 쓰인 버튼을 누르자 벽은 현대예술박물관처럼 바뀌었고, 6

개의 피카소 작품이 걸렸다. 작품이 너무나 진짜처럼 보여 가까이 가서 만져보았다. 진짜 박물관에서는 있을 수도 없는 일이었다.

그들의 예측이 딱 들어맞았다. 맥스가 로비 의자에 앉아 기다리는데 한 시간쯤 후 샘 밀러가 엘리베이터에서 내려 대기 중인 차로 걸어가고 있었다. 그의 옆에는 아들 마크가 동행했다. 시카고에서 봤던 꼬마였다. 마크가 그를 발견하자, 그는 웃어 보였다. 맥스도 따라 웃었다. 둘이 차를 타고 떠나자, 맥스는 자리에 앉아 계획을 세웠다. 그의 계획을 들으면 밀러도 모든 것을 이해할 것이다. 특히나 어린 아들이 있지 않은가.

그리고 자녀들을 위해 더 좋은 삶을 원하지 않겠는가.

그런 생각이 미치자 그는 피식 웃음을 터뜨렸다. 밀러 박사의 자식들은 어쩌면 신보다도 더 부유할 것이다. 그러니 아들 이야기는 빼도 되겠다 싶었다.

맥스와 캐시는 다음 날 아침 이뮤니케이트의 연례 주주총회에서 가장 앞줄에 자리를 잡았다. 회의는 이틀 동안 열렸다. 첫 날에는 맛있는 음식을 주며 기분 좋게 해준 뒤, 제품 라인을 구경시켰고, 둘째 날이 진짜 총회였다. 이미 오래 전부터 사람들을 배불리 먹고 공짜 제품들을 던져 주면, 실제 회의 때에는 분위기가 훨씬 부드러워져서 회사 관리직들의 배당금을 듣고도 그다지 불평하지 않는다는 것을 그들은 알고 있었다.

이뮤니케이트사가 처음으로 주주총회를 열 때, 첫째 날에 회의를 하는 실수를 저질렀다. 피곤한 사람들은 성질이 고약해져 이것저것 불평을 늘어놓기 시작했다.

"저 사람 돈을 너무 많이 가져가는 거 아냐?"

"너네 광고는 정말 구려" "전용제트기 따윈 없애 버려"

327

그래서 그들은 다른 성공기업의 모델을 본받았다. 전기회사나 화장품 업계에서는 공짜 물건들을 던져주었고, 새로운 홀로그램 제조기와 같은 물건을 받아들고 있을 때 주주들의 기분이 훨씬 나아지는 것을 보아왔다. 특히 여성들은 자기 수중에 2천 달러짜리 신제품이 들려 있다는 것을 알게 되면, 이사회에 대해 품고 있던 온갖 불만들이 거품처럼 사라졌다.

이뮤니케이트사는 제약회사이지만 약을 나누어 줄 순 없었다. 그래서 그들은 다른 방법을 사용했다. 그들은 주주들에게 무료로 건강검진을 실시했다. 그러나 이는 성공을 거두지 못했다. 한 해는 무료 MRI테스트를 실시했으나 법적책임소재 문제가 고개를 들었다. 게다가 종양이 발견되었다는 소식을 전한 후 맛있게 식사하라는 소리를 해봤자, 좋을 게 없었다. 그렇다고 호텔비용을 제공할 경우 공짜 여행이나 즐기는 사람으로 넘쳐날 것이므로 그 대신 최고급 뷔페와 마사지, 호텔 스파 이용권, 시티투어, 손목시계 휴대전화나 귀금속, 주주들의 이름이 적인 동전 등을 기념품으로 선물했다.

맥스는 열여덟 살에 아버지가 선물로 준 천 주의 주식을 보유하고 있었다. 별 신경 안 쓰고 있다가 시간이 흐르고 보니 거의 백만 달러에 이르게 되었다. 게다가 주주로서 어느 정도 중요한 표를 던질 수 있는 권리도 행사할 수 있게 되었다. 회사에서는 소액 주주들에게 공짜 음식은 허락했지만 그들은 쳐다보지도 않았다. 그렇지만 천 주의 주식이라면 이야기가 달랐다.

그래서 맥스와 캐시는 뷔페를 먹기 위해 줄을 서서 기다릴 필요가 없었다. 식당 내에 예쁜 테이블로 곧장 안내되었고, 턱시도를 입은 웨이터들이 맛있는 아침을 직접 내어주었다. 또한 댈러스 관광을 원할 경우 승용차도 제공되었다. 또한 그들이 체크아웃 할 땐 누군가 귓속말로 호텔 투숙비가 모두 무료라고 이야기해주었다. 대우가 너무 좋자, 맥스는 순간 여기에 온 이유도 잊을 뻔했다.

저 악마와 이야기하러 온 거 기억 안 나? 악마는 원래 이런 공짜 물건들을 던져주면서 슬슬 사람을 꼬드기려 한다고. 주는 건 받아도 내가 그대로 넘어가진 않을 걸?

둘은 크레페와 신선한 과일, 최고의 라떼로 배를 채운 뒤 첫날은 평범한 관광객처럼 댈러스 시내를 쏘다녔다. 그들은 전 대통령 조지 W. 부시의 집도 방문했다. 부시는 집 주위를 산책하며 관광객들과 담소 나누는 것을 즐겼다고 했다. 부시는 자기가 조금만 더 오래 살아도 역사가 그에게 호의를 베풀 것이라 생각했지만, 84세의 나이까지도 그러한 역사는 찾아오지 않았다.

캐시가 관광을 즐기는 동안, 맥스는 끊임없이 샘 밀러와 단독으로 대화할 기회를 모색하고 있었다.

약 한달 간, 미국과 중국은 세상을 변화시킬 역사적인 협상안을 협의했다. 이제 로스앤젤레스를 시작으로 그들은 완전한 파트너가 된 것이나 다름없었다. 협상팀들이 세부사항을 논의했다. 협상안은 2천 페이지가 넘었으며, 중국인 노동자들의 권리부터 시작해서 지진이 다시 찾아올 경우까지 대비해 상세하게 기록되어 있었다. 중국 측은 중국노동자들에게 다른 국적을 가진 자들과 또 다른 지위를 보장해 줄 것을 요구했다. 단순 노동권보다는 시민권에 가까운 새로운 권리를 원했다.

"정확히 어떤 것을 요구하는 겁니까?" 미국 측이 물었다.

"중국 노동자들이 그곳에서 효과적인 결과를 내려면 그들이 중요한 사람이라는 보장이 있어야 할 것입니다. 따라서 이중 시민권 자격을 줄 것을 요구하는 바입니다."

"도시재건사업 기간 동안 머무른다면 고려하도록 하겠습니다."

"고려하는 정도로는 안 됩니다. 보장을 해줘야 합니다. 그들이 짓고 있는 곳에서 살 수 있다는 의식이 있어야 그들도 열심히 일할 겁니다. 미국의 한 부분으로서 말입니다. 대부분은 자기 일에 자부심을 가지고 일할 것이며, 미국에서 살기를 원할 겁니다. 따라서 재건사업에 뛰어드는 사람들에게 곧바로 시민권을 주셔야 합니다."

"그럴 순 없습니다." 미국 측이 답했다.

"이곳에 오자마자 곧바로 시민이 될 수는 없습니다. 그건 다른 나라에게 불공평한 일이 될 것입니다. 최소 5년간 미국에 살아야 시민권을 요청할 자격을 받을 수 있습니다."

중국 측은 의견을 굽히지 않았다.

"다른 외국인들은 자신이 오고 싶기 때문에 오는 것이므로, 이들과는 다른 경우가 아닙니까? 미국 측에서 요청해서 가는 것이므로 초대 받지 않은 손님과 같은 대접을 받을 이유는 없습니다."

기타 안건에 관해서도 이와 같은 마라톤식 협의가 진행되었다. 시민권에 관해서는 '재건사업'을 위해 2년간 일을 하는 경우 중국국적을 가진 사람은 미국에서 이중시민권을 신청할 자격이 주어졌으며, 이는 업무기간 동안 업무적으로나 법적으로 문제가 없는 경우에 한정하는 것으로 했다. 이것만 해도 큰 양보를 하는 셈이었지만, 만일 또 다시 지진이 발생해 그들의 지원을 받아야 할 가능성을 고려해 이에 합의했다. 또한 중국 측에서 논외로 삼았던 문제를 마지막 단계에서 협상안에 넣기로 했다.

"일단 중국이 재건사업을 완성해 공동소유를 하게 되면, 중국은 자연재해나 특히 추가 지진이 발생하는 경우 도시의 유지와 재건에 책임을 질 것이다."

미국 측은 이를 듣고 기뻐했다. 다른 재해가 올 경우 중국 측이 비용을 부담해야 하기 때문이었다.

협상안 중 논쟁과 관련된 부분은 사실 꽤 웃겼다. 어느 쪽에서든 불만이 있을 경우, 미국과 중국 양측의 공무원들로 구성된 패널이 중재하기로 했다. 중국 측에서 물었다.

"만일 사태가 심각해서 중재로 해결되지 않으면 어떻게 하죠?"

그러자 미국 측이 웃으며 답했다.

"그건 전쟁이죠. 전쟁 방법까지 협상안에 넣을 필요는 없을 텐데요."

협상안은 매우 복잡했지만, 매우 빨리 일이 진척되고 있었다. 일반적인 경우 이런 일은 몇 년은 걸려야 할 일이었지만, 이 방법이 유일한 해결책이라 생각되자 모든 것이 몇 주 안에 끝나버렸다. 미국 협상팀은 늦은 밤 집으로 귀가하면서 로스앤젤레스가 다시 번영할 것을 기대하며 희망에 부풀기도 했다. 그들 대부분은 수년간 중국과 교류를 해왔다. 중국의 넓고 현대적인 공항을 떠나 지어진 지 백 년도 더 된 미국 공항에서 내릴 때 한 사람은 이렇게 말하기도 했다.

"노쇠한 수도관 교체 비용이 입국비는 족히 될 걸."

협상은 비밀리에 진행되었으나, 말이 새면서 뭔가 대단한 일이 진행 중이란 소문이 나돌았다. 브래드는 크루즈로 이사하기 전까지 자기 아들 집에서 묵고 있었다. 톰은 집을 담보로 다시 대출을 받아 앞으로 빚 갚을 걱정에 한숨을 쉬기도 했지만, 아버지를 위해서라면 유일한 방법이라 생각했다.

브래드는 11살짜리 손녀딸 멜리사와 방을 같이 썼다. 그는 밤에 손녀딸의 숙제를 도왔으며 친구들과 통화할 때는 일부러 귀를 닫고 있었다. 분홍색 벽지를 바라보면 바라볼수록, 여생을 보낼 곳으로 옮기고 싶은 마음만 커졌다.

하루는 톰이 아버지에게 물었다.

"중국인들 얘기 들으셨어요?"

"중국인들이 로스앤젤레스를 재건한다는 협상이 진행 중이래요."

브래드는 밥을 먹다 말고 톰을 바라보았다.

"정말이냐? 그럼 내 콘도를 돌려받을 수 있다는 거냐?"

"콘도를 돌려받고 싶으세요?"

"적어도 내 돈은 받아야겠다."

"어떻게 될지는 모르겠어요. 원래 있던 대로 짓는 건지, 뭘 지으려는 건지 아는 사람이 아무도 없어요. 단지 중국인들이 엄청 많이 이곳에 들어온다고 하더군요."

"누가 그러디?"

"우체국에서 들었어요."

"그들이 뭘 안다고."

"그게 사실이면 좋지 않겠어요? 원래 집에서 사는 게 더 좋으세요?" 브래드는 잠시 생각해 보았다. 그의 답은 "아니오"였다. 도시를 다시 세우려면 최소 몇 년은 걸릴 것이고, 친구들도 없을 것이다. 이미 지진으로 죽었거나 이사를 가버렸으므로, 나쁜 기억만 떠오를 것 같았다.

"가고 싶지 않다. 난 배로 가는 게 더 좋아."

그의 아들은 미소 지었다. 그리고 마음에 품고 있던 질문을 하기로 결심했다.

"아버지, 콘도에서 나오는 돈 받으시면, 저희 대출금 갚는 것 도와주실 거죠?" 브래드는 톰과 톰의 아내 크리스탈의 얼굴을 바라보았다. 둘은 브래드의 대답을 초조하게 기다리고 있었다.

"그건 말도 안 되는 질문이구나. 너한테 이런 고생을 끼치는데, 돈 받으면 다 네게 주마. 내가 패서디나 수용소에서 받은 돈 2만5천 달러를 네게 주지 않았던가?"

"아뇨. 안 주셨는데요." 톰이 대답했다.

"걱정 마라. 너 줄 거다. 일단 내가 살 정도는 필요하니까 그것만 남겨두고."

"그 돈을 당장 달라는 게 아니에요. 단지 아버지께서… 아니에요. 아버지도 우리 상황 이해하시니까 걱정 안 할게요."

"톰. 내가 지금 멜리사 방 작은 침대에서 생활하고 있는데, 네 상황을 모르겠니? 그리고 난 돈은 됐다. 어쨌든 내가 어디 살지 알지? 배에 일단 타면 도망 못 갈 테니. 알겠지?"

"거기서 평생 사시라는 법 없어요. 죄수도 아닌데요."

"난 가난의 죄수란다."

그러자 똑같은 이야기가 반복되었다.

"배에 타고 싶지 않으신 거예요?"

"내가 가고 싶어 하는 건 너도 잘 알잖니. 완전 낯선 곳에서 새 출발을 해야겠지만, 그래도 그게 어디냐. 나를 도와준 건 늘 고맙게 생각하고 있어. 돈이 생기자 마자 다 네게 주마."

"알겠어요. 이제 이런 얘긴 그만 해요."

브래드는 의자에서 일어났다.

"가서 좀 누워야겠다. 멜리사, 그건 그렇고 네 방 벽에 붙어 있는 포스터에 옷 벗고 있는 남자앤 누구냐?"

"가수예요. 할아버지."

"어깨가 멋지더구나." 브래드는 자리를 떴다. 톰은 아내의 얼굴을 바라보았다. 돈 이야기를 꺼내 아버지를 괴롭힌 것 같아 마음이 무거웠다. 크리스탈은 전혀 그렇지 않았다.

"받은 돈을 지금이라도 조금만 떼어주면 뭐가 어때서 저러시는 거래?"

"여보, 그러면 아버지가 무슨 돈으로 사시겠어? 바다에서 살아도 여전히 돈은 필요하실 거야. 우리도 그냥 '잘 가세요'하고 돈도 안 드릴 순 없잖아."

"만 달러만 있어도 될 걸."

"그 걸론 부족해."

"뭐 사실 게 있겠어? 우리가 다 내잖아. 그 정도면 음식값에 기념품값 다 되잖아. 안 그래?"

톰은 멜리사가 듣는 앞에서 이런 이야기를 한다는 것이 불편했다.

"조금만 더 기다려 보자고. 콘도에서 어느 정도 돈이 나올 거야."

"그랬으면 좋겠어." 크리스탈이 말했다.

"멜리사, 가서 네 방에 있는 포스터 치우렴. 할아버지가 싫어 하시잖니."

35.

 백악관 대변인은 국민들에게 대통령이 성명을 발표하겠다고만 밝힐 뿐, 구체적인 사안은 언급하지 않았다. 21세기에 있어 가장 중요한 연설이 될 것이라는 것만 언급했다. 백악관은 실시간 중계를 원했다. 미리 원고를 나누어주는 일도 없었다. 모든 이들이 보기 원했던 것이다.

 번스타인은 국민 앞에서 자신 있는 표정과 목소리, 그리고 호소력 있는 연설로 이번 협약의 절실함과 중요성을 언급해야 했다. 사실 그의 연설은 매우 뛰어났다. 그는 처음 보는 사람 앞에서도 마치 친구에게 비밀을 털어놓듯 자연스럽게 대화를 이끌어 나가는 힘이 있었으며, 바로 그런 힘으로 중국과 미국이 파트너가 되었다는 사실이 전해지길 바랐다. 후에 언론에서 동영상을 편집했을 때에도 조금이라도 어색한 부분이 발견되지 않았으면 했다.

 몇 주 전, 번스타인은 하원의원 3명과 상원의원 3명, 민주당 당직자 4명, 공화당 당직자 2명을 불러 사전에 통보했다. 26년간 대법원장을 맡아온 존 로버츠에게도 참석할 것을 부탁해 사안의 중요성을 암시했다. 이는 연두교서 때를 제외하고는 대법원과 국회는 거의 섞이지 않기 때문이었다.

백악관 직원들은 이미 로버츠와 협의를 끝낸 후였다. 중국과의 협약이 헌법에 준한 것임을 확인해야 했다. 로버츠의 대답은 그들의 예상과 일치했다. 다른 국가와 경제적인 파트너가 되는 것은 문제될 것이 없다고 했다.

회의를 마치면서 번스타인은 매우 기뻤다. 기본적인 국가 안보 문제 외에는 반대의견이 없었다. 해당 사안에 관해서 번스타인은 이제 두 나라가 더욱 긴밀한 관계가 되었으므로 문제될 것이 없다고 말했다.

참석자들이 모두 자리에서 일어나자 번스타인이 존에게 말했다.

"10년 전만 해도 저 사람들이 이런 계약에 사인할 리가 없었을 걸세. 이건 우리의 경제적 난국의 심각성을 보여주는 거라네."

연설은 동부표준시로 저녁 9시에 예정되어 있었다. 영부인과 내각의원들이 모두 이스트룸에 모였다. 번스타인은 놀라울 정도로 침착했다. 이것은 그만큼 이번 연설에 자신이 있었기 때문이었다. 매일 연습에 연습을 더할수록, 전보다 더 나아졌다. 또한 미국이 다른 해결방안이 없다는 것도 한 이유였다. 한편으로 보면 전쟁에서 패배를 인정하는 것이나 마찬가지였다. 이미 졌지만 적어도 한 가지 희망이 있다는 것. 따라서 더 이상 패배로 생각하지 않기로 했다. 오히려 그 반대였다.

번스타인은 루즈벨트 대통령이 진주만 공격을 발표했을 때 앉았던 바로 그 책상 앞에 앉았다. 그의 뒤로는 미국 국기와 중국 국기만 보였다. 대본이 스크린에 떴지만, 그것도 필요 없었다. 마치 자연스러운 대화처럼 입에서 흘러나왔다. 정확히 저녁 9시, 그의 연설이 시작되었다.

"친애하는 국민 여러분. 오늘은 예보된 바와 같이 역사적인 연설이 될 것입니다."

번스타인은 미소를 띠었다. 자신감에 넘친 모습이었다. 미국인들에게 이 소식을 전할 것에 들떠 있는 듯 보였다.

"국민 여러분도 아시다시피, 세계에서 가장 위대한 도시 중 하나인 로스앤젤레스가 올해 6월 12일 대지진을 겪었습니다. 피해가 너무 심해 이제는 흔적조차 찾아보기 힘들 정도입니다. 마치 자연이 서부개척시대로 다시 시간을 돌려놓은 것처럼 보일 정도입니다. 큰 건물이 서있던 곳이 맨땅이 되어버렸으며, 집도 사라졌고, 학교도 무너졌으며, 삶이 파괴되었고, 산업지대도 완전히 가동을 멈춘 상태입니다.

그러나 저는 이제 이곳에 변화가 시작될 것임을 알리게 된 것을 매우 기쁘게 생각합니다. 미국에는 현재 천5백만 명의 삶을 복원할 자금이 없습니다. 긍정적으로 보려 해도 방법이 없습니다. 로스앤젤레스와 주변 지역을 원상태로 회복시키는 데 필요한 비용은 총 20조 달러에 이릅니다. 다시 말씀드리지만, 20조 달러입니다. 현재 미국이 안고 있는 빚을 생각할 때, 이러한 금액의 자금을 빌릴 수 있는 방법이 없습니다. 어느 국가도 우리에게 이렇게 많은 돈을 빌려줄 수도, 빌려주려고도 하지 않습니다. 돈을 찍어낸다면, 경제가 망하고 말 것입니다. 미국 달러의 가치는 하락하고 말 것이며, 이는 처음부터 불가능한 이야기입니다.

이 대도시를 다시 재건하기 위해, 우리 정부는 새로운 계획을 세워야만 했습니다. 이전에 없었던 새롭고도 역사적인 계획입니다. 미리 말씀드리지만 우리는 성공했습니다. 가장 부유한 국가인 중국이 복원사업을 위해 파트너가 되기로 동의했습니다."

번스타인이 특히 자부심을 느끼는 부분이었다. 마치 로스앤젤레스를 나눠 갖기로 한 것이 미국의 아이디어인 것처럼 말했다.

"중국은 우리에게 돈을 빌려주려 하지 않습니다. 천문학적인 돈을 갚는 것이 불가능하다는 사실을 잘 알고 있기 때문입니다. 중국은 그동안 대도시 건설에 있어 눈부신 발전을 보였습니다. 상하이나 베이징, 텐진을 가본 사람이라면 그곳의 웅장한 건축물들을 보고 다들 놀라셨을 것입니다. 남부 캘리포니아 지역은 현재 흙더미에 불과하지만, 다시 살아나게 되면 매년 수십조 달러에 이르는 수입을 낼 가능성이 있는 지역입니다. 항구와 농장, 과학기술, 오락산업 등 가능성은 엄청납니다. 이제 잠자고 있던 이 지역이 눈을 뜰 때입니다. 중국인들은 이에 우리에게 큰 도움을 줄 것입니다. 그들은 로스앤젤레스를 다시 살리는 데 지원을 하기로 공식적으로 동의했습니다.

이를 위해 중국은 우리와 파트너가 될 것입니다. 우리와 함께 복원 비용과 이에 따른 수입을 나누게 될 것입니다. 이전처럼 큰돈을 빌려 영원히 갚아나가는 개념은 더 이상 통하지 않습니다. 그러므로 우리는 복원사업에서 나오는 이자로 갚아나갈 것입니다.

이제 중국인들은 수십만의 미국인들과 어깨를 나란히 하며 이곳에서 함께 재건에 동참해, 역사상 가장 위대한 도시를 건립하게 될 것입니다. 가장 큰 재난 속에서 새로운 우정과 파트너, 그리고 새로운 도시가 탄생할 것입니다.

미국과 중국은 큰 공통점을 가지고 있습니다. 삶에 대한 사랑, 인류에 대한 사랑, 미래에 대한 사랑이 바로 그것입니다. 이제 우리는 함께 미래를 열어나갈 것입니다. 인류 역사상 그 어느 국가도 이처럼 야심찬 프로젝트를 공동으로 수행한 적이 없습니다. 하지만 개인의 삶에서와 마찬가지로 국가적 차원에서도 전에 시도해 본 적이 없는 일을 위해 큰 도약을 해야만 할 때가 있습니다. 지금이 바로 우리에게 그 순간입니다. 그러므로 우리는 중국을 로스앤젤레스의 복원사업에 있어 파트너로 맞이하며 환영하는 바입니다. 이와 같은 역사적 순간에 하나님의 축복과 여러분 모두의 축복을 기원하는 바입니다.

친애하는 미국 국민여러분들께 진심으로 감사를 표합니다. 편히 주무십시오."

이스트룸의 모든 이들은 이 말이 마치자 기립박수를 치며 환호했다. 방송에 이 장면을 내보내는 것이 특히 중요했다. 번스타인은 첫인상의 중요성을 굳게 신뢰하는 사람이었으며, 적어도 정부관계자들이 모두 이 계획에 열렬히 찬성한다는 것을 보여주고 싶었다.

이제 그들은 기다려야 했다. 미국인들이 이 소식을 듣고 어떻게 반응하는지 봐야 했다. 그는 패배를 인정해야 했다. 하지만 이는 경제적인 패배였으며, 지난 수십 년간 지속되어 온 현상이었다. 단지 이제 와서야 그 사실을 공식적으로 인정한 것뿐이었다.

대통령의 연설에 이와 같은 시청률을 기록한 적이 없었다. 특히 로스앤젤레스 거주민들은 모두 이 장면을 놓치지 않았다. 공원이나 상점, 거리에 설치된 스크린 앞에 모인 관중들도 모두 이 순간을 지켜보았다. 마치 1984년 속의 한 장면과 같았다. 반응은 한결같았다. 모두 기쁨의 도가니였다. 시민들은 누가 어떻게 도시를 복원하는가는 관심이 없었다. 나치가 와서 복원한다고 해도 반겼을 것이다. 특히나 미국 내에서 평판이 좋은 중국인들이 온다고 하니 두 팔 벌려 환영했다. 중국인들은 기본적으로 매우 똑똑하고, 범죄율도 매우 낮았으며, 특히 음식은 매우 훌륭했다. 외국 사람들이 온다고 할 때, 가장 중요한 것 중 하나가 음식이었다. 그래서 러시아나 독일인들이 미국에서 성공을 거두지 못한 것이다. 음식 맛이 형편없었던 것이다. 그러나 중국인에게선 이렇다 할 저항요인을 찾을 수 없었다. 심지어 인도계 미국인조차도 중국인들을 싫어하지 않았다. 미국을 구원하는 데 있어 중국은 최상의 국가였다. 양측 정당에서 올린 사설에서도 모두 긍정적인 평가가 나왔다. "이제 때가 되었다. 미국은 그동안 수십 년간 중국의 돈으로 살아왔다. 현실을 인정하고 그들을 우리나라에 받아들이자."

백악관도 기쁨으로 술렁였다. 국민들의 반응은 예상을 뛰어넘을 정도로 긍정적이었다. 번스타인은 바야흐로 임기 3년을 맞이하고 있었다. 재선에 출마할 계획을 가진 그에게 이런 반응은 큰 도움이 될 터였다. 이제 세계단일통화 문제를 진척시키는 것, 그리고 사람들로 하여금 생명연장에 대해 관심 갖도록 하는 것이 다음 과제였다.

지구 반대편 중국인들의 반응은 더더욱 뜨거웠다.
"이제 우리는 로스앤젤레스의 일부분이다"라고 한 신문은 보도했다.
"이제 우리는 미국으로 가서 중국이 세상에서 가장 진보되고 기술이 발전된 나라임을 보일 때다. 사업이 마무리 되면, 중국의 다른 도시들도 이와 견줄 수 있을 정도가 될 것이다. 중국의 시대가 도래했다."

  모두들 이 소식에 기뻐했지만, 셴 리는 그 어느 누구보다도 더욱 기쁨이 컸다. 주 퀑린과의 만남 때, 뭔가 큰 일이 벌어질 것이란 이야기를 들은 이후, 리는 자신도 이 사업에서 뭔가를 해낼 수 있을 것을 기대했다. 그의 예상은 적중했다. 그의 회사가 건강관련 사업을 모두 따낸 것이었다. 상상했던 것 이상이었다. 이제 그가 미국에게 어떻게 의료서비스를 제공해야 할지 알려줄 차례였다.

  그는 즉시 인력 구성에 들어갔다. 새로운 센터를 운영할 간호사들과 의사들, 지원팀이 필요했다. 그는 인구와 지역규모를 고려해 1년 안에 총 40개의 센터를 설립할 계획을 세웠다.

  셴 리가 처음으로 로스앤젤레스에 발을 디딘 것은 대통령의 성명이 발표된 지 2주 후였다. 그곳에 도착한 사람들은 모두 로스앤젤레스의 처참한 광경에 할 말을 잃었다. 모든 건물들이 휴지조각처럼 산산이 부서져 있었다. 하지만 리는 이러한 현장을 중국에서 수차례 봐왔으므로 담담하게 받아들이고 곧 일을 시작했다.

  그는 의료서비스에 있어 가장 중요한 것이 사람의 정신을 치유하는 것이라 믿었다. 그러나 세계 어느 곳에서도 그와 같은 생각으로 진료하는 곳은 없었다. 정확한 치료제와 로봇기술을 이용한 수술로 물리적 치료는 할 수 있었지만, 사람의 정신 속에 들어가 그들에게 희망을 불어 넣어주는 것, 그냥 존재하는 것만으로 만족하는 게 아니라 진정한 행복을 느끼도록 돕는 것은 그의 전문분야였다. 이런 정신적 치료가 로스앤젤레스 시민들에게 반드시 필요했다. 그들의 실체를 들여다보면서 잠시 자신의 업적과 성공에 기뻐했던 자신이 부끄러웠다. 단지 자신의 능력을 사람들에게 드러내는 것에 초점을 맞추고 있었던 것이다.

하지만 이제는 진정으로 자신이 해야 할 일이 생겼다는 것에 그는 다시 흥분했다.

미국 육군 공병대원들은 그를 초진검사센터로 안내했다. 리는 그들에게 훌륭한 일을 해냈노라고 입이 마르게 칭찬했지만, 사실은 모두 거짓이었다. 그는 속으로 강대국 미국이 이 정도의 대처능력밖에 되지 않는다는 것에 놀라고 말았다. 자신의 능력이라면 그들이 해온 것을 몇 주 만에 다 해낼 뿐 아니라 훨씬 잘 해낼 수 있을 것이라 생각했다.

브래드 밀러는 톰과 함께 대통령 연설을 본 뒤, 다음 날 중국인들이 자신의 돈을 돌려주는지 알아보려 했다. 하지만 구체적인 사항에 대해 아는 이는 아무도 없었으며, 최소 몇 달에서 몇 년은 기다려야 함이 분명했다.

일주일 후면 브래드는 선셋에 몸을 싣고 새로운 인생의 출발을 맞게 될 것이다. 그는 이에 떨림과 동시에 매우 흥분되었다. 그는 브로슈어를 매일 들여다보았으며, 배에서의 삶을 그린 동영상도 보았다. 동영상 속의 사람들은 모두 행복해 보였고, 음식도 훌륭했으며, 다양한 여가활동을 즐기며 깨끗한 공기도 마시고 산책도 즐겼다. 매일 매일이 모험과 같았다. 동영상에는 수년간 배에서 생활해온 나이든 부부나 혼자 된 사람들과의 인터뷰도 실려 있었다. 그들은 입을 모아 예전의 삶으로 돌아가고 싶지 않다고 말했다. 홍보 동영상에서 그럼 뭐라고 말하겠는가. 하지만 브래드는 이 꿈과 같은 세상이 곧 현실로 다가올 것을 상상하면서 그들의 말을 믿기로 했다. 어쩌면 한 여인을 만나 사랑에 빠져 남은 여생동안 함께 지낼 수 있을지도 모를 일이었다. 그의 환상 속에서는 일 년에 단 3개월 동안만 배가 운항한다는 사실은 지워지고 없었다. 항구도시의 멋진 풍경과 여인네들을 상상하면서 부수적인 것은 모두 잊기로 했다.

하지만 이전에 콘도에 살면서 친구들과 보내던 과거에도 그는 여자를 만난 적이 없었다. 댄스를 즐기는 편도 아니었고, 여자들이 모이는 곳에 가까이 가보지도 않았다. 하지만 이제 큰 배 안에서 얼마나 많은 여인들을 볼 수 있겠는가. 다섯 개나 되는 수영장에서 좋은 여인을 만날지도 모르는 일이었다. 수영장이 다섯 개나 되다니! 그는 어느 수영장이 가장 마음에 들게 될지도 궁금했다. 출발일자가 다가오자, 그는 더욱더 설레었다. 그건 톰과 크리스탈, 멜리사도 마찬가지였다. 하루 빨리 좁은 집에서 편하게 살고픈 마음이 간절했다.

출발 하루 전, 작은 침대에 누워 있을 때, 멜리사가 깜깜한 어둠 속에서 물어왔다.

"할아버지, 여행 가는 거 기쁘세요?"

"그래, 그렇구나."

"할아버지도 아빠 나이일 때, 아빠처럼 가난했어요?"

이상한 질문이었다. 예상치 못했던 질문이라 뭐라 대답해야 할지 몰랐다. 그는 솔직하게 말했다.

"아니란다. 내가 아빠 나이일 땐 아주 좋은 직업이 있었지."

"나도 좋은 직업을 구할 수 있을까요?"

그는 이에 어떻게 대답해야 할지 망설였다. 손녀딸의 세대에는 그런 가능성이 많지 않은 것이 사실이었기 때문에, 이번엔 솔직한 대답을 할 수 없었다. 어쩌면 톰의 세대보다 더 심각할지도 몰랐다. 진실이 삶에 전혀 도움이 되지 않을 때가 있다.

"걱정 마. 너는 아주 훌륭하게 자랄 거란다."

"어떻게 아세요?"

그는 더 이상 질문에 대답하고 싶은 기분이 아니었다. 언제까지 거짓말을 할 수 있을지 확신이 서지 않았다.

"그냥 알 수 있단다. 내 재생 가능한 뼛속 깊이 느낄 수 있어."

"그게 무슨 뜻이에요?"

"그냥 농담이야. 내 나이 때 뼈가 약해지면 다시 강해지는 약을 개발했다는구나."

"뼈가 아파요, 할아버지?"

"눈만 아프다. 네가 이 할아버지 눈을 감겨줄 생각을 안 하니 말이야."

"할아버지. 평생 즐거운 여행하시길 빌게요."

"고맙구나. 이 할아버지가 장담하건데, 너는 분명 커서 성공해서 돈도 많이 벌 수 있을 거란다. 난 미래를 점치는 데 도사거든."

"그런 얘기 아빠한테도 한 적 있어요?"

"아니."

36.

 맥스와 캐시는 몇 시간의 관광 후, 댈러스의 한 식당에서 대통령의 연설을 보았다. 맥스는 기분이 언짢았다. 이제 중국인들까지 가세해서 이 나라의 돈을 긁어모으게 된다면, 젊은이들에게는 훨씬 적은 기회가 돌아온다는 것이었다. 하지만 캐시는 늘 아시아를 동경해오던 차라, 좋은 아이디어라 생각했으며, 중국의 영향을 받은 로스앤젤레스의 모습이 어떨지 궁금해졌다.

 저녁 식사 후, 둘은 산책을 했다. 호텔로 돌아가던 길에 샘 밀러와 그의 아들을 발견했다. 그들은 녹음기를 든 한 여인과 대화중이었다. 그녀는 회의를 기획하는 사람처럼 보였다.

 "저기 좀 봐요!"

 "누구 말야?"

 "밀러다. 가서 얘기 좀 해야겠어."

 맥스는 서둘러 로비 입구 쪽으로 성큼성큼 걸어갔다. 그는 대화가 마치길 기다린 후 샘을 불렀다.

"박사님? 잠시 대화를 나누고 싶은데요. 제 이름은 맥스 레오나드이며, 주주총회 때문에 참석했습니다."

샘이 대답도 하기 전에 마크가 입을 열었다.

"저번에 연설 때도 오시지 않았어요?"

"맞아요."

"어떤 연설?" 샘이 물었다.

"시카고 연설 때 봤어요." 마크가 답했다.

"시카고 출신입니까?" 샘이 물었다.

"아뇨." 맥스는 순간 그냥 거짓말을 할 것을 하고 후회했다.

"그럼 시카고까지 가서 제 연설을 듣고 여기까지 찾아온 이유가 뭔가요? 댈러스 출신입니까?"

맥스는 순간 자신이 그동안 생각해왔던 것을 모두 털어놓고 싶은 욕구가 들었지만 꾹 참고 단 둘이 있을 기회를 잡기로 했다.

"네, 이곳 출신입니다. 그때 시카고를 방문했다가 연설을 우연히 듣게 되었어요. 박사님의 업적에 특히 관심이 많고, 또한 박사님 회사의 주주입니다. 내일 주주총회 때 뵐까 했지만, 미리 만나 뵙고 싶었습니다."

샘은 피곤했다. 그는 주주들과 개인적으로 면담을 갖고 사업이야기를 듣고 싶은 생각이 없었다.

"이름이 뭐라고 했죠?"

"맥스입니다."

"맥스, 오늘 일정이 많아서 피곤해요. 이제 아들과 방에 들어가 저녁이라도 먹고 곧바로 잠들 참입니다. 질문이 있으면, 내일 참석해서 손을 들고 해주세요. 그러면 제가 지목할게요. 알겠죠? 만나서 반가웠어요."

맥스가 대답도 하기 전에 샘은 마크를 끌고 호텔 안으로 들어갔다.

"제기랄. 완전 바보 같은 짓이었어."

맥스가 혼자 중얼거렸다.

"왜 댈러스 출신이라고 거짓말했어요?"

"그게 무슨 상관이야. 어차피 자기가 말하고 싶은 사람만 상대하는 걸. 조금 있다 올게."

맥스는 샘이 타는 엘리베이터 쪽으로 향했다. 엘리베이터 문이 닫힐 때, 탑승한 사람이 둘 밖에 없음을 확인한 후, 몇 층으로 가는지를 보았다. 그들이 묶는 층과 같았다. 그는 고개를 끄덕해서 경비원을 부른 후, 자신의 룸카드를 보여준 후 다음 엘리베이터를 탔다. 그가 이 호텔을 예약한 건 탁월한 선택이었다. 룸카드가 없으면 엘리베이터도 탈 수 없었을 것이다.

맥스는 10층에서 내려 복도 쪽에서 들려오는 목소리에 귀를 기울였다. 그는 가까이 다가가 로널드 레이건 스위트라고 쓰인 현판을 확인했다. 다른 쪽에는 문이 없는 것으로 보아서, 이 스위트룸이 층의 절반을 차지하고 있음이 확실했다. 그는 벨을 누르려다가 곧 손을 내렸다. 이 순간을 위해 기다렸는데, 이제 다시 한 번 자신이 할 말을 연습해야 했다. 그는 다시 캐시를 찾아 1층으로 내려갔다. 그녀는 선물가게에 들어가 댈러스에 있는 것 중 가장 값비싼 것으로 보이는 시계를 들여다보고 있었다.

"뭐라고 해요?"

"잠시 후에 가서 만나려고."

"다시 오래요?"

"그건 아니고. 방에 가서 먼저 생각을 정리하려고. 완벽하게 하지 않으면 안 돼."

"잘 됐네. 난 여기서 구경 좀 하다 갈게. 이 시계 좀 봐요. 예쁘지 않아요?"
맥스의 머리는 샘과의 대화를 구상하느라 바빴다.

"응." 그가 말했다.

"원하면 사."

"30만 달런데."

그는 그 말도 채 듣기 전에 문 밖으로 나가 버렸다. 그의 심장은 뛰고 있었다. 세상을 바꿀 수 있는 사람을 만날 기회를 얻은 것이다. 부정적이고 냉소적인 성격을 가진 사람 치고 한 가지 이해할 수 없는 단점이 있다면 순진함이었다. 누군가를 진심으로 이해시킬 수 있다면, 그가 바뀔 거라고 믿었다. 이제 마침내 샘을 이해시킬 그날이 온 것이다.

그는 스위트룸으로 돌아와 큰 소리로 말하면서 거실을 서성였다. 마치 눈앞에 샘이 앉아서 그의 말에 귀를 기울이고 있는 양 생각했다. 이제 자면서도 외울 수 있는 말을 그 사람 바로 앞에서 내뱉어야 했다. 만일 샘이 그의 말을 이해한다면, 자신이 가진 수십조의 돈을 반대로 쓸 것이다. 맥스는 국회에서 샘과 나란히 서서 '신세대들의 권리'라는 연설을 하게 되는 날을 상상했다.

그는 시간을 보았다. 벌써 한 시간 반이나 흘렀다. 이제 샘과 마크가 저녁을 끝마치고 쉬고 있을 때였다. 지금 들어가야 했다. 그는 미니바에서 두 개의 스카치 병을 꺼내어 들이부었다. 그리고는 허공에 대고 주먹질을 몇 번 날린 후, 세 번째 병을 꺼내 마찬가지로 마셔버렸다. 용기를 내는 데 도움을 줄 것이다.

9시 5분 전, 그는 엘리베이터에서 내렸다. 그는 놀랄 만큼 침착했다. 최악의 시나리오라고 해봤자 뭐가 다르겠는가? 그를 설득하지 못할지라도, 샘은 당당하게 자신의 목소리를 내는 맥스에게 다음에 다시 이야기하자고 할 것이다. 그는 잠시 샘의 스위트룸 앞에 서서 호흡을 가다듬었다. 그리고는 벨을 눌렀다. 아무런 대답도 없었다. 그는 다시 한 번 벨을 눌렀다. 마찬가지였다. 밖으로 나간 걸까? 마지막으로 한 번 더 시도하려는 참에 목소리가 들렸다. 마크였다.

"누구세요?"

"아버지 계시니?"

"누구세요?"

"맥스 레오나드야. 저번에 시카고에서 만났었지? 아까 아래층에서도 봤고."

"아, 네. 무슨 일이세요?"

"아버지랑 할 얘기가 있어서."

"지금 안 계세요."

"그게 무슨 소리야?"

"방에 안 계세요. 나중에 다시 오세요."

"언제?"

"저도 몰라요. 지금은 안 계세요."

맥스는 좌절했다. 그토록 갈고 닦고 준비했건만. 그는 밀어붙이기로 결심했다.

"들어가서 기다려도 될까?"

그러자 마크는 문을 열었다.

"여기서 기다리신다고요?"

"들어가도 되니?"

"그렇겠죠. 거실에서 기다리세요."

마크는 맥스를 거실로 안내했다.

이 끝내주는 스위트룸을 좀 봐. 300평은 되겠는걸!

거실은 마치 궁궐 같았다. 세 구역으로 나누어져 있었는데, 한 쪽 구석은 어두운 나무 바닥에 웅장한 책상이 놓인 서재가 있었으며 몬티첼로 분위기를 띄고 있었다. 다른 쪽에는 아름다운 동양적인 카펫이 깔려 있고 빅토리아 시대풍의 소파가 두 개 놓여 있었으며, 매우 비싸 보이는 러브시트 하나는 감히 앉을 상상도 하지 못할 정도로 화려했다. 나머지 공간은 커다란 거실로, 홀로그래피 스크린, 게임기, 백옥으로 만들어진 수공예 체스말과 자동 체스기가 놓여 있었다.

"여긴 침실이 도대체 몇 개니?"

"네 개요." 마크가 답했다.

"술이나 음료수는 바에 있어요."

바 역시 검은 석판과 마호가니가 조화를 이루고 있었다.

이 바만 해도 몇 백만 달러는 들었겠는 걸.

그는 술잔에 얼음을 넣은 후 셰리 쪽을 쳐다보았다. 그는 술에는 문외한이었지만, 비싼 셰리와인 정도는 알아볼 수 있었다. 그는 루스타우를 잔에 따른 뒤 거실에 가서 앉았다. 손에 든 와인을 한 모금 마신 후, 스카치와 셰리를 섞어 마셔도 되는지 궁금해졌다. 그는 술 마시는 법을 잘 몰랐다.

마크가 맞은편에 앉았다.

"아버지와 어떻게 아는 사이세요?"

맥스는 계속 거짓말을 해야 할지 아니면 사실을 말할지 고민했다. 그는 대충

얼버무리기로 했다.

"아버지의 업적을 존경하고 있어."

"그래요?"

마크는 이런 판에 박힌 말은 지치도록 들었다. 그렇다고 해서 맥스가 아버지와 아는 관계라는 뜻은 아니었다.

"함께 일한 적이 있었나요?"

"아니."

"그럼, 어떻게 아세요?"

"유명하시잖아."

"그럼, 그냥 팬이란 말인가요?"

"그렇지."

"아저씨를 들이지 말았어야 했군요. 아버지께 혼나거든요."

"우린 저번에도 만났었으니 전혀 모르는 사람은 아니잖아. 게다가 나쁜 짓을 하는 것도 아니고 그냥 앉아서 박사님을 기다리려는 거야. 정말 드릴 말씀이 있거든."

"어디가 아프신데요?"

"무슨 소리야?"

"보통 아버지를 오랫동안 기다리겠다는 사람들은 거의 죽어가는 환자가 대부분이거든요. 뭔가 충고를 듣고 싶어 하죠."

"난 환자가 아니야."

"그럼 무슨 얘길 할 건데요?"

맥스는 그렇게 해서 열세 살짜리 소년 앞에서 속 이야기를 털어놓게 되었다.

351

불공평한 부의 분배에 관해, 그리고 마크나 그의 또래들이 노인네들 때문에 겪게 될 앞으로의 일들에 대해서.

"노땅들이요?" 마크가 물었다.

"70세 넘은 사람들을 부를 때 쓰는 표현이야."

"그렇구나."

맥스는 이 위대한 과학자의 아들이 자신의 의견에 공감해 줄지 잠시 말을 멈추고 눈치를 살폈다.

가족 중에 같은 의견을 갖는 사람이 있다면 도움이 될 텐데.

하지만 마크는 관심 있는 눈치가 아니었다. 오히려 그와 논쟁을 벌이려 했다.

"제 삶은 아빠 때보다 더 좋아질 거예요. 아빠는 어릴 때 가난했거든요."

"그건 이해하지만, 넌 예외야."

"왜요?"

"젠장. 넌 세상에서 가장 돈 많은 애잖아."

"그렇다고 욕할 것까진 없잖아요."

"미안."

"아저씨 가난해요?"

"아니."

"그런데 왜 화가 난 건데요?"

"난 나 말고 다른 사람들이 걱정되거든. 너도 그래야 해."

차츰 잔소리처럼 들리기 시작하자, 마크는 기분이 상했다. 바로 그 순간 방문이 열리면서 샘 뮐러가 들어왔다. 그는 낯선 사람이 자기 술잔을 들고 자신의 아들과 함께 있는 것을 보고 충격에 휩싸였다.

"도대체 당신 누구야? 왜 여기 있는 거야?"

"아까 아래층에서 뵈었죠"

"당장 잔 내려놓고 꺼지지 못해? 경찰 부르겠어. 당신 이름이 뭐야?"

"중요하게 드릴 말씀이 있어서 왔습니다."

"네 이름이 뭐냐고 물었잖아."

"맥스입니다."

"성은 뭔데?"

"박사님, 잠시 제게 5분만 시간을 주시면, 제가 설명해 드리겠습니다."

"맥스 뭐냐고 물었잖아."

"맥스 레오나드입니다."

샘은 그대로 인터콤으로 걸어갔다.

"지금 내 방에 초대받지도 않은 남자가 들어와 있으니, 당장 경비를 불러주시오."

맥스는 좌절감을 느꼈다.

"경비까지 부르실 것 없습니다. 제가 나가죠."

"그럼 어서 가버려."

맥스는 화가 치밀어 올랐다. 그는 방문으로 향하던 중 뒤를 돌아 외쳤다.

"지금 이 나라의 젊은이들이 노인들을 살리느라 빚에 눌려, 희망과 꿈도 잃고 고생한다는 건 아십니까? 그들은 절대 지금 자신의 부모들이 누리고 있는 삶처럼 살 수 없다는 건 아시냐고요? 모든 돈을 노땅들에게 퍼붓는 대신, 모든 이들을 위해 공평한 삶을 만드는 게 더 낫지 않은가요?"

"저 아저씨는 70대 넘은 사람들은 노땅이라고 부른대요." 마크가 설명했다.

샘도 분노했다.

"당장 내 방에서 꺼지지 않으면 노땅이라고 불려볼 수도 없을 줄 알아, 이 자식아! 내가 농담하는 줄 알아? 무단침입죄로 고소해서 감방에 처 넣겠다고!"

"도대체 왜 제 말을 안 듣는 겁니까? 진정 이 나라에 무슨 일이 일어나고 있는지 모르십니까? 아님 그저 돈 밖에 보이는 게 없는 겁니까?"

그때 두 명의 경비원이 나타났다.

"이 남자가 우리 방에 침입해서 나갈 생각을 않소. 당장 체포하시오." 샘이 말했다.

"침입한 적 없습니다. 아드님이 초대한 거죠."

"초대한 적 없어요. 아빠랑 아는 사이라고 했잖아요."

경비원이 맥스의 팔을 잡았다.

"지금 당장 같이 가시죠." 맥스는 끌려가면서도 외쳤.

"내일 주주총회 때 봅시다! 내가 당신 회사의 주식을 천 주나 갖고 있거든!"

샘도 덩달아 외쳤다. "회의에 나타나기만 해봐. 곧바로 처 넣을 거니까. 알겠어?" 그리고 샘은 문을 쾅 닫아 버렸다.

경비원들은 맥스가 그 호텔의 투숙객인 것을 확인하고 경찰을 부르는 대신 집으로 가면 고소하지 않겠다고 약속했다. 맥스는 그 말대로 했다.

맥스와 캐시는 임피리얼 호텔을 떠나 인디애나폴리스로 향했다. 그는 성난 사자처럼 분노했다. 샘이 이렇게 나올 줄은 꿈에도 예상하지 못했다. 그는 생각할 시간이 필요했다. 모든 것이 혼란스러웠다.

37.

 백악관에서는 승리의 함성이 들려오는 것 같았다. 중국과의 파트너십에 관한 여론조사 결과도 매우 좋았다. 응답자 중 67퍼센트가 올바른 선택이었다고 답했다. 30퍼센트만이 반대했으며, 3퍼센트는 신경도 쓰지 않는다고 했다. 번스타인의 마음은 기쁜 동시에 이렇게 많은 사람의 찬성을 얻어냈다는 것이 여전히 믿기지 않았다. 그는 미국 경제의 심각성을 다시금 깨달았다.

 지난 30년간 미국이 세계 강대국으로서의 지위를 잃어가고 있다는 우려가 곳곳에서 들려왔다. 하지만 이런 경고가 받아들여지고 있지 않다는 것을 알아챈 사람이 없었다. 아이에게 그가 바보라고 계속 말하면, 그 아이는 그 말을 사실이라 받아들일 것이다. 국가도 똑같았다. 중국 원조계획이 발표되었을 때, 미국의 반응은 "우리를 구해주세요. 도움이 필요해요."였다. 번스타인은 착잡한 느낌을 지울 수 없었다.

 1980년대에 태어난 그는 세상에서 가장 막강한 힘을 가진 국가의 시민으로 태어났다. 그러나 그의 삶 동안 많은 것이 변화했다. 이제 그 나라의 대통령이 되었지만, 지금의 미국은 외국으로부터 돈조차 빌릴 힘이 없는 것이다. 물론 TV앞에서는 중국과 파트너가 된 것이 얼마나 기쁜 일인가를 떠들어댔지만, 지금까지 그 어느 나라도 자신의 도시, 그것도 가장 중요한 도시를 다른 나라에 팔아야 한 적은 없었다. 그는 역사 속에서 매국노가 될 것인가, 나라를 구한 사람이 될 것인가? 이러한 순간마다 그는 아내 벳시에게 모든 게 다 잘될 거라는 소리를 듣고 싶어 했다. 하지만 지금은 다른 사람이 필요해졌다.

"장관님, 대통령 각하께서 전화하셨습니다."

수잔나는 비서가 이 말을 전할 때 늘 기뻤다.

"여보세요?" 번스타인이 말했다.

"지금 바쁜가요?"

"바쁘게 사는 게 좋은 거죠. 잘 지내세요?"

"저녁 식사 같이 하는 게 어때요?"

"좋죠. 영부인은요? 다른 분들도 계신가요?"

"다른 사람들은 없어요."

"알겠어요. 옷을 어떻게 차려입을지 몰라서 물어봤어요."

"난 잠옷을 입고 있을 테니, 원하는 대로 입고 나오세요."

그녀는 웃었다. 그녀는 이 남자에게 빠져들고 있었으며, 그녀 자신도 이를 즐겼다. 자신의 결혼생활에서 빠져 있던 그 무언가가 그의 삶 속에서도 부족했던 것이었다.

"잠옷을 챙겨가도록 하죠."

그녀가 말했다.

"벳시가 6시에 파티에 참석할 거라 9시는 되어야 올 거예요. 7시에 집무실에서 봅시다."

번스타인은 집무실에서 식사하는 것을 좋아했다. 백악관에서는 식사할 곳이 많았다. 가끔은 부엌에서 먹는 것도 즐거운 일이었다. 하지만 다른 이들의 눈을 걱정할 필요 없는 집무실에서 식사하는 것이 가장 편안했다. 수잔나에게 주거 공간이 있는 윗층으로 오라고 할 순 없었다. 그건 선을 넘는 것이었다. 물론 마음속으론 이미 오래 전에 선을 넘고 말았지만.

그들은 중국식으로 ―특별한 의미가 있는 건 아니었다― 식사했다. 번스타인은 자신의 고충을 털어놓았다.

"내가 미국을 팔아넘긴 건 아닐까요?"

"절대 아니에요." 수잔나가 답했다.

"제가 볼 땐, 매우 과감하고 훌륭한 결정이셨어요. 설문조사에서도 그렇게 나왔지 않아요?"

"설문조사는 수치일 뿐이에요. 사람들의 의견도 늘 변하기 마련이지. 보통 과감한 결정은 따르는 수가 적지만요."

"그럼 수치가 낮게 나오길 바라시는 건가요? 그러면 더 좋겠어요?"

"아니. 난 그 수치에 살고 죽는 걸, 그렇다고 해서 결정이 옳았다는 건 아니잖아요."

"중간에 아니다 싶음 빠져나갈 수도 있잖아요."

"그렇죠. 1년 후에. 하지만 그땐 이미 너무 늦어요."

"왜죠?"

"중국인들은 프로젝트 초반부터 막대한 돈을 쏟아 부을 거요. 적어도 초반에

1조 달러는 쓸 걸. 그들은 어리석지 않아요. 1년 일하고 성과 없이 돌아갈 사람들이 아니죠. 그러니 어떻게 되든 우린 큰일 난 겁니다. 또 1조 달러를 빚지게 될 테니까."

"걱정 마세요, 대통령 각하. 잘 될 거예요."

"대통령 각하라고 부르지 말아달라고 하고 싶지만, 그럴 수가 없군요. 그건 배우자에게만 해당되는 거니까. 심지어 존도 나를 대통령 각하라고 부르니까."

"이해합니다. 전 괜찮아요. 오히려 좋은 걸요."

"그렇죠. 하지만 격식 차린 호칭은 정말 싫어요."

"그럼, MP(Mr. President의 첫 글자)라고 부르죠, 뭐."

"그것도 괜찮네요. 하지만 사양할게요."

그들은 잠시 말없이 앉아있었다. 번스타인은 포크를 내려놓았다. 다음 주제는 언급하고 싶지 않았지만, 그가 신뢰하는 유일한 한 사람 앞이었다.

"어제 임신중절 반대자들이 어머니에 대해 질문을 하더군요. 그런 근본주의자들이 내 경우를 자신들의 주장을 펴는 데 이용하는 것을 참을 수가 없어요."

"무슨 뜻이죠?"

"내 의견을 너무나 잘 알고 있는 사람들이 이제 내 가족에게 그런 일이 일어나니까 결정적으로 내 숨통을 끊어놓겠다고 생각한 거죠. 어머니가 그렇게 누워계신 한 더 이상 내 주장을 내세울 수 없으니까. 한 명이 나더러 그러더군요. "자기 어머니 이야기가 되니까, 주장이 달라진 겁니까?"라고 말이에요."

"그래서 뭐라고 하셨어요?"

"뭐라고 했겠소. 어머니가 돌아가셨으면 좋겠다고? 기계로 생명을 연장하는 건 내가 원하던 게 아니라고? 그냥 자연적으로 돌아가셨으면 얼마나 좋았을까? 거의 100년이나 사셨는데. 이런 말 하는 게 나쁜 걸까요?"

"아뇨. 자연스러운 거예요."

"근본주의자들은 늘 천국이야기만 하잖소. 다음 세상이 그렇게 좋으면, 왜 안 가는데?"

"하나님이 사람들을 살리고 있다고 믿으니까요."

"나도 알아요. 신이 내 어머니를 신경 쓰기나 하나요? 도대체 무슨 신이 그렇지? 인간을 데려가길 원하면서 인간이 인공호흡장치를 발명하게 놔두다니. 아님, 그냥 심심해서 우리와 게임을 하는 건가? 게임하는 거면, 그냥 혼자 다 이기지 그래요?"

"각하, 전 무신론자예요. 신이 게임한다는 건 믿지 않아요."

"무신론자란 이야기는 처음 듣는데요."

"물으신 적 없잖아요. 인터뷰 때도 없던 질문인데요."

"태어날 때부터 그랬었나요?"

"2대째 무신론자예요."

"오. 그럼, 그 전에 할머니 대엔 뭘 믿으셨는데요?"

"가톨릭이죠."

"교회에 가본 적은?"

"결혼식과 장례식 때만."

"어떤 사람은 그게 그거라고 하던데요."

"장례식 음식이 더 나아요."

번스타인은 웃음을 터뜨렸다.

"우리 어머니 얼굴에 혈색이 있으셨나요? 조금이라도?"

수잔나는 잠시 뜸을 들였다.

"평화로워 보이셨어요."

"그걸 물은 게 아니잖소."

"아뇨, 각하. 그렇게 보이지 않으셨어요."

"그럼, 왜 그냥 기계를 꺼버리지 않는 거죠?"

"소득을 위해서죠. 소송당하는 것도 싫을 거구요. 특히나 대통령에게 고소당하고 싶겠어요?"

"난 어머니가 편히 쉬셨으면 좋겠어요. 기계 따윈 싫다고. 하지만, 내 어머니라는 이유만으로 더 오래 끌고 있는 거라고요."

번스타인은 자리에서 일어나 잔에 술을 따랐다.

"그런 질문엔 대답하고 싶지 않아요. 어서 빨리 이 문제에서 자유로워져서 내 주장대로 결정을 내리고 싶습니다. 그들이 원하는 건 이익이죠. 이익 때문에 삶을 연장시키고 있어요. 이제 젊은이들은 갈수록 거세게 반발할 테지. 누가 그들을 비난할 수 있겠어요. 폭력을 쓰는 건 미친 짓이라고 어떻게 그들을 설득하겠어요? 내 나이가 젊었으면 나조차도 그들과 의견을 같이 했을 텐데."

"저도 모르겠어요. 어머니께서 자연적으로 돌아가실지도 모르는 일이잖아요."

"과연 그럴까요? 그렇게 비싼 기계라면 양배추 수명도 연장할 수 있을 걸요."

수잔나는 잠시 생각했다.

"제가 네이트 캐스에게 부탁해 볼까요?"

"무슨 부탁?" 순간 번스타인은 그녀의 말을 이해했다. 그는 잠시 생각했다.

"그렇게 해줄래요. 그가 어떻게 생각하는지, 만일 자신의 어머니라면 어떻게 할 건지 물어봐주세요."

"그럴게요."

그때, 인터콤이 울리면서 벳시가 도착했음을 알렸다.

"일어나죠. 문까지 같이 걸어가자고요." 그는 수잔나를 밖으로 안내하면서 갑자기 주제에도 없던 대화를 계속하는 척했다. 수잔나는 곧 의도를 파악하고 태연한 척했다.

"중국 측 변호사에게 연락해서 그쪽 설문조사 결과를 알아봐주세요. 그리고 존에게도 연락해서 그의 의견도 들어보고. 늦게까지 일하게 해서 미안하지만, 적어도 저녁은 굶기지 않았으니 다행이네요."

"게다가 중국식 요리였죠. 감사합니다, 대통령 각하. 영부인님, 안녕하신가요?"

"수잔나, 안녕하세요. 두 분 용무 끝나셨어요? 저 때문에 방해된 건 아니죠?"

"방해되긴." 번스타인이 말했다.

"마무리하던 참이었어. 중국 건에 대한 사람들의 의견이 좋아 보이는군."

"그러게요. 여기저기서 다들 그 소리예요. 축하해요, 수잔나."

"제가 한 일은 없습니다. 다 각하께서 이루신 업적이죠." 말을 마치고, 수잔나는 다른 이야기가 나오기 전에 자리를 떴다.

로스앤젤레스 복원에 대표 건축가로 리동 우가 뽑혔다. 그는 27살의 어린 나이에 베이징 올림픽을 디자인했다. 그 후로 상하이공항, 아부다비의 떠다니는 호텔 외에 중국의 새로운 고속도로 6천 마일을 디자인했다. 리동 우외에는 이 일을 맡을 사람이 없었다.

우는 어린 시절 아버지가 고속도로에 갇혀 귀한 시간을 몇 시간씩 낭비하는 것을 보아왔다. 게다가 교통사고가 나면 상황은 더욱 악화되었다.

왜 사고차량을 들어 나르지 않는 걸까?

이 생각이 우의 머리를 떠나지 않았다. 그 후 중국에서 가장 큰 고속도로 건설 건을 따냈을 때, 그는 그 생각을 실천에 옮겼다.

견인차를 쓰던 예전 방식으로는 1시간 반이 걸렸지만, 그는 차량이 많이 지나다니는 몇 마일마다 기중기를 설치해 사고차량을 가드레일 건너편으로 치움으로써 사고 후 10분 안에 교통량을 원활하게 했다. 기중기는 5분 안이면 어디든 달려갈 수 있도록 근거리에 적절히 배치했고, 필요 없을 때에는 가드레일 뒤에 납작하게 붙어 있었다.

이 기술은 세계 곳곳으로 수출되었지만, 정작 필요한 미국에는 단 한 곳도 없었다. 그리하여 우는 로스앤젤레스의 도로시스템을 복원하는 데 이 방법을 사용했다.

그는 또한 늘 교통량이 많아 혼잡한 중국 대도시 시내중심가에 이층 고속도로를 건설했다. 로스앤젤레스의 구조를 보며, 그는 이층 고속도로를 설치할 경우 교통체증을 70% 정도 경감할 수 있을 것으로 예측했다. 이층 고속도로는 병목현상이 일어나기 바로 전 코스에서 두 갈래로 나뉘었다가 불필요한 부분에서 다시 하나로 합쳐졌다. 교통체증은 수학 문제와 같아서 어려운 곳만 해결되면 나머지는 자동적으로 풀렸다.

우의 또 다른 전문분야는 고속레일이었다. 그는 늘 고속도로를 기찻길로 쓰지 않는지 의문이었다. 그는 고속기차를 중국의 고속도로에 올림으로써 중국을 전 세계에서 가장 진보된 철도 체제를 갖춘 국가로 등극시켰다. 도로기차 혁명

여행이라고 불리는 것을 로스앤젤레스에 가장 먼저 도입하는 것을 생각해낸 것도 바로 그였다.

우는 또한 셴 리와 친구였다. 둘은 모두 중국에서 인정받는 부유한 청년들이었다. 게다가 둘은 서로를 경쟁상대로 생각하지 않았다. 이는 중국에서 보기 드문 일이었다. 우는 의료산업에 전혀 관심이 없었으나 리와 함께 보다 환경 친화적이면서도 비용절감을 가져오는 방법을 연구해왔다. 그는 새로운 단지마다 작은 의료센터를 설립해 먼 길을 다니지 않아도 쉽게 치료를 받을 수 있게 하는 방법에 동의했다. 그들은 환상의 팀이 되었으며, 로스앤젤레스의 복원을 위해 부단히 노력했다.

2030년 11월 말, 점보 화물제트기가 로스앤젤레스 국제공항에 도착하기 시작했다. 전 세계에서 필요한 물품을 공급하기 위해서였다. 때로는 30개국에서 조달받은 자재를 이용해 초고층 빌딩을 짓기도 했으며, 이런 자재들은 정확히 필요할 때 운송되도록 요청해 한 곳에 쌓아두는 일이 없도록 했다. 창고 보관은 공사대금 중에 쓸모없이 큰 비용을 차지할 수 있으므로 자재를 공항으로부터 건설현장으로 곧바로 이동시키자 이로 인한 절감효과는 엄청났다. 이를 위해서는 자재 조달자나 운반업체, 건설자들, 건축가들이 쉴 새 없이 긴밀한 연락을 취해야 했으며, 이를 위해서는 중국인들이 만든 통신장비가 필요했다. 이 장비는 세계 건축가들과 토건업자들이 부러워하는 것이었다.

리동 우가 아부다비에 건설한 떠다니는 호텔은 총 6개월이라는 최단기간이 소요되었다. 아부다비 정부는 우의 건설능력에 찬사를 보냈다.

로스앤젤레스에는 시민들을 위한 주택공급이 가장 시급했다. 건설이 한창일 때에는 3~40만 명의 중국인들이 미국인들과 나란히 일하며 살아가야 할 것이므로 이들을 수용할 건물이 필요했다. 초기에는 총 12개 지역이 선정되었으며, 각 지역은 2~3만 명을 수용하는 소도시를 구성하게 될 것이다. 각 소도시는 쇼핑센터, 학교, 공원, 의료, 오락시설 등을 모두 갖추도록 구성되었다.

점보제트기가 한 도시에 필요한 자재를 공급하는 데에는 총 5일이 걸렸다. 그로부터 6일이면 공사는 벌써 진행 중이었다. 마치 번갯불에 콩 구어 먹듯 엄청난 속도에 놀란 미국인들은 다음과 같은 반응을 보였다.

"중국인들이 우리나라에 쳐들어오지 않는 게 천만다행이야. 이 정도의 인력은 당해낼 수가 없을 걸."

센 리는 초진센터 곳곳에 돌아다니며 시설을 익혔다. 또한 병원을 시찰하면서 재활용할 물품들을 뒤져보았으나, 남은 것이 없었다. 건물기반부터 붕괴되어 있었으며, 사실 그의 마음에 드는 구조도 아니었다. 그는 자신의 마음대로 부수고 새로 지을 수 있는 핑계거리가 생긴 것에 오히려 흡족해했다. 샌 버나디노에 있는 병원은 약간의 수리만 필요할 뿐이었지만, 이 역시 허물도록 요청했다. 시의회에서 이유를 묻자 그는 "잘 보세요."라고만 말했다. 그러자 의원들은 겉으로 보기엔 멀쩡한데 뭐가 문제인지 이해하지 못했다. 리는 자신의 의도하는 병원의 구조를 설명하면서, 전부 다 허물어야 함을 증명했다. 한 의원의 인터뷰에 따르면

"전 이 병원이 그렇게 상태가 심각한 줄 몰랐어요. 마치 자기 아내의 맨 얼굴을 처음 볼 때와 같았습니다."

물론, 그는 그날 집에 가서 부부싸움을 피하지 못했다고 한다.

그는 기반시설이 먼저 확충되어야 자신이 원하는 의료센터를 지을 수 있다고 생각했다. 하지만 시도해 보기로 결심했다. 그는 임시병원을 운영하던 육군 공병대원들에게 잠시 쉬라고 한 뒤, 중국에서 데려온 스탭들을 곧바로 투입시키기로 했다. 공병대원들은 신이 났다. 자부심이고 뭐고, 어차피 싫어하던 일인데다가 기회만 있으면 5분 안에라도 환자들을 버려두고 도망갈 참이었던 것이다. 그들은 결국 리의 제안을 쉽게 승낙했다. 리는 중국 스탭들에게 처음에는 조심히 관찰하며 공병대원들에게 존중하는 태도를 보여주도록 권유했다. 그러나 얼마 지나지 않아 중국인들이 초진센터를 장악했다.

셴 리의 말이 맞았다. 그곳 환자들의 심리 상태를 걱정해주는 사람들은 아무도 없었고, 그들의 정신건강은 거의 버려진 것이나 마찬가지였다. 그는 간호진들에게 보다 안락한 의료천막을 짓도록 지시했다. 그들은 화분을 들여놓았으며, 편안한 음악도 틀었고, 다양한 색깔을 사용해 환자들의 안정을 도왔다. 공병대원들은 냉소적인 태도로 바라보았다. 팔이 부러진 환자들에게 외부 환경 변화가 무슨 도움이 되는지 이해하지 못했다. 그러나 리의 예상대로 환자들의 반응은 매우 긍정적이었다. 역사적인 대지진을 겪은 그들은 작은 변화에도 큰 심리적 안정을 되찾았다. 중국인들은 그들에게 한 줄기 희망이 되어준 것이다. 삽시간에 소문은 멀리 퍼지기 시작했다.

38.

브래드 밀러는 마지막 가방을 트렁크에 넣고는 손녀딸을 안아주며 작별인사를 했다.

"보고 싶을 거예요, 할아버지."

"그래? 그런 말은 한 번도 안 했었잖니."

"그것도 농담이라고 하시는 거예요?"

"한 번 해봤다. 할아버지도 네가 정말 보고플 게다. 너랑 밤마다 수다 떠는 시간이 그리울 거야."

"밤마다 무슨 수다를 떨었는데?" 크리스탈이 물었다.

"그건 우리 둘만의 비밀이야." 크리스탈의 얼굴에 수심이 가득했다. 자기 딸에게 이상한 생각을 심은 건 아닌지 걱정이 되었다.

"할아버지, 돌아오실 거예요?"

"글쎄다. 언젠가는 올 수도 있지. 어쩌면 돌아오지 않을지도 몰라."

"놀러가도 돼요?"

"그건 아빠한테 물어봐라. 배가 샌프란시스코에 닿을 때 놀러오렴. 아니면 롱비치에서 정박할 때 오든가."

톰은 트렁크의 문을 닫고 출발할 시간임을 알렸다. 브래드는 크리스탈의 이마에 작별인사 겸 가볍게 입을 맞추었다. 그는 며느리가 늘 탐탁지 않았다. 크리스탈도 그건 마찬가지였다.

얼마 후 그들은 101번 고속도로를 타고 샌프란시스코로 향하고 있었다. 예전 같으면 7시간 걸릴 거리를 꼬박 이틀 동안 달려야 했다. 로스앤젤레스 카운티를 막 떠나 차가 기어가고 있을 때 톰이 브래드에게 말했다.

"그거 아세요? 전 아버지가 부러워요."

"왜?"

"이제 아버지는 편안히 쉬면서 즐기기만 하면 되잖아요. 아버지 인생의 제3막은 정말 멋질 거예요."

"내 인생의 3막은 이미 끝났어."

"제 말 무슨 뜻인지 아시잖아요."

"나 부러워할 것 없다. 난 네 나이로 돌아갈 수만 있다면 뭐든 하겠어."

"제 나이가 되고 싶지 않으실 걸요. 아버지 젊으실 때랑 세대가 바뀌었어요."

"그런 말을 들으니 가슴이 아프구나."

"그럼 뭐라고 해요? 삶 자체가 고난의 연속인데. 남은 인생을 배 위에서 보낼 수 있다니 황홀하잖아요."

이 말에 브래드는 슬퍼졌다. 이래서는 안 된다. 자식이 아버지의 입장이 되고 싶어 하다니. 그는 아들을 돕고 싶었지만, 그럴 돈이 없었다.

"톰. 삶은 언제라도 변할 수 있어. 네 앞에 좋은 일이 펼쳐있다고 믿는다. 그리고 너한테 하고 싶은 말이 있다."

톰은 그를 바라보았다.

"만일 중국인들이 돈을 주는 대신 콘도를 지어준다고 하면, 그 집에 가서 평생 행복하게 살아라."

"하지만, 아버지도 돈이 필요하시잖아요. 콘도를 팔아서 필요한 데에 쓰셔야죠."

"로스앤젤레스로 오면 더 좋은 직장을 구할 수 있을 게다. 게다가 집세가 안 들어가니 저축도 할 수 있을 거고. 나를 위해서 조금씩 보내주렴."

"그렇게 생각해 주셔서 감사해요. 어떻게 될지는 두고 봐야 알겠지만요."

브래드는 손을 뻗어 아들의 무릎에 얹었다. 드문 일이었지만 그의 마음의 표현이었다.

샌 루이스 오비스포의 값싼 모텔에서 하룻밤을 지낸 뒤, 다음 날 오후 샌프란시스코에 도착한 두 사람은 곧바로 피셔스마켓으로 향했다. 작은 돌집에 앉아 클램차우더를 먹고 있자하니 항구에 큰 배가 한 대 보였다. 브래드는 아직도 주머니에 있는 브로슈어를 생각하며 웃고 말았다. 사진에서 보는 편이 훨씬 더 좋아 보였다.

출발시간은 5시였다. 그들은 3시 반에 식사를 마친 후 부두로 걸어갔다. 선박에 올라타자 방까지 안내할 인원이 부족한 관계로 방 번호와 방향만 알려주고 짐은 곧 도착할 거라고만 했다.

톰은 엘리베이터를 타고 3층으로 올라가 어두운 복도를 지나 쭉 걸었다. 적어도 보이는 문만 해도 2백 개는 족히 되어보였다. 좀 더 지나가자 316호실이 보였다. 이곳이 브래드가 앞으로 적어도 10년을 보낼 곳이었다.

"여기네요." 톰이 말했다.

문에 카드를 대자 자동으로 열렸다. 브래드는 긴장되었다. 지금까지 보아온 것은 브로슈어에서 본 것과 사뭇 달랐기 때문에, 방마저 기대를 저버릴까 두려웠다. 그의 예상은 빗나가지 않았다. 그는 문가에 서서 방 2개짜리 스위트룸을 바라보았다. 작은 침실 하나에 그보다 약간 큰 공간은 거실로 한쪽 코너에는 부엌이 다른 한쪽 코너에는 욕실이 딸려있었다.

"이것 봐라." 브래드가 말했다.

"화장실이 거실 안에 있네."

톰은 그의 기분을 맞추려 애쓰며 말했다.

"배는 원래 다 그래요, 아빠. 화장실문을 닫아놓으면 옷장처럼 보일 거예요. 아주 훌륭한 방인걸요."

브래드는 대답하지 않았다. 그는 초록색 소파와 낡은 가죽 의자를 바라보더니 다가가 앉았다.

"어때요?" 톰이 물었다.

"나쁘지 않군. 꽤 편안해."

톰은 침실로 들어갔다.

"아빠, 여기 보세요. 장관인데요."

브래드는 작은 침실로 들어갔다. 파란 하늘이 보이는 작은 구멍이 나 있었다.

"잘됐네. 뛰어내리지 말라고 창문을 작게도 내놨고."

"왜 그러세요. 그래도 이 정도면 훌륭하잖아요."

브래드는 침대에 누웠다.

"침대는 좋군."

톰은 이 말을 듣고 기분이 좋아졌다. 그는 동그란 창문을 열고 방 안을 환기시켰다.

"멋지네요, 아빠. 완벽해요. 거의 대부분 밖에서 지내시다가 잠만 주무실 거니까 이 정도면 좋지 않아요?"

그나마 잠시 그들을 기쁘게 했던 건 브로슈어에 나온 대로 수영장이 다섯 개 있다는 것이었다. 하지만 그 중 세 개는 시설이용이 불가능하다고 했다. 배 안에는 영화관, 대규모 식당, 체육관, 사우나 시설도 있었으며 댄스수업이나 빙고 게임도 있었다. 단, 광고 사진에서 본 것보다 20년도 더 되어 보인다는 게 흠이었다.

4시 45분, 큰 경적이 두 번 울리면서 방문객들에게 집으로 돌아갈 것을 알렸다. 톰과 브래드는 출구 쪽으로 걸어가 잠시 아무런 말도 하지 않았다. 곧 브래드가 울기 시작했다. 톰이 그를 안았다.

"그만 하세요, 아버지. 그만요. 다 괜찮을 거예요."

"어떻게 이렇게 될 수가 있니? 내가 이런 곳에 살다 죽을 줄이야."

"괜찮을 거예요. 걱정하지 마세요. 마음에 안 들면 후에라도 떠나시면 되죠."

"그럴 수가 없다. 내 돈은 다 여기 묻었는데. 이게 내 운명이지 싶다."

"좋은 운명인 거죠. 게다가 곧 친구 분들도 사귀실 거예요. 분명 이곳에 정드실 거예요."

다시 경적이 한 번 더 크게 울려 둘은 깜짝 놀랐다.

"세상에나, 무슨 소리가 저렇게 크다니?"

"떠날 시각이 돼서 그렇겠죠."

"식사 때마다 저 소리 들으면서 밥 먹긴 싫다. 무슨 소방훈련도 아니고, 나 원."

톰은 웃었다. 그는 아버지의 뺨에 입술을 댄 뒤 배에서 내렸다.

브래드는 2층 갑판으로 올라가 수백 명의 다른 이들과 함께 손을 흔들며 작별 인사를 했다. 앞으로는 죽을 때까지 이곳에 살아야 한다는 사실이 너무나도 가슴 깊이 다가왔다. 그는 브릿지를 좋아하는 친구를 찾을 수 있기를 바랐다. 지난 몇 년간 제대로 한 번 쳐본 일이 없었다.

수잔나 콜버트는 네이트 캐스와 대학시절 때부터 우정을 나눈 사이였다. 네이트는 그녀의 제안에 따라 The Card에 자본을 투자했는데, 그의 손이 닿는 것마다 황금으로 변하는 기적은 그때도 마찬가지였다. 둘은 자주 통화했었다. 하지만 그녀가 장관이 된 후로는 서로 연락이 없었다.

"이런, 이런, 장관님께서 웬일이신가?"

"갑자기 생각나더라고. 가족들은 잘 있어?"

"그럼, 그럼. 여전히 이혼한 상태지. 너는?"

"잘 지내."

"워싱턴은 어때?"

"흥미진진해. 도전도 되고."

"중국인들 소식 들었어. 대단하던 걸."

"잘 될 것 같아."

"그래야지."

"이번 주 한 번 식사할 수 있어?"

네이트는 잠시 망설였다. 그녀가 식사하자는 약속을 잡는 건 거의 큰 투자 건이 있는 경우가 대부분이었다. 그러나 이제 장관이 된 이상, 그런 일은 아닐 것이다. 그는 궁금해졌다.

"수잔나. 설마 나더러 나라를 구하란 소린 하지 마. 그런 돈은 없으니까."

이 말을 들은 수잔나는 웃음을 터뜨렸다.

"정말? 그럼 다른 사람한테 전화해야겠군."

"당연히 식사하고말고. 무슨 이야기인지 알려줄 수 있겠어?"

"점심 때 만나서 말해줄게. 목요일 날 뉴욕으로 넘어가서 주말까지 있을 거야. 금요일 괜찮아?"

"좋지. 장소 정해서 비서에게 연락할게."

"그때 봐."

금요일 1시, 수잔나와 네이트는 63번가에 위치한 작은 이탈리아 식당 안토니우스에서 만났다. 이곳은 보통 광고주들이나 디자이너들이 많이 찾는 곳이다. 유명 인사나 파파라치도 없었다. 물론 몇몇 사람들이 수잔나를 알아보긴 했지만 대수로운 일은 아니었다.

그들은 조리장과 가까운 어두운 코너 쪽에 자리 잡아 비밀 이야기를 주고받기에 적당했다. 네이트는 피시 스튜, 수잔나는 안초비 샐러드를 시켰고, 화이트 와인을 마셨다. 네이트가 잔을 올려 건배했다.

"미국 최초의 여성재무장관을 위해. 신께서 우리를 빚더미에서 구해주시길."

수잔나는 이를 듣고 미소 지었다.

"신도 그런 일은 못할 테지만. 여하튼 고마워."

"그래, 오늘은 무슨 일이야? 궁금해 죽겠는 걸."

수잔나는 조심스럽게 말을 꺼냈다.

"정말 네가 보고 싶었어. 그리고 궁금한 게 하나 있기도 했고."

"말해봐."

그녀는 잠시 말을 멈췄다.

어떻게 말을 꺼낸담?

그녀는 네이트의 의견이 어떠한지도 불분명했으며, 만에 하나 종교를 가지고 있을지도 몰라 더욱 망설여졌다. 게다가 대통령에 관한 이야기를 하는 게 옳은지 다시 의심이 들었다. 하지만 네이트는 바보가 아니었다. 그래서 그냥 본론부터 말하기로 했다.

"대통령의 어머니가 볼티모어에 있는 너희 시설에 계셔."

"알아. 그래서 특별히 관리하고 있어."

"그런데 사망선택 유언을 안 남기셨대."

"그것도 알지. 우리 시설에 있는 사람들이 대부분 그런 환자야. 솔직히 말해서, 그들 덕분에 우리 장사가 더 잘되는 거지."

"네이트. 내가 직접 그분을 보러 갔었어." 네이트는 놀랐다.

왜 그런 일까지?

"생명이란 찾아볼 수 없는 육체가 고급 기계에 의지해 연명하고 있는 게 마음이 아프더라고."

"무슨 말을 하려는지 도무지 모르겠어."

"플러그를 뽑는 경우도 있어? 가족들에게 더 이상 희망이 없으니 포기할 것을 인정하는 경우가 있느냔 말야."

"당연하지. 뇌사상태인 경우 그냥 돈만 받는 건 우리도 원치 않아. 하지만 대통령의 어머니는 뇌사상태가 아니잖아."

"네이트. 나도 뇌파 보고 왔어. 뇌신호가 거의 없어서 전문가들조차 사람이 생각조차 하지 않고 있다는 수준이었어."

"알아. 하지만 법률전문가들은 플러그를 뽑으면 살인을 저지르는 거라고 하지. 정답이 뭔지는 나도 모르지만, 법은 안다고. 뇌파가 조금이라도 있으면 뽑을 수 없다고."

그녀는 낮은 목소리로 말했다. 그의 손이라도 잡고 설득하고 싶었지만 그러진 않았다.

"네이트. 이것 때문에 대통령께서 괴로워하셔서. 자기 어머니가 고통 받는 모습을 보고 싶어 하지 않아. 어머니가 무엇을 바라실지도 안다고. 편안하게 놓아드리고 싶어 하셔."

"환자가 기록남긴 건 없고?"

"없어. 하지만 자기 어머니의 뜻이 뭔지 잘 알고 계시지. 더 이상 고통 받게 하고 싶지 않으신 거야."

"수잔나. 그들이 고통 받는지 어떤지는 우리도 모르는 거야. 멋진 꿈을 꾸고 있는 건지도 모른다고."

"악몽일 수도 있잖아. 꿈이 과연 그 정도의 가치가 있는 거야?"

네이트는 그녀를 바라보면서 속내를 읽어냈다.

"수잔나. 매튜 번스타인이 처음 내세운 게 뭔지 나도 기억해. 어머니 일 터졌을 때, 그의 공약과 상치되는 일이 벌어지고 말았지."

"제발. 그가 원하는 건 그런 게 아냐. 다만 사람들의 귀중한 세금이 유용하게 쓰이기 원하는 거야. 그것뿐이야."

"하지만 난 동의하지 않아."

"도와주면 안 될까? 이번만이라도. 분명 대통령께서도 감사해 하실 거야."

플러그를 뽑아달라는 부탁을 하는 데 와인 반병이 필요했다. 네이트는 그녀의 제안에 끌렸다. 대통령과 재무장관의 부탁을 동시에 들어줄 기회는 흔치 않을 것이다. 게다가 매우 흔치 않은 부탁이니 말이다.

"수잔나. 내가 상황을 좀 더 조사하고 우리 직원들한테도 물어볼게."

수잔나는 순간 기뻤지만, 행여 잘못되면 사태가 심각해질 수 있어 조심스럽게 말했다.

"네이트. 그동안 내 덕분에 돈 많이 벌었던 것 기억해줘. 그리고 친구로서 부탁하는데, 오늘 이야기는 절대로 들은 적 없는 걸로 해줘. 알아봐 준다는 것도 정말 고마워. 혹시나 전처 귀에라도 들어가지 않도록 잘 부탁해. 대통령을 좋아하지 않는다는 것도 알지만 이건 내 개인적인 부탁이야. 이곳에 오늘 온 것도 너를 믿기 때문이고, 넌 항상 사리분별을 잘 했잖아."

"우선, 알아보기만 할 거야. 대통령의 어머니를 직접 만나본 적이 여러 번 있는데, 정말 좋은 분이였어. 나도 그분이 행복하시길 바라기 때문에 하는 거야."

수잔나는 깜짝 놀랐다.

"그분이랑 아는 사이였다고? 전혀 몰랐어!"

"수잔나, 그분을 직접 만난 적은 없어. 친한 사이도 아니고."

"하지만 방금…."

"조용히 해봐. 내가 생각해낸 방법이 있으니까 그걸 알려주려는 거야."

순간 그녀는 이해했다. 하지만 네이트는 백악관이 그에게 사정하는 모습을 보고 싶었던 것이다.

"그냥 상황을 알아보겠다고만 한 거야. 상황이 악화되었을 수도 있고, 아닐 수도 있어. 하지만 내가 좋아하는 분이었으니까 관심을 갖고 지켜볼게."

수잔나도 덩달아 연기했다.

"정말 고마워. 그분도 고마워하실 거야."

"알아볼게. 아, 맞다. 한 가지 더. 난 전처들과 연락하지 않아."

대화는 그걸로 끝이었다. 남은 식사 시간동안 둘은 이에 관해 입도 뻥긋하지 않았다.

캐시는 맥스가 이처럼 우울해하는 모습을 본 적이 없었다. 댈러스에서 돌아온 뒤로, 그는 늘 울상이었다. 그녀는 그를 여전히 사랑했지만 그가 이처럼 변하는 모습을 보자 이게 좋은 건지 나쁜 건지 몰랐다. 그는 예전보다 화를 잘 냈다. 하루는 그녀의 집에서 저녁 먹던 중 그가 자두를 깨물어 먹다가 씨가 조금 씹혔다. 그러자 그는 버럭 성질을 냈다. 그리고는 일어나서 자두를 벽에 내던졌다.

"씨가 있는데도 씨를 뺐다고 속이고 파는 거야? 도대체 이게 무슨 짓들이냐고?"

캐시는 반쯤 먹다만 자두를 집어 들고, 벽에 난 자국을 닦아냈다. 맥스는 자리에서 일어나 밖으로 나갔다. 그는 길거리에 앉아 마리화나를 피웠다. 캐시는 그 뒤를 따라가 그 옆에서 앉으라고 말하기를 기다리면서 가만히 서 있었다. 그는 말이 없었다. 거의 1분간, 그는 약에 취할 때까지 맞은편을 바라보며 아무 말도 하지 않았다. 캐시는 집으로 돌아와 문을 닫고 부엌에 들어가 펑펑 울었다. 그날 때문만도 아니었고, 둘 사이의 관계 때문도 아니었으며, 삶의 모든 것이 다

절망스러웠다.

맥스 덕분에 그녀는 자신의 문제를 잊을 수 있었지만, 그렇다고 해서 문제가 해결된 건 아니었다. 그녀는 아버지의 의료비를 갚기 위해서는 아버지가 남긴 집을 팔아야 한다는 것을 알고 있었다. 대학 다닐 돈이 없어서 인터넷으로만 몇 강의를 수강했을 뿐이었다. 이들 강의가 법적으로는 대학 강의와 똑같았지만, 고용인들은 인터뷰 때마다 늘 "정말 대학 다닌 거예요?" 라고 묻곤 했다.

맥스는 다시 부엌으로 돌아왔다. 그는 그녀의 머리에 손을 얹고는 머리카락을 쓰다듬었다.

"미안해. 그냥 잠시 화가 나서 그랬어."

캐시는 아무 말도 없었다. 그녀는 밖으로 나가 혼자 울고 싶었다.

"그냥 화가 났어. 이빨을 씹은 줄 알았거든. '씨가 없다'고 써놓고 왜 씨를 안 빼고 그대로 뒀는지 모르겠네."

그녀는 소매로 눈물을 훔쳤다.

"씨가 들어 있을 수 있단 말도 써있어요. 그건 못 봤어요?"

"응."

"그렇게 써있어?."

캐시는 싱크대로 다가갔다. 참아보려고 했지만, 그녀는 그 주제를 꺼내야만 했다. 뒤도 돌아보지 않은 채 그녀가 말했다.

"우리 잠시만 떨어져 있는 게 좋지 않을까요?"

그는 그녀의 강경한 제안에 놀랐다.

"말도 안 돼! 내가 자두 던진 것 때문에 그러는 거야? 그건 말도 안 돼!"

"자두 때문만이 아녜요. 계속 신경질적으로 화만 내고, 점점 더 심해지고 있어요. 우리 관계 때문인 거라면, 나 때문이라면 아무래도…."

맥스는 진지해졌다. 그는 그 누구보다도 이 여자를 사랑했다. 그녀가 한 말은 다 맞지만, 그녀 때문이 아니었다. 그는 싱크대로 다가가 그녀의 몸을 돌리고는 입술에 키스했다.

"잘 들어봐. 너 때문에 내가 괴롭다니 말이 되니? 세상을 바꾸고 싶은데 그게 안 되니까 지금은 좀 우울해진 것뿐이야. 샘 밀러에게 가면 뭔가 될 줄 알았어. 하지만 댈러스 사건으로 그것도 물 건너갔잖아. 그러다 보니 괜히 너한테 화풀이했어. 미안해. 너 때문이 아니야."

캐시는 작은 미소를 지어 보인 후, 거실로 들어갔다. 자리에 앉자 다시 울고 싶은 심정이었다. 그의 말은 믿었지만, 그렇다고 해서 그녀의 삶이 바뀌진 않았다. 맥스가 뒤를 따라왔다.

"무슨 일이야? 나 믿지, 그렇지?"

"응. 하지만 내가 처음 자기를 만나서 얘기하고 사랑에 빠졌을 땐, 자기는 에너지가 충만했어요. 자기 옆에 있으면 힘이 느껴지면서 나도 기운이 났어요. 하지만 지금은 혼란스러워. 내 문제들만 해도 끝이 없고 도무지 빠져나갈 수가 없는데…."

"무슨 문제?"

"알잖아요. 이제 곧 이 집을 잃게 될 거라는 게 첫 번째지. 나머지는 생각하고 싶지도 않아요. 그저 울고 싶어요."

"얼마면 괜찮아지는데?"

"당신한테 돈 받고 싶지 않아요."

"얼만데?"

"10만 달러가 필요해. 그러면 대출금 몇 달치 갚고 숨 쉴 공간도 생기겠지."

"내가 줄게."

"그럴 순 없어요."

"그럼 내가 집세 내는 거라고 생각하고 받아."

"하지만 여기 살지도 않잖아요."

"네가 원하면 그럴 수도 있어."

캐시는 그를 바라보았다. 보통 사람들이 동거하는 이유는 따로 떨어져 살 수 없기 때문이라고 지금까지 생각해왔다. 대출 문제를 해결하기 위해서 동거하는 경우는 없다.

"자기 집을 버리고 이곳에 와서 살 순 없잖아. 자기가 일할 공간이 필요하잖아요."

"여기서 일하면 되지."

캐시는 순간 자기 입에서 나온 말을 믿을 수가 없었다. 가끔 마음속 깊이 쑤셔 넣었던 진실이 전혀 기대치도 않을 때 터져 나오는 것이다.

"우리 집에 수백 장씩 사진 붙여놓는 거 싫어. 끔찍해."

"뭐라고?"

캐시는 순간 후회했다. 되돌리고 싶었지만 그럴 수 없었다. "저번에 자기 집 근처에 갔다가 창문으로 들여다봤어요. 샘 밀러의 벽이 있었다고. 무서웠어요. 자기가 미친 건 아닌지 의심했었어."

맥스는 부드럽게 물었.

"내가 미쳤다고 생각해?"

"아니." 그녀는 조용히 대답했다.

"그때 바로 말하지 그랬어. 별 거 아니야. 벽에 도표랑 사진 붙여 놓았다고 미친 건 아니잖아. 솔직히 말해줘. 내가 미쳤다고 생각해?"

캐시는 피식 웃음이 나왔다.

"조금. 그래서 내가 자기를 사랑하는 거잖아요."

"알았어, 그럼. 벽에 좀 이상한 짓 하는 게 대수야?"

"그러게. 지금 생각해 보면 별일도 아닌데."

"이렇게 하자. 이 집을 잃게 하고 싶지 않으니까 그 돈을 줄게. 동거하는 것 때문이 아니라. 그리고 내 집은 계속 사무실로 쓰고. 그러다 회의를 하게 될 일이 있으면, 여기에서 할게. 그러니까 회의실 임대료라고 생각하고 받아."

"회의 한 번에 십만 달러라고?"

"여러 번 할 거야."

"빌리는 거예요. 나중에 갚을게."

"그러시든지."

"갚을 거야."

"그럼, 그렇게 해."

캐시는 안도감과 혼란스러운 감정에 복받쳐 다시 울음이 터져 나왔다. 그녀는 그를 사랑했지만, 돈 때문은 아니라고 생각하고 싶었다. 한 채권자에서 빌려 다른 채권자에게 갚고 있는 건 아닐까? 그녀는 그의 긍정적인 면을 보기로 했다. 적어도 이 채권자와의 섹스는 즐거웠으니까. 둘은 침실에 들어가 채무관계와 이상한 벽이 엉킨 화해의 섹스를 했다.

39.

 로스앤젤레스가 다시 살아나고 있다는 것을 느끼게 해준 것은 냄새였다. 그 곳에 도착한 중국인들은 맛있는 요리로 미국인들의 코를 자극했다. 특히 밥솥에서 익어가는 밥의 냄새보다 구수한 건 없었다. 어떤 이들은 이 독특한 향을 팬케이크 시럽과 비슷하다고도 했다. 중국인들의 음식에서 풍기는 향은 감탄을 자아냈다. 이 향만으로도 사람들은 재건이 시작되었음을 감지할 수 있었다.
 백 년 쯤 전에는 하늘로 뿜어져 나오는 검은 매연이 도시의 성장을 나타내주는 척도였다면, 지금은 음식 찜기가 그 역할을 했다. 로스앤젤레스 시민들은 그들 음식의 풍미의 기원이 무엇인지 몰랐다. 햄버거에서는 그런 냄새가 나지 않았으며, 달걀 역시 마찬가지였다. 미국인들의 코가 익숙해지지 않은 향신료 탓일까? 이유가 무엇이건 간에 그들은 행복한 마음으로 이런 변화를 맞이했다.
 셴 리는 미국 도착 후 정확히 두 달이 되어 도시의 의료서비스계를 장악했다. 공병대원들이 지은 센터는 몇 군데 남겨두었으나, 병원 및 의료시설 복원이라는 야심찬 사업을 시작했으며, 각각의 센터는 5~6 마일 떨어진 거리마다 위치시켰다.

그곳은 중국에 비해 응급실까지 가는 거리가 멀지 않았기 때문에 이동식 수술방식을 초기부터 채택하지는 않았다. 그러나 그는 미국에서 로봇수술의 빈도가 떨어짐을 알고 놀랐다. 미국의사협회뿐 아니라 병원도 로봇을 거부했다. 그들은 전문 수술의가 직접 집도하는 것을 선호했다. 하지만 리는 이를 바꾸기로 결심했다. 그는 로봇들도 최적가에 탁월한 기술을 제공한다는 것을 알리고 싶었다.

그러나 리의 계획의 중심부에는 작은 의료센터가 자리 잡고 있었다. 그는 이것을 좋은 식당에 처음 방문하는 것에 비유했다. 처음에는 그 식당 음식 맛이 어떨지 몰라 망설이지만, 일단 한 번 맛을 들이면, 그보다 수준이 떨어지는 데에는 가고 싶지 않게 된다는 것이었다. 미국인들이 포기한 것은 개인적인 손길이었다. 사실 그 이유는 쉽게 납득이 갔다. 응급실은 마치 공장과 같았으며, 전문 의사를 만나려면 오랫동안 기다려야 하지만 실제 진료 시간은 3~4분에 불과했다. 전담진료는 개인적인 진료 시간은 길었지만, 대부분의 사람들은 비싸서 이용을 꺼려했다. 리는 이를 모두 바꾸었다.

그의 의료센터에는 전문 간호사들이 있어서 거의 모든 병을 곧바로 진단하고 즉시 치료할 것이다. 그들보다 전문적인 지식이 필요한 경우에는 의사에게 연결시켰다. 이러한 센터에서는 환자들의 이름이나, 자녀들의 이름, 그들의 직업까지 속속들이 알고 있었으며 작은 마을에 사는 것처럼 서로를 잘 알았다. 사람들은 이런 관심에 익숙해지자 대기실에서 수 시간이나 기다리는 병원은 선호하지 않게 되었다. 리는 이곳에서만 성공한다면, 미 대륙이 자신의 방식을 택할 것을 잘 알고 있었다.

번스타인과 벳시는 같은 침대에서 잤다. 백악관에서 보기 드문 일이었다. 대부분의 대통령들은 아내와 다른 침대를 썼으며, 심지어 다른 방을 쓰기도 했다. 하지만 수면제 덕택에 벳시가 푹 잠들 수 있어, 번스타인은 이리저리 뒤척이며 자도 그녀가 깰 걱정을 하지 않아도 되었다. 그런데 이 날만은 예외였다.

벳시는 남편이 갑자기 큰 소리로 떠드는 것을 듣고 잠에서 깼다. 그녀는 남편이 통화를 하는 중이거나 긴급 상황이 발생한 것이라 생각했다. 하지만 실제로는 잠을 자면서 꿈을 꾸고 있었던 것이다. 다시 잠들려는 순간, 그의 얼굴에는 화난 표정이 싹 가시면서 부드러워졌다. 그의 입술에는 미소가 걸렸으며, 그의 꿈속에서 그는 누군가에게 키스를 하고 있었다. 그는 아주 분명한 목소리로 "수잔나… 수잔나…."라고 말했다.

벳시는 침대에서 내려와 화장실로 들어갔다. 어떻게 해야 할지 몰랐다. 그를 깨워서 당장 따지고 싶은 마음이 굴뚝같았지만, 꾹 참았다. 그래봤자 꿈이었다. 하지만 그렇다고 해서 기분이 나아지진 않았다. 그녀는 약을 하나 더 삼키고 잠에 들었다. 아침이 되어 생각하기로 했다. 그러다가 차츰 졸음이 몰려오면서 잠에 빠지려는 순간 그의 목소리가 다시 들려왔다.

"사랑해… 아주 많이."

그녀는 분노가 치밀었다. 하지만 두 번째 수면제의 효과가 강해 그대로 두 눈을 감고 씩씩거리며 잠에 빠졌다.

아침에 일어난 벳시는 아무 말도 하지 않았다. 그녀가 일어났을 때 번스타인은 이미 일하러 내려가고 없었다. 그녀는 침대에 앉아서 꿈을 꾼 건가하고 생각해봤다. 아니었다. 그녀는 적당한 때에 그에게 말하기로 했다.

적당한 때는 무슨 빌어먹을!

그녀는 샤워만 하고 바로 아래층으로 내려갔다.

번스타인은 존, 그리고 주미 프랑스 대사와 함께 집무실에서 미팅을 하고 있었다. 벳시는 번스타인을 만나겠다고, 중요한 일이라며 들어가겠다고 했다. 대통령의 비서는 벳시가 요청할 때는 한 번도 안 된다고 한 적이 없었다. 그래서 비서는 그의 아내가 밖에서 기다리고 있음을 알렸다.

"한 시간 후에 다시 오라고 전해주세요."

번스타인이 말했다.

그러자 벳시의 목소리가 들려왔다.

"지금 당장 만나야겠어요."

잠시 후, 번스타인이 문을 열고 웃으며 물었다.

"지금 회의 중인데 조금 기다리면 안 되겠어?"

"안 돼요."

벳시가 이런 반응을 보이는 경우는 드물었다. 나쁜 소식이라도 있는 것이라 생각했다. 사실 좋은 소식이라면 조금 기다리는 것쯤이야 간단하지 않은가? 번스타인은 그들에게 자리를 비켜달라고 하는 대신, 옆 사무실로 안내했다.

"무슨 일이라도 생겼어?"

벳시 번스타인의 장점 중 하나라면, 가까운 사람들 앞에서는 거리낌이 없다는 것이다. 영부인으로서 사람들 앞에서는 늘 행복한 미소를 지었지만, 가까운 사람들 앞에서는 늘 진심을 말했다.

"어젯밤에 다른 여자를 사랑한다고 말하더군요."

번스타인은 마치 큰 공에 얻어맞은 듯한 표정이었다. 그는 아무 말도 하지 않았다. 그는 크게 웃음을 터뜨렸다.

"자면서? 누구한테?"

"수잔나 콜버트요."

"내가 이름을 두 개나 말했다고? 내가 '사랑해, 수잔나 콜버트'라고 말했단 말이야? 그건 정말 이상하게 들리는데."

"성까지는 말 안했어요. 하지만 다른 수잔나는 없잖아요."

"벳시. 내가 잠결에 하는 말은 내 의지와 상관없이 나오는 말이잖아. 가끔은 괴물이나 전쟁, 혹은 한 번 만난 사람 꿈도 꾼다고. 꿈에서 사랑한다고 말했다면, 그건 꿈일 뿐이지 현실은 아니잖아. 꿈 때문에 사과할 필요는 없다고 보는데. 당신은 다른 남자 꿈꾼 적 없어?"

"성적인 꿈은 꾸죠. 하지만 사랑한다는 말은 한 적 없어요."

번스타인은 매우 놀랐다. 알고 싶지 않은 것까지 알게 되었다.

"그것 봐. 당신도 남자 이름 말했을지도 모른다고. 내가 당신처럼 깨어있었다면 나도 들었을 거야. 그 사람 이름은 뭔데?"

"아주 많죠."

"많다고? 그것 봐. 다른 사람들과 섹스하는 꿈을 꿀 수 있다는 것쯤은 나도 받아들일 수 있어."

"하지만 난 그들을 사랑하는 건 아니잖아요."

번스타인은 그냥 "나도 마찬가지야"라고 말할 수도 있었다. 그 뒤로 몇 년 동안 그는 왜 이 순간 거짓말로 얼버무리지 못했는지 이해하지 못했다. 그는 아무 말도 하지 못했다. 그런 반응에 벳시는 벽돌로 얻어맞은 기분이었다. 그는 몇

초 후 입을 열었지만, 그녀에게는 마치 한 시간쯤 되는 것처럼 긴 시간이었다. 그는

"꿈이었어. 내가 꿈속에서 하는 일까지 변명할 필요는 없잖아."

"그녀를 사랑해요?"

"누구?"

"젠장! 매튜! 그냥 대답이나 해요!"

"그녀를 좋아하는 건 맞아. 규칙적으로 대화하고 싶은 상대야. 그것뿐이야."

그 말을 듣자마자 그녀는 자리를 떠났다. 번스타인은 그 뒤를 따라갈까 하다가 백악관 복도에서 모두가 듣도록 다투고 싶진 않았다. 나중에 만나 이야기하기로 했다. 곧 잠잠해지기를 빌었다. 그는 실제로 바람을 피운 것도 아니다. 그의 아내를 공식적으로 망신준 것도 아니다. 그는 상황을 진정시킬 수 있을 것이라 믿었다. 다만 한 가지 그를 혼동하게 하는 것이 있다면 왜 그가 수잔나에 대해 그에게 아무런 의미도 없는 사람이라고 말하지 못했는가였다.

그녀를 사랑하는 것일까? 제기랄. 지금은 생각하고 싶지 않았다. 대체 왜 벳시는 잠은 안자고 깨어있었던 것일까? 그냥 잠자코 잤으면 이런 일은 없었을 것을.

네이트 캐스는 수잔나의 사무실로 전화를 걸었다.

"잘 지내?"

그녀가 물었다.

"물론이지. 그런데 안 좋은 소식이 있어."

수잔나의 심장이 얼어붙는 듯했다. 네이트가 문제를 해결할 수 없다고 하는

건 아닐까. 그렇다면 이제 모든 게 끝난 것이나 마찬가지다.

"무슨 일인데?"

"밤새 대통령 어머니께서 돌아가셨어."

"뭐라고?"

"새벽 세시에. 할 수 있는 건 다 해보았지만 도리가 없었다고 해. 네가 대통령에게 먼저 말하고 싶을 것 같아서." 수잔나는 순간 너무나도 기쁜 나머지 순간 다리를 꼬집어야 했다. 그렇게 하지 않으면 너무 티가 날 것 같았다.

저 사람 이런 일에 도사잖아!

그녀가 좋아할 만한 소식을 나쁜 소식이라면서 아무렇지도 않게 연기하는 모습이란. 그녀는 고맙다는 말을 수백 번도 넘게 하고 싶은 마음을 꾹 참고 그의 연기에 동참해야 했다.

"그건 정말 안타까운 일이네. 알려줘서 고마워. 즉시 대통령께 전할게."

"다음에 통화하자고."

"물론이지. 정말 고마워. 내 말은, 내게 직접 알려줘서 고맙다고."

수잔나는 조금도 지체하고 싶지 않았다. 그녀는 당장 집무실로 달려가 번스타인을 만나겠다고, 위급한 상황이라 전했다. 그는 집무실에 홀로 앉아있었다. 수잔나는 얼굴에 환한 미소를 지으며 그에게 다가갔다.

"무슨 일이죠?"

"네이트 캐스가 전화했어요. 지난밤에 어머니께서 돌아가셨답니다."

번스타인은 매우 놀라 어떤 반응을 보여야 할지 모른 채로 얼어있었다. 환희의 박수를 치는 것도 옳지 않았다. 하지만 그 순간 그의 무거운 짐이 순식간에 사라진 것이었다. 그는 수잔나의 얼굴을 바라보았다. 그녀에게 키스하고 싶었다. 그는 그녀를 사랑하고 있었던 것이다. 그녀가 방금 그의 생애에 있어 가장 큰 문제를 해결해준 것이다. 그것도 완벽하게. 그 누구도 할 수 없는 일이었다. 하지만 그는 감정을 숨기기로 했다. 그는 마치 재무관련 업무를 보고받은 사람처럼 그녀에게 가볍게 감사를 표한 후, 혼자 있고 싶다고 말했다.

"필요한 게 있으시면, 말씀하세요."

"그러죠. 존에게도 소식을 전해주세요. 그러면 언론에 내보낼 기사를 준비할 겁니다. 캐스 말로는 편안하게 돌아가셨다고 하던가요?"

"주무시다가 돌아가셨대요. 가장 편안하게요."

"고마워요. 나중에 연락하죠."

수잔나는 그대로 자리를 피해주었다. 번스타인의 마음엔 만감이 교차하고 있었다. 그는 시간을 보았다. 오후 2시 30분이었다. 지난 몇 년 동안 5시 이후에는 술을 입에 대지 않았으나, 오늘만은 예외였다. 그는 인터콤을 눌렀다.

"스카치와 물을 좀 갖다 줘."

그는 스카치를 기다리면서, 벳시와 화해해야겠다고 생각했다. 가서 그녀에게 사랑한다고 말한 뒤, 일에 치여 스트레스를 받아 다른 이들에게 의지하고 싶을 때가 있는데, 수잔나는 그런 사람 중 하나일 뿐이라고 말할 것이다. 그러면 벳시도 받아줄 것이다. 그가 대통령으로 선출된 데는 벳시의 공이 컸으며, 재선을 위해서도 그녀가 필요했다. 아니, 둘 다 필요했다. 그게 잘못된 것인가? 그는 명색이 미국의 대통령이지 않은가. 필요한 게 있다면 가질 권리도 능력도 있지 않던가?

로스앤젤레스 건설의 주축이 되는 건축가인 리둥 우, 그리고 셴 리는 새 도시

건축을 위한 모임이나 중요한 회의에서 만나는 일이 잦아졌다. 둘은 가는 곳마다 신문기사에 오르내리는 스타가 되었다.

우는 아내와 자녀를 미국으로 데리고 왔다. 그들은 미국을 좋아했다. 사람들도 친절했고, 기후도 예년에 비해 더욱 더워지긴 했지만 알맞았다.

셴 리는 아직 미혼이었다. 40세의 나이에 외모는 준수했으나, 키가 175센티미터에 불과했다. 체중은 70킬로그램이었으며 다정다감한 편이었다. 그는 자주 웃는 편이었다. 또한 체육관에서나 볼 수 있는 가상 러닝머신을 타고 이틀에 한 번씩 운동을 했다. 가상 러닝머신이란 주변 경관이 선택하기에 따라 바뀌는 기계로, 러닝머신 위에서 달리는 동안 산이나 도시, 해변 등 원하는 곳은 어느 곳이든 선택할 수 있었다. 또한 달리는 속도에 따라 경관이 바뀌었으며, 이에 따라 소리나 냄새도 바뀌었다.

리는 해변에서 두 블록 떨어진 산타모니카에 집이 있었다. 지진에 의해 군데군데 부서졌지만, 곧바로 복구했다. 불편한 점들도 있었지만, 현재로서는 쓸 만했다.

그는 러닝머신을 탈 때마다 웃음이 나왔다. 두 블록만 가면 해변인데 러닝머신 세팅을 '해변'으로 맞추어 놓았기 때문이다. 물론 이유는 있었다. 실제 해변은 그가 싫어하는 냄새를 풍겼다. 정확히 뭐라고 딱히 짚어 말할 순 없었지만, 생선비린내와 쓰레기 냄새가 혼합된 냄새였다. 그처럼 예민한 코를 가지지 않은 사람들도 있겠지만, 그는 도무지 그 냄새를 참을 수 없었다. 그래서 그는 러닝머신을 해변으로 세팅하는 것이었다. 그는 몸매도 훌륭했고 옷도 잘 입었으며, 유명했으니 모두의 선망의 대상이 될 수밖에 없었다.

친구들은 그에게 여자를 소개시켜주려 했으나, 그는 도시 복원사업으로 늘 바빴다. 그는 몇몇 여자를 만났고, 그들 중 한 명과는 잠자리도 했으나, 아무런 의미도 없는 사이였다. 미국인들이 아시아계 여성들을 선호하는 것처럼, 그는 미국여성을 선호했다. 매우 이국적인 매력에 끌렸던 것이다. 그는 금발여자들은 좋아하지 않았다. 처음에는 금발여인들을 좋아한다고 생각했으나 사실 갈색 머리 여인들에게 더 끌렸다.

그는 자기보다 크지 않은, 비슷한 키의 날씬한 여성을 선호했다. 그는 무신론자였으므로 종교는 중요치 않았다. 자신을 개종시키려고만 하지 않으면 어떤 종교든 신경 쓰지 않았다. 그러던 어느 날 일요일 바비큐 파티에 참석했다가 한 여인을 만났다.

로라 마컴은 캘리포니아의 상원의원인 스탠리 마컴의 딸이었다. 그녀는 3년 전 결혼했다가 이혼했으며 아이는 없었다. 그녀는 리가 원하던 완벽한 이상형이었다. 168센티미터의 키에 긴 갈색머리였고 학창시절 축구선수로 활동했으며, 예일대를 우수한 성적으로 졸업해 지방검사 사무실에서 일하는 검사로 별명은 '킬러'였다. 그녀는 6년간 사건을 맡아 패소해본 적이 단 한 번도 없었으며, 캘리포니아에서 유명한 로펌에서 제의를 받고 있던 차였다.

리는 갈비를 먹으려고 긴 줄에 서 있는데 그녀가 다가왔다. "정말 존경해요. 이곳에 일어난 재난이 역사상 가장 멋진 도시로 변신할 것을 기대하고 있답니다."

리는 얼굴이 달아오르는 것을 느꼈다. 이런 일은 흔치 않았으나, 그녀의 매력에 순간 푹 빠진 것이었다.

"감사합니다. 이렇게 큰 재난이 일어난 것은 정말 유감입니다. 하지만 최선을 다해 긍정적인 쪽으로 발전시키도록 노력하는 중입니다."

그들은 오크나무 아래 앉아 함께 점심을 먹었다. 그들은 서로 경험담을 나누며 즐거운 한 때를 보냈다. 리가 언제쯤 연락처를 물어볼까 하고 때를 노리던 차에 그녀가 먼저 말을 꺼냈다.

"월요일 저녁에 바쁘세요?"

"아뇨."

"저희 아버지와 아버지 여자친구분과 식사할 건데, 같이 가실래요?"

"좋아요." 그녀는 자세한 시간과 장소를 알려주었고, 둘은 연락처를 주고받았다. 리는 이렇게 만나게 된 것을 정말 기쁘게 생각한다고 말했다.

"전 이런 기회가 갑자기 온 건 아니라고 생각해요. 뭔가 큰 뜻이 있는 거겠죠."

"그렇게 생각하신다면 그런 거죠. 저도 그렇게 생각해요." 리는 손을 뻗어 악수를 청하려 했지만, 그녀는 그의 뺨에 가볍게 키스했다. 그의 얼굴은 다시 발그레해졌다.

"월요일이 기다려지네요." 그가 말했다.

"저도요." 그녀가 대답했다.

리는 평생 그녀와 같은 사람을 만나본 적이 없었다. 그는 설레는 마음을 안고 집으로 돌아갔다.

40.

캐시와 맥스의 사이는 다시 예전으로 돌아갔다. 맥스가 빌려준 돈을 받았을 때, 그녀는 그를 더욱 사랑해야겠다고 마음먹었다. 그녀가 새로 구한 직장도 마음에 꼭 들었다.

그녀의 20번째 생일이 지나고 얼마 후에, 온라인으로 공인중개사 과정을 듣고 자격증을 땄다. 그는 인디애나폴리스에 있는 프리미어 프로퍼티라는 부동산에서 일하게 되었다. 부동산 사장은 86세가 된 클라이드 폴섬이라는 노인으로 그녀를 보자마자 고용하기로 했다. 그녀도 그가 마음에 들었다. 캐시가 자신의 나이를 말했을 때, 클라이드는 매우 놀랐다. 적어도 그보다 10살은 더 들어 보였기 때문이다. 하지만 일만 잘한다면 나이는 상관없었.

클라이드는 매일 출근하긴 했지만, 차츰 부동산 사업에 관심을 잃어가고 있던 차였다. 90세가 되어서도 이 일을 하고 싶진 않았다. 그는 자식들이 있었지만, 그들은 사업을 물려받고 싶어 하지 않았고, 이 사실은 그를 슬프게 했다. 무에서 창조한 소중한 사업을 그대로 잃고 싶지 않았다. 그래서 그는 캐시를 고용한 첫날부터 그녀를 키우기로 마음먹었다.

그녀는 직업을 구하기 전까지는 맥스에게 일절 아무 말도 않으려 했다. 상사의 나이가 80대라고 하면 그는 반대하려 들지도 몰랐다. 그의 분노가 심해질수록 그가 싫어하는 나이대가 점점 낮아졌다. 예전에는 70대 이상만 싫어하더니, 이제는 60대 이상도 싫어했다. 그녀가 마침내 직장을 구했다는 이야기를 했을 때, 그는 놀랍게도 반대하지 않았다. "잘 됐다."고만 말했다.

"그가 죽으면 네가 사업을 물려받을지도 모르잖아. 프리미어 프로퍼티라고? 거기 제법 유명한 곳 같던데."

캐시는 이에 웃기만 했다. 상사가 죽는 것을 바라지 않을뿐더러 그에겐 이미 자식들이 있으므로 무언가 물려받는다는 건 말도 안 되는 일이었다.

"내게 좋은 생각이 있어요." 그녀가 말했다.

"그 회사는 다른 주로도 사업을 확장할 수 있는 능력이 있어. 그런데 그의 가상주택전시 프로그램은 정말 따분하기 짝이 없거든. 실제로 집에 가지 않아도 가상으로 볼 수 있는 방법이 있는데, 그걸 사장님은 안 하고 있잖아요."

맥스는 그녀가 새로운 프로젝트를 창조해내는 데에 관심을 갖자 격려해 주었으나, 실제로 그의 마음은 여전히 다른 곳에 가 있었다.

그는 캐시의 집에서 가끔 밤을 보내고 갔지만, 거의 대부분 자기 집에서 낮에는 일하고 밤에는 잠을 잤다. 둘은 모두 자기 일에 푹 빠져 지내느라 연락도 자주 하지 못했다. 그렇지만 캐시는 부유한 청년 맥스가 엄청난 유산을 받았음에도 삶을 즐기는 데 쓰지 않고 가난한 사람들을 위해 세상을 변화시키려는 점을 존경했으며, 그를 여전히 사랑했다. 그녀의 빚을 갚아준 일은 정말 고마웠다.

그런 남자를 사랑하지 않을 사람이 어디 있겠는가? 그렇지만 그녀는 돈을 벌면 즉시 그에게 갚을 생각이었다. 그것이 당연한 것이라 생각했다.

직장을 구한 지 2주 동안, 맥스는 그녀의 집에 오지 않았다. 열흘 넘게 만나지 못한 것이다.

"무슨 일 있어요?"

캐시가 그에게 물었다.

"전혀. 지금 좀 큰일을 벌이는 중이라, 매일 늦게까지 일하거든. 바빠서 그래."

캐시는 매우 기뻤다.

"무슨 일인데 그래요?"

"내가 원하는 게 뭔지 알잖아. 그냥 몇 가지 아이디어를 발전시키는 중이야."

"정치하려는 거 아니에요?"

맥스는 배꼽을 잡고 웃었다.

"그래. 맥스 레오나드가 국회의원이라. 차라리 목숨을 끊겠다."

"알았어요. 그냥 말해 본 거야."

"그런 점 땜에 널 사랑하는 거야. 여하튼, 나중에 또 통화하자. 친구들이 회의하러 집에 오기로 했거든."

캐시는 놀랐다. 회의를 다시 시작한 줄 몰랐기 때문이다.

"내가 아는 사람도 있어요?"

"응. 루이라고 기억나지?"

"바이커?"

"응. 그가 몇 명 데려오겠대. 정말 열정적인 점이 마음에 들더라고."

"루이가 똑똑한가요?"

"열정이 있지. 그게 더 중요해. 이젠 더 이상 가만히 앉아서 공론을 벌일 사람이 아니라, 실제로 몸을 움직일 사람이 필요해."

"기분 좋아 보인다. 자기가 그렇다니 나도 기뻐요."

"사랑해. 나중에 봐!"

캐시는 전화를 끊고, 정말 오랜만에 브라이언을 떠올렸다. 루이를 소개시켜 준 것도 브라이언이었다. 그가 아니었더라면 맥스든 그 누구든 알지 못했을 것이다. 그 생각을 떠올리자 잠시 옛날이 그리워졌다. 브라이언과 다시 만나고 싶은 건 아니었지만, 아주 잠시나마 그가 보고 싶었다. 캐시의 직장은 그녀에게 구세주나 같았다. 돈을 벌 수 있다는 측면에서 뿐만 아니라 자신의 에너지를 쏟을 수 있는 출구가 되기 때문이었다. 맥스 레오나드와 사랑에 빠진 그녀가 노인들을 위해 일한다는 것이 어찌 보면 매우 아이러니했다. 하지만 둘은 한 측면에서 매우 달랐다. 맥스는 그들 전부를 싫어했지만, 캐시는 그와 달랐다. 클라이드 폴섬을 미워할 수가 없었다. 그럴 필요도 없었다. 이제 막 중개인 자격증을 딴 그녀를 받아준 사람을 어찌 미워할 수 있겠는가. 젊은이들보다 세금 혜택을 더 많이 받는 게 뭐 어떻단 말인가? 젊은이들을 도우려는 그의 마음은 다른 이들과 달랐던 것이다. 물론 그가 부의 재분배를 위한 건 아니었다. 젊고 예쁜 아가씨가 집을 훨씬 잘 팔기 때문이었다. 그의 목적이 이기적이건 아니건, 캐시는 미래를 꾸려갈 수 있는 진정한 직장을 구하게 된 것이다.

2030년대의 부동산 매매는 예전과 매우 달랐다. 일단 집을 내놓으면 온라인 상에서 매우 훌륭한 홀로그래피 이미지로 제공되었다. 그러므로 구매자가 실제 집을 가보겠다고 결심했다면, 이미 온라인상에서 본 이미지가 마음에 들었기 때문이다. 이러한 가상 온라인 투어만 확실하다면, 실제 집을 보러가는 것은 그저 형식상의 일이었다.

캐시는 "원하는 대로 바꿔보세요"라는 모드를 제공해 구매자가 원하는 방식대로 집을 꾸며볼 수 있는 메뉴를 제공했다. 그녀는 이렇게 말하곤 했다.

"이 방을 다른 색으로 칠해보고 싶으신가요?" "그 아름다운 그림을 여기에 걸어볼까요?"

망설이는 사람이 있을 땐, 곧 계약을 체결하려고 하는 다른 구매자가 있다며 내일 같이 만날 약속을 잡았다고 말했다. 그러면 대부분의 경우 그 자리에서 계약금을 걸었다.

캐시는 처음 두 주간 총 8건을 성사시켰으며, 그 짧은 기간에 상상할 수도 없는 큰 수익을 올렸다. 그녀와 클라이드는 매우 기뻐했다. 어느 날 그는 이렇게 말했다.

"난 이곳에서 오랫동안 사업을 벌여왔어. 그것이 내 대에서 끝나길 원치 않아. 내 꿈은 정말 똑똑한 후계자가 나타나 사업을 물려받는 거지. 나는 조용히 뒤에서 바라만 볼거야. 그렇다고 아무 개입도 않겠다는 것은 아니고, 나가서 그동안 해보지 못했던 여행도 다닐 거고. 내 수입은 그대로 받으면서 말이야. 그게 내 꿈이지. 캐시 자네가 내 꿈에 대해서 진지하게 생각해줬으면 해."

"감사합니다. 사장님. 다른 사람들의 꿈 이야기를 듣는 건 늘 즐겁지요. 나중에 제 꿈도 말씀드릴게요."

"그것 좋지. 그래주면 좋겠다."

"사장님, 제가 생각하던 게 있는데요. 제가 가상공간에서 구매자를 따라다니면 더 성공률이 높아질 것 같아요."

"그건 집에서 하면 되는 거 아닌가?"

"네. 하지만 구매자가 가상공간에 나타나면 알려주고 제가 그 공간에 실시간으로 나타날 수 있게 해주는 프로그램이 있어요. 대도시에서는 사용하고 있는데 여기엔 없어서요."

"가격이 얼만데?"

"2만 달러 미만이지 싶어요."

클라이드는 잠시 생각에 잠겼다.

"구매자들이 혼자 다니고 싶어 하지 않을까?"

"그럴 수도 있지만 구매자들이 실제로 어떻게 반응을 보이는지 알아야 그들을 더 잘 이해할 수 있을 거예요."

"알았어. 네 말을 믿지. 그렇게 해보자."

캐시는 기뻤다. 자신을 믿어주는 사장이 있다는 것은 기분 좋은 일이었다. 그날 오후, 회사 문을 열고 나오면서 캐시는 뒤를 돌아봤다. "프리미어 프로퍼티."

훗날 이 회사의 사장이 되어있을 자신의 모습을 생각하자 한껏 들떴다.

음식은 패서디나 천막에서 먹던 것보다는 훌륭했다. 브래드는 이제 이곳에서 2주를 보냈다. 아침 7시에 기상, 2층 갑판에서 아침식사, 1시까지 밖에서 햇볕을 맞으며 노닥거리다가, 2시 반까지 낮잠을 자고, 수영을 하거나 갑판 위에서 오랫동안 산책을 한 뒤 사우나에서 씻고, 6시 반에 저녁을 먹었다. 저녁을 마친 후에는 다시 산책을 하거나 8시 반까지 밖에 앉아 있다가 자러 가거나 약간의 돈을 걸고 카드게임을 했다.

얼마 후, 이런 생활이 마치 일처럼 여겨지기 시작했다. 마치 일정액수의 돈을 받고 의무적으로 시간을 때우는 것처럼 느껴졌다. 그렇지만 음식 맛은 여전히 개선의 여지가 있었다. 배 위에서는 늘 뷔페식으로 먹었다. 화려한 식당이 하나 있어 늘 한적하게 식사를 할 수 있는 곳이 있긴 했지만, 그곳은 식사비를 내야 했다. 그래서 손님들이 오거나 특별한 날만 가는 곳이 되었다. 은퇴한 노인들은 돈을 쓰는 것을 싫어했기 때문에, 보통 식사비가 포함된 뷔페식당으로 가는 것이었다.

아침식사 때 나오는 달걀요리는 어릴 때 캠프에서 먹던 식사가 생각났다. 진짜 달걀로 만든 건지 의심이 들 정도로 색깔이 지나치게 노란 빛이 강했다. 베이컨은 괜찮았다. 베이컨을 망치긴 쉽지 않았으니까. 스프도 그럭저럭 먹을 만했다. 하지만 과일은 최악이었다. 통조림에서 나온 과일이었고 매일 종류도 같았다. 끈적거리는 백도, 그리고 청포도를 까놓은 것 같은, 하지만 확신이 서지 않는 동그란 과일도 있었다. 신선한 사과 한 알 넣어주는 게 그렇게 어려운 일인가?

브래드는 처음 몇 주간 친구가 없었다. 그러다가 차츰 대화상대를 찾게 되었고 심지어 좋아하는 여자도 생겼다. 그녀의 이름은 바버라 네스터였다. 그녀는 79세였지만, 나이보다 훨씬 젊어보였다. 그녀는 여전히 날씬하고 건강한 몸매를 가졌지만, 그보다도 그녀의 눈매가 더욱 아름다웠다. 그녀는 유머감각도 뛰어났으며, 운동을 즐겼다. 또한 하루는 그녀가 수영하는 뒷모습을 보며 아래가 단단해지는 것을 느꼈다. 약을 먹은 것도 아니고, 그저 생각만 했을 뿐인데… 이 얼마나 대단한 일인가!

번스타인은 AARP 회원들에게 매년 정기적으로 연설을 했다. 그들은 번스타인을 좋아하지 않았다. 어떤 대통령은 그들이 원하는 것을 모두 가져다주고, 어떤 대통령은 그들의 막강한 파워 때문에 곤란을 겪기도 했다. 번스타인은 후자였다.

그의 연설은 "우리는 장년층들을 공경해야 합니다."

또는 "아무리 연세가 많아도, 여러분들은 미국인입니다."라는 식이었으므로, 회원들은 이에 간결한 박수만 보낼 뿐이었다. 그가 세대 간의 공평한 부의 분배에 대해 조금이라도 언급하려고 하면서 "모든 미국인들은 나이가 한 살이건 백 살이건 관계없이 똑같은 권리를 누리고 있음을 느끼도록 해야 합니다."라고 말하자 그들은 무뚝뚝한 표정으로 말없이 앉아만 있었다.

번스타인은 이러한 '세대 간의 공평한 정의'를 언급하다가 거의 낙선할 뻔했다. 그러나 다행히도 젊은 층들이 갑자기 강한 긍정의 반응을 보이면서 표를 몰아줬다. 물론 그들의 표는 그리 많지 않았다. 또한 당선 후에 그들은 사라졌다. 장년층들은 로비도 행사했고, 마을회관도 점령했으며, 정치에 관심을 쏟을 정도의 시간과 에너지가 넘쳤지만, 젊은이들은 눈코 뜰 새 없이 바쁘게 직장을 구하느라 보이지 않았다. 비록 장년층들도 손자 손녀가 있었지만, 나이가 들면 들수록 더 괴팍해졌고 이기심만 늘었다. 그들은 약속받은 권리를 절대 놓치지 않으려 했으며, 이는 자기 자녀들에 대해서도 마찬가지였다. 그 누구도 "내 진료비가 너무 비싸니까, 난 치료하지 말고 그 돈을 우리 애들에게 주시게"라고 말하지 않았다. 결국 공평한 정의를 내세우려는 후보자들도 "네가 노년층들 없이 당선될 것 같아?"라는 물음을 해결하지 못했다. 시간이 지나갈수록 노년층의 수는 점점 늘어났고 두터워졌다. 결국 이 물음에 대한 대답은 "아니오."였다.

번스타인이 연설을 마친 후 10분간의 질의응답이 이어졌다. 청중에서 제일 먼저 쏟아진 질문은 "우리를 상대로 폭력을 벌이는 저 새파란 녀석들을 잡아서 혼내줄 거요? 말 거요?"였다.

"이 문제를 일으킨 단체가 어느 단체인지 알아보려고 노력중입니다." 번스타인이 말했다.

"대법원에서도 이 문제를 최우선시하여 해결하려고 하고 있습니다."

다음 질문은 그의 어머니였다. 번스타인은 그녀의 장례식에서 감동적인 연설을 했었다. 그녀의 장례식과 함께 모든 여타의 질문이 파묻힌 것이라 생각했건만 사람들의 의문은 끊이지 않았다. "대통령께서는 사람들의 생명을 연장하기 위해 지나친 노력을 하는 것에 반대하는 내용의 선거운동을 벌이셨습니다. 하지만 막상 자신의 어머니가 같은 처지에 놓이게 되자 마음을 바꾸신 것 같던데, 그건 너무 위선적인 태도가 아닙니까?"

"저는 환자가 살아날 가망성에 대한 고려없이 그저 플러그를 뽑아버리자는 말을 한 게 아닙니다."

그가 다른 말을 덧붙이기도 전에, 누군가 다른 질문을 던졌다.

"중국이 이 나라를 말아먹는 건 아닙니까?"

"차라리 그랬으면 좋겠네요." 번스타인이 웃으며 농담을 했다. 하지만 그 앞에 서 있는 관중들은 냉담했다. 그는 바로 방향을 틀었다.

"지금 현재 로스앤젤레스의 상황을 보시면 아시겠지만, 모든 게 잘 돌아가고 있습니다. 결과도 매우 긍정적일 것으로 보고 있습니다. 오늘 이 자리에 모여주신 것 진심으로 감사드리며 남은 시간도 즐겁게 보내십시오." 질의응답 시간이 5분이나 남았음에도 불구하고 그는 그대로 자리를 떴다. 박수소리는 그가 퇴장하기도 전에 이미 끝나버렸다.

연설이 끝나자 폴 프레스콧은 듀퐁 서클 근처의 자기 집으로 돌아갔다. 그는 오웬과의 동거를 끝내고 수년 만에 처음으로 자기 집에서 혼자 살게 되었다. 그는 잭 월만과 사귀고 있었으며, 다른 사람을 사귀어도 된다고 서로 말은 했지만, 사실은 거의 커플이 되어가고 있었다. 둘은 매우 잘 맞았다.

잭은 계속해서 폭탄사건과 관련된 신상정보를 폴에게 주었고, 젊은이들 집단 중에서 그들에게 문제가 될 만한 명단을 주었다. 아직은 문제를 일으키지는 않았기 때문에 법적으로 조사할 수 있는 권한이 없는 경우에도 폴은 국회에 정보를 넘겨주어 해당 지역의 문제를 사전에 막을 수 있도록 도왔다. 그러면 국회의원들은 지역 경찰서에 연락해 특정 인물들을 감시해 달라고 부탁했다. 공식적인 것은 아니지만, 이런 건들은 추가 폭력사건을 예방하는 차원에서 이루어졌다. 어느 날 아침, 잭은 폴에게 맥스 레오나드라는 이름을 건넸다.

"인디애나에 있는 그 부자 꼬맹이 기억나?"

"누구?"

"Enough Is Enough라는 조직을 만든 애."

"아, 기억나."

"댈러스에서 소동을 벌였었나봐. 그래서 호텔에서 쫓겨났대."

"왜?"

"샘 뮐러를 괴롭혔다는데."

"무슨 이유로?"

"그야 나도 모르지. 그냥 도움이 될까 해서 알려주는 거야. 요즘 자주 보이는 이름이야. 그 애 사진 본 적 있어?"

"아니."

"하나 보내줄게. 굉장히 잘생겼어. 영화배우처럼."

"정말?"

"실제로 보게 되면, 눈을 떼기 힘들 걸."

"그것참 웃기는군. 잘생긴 테러리스트라. 그런 일은 흔치 않잖아."

"그러게 말야. 티모시 맥베이라는 작자도 못생겼었잖아."

"그게 누군데?"

"오클라호마 사건 기억 안 나?"

"몰라."

"한 번 봐. 맥스가 그 친구보다 열 배는 잘 생겼으니까."

41.

 평생 사랑이라는 단어의 의미도 모른 채 살아왔던 셴 리가 이제는 로라 마컴에게 푹 빠져버렸다. 그들은 바비큐 파티에서 만난 후로 거의 붙어 지내다시피 했다. 그녀는 그의 삶을 송두리째 바꾸어 버렸다. 그는 이제 미국의 의료보건 분야에 있어서 가장 중요한 인물이 되어버렸으므로 더 이상 다른 데에 신경 쓸 겨를이 없다고 생각했건만, 사랑에 빠지자 이야기가 달라졌다. 자신에게 이러한 면모가 숨어있으리라고는 그 역시 상상하지 못했던 것이다.
 리는 로라를 만나기 전에 눈만 뜨면 일 생각부터 했다. 그는 로스앤젤레스를 구한 영웅이었으니까. 게다가 사람들이 그를 어디에서건 알아보아 주었다. 이런 유명세는 그를 행복하게 했다. 그는 이런 명예만으로도 충분하다고 생각했다. 하지만 로라를 만난 후로, 아침에 눈을 뜨면 가장 먼저 생각나는 사람이 그녀였고, 그녀가 옆에 누워있지 않을 때는 일어나자마자 그녀에게 전화를 걸었다.

노총각인 그는 처음 그녀와 사랑을 나눌 때 매우 긴장했다. 고등학교 때 다른 여자와 자본 일은 있지만 잠자리에서 여자를 만족시키는 일은 그의 전문이 아니었다. 그가 중국에서 알아주는 재력가가 되었을 때, 여자들은 돈을 따랐으므로, 그와 잔 여자들은 그의 침대 기술이 최고라고 말해주곤 했다. 그는 친구들에게 이렇게 농담조로 말하곤 했다.

"돈 많은 백만장자들은 침대에서도 죽여주지 않겠어?"

하지만 로라와는 첫 키스 때부터 뭔가 달랐다. 처음 사랑을 나누던 날, 그들은 진정으로 사랑을 나누었다. 그녀는 리가 이 세상에서 가장 똑똑한 사람이라고 여겼다. 그녀는 예전에 타이완 출신 예일대 교수와 사귀었었는데, 그때도 똑똑한 그 교수에게 푹 빠져버렸었다. 그녀는 똑똑한 사람을 좋아했다. 외모가 중요하지 않은 건 아니었지만, 남자의 아이큐가 높을수록 그만큼 더 잘나 보인다고 생각했다. 리의 외모는 매우 평범한 축에 속했지만, 그녀의 눈에는 그가 영화배우처럼 잘생겨 보였다.

리는 그녀와 사랑에 빠지는 것으로도 모자라, 그녀의 아버지까지 좋아하게 되었다. 마컴 상원의원 역시 그를 좋아했다. 둘 다 명예를 매우 중시여기는 타입이었다. 그들은 자주 만나 저녁을 함께 했으며, 두 남자는 수 시간동안 입을 다물 줄 몰랐다. 마컴은 미국을 지원하는 데에 중국이 동의한 파트너십이 매우 훌륭한 선택이었다고 생각했으며, 미국의 다른 지역에서도 동등한 파트너십을 유지할 필요가 있다고 생각했다.

어느 날, 마컴은 딸과 함께 둘만 남겨지는 시간이 있었다.

"네가 사귄 남자 중에 최고로구나. 정말 내 마음이 흡족해." 마컴이 말했다.

"저도 저 사람이 정말 좋아요."

"그럼 더 이상 시간 낭비 말고, 그와 결혼해서 빨리 애를 낳아라. 저 사람은 계속 올라갈 거고, 그러면 너도 마찬가지가 아니겠니?"

"하지만 아직 그런 얘기를 꺼낸 적이 없어요."

"로라. 저 사람은 네 노예라도 될 사람이다. 너랑 결혼하기 위해서라면 영혼까지 팔 거야. 조금만 네 마음을 열어 보이면, 그도 곧 청혼할 거다. 서둘러라. 지난번처럼 시간 낭비하지 말고."

로라는 그날 아버지와 리를 남겨두고 일찍 집으로 떠났다. 둘은 제철과 금속의 미래에 관해 이야기하고 있었다. 그녀가 집에 도착했을 때, 그녀에게 메시지가 도착했음을 알렸다. 센 리였다.

"일찍 가서 서운했어. 난 당신 아버지도 좋아하고, 당신도 정말 사랑해. 나랑 결혼해 줘. 당신을 너무도 사랑해."

로라는 그대로 자리에 앉아 있었다. 이런 일은 처음이었다. 응답기에 청혼 메시지를 남기다니.

적어도 응답기라도 한 쪽 무릎을 꿇고 있어야 하는 거 아니야?

그녀는 리에게 전화를 했다.

"결혼해달라고 응답기에 남기는 게 어딨어?"

그는 그녀가 화난 줄 알았다.

"미안. 당신을 너무 사랑해. 갑자기 너무나도 보고 싶어져서 어쩔 수 없었어."

"그럼, 나도 메시지 남길 테니 전화 끊어."

"정말이야?"

"얼른 끊어." 스크린이 꺼지고 로라는 다시 그에게 전화를 걸었다. 응답기 메시지에 리의 얼굴이 나타났다.

"안녕하세요? 지금은 통화가 어렵습니다. 메시지 남겨주시면 후에 연락드릴게요." 붉은 빛이 깜빡이기 시작하자, 로라는 카메라를 보며 말했다.

"알겠어."

리는 3초 후 그녀에게 전화를 했다.

"알겠다고? 승낙하는 거야?"

"응."

"당신 덕분에 난 이 세상에서 가장 행복한 사람이 된 거야!"

"나도 마찬가지야."

"지금 가도 돼?"

"지금 당장 오지 않으면 잠도 못잘 거 같아."

"지금처럼 행복하긴 처음이야."

"나도."

그렇게 로라 마컴과 셴 리는 전화상으로 결혼을 약속하게 되었다. 사실 이런 일은 드물지 않았다. 전화상으로 결혼하는 커플도 있었다. 하지만 로라는 이런 식으로 그녀의 핑크빛 미래가 펼쳐지리라고는 상상도 하지 못했던 것이다. 다시 생각해보면 프로포즈는 완벽 그 자체였다. 해변가 레스토랑에 아름다운 약혼반지, 바이올린 연주와 최고급 샴페인까지. 하지만 그녀의 첫 번째 결혼은 엉망이었다. 어쩌면 이 결혼은 그녀에게 최고의 행운을 가져다 줄지도 몰랐다.

번스타인은 수차례 벳시와 다투고 화해해봤지만, 이번 건만은 쉽게 해결될 기미가 보이지 않았다. 벳시는 화가 날 때면, 문제에 대해 직접 이야기하지 않고, 입은 꾹 다문 채 냉전 상태를 이어가는 타입이었다. 질문을 해도 거의 묵묵

부담이었고, 하루 잘 보냈냐는 말조차도 하지 않았다. 만일 그가 공장노동자였다면, 그런 질문을 하지 않는 게 이해가 될지도 모르는 일이지만, 미국의 대통령인 그의 하루는 전 미국인들의 하루가 어땠는지를 묻는 것이나 마찬가지였으므로, 오히려 묻지 않는 게 이상한 일이었다. 이런 냉전 상태가 거의 일주일이나 지속되자, 어느 날 번스타인은 자기도 모르게 화를 불쑥 냈다.

"젠장. 난 이 세상에서 제일 고달픈 직업을 가진 사람이란 말야! 내 집에서조차 이런 취급 받아야 되겠냐고!"

"당신 집 아니에요. 모두의 집이죠."

"내가 도대체 뭘 잘못했다고 그래?"

"잠잘 때, 다른 여자한테 사랑 고백했잖아요. 내가 아니라. 이해하겠어요?"

"잠잘 때 그런 거잖아, 벳시. 잠잘 때."

"단지 그것뿐이라면 나도 이해하겠어요. 하지만 우린 한동안 서로 안 맞았어요. 여기까지 오는 데 오래 걸렸을 뿐이죠. 그 사람 때문이 아니어도 언젠가 침몰할 배나 마찬가지였어요."

"그건 모르는 일이야."

"모르는 일이라고요? 당신은 날 그저 비서 취급하잖아요. 하지만 난 선거에 출마하겠다고 나선 적도 없어요. 당신이 대통령이 되고 싶어 했기 때문에, 난 영부인이 될 수밖에 없었다고요. 다 당신을 위해 한 건데, 이제 내 뒤에서 몰래 다른 사람을 사랑한다고요? 당신 같으면 기분 좋겠어요? 이해할 수 있겠느냐고요?"

"당신은 이 세상 가장 중요한 일을 하고 있는 거야."

"난 이따위 일 원한 적 없다고요!"

벳시는 흐르는 눈물을 닦으려 자리에서 일어났다. 번스타인은 그녀의 뒤를 따랐다.

"이 일이 싫은 거야? 그런 거야?"

"난 당신의 파트너가 되고 싶었던 것뿐이에요. 우리가 서로 파트너가 되는 거라면 아무 상관없어요. 중국과 미국의 관계처럼 말이에요. 하지만 당신이 내 곁에 없는데, 나 혼자 뭐하는 거죠, 지금?"

"지금 여기 있잖아."

"아뇨. 그렇지 않아요. 당신도 알고, 나도 알아요. 우리가 마지막으로 관계를 한 게 언제였죠?"

"그런 소린 그만해. 백악관에서 그러기 쉽지 않다는 건 당신도 알잖아."

"그딴 소리 집어치워요!"

번스타인은 그녀와의 화해를 위해 무엇을 해야 하는지 잘 알고 있었다. 수잔나를 해고해야 했다. 하지만 그럴 순 없었다. 첫 임기에 같은 직에 있는 사람을 세 명씩이나 바꿀 순 없었다. 게다가 그는 수잔나를 사랑하고 있다. 그게 가장 문제였다. 그의 머리가 지끈거려왔다. 지금 이 순간 전화를 걸어 모든 걸 토로하고 싶은 그 사람이, 바로 그의 부부간의 갈등 원인이 되었던 것이다. 그는 차라리 종교가 있었으면 하고 바랐다.

이 모든 걸 신에게 맡길 수만 있다면 얼마나 좋겠나.

브래드 밀러는 새로운 환경에 잘 적응하고 있었다. 음식에도 잘 적응했으며, 새 친구들도 좋았고, 바버라도 좋았다. 또한 1년에 3개월간 배를 타고 실제로 크루즈를 잠시 떠나 관광하는 것도 좋았다. 다른 이들은 넓은 바다에 떠다니는 것을 더 좋아했지만, 브래드는 항구가 더 마음에 들었다. 바하마 제도, 멕시코, 플로리다, 캘리포니아, 샌프란시스코와 롱비치를 모두 돌아볼 수 있는 것이다.

롱비치에 처음 정박했을 때는 중국인들이 이룬 업적을 보고 놀람을 금치 못했다. 배 위에 있던 승객들은 도시에 짓고 있는 커다란 네 개의 담수공장을 볼 수 있었다. 이 공장들이 완성되어 가동되면 해수로부터 끌어온 물을 천 6백만 명이 곧바로 식수로 이용할 수 있을 것이다.

브래드는 예전에 살던 곳으로 가보았다. 콘도소유자들은 새 건물이 완성되면 그곳에서 살 수도 있으며, 다시 돌아가기 싫은 사람들은 예전 투자가격만큼은 아니지만 돈으로 환불 받을 수도 있었다. 이제 새 집을 찾아 안락한 삶을 꾸려가는 브래드는 집 없이 떠돌아다녀야 했던 옛날처럼 화가 나지는 않았다. 그러나 그의 아들 톰은 이 소식을 듣고 그렇게 기뻐하지는 않았다. 그는 아버지의 크루즈를 위해 대출한 돈을 갚을 수 있기를 기대했었다. 하지만 그 또한 역시, 중국인들이 아니었으면 그만한 돈조차 못 받았을 것이므로 없는 것보단 낫다는 마음이었다.

롱비치에 정박한 한 달 남짓한 기간 동안 선셋 승객들은 모두 행복한 한 때를 보냈다. 중국을 비롯 아시아 국가에서 보낸 수많은 배들은 곧 새로운 로스앤젤레스를 완성할 많은 자재들을 보내왔다. 아주 큰 배들은 건물의 일부분을 미리 완성한 채로 배달해 해변가에 대기 중인 대형 트레일러에 실었다.

브래드는 친구들과 함께 배에 있는 자재들이 어떤 건축물에 쓰일 것인지, 어디로 가는지를 맞추는 게임을 했다. 그러는 내내, 그는 자신의 삶에 얼마나 많은 변화가 있었는지를 생각했다. 어린 시절에 처음으로 본 일본차가 생각났다. 그것은 닷산이었는데 사람들의 호응도가 매우 좋았다. 그 당시만 해도 그것이 미국 차를 대신할 저렴한 대체 자동차가 될 줄은 아무도 몰랐다. 이젠 미국 차는 더 이상 찾아볼 수 없었다. 유대인들이 폭스바겐을 구매하는 이유는 미국과 중국이 지상 최대 규모의 건설에서 손을 잡는 것이나 같은 이유였다. 사람들은 빠른 시간에 저렴한 가격으로 물건을 구매하기 원했던 것이고, 이는 앞으로도 변함없을 것이다. 처음엔 차와 음식으로 시작했다가 옷까지, 이제는 사람들이 구매하는 곳마다 모든 것이 동일한 법칙에 의해 움직였다. 이에 대한 저항조차 사라졌다. 그냥 어느 정도만 미국식 발음이 나는 브랜드라면 나머지는 중요치 않았다. 월마트가 50년 전에 깨달았던 것을 이제 만인이 깨달은 것이다.

브래드와 바버라가 어느 날 갑판을 산책하고 있을 때, 한 사람과 그를 둘러싼 무리가 보였다.

"저건 누구지?"

브래드가 물었다.

"어제 탑승한 사람인데, 마빈이 쓰던 방에 묵게 됐다는군요."

"마빈은 어떻게 됐고?"

"자다가 그대로 가버렸대요."

"몰랐어. 언제?"

"일주일쯤 전에요."

"그랬구나. 난 포커 게임하자고 계속 메시지만 보내고 있었네. 적어도 DIS였으니 그나마 다행이군."

DIS란 Die In Sleep의 약어로 '자다가 죽는 것'으로 가장 행복하게 세상을 뜨는 것을 일컬었다. 누군가가 자다가 죽었다는 이야기를 들으면, 다들 그가 축복받았다고 생각했다. 그래서 그곳에 있는 모든 승객들은 DIS를 원했다.

"그래서 누가 지금 그 방에서 지낸다고?"

브래드가 물었다.

"안락사 전문가, 매스터스래요."

"월터 매스터스?"

"맞아요. 그 사람 아세요?"

"들어 본 적은 있지. 아주 유명하거든. 지진 이후에 그곳에서 사람들을 도와줬다고 하던데."

"그럼, 여기서도 그 일 때문에 왔을까요?"

브래드는 웃었다. 그것도 영 틀린 말은 아니었지만, 매스터스는 살인자로 이름 높은 사람은 아니었다. 자신의 도움을 필요로 하는 사람들을 돕기 위한 사람이었다. 하지만, 이처럼 나이든 사람이 모인 은퇴 크루즈에 그가 나타났다고 생각하니 좀 이상하긴 했다.

"앞으론 기분이 우울하다고 사람들 앞에서 한탄해선 안 되겠어. 조심해야지." 브래드가 농담 삼아 말했다.

그들은 매스터스의 곁으로 다가갔다. 이십 명쯤 되는 무리가 그의 앞에 앉아 귀를 쫑긋 세우고 이야기를 듣고 있었다.

안락사를 시행하는 사람들은 이런 노인들 사이에서 특히나 유명했다. 마치 삶과 죽음이라는 커다란 힘을 가지고 있는 것처럼 여겼다. 그런 의미에서 매스터스는 사람들에게 존경을 받았다. 노인들이 가장 두려워하는 주제를 서슴없이 이야기할 수 있는, 게다가 관련 지식도 풍부한 사람이었기 때문이다. 목숨을 끊기 위해 필요한 약이나 독약에 대한 정보를 찾는 건 금방이었지만, 그런 일을 전문으로 해왔던 전문가라는 점을 높이 샀다. 그는 자신이 원하는 바와 상관없이, 벌써 이곳에서도 유명인이 되었다.

브래드와 바버라 무리들 사이에 앉았다.

"그래서 그녀에게 물었죠. 확신 하냐고."

매스터스가 말했다.

"그녀가 그렇다고 했을 때, 나는 오래된 노트북을 꺼냈죠. 거기엔 자신의 삶을 끝내기 위해 총 세 번의 리턴 키를 눌러야 하는 프로그램이 있어요."

"세 번이나요?"

"네. 주사액이 투입되기 전 세 단계죠. 모든 것이 자신의 의지라는 것을 확실하게 해야 하거든요."

"그 프로그램에서는 각 단계에 뭐라고 써있죠?"

"첫 단계에는 '지금 하려는 것이 당신을 죽음에 이르게 할 것임을 분명히 인지하고 있습니까?' 두 번째는 비슷한 질문을 약간 다른 다르게 표현한 질문이 있고요. 세 번째에는 '지금 리턴키를 누르면 앞으로 다시는 삶으로 돌아올 수 없을 겁니다.'라고 써있죠."

이 말에 모두들 웃음을 터뜨렸다. 월터는 이 농담을 좋아했다.

"마지막 순간에 마음을 바꾸는 경우도 있나요?"

한 여자가 물었다.

"아뇨. 단 한 번도요."

다른 사람이 아직도 그가 그런 일을 하는지 물었다.

"아뇨. 저도 여러분과 같은 목적으로 이 배에 탔습니다. 이곳에서 전 은퇴합니다. 더 이상 그런 일은 하지 않습니다."

"만일 누군가 병으로 고통 받고 있다면요?"

매스터스는 이 말을 한 사람을 보고는 웃으며 말했다.

"당신이 원한다면 갑판 밖으로 내던져드릴 순 있습니다만, 그게 전부입니다."

사람들은 이 말에 큰 웃음을 터뜨렸다.

그가 나타나자 사람들은 이상하리만큼 마음이 평안해짐을 느꼈다. 그들의 고통을 없애줄 사람이 근처에 있다는 것을 알게 된 것이다. 죽음에 대한 공포를 없애줄 사람을 바로 옆에 둔 것과 같은 만족감을 느꼈다.

42.

　수잔나 콜버트가 중국 재무장관과 저녁식사를 하는 중에 손목시계의 진동이 느껴졌다. 그녀의 비서였다. 네이트 캐스 가 전화를 걸었다는 것이다. 수잔나는 잠시 실례하겠다고 한 뒤 조용히 통화하기 위해 한쪽 구석으로 갔다. 사실 이렇게 기술이 진보했음에도 불구하고, 사적 통화를 할 수 있는 방법을 고안해낸 사람은 아무도 없었다. 손목에 대고 작은 목소리로 속삭이거나, 아무도 없는 곳으로 가야만 했다. 사람들이 목소리를 들을 수 없을 정도로 작게 말할 수 있다손 쳐도, 손목시계에 상대방의 얼굴이 뜨는 것이다.
　"여보세요? 네이트?"
　"수잔나. 모든 일이 잘 해결되었길 바라."
　수잔나는 네이트가 단순히 잡담이나 하려고 전화한 것이 아님을 알고 있었다. 그녀에게 큰 호의를 베풀었으니, 이제 그가 전화할 차례였다. 지금이 그때였다. 그가 직접 만나자고 할 때부터, 작은 부탁을 하려는 건 아님을 깨달았다.

네이트가 말했다.

"다음 주 화요일에 워싱턴에 갈 일이 있는데, 점심 때 만나줄 수 있으면 좋겠는데."

수잔나는 시계의 버튼을 눌렀고, 네이트의 얼굴 위로 스케줄표가 떴다. 무슨 일이 있든지, 네이트의 점심 약속을 거절할 순 없었다. 그녀가 예전 사업에서 그처럼 크게 성공한 것도 다 "네가 내 뒤 봐주면, 나도 네 뒤를 봐줄게"라는 암묵적인 코드 덕분이었다. 그의 다급한 목소리로 봐서는 아주 큰 건을 해결해달라는 것 같았다. 하지만 이에 대한 비밀은 지켜야 할 것이다.

"화요일은 엄청 바쁘겠지만, 너니까 시간 낼게."

그는 고맙다는 말없이 이렇게 말했다.

"12시건 1시건 네가 골라. 에메랄드에서 먹자."

에메랄드는 워싱턴에 새로 생긴 호텔이었다. 거대한 동상처럼 높고 날씬하게 생겼다. 이 근방을 잘 모르는 사람이라면 동상이라고 생각할지도 모른다. 맨 꼭대기에는 시내가 전부 다 보이는 식당이 있었다. 그곳에는 작은 비밀 룸들이 있고, 출입구도 각각 달랐다. 그러므로 비밀회의를 한다고 해도 다른 사람들의 시선을 걱정할 필요가 없었다. 물론 그곳에서 호텔 직원들은 피할 순 없겠지만. 어쨌건 지나가는 관광객들이나 파파라치들은 걱정할 필요가 없는 곳이었다.

비밀 카메라를 버튼모양으로 만들어 단 셔츠가 시장에서 히트를 쳤다. 목에서 내려오는 두 번째 단추는 겉모습으로는 다른 단추와 별다른 차이가 없지만, 사람들 몰래 동영상과 사진을 찍을 수 있었다. 그러므로 사람들이 전혀 다른 사람들의 눈에 띄지도 않은 채, 촬영할 수 있는 것이었다. 마치 속옷까지 깨끗한 것으로 입고 다니지 않으면 안 될 정도였다. 밖에 나다닐 때는 언제 세상에 공개될지 모르는 것이므로, 만천하에 공개되어도 괜찮은 모습으로 치장하고 다녀야 했다. 특히나 유명인들은 더욱 그랬다.

2022년에 최초로 이 셔츠카메라에 찍힌 사람은 세계적인 영화배우였었다. 어느 날 그는 바지를 벗은 채 다른 남자와 함께 차를 타고 있었다. 이들을 발견한 사람은 눈에 띌만한 어떤 장비도 들고 있지 않았다. 물론 그 두 남자도 그를 전혀 신경쓰지 않았다. 그런데 그날 밤, 그들이 섹스하는 모습이 인터넷 곳곳에 뿌려졌다. 세계적인 배우가 동성과 그렇고 그런 사이라는 것이 밝혀진 게 중요한 게 아니었다. 그날 그가 집에 가발을 두고 와서 평소보다 40살은 더 나이 들어 보였던 것이다. 대머리에 게이라는 점은 그의 몸값을 천 2백만 달러나 떨어뜨리고 말았다.

네이트는 수잔나가 들어왔을 때 비밀 룸에서 기다리고 있었다.

"여기 꽤 괜찮은 호텔이네."

그녀는 분위기를 띄우려고 가볍게 말했다.

"본론부터 말할게. 내가 해준 게 있으니까, 그에 대한 보답으로 필요한 게 있어. 그것도 아주 빨리."

수잔나에게 주문할 시간도 주지 않았다.

"뭔데?"

"내 형 찰스 일이야. 형이 회계감사를 받는 중인데 정말 큰 일이 터졌어."

수잔나는 놀라서 입을 다물 수 없었다. 그의 부탁이 큰 것인 줄은 예상했지만, 다른 기관이 개입된 문제일 줄은 상상도 하지 못했다.

"형이 아주 큰 자금을 빼돌렸어. 탈세가 목적이 아니라 재투자할 때까지 잠시 묶어둔 거지. 때가 되면 세금을 내려고 했었는데, 이젠 정부에서 세금 뿐 아니라 형의 사업을 모두 감사하려고 한대. 알다시피 찰스 형 사업은 150억 달러에 이르는데, 모든 자산을 다 감사한다면 엄청나게 곤란해질 거야."

"세금도 안 내고 돈 벌길 원하다니 그건 옳지 않은 방법인데?"

"그건 그렇다 치고, 난 IRS에서 우리 형 감사 건을 취소해줬음 해. 건드리지 말아달라고. 세금은 낼 테니 감사는 취소해달라는 게 내 부탁이야."

수잔나는 잠시 생각에 잠겼다. 재무장관이 된 이후로 불법적인 호의를 베풀어달라는 건 이번이 처음이었다. 솔직히 말해, 그녀에게 그런 힘이 있다는 것조차 몰랐다.

"네이트, 나도 널 돕고 싶어. 그건 알지? 대통령 건에 대해서는 정말 고맙고. 대통령께서도 그건 알고 계셔. 하지만 이번 건은 너무 커. 게다가 내게 이런 대규모의 감사를 취소시킬 만한 힘이 있는지조차 잘 모르겠어."

"수잔나. 만일 네가 돕지 않는다면, 난 대통령과 존을 함께 몰락시키고 말 거야. 내 말 뜻 이해하지? 내가 대통령의 딜레마를 없애준 대가로 부탁하는 거야."

"그건 알겠어. 내가 할 수 있는 게 뭔지 알아볼게. 나도 부탁을 들어준 것에 대해 호의를 베풀고 싶으니까."

"고마워."

"뭣 좀 시킬까?"

"별로 생각 없어. 제대로 점심을 마친 것 같군."

네이트는 자리에서 일어나 2백 달러의 팁을 테이블에 올려놓았다. 그는 수잔나에게 성의 없는 포옹을 하고 자리를 떠났다. 그녀는 머리가 아파왔다. 그녀의 정직하고 곧은 품격은 이제 무너진 것이나 다름없었다.

폴은 AARP 게시판에 그동안 장년층을 대상으로 범죄를 저질렀거나 의심 가는 사람들의 이름을 올렸다. 그날 아침 그는 맥스 레오나드의 이름도 올렸다.

도대체 돈도 있고 저렇게 잘생긴 사람이 이런 짓에 시간을 낭비하는 걸까?

로버트 골든이 폴의 사무실에 들러 그의 게시판을 보았다. 그는 폴이 무슨 일을 하려는지 알지 못했다.

"왜 이런 걸 하는 거지? FBI에서 하는 일 아닌가?"

"그렇겠죠. 하지만 우리도 이런 정보를 모아둘 필요는 있습니다. 혹시 어떤 패턴이 보이는 건 아닌지 알아보는 겁니다. 이 사람들을 이해하게 되면, 이들을 멈출 방법도 알 수 있겠지요."

"그거야 다 좋은 생각이지만, 무엇보다도 이 사람들이 다 젊은이들인지를 먼저 알아봐야 할 걸세. 노인들은 자기들을 죽이려고 하지 않거든."

"하지만 왜 이 레오나드처럼 부유한 사람이 이런 일에 가담하는 걸까요?"

"누가 알겠어? 할아버지가 자기를 괴롭혔든지 했겠지."

"그것 때문에 나이든 사람들을 다 싫어한다고요?"

"폴, 내 말 좀 듣게. 자네가 하고 있는 일이 어리석다는 말은 아닐세. 자넨 똑똑하니, 이 정보를 한데 엮으면 뭔가 도움이 될 수 있겠지. 하지만 이건 자네 임무는 아닐세. 자네 일은 국회의원들을 포섭해서, 번스타인이 선거운동 때 공약한 생명연장에 대한 제한 조치를 취하려고 하면, 그걸 막는 거야."

"그런 쪽에 찬성하는 사람들이 있기나 할까요?"

"지금은 아니지만, 이런 폭력사건이 난무하고 있으니 어느 정도 영향을 미친다고 볼 수밖에. 오늘 시카고 시장이 쓴 사설 못 읽었나?"

"아니오."

"내가 출력해 놨으니, 읽어보게. 이 사람들을 잡아내는 일은 신경 끄고. 이게 바로 우리에게 위험요소가 되는 거란 말이야." 로버트는 폴의 책상에 신문을 내려놓았다. 제목은 "Enough Is Enough"였다.

"이 시장도 자기가 쓴 제목과 똑같은 혁명단체가 있다는 건 알기나 할까요?"

사설의 내용은 젊은이들이 썼을 법한 것이었다. 부를 공평하게 분배할 시기가 지난 지 오래라는 것이다. 이제 젊은이들에게도 기회를 줄 때가 왔다고 써 있었다.

폴의 시선을 사로잡은 한 문장이 있었다.

"만일 우리가 젊은이들의 더 나은 삶을 위한 기회를 개선하려 하지 않는다면, 어느 날 우리는 더 이상 미국을 원치 않는 세대에게 이 나라를 물려줘야 할지도 모른다."

이 문장을 읽자, 더 큰 문제가 터질지도 모른다는 우려가 들기 시작했다.

폴은 예전에 누군가 소개해줘서 만났던 보수파 게이 작가가 생각났다. 둘은 하루 사랑을 나누었지만 딱히 통한다는 느낌이 없어 그대로 헤어졌다. 일반인들보다 워싱턴 엘리트들 중에서 그를 따르는 사람들이 많았다. 그들은 거의 1년 동안 통화한 적이 없었다. 그는 그 작가에게 전화를 걸었다.

"폴 프레스콧입니다."

"깜짝 놀랐네요."

작가가 대답했다.

"잘 지내요?"

"그럭저럭 잘 지내죠."

"그쪽 단체에는 꽤 사건이 많았다면서요."

"그렇다고 볼 수 있죠. 그쪽은 그 사건들에 대해 어떻게 생각해요?"

"제 의견을 묻는 건가요? 그 사람들 다 사형에 처해야 한다고 보죠. 불평은 그만 두고 가서 직장이나 구하라고 할 겁니다."

"그럴 줄 알았어요. 그 기사 좀 써줄래요?"

"아뇨."

"왜요?"

"이해는 하니까요. 마음에 들진 않지만 그 마음은 이해하니까요. 그렇지 않나요?"

폴은 아무 말도 하지 않았다. 이해할 수 없다고는 말할 수 없었다. 그렇지만 이해한다고 해도 멈춰야 할 행동들이 있는 것이다. 테러리스트들 나름대로 자기 생각이 있고, 의견도 있겠지만, 그렇다고 해서 마구잡이로 사람을 죽여도 되는 건 아니었다.

"여보세요?"

폴이 대답하지 않자 상대방이 다시 물어왔다.

"네. 그냥 방금 당신이 한 말에 대해 생각 좀 했습니다." 지금으로선 그를 설득할 힘이 없었다.

"기사를 써줄 수 없다면, 어쩔 수 없죠. 단지 그쪽 글이 마음에 들어서 도와줄 수 있나 해서 물어봤습니다."

"그래요. 여하튼 계속 연락하고 지내요. 마음 바뀌면 알려줄게요."

"알겠어요. 얼굴 봐서 좋네요."

폴은 전화를 끊었다. 그동안 연락 안 하고 지내길 잘했다는 생각이 들었다. 하지만 동시에 나이를 먹지 않는 그를 보며 신기해했다.

누군가 자신을 실망시킬 때, 오히려 그에 대한 마음이 커질 수 있다는 것도 놀라웠다.

43.

 결혼식은 매우 성대했다. 스탠리 마컴 상원의원은 기분이 좋았다. 셴 리는 정치계에서뿐만 아니라 일반 대중들에게도 큰 유명세를 타고 있는 사람이었던 것이다. 로스앤젤레스의 의료서비스가 나아지면서 사람들은 존중받고 있다는 느낌을 받게 되었다. 결국 셴 리는 그동안 멈춰있던 시스템을 획기적으로 변화시킨 주요 인물로 떠오르게 된 것이다.

 처음에는 중국인 간호사와 의사 중심으로 의료센터를 운영했지만, 그의 목적은 미국인들을 훈련시켜 그들 역시 이 일에 동참시키는 것이었다. 리는 의대 또는 직업학교에 가서 여러 차례 강연을 했다. 그의 영어는 완벽하지 않았지만, 그의 서툰 영어 덕분에 더욱 매력적으로 보일 수 있었다. 리는 특히나 훌륭한 연설가였으며, 자기 일에 대한 열정과 뛰어난 성공가로서의 업적, 그리고 미국에 대한 사랑을 연설에 담아낼 줄 알았다. 그는 이제 행사 때마다 손꼽히는 섭외 1순위의 유명인이 되었다. 사람들은 그를 신세대 보건복지부 장관이라고 말했다. 사실 그런 자리는 없었고 만들어 낸 것이었지만, 모두들 그 이름으로 그를 불렀다.

마컴은 로스앤젤레스 밖의 샌타바버라 근처에서 예식을 하기로 했다. 바다가 내려다보이는 한적한 곳이었다. 지진 때문에 예식장 건물은 다 무너졌지만, 지대는 거의 손상이 없었다. 모든 준비를 마치자 마치 요정의 동산처럼 보였다. 모두들 초대받지 못해 안달이었다. 미국과 중국의 재력가들의 결합이었다. 이 결혼은 미국에 일어나고 있는 상황을 그대로 반영했다고 봐도 과언이 아니었다.

마컴 상원의원은 셴 리와 샘 밀러 박사를 소개시키고 싶어 했다. 그래서 그는 밀러 부부를 초대했다. 샘 밀러에 대해 익히 알고 있던 리는 그를 실제로 보고 감탄했다.

"박사님께서 제 결혼식에 와주시다니요. 제가 어릴 때 중국에서 박사님 사진을 보면서 저도 박사님처럼 되고 싶어 했답니다."

"과찬의 말씀입니다."

"저야말로 한 달 전에 강연하시는 모습을 보고, 이 나라를 위해 하시는 모든 사업이 정말 대단하다고 생각하며 감동했었지요. 정말 큰 업적을 이루실 것 같습니다."

"감사합니다."

"진심이에요."

"전 항상 기적의 약을 만드는 사업을 벌여왔지만, 사람들을 위한 진정한 봉사 정신이 없이는 큰 도약을 이룰 수 없다고 생각합니다. 그런 일을 해내시다니 정말 대단하십니다."

샘으로부터 칭찬을 듣고 리의 얼굴은 웃음으로 가득 찼다. 늘 성공가도를 걸어오던 그였지만, 가끔 이렇게 한 발짝 물러서서 자기 자신의 모습을 바라볼 때가 있었다. 이제 미국의 공주와 결혼하게 되었을 뿐 아니라, 암을 정복한 박사로부터 칭찬을 듣기에 이르렀다. 그것도 모두 같은 날 벌어진 일이었다. 그는 이 모든 것이 꿈이 아니기를 바랐다.

제발 꿈이 아니기를.

저녁식사 후, 춤도 추고, 술도 몇 잔 걸친 후, 마컴은 마이크를 잡고 사람들에게 집중해달라고 말했다. 그는 샴페인을 한 손에 들고 아무도 예상치 못한 축배를 나누었다.

"신사숙녀 여러분, 누군가를 진정으로 놀라게 한다는 건 쉽지 않은 일이죠. 여러분도 아시다시피, 중국에서 이곳 로스엔젤레스 복원사업을 위해 달려온 모든 분들이 시민권을 취득할 수 있도록 보다 빠른 길이 열렸습니다. 이 땅에서 2년 동안 근무하면서 생활하는 사람들에게는 이 위대한 국가인 미국의 시민이 될 수 있는 것입니다. 저의 사위 역시 그들과 같은 길을 걷게 되겠습니다만, 그에게 결혼을 기념으로 평생 기억할 만한 선물을 하고자 합니다."

마컴은 손을 뻗어 뒤에서 명판을 하나 꺼냈다.

"셴. 의회에서 자네를 미합중국의 명예시민으로 임명하기로 결정했네."

사람들은 모두 박수로 환호했다.

"우리나라에서 마지막으로 이 영예를 받은 사람은 윈스턴 처칠일세. 오늘, 자네의 결혼식에, 자네에게 우리나라의 완전한 시민권을 수여하는 바이네. 축하하네!"

더 많은 열화와 같은 박수갈채가 쏟아졌다. 베이징 갈 때 처음 비행기를 타고,

이번에 두 번째 비행길에 오른 리의 부모는 넥스트론에서 흘러나오는 상원의원의 말을 듣고 기쁨으로 눈물을 흘렸다. 초라하기 짝이 없던 어린 시절을 보낸 그들의 아들이 이 세상의 모든 성공을 다 거둔 것이다.

모두들 파티장을 떠나고, 리는 신부와 단둘이 남겨졌다. 연회장 옆의 게스트하우스가 이 행사를 위해 수리되었다. 둘은 게스트하우스로 들어가 벽난로 옆에 앉아 축배를 나누었다.

"내 남편이자 영혼의 친구를 위해. 우리는 함께 세계를 다스릴 거야."

리는 이에 웃음을 터뜨렸다.

"아직도 남은 게 있어?"

"나한테 생각이 있어."

둘은 오랫동안 키스를 나누었다. 둘은 신에게서 받을 수 있는 축복은 모두 받은 것처럼 행복했다.

수잔나는 네이트가 한 부탁을 존에게 언급했다. 이를 듣고 그는 매우 언짢았다.

"왜 미리 이 일에 대해 말하지 않은 겁니까?"

"대통령께서 어느 정도의 정보를 당신에게 말하는지 몰랐어요, 존. 그건 제가 관여할 바가 아니었으니까요."

"그럼 네이트 캐스가 대통령의 어머니를 죽였단 건가요?"

"그렇게 과격한 표현을 쓸 순 없을 것 같네요."

"수잔나, 표현이니 뭐니 그 딴 소리 하지 말아요. 자기가 플러그를 뽑았으니, 이제 IRS에게 똑같은 일을 요구하는 거잖아요. 그거 아닙니까?"

수잔나는 더 이상 그 앞에서 숨길 수가 없었다.

"그래요."

"정말 화가 나는군요. 이건 불법일 뿐만 아니라, 굉장히 골치 아픈 일입니다. 게다가 대통령께서 그런 음모를 제게 미리 언급하시지 않으셨다는 데에도 화가 납니다."

"그건 제 잘못은 아니잖아요. 대통령께 뭘 해라 마라 하는 건 제 권한이 아니니까요. 다만 제가 부탁한 바를 그쪽에서 해줬으니, 우리 쪽에서도 뭔가를 해줘야 하는 거죠."

"못 하겠다면요?"

수잔나는 그 생각까지는 해보지 못했다. 서로 상부상조하는 개념으로 보면 된다고 생각했다. 네이트 캐스는 마음만 먹으면 엄청난 힘으로 되갚아주는 스타일이었다.

"존, 네이트 캐스가 적이 되는 건 원치 않아요. 특히 다시 이쪽 일을 하게 될 경우를 생각하면요."

존은 더 이상 그 문제를 논의하려 하지 않았다. 어려운 결단을 내려야만 했다. 그는 안 된다고 할 수도 있었고, 대통령에게 개입할 것을 요청할 수도 있었지만, 그건 너무 위험한 일이었다. 불법적인 일을 집무실에 끌어들일 수 없었다. 그는 스스로 이 문제를 해결해야 했다. 그는 해결책이 무엇인지 결정할 수 없었다. 결국 그는 아무런 결정도 내릴 수 없었다.

수잔나는 배신감을 느낀 채 사무실을 나와야 했다. 그녀는 대통령이 계획하는 모든 것은 존과 미리 상의가 된 것이라 생각했었다. 만일 그녀 혼자의 결정으로 이런 일을 하는 것임을 알았다면, 시간이 있었을 때 미리 손을 썼을 것이나, 이제는 이러지도 저러지도 못 하는 상황이었다. 이번 일로 후에 무슨 일을 당하는 건 아닌지 두려워졌다. 대통령에게 가서 직접 상황을 설명해야 할까? 그건 아니었다. 일에는 순서가 있었으며, 이는 반드시 지켜져야 하는 것이었다. 그녀 역시 해결책을 알지 못했으므로, 그녀 역시 아무것도 할 수 없었다.

시간이 지날수록, 벳시 번스타인의 기분은 더욱 우울해져갔다. 자신의 인생을 한 남자를 위해 헌신해왔다. 그러기 위해 자신의 야망과 꿈을 모두 접어야 했다. 이대로 가다가는 지금과 같은 거짓된 삶을 앞으로 4년이나 더 살아야 할지도 모른다는 생각에 이르렀다. 그녀는 마침내 여동생에게 자신의 고민을 털어놓았다.

그녀의 여동생인 로리는 아동심리학자였다. 그들은 그렇게 다정한 자매사이는 아니었지만, 벳시가 백악관에 들어가면서 그녀의 모든 세계가 차단당하자, 로리는 그녀가 신뢰할 수 있는 유일한 사람이었다. 게다가 자신의 남편마저 그 역할을 할 수 없으니, 벳시의 정신건강을 위해서 로리는 매우 중요한 역할을 했다. 벳시는 어느 날 밤 로리에게 전화를 걸었다.

"안녕!"

"얼굴이 안 보여." 로리가 말했다.

"오늘은 그냥 목소리로만 통화하자. 괜찮지?"

"당연하지. 괜찮아?"

벳시는 로리에게 마음속에 있던 것들을 모두 털어내었다. 로리는 늘 모든 것을 긍정적으로 생각했다. 그녀는 모든 것이 결국엔 잘 될 것이라 믿었다. 그러나 벳시가 처한 상황을 듣자 희망적인 메시지를 줄 수 없었다. 게다가 벳시는 지금까지 한 번도 하지 못했던 이야기를 로라에게 털어놓았다.

"로리, 난 이 남자를 다시는 사랑할 수 없을 것 같아. 그를 존경하고 그의 영원한 파트너가 되고 싶은 마음도 예전엔 있었지만, 더 이상은 못 하겠어. 내가 도대체 무엇 때문에 이러고 있는 걸까? 앞으로 몇 년이나 더 이렇게 살아야 하지? 난 이보다 더 나은 삶을 원하는데…."

로리는 그대로 듣기만 했다. 매튜 번스타인이 재선에 도전할 것은 알고 있었지만, 그동안 대통령들 중 부인과 이혼했다는 이야기는 들은 적이 없었다. 임기 중에도 그랬고, 임기 후에도 마찬가지였다. 대통령의 경력에 이혼을 남기는 사람은 그녀가 첫 번째가 될 것이다. 하지만 로리는 벳시가 겪는 고통을 듣고, 친구에게 조언하듯 해주고 싶었지만, 그녀는 지금 미국의 영부인이 아닌가. 게다가 그녀의 언니였다.

"언니, 무슨 말인지 알겠어. 얼마나 힘들지도 다 상상이 가. 하지만 언니가 이혼을 한다는 건 정말 세계적으로 큰 뉴스가 될 거야."

"내가 그것도 모르고 이런 소리를 할 것 같아?"

"형부가 재선할 기회조차 박탈하게 될 거야. 그건 잘 알고 있지?"

"반드시 그렇진 않아. 요즘엔 이혼율이 얼마나 높니? 이제 이혼한 사람들이 그에게 투표하겠지, 뭐."

"자신들이 이혼했다고 해서, 대통령이 이혼하기를 바라진 않을 것 같은데. 무슨 말인지 알겠어?"

"이건 정말 너무 힘들어. 앞으로도 임기가 2년이나 남았는데, 이런 기분으로 거기에 4년을 더 살고 싶진 않아."

"이해해. 정말이야. 자신의 마음 가는 대로 할 수는 없겠지만, 우선 해결해보려는 시도는 더 해봐야 하지 않겠어? 일주일 정도 캠프 데이비드에 혼자 가서 쉬는 건 어때?"

"거기나 여기나 똑같아. 거기 침대는 여기보다 더 불편해."

"그럼 우리 집에 와서 일주일만 쉬어. 경호원들까지 다 받아줄 순 없지만, 언니라면 언제나 환영이야."

벳시는 로리의 충고를 들으며, 공인으로서의 삶이 얼마나 한계적인지 생각했다.

"들어줘서 고마워, 로리. 다음에 또 통화하자."

"도울 거 있으면 말해. 원하면 내가 가서 며칠 있어도 되구."

"그것도 좋겠다. 고마워."

"알았어. 시간 내서 알려줄게."

"알았어. 사랑해."

벳시는 전화를 끊었다. 하지만 그녀의 기분은 조금도 나아지지 않았다.

44.

"직접 집을 보시겠어요?"

"네. 지금까지 가상투어한 집 중 최고네요. 뭔가 오점이 나타나거나 정밀검사 때 불만족스러운 일이 생기지 않는 이상, 이 집을 사게 될 것 같네요."

캐시 버나드의 얼굴은 기쁨으로 빛났다. 가상 프로그램을 업그레이드하는 데에 비용이 추가로 들긴 했지만, 이번 달만 해도 그 덕분에 5건이나 더 매출을 올렸다. 아버지의 의료비를 갚기 시작할 돈을 마련하게 된 것이다. 이제 다 큰 어른처럼 여겨졌다. 또한 그녀는 클라이드 폴섬이 갈수록 좋아졌다. 캐시는 처음으로 노인과 가까워진 셈이었다. 그녀는 지금까지 맥스와 같은 생각으로 노인들을 모두 같은 집단으로 취급했지만, 클라이드와 알면 알수록 그것이 옳은 생각이었는지 의문이 들기 시작했다.

"또 팔았다고?" 클라이드가 말했다.

"집에 직접 가서 계약을 성사해야겠지만, 사실 가상공간에서 계약을 따낸 거나 다름없었어요. 특히나 이 집은 직접 가서 보면 더 좋아하게 될 테니까요."

"정밀검사 때 별 일 없겠어?"

"저번에 조사했을 때 흰개미들에 의한 손상부분이 있었는데, 그건 제가 미리 고쳐뒀어요."

"캐시. 지금까지 일해 오면서 많은 사람들을 만나왔지만, 너처럼 먼저 수리공을 보내는 경우는 흔치 않았어. 판매하는 날 정밀검사로 인해 계약이 성사되지 않는 경우가 얼마나 많니? 연장벨트를 찬 사람이 와서 갑자기 바닥이 경사가 졌다는 둥, 물 자국이 있다는 소리를 해대면 다들 도망가지. 그런 것까지 먼저 처리하다니 정말 대단해. 흰개미 대금은 누가 냈지?"

"우리가요. 하지만 나중에 집값에 추가했어요. 정확히 말하면, 세 배로 청구했죠."

"그럼, 흰개미 덕에 우리가 돈을 벌었군?"

"그렇죠."

클라이드는 그녀가 정말 마음에 들었다. 클라이드는 그녀보다 열 살 많은 딸이 있었는데, 마약중독자였다. 그는 딸이 마약을 끊도록 엄청난 돈을 들였다. 딸은 결국 캐나다로 건너가 식당 웨이터랑 결혼했다. 클라이드는 이제 딸아이 걱정을 안 해도 되니 마음은 편했다. 딸은 1년에 한 번 크리스마스 때 찾아오는데, 그녀의 얼굴은 좋아보였지만 더 이상 마약을 끊었는지 물어보지는 않았다. 그녀가 임신했으니 마약을 안 하겠지, 라고 생각만 할 뿐, 자세히 물어볼 수가 없었다. 예전에는 사람들에게 개인적인 질문을 하는 것을 좋아했다. 그 덕분에 자신의 사업이 번창한 것이라 생각했다.

"사람에 대해 더 자세히 알게 될수록, 그에게 맞는 집을 팔 수 있게 된다."

하지만, 자기 딸에게만큼은 그러지 못했다.

클라이드가 맥스 레오나드를 만날 기회가 있었는데, 그는 맥스가 마음에 들지 않았다. 맥스는 캐시를 생각해서 공손한 척 했지만, 클라이드는 그를 곧바로 꿰뚫어 보았다. 맥스가 떠나자 클라이드는 이렇게 물었다.

"저 친구랑 얼마나 사귀었지?"

"꽤 됐어요."

"그렇군. 그를 사랑하나?"

"그를 사랑하느냐고요?"

"내가 한 질문을 반복했다는 건, 아니란 뜻이지."

"그래요?"

"안 좋아하는 게 정말 맞네."

"그를 사랑해요. 제게 정말 잘해줬어요. 사랑하는 거 맞아요."

클라이드는 말없이 미소만 지었다.

"그래. 하는 일은 뭔데?"

어쩌다 클라이드와 이런 이야기까지 하게 된 걸까? 이제 뭐라고 말을 해야 하나?

사장님 같은 사람들이 죽기를 바라는 단체의 리더예요.

"단체를 조직했어요."

"무슨 단체?"

"젊은 세대들과 함께 일해요. 공평한 정의를 추구하죠."

더 이상 질문이 없기를 희망했지만, 물론 그는 계속 물어왔다.

"뭐가 불공평하다는 거지?"

캐시는 이에 충분히 대답을 할 수 있었다. 하지만 자신이 독립할 수 있는 멋진 기회를 준 사장 앞에서 어떻게 그럴 수 있겠는가? 빠져나갈 구멍을 생각하려는 찰나에, 손목시계가 울렸다.

"고객 전화예요. 나중에 또 말씀드릴게요. 엄청 지루한 이야기겠지만요."

"그러자. 가서 잘하고 와. 하고 싶은 말 있으면, 언제든 하고."

"네, 감사해요."

캐시는 사무실 밖으로 걸어가면서 아버지가 그리워졌다. 아버지를 잃은 후 처음으로 자신의 힘으로 자립해나가고 있다는 느낌이 들었던 것이다. 그녀의 지난 몇 년의 삶을 채워온 브라이언과 맥스는 그녀가 기댈 수 있는 버팀목이 되어주었다. 하지만 그런 시간 동안, 자신을 이해할 기회가 없었다. 하지만 이제 상황이 바뀌어가고 있었다. 캐시는 맥스에게 빌린 돈을 갚는 순간을 고대하고 있었다. 그는 단지 선물이라고 말했지만, 그녀는 그 많은 돈을 받을 수 없었다. 마치 자신이 어린아이처럼 느껴졌다.

그날 오후, 집을 계약하고 온 후, 그녀는 맥스 레오나드의 이름 앞으로 만 5천 달러의 수표를 썼다. 그에게 빌린 것 중 아주 일부분이긴 하지만, 이렇게 갚아나가기 시작하는 게 중요했다. 수표는 예전만큼 많이 사용되진 않았지만, 그래도 누군가에게 큰돈을 건네줄 때는 가장 안전한 수단이었다.

캐시가 갑자기 맥스의 집에 나타나 샘 뮐러의 벽을 본 이후로, 그녀는 늘 먼저 집에 찾아간다고 전화를 했다. 더 이상 놀라는 일은 없기 원했다. 하지만 이번에는 수표 한 장과 키스로 그의 집에 갑자기 찾아가 그를 놀라게 하고 싶었다.

그의 집 앞에 차를 세우자, 앞에는 오토바이 두 대와 차 세 대가 나란히 서 있었다. 또한 정문 앞에 전기 스쿠터도 하나 세워져 있었다. 안에서는 커다란 음악 소리가 흘러 나왔다. 캐시는 순간 굳어버렸다.

파티를 하는 걸까? 아니면 바람을 피우는 건 아닐까? 여기에 오지 말았어야 했어.

그러나 다시 돌아가려고 하는 순간 맥스가 창문으로 그녀의 모습을 보고 밖으로 나왔다.

"어, 어쩐 일이야?"

"집에 가다가 깜짝 놀래주려고 왔지."

"정말? 잘됐네, 어서 와."

그는 그녀를 한 번 안아준 후, 지금 친구들과 회의 중인데 잠시 들렀다 가도 좋다고 했다. 캐시가 안으로 들어가자 거실에는 6명의 남자들이 술을 마시면서 뭔가 깊은 토론에 빠져 있었다. 테이블에는 꽤 커 보이는 배의 모형과 지도, 몇 개의 사진들이 놓여 있었다.

"저건 뭐예요?" 캐시가 물었다.

"배야. 안드레가 만든 거지." 맥스가 한 사람을 가리키며 말했다. 거기 있는 사람 중 루이 말고는 아는 사람이 없었다. 루이는 예전보다 체격이 더 커보였다. 무슨 약을 먹고 있는지는 모르지만, 머리가 더 커진 것 같았다. 다른 사람들은 멕시코나 유럽, 아시아 출신처럼 보였으나, 정확히는 알 수 없었다.

"배는 왜 만들었어요?" 그녀가 물었다.

맥스의 얼굴에서 미소가 사라졌다. 지금은 스무고개 할 기분이 아니었다.

"그는 미니어처 만드는 일을 해."

캐시는 곧 분위기를 읽었다. 회의를 방해한 것에 대해 미안하다고 말한 뒤, 나중에 전화하겠다고 했다. 그녀가 문 쪽으로 걸어가자 맥스가 그 뒤를 따라왔다.

밖으로 나왔을 때, 캐시는 그에게 수표를 건넸다.

"이건 뭐야?" 그가 물었다.

"깜짝 선물이야. 이제 자기가 빌려준 돈 갚을 수 있게 되었어요. 일부라도 돌려주고 싶어요."

"선물로 준 거라고 했잖아."

"알아. 하지만 돌려주고 싶어요." 맥스는 수표를 보더니 찢어버렸다.

"이런 돈 필요 없어. 너한테 준 거야. 선물을 다시 되돌려주는 법이 어디 있어? 너무 무례한 거 아냐?"

"맥스. 그 돈은 워낙 큰돈이잖아요. 이제 조금 벌고 있으니까, 돌려주고 싶어서…."

"돌려주지 마! 같이 일하는 그 노땅한테나 줘버려. 그럼 우리한테 그만큼은 덜 훔쳐가겠지!"

맥스의 상태를 보아하니 뭔가에 취해 있는 것 같았다. 불같은 성질이 도져있었다. 그녀는 그의 뺨에 가볍게 키스를 한 뒤, 차로 걸어갔다. 가슴에 뭔가 답답한 응어리를 풀 수 없었다.

집에 도착하자 맥스에게 메시지가 와 있었다. 그가 남긴 메시지는 늘 뭔가 꾸며진 것 같았다. 어떤 이들은 카메라에 찍히고 있다는 것도 잊을 정도로 자연스러웠지만, 어떤 이들은 카메라 앞에서 연기하는 것 같았다. 맥스의 얼굴이 스크린에 뜰 때마다, 그는 극적인 연기를 했다.

"안녕." 그가 말했다.

"내가 너무 심했다면 미안해. 하지만 정말 그 돈을 받고 싶지 않아. 그냥 선물로 받아줬으면 좋겠어. 며칠 동안 집을 비우게 될 거야. 다녀와서 보자. 잘 지내."

그게 전부였다. 사랑한다는 말도, 다른 인사말도 없었다. 그냥 "잘 지내"가 전부였다. 캐시는 그의 눈가를 확대해서 재생했다. 그의 동공이 접시처럼 확대되어 있었다. 분명 취한 게 맞았다. 폭탄주를 마신 것 같았다. 몇 달 전에도 그러더니만, 다시 도진 것 같았다. 그가 사귀는 친구들이 그에게 안 좋은 영향을 끼치고 있는 것이 확실했다.

캐시는 그에게 전화를 걸어 순간 모든 생각을 있는 대로 쏟아주고 싶었다. 하지만 그러지 않았다. 회사에서 좋은 일이 있었던 날인데, 기분을 망치고 싶진 않았다. 그녀는 메시지를 지워 버렸다. 그리고는 따뜻한 목욕과 와인 한 잔으로 혼자 자축하기로 했다.

로라 마컴의 이름은 로라 리가 되었다. 지난 몇 십년간, 여성들은 자신의 원래 성을 따를 것인가 남편 성을 따를 것인가, 아니면 둘 다 쓸 것인가를 고민해야 했다. 하지만 그녀는 로라 마컴-리가 싫었다. 하이픈을 넣고 싶지 않다는 것도 한 이유였지만, 다른 이유가 있었다. 그녀는 남편이 앞으로 더욱 성공할 것을 확신했으며, 자기 이름에 미국 성과 중국 성을 같이 쓰게 되면 사람들에게 혼동을 줄 것이라고 생각했다.

"괜히 사람들만 혼란스러워질 거예요." 그녀는 이렇게 말했다.

로라는 훌륭한 검사이기도 했지만, 그녀는 뒤에서 묵묵히 결과를 지켜보는 것을 즐겼다. 그녀는 매우 매력적인 외모를 가졌으며 자아도 강했다. 그래서 늘 사람들의 동경의 대상이었다. 그녀는 상원의원인 아버지를 보면서, 늘 카메라 앞에 서는 의원들과 배후에 있는 의원들을 지켜보았다. 실제로는 배후의 의원들의 힘이 더 막강한 것 같았다. 그녀는 그런 사람들이 되고 싶었다.

반면에, 리는 스포트라이트를 즐겼다. 그는 중국에서도, 그리고 이곳 미국에서도 유명세를 타는 것이 좋았다. 더 많은 사람들이 그를 알게 될수록, 자신의 의견을 피력하기가 더욱 쉬울 것이었다. 로라 역시 그의 의견에 동의했다. 아내로서 그녀가 한 일은 그의 강연 횟수를 늘리고, 강연료를 올리는 것이었다.

AARP의 폴 프레스콧에게 전화를 걸어, 그곳 행사의 연설자로서 자기 남편을 추천한 것도 로라였다. 플로리다에서 열리는 이 행사는 연중 가장 큰 행사였다.

"죄송하지만, 이미 부통령께서 강연을 하시기로 되어 있습니다." 폴이 말했다.

"센의 영향력이 더 클 겁니다. 그는 장년층의 건강 문제를 직접적으로 다룰 겁니다. 분명 그곳 회원들은 로스앤젤레스가 그들의 삶에 어떠한 영향을 미치게 될지 몹시 궁금해 할 걸요?" 폴은 잠시 생각에 잠겼다.

"나중에 다시 연락드려도 되겠습니까?"

"가능한 빨리 연락주세요. 그 기간 중에 다른 곳에서도 제안 들어온 게 몇 군데 있으니까요. 제 남편은 경제포럼에서 연설하고 싶어 하지만, 이건 제 아이디어거든요. 제 생각엔 AARP 회원들이 그의 연설을 들어야 할 거라 생각합니다."

"내일 안에 연락드리죠."

"그럼, 기다릴게요." 로라는 전화를 끊었다.

그녀는 이런 일을 훤히 들여다 볼 수 있는 눈이 있었다. 그녀의 남편이 강연을 한다고 하면, 다들 줄을 지어 표를 살 것이다. 또한 그녀는 AARP가 정부에 강력한 힘을 가지고 있으므로, 그 끈을 이어보려고 했다.

폴은 로버트의 사무실로 올라가 이 내용을 알렸다.

"부통령이 온다고 하지 않았나?" 로버트가 물었다.

"하지만 셴 리의 강연이 더 효과가 있을 겁니다. 저번에도 대통령 연설을 들었는데, 부통령 연설을 듣는다고 하면 오히려 반응이 안 좋을 수 있습니다. 리의 강연이야 말로 회원들이 겪고 있는 문제를 더 직접적으로 다룰 겁니다. 게다가 상원의원의 딸과 결혼한데다가 세계적으로 유명세를 타고 있잖습니까. 부통령이 오는 것보다 더 크게 홍보가 될 수 있을 겁니다."

"하지만 이미 부통령이 온다고 난리법석을 떨며 홍보했잖아. 그건 어떻게 되돌리려고?"

"로스앤젤레스의 현안에 대해 언급하고, 셴 리가 중국에서 강연하기로 한 걸 취소하고 플로리다까지 오겠다고 하면 될 것 같은데요."

"그가 중국에서 하는 강연을 취소할까?"

"그런 강연은 없어요. 그냥 한 가지 가설일뿐이죠."

"좋은 생각인데? 그나저나 부통령한테는 뭐라고 전하지?"

폴은 잠시 생각하더니 이렇게 말했다.

"좀 더 대단한 사람이 온다고 하죠 뭐. 그는 그런 말 듣는 데엔 이미 익숙할 텐데요, 뭐."

선셋 호는 롱비치를 떠나 파나마운하를 통해 마이애미로 항해하고 있었다. 승객들은 갑문이 닫히고 열리는 모습을 신기하게 쳐다보았다. 브래드는 어릴 적 아버지 차를 타고 세차하는 것을 구경하던 장면에 비유했다.

파나마 운하는 지난 20년 동안 재건축에 들어갔으며, 이제 훨씬 넓어진 갑문을 통해 크루즈와 초대형유조선도 지날 수 있었다. 새로운 종류의 초대형 유조선은 운하를 통과할 수 없는 큰 사이즈였으나, 한국인들이 좋은 아이디어를 냈다. 그들은 두 개의 배에 가운데를 연결한 탱크를 만들었다. 두 배는 따로따로 운항할 수도 있었으며, 가운데를 연결하면 엄청난 길이의 배가 되었다. 이 덕분에 운하를 통과할 때도 쉬워졌으며, 항해할 때는 연결해서 큰 배 한 대로 다녔고, 항구에 도착했을 때는 서로 다른 항구에 정박할 수도 있었다. 이 배는 스플릿쉽이라고 불렸으며 국제무역에 있어서 새로운 다크호스로 등장했다.

선셋 호가 운하를 지나던 날, 인도에서 온 스플릿쉽도 그곳을 지나갔다. 모두들 갑판에 모여 이를 구경했다. 사실 꽤 재미있었다. 유조선 반쪽이 먼저 갑문을 천천히 통과할 때, 나머지 반쪽은 다른 곳에서 기다리고 있었다. 두 유조선이 결합되는 모습을 보는 것도 장관이었다. 두 배가 도킹할 때에는 엄청나게 낮고도 큰 소리가 들려 수마일 밖에서도 들릴 정도였다. 그리고 얼마 안 있자, 두 배는 마술처럼 하나로 합체되었다. 이를 보며 승객들은 모두 박수를 쳤다. 저녁식사를 하면서 모두들 이 장면에 대해 이야기했다.

브래드는 모든 것들이 생각보다 잘 풀리는 것에 만족했다. 새로 사귄 친구들도 좋았으며, 날마다 그들의 얼굴을 보는 것이 즐거웠다. 특히나 사귀는 여자가 있어서 행복했다. 주변에는 몇몇 선원을 제외하고는 젊은이들도 없었으며, 노인들에게 환하게 웃어 주는 것이 그들의 직업이었다. 하지만 젊은이들을 보고 싶어 하는 사람들은 아무도 없었다. 그냥 떠다니는 섬에 살다보니 진짜 세상 따위는 모조리 잊고 지낼 수 있었다.

"젊은이들더러 땅을 차지하라지 뭐."

브래드가 말하곤 했다.

"우린 바다를 가질 테니."

배가 마이애미에 정박할 때, 승객들은 모두 조심하도록 주의를 받았다. 해변가를 다닐 때라도 반드시 모여서 집단 행동을 하라고 했다. 젊은이들이 노인들을 노리고 있다고 말이다. 매번 그런 경고는 들었지만, 이번만은 특히 심각한 것 같았다. 항구에 정박한 다른 은퇴 크루즈에 있던 승객이 근처 식당에 갔다가 칼에 맞은 것이다. 하지만 선셋의 승객들은 거의 대부분의 시간을 배에서 보냈으며, 배를 떠날 때라도 몰려 다녔기 때문에 걱정하지 않았다. 때로는 물고기 떼처럼 수백 명이 함께 돌아다니기도 했다. 하지만, 실상은 배에 오래 머무를수록, 더 바깥세상에 나가는 것이 싫어졌다. 바하마나 멕시코에서 기념품 티셔츠나 모자를 사는 것도 질려버렸다. 아주 대단한 행사가 있거나 특이한 관광명소가 아닌 이상, 승객들은 자신들의 '집'에 머무르기를 좋아했다.

45.

매튜 번스타인이 결정을 내려야 할 때가 왔다. 다시 재선에 도전할 것인가? 사실 결정을 내리고 말고 할 일은 아니었지만, 대선자금을 모으기 위해서 공식적으로 성명을 발표할 때가 왔다.

보통 때라면 벳시와 상의했겠지만 이제 그녀는 다른 방에서 생활하고 있다. 그들의 결혼생활에서 처음으로 각방을 쓰는 것이다. 백악관에서 이런 일이 보기 드문 것은 아니었으나, 원래 같은 방에서 자던 사람들이 각방을 쓰기 시작하자 직원들 사이에서도 소문이 퍼지기 시작했다.

존은 두 사람이 곧 화해를 해서 번스타인이 재선에 도전할 것이라고 생각했다. 하지만 상황은 그렇지 않았다. 번스타인과 존은 어느 늦은 밤 집무실에 앉아 있었다. 존이 먼저 이야기를 꺼냈다. "매튜." 그는 항상 '대통령 각하'라는 호칭을 썼다. 그의 이름을 부를 땐 뭔가 진지한 이야기를 할 때였다.

"이제 결정을 내릴 때가 온 것 같습니다. 재선을 고려하시는 것 같은데, 아직 공식적으로 밝히지 않더라도, 적어도 제게 귀띔이라도 해주셔야 저도 준비를 할 수 있을 것 같습니다. 그런데 아직까지 한 번도 그런 말씀을 안 하셨어요."

번스타인은 아무 말도 하지 않았다. 그는 조지 워싱턴의 초상화를 바라보았다. 존은 그가 딴 생각을 하느라 듣지 못한 것이라 생각했다.

"각하?"

"다 들었네. 재선에 도전할 계획이네."

그는 잠시 뜸을 들였다.

"하지만 벳시의 의견은 다르네."

존은 순간 움찔했다. 지금 이게 무슨 뜻이지?

"정확히 무슨 말씀인지 이해를 못 하겠습니다. 더 이상 영부인이 되고 싶지 않으시다고요?"

"더 이상 내 아내로 살고 싶지 않다고 하네."

존은 그동안 대통령 옆에 있으면서 모든 일들을 다 처리해왔다고 생각했다. 하지만 이제는 미 대통령의 이혼까지 처리해야 할 입장이 된 것일까? 그는 뭔가 재치 있고 현명한 말을 생각해내려 애썼다. 하지만 아무런 대답도 생각나지 않았다. 그는 결국 "이혼을 하시면 재선에 도움이 되지 않을 것 같습니다."라고만 중얼거렸다.

번스타인은 큰 소리로 웃었다.

"내 말이 그 말이네!"

"영부인 노릇을 하는 게 싫다고 하던가요?"

"아니, 벳시는 내 아내 노릇을 하는 게 싫다네. 다른 사람이랑 결혼했다면 영부인 노릇도 할 만하겠지만, 나란 사람 때문에 더 이상 영부인을 못 하겠다는

군."

"그러면, 영부인께선 재선에 도전하지 않는 쪽을 원하시는 겁니까?"

"내 생각엔, 내가 도전하지 않아도 어차피 이혼을 원하는 것 같네. 나를 더 이상 사랑하지 않아. 아니, 나를 처음부터 사랑했는지조차 의문이지만."

"그건 안 좋은 소식이군요. 유감입니다. 해결책을 만들어 내야 합니다. 하지만 최악의 상황이라도 피해갈 방법은 있을 겁니다. 미국인들 중 이혼한 사람들이 결혼한 사람들보다 많으니까요. 대통령도 그들 중 한 사람이라고 돌려 말할 방법이 있을 겁니다."

"그들 중 하나라고?"

"이혼한 사람들 중 하나."

"잘됐군. 멋진 슬로건이네."

"각하. 전문가와 상담을 받고 싶으신가요?"

"결혼상담가 말인가?"

"그게 뭐가 어떤데요?"

"난 다른 사람을 사랑하고 있어. 그녀도 그걸 알고 있고. 그게 문제지."

존은 예상치 못한 대답에 적잖이 놀랐다. 그가 수잔나를 좋아한다는 건 알고 있었지만, '사랑'이라는 단어를 써서 그들의 관계를 표시할 줄은 몰랐다.

"수잔나요?"

"자네도 알고 있었잖나."

"좋아하시는 건 알았지만, 사랑하는 사이인 줄은 몰랐습니다."

"사랑하는 사이라고? 그것도 좋은 슬로건이 되겠군."

번스타인은 또 한 번 너털웃음을 웃어 젖혔다.

존은 소파에서 일어났다.

"일단 저도 한 번 생각해 보겠습니다. 결코 해결책이 없을 것 같지는 않습니다만, 만일 사태가 심각해진다면, 어느 정도까지 내려 갈지를 예측해봐야 할 겁니다. 벳시가 떠나면서 문제를 일으킬까요? 아니면 순순히 내려갈까요?"

"그걸 내가 어떻게 알겠나?"

번스타인은 슬슬 화가 났다.

"수잔나랑 행복하게 살라고 순순히 떠날 것 같나? 그렇진 않을 걸세."

"제 말은, 이런 일이 조용히 해결될 때도 있지만, 가끔은 다른 일까지 끌어들여 복잡해질 때가 있단 말씀입니다."

"존, 난 미 대통령이란 말이야. 그런데 어떻게 일이 조용히 해결되겠나?"

그의 말이 맞았다. 아무리 제대로 해결한다고 할지라도 몇 달간 세계적인 스캔들이 되고 말 것이다. 하지만 존의 생각엔 생각보다 피해가 적을 것 같았다.

"그러면, 수잔나 콜버트와 결혼하실 겁니까?"

"결혼을 하겠냐고? 그건 왜 묻지?"

"글쎄요. 재무장관을 사랑하기 때문에 영부인을 떠난다는 건, 그래도 어찌 보면 이 나라를 아끼기 때문이라고 볼 수 있는 측면도 있을 겁니다. 적어도 정부 고위인사니까요. 게다가 그녀와 꽤 나이 차이가 나는 연상이라는 것을 생각하면, 그 사랑이 특히나 진실 된 것처럼 생각되니까요. 적어도 젊은 나이의 비서를 사랑하는 건 아니잖습니까? 그렇지 않나요?"

번스타인은 수잔나와 결혼한다는 것은 상상해보지 못했다. 지금까지 생각도 해보지 못했던 일이긴 하지만, 앞일을 미리 생각하는 존을 나무랄 수도 없는 일이었다.

"이봐, 존. 지금은 아무것도 모르겠네. 오늘은 그 얘긴 그만 두자고. 일단 위층에 올라가서 내 방에서 책이라도 읽어야겠어. 그러면 내일은 뭔가 생각이 나겠지."

존은 차로 걸어가면서 자신의 미래를 생각하기 시작했다. 그가 매튜 번스타인을 위해 일한 지 벌써 20년이 되었다. 이제 그가 없으면 자신의 미래는 어떻게 될 것인가? 이혼한 상태라고 대통령이 되지 못하라는 법은 없었다. 지금껏 그런 일이 없었다고 해서 앞으로도 그런 일이 없을 것이란 장담은 할 수 없는 일이었다. 하지만 굉장한 장애요소가 될 것임이 분명했다. 정치계에서는 인지도라는 게 가장 중요했다. 비록 도저히 되갚을 수 없는 빚을 가진 나라의 지도자일지라도, 국경 안에서 중국과 파트너가 되기로 한 지도자일지라도, 나라의 젊은이들이 장년층을 심각하게 혐오하는 시대의 지도자일지라도 아내가 그를 사랑한다면 그나마 괜찮은 지도자로 보일 것이다. 그러나 그마저도 없다면 사람들은 뭔가 크게 잘못되었다고 생각할 것이다.

네이트 캐스의 제안에 대해서 그 누구도 심각하게 생각하지 않았다. 물론 당사자인 네이트는 속이 타들어갔다. 그의 형의 탈세 건에 대해 곧 대법원의 조사가 있을 예정이었고 네이트는 더 이상 기다릴 수 없었다.

수잔나는 모든 것을 다 뒤로 미루고 있었다. 그것이 바로 한 나라의 재무장관이 되어서 좋은 점이었다. 워낙 책임질 일들이 많다보니 자질구레한 것들은 잠시 미뤄놓아도 되었다. 다른 것보다 더 중요한 것들이 항상 그 자리를 메우기 마련이었다. 그래서 그녀가 손목시계에 나타난 얼굴을 보았을 때 불길한 예감이 들었다.

"안녕 네이트?"

"수잔나, 2주 후면 대법원 심리가 있을 거야."

"그건 몰랐어." 그녀는 진심이었다.

"대법원까지 가게 되면 이 일을 멈추는 것이 더 어려워질 거야. 당장 뭔가 조치를 취해야만 해. 내 말 이해하겠어?"

"알아. 내가 뭘 할 수 있는지 알아볼게."

"지난번에도 그렇게 얘기했잖아. 그땐 내가 네 부탁을 들어줬었잖아. 마찬가지로 보답해야 하는 거 아니야?"

"즉시 착수할게."

그녀는 전화를 끊었다. 한시가 급한 일이라는 건 말하지 않아도 알고 있었다. 네이트 캐스처럼 신중한 사람이 이런 논의를 전화상으로 하다니, 만남이 아니더라도, 그녀는 상황의 심각성을 짐작할 수 있었다. 수잔나는 존에게 전화를 했다.

"네이트 캐스에게서 전화가 왔어요."

"수잔나 지금은 시간이 없어요. 더 큰 문제가 있어요."

"존, 그가 화가 났어요. 대통령과는 얘기해보셨어요?"

"아니요. 그럴 생각도 없어요. 지금 그에겐 더 중요한 문제가 있어요."

"하지만 이러다간 대통령도 위험에 빠질 수 있어요. 재선 때 캐스가 상대방 후보에게 언질을 줄 수 있어요. 그럼 힘을 잃을 거예요."

"잘 됐네요. 그럼 그 사람이 뱃시에게 연락해서 대통령을 떠나지 말라고 설득할 수 있겠군요."

"뭐라고요? 지금 뭐라고 했어요?"

"지금 바빠서 이만 끊을게요. 죄송해요."

대통령이 아닌 다른 누구에게서 그가 심각한 문제에 처했다는 소식을 들은 것은 이번이 처음이었다. 그녀는 어떻게 해야 할지 몰랐다.

맥스는 캐시에게 전화를 걸어 수요일 저녁에 같이 식사하자고 했다. 그가 떠나기 하루 전이었다. 그녀는 그가 돈을 거절한 후로 통화한 적이 없었다. 하지만 그의 얼굴을 스크린에서 보자 가고 싶어졌다. 그는 그녀를 태우고 이탈리아 훼밀리 레스토랑인 지노스로 갔다. 그곳은 그녀의 아버지가 제일 좋아하던 곳으로 그녀는 맥스가 일부러 이곳을 택한 것은 아닌가 생각했다. 하지만 맥스는 전혀 모르는 듯했다. 그곳에서 식사한 적이 있다는 것조차 잊은 것 같았다. 그는 여러 가지 생각으로 머리가 복잡해보였다.

"왜 이곳을 골랐어요?" 캐시가 물었다.

"나도 몰라, 가까워서. 차가 이곳으로 데리고 왔어. 이탈리아라고 눌렀더니 여기가 좋은 곳이래"

"아 그래? 난 또 우리 아빠 때문인지 알았지."

"아! 그건 아니야."

그들은 아무 말 없이 가만히 있었다. 그의 행동은 뭔가 이상했다. 그는 아무것도 먹지 않았고 물만 몇 잔 들이켰을 뿐이었다. 그녀와 눈도 마주치려고 하지 않았다. 또 마약을 했음이 틀림없었지만, 정확히 뭘 했는지는 그녀도 알 수 없었다. 마침내 그녀가 물었다.

"자기 괜찮아요?"

"응. 왜?"

"뭐에 취한 거 같아서. 밥도 안 먹고 상태가 이상해."

맥스는 아무런 대꾸도 하지 않았다. 그는 시인했다.

"나 테스토스테론을 위해 뭔가 먹고 있어."

"뭐가 문젠데요?"

"수치가 너무 낮데."

"그 약 안전해요?"

"괜찮아. 내 또래에는 테스토스테론 수치가 높아야 한대. 그런데 내가 좀 부족한가 봐."

"의사가 준거 맞아요?"

"당연하지. 그럼 내가 어디서 얻었겠어?"

"인터넷에서?"

"인터넷에서 온 게 뭐가 문제야? 적어도 의사한테 받았다고. 내 피를 보냈더니 내가 필요한 약이라면서 줬어. 왜 이렇게 꼬치꼬치 묻는 거야?"

맥스는 몇 초도 안 되어 화를 벌컥 냈다. 캐시는 기분이 우울했다. 사랑하는 사람을 보면서, 그리고 그 사람이 자신을 떠나는 것을 보면서 어떻게 그를 막아야 할지 심지어 막고 싶은 생각이 있는지조차 그녀는 알지 못했다.

"맥스, 자기와 싸우고 싶지 않아요. 나 집에 데려다줘."

"미안해. 미안해. 화내서 미안해. 지금 내 마음이 매우 혼란스러워."

"왜죠?"

"그건 말해줄 수 없어. 네가 분명 하지 말라고 할 테니까. 그 노땅 자식이랑 같이 일하기 시작하면서부터 넌 달라졌어. 하지만 난 아직도 똑같은 싸움을 하고 있는 거라고. 난 평등을 원해."

"아니에요."

"이제 넌 그들과 한 패거리들을 위해 일하고 있는 거잖아. 넌 그들에게 속고 있는 거야. 네가 가지고 있던 철학도 버리고 타협해버렸잖아?" 캐시는 자리에서 일어났다.

"집에 데려다줘요."

맥스는 이제 그녀의 마음 따위는 신경 쓰는 것 같지도 않았다. 둘은 식당을 떠나 그의 차를 탔다. 그는 계속 화를 냈다.

"예전에는 너도 세상이 불공평하다고 생각했잖아? 하지만 이젠 그들로부터 월급을 받고 있잖아. 그래서 너도 변한거야. 내말 알겠어?"

"내가 월급을 받는 이유는 다른 사람들보다 더 많은 집을 팔기 때문이에요. 다 내가 번거라고. 난 자기처럼 부유하게 태어나지 않았어요."

"그런 소리 집어치워. 너한테 그 돈을 준 건 그 재수 없는 80세 노땅을 위해서 일하는 걸 그만두게 하려던 거야. 그래야 네가 아빠 병원비를 갚잖아."

"차 세워요."

"미안해."

"차 세우라니까!"

맥스는 커브 길에서 차를 세웠다. 캐시는 집에서 수마일 떨어졌지만 그대로 차에서 내렸다.

"자기한테 돈 달라고 한적 없어요. 그리고 지난번에도 돈 갚으려고 했었잖아! 앞으로 두 번 다시 자기 얼굴 볼일 없어도 갚을 거야. 자기 계좌에 다 넣어줄 테니까 다시는 나한테 연락하지 마요. 자긴 분명 뭔가 잘못됐어. 병원에 가봤으면 좋겠어요. 당신을 미치게 하는 약을 주는 멕시코 돌팔이 의사 따위의 말은 듣지 말고."

그 말을 마치고 그녀는 걸었다. 맥스는 그녀의 옆에 차를 세웠다. 그는 창문을 열었다. 그리고 잠시 그녀를 보더니 말했다.

"사랑해. 당신도 곧 이해하게 될 거야. 곧 나를 자랑스럽게 생각하게 될 걸?"

그는 그대로 사라졌다.

캐시는 커브 길에 주저앉아 울기 시작했다. 뜨거운 불같은 사랑이 이렇게 변해버릴 수 있을까? 하지만 사람들이 늘 말하는 것처럼 그들의 사랑은 뜨거웠다. 손댈 수 없을 정도로 너무 뜨거웠다. 어쩌면 기적 같은 일이 일어나 그가 정신을 차리고 돌아올지도 몰랐다. 그녀의 마음은 산산조각이 나는 것 같았지만 그녀의 생애 처음으로 기댈 곳이 없었다. 또 다른 사람이 없었던 것이다. 직장! 캐시에게는 그것만이 유일했다.

46.

마이애미 돔에는 셴 리를 보기 위한 군중이 거의 만 명이나 모였다. 행사를 주관하는 폴은 흥분해서 큰소리로 외쳤다. "부통령이 오는 것보다 훨씬 관심이 대단한데!" 그는 잭에게 말했다.

폴과 잭은 여전히 사귀는 사이였다. 폴은 사귄다는 말은 좋아하지 않았지만, 그 둘은 매일같이 대화했고 폴은 중요정보를 그에게 의지했다. 때로 잭은 말했다.

"자긴 내가 대법원에서 일하기 때문에 나를 사랑하는 걸 거야." 폴은 이 말에 굳이 반대하지 않았다. 사람들이 다른 사람들을 사랑하는 데는 그들의 직업이 큰 몫을 했다. 그건 잘못된 것이 아니었다. 만에 하나 잭이 직장에서 쫓겨날지라도 그건 그때 가서 해결할 문제였다. 현재로서는 잭이 폴에게 있어 AARP 회원들의 두려움을 없애주는 데 큰 몫을 했다.

AARP 월간잡지의 한 섹션의 이름은 "너 자신을 보호하라"였다. 그곳에는 눈

451

에 안 띄게 무기를 들고 다니는 방법부터 거주하기에 안전한 장소리스트를 제공한다거나 수상한 젊은이들을 퇴치하는 방법 등이 나열되어 있었다. 대법원에서는 노인들을 가장 혐오하는 인물들의 프로파일을 만들어냈다. 그러나 결과는 수백만의 젊은이들의 이름이 올라왔다는 것이며, 그렇게 수많은 젊은이들이 존재는 장년층들을 두렵게 할 만했다. 하지만 대법원에서는 집회에 참석하는 사람과 집회를 조직하는 집단으로 구분했다. 그리고 조직집단을 끌어내릴 수만 있다면 나머지는 알아서 해결될 것이라 믿었다. 맥스는 AARP 잡지를 매달 읽으면서 자기 이름이 오를 것이라 생각했다. 그러나 자신의 이름이 나타나지 않을 때 그는 복잡한 감정을 느꼈다. 자신이 충분히 노력하고 있지 않다는 뜻인 것 같으면서도 레이더망을 잘 피하고 있는 것이라 생각했다. 하지만 그건 사실이 아니었다. 대법원에서는 그의 이름을 잘 알고 있었으며 AARP 역시 마찬가지였다. 하지만 그를 체포하기 전에는 그의 이름을 노출하지 않기로 한 것이다. 그를 잡기 전에 미리 경고할 필요는 없었다.

　AARP 회원들은 가능한 한 많은 인물들의 명단을 원했다. 이 단체 외에도 명단을 요구하는 단체가 있었는데 올드미국인협회라 불리는 것이 그것이었다. 그들은 폭력을 막기 위해서라면 무엇이든지 하기로 다짐했다. 노인을 괴롭히는 범인들을 잡기 위해선 사설탐정이라도 고용하겠다고 했다. 그 단체의 슬로건은 "경찰이 잡기 전에 우리가 잡자"였다.

　그래서 폴은 그 약속을 지켜야만 했다. 잭이 내어준 명단도 그래서 중요했다. 사실이 아닐지라도 말이다.

　센 리가 AARP 행사에서 연설을 하던 그날은 선셋 호가 마이애미 항구에 두 달간 머무르기 위해 정박한 날이었다. 배의 승객들은 그 행사를 보기위해 백 명 가까이 티켓을 사전구매 했었다. 배의 선장은 버스를 3대나 빌려야 했다. 모두들 신이 났다. 브래드 밀러를 제외하고 말이다.

리는 의료계에서는 신과 같은 존재로 여겨져왔다. 그의 전설은 끊임없이 커져갔다. 노인들에 대한 공격이 날이 갈수록 심해지는 이 세상에서 노인들을 좋아하며 그들의 삶을 개선시켜줄 젊은이의 모습을 보는 것은 마치 세계적인 빅스타를 보는 것과 같았다.

맥스는 다섯 명의 친구들과 함께 인디애나에서 비행기를 타고 시카고를 거쳐 결국 마이애미로 향했다. 그들은 센 리의 연설을 들을 계획이었으나 그것이 주 목적은 아니었다. 맥스는 샘 밀러와의 당혹스러운 만남 이후로 뭔가 더 큰 건을 해야겠다고 생각했다. 이 나라의, 아니 이 세계의 시선을 주목시킬만한 무언가 큰 건 말이다. 법을 바꾸고 부를 재분배할 수 있는 그런 것, 젊은 세대들에게 희망을 가질 이유를 주는 것. 그것이 바로 그의 꿈이었다. 이제 드디어 자신의 꿈을 이룰 수 있을 거라고 그는 생각했다.

그것은 매튜 번스타인이 말하는 것이었다. 번스타인은 젊은이들의 짐을 덜겠다는 공약을 내세웠지만 그쪽 방면에서는 이루어놓은 것이 없었다. 만일 로스앤젤레스의 재건에 중국과의 파트너십을 맺은 것이 성공으로 기록된다면 그는 분명 재선에 성공할 것이다. 하지만 그는 대지진 이전에 그가 가지고 있던 꿈을 져버릴 수 없었다. 중국과의 거래로 모든 것이 멈추었지만, 그의 야심은 변함이 없었다.

이 세상의 맥스 레오나드와 같은 젊은이들이 더 이상 참지 못하게 된 이유는 한 가지가 더 있었다. 제대로 된 시스템이 있다면 그들은 기꺼이 응할 용의가 있었다. 하지만 이제 사람들은 중국이 얼마나 위대하며 어쩌면 중국이 미국을 삼켜버릴 수도 있다는 이야기만 했다. 새로운 미국이란 새 건물과 새로운 기반시설만을 의미했다. 마치 누군가 지능형중성자폭탄을 터트린 것만 같았다. 젊은이들에게 숨 쉴 기회와 꿈을 마련해줄 새로운 미국은 도대체 어디에 존재한다는 말인가. 젊은이들은 대지진이후 그들의 삶이 훨씬 후퇴했다고 느꼈다. 맥스는 심지어 대통령조차 하지 못하던 일을 해내려는 참이었다. 즉, 사람들의 관심을 돌리는 것이다.

셴 리가 마이애미 무대로 올라갔을 때 청중들은 환호했다. 노인들은 그가 중국인치고 매우 잘 생겼다고 생각했다. 그는 새로운 로스앤젤레스의 홀로그램 이미지를 보여주면서 복원사업에 있어서 최고의 서비스를 제공하겠다는 그의 야심찬 계획을 설명했다. 그가 물었다.

"병원에 갔을 때 여러분들의 이름을 기억하던 의사나 간호사가 있었습니까?"

청중들은 열화와 같은 박수갈채를 보냈다.

"한 번도 없어요." 그들은 대답했다.

다음으로 그는 그들에게 있어 가장 큰 두려움의 대상인 노인들의 보호문제를 거론했다. 그는 흡사 법률가처럼 자신의 의견을 피력했다. 노인들을 향한 폭력은 가당치도 않다는 것이었다. 그는 어떻게 중국이 이런 종류의 폭력문제를 해결했는지 여러 종류의 사진과 수치, 도표를 보여주면서 미국인들도 마찬가지로 해야 한다고 주장했다. 그가 뱉은 마지막 한 문장으로 인해 사람들은 오랫동안 그를 기억하며 사랑하게 되었다.

"늙어가는 것은 특권이 아니라 피할 수 없는 진리입니다. 젊은이들은 자신들이 훗날 바라게 될 존경심으로 어른들을 대할 줄 알아야 합니다."

청중들은 자리에서 일어나 거의 1분간 기립박수를 쳤다.

그때 마지막 줄에 앉아 있던 맥스는 더 이상 참을 수가 없었다. 그에게 있어서 셴 리는 적그리스도나 마찬가지였다.

지금 저 작자가 도대체 무슨 말을 지껄이는 거야? 노땅들이 도대체 무슨 보살핌이 더 필요하단 말이야. 잘됐군. 2백 살까지 살라지! 젊은이들은 노땅들 먹여 살릴 돈 버느라 수용소에 갇혀 죽어라 일이나 해야겠군!

그들은 연설이 끝나기를 기다릴 수 없었다. 모텔로 들어간 그들은 더욱 투지를 불태웠다. 이런 광기어린 짓을 누군가 멈춰야 했다.

리가 연설을 마치자 한 차례 기립박수가 다시 터졌다. 로라는 무대 뒤에 서서 이 모든 것이 자신의 승리인양 느꼈다. 자신의 남편을 청중 앞에 세우겠다는 그녀의 계획이 완벽한 결과를 가져왔다.

그날 밤 폴과 로버트는 매우 화려한 식당에서 리 부부를 위한 저녁파티를 했다. 그곳에는 플로리다 주지시와 마이애미 시장, 로라의 아버지, 일리노이 주의 상원의원도 참석했다.

플로리다의 주지사인 크리스토퍼 마틴은 피로연에서 중요한 한마디를 던졌다. 몇 잔의 술을 마신 후, 그는 셴 리에게 건배를 권하며 말했다.

"만약 국회에서 헌법을 개정한다면 이 사람이 대통령에 당선될 거야!"

모두들 한바탕 웃음꽃을 피우며 축배를 올렸다. 그 순간 로라 리는 자신의 모든 미래가 눈앞에 훤히 펼쳐지는 광경을 보았다. 이제 그 길을 따라 가기만 하면 된다. 그녀는 아버지 얼굴을 바라보았다. 그녀의 아버지도 그녀와 같은 생각임에 분명했다.

벳시 번스타인이 영부인으로서 지내는 모습을 본 사람이라면, 그들의 결혼생활이 내리막으로 치닫는다는 생각은 꿈에도 하지 못할 것이다. 그녀는 각방을 쓰는 일이 있어도, 백악관 내에서 불편한 자리가 여러 번 있을지라도, 번스타인의 첫 번째 임기동안만이라도 떠나지 않겠다는 결정을 내렸다. 하지만 이런 일을 또 다시 반복하는 것은 불가능함을 느꼈다.

그녀는 번스타인이 재선을 노리지 않는다면, 그것을 어떻게 해석해야 할지, 또한 그녀 마음이 변할 것인지 생각해봤다. 그녀의 대답은 'No'였다. 그렇게 마음먹게 된 것은 그의 직업 때문이 아니라, 수년 전에 시들해진 그에 대한 사랑 때문이었다. 그녀는 사랑을 되찾고 싶었다. 번스타인이 아닌 다른 사람을 찾아야 한다는 뜻일지라도 말이다.

수잔나 콜버트를 포함한 백악관 직원들은 그 누구도 둘의 이혼을 원치 않았다. 수잔나는 번스타인이 자신에게 의지하고 있다는 것, 그리고 어쩌면 둘이 서로 사랑하고 있다는 것을 알고 있었지만, 그녀는 현실적인 여자였다. 그녀는 예상한 것 이상으로 자신의 직위에 대한 열정이 넘쳤으며, 앞으로 몇 년간은 장관 자리에서 내려가고 싶지 않았다. 그녀는 그들이 이혼을 할 경우, 그녀와 번스타인의 관계를 포함한 모든 것이 변할 것임을 알고 있었다. 게다가 사실 그녀는 번스타인을 다른 누구와 나누고 싶은 생각이 없었다.

수잔나는 자신의 남편과 맺은 계약이 마음에 들었고, 그를 떠날 생각도 없었다. 그녀는 차라리 몰래 숨어서 미국대통령과 은밀한 시간을 갖는 것이 더 좋았다. 그 정도만으로도 충분했다. 하지만 그녀에게는 선택권이 없었다.

게다가 네이트의 문제도 여전히 남아 있었다. 존은 여전히 아무런 대답도 주지 않았다. 수잔나는 네이트로부터 잦은 협박 전화를 받았다. 마침내 네이트는 워싱턴에서 마지막으로 한 번 더 만나자고 끈질기게 주장했다. 이번에는 백악관에서 보자는 것이었다.

수잔나는 그의 요청을 받아들였다. 그녀의 사무실에 온 네이트는 직설적이고 당당했다.

"난 무시당하는 데 익숙하지 않아. 특히 이번 건처럼 큰일을 처리할 땐 말이야. 네가 어떻게 처리했는지 모르지만, 조사는 계속되고 있어. 만일 당장 조치를 취하지 않으면, 대통령이 절대 재선에 성공하지 못하도록 하겠어."

"네이트, 나도 최선을 다하는 중이야. 직접 대통령에게 말할 수 있는 문제가 아니라, 체계에 따라 허락을 받아야 하는 사안이야. 내가 노력하고 있다는 것 너도 알잖아."

네이트는 더 이상 변명 따위는 받아줄 생각이 없었다.

"지금 당장 해줘. 그렇게만 해주면 앞으로 널 귀찮게 할 일도 없을 테니까. 하지만 그의 재임을 고려한다면, 내가 네 편인 게 나을 걸."

그는 그대로 자리를 떴다.

수잔나는 오랜 시간동안 생각에 잠겨 있었다.

돈으로 대통령의 재선을 막으려는 걸까? 네이트는 어차피 민주당을 지지한 적도 없는데, 그가 어떤 보복을 할 수 있겠어?

하지만 네이트가 그녀의 앞길을 막는 것이 불가능해 보이지도 않았다. 따라서 문제는 간단했다. 형의 감사 건을 취소해 그의 분노에 종지부를 찍는 것이다. 그렇지만 재무부장관이 IRS의 조사를 멈추려 한다면, 그게 더 큰 악영향을 미치지 않을까? 하루 빨리 방법을 생각해내야 했다.

47.

저녁식사 중 잭 윌먼의 손목시계가 울렸다. 그가 누구와 통화하는지 폴 프레스콧은 감이 오지 않았다. 특히나 작은 목소리로 통화하고 있는 잭을 보며, 폴이 장난삼아 바람을 피우는 건 아니냐고 물었다.

"봐도 돼?" 폴이 물었다.

"같이 보자고."

잭은 손으로 조용하라는 표시를 해 보였다. 뭔가 심각한 일이 벌어지고 있음에 분명했다. 잭의 목소리가 워낙 작아 폴이 알아들은 것이라고는 고작 "언제?", "어떻게?", "믿을만한 거야?" 였다.

통화를 끝낸 잭의 얼굴은 백짓장처럼 하얗게 변했다. 잭은 저녁 9시에 다시 대법원으로 돌아가야 한다고 말했다.

"무슨 일이야?"

"내가 당신한테는 무슨 일이든 이야기하는 거 알지? 하지만 이번 건은 확실해질 때까지 말해주기가 곤란해."

"나한테까지 그러면 안 되지. 무슨 일인데?"

"24시간 이내 테러 공격이 있을지도 모른다고 하네. 마이애미에서 말이야."

"노인들을 상대로?"

"그렇겠지."

"세상에!"

"우리가 쫓는 용의자들이 AARP행사장에 왔었어."

"뭐라고? 그런데도 나한테 한 마디 안 했단 말이야?"

"우리도 몰랐던 사실이야. 그들이 행사장을 떠나 모텔로 들어가는 걸 본 사람이 있어. 내가 알았었더라면, 벌써 당신한테 말했겠지."

"하지만 행사 중에는 문제를 일으키지 않았잖아? 그들이 뭔가 계획하고 있다는 걸 어떻게 알지?"

"별일 아닐 수도 있어. 하지만 이 시간에 별 거 아닌 일로 나한테 오라고 하진 않겠지. 미리 당신한테 팁을 주고도 싶지만, 우리 측에서는 용의자들을 잡고 싶어 해. 너무 많은 사람들이 알아버리면 그들을 잡지 못할 수도 있어."

"잭, 난 이 세상에서 가장 큰 장년층 단체를 맡고 있는 사람이야. 우리 회원들을 보호해야 한다고."

잭은 자리에서 일어났다.

"내가 정보를 알게 되어도 당신에게 말해줄 수 있는지 모르겠어. 목표가 누군지, 어떤 계획을 갖고 있는지도 확실하지 않거든. 우선 사무실로 가야겠어. 가서 혹시라도 당신에게 도움이 될 일이 있다면, 꼭 알려줄게. 걱정 마."

"얼마나 심각한 거야?"

"폴, 나도 몰라. 별일 아닐 수도 있어."

"같이 가도 돼?"

"안 되는 거 알잖아."

"난 집에 있을게." 폴이 말했다.

"어떤 정보든 알게 되면, 나한테 알려줘야 해."

잭은 가볍게 그의 이마에 키스한 뒤 식당을 떠났다. 폴은 로버트에게 전화하고 싶었다. 하지만 그 역시 확실한 정보가 없었으며, 용의자들을 검거하는 데 오히려 방해가 되고 싶진 않았다.

맥스와 루이는 밴을 타고 마이애미 항구로 향하고 있었다. 4명의 친구들이 그들을 뒤따랐다. 그들은 모두 선셋의 직원처럼 보이는 유니폼을 입고 있었다. 게다가 핀까지 달자 누가 봐도 직원처럼 보였.

그 핀은 선셋의 작은 홀로그램이 보이는 것으로, 초기에 만들어졌을 때는 복제하는 것이 매우 어려웠다. 하지만 맥스 팀에 있는 안드레라는 친구는 뭐든지 쉽게 복제할 수 있는 기술이 있어, 그가 만들면 진짜와 가짜를 구별하는 것이 매우 어려웠다.

매일 밤 11시부터 새벽 4시까지는 선셋의 직원들이 청소 및 음식자재를 조달하는 시간이었다. 25명이 바삐 움직였으며, 그들은 모두 ID를 가지고 있었다. 이 ID 역시 맥스 팀이 완벽하게 복제해 두었던 것이다.

그들은 여섯 명이 몰려 들어간다면 의심을 사겠지만, 둘은 청소 팀, 둘은 부엌 담당, 나머지 둘은 카드 딜러인 것처럼 위장하면 무사히 배에 오를 수 있을 것이라 생각했다.

캐시 버나드도 본 적이 있는 배의 모형을 만들었던 안드레는 배의 안과 밖을 속속들이 알고 있었다. 그는 전에 4개월 동안 크루즈에서 근무했던 경력도 있어 배의 도면도 가지고 있었다. 배에는 사람들이 거의 사용하지 않지만 쉽게 문이 열리는 저장실도 몇 곳 있었으며, 병동과 같은 층에 있는 방 하나에는 산소 탱크나 침대에서부터 시작해서 통조림과 배터리까지 모든 의료품이 저장되어 있었다. 안드레가 일하던 기간 내내 어느 누구도 그 방에 들어가는 것을 본 적이 없었다. 그는 심지어 문 밑에 화장지를 끼워 넣었다. 누군가 지나갔다면 분명 밟거나 치웠을 것인데, 일주일이 넘도록 화장지는 그 자리에 그대로 있었다. 그러므로 이 방은 특히나 안전할뿐더러, 6명이 지낼 만한 공간과 음식, 물까지 충분했다. 그들의 계획은 정확히 새벽 3시 반에 이 방에서 다시 모이는 것이었다.

다음 날 아침 8시에 배는 항구를 떠나 북쪽으로 3마일 떨어진 곳에서 2달 간 머무를 예정이었다. 은퇴 크루즈 선들은 서로 뱃길에서 만나는 일이 잦았다. 한 대가 들어오면, 다른 한 대는 항구에서 출발할 준비를 하는 식이었다. 그러면서 다른 배에 오른 친구들과 하루 이틀 얼굴을 보는 것도 가능했다. 승객들은 다른 배에서 사는 친구들은 어떻게 지내는지를 늘 궁금해 했다. 더 깨끗한 수영장이 있다거나 갑판 의자가 더 좋다거나, 예쁜 여자들이 더 많다거나 하는 것들이 그들의 관심사였다.

맥스는 배가 항구에 정박해 있는 동안은 자신의 목표를 달성하기가 어렵다는 것을 알았다. 그래서 배가 바다로 나아가면 계획을 실행에 옮길 예정이었다.

배에 타는 것이 이처럼 쉬울 줄은 몰랐다. 진짜 직원처럼 보이기 위해 ID와 핀까지 어렵게 제조했건만, 그들에게 ID를 보여 달라거나 하는 사람도 없었다. 그들을 보는 사람들마다 웃으면서 지나갔다.

이 편에만 만 달러를 들였 건만.

맥스는 쓴 웃음이 나왔다.

새벽 4시가 되기 전, 6명은 모두 안전하게 저장실에 도착했다. 맥스는 안드레의 정확한 정보에 감탄했다. 은행 강도나 갱이 나오는 영화에서 등장하는 전문가들을 보면서, 실제로 그런 사람은 존재하지 않으리라고 여겼는데, 안드레가 바로 그런 사람이었다. 프랑스에서 태어나 16살의 나이에 미국으로 이민 온 그는 아버지가 모든 것을 잃어가는 모습을 보게 되었다. 그의 아버지는 파산하자마자 어디론가 사라져버렸다.

안드레와 그의 형은 학교에 다닐 수 없었고, 식구들이 좁은 아파트에서 쫓겨나지 않도록 하기 위해 돈을 벌어야 했다. 하지만 안드레는 학교에 다닐 필요가 없었다. 그는 거의 천재나 다름 없었다. 처음으로 비디오게임을 했을 때부터 그는 모든 기계를 속속들이 꿰뚫어보았다. 그는 키도 작고 깡마른 체구에 그다지 잘생긴 편도 아니라 여자애들은 그에게 관심을 주지 않았다. 그 덕분에 그는 기계와 더 친해질 수 있었다. 그가 처음으로 맥스를 만났을 때, 자신이 이 지구에 온 목적이 분명해짐을 느낄 수 있었다. 그는 사람들 앞에 나서는 것은 좋아하지 않았다. 그 대신 기술을 제공하는 사람이 되기로 했다. 그는 그 방면으로는 완벽했다.

맥스는 각성제 패치를 돌렸다. 배를 탈환하기 1시간 전에 허벅지 안쪽에 부착하도록 지시했다. 각성제 패치는 매우 효과적이었다. 메탐페타민을 코로 흡입하는 것은 너무 강했다. 순간적으로 반응하다가 금세 약기운이 떨어지면서 기분이 다운된다. 그러나 각성제 패치는 12시간 동안 온몸에 약성분을 유지시키는 장점이 있었다. 약기운이 떨어지면 그대로 졸게 되거나, 혹은 하나를 더 붙이면 되었다. 갑자기 각성상태에 달할 수 있으나 그 상태가 일정하게 유지되며, 가끔은 새로운 타입의 스테로이드와 함께 부착하면 마치 슈퍼맨 같은 기분이 들기도 했다.

이 약이 없었다면 그들이 벌이는 이 음모는 상상도 할 수 없었을 것이다. 마약 없이 이처럼 큰 선박을 납치한다는 건 사실상 불가능하다. 이런 부류의 사람들의 배후에는 언제나 마약이나 알코올이 숨어 있었다. 맥스와 그의 친구들은 패치 타입을 선호했다. 올해 초반에 처음 각성제 패치를 구입했을 때, 그들은 금세 다 써버렸다. 약효가 강력했으며 그만큼 즐거웠기 때문이다. 안드레는 처음 패치를 부착한 후 10시간 만에 배의 모형을 만들어냈다.

"어떻게 이럴 수가! 평소 같으면 1주일은 걸렸을 텐데!"

그는 프랑스와 벨기에 억양이 섞인 영어로 외쳤다.

캐시는 맥스의 집에 갑자기 들렀을 때나 그로부터 1주일 후 저녁식사 때 그를 만났을 때에도, 그의 몸에 뭔가 이상한 변화가 있다는 것을 눈치 챘다. 신경과민뿐 아니라 그의 눈동자가 그 사실을 말해줬다. 그가 성적인 쾌감을 느낄 때조차도 볼 수 없던 눈이었다. 마약으로 완전 풀린 눈동자였다. 하지만 캐시는 이런 종류의 패치가 존재하는지조차 알지 못했다.

마컴 의원은 사위의 성공적인 AARP 연설을 경청한 후, 마이애미에서 워싱턴으로 향하는 늦은 밤 비행기에 올라탔다. 그의 사무실은 이미 리의 연설에 관한 찬사로 술렁이고 있었다. 센 리처럼 대규모 집회 연설로 사람들의 마음을 사로잡는 일이 있으면, 곧 정계로 소식이 빠른 순간 퍼져나갔다. 정치대회의 연설이 하루아침에 일약 스타를 만드는 것처럼, 사람들의 입소문을 타고 날아간 리의 연설은 그 역시 스타로 만들었다. 수백만 개의 바이러스 동영상이 공중을 타고 돌아다니지만, 단 하나 리의 연설만이 만 명 이상의 장년층에게 5분 이상의 기립박수를 받았던 것이다. 사람들은 이 장면을 보고 또 보았으며, 이는 마치 신화처럼 여겨지게 되었다.

마컴은 헨리 로만이라는 하원의장과 친한 사이였다. 로만은 오리건 주 출신으로 마컴의 지원을 받아 의원에 당선되었으며, 그의 끝없는 지지 덕분에 의장 자리까지 올랐다.

국회의 상·하원 간의 끝없는 갈등은 지칠 줄 몰랐다. 하지만 둘은 변함없는 관계를 유지했다. 만일 셴 리의 등장이 지금부터 10년 전이었다면, 마컴의 계획은 결코 성사될 수 없었을 것이다. 그러나 로스앤젤레스의 아름다운 변화와 눈부신 발전 덕분에, 그의 계획은 그다지 미친 짓처럼 들리지 않았다.

마컴과 로만은 상원의사당의 식당에서 오전 6시 반에 아침을 같이 했다. 마컴은 헌법만 바꾼다면 그의 사위가 대통령이 되는 것은 식은 죽 먹기일 것이라 말했다. 로만은 이를 듣고 전혀 놀란 표정이 아니었다. 오히려 그의 말에 동의했다.

"그 친구 천재더군. 사람들도 엄청 따르고."

"그럼, 이제 그 헌법을 개정할 때가 되지 않았나?"

마컴이 물었다.

"글쎄. 그럴지도."

"그런 불확실한 태도는 버리게. 처음 미국의 선각자들이 그 헌법을 썼을 땐, 중국은 그들에게 외계인이나 마찬가지였다고. 외국은 모두 위협의 대상으로만 보았지. 미국을 세운 이유도 다른 나라들로부터 도망치려고 그런 것 아닌가?"

"그렇지. 물론 그렇지."

"그래. 그러니 이제 그 관계는 청산할 때가 되었네. 이제 우린 파트너야. 눈을 뜨고 보게. 로스앤젤레스는 이제 다른 도시들보다 더 위대한 도시가 되었네. 곧 다른 도시들도 그 뒤를 따르게 될 거라고. 내가 미시건주였다면, 중국에게 사정사정해서 번영시켜달라고 빌 걸세. 그렇게 될 거라면, 저 똑똑한 중국인에게 이 나라를 잠시 다스리라고 맡기는 게 뭐가 어떤가? 국회도 변하지 않을 걸세. 거부권도 여전히 지니고 있을 것이며, 대법원도 그대로일 것이네. 이 미국이 전부 중국화 되진 않을 거야. 이 똑똑한 사내에게 한 번 맡아서 이 망해가는 미국을 살려달라고 해보자고!"

헨리 로만은 이 말에도 반대하지 않았다. 잠시 후, 그는 웃으며 이렇게 말했다.

"자네 사위가 아니어도 이렇게 했겠나?"

"당연히 하고말고. 하지만 내 사위가 미국 대통령이 되는 게 뭐가 나쁘겠나?"

"흥미로운 아이디어네. 시기가 아주 적절해."

스탠리 마컴은 자리에서 일어났다.

"어서 일어나자고. 지금 하지 않으면, 늦을지도 몰라. 사람들도 그를 좋아한다고. 그의 나라가 미국을 살리고 있지 않나. 어서 해보자고!"

48.

 네이트의 형인 찰스 캐스의 감사는 진행 중이었다. 대법원에서는 심리를 하기에 충분한 근거가 있다고 판단했다. 수잔나의 귀에 이 소식이 들렸을 때, 그녀는 네이트에게 다시 전화가 올 것이라 예상했다. 그러나 그는 한 번 뱉은 말은 반드시 지키는 사람이었다. 그녀는 찰스의 감사 결과가 심각한 사태를 초래하지 않기를 바랐다. 만약 그렇게 된다면 그는 매튜 번스타인에게 보복하기 위해 온갖 수단을 강구할 것이다.

 네이트 캐스는 수잔나의 예측보다 더욱 위험한 인물이었다. 그처럼 많은 돈을 소유한 사람들은 돈을 주거나 뺏거나 하는 것 외엔 기쁜 일이 없었다. 주는 게 지루해지면, 다른 이들로부터 뺏는 것으로 즐거움을 삼는 이들도 있었다. 수천 년을 살아도 못 쓸 만큼 돈을 많이 벌면 이런 습관이 사라지겠지 하겠지만, 보복을 낙으로 삼는 이들은 이보다 더한 일도 했다.

 수잔나는 네이트에게 연락해서 관계를 원래대로 복구하고 싶은 생각도 들었지만, 정무에 쫓기다보니 그대로 잊고 말았다. 장관으로서의 책임도 막중했지만, 번스타인은 출장갈 일이 생길 때마다 그녀를 데리고 갔다.

한 번은 덴버에 자금을 모으기 위한 행사에 참석하러 갔다. 보통 이런 일엔 재무장관이 아닌 존이 참석해야 하는 것이 관례였다. 하지만 존은 워싱턴에 남아 보다 중요한 일을 처리해야 한다고 했고, 번스타인은 수잔나와 함께 갈 수만 있다면 행복했으므로 별로 신경 쓰지 않았다.

번스타인이 워싱턴을 떠나자, 존은 벳시와의 오래 전에 나눴어야 할 대화의 기회를 잡았다. 벳시는 존에게 사실로 오도록 했고, 둘은 사실 내의 사무실에 자리를 잡았다. 벳시는 번스타인과의 관계 때문에 존에게 이혼상담가 역할까지 전가시킨 점에 대해 미안하게 여겼다. 그녀는 왜 존이 만나자고 하는지 모르는 척했다.

"존, 무슨 일이죠? 뭐가 잘못되었나요?"

"벳시, 일전에 물었어야 했는데, 그땐 제가 나설 입장이 아니라고 생각했기 때문에 입을 닫고 있었습니다. 하지만 지금 상황이 심각한 만큼, 직접 여쭙지 않으면 안 될 것 같네요."

"뭐가 심각하다는 거죠?" 벳시는 계속 모르는 척했다.

"두 분 관계 말입니다."

그녀는 미소를 지으며 알겠다는 듯이 고개를 살짝 끄덕였다.

"아, 그거요."

"제 의견을 말씀드려도 될까요?"

"그럼요. 당신의 의견을 늘 존중해요."

"두 분은 훌륭한 커플입니다. 표에는 대통령님의 이름만 적혀 있었을지 몰라도, 이 나라는 두 분을 함께 뽑은 겁니다. 이제 대통령께서 4년간의 재임을 노리셔야 하는데, 영부인 없이는 그 목표를 달성할 수 없을 것 같습니다. 그게 제 의견입니다."

그녀는 아무 말도 하지 않았다. 그녀는 커피를 잔에 따라 천천히 마셨다.

"제 남편과 이 나라를 향한 그 충성심에 진심으로 감사드려요. 늘 훌륭하게 일해 오셨다는 것 저도 잘 알고 있어요. 당신 덕분에 모든 게 가능했지요."

"그건 그렇고, 대통령께서는 우리가 따로 만나 미팅을 한다는 사실을 모르십니다. 이건 그냥 제가 나선 일입니다."

"그 말을 믿어요, 존. 하지만 상황이 보기보다 심각해요. 쉽게 해결할 말다툼 같았으면, 아직까지 제가 이대로 있었겠어요? 전 이 일을 좋아한 적 없어요. 제 남편을 위한 일이었지요. 하지만 그 사실도 그에겐 더 이상 중요하지 않은 것 같네요."

존은 이에 뭐라 답할지 몰랐다. 분명 사태는 그의 예상보다 더욱 심각했다.

그녀는 말을 이었다.

"백악관에서 4년을 더 남아 있기 위해 이 결혼생활을 유지한다면, 그이도 정신병자가 되고 말 거예요. 저 역시도, 이번 첫 임기기간까지 참기 위해 제 몸의 모든 부분 부분이 얼마나 노력하고 있는지 모르실 거예요. 그이가 수잔나와 함께 덴버에 간 걸 제가 모를 것 같아요? 제 기분이 어떨 것 같으세요?"

"그렇다면 이번 임기까지는 계실 건가요?"

"그런 말은 안 했어요. 하지만 각방을 쓰며 앞으로 18개월을 더 버틴다는 것조차 제겐 버겁네요. 약속은 못 드려요."

존이 예상했던 것보다 상황은 더 심각했던 것이다. 그는 농담으로 대화를 끝낼 수밖에 없었다.

"그럼, 대통령의 이름으로 도서관 모금 행사를 할까 하는데, 그것도 도와주실 수 없겠네요?"

벳시는 가볍게 웃음을 터뜨렸다. 하지만 그녀는 슬펐다. 그녀는 거짓말을 했다. 임기까지 기다릴 것인지 아닌지 확신하지 못한다는 말은 거짓이었다. 그녀는 이미 결정을 내렸다. 앞으로 1년 반 동안조차 그와 함께 하고 싶지 않았다. 하지만 존에게 그런 말을 한다고 해도 좋은 결과는 없을 것이다. 그러면서도 번스타인이 무릎을 꿇고 그녀에게 빌며 돌아올지도 모른다는 생각도 조금은 해보았다. 수잔나를 파면하고 그녀에게 용서를 빈다면, 자신 없이는 살 수 없다고 조른다면. 하지만 벳시는 그것조차 원하는지 확실하지 않았다.

자고 있는 폴 옆에서 작은 스크린이 깜빡이며 시끄러운 진동음을 냈다. 좀 더 경쾌한 음악을 고를 수도 있었지만, 그는 워낙 깊게 잠드는 편이라 이런 소리가 아니면 도무지 잠에서 깰 수가 없다.

"네." 그는 여전히 잠에 취한 목소리로 대답했다.

"정보가 생기면 곧바로 준댔지. 아침에 일어나서 신문기사로 보는 일 없도록 지금 말하는 거야."

폴은 즉시 일어났다. 잭이었다.

"왜? 무슨 일인데?"

"선셋이 6명의 남자에게 납치됐어."

"뭐라고?" 폴은 침대에서 뛰어내려와 가운을 걸친 후, 벽에 있는 큰 스크린을 켰다.

"도대체 뭐가 어떻게 되가는 거야?"

"아직 뉴스에 뜬 건 아닌데, 밤중에 6명의 남자가 배에 침입했어. 이제 떴다. 뉴스원을 틀어봐."

폴은 24시간 뉴스전문채널로 돌렸다. 뉴스원은 전문가들과 아마추어들이 찍은 동영상을 모두 보여주는 방송이었다. 전문 앵커나 설명도 없이 사람들이 올린 동영상을 그대로 보여주는 채널이었다. 스크린에는 커다란 유람선 한 대가 바다 위에 떠있고, 주위에는 작은 보트들이 보였다.

"뭐하는 거지?"

"나도 몰라. 아직 확실치 않아. 북쪽으로 몇 마일 가서 그대로 멈춰버렸어. 곧바로 배에서 SOS 사인을 보냈고, 납치범들이 배에 올라탔다는 것 밖에 몰라."

"누군지 알아냈어?"

"맥스 레오나드같아."

"개 같은 자식! 진작 잡아들였어야 했어."

"무슨 근거로? 체포를 하려면 근거가 있어야 하잖아."

"배를 납치하려는 음모를 세운 죄지! 그것도 범죄잖아. 안 그래?"

"지금 법적인 싸움을 하자고 전화한 거 아니잖아. 우선 상황 알려주려고 전화했어. 우리 쪽에서 백방으로 대처하고 있고."

"어떻게 대처한다는 건데?"

"지금 옆에 보이는 예인선에 경찰과 해군이 타고 있어."

"저 녀석들이 무슨 심산으로 저러는 거래? 모두 죽여 버리려는 거 아냐?"

"그게 목적 같진 않아. 뭔가를 원하는 것 같아. 그게 뭔지 알아보고 있어."

"정말 끔찍하군. 노인들이 몇 명이나 타고 있는데?"

"현재 2천 5백 명 정도."

"젠장할! 어서 로버트에게 전화해야겠어. 적어도 정부 측에서 뭔가 대처하고 있다는 걸 알려줘야 할 것 같아. 우리 회원들이 미친 듯 전화해댈 거야. 이 망할 놈의 나라는 더 이상 그들을 보호해줄 수가 없는 거라고."

"그렇게 지레 짐작하지 마. 평화롭게 해결할 수 있는 방법이 있을 거니까."

"어떻게?"

"나도 아직 몰라. 일단 끊을게."

잭의 영상은 그대로 사라졌다. 폴은 뉴스 채널을 바꿔보았다. 모든 채널이 같은 방송을 내보내고 있었다.

맥스와 루이는 선장과 조수 세 명을 밧줄로 묶었다. 그들은 유람선이 정박할 곳을 향해 항해를 시작할 오전 8시까지 기다렸다. 화물선이나 유조선도 아닌 유람선이었기 때문에 전문적인 훈련을 받지 않은 이들이라 다루기 쉬웠다. 배에는 무기를 지닌 경호원들도 있었지만 갑작스런 공격에 그들은 힘도 쓰지 못하고 쓰러졌다. 맥스와 무리는 그들에게 수면마취 총을 쏘았는데, 주사를 맞으면 말조차 그대로 고꾸라질 정도로 빠른 효과를 가져왔으나 사람의 생명엔 지장이 없었다.

안드레가 배를 몰 수 있었지만, 그들은 닻을 내리고 그대로 멈췄다. 그리고 몇 분 안 되어, 관제관이 무슨 일인지를 물었다. 맥스는 화면을 끄고 목소리로만 방송하기로 결정했다.

"내 이름은 맥스 레오나드. 이제부턴 내가 이 배의 선장을 맡겠다."

"사진이 안 보이는데?" 관제관이 물었다.

"영상은 보이지 않도록 조정했다. 목소리만으로 충분하다."

"이 배를 납치한 겁니까?"

"그렇다곤 볼 수 없지. 배를 어디로 몰고 갈 계획은 없으니까. 난 대통령과 통화를 원한다."

"대통령이요?"

"그렇다."

맥스의 나머지 동료들은 선원들과 직원들을 모두 모아 총 5개의 방에 가두었다. 문은 모두 걸어 잠근 후, 한 명이 보초를 섰다. 승객들은 아침식사를 하러 나왔다가 음식이 없는 것을 보고 그제야 무슨 일이 발생했다는 것을 눈치 챘다.

맥스와 그의 일당은 승객들을 어떻게 할 것인지 사전에 계획을 세웠다. 모두 커다란 식당에 모이게 할 예정이었다. 음식이 없다는 게 흠이겠지만, 그래도 모든 사람을 몰아넣기에 적당한 장소였다.

맥스와 안드레는 함교에 있었고, 나머지 네 명은 직원들을 가둔 뒤, 방방마다 돌아다니며 긴급사태라고 알렸다. 즉시 식당으로 오라고 했다. 맥스의 무리들이 모두 유니폼을 입고 있었으므로, 승객들은 아무 말 없이 그대로 따랐다.

그로부터 30분 후, 모든 객실은 텅 비고 식당은 터져나갈 듯했다. 브래드 밀러와 월터 매스터스도 뭔가 잘못되었다는 것을 깨달았다. 음식이 전혀 없다는 건 뭔가 큰 문제가 발생했다는 뜻이었다.

식당에는 의자가 충분하지 않았기 때문에, 벽에 기대거나 바닥에 앉은 이들도 있었다. 맥스는 식당에 모인 승객들이 볼 수 있도록 커다란 스크린에 모습을 드러냈다. 그는 이 순간을 위해 긴장하지 않으려 부단히 준비해왔다.

"안녕하세요. 제 이름은 맥스 레오나드입니다. 지금 이 배의 선교에서 방송

중입니다. 저희는 미국의 대통령과 통화할 때까지 이 배를 잠시 점령할 것입니다."

 순식간에 두려움에 떨며 웅성거리는 소리가 들려왔다. 맥스는 이 상황을 미리 예상했다. 식당 출구에 서 있던 일당들이 무기를 들고 모두에게 조용하라고 소리쳤다. 맥스가 계속 말을 이었다.

 "제 말을 잘 들으십시오. 아무도 다치게 하지 않겠습니다. 다시 반복합니다. 여러분들이 이곳에서 도망가려고만 하지 않으면, 해칠 생각이 전혀 없습니다. 이 배에는 폭발물이 설치되어 있습니다."

 곧 2천 5백 명의 승객은 일제히 경악했다. 맥스는 잠시 말을 멈췄다. 물론 폭탄 따위는 없었다. 하지만 협박은 늘 잘 통했다. 그는 사람들을 진정시키고자 다음 말을 이었다.

 "폭탄을 쓸 일은 결코 없을 것입니다. 저희가 시키는 대로만 따라주시고, 저희가 원하는 목표만 이루면 그대로 이 배를 떠날 것이며, 그러면 여러분은 모두 안전할 겁니다. 제가 대통령과 대화할 때, 여러분도 그 장면을 보시게 될 겁니다. 곧 아시게 되겠지만, 저희가 원하는 것은 뒤늦은 감이 있지만 모든 이들에게 공평한 권리를 달라는 것입니다. 저희 같은 사람이 나서지 않으면, 아무것도 바뀌지 않을 것입니다."

 맥스가 대통령과 대화하는 것이 목적이라고 하자, 사람들은 다소 진정했다. 대통령과 대화를 하게 되면 협상이 이루어질 것이고, 결국 평화적으로 해결될 수도 있다는 것이다.

 "여러분들께서 모두 시장하실 겁니다." 맥스가 말했다.

 "직원들에게 식사를 배급하도록 지시할 겁니다. 식당에 있는 화장실은 사용하셔도 좋지만, 다른 곳으로 이탈하지 마십시오. 다시 말씀드리지만, 여러분을 해치려는 생각이 전혀 없습니다. 여러분들 중 몇몇 분들은 저희의 생각에 동의하실지도 모르겠습니다."

브래드는 처음부터 침착함을 유지하던 바버라의 옆에서 서서 물었다.

"뭘 원하는 것 같아? 이 배를 날려버릴 속셈인가?"

"아니라고 했잖아요. 우릴 해칠 생각은 없는 것 같아요."

"이 배를 납치한 놈들이야. 그런 놈들이 우릴 좋아할 것 같아?"

"아직은 당황할 필요 없는 것 같아요. 당신은 어떤지 몰라도, 전 배가 고프네요. 뷔페식으로 식사를 내줄까요?"

브래드는 웃음만 나왔다. 바버라는 늘 침착하고 평온했다. 그녀의 말에도 일리가 있었다. 적어도 인질로 잡혀 있는 한 그들이 좋아하는 에그 베네딕트를 먹을 수 있을지도 몰랐다. 월터 매스터스는 맥스의 얼굴이 나타나는 순간 그를 알아보았다. 그는 맥스의 마음을 읽었고, 무슨 의도로 이런 일을 하는지도 이해했다.

흥미롭군.

그는 생각했다. 몇 달 전 그와 대화를 나눴던 맥스가 이렇게까지 진전했다니. 매스터스는 어떤 면에선 그의 용기가 대단해 보였다. 이제 상황이 어떻게 되건, 그의 생각은 전 세계로 퍼져나갈 것이다.

49.

캐시는 아침 일찍 차를 몰고 직장으로 가고 있었다. 때마침 클라이드의 얼굴이 창문에 나타났다.

"오늘 아침 뉴스 봤겠지?"

그녀는 무슨 소리인지 이해할 수 없었다. 그녀가 팔려던 침실 7개짜리 주택이 다른 업자에게 넘어간 걸까 추측할 뿐이었다.

"무슨 말씀인지 모르겠어요."

"네 남자친구가 배를 납치했단다."

"네? 무슨 남자친구요?"

순간 캐시는 클라이드가 브라이언에 대해 얘기하고 있는 줄 알았다. 그러다 순간 깨달았다.

"뭐라고요? 어떻게 됐다고요?"

"뉴스 틀어봐. 나올 거야. 둘이 사귀는 사이가 아니라니 천만 다행이군."

캐시는 운전대에 달린 버튼을 눌러 클라이드의 얼굴 대신 뉴스 프로그램이 뜨도록 조정했다. 그녀는 방송을 들으며 운전을 계속했다. 운전에는 지장이 없지만, 그녀는 차를 세워야만 했다. 갑자기 토할 것처럼 머리가 어지러웠다. 그녀는 차를 고속도로 한쪽에 세우고, 그대로 앉아 방송을 시청했다. 모든 것이 너무 혼란스러웠다. 하지만 얼마 안 있어 맥스의 이름과 사진이 나타났다. 아나운서가 말했다.

"현재로서는 저희가 가진 정보가 이게 전부입니다. 총 6명이며, 이 사람이 리더로 보입니다."

캐시는 스크린을 껐다. 이대로 직장에 갈 수 있을지, 아니면 집으로 가야 할지 몰랐다. 하지만 혼자 있고 싶진 않았다.

클라이드 폴섬과 다른 두 명의 직원이 대기실의 큰 화면으로 뉴스를 보고 있었다. 캐시는 말없이 그들 사이에 앉았다. 클라이드는 깊은 충격에 빠진 그녀의 얼굴을 바라보았다. 그는 다른 직원들에게 일하러 가라고 말한 뒤, 캐시 옆에 앉았다.

"이런 말을 하긴 미안하지만."

그가 입을 열었다.

"그 친구에게 문제가 있는 건 알고 있었다. 이런 일을 할 줄 예상은 했니?"

캐시는 입을 떼지 못했다. 그냥 잠시 꾸는 악몽이기를 바랐다.

"모르겠어요. 정말 모르겠어요. 열정적인 사람이라는 건 알았지만, 이런 일까진… 저도 모르겠어요."

클라이드는 캐시를 진심으로 아꼈으므로 그녀에게 위로의 말을 해주고 싶었지만, FBI가 언제 들이닥칠지 모르는 상황이라 그럴 수도 없었다.

"마지막으로 본 게 언제였지?"

"며칠 전이요."

"당국에서는 아마 너를 심문하려 할 거야."

캐시는 똑똑했다. 그녀 역시 그것이 두려웠다.

"여기에서 그런 일은 없도록 할게요. 혹시 그걸 걱정하시는 거라면. 어차피 말할 것도 없어요."

바로 그 순간 클라이드의 걱정이 현실로 변했다. 갑자기 건장한 5명의 남자가 사무실로 들어왔다. 클라이드는 "여기 이 사람이오!"라고 말하고 싶은 것을 꾹 참았다. 그는 침착하게 물었다.

"뭘 도와드릴까요?"

그들은 캐시 버나드의 얼굴을 보자마자 조용히 따라오라고 지시했다. 캐시는 저항하지 않았다. 체포영장이라도 들고 왔냐고 물을 수도 있었지만, 그녀는 아무 말도 하지 않았다. 그녀는 그 배에 타지 않았으며 아는 것도 없었으니 숨길 것이 없었다. 하지만 심문 과정은 매우 고달플 것임에 분명했다.

그녀는 그곳에서 20마일 정도 떨어진 플레인필드에 위치한 육군기지에 도착했다. 그녀는 벽에 여러 대의 스크린이 설치된 회의실로 안내되었다. 스크린에 보이는 얼굴 중 가장 근엄해 보이고, 훈장 수도 많은 사람이 자신을 소개했다. 마크 앨런 육군소장이라고 했다.

"우선은 가능한 많은 정보를 알기 위해 이곳으로 모셨습니다. 뭔가 잘못해서 여기에 온 건 아니니 걱정 마십시오."

"세상에." 캐시가 말했다.

"실제로 기분이 이상하네요."

소장은 잠시 웃어 보이더니, 곧바로 질문에 들어갔다. 그로부터 약 1시간 반 동안 맥스 레오나드에 관한 수백 개의 질문을 했다. 어떻게 만났는지, 어떤 사람인지, 어떤 마약을 사용했는지, 그의 계획이 무엇이었는지, 그의 가족은 어떤지, 친한 친구는 누구인지 등이었다. 질문은 끊임없이 계속되었다. 캐시는 아버지가 총에 맞았을 때도 이런 진술을 해야 했었다. 하지만 지금에 비하면 아무것도 아니었다.

다행히도, 그녀는 그의 계획에 대해 아는 바가 전혀 없었다. 그것이 사실이었으므로 연기할 필요도 없었다. 그녀가 숨긴 것은 그녀가 그 배의 모형을 보았다는 것과 맥스가 샘 밀러의 벽을 만들었다는 것이었다. 그들은 결코 그것까지는 알 수 없을 것이다. 혹시나 그것을 말했다가, 즉시 당국에 신고했어야 했다는 비난을 받을까 두려웠다. 하지만 나머지 부분에서는 모두 사실만을 말했다. 그녀는 자신도 맥스가 만든 그룹에 속해 있었지만, 그에게 폭력을 쓰지 말 것을 늘 권했다는 것, 또한 맥스가 그런 일을 꾸밀 줄은 꿈에도 몰랐다고도 말했다. 마지막 부분은 사실 과장이지만, 뭐가 어떻겠는가?

그로부터 3시간 후, 그들은 다시 그녀의 사무실까지 데려다주었다. 하지만 그녀는 고문을 당한 것처럼 힘들고 피곤했다. 클라이드는 그녀가 괜찮은지, 그리고 일에 지장이 없을지 물었다. 하지만 적어도 지금은 캐시는 용의자가 아니었다. 아침에 그 난리를 겪고도, 캐시는 점심을 먹기 전 또 한 건의 수익을 올렸다. 클라이드는 그거면 충분했다.

오히려 더 잘 된 일일지도 모르겠군.

샘 밀러는 스위스에서 이 뉴스를 접했다. 그는 아내를 향해 말했다.

"저놈의 자식이 텍사스에서 날 미행했었다고! 마크를 유괴하는 건 아닌가 걱정했을 정도라니까."

"어머나." 매기가 말했다.

"정말 그랬을까요?"

"내가 어떻게 알겠어? 뭔가 이상한 놈이라는 건 느꼈지만, 이런 일까지 할 줄 누가 알았겠냐고."

"그때 체포했어야 했어요."

"나도 그렇게 말했지. 하지만 호텔 밖으로 쫓아내기만 하더라고. 그 배에 탄 사람들 중 우리가 아는 사람이 없는 게 천만다행이지."

그들은 그대로 TV를 끈 채 스키타기 좋은 날씨라고 생각하며 그들의 화려한 삶으로 돌아갔다.

번스타인은 덴버에서 다시 워싱턴으로 돌아가는 길에 에어포스원에서 2시간 동안 잠을 자려고 했다. 전날 밤, 그는 새벽 세시 반이 되어서야 잠에 들 수 있었다. 자선모금행사가 끝난 후, 그는 콜로라도 출신의 두 명의 옛 친구들과 수잔나와 함께 호텔로 돌아갔다. 친구들은 한 시에 떠났다. 수잔나가 자리에서 일어나려 하자, 그는 좀 더 있다가 가라고 부탁했다. 둘은 두 시간 반 동안 긴 대화를 나누었다. 늘 그렇듯이, 처음에는 일 이야기로 시작하다가 번스타인은 자신의 걱정거리를 이것저것 털어놓기 시작했다. 마치 상담가나 절친한 친구에게나 털어놓을 법한 소재들이 주를 이루었다. 번스타인은 이런 대화를 나눌 상대가 반드시 필요했던 것이다.

대화를 마치고, 수잔나는 자리에서 일어나 작별 인사를 했다. 둘은 몇 번 친구처럼 포옹만 했을 뿐, 한 번도 키스를 한 적이 없었다. 그녀는 그런 관계가 변할 것인지 궁금했다. 만일 그가 키스를 해온다면 그녀도 거부하지는 않을 것이다. 하지만 그렇게 되면, 모든 상황이 뒤바뀔 것이다. 그녀는 그렇게 되길 원하지 않았다. 다행히 그날 밤도 키스는 없었다. 가볍게 포옹만 나눈 뒤, 그녀는 자기 방으로 돌아갔다.

수잔나는 자리에 앉아 일을 보고 있는데, 비행기 앞쪽에서 웅성거리는 소리가 났다. 무슨 일인가 하는 찰나에, 부수석 보좌관이 달려와 대통령이 잠에서 깨어났으며, 응급상황이 발생했다고 전했다.

"무슨 일이죠?"

"유람선이 납치됐다고 합니다."

"뭐라고요? 어디에서요?"

"마이애미요."

"미국에서요? 이런 세상에!"

대통령의 침실 앞에 두 사람이 서 있었다. 순식간에 그는 옷을 갈아입고 한 손에는 커피를 들고, 다른 한 손으로는 통화를 하면서 뭔가를 읽고 있었다. 그는 수잔나 옆에 멈춰 서서 따라오라고 했다. 둘은 이층에 있는 중앙센터로 올라갔다. 그녀는 이것이 보통 장관들의 임무인지 궁금해 했다. 하지만 그게 아니었다. 그가 원하는 건 그녀였다.

위층에는 위성 통신시설이 갖추어진 센터가 있었다. 크지는 않지만 5평가량 되어 보였다. 몇몇 사람들이 자리에 앉아 통신 상태를 모니터하고 있었다. 대통령과 수잔나, 부수석 보좌관은 한쪽 구석에 놓인 소파에 앉아 스크린을 보고 있었다. 한쪽 화면에는 존의 얼굴이, 다른 화면에는 합동참모본부장인 마이크 맥기네스가, 세 번째 화면에는 해군 장관인 보일 장군의 얼굴이 보였다.

"대통령 각하와 통화하길 원한답니다." 존이 말했다.

"제 의견으로는 별로 좋지 않은 생각 같습니다."

"그건 왜 그렇지?" 번스타인이 물었다.

"너무 쉬우니까요. 대통령과 통화하려면 배를 납치하면 된다고 받아들여질 겁니다."

"존, 그건 그냥 배가 아니야. 2천5백 명이 타고 있는 유람선이라고. 그 정도면 내가 통화해도 되는 거 아닌가?"

맥기네스가 입을 열었다.

"제 생각에도 존의 의견이 옳다고 봅니다. 이런 요구에 응한다면, 전례가 될 수도 있습니다."

"그럼, 어떻게 하잔 말인가?" 번스타인이 물었다.

"가능한 한 길게 끈 다음, 덮치는 게 좋겠습니다."

"어떻게 할 생각인가?"

"지금 그 배에서 1시간 정도 떨어진 거리에 국내 최고의 저격수들이 가고 있습니다. 곧 선박 주변의 예인선에 도착할 겁니다. 분명 성공할 겁니다."

"폭탄은 어떻게 하고?" 번스타인이 물었다.

"그쪽에서는 폭탄을 설치했다고는 하나, 위성화면으로 확인한 결과 폭발물은 없습니다."

"확실한가?"

맥기네스는 잠시 입을 다물었다.

"90퍼센트 확실합니다."

"그것으로는 충분치 않네. 만약 그들 말대로 폭발물이 설치된 경우, 사람들이 모두 죽음을 당할 걸세. 그것만으로도 그들과 대화할 가치는 있다고 보는데."

존이 아이디어를 냈다.

"우선 백악관까지 도착하시는 데 한 시간은 걸리실 텐데, 그때까지 상황을 지켜보는 게 어떻겠습니까?"

"좋은 생각인 것 같습니다." 맥기네스가 말했다.

"그동안 특수부대요원들이 폭발물을 99%확률로 탐지할 수 있는 장비를 가지고 탐사하도록 할 겁니다."

번스타인은 여전히 만족한 표정이 아니었다.

"100% 확실한 정보를 가져다 주려면 몇 십억 달러를 더 줘야 하는 건가?" 아무도 대답하지 않았다.

"일단 백악관에 가서 하는 게 낫겠네. 비행기에서 통화하는 것보다 백악관에서 하는 것을 보는 편이 미국인에게도 더 좋을 것 같으니. 지금 워싱턴으로 향하고 있으니, 도착하는 즉시 통화하자고 전하게. 언질을 주면 그만큼 시간도 벌 수 있을 테니. 하지만 그 배에 폭발물이 없다는 것이 확실시 되지 않을 때에만 통화하는 것으로 알게."

"알겠습니다." 맥기네스가 대답했다.

"지금 말씀하신 대로 전달하겠습니다. 상황에 변동이 있는 즉시 연락드리겠습니다. 잠시 후에 뵙겠습니다."

"알겠네. 존, 다 알아들었나?"

"네."

번스타인은 자리에서 일어나 아래층으로 향했다. 그는 버섯오믈렛을 주문했다. 그는 사무실로 향하면서 수잔나에게 따라오라고 말했다. 그는 안으로 들어가 문을 잠갔다.

"응급상황이 되면 사람들은 노크하는 걸 잊는다니까. 배고픈가요?"

"먹었어요."

"어떻게 해야 할 것 같소?"

수잔나는 그의 책상 맞은편에 있는 큰 의자에 앉았다. 그의 단도직입적인 질문에 그녀는 적잖이 놀랐다. 그동안 그는 자신의 모든 이야기를 그녀와 나누었다. 하지만 국가안보문제에 대해 그녀의 의견을 물은 것은 이번이 처음이었다. 그녀는 설레면서도 조금은 불편했다. 특히나 만일 수잔나의 의견이 대통령에게 반영된 것을 알게 되면 존은 매우 분개할 것이었다. 수잔나는 말을 꺼내기 전에 깊이 생각했다.

"저라면 그 사람과 통화할 것 같아요. 최악의 경우, 아무 노력도 하지 않았다고 비난받기 쉬울 테니까요. 일단 노력은 해본 뒤 사건이 터지는 건 어쩔 수 없는 거죠. 적어도 노력은 했잖아요. 그게 제 생각이에요."

"난 당신에게 푹 빠져 있소."

그는 더 이상 참을 수 없어 이렇게 불쑥 내뱉었다.

그녀를 사랑한다는 말을 한 건 이번이 처음이었다. 그녀는 즉각 대답하지 않았다. 뭐라고 대답해야 할지 몰랐다. 그녀의 머릿속에 여러 문장이 맴돌았다. "저도요."라고 거의 말할 뻔했지만, 그건 너무 직접적인 표현이라 생략했다. "과찬이세요."라는 말은 너무 딱딱하고 멀게만 느껴졌다. 그녀가 망설이자, 번스타인은 자리에서 일어나 그녀의 쪽으로 다가가 손을 얼굴에 가져갔다. 그리고는 그녀에게 키스했다. 길고 열정적인 키스가 아닌, 입술 위에 대략 5초간 머무는 키스였다. 결국 그녀는 아무 말도 하지 못했다. 그녀는 머리를 그의 어깨에 기대고 가만히 그 자리에 머물렀다.

순간 책상에 놓여있던 알람이 울리면서, 둘은 화들짝 놀랐다. 그가 책상으로 걸어가자 그녀는 말없이 입모양으로

"전 이제 제 자리로 갈게요."라고 말한 뒤 손으로 키스를 날렸다. 그녀는 순간 문이 잠겼다는 것도 잊고 문고리를 세게 잡아당겼다. 번스타인은 손동작으로 문이 잠겼으니까 열라고 했다. 그녀의 얼굴이 붉어졌다.

그녀는 자리로 돌아가 앉았다. 머리가 한결 가벼워졌다. 둘의 관계가 어떻게 될지 방향을 잡은 셈이었다. 하지만 이로 인해 둘 사이가 서먹서먹해지는 것을 원치 않았다. 하지만 단 한 번의 키스였을 뿐이다. 그것으로 모든 것이 바뀌진 않을 것이다. 그녀는 상황이 바뀌길 원치 않았다. 그가 필요로 할 때마다 그의 곁에 있긴 하겠지만, 그렇다고 별일 있겠냐는 생각이 들었다. 그러나 어쩌면 이제 모든 것이 변할 때가 왔는지도 몰랐다.

50.

각성제 패치의 효능이 앞으로 6시간은 남았지만, 맥스는 바지를 내리고 다른 쪽 허벅지에 한 개를 더 붙였다. 이가 덜덜 떨리는 것을 느낄 수 있었지만, 지금으로서는 필요한 에너지는 모두 공급받아야 했다. 그는 조급한 마음으로 함교 위를 왔다갔다 걸어 다녔다. 대통령에게 할 말을 연습하고 있을 때, 스피커에서 목소리가 들려왔다.

"레오나드 씨, 맥기네스 장군입니다."

"대통령은 어디 있나요?"

"우선 얼굴을 볼 수 있을까요? 서로 얼굴을 보는 것처럼 마주보면 더 좋을 것 같군요."

"아뇨. 당신 얼굴 보고 싶은 생각 없습니다. 수백 년간 음성만으로 통화해도 문제가 없었잖습니까. 대통령은 어디 있습니까? 대통령과 통화할 때만 얼굴을 보일 겁니다."

"대통령께서는 현재 백악관으로 이동 중이십니다. 덴버에서 돌아오시는 길이므로, 2시간이면 도착할 겁니다."

"지금은 어디 있습니까?"

"가시는 길이니까, 비행기 안일 겁니다."

"지금 통화하고 싶습니다. 두 시간이나 기다릴 순 없어요."

맥기네스는 이럴 경우를 대비해 이야깃거리를 만들어 놓았다.

"현재 위성에 문제가 있어 대통령의 영상을 보내는 것이 불가능합니다. 태양의 상태 때문에 그렇습니다. 그래서 백악관에 도착하실 때까지 끊어지지 않는 정상적인 영상송출이 어렵습니다. 기다려야 할 겁니다."

맥스는 화가 났다.

"지금 장난하는 겁니까? 태양 때문에 대통령과 통화가 불가능하단 거짓말을 늘어놓고 있습니까? 지금 날 어린애 취급하는 겁니까?"

"레오나드 씨. 현재 그것 외에도 여러 가지 문제가 있습니다. 대통령께서 기내에 계실 때 완벽한 영상을 송출하는 데에는 한 가지 방법밖에 없습니다만, 그쪽에 문제가 생겨서 그렇습니다. 저도 대통령과 직접 통화한 것이 아닙니다. 백악관에 도착하시는 즉시, 통화가 가능할 겁니다."

"얼마나 오래 걸린다고요?"

"두 시간 미만입니다."

맥스는 잠시 생각에 잠겼다. 그에게 몇 가지 옵션이 있었다. 기다릴 수 없다고 거짓말하거나, 음성만으로 통화하겠다고 하는 것이었다. 하지만 둘 다 최선의 방법은 아니었다. 번스타인의 눈을 똑바로 쳐다보고 대화하는 것이 그의 목적이었다. 전 세계 사람들에게 보여질 영상이었으므로, 면대면, 일대일로 대통령과 마주하고 대화하는 것이 한층 설득력이 있을 것이다.

두 번째로 붙인 각성제가 효과를 발휘하고 있었고, 그는 다시 용기를 얻었다.

"백악관에 도착할 때까지 기다리겠습니다. 하지만 그 이상 기다리게 하면, 이 배에 탄 사람들과는 작별인사를 나눠야 할 겁니다. 아시겠습니까?"

"알겠습니다." 장군이 대답했다.

"저와 통화하는 건 어떻습니까? 저도 해결할 능력은 있다고 생각하는데요."

"지금껏 이 나라의 대통령조차 하지 못한 일을 장군이 하실 수 있다고 생각하십니까? 다만 한 가지 요구사항이 있습니다. 대통령과의 대화가 끝나면 헬리콥터를 보내 우리 6명과, 인질 5명을 태우고 쿠바로 이송해 주세요. 그곳에 안전하게 도착하는 즉시 인질들은 돌려보내겠습니다."

생각지도 못한 요구였다. 맥기네스는 그의 말에 가슴이 철렁했다. 그들이 쿠바에 도착한다면, 그들은 영웅이 될 것이다. 그동안 쿠바와 미국의 관계가 부드러워진 것은 사실이지만, 그들은 외국 범인들을 송환해주는 일 따위는 하지 않았다. 쿠바인들은 범인들을 자유롭게 내버려 둘 것이며, 그러면 더 큰 문제가 발생하게 될 것이다. 맥기네스는 그의 요구가 이해되지 않는 듯 다시 물었다.

"다시 말씀해 주시겠습니까?"

"못 들었으면 다시 재생해서 들어보세요. 혹시라도 허튼 짓하면… 아마 날 죽이게 되겠지만, 그러면 이 배에 있는 사람들도 다 같이 죽는 거요. 아시겠습니까?"

맥기네스는 더 이상 협상할 거리가 없었다. 그의 요구대로 준비하는 데만 해도 두 시간은 족히 걸릴 법하니, 이제 시나리오대로 처리할 시간은 충분히 버는 셈이었다.

"알겠습니다." 그가 대답했다.

로라와 셴은 뉴스를 통해 유람선 납치사건에 대한 추가 소식에 귀를 기울이고 있었다. 둘은 침대에 누워 천장을 바라보았다. 침실에 있는 프로젝터에서는 원하는 동영상은 무엇이든지 천장에 쏘아주었다. 그들은 침대에 똑바로 누워 위를 보는 자세가 가장 편했다. 특히나 별자리의 홀로그램이 천장에서 돌아가는 모습을 보는 것을 좋아했다. 창턱 아래 유기농 대마초를 피워놓으면 더욱 황홀했다. 아마 적어도 스무 번은 보았을 것이다. 사랑을 나누며 황홀한 색깔 속에서 잠드는 것을 즐겼다.

납치사건을 보며 리는 매우 화를 냈다.

"중국에서는 이런 일이 일어난 적이 없다는 거 알아?"

"몰랐어."

"단 한 번도 없었어. 만약 있다 해도, 이런 상황까진 안 갔을 거야. 저 놈들을 당장 죽여야 해."

"배에 탄 사람들은 어떻게 해?"

"좀 심하다 생각할 수도 있지만, 납치범들이 전 세계의 관심을 한 몸에 받게 하는 것보다는 어느 정도의 희생을 감수하는 게 맞아. 이런 일이 일어나기 전에 막아야 해. 이런 일이 반복되면, 사람들의 관심을 받기 위해 무슨 짓이든 하려 들 거야. 이런 짓을 해도 보상받을 수 없다는 걸 알게 되면, 아무도 하려 들지 않을 거야."

로라의 얼굴엔 미소가 감돌았다.

"자기 말하는 것 들어보면, 우리 아버지 이야기 듣는 것 같아. 아버지도 인내는 정도껏 하는 거라고 하시지."

"그건 아버지가 현명하시기 때문이야. 그런 분의 딸을 사랑하게 되다니. 난 정말 행운아지."

그들은 스크린을 끄고 나이아가라 폭포 영상을 틀었다. 셴은 이 영상을 좋아했다. 빙하는 녹아가고, 히말라야 산맥의 눈도 녹아가지만, 나이아가라 폭포만은 변함없이 세차게 흘러내렸다. 게다가 마치 시원한 물이 천장에서 쏟아지는 것 같았다.

"언제 직접 가서 보자." 리가 말했다.

"장담하는데 여기서 보는 편이 훨씬 나아."

그녀가 대답했다.

선셋 호의 승객들은 아침을 먹고 나니 어느 정도 진정되었다. 노인이 된다는 장점 중에 하나는 죽는 것이 젊은이들보다는 덜 두렵게 느껴진다는 것이었다. 하지만 식당에서 본 영상으로 볼 때, 그들을 죽일 것 같지도 않았다. 맥스가 대통령과 통화만 한다면, 모든 문제가 해결될 것 같았다.

"그가 뭘 원하는 건지 궁금하지 않아요?"

한 여자가 친구에게 물었다.

"돈이지. 누구든 돈을 원한다고."

"우리 몸값으로 얼마나 내줄까요?"

"땡전 한 푼 안 줄걸. 누가 우리를 위해 돈을 주겠어?"

누군가가 말했다.

"배를 망가뜨리진 않겠죠? 이 배 한 대가 얼마나 할까요? 선셋 회사에서 폭발시키지 말라고 돈을 주지 않겠어요?"

이 말을 듣고 다들 기운을 차렸다. 자신들의 몸값은 얼마 안 될지 몰라도, 배의 가격은 꽤 나갈 것이라 추측했다.

식당에서는 이런 식의 대화가 끊임없이 오고갔다. 어떤 이들은 전혀 걱정하지 않는 듯했고, 어떤 이들은 화장실 앞에서 길게 줄서야 하는 불편함이 짜증난다는 기색이었다. 화장실 줄은 길게 늘어서서 조리실까지 이어졌다. 게다가 변기 하나가 막혀, 냄새까지 고약했다. 배에 탄 사람들은 그런 상황이 익숙치 않았다.

브래드는 월터 쪽으로 다가갔다. 그는 월터의 옆자리를 가리키며 앉아도 되겠냐고 물었다.

"그러시죠." 월터가 말했다.

"이 자리에 앉았던 친구는 화장실 가서 1시간동안 돌아오질 않는군요."

브래드는 월터가 마음에 들었다. 그들은 함께 카드 게임도 즐겼으며, 그의 시니컬한 유머 감각이 마음에 들었다. 게다가 사람들이 품위 있게 죽음을 맞이할 수 있도록 도운 점을 높이 샀다.

"걱정 안 되세요?"

"전혀요." 월터가 말했다.

"다른 것을 하며 보내면 더 좋았겠지만, 이런 모험도 나름 흥미진진하지요."

"저도 그렇습니다. 결말만 괜찮다면, 이런 경험도 나쁠 것 없지요. 하지만 이야깃거리는 많더군요. 저들이 얼마를 원하는 것 같습니까?"

"돈 때문에 그런 것 같진 않아요."

"그럼 뭐죠?"

월터는 말없이 웃기만 했다.

"글쎄요… 두고 봐야겠지만, 이 젊은이의 요구는 사람들이 생각하는 것과는 다를 겁니다."

"그럼 정부에서 그 요구를 받아줄 수 있을까요?"

월터는 한참동안 생각에 잠겼다. 그는 거짓말하는 타입이 아니었으며, 좋은 질문에는 적어도 정직한 대답을 해줘야 한다고 생각했다.

"아뇨. 안 될 겁니다."

브래드의 얼굴빛이 바뀌었다. 요구를 들어줄 수 없다면, 결론은 어떻게 된단 말인가?

"그럼 어떻게 될 것 같습니까? 이 배를 날려버릴까요?"

"글쎄요. 그런 일은 없길 바라야죠."

그때, 화장실에 갔다던 그의 친구가 돌아왔다. 브래드는 자리에서 일어나 감사를 표했다.

"당신 의견이 틀리길 바라요." 브래드가 말했다.

"그럴 때도 있지요." 월터가 미소를 지으며 말했다.

"뭐가 틀린단 말이죠?" 옆에 나타난 남자가 물었다.

"별일 아니오. 밀러 씨와 알아맞히기 게임을 하고 있었지요." 월터가 말했다.

브래드가 다시 바버라가 앉은 자리로 걸어가는데 맥스의 얼굴이 화면에 다시 나타났다.

"모두 편안하신가요? 곧 미국 대통령과 통화가 연결될 겁니다. 여러분들 중 누가 그를 뽑았는지는 모르겠으나, 만일 그를 뽑았다면 그가 우리 이야기를 듣고 협상에 임해줄 것인지는 여러분이 더 잘 아실 거라고 생각합니다. 여러분들

중에 저 바깥세상 사람들과 통화해서 상황이 어떻게 돌아가는지 설명해준 분들도 계실 겁니다. 그건 괜찮습니다. 아는 분들에게 연락해서 대통령과 통화할 수 있도록 조취를 취해, 여러분들이 안락한 옛 생활로 돌아갈 수 있도록 해달라고 해보십시오. 여러분을 해치려는 의도가 없음을 다시 말씀드리며, 여러분의 정부가 우리말을 들어준다면 여러분은 안전할 겁니다. 그러면 여러분을 편안하게 놔드리고 깨끗하게 물러날 겁니다. 여러분 뒤를 따를 다음 세대에 대한 새로운 비전을 가지고 갈 수 있겠지요. 그럼 이만."

스크린은 다시 어두워졌다. 이번 안내방송으로 마음이 진정된 건 아니지만, 몇몇 노인들은 맥스가 꽤 잘생겼다고 생각하고 있었다. 각성제 패치를 붙이지 않았다면, 더욱 그랬을 것이다.

두시 반 경, 캐시는 집에 일찍 들어가도 되는지 물었다.

"당연하지. 물론이고말고. 오늘 아주 힘들었을 거야. 내가 걱정하는 것처럼 보였다면 미안하고. 어떤 상황인지 몰라서 그랬던 거니까 이해해. 여기서 계속 일하도록 해."

캐시는 가볍게 미소 지어 보인 뒤 빈 말로 감사하다고 말하고 나왔.

집으로 돌아가는 길에 그녀는 맥스에 대한 생각을 떨쳐버릴 수 없었다. 아직도 그를 사랑하고 있었다. 그가 어리석은 짓을 벌인 것은 사실이지만, 그런 시도조차 하지 않는 사람들이 더 많았다. 하지만 그는 열심히 노력하고 있었다. 아무도 죽이지만 말아줘. 자기 의견을 표시만 하고, 아무도 죽이진 말고, 죽어서도 안 돼.

그녀는 계속 반복해서 이 말을 되뇌었다. 하지만 사실 그녀조차도 아무 일 없이 끝날지 의문이었다.

　순간 차가 자동으로 브레이크를 밟더니 멈췄다. 정신을 차리고 보니, 바로 앞에 큰 트럭과 부딪힐 뻔했던 것이다. 그녀는 운전자 대신 차가 자동으로 운전하는 기능을 싫어했다. 하지만 그 기능 덕분에 오늘 그녀는 차 사고를 면할 수 있었다.

　집에 도착하자, 메시지가 도착해 있었다. 맥스였다. 거의 1분 동안 매우 피곤하고 지친 모습으로 입술을 깨물고 있는 모습이었다. 캐시는 그의 모습을 보고 반가웠다.

　"자기야, 안녕? 사랑해. 무슨 일이 벌어졌는지 소식 들었겠지? 혹시나 네가 이 일에 가담한 거라고 생각하는 사람들이 있을까봐 걱정 되서 메시지 남겨. 내가 계획하던 일, 너는 아무것도 몰랐잖아. 그런데 괜히 자기한테까지 죄를 덮어씌울까봐 걱정 돼. 나 아직도 널 많이 사랑해. 내가 지금 하고 있는 일에 자기는 아무런 상관이 없다는 것을 사람들에게 알려주고 싶어."

　맥스가 계속 말을 잇고 있는 중 누군가 그를 뒤에서 잡아끌었다. 그는 결국 "가야겠다. 사랑해. 정말 사랑해."라고 말하면서 영상이 끊겼다.

　캐시는 맥스가 그 배에 올라탄 이후, 모든 장면이 모니터 되고 있을 것임을 알았다. 그가 남긴 메시지는 그녀가 진술했던 바와 같았다. 그녀는 이번 일에 가담한 바가 없었다. 하지만 그녀도 이번 사건의 일부였다. 수천 명을 인질로 잡고 있는 그로부터 메시지를 받았는데 어찌 아니겠는가.

　그녀는 자기 목숨은 자기가 구해야겠다는 생각으로, FBI는 이미 그녀가 이 메시지를 받았다는 것도 알고 있을 테지만, 그들이 연락하기 전에 먼저 연락해야겠다고 생각했다.

"제 이름은 캐시 버나드입니다. 집에 도착하니 맥스 레오나드가 남긴 메시지를 받았습니다. 알고 계셔야 할 것 같아서 연락드렸습니다."

FBI에서는 물론 이 사실을 모른 척했다. 그는 캐시에게 그쪽으로 전송해줄 것을 요청했으며, 추가 진술이 필요할 시에는 연락하겠다고 했다. 그녀는 동영상을 전송한 뒤 집을 나섰다.

맥스, 넌 정말 똑똑해. 정치계에 진출해도 될 정도라고. 제발 지금 바보 같은 짓으로 망치지 말아줘. 그냥 자기 의사만 표시하고, 바보 같은 짓은 하지 말아줘.

51.

그날 오후 2시 55분에 에어포스원이 착륙했다. 번스타인은 수잔나와 함께 마린원에 올라탔다. 헬리콥터가 백악관 잔디밭에 착륙하자, 존과 맥기네스가 함께 기다리고 있었다. 그들은 번스타인과 함께 집무실 쪽으로 걸어갔다. 번스타인은 수잔나가 따라오는지를 보려고 뒤를 힐끔거렸다. 그녀는 그대로 자신의 사무실로 돌아갔다.

번스타인은 화장실에 잠시 들른 후, 곧바로 상황실로 내려갔다. 관련 직원들이 모두 브리핑을 하려고 대기하고 있었다. 맥기네스가 시작했다.

"지난 1시간 동안 20명의 특수부대요원들이 주변을 탐색하러 떠났습니다. 선박 외양에는 폭발물이 전혀 설치되어 있지 않았습니다. 위성카메라로 확인했고, 요원들이 다시 확인했습니다. 둘 다 틀릴 가능성은 거의 없습니다."

번스타인은 기분이 나아진 듯 했다.

"그러면 지금으로서 99퍼센트 확실하다는 건가?"

"네."

"틀린 적은 없었나?"

"둘 다 틀린 적은 없었습니다."

"그럼, 장군 말을 믿기로 하지. 다음 계획은?"

"요원들을 배 위로 보내 납치범들을 검거할 계획입니다."

"인질들은? 요원들이 나타나면 인질들을 죽일 텐데."

보일 장군이 다음 말을 이었다.

"대통령 각하. 인질들을 죽일 가능성은 언제나 있다고 봅니다. 그러나 만일 이들이 폭발물에 대해 거짓 협박을 했다면, 인질들을 죽이겠다는 것도 거짓일 수 있습니다. 배를 납치하는 것은 가능할 수 있으나, 수천 명을 살해하는 건 마음먹기가 쉽지 않을 겁니다. 처음부터 그런 생각이었다면 폭탄을 설치했겠지요."

번스타인은 이에 대해 생각해보았다. 정확한 의견 같았다.

"무슨 까닭으로 그렇게 생각하지?"

"경험입니다. 몇명의 사상자가 발생할 수도 있겠지만, 적어도 폭발위험은 없으니 그 정도는 감수해야 할 겁니다."

"10명의 사망자가 나온다면, 10명은 너무 많은 건가?"

"만일 각하와 협상 없이 문제가 해결된다면, 그 사이에 몇 명의 사망자가 나오는 것만으로도 성공적인 겁니다."

"나와의 협상이라는 게 무슨 의미인가?"

맥기네스가 대답했다.

"요원들을 올려 보내서 각하께서 통화하시기 이전에 납치범들을 잡아야 합니다. 대통령께서 굴욕 당하시는 일은 없어야 합니다."

존은 맥기네스와 의견을 같이 했다.

하지만 번스타인은 수잔나의 의견에 동의했다. 물론 이 문제를 그녀와 상의했다는 사실은 알릴 수 없겠으나, 맥스 레오나드와 대화하는 것이, 특히 이로 인해 생명을 살릴 수만 있다면, 왜 그것이 최악의 상황이 되는 것인지 의문이었다.

"왜 이 사람과 통화하는 게 내가 굴욕당하는 일이라 생각하나?"

존이 대답했다.

"각하. 납치범들이 이런 식으로 대통령과의 대화를 얻어낼 수 있다는 것을 알게 되면, 더 많은 자들이 비슷한 일을 꾸미게 될 겁니다. 범죄를 저지르는 데에 대한 대가라고 여길 겁니다. 자신들의 목적을 얻기 위한 하나의 수단으로서 말입니다. 배 한 척 납치하면 대통령과 대화할 수 있다는 식이죠."

번스타인은 맥기네스에게 물었다.

"미국인이 자국민 2천5백 명이 탄 배를 납치한 적이 우리 역사상 있었던 일인가?"

맥기네스는 보일과 존의 얼굴을 번갈아보며 대답했다.

"그런 일은 없었습니다."

"알겠네." 번스타인이 말했다.

"매일 일어나는 일은 아닌 것 같군. 내 생각엔 내가 그 사람과 통화한 뒤, 인질들을 안전하게 풀어주겠다고 약속한다면, 그것만으로도 가치가 있다고 생각하지 않는가?"

"그는 납치범입니다." 존이 말했다.

"납치범이 약속하는 말을 어떻게 믿겠습니까?"

"처음에는 폭발물을 설치했다는 가짜 협박을 할 사람은 배를 폭발시킬 마음이 없는 사람이라고 하더니, 이젠 납치범이 하는 말은 절대 믿어선 안 된다고 하니, 상당히 혼란 스럽군. 이런 프로파일을 가지고 날더러 어떻게 하란 말인가? 나랑 통화하는 것 외에, 다른 요구사항은 무언가?"

"자기들을 쿠바로 후송해 달라고 합니다. 그리고 5명의 인질을 태우고 가서 안전하게 도착할 때까지 풀어주지 않겠답니다."

번스타인은 잠시 생각에 잠겼다.

"장군. 함교에 정확한 발포가 가능하겠나?"

"네. 원격장치로 조정하면 거기 있는 자는 다 쓰러뜨릴 수 있습니다."

"지금 레오나드라는 자는 어디 있지?"

"함교에 통신기기가 있기 때문에 우리와 통화할 때 그곳에 있었습니다. 자리를 뜨면, 저희도 위치를 파악할 수 없습니다."

"그렇다면, 내가 통화하는 것이 오히려 그를 한 자리에 묶어두는 데에 도움이 되지 않겠나?"

맥기네스는 보일 쪽을 쳐다보았다. 보일의 얼굴은 "그렇겠죠. 당신 생각은 어때요?"라는 표정이었다. 맥기네스는 번스타인을 바라보았다.

"네. 그를 함교에 묶어놓는 방법으로는 그것이 최선일 겁니다. 하지만 나머지 5명은 어디에 있을지 알 수 없습니다. 아마 인질들과 함께 있을 겁니다."

"그럼, 이렇게 하지." 번스타인이 말했다.

"내가 이 사람과 통화하겠네. 그의 주의를 집중시키는 데에는 그게 최선이니까. 내가 통화하는 동안, 요원들을 배 위에 투입시키게. 나이든 요원이 있다면,

평상복을 입혀서 승객처럼 보이게 하는 게 좋겠네. 요원들이 탔다는 것이 확실해질 때까지 대화를 끌어보겠네. 다른 방법은 없는 것 같군."

"네, 알겠습니다."

맥기네스는 대통령의 의견에 따를 수밖에 없었다.

"그들의 요구조건을 들어주는 것처럼 헬리콥터도 착륙시킬까요?"

번스타인은 잠시 생각에 잠겼다.

"헬리콥터는 착륙시키되 인질을 태우는 것은 반대네. 시간을 좀 더 끌 수 있다면 헬리콥터를 보내는 것이 좋겠네. 범인들을 태워 올 수도 있으니까."

"그들도 그런 생각을 하고 있을 겁니다." 존이 말했다.

"바로 그거네." 번스타인이 대답했다.

"적어도 두세 명은 헬리콥터를 기다리고 있을 걸세. 그러면 범인들의 위치를 추적하는 것이 더 쉬워질 걸세."

맥기네스 장군은 다른 이들의 얼굴을 쳐다보았다. 대통령이 납치범과 직접 대화한다는 것은 찬성할 수 없었지만, 그가 이 정도까지 상황을 깊이 판단했다는 것에 감탄했다.

맥스는 점점 인내심이 바닥을 달리고 있었다. 마약으로 인해 점점 감정이 불안해지는데다가 처음으로 이번 건이 생각보다 잘 풀리지 않을 것이란 예감이 들었다. 결국 자기 의견은 내보지도 못하고, 사람들을 죽여야 하는 상황에 놓일지도 몰랐다. 그때 장군으로부터 전화가 왔다.

"레오나드 씨. 맥기네스 장군입니다. 대통령께서 직접 통화하시겠다는 전갈을 전해드리러 연락했습니다."

맥스는 이 소식을 듣고 기뻤다. 하지만 대통령이 직접 전화하면 될 것을 왜 뜸을 들이는 걸까?

"대통령과 직접 통화하게 해주시죠. 다른 사람은 필요 없습니다."

"말처럼 쉬운 게 아닙니다." 장군은 가능한 시간을 끌었다. "지금 백악관으로 오는 길이며, 현재 이곳에서도 여러 가지 준비할 사안들이 많습니다. 도착하시는 즉시 연결해 드리겠습니다."

"지금은 어디 있습니까?"

"오시는 길입니다."

"두 시간 전에도 그렇게 말했잖습니까? 도대체 망할 놈의 대통령과 통화하는데 얼마나 더 기다려야 된다는 거요?"

"레오나드 씨, 대통령과 직접 통화하도록 설득하는 것도 힘들었습니다. 순식간에 결정될 수 있는 사안이 아닙니다. 미국 대통령과 통화할 수 있다는 것이 얼마나 어려운 일인지 아셔야 합니다."

"서두르지 않으면 당장 이 배를 폭파시켜 버릴 것이니 각오하시오!"

그리고는 아무런 응답이 없었다. 맥기네스의 시간 끌기 작전이 잠시나마 성공한 것이다. 이렇게 그와 통화하면서 몇 분은 번 것이다. 해군요원 30명이 명령만 떨어지면 즉시 배 위에 올라탈 것이다.

"대통령과 통화하기 이전에 헬리콥터를 보내세요. 알겠습니까?"

"알았습니다." 보일이 말했다. 하지만 그의 요구대로 되진 않을 것이다. 헬리콥터는 아직 도착하지 않았지만, 대통령이 대화할 준비가 되었다고 말할 것이다. 맥스가 대통령과 대화에 집중하는 동안 헬리콥터를 착륙시킬 계획이었다. 사람들은 대통령과 얼굴을 마주하게 되면 갑자기 당황하면서 솔직해지는 경향이 있었다.

　장군은 다음 말로 통화를 마쳤다.

　"대통령께서 조금 있으면 백악관에 도착하실 겁니다. 헬리콥터는 주유가 끝나고 준비되는 대로 출발할 겁니다."

　맥스는 더 이상 불만을 표시하지 않았다. 이런 경험은 그도 처음이었기 때문에 뭐가 맞는지 몰랐다. 이제 더 이상 지체하지 않고 그의 요구에 응답하는 것 같았다.

　"기다리고 있을 테니, 더 이상 시간 끌지 마십시오."

　그리고 그는 종료 버튼을 눌렀다. 곧 원격조정 장치에서는 그가 함교를 떠나는 장면을 목격할 수 있었다.

　기자회견실에 카메라가 설치되었다. 공식적인 연설이 아니므로 국기는 빼고 그냥 파란 커튼 앞에 앉은 대통령의 모습을 찍기로 했다. 번스타인은 마치 자신이 인질로 잡힌 것처럼, 원치 않는 대화를 강요당한 것 같은 분위기로 나가기로 했다.

　그는 기자회견실에 들어가 작은 탁자 앞에 앉았다. 그의 앞에는 95인치의 대형 스크린이 놓여 있었으며, 꼭대기에는 카메라가 설치되어 있었다. 그는 어떤 의상을 갖출지 고민했다. 타이는 빼기로 했다. 양쪽 소매를 걷은 채 셔츠는 가볍게 풀었다. 맥스 레오나드를 위해 옷을 갖춰 입은 듯한 인상을 주고 싶지 않았다.

　그는 자리에 앉자마자 수잔나에게 와달라고 부탁했다. 맥기네스 장군과 존만이 참석한 자리에 수잔나가 나타나자 둘은 그녀에게 인사조차 건네지 않았다.

번스타인은 두 사람 옆에 앉도록 했다. 존은 불편한 심기를 드러냈다. 번스타인이 자신의 시간을 그녀와 보내는 것은 상관없으나, 재무장관이 나설 자리도 아닌 이런 국가적 위기상황에 자리를 같이 한다는 것은 이해할 수 없는 노릇이었다.

번스타인은 물을 한 모금 마신 후, 이제 대화할 준비가 되었음을 알렸다. 지금 찍는 영상은 방송에 공개하지 않기로 결정되었다. 맥스가 요구한 바도 없으니, 백악관에서도 굳이 물어볼 필요는 없었다. 식당에 모인 인질들에게만 공개하는 것으로 했다. 그 외의 방송은 없었다. 결국 언젠가는 나가게 되겠지만, 그래도 생중계로 방송되는 것만 아니면 그 정도는 타협할 수 있었다.

맥스는 대통령이 대화할 준비가 되었다는 것을 들었다. 그는 너무 긴장한 나머지, 헬리콥터가 아직 착륙하지 않았다는 사실조차 잊었다. 원격조정 장치에서 그가 함교를 향하는 뒷모습을 포착했다. 그가 안으로 들어가자 매튜 번스타인의 눈이 그를 똑바로 바라보고 있었다. 수년간, 맥스는 자신의 의견을 피력하려 갖은 노력을 기울여야 했다. 수많은 회의와 회의를 거듭했으며, 의견이 맞지 않는 사람들과 여러 번 대립을 겪어야 했다. 이제 그는 미국의 대통령과 대화하게 되었다. 순간 그는 가슴이 뭉클해졌다. 그의 심장은 하고 싶은 말로 터져나갈 것처럼 쿵쾅거렸다. 번스타인이 먼저 말을 시작했다.

"매튜 번스타인이오. 당신이 내건 조건을 이행하겠다고 약속한다는 전제 하에 이 대화를 진행하기로 결정했으니 인질로 잡고 있는 사람들에게는 손을 대지 마시오."

그 순간, 맥스는 헬리콥터가 아직 도착하지 않았음을 깨달았다.

"헬리콥터는 어딨죠?"

그는 이미 대답할 말을 준비해놓은 상태였다. 맞은편에 앉은 세 명의 눈치를 살필 필요도 없었다. 번스타인은 수잔나 쪽을 잠시 힐끗거렸다. 그녀의 존재는 그 무엇보다도 큰 힘이 되었다.

"헬리콥터는 지금 이동 중이오. 대화가 마치기도 전에 도착할 테니, 이제 당신 생각을 말해보시오."

맥스가 자신의 의견을 말하기 시작할 때, 요원들이 배 위에서 위치를 잡았다. 그들은 헬리콥터가 도착할 때까지 기다릴 계획이었다. 헬리콥터의 착륙과 동시에 그들은 발착장과 식당, 그리고 함교 쪽으로 나누어져 공략할 계획이었다. 그들은 모두 폭발물에 대한 그들의 진단이 맞길 바랐다.

"당신은 더 이상 이 나라에서 젊은이들이 발 딛을 틈도 없이 만들었습니다." 맥스가 말을 시작했다.

"당신들은 우리를 무거운 빚에 허덕이게 했으며, 이미 장수한 사람들의 삶을 연장하는 데만 노력을 기울였습니다. 우리 젊은이들은 도무지 빠져나올 수 없는 빚의 구렁텅이에서 죽어가고 있습니다. 우선순위가 모두 바뀐 겁니다. 노인들이 아닌 젊은이들을 도와야 합니다. 노인들은 이미 살 만큼 살았습니다. 우리는 어쩌란 말입니까? 이 땅에서 젊다는 건 무시당하며 살아도 된다는 의미입니까? 우린 노인들을 위해 존재하는 사람들이 아니란 말입니다. 이해하겠습니까?"

맥스의 목소리는 원했던 것보다 빨랐지만, 그가 듣기에도 그의 의견은 분명히 전달되는 것 같았다. 번스타인은 그의 말재주에 감탄했다.

그럼, 다 그것 때문에 이렇게까지 한 건가?

그 자신도 맥스의 의견에 동의했다. 이제는 자신이 동의하는 바에 대해 반론을 펼쳐야 하는 것이었다.

　식당에 갇힌 인질들은 스크린으로 이 모습을 보았다. 거의 3천 명에 달하는 이들이 두 개의 스크린을 뚫어져라 응시했다. 그들은 처음으로, 왜 젊은이들이 그들을 납치했는지 똑똑히 이해할 수 있었다. 젊은이들의 분노가 상당한 수준까지 악화되었다는 것은 알고 있었지만, 이 정도일 줄은 생각하지 못했다. 그들은 모두 긴장했다. 그들의 눈에는 맥스가 이 배를 폭발시키고도 남을 수 있는 인물처럼 보였다. 그들은 대통령의 응답을 기다렸다.

　"레오나드 씨. 당신의 상황은 충분히 이해하겠소."

　번스타인이 다음 말을 잇기도 전에 맥스가 또 다시 퍼붓기 시작했다.

　"지금 당장 시정하세요! 이 나라뿐 아니라 전 세계의 젊은이들을 대표해서 하는 말입니다!"

　바로 그때, 헬리콥터가 시끄러운 소리를 내며 배 위로 날아왔다. 헬리콥터의 두 날개가 돌면서 주위의 모든 것들이 소용돌이치며 날아갔다. 배에서 6미터 상공에 도착했을 때, 요원들은 즉시 행동을 개시했다.

　맥스는 함교에 서서 헬리콥터를 바라보면서, 그 안에 무장군인들이 타고 있지 않은지를 확인했다. 보이지 않았다. 그는 다시 화면으로 시선을 돌려 말을 이어나갔다.

　"이 나라의 법률을 개정하겠다는 약속을 해주십시오. 18살이 될 때까지는 투표권을 주지 않으면서도, 그 나이만 넘어가면 죽을 때까지 영원히 투표권을 주고 있지 않습니까! 투표권을 받을 수 있는 최대 나이제한을 두어야 합니다. 70세만 되어도 더 이상 투표권을 받아선 안 됩니다. 그렇게 해야만 이 나라의 모든 세대들이 똑같은 권리를 갖게 될 겁니다. 노인들에게 너무 많은 혜택이 주어지고 있습니다. 이젠 멈춰야 할 때입니다!"

맥스는 순간 총알을 30방이나 맞았다. 원격조정 장치에서 발사된 레이저 총알은 유리창도 깨뜨리지 않고 그대로 관통해 그의 몸에 그대로 박혔다. 마치 전기충격을 받는 것처럼, 총알에 맞는 즉시 그는 바닥에 쓰러졌다.

번스타인의 추측이 맞아 들어갔다. 나머지 다섯 명 중 세 명은 총을 든 채 헬리콥터 주변에 모여 있었다. 하지만 요원들은 헬리콥터에 타고 있지 않았다. 저격수들의 총에서 발사된 4방으로 세 명을 그대로 쓰러뜨렸다. 다른 요원들은 식당으로 달려갔다. 나머지 두 명은 식당 문을 지키고 있었고, 루이도 그 중 하나였다. 산토스라는 이름의 멕시코인은 상황을 인식하기도 전에 쓰러졌다. 이를 보고 있던 루이는 순간 놀라 뒤를 돌아 승객들에게 총을 난사했다. 그는 브래드 밀러를 포함한 총 15명에게 총을 쏜 뒤 그 자리에서 즉사했다.

브래드는 의자에서 미끄러져 바닥에 쓰러졌다. 주위의 사람들은 소리를 지르기 시작했다. 바버라는 도와달라고 소리 지르며 그를 안고 있었다. 하지만 사람들은 혼비백산해서 사방으로 뛰어나갔다. 도망치는 것만이 살 길이었다.

월터 매스터스는 브래드가 총상을 입은 것을 보고 즉시 달려갔다. 가까이 다가갔을 땐 이미 늦어버렸다. 그의 심장과 머리에서 피가 쏟아지고 있었다. 그는 브래드가 숨을 거둘 때까지 그대로 안고 있었다. 바버라는 끊임없이 울부짖고 있었다. 월터는 자신의 아내의 죽음 이후로 환자가 원치 않는 죽음을 처음으로 목격한 것임을 깨달았다. 그가 할 수 있는 것이라고는 죽음을 지켜보는 것뿐이었다. 그의 두 눈에서도 눈물이 흘러내렸다.

번스타인은 의자에서 일어나 집무실로 걸어갔다. 맥기네스와 존은 성공적인 결과를 축하했다. 배도 폭발되지 않았으며, 대부분의 승객들도 목숨을 건졌다. 하지만 번스타인은 국민들이 생명을 잃은 것에 대한 깊은 책임감을 느꼈고, 기뻐하고 싶은 마음이 전혀 없었다. 또한 맥스가 죽기 전에 남긴 말이 그의 머릿속에 맴돌았다. 물론 공식적으로 무고한 사람의 생명을 앗아간 그의 행위를 인정할 순 없었다. 지금으로선 요원들의 노력을 치하하고 감사하는 것으로 족했다. 생명을 잃은 사람들은 영웅으로 인정해야 했다. 그들의 죽음은 다른 사람들의 목숨을 구한 것이나 마찬가지였다. 그건 사실이 아니었지만, 대통령이라면 그렇게 말해야 했다. 진짜 생각은 입 밖으로 내선 안 되었다. 그가 수잔나를 사랑하는 것도 그러한 이유 때문이었다. 자신이 진심으로 생각하는 바를 말할 수 있는 사람은 그녀가 유일했다.

52.

맥스의 선셋 납치사건은 세계적으로 퍼져나갔다. 승객들은 맥스의 동영상을 곧바로 인터넷에 올렸고, 얼마 후면 수십억 인구들이 보게 될 것이다. 참모총장이 대통령과의 대화를 처음부터 반대했던 것도 같은 이유였다. 수천 명의 목숨은 구했을지 모르지만, 이제 모두 맥스의 요구를 듣게 되었다. 그 결과가 좋을 리 없었다.

이번 일로 혁명이 발발할 것인가?

번스타인은 스스로에게 질문했다.

그가 이런 말을 할 것임을 예상했다면, 그와 대화를 수락했을까? 무슨 생각으로 그 자리에 나선 것일까? 내가 나서지 않아도 요원들이 상황을 통제할 수 있었을 것인가? 폭발물을 진짜로 설치했다면 어떻게 되었을까?

그는 수잔나에게 전화했다.

"내가 무슨 짓을 한 거지?" 그가 물었다.

"이제 온 세상 사람들이 그가 남긴 유언을 듣겠어. 내가 실수한 걸까?"

그녀는 집무실로 내려와 그의 책상 앞에 섰다.

"당신은 영웅이에요. 배에 있던 수천 명의 목숨을 살렸으니까요. 당신이 대화를 시도하지 않았더라면, 더 큰 일이 발생했을 수도 있어요. 당신은 진정한 영웅이에요."

번스타인은 일어나 그녀에게 키스했다.

"나와 함께 있어줘요."

"여기 왔잖아요."

"앞으로 평생 말이오. 당신 없인 살 수 없을 것 같소."

그녀는 대답하지 않았다. 그는 몹시 지쳐보였다. 지금은 그런 이야기를 할 상황이 아니었다.

"이렇게 약한 모습을 보여 미안하오." 그가 말했다.

"당신은 약하지 않아요. 역대 대통령들이 겪어본 일조차 없는 일을 겪으면서도 훌륭하게 처리했잖아요. 혹시 내가 필요하면…저녁 늦게까지 남아 있을겁니다. 하지만 괜찮다면, 지금은 자리로 돌아가야겠어요. 회의 중이었거든요. 괜찮겠어요?"

번스타인은 고개를 끄덕였다.

"갑자기 불러내서 미안하오. 말할 상대가 필요했어."

"그런 말 말아요. 전 당신을 지지해요."

집무실을 떠나는 그녀는 그들의 관계가 앞으로 어떻게 발전할지 궁금했다. 다만 확실한 것은 그는 그녀와 더 깊은 관계를 원한다는 것, 하지만 그녀는 백악관에 남기를 원한다는 것이었다.

납치사건에 관한 소식은 며칠 동안 사람들의 입에 오르내렸다. 대통령이 테러리스트와 회담을 한다는 것 자체가 잘못되었다는 의견도 있었고, 그의 의견에 동의하는 사람들도 있었으며, 맥스의 행동을 긍정하는 의견들도 있었다. 하지만 그들은 단어 선택에 신중을 기해 과격하게 보이지 않으려 애썼다.

로버트와 폴은 정신없이 바빴다. 수천 명의 AARP 회원들은 사무실에 전화를 해왔으며, 앞으로 정부가 이런 종류의 폭력을 어떻게 멈출 것인지 확언이 필요하다고 주장했다. 특히나 투표권을 70세까지로 한정짓는다는 것은 말이 안 된다면서 그런 말조차 즉시 중단해야 한다고 했다.

맥스의 의견에 동의하면서 투표권의 범위를 한정하는 의견도 고려해봐야 한다는 사설도 있었으며, 심지어 투표권을 15세까지 낮춰야 한다는 의견도 있었다. 하지만 다 사견들일 뿐이었다. 장년층의 파워는 너무나도 막강했다. 폴은 행동을 취하기로 결정했다.

그는 국회에 가서 로비를 벌였다. 영향력 있는 의원들의 사무실에 들러, 투표권을 한정하겠다는 의견이 있는 의원들은 당장 책상을 비워야 할 것이라고 압력을 가했다. 그런 의견을 내기라도 하는 의원들이 있으면 즉시 고향으로 돌려보내겠다고 했다. 누구도 그의 말에 반박하지 않았다. 그들은 그의 말이 옳다는 것을 알고 있었다. 하지만 폴은 보다 분명한 것을 원했다. 그는 의원들 앞에서 노인들은 미국의 국보와 같다는 말을 했다. 특히나 나이가 들면서 젊은이들의 공경을 받아야 한다는 것, 그리고 노인들이 질 높은 삶을 보장받지 못하는 한 삶 자체가 무의미할 것이라 했다.

폴은 스탠리 마컴의 강력한 지지를 받았다. 노년층들의 지지를 꾸준히 받아왔던 마컴 의원은 맥스의 선언에 강력히 반대했으며, 그와 대화를 나눈 대통령의 행동을 비난했다.

마컴은 상원의사당에서 그의 생애 최고의 연설을 펼쳤다.

"하나님은 인간이 가능한 오래 살기를 바랍니다. 그렇지 않다면 우리에게 장수할 수 있는 지식을 주시지 않았을 겁니다."라고 외쳤으며, 또한 "그럼 우리에게 뭐가 남았습니까? 오랫동안 장수하는 종족은 모두 다 멸종시켜 버리잔 말입니까? 그러면 거북은 몽땅 잡아들이고 삼나무는 모조리 베어버려야겠군요." 그의 말은 사람들의 머릿속에 오래 자리 잡게 되었다. 게다가 사이버 상에서도 순식간에 퍼졌다. 이를 들은 셴 리가 장인어른에게 전화를 걸어 그에게 축하할 정도였다.

"정말 대단하십니다. 아버님."

셴 리는 마컴을 이제 아버님이라고 불렀다.

"거북이에 관한 부분은 특히 훌륭하셨어요."

"그래? 반응이 좋던가?"

"그럼요. 여기저기서 난리네요. 게다가 번스타인이 테러리스트와 대화를 거부했어야 했다는 부분에 저도 백 번 공감합니다. 우리나라의 위상을 떨어뜨렸으니까요."

리는 로라와 결혼한 후 미국에 대해 언급할 때마다 '우리', 또는 '우리나라'라는 표현을 썼다. 중국은 아직도 그를 자랑스러운 중국인이라 생각했을지 몰라도, 그 자신은 미국시민이라는 의식이 더 강해진 것이다.

시간이 흐를수록 그는 중국에서 온 사람들과 대화할 때를 제외하고는 중국어를 덜 사용하게 되었다. 초기에는 두 언어를 혼용했었다. 영어에 없는 표현이라 생각이 안 날 때는 중국어 표현을 사용하는 식이었다. 하지만 로라는 그가 영어식 사고구조를 갖도록 이끌었다. 그녀는 이렇게 말하곤 했다.

"미국인들이 당신을 존경한다는 것 당신도 알죠? 하지만 미국인들이 당신을 미국시민으로서 받아들이기를 원한다면 영어를 쓰셔야 해요."

그녀의 의견은 이번에도 변함없이 옳았다.

캐시는 일주일 동안 집에만 있었다. 몇 달 후에나 휴가를 쓸까 하다가, 클라이드에게 부탁해서 지금 쉬게 해달라고 했다. 그는 사업에 무리가 가는 것을 원치 않았으므로 이에 두 말 없이 승낙했다. 그녀가 예전처럼 판매실적을 보이지 않는다면 당장에라도 내보낼 작정이었지만 캐시는 최고의 사원이었으며, 클라이드는 자기 친자식보다도 그녀를 더 아꼈다. 그녀가 맥스 건과는 아무런 연관이 없다고 했을 때, 그는 그 말을 믿었다. 하지만 FBI는 그렇지 않았다.

화요일 오전, 아침식사로 시리얼과 과일을 챙기던 캐시의 현관문에서 노크 소리가 들렸다. 모니터로 바깥을 보자 세 명의 남자가 서 있었다. 그녀는 버튼을 누르고 무슨 일인지 물었다. 그들은 서둘러 문을 열라고 했다. 옷을 안 입었으니 후에 오라고 말하자, 체포영장을 받아왔다면서 문을 안 열면 강제로 들어가겠다고 했다.

캐시는 문을 열었다. 사복을 입은 경찰이 옷을 갈아입는 동안 기다리겠다고 하면서 시카고에 있는 FBI 사무실에 가야 한다고 했다. 캐시는 모든 것이 혼란스러웠고 두려움이 엄습함을 느꼈다.

"시카고요? 가는 데 세 시간은 걸릴 텐데, 언제 돌아오는 거죠?"

"며칠은 걸릴 테니 필요한 물건들을 챙기시는 게 좋을 겁니다."

"뭐라고요? 왜 며칠씩이나 걸리는 거죠? 어디로 가는데요?"

"캐시 버나드 씨께서는 선셋 호를 납치한 공범죄로 체포되셨습니다." 그러자 유니폼을 입은 경찰들이 그녀의 소위 "권리"라는 것들을 한 목소리로 읊조렸다. 그녀는 충격에 휩싸였다.

"전 죄를 짓지 않았어요! 저랑 아무 상관없다고 말했잖아요!"

그들 중 한 명이 미소 지으며 말했다.

"우리의 결정사항이 아닙니다. 우리는 그저 시키는 대로 할 뿐이지요. 필요한 걸 가방에 챙겨서 얼른 떠나야 합니다. 죄송합니다."

캐시는 침실로 들어가 여행 가방을 쌌다. 앞으로 그녀에게 덮어씌워질 죄목으로 인해 아버지의 진료비보다 훨씬 더 비싼 값을 치러야 할 것임을 짐작했다.

납치사건 후 매튜 번스타인은 자신이 예상하던 반응을 이끌어내지 못했다. 6명의 범법자를 포함해 그렇게 많은 사망자가 발생했다는 것에 사람들은 분노했다. 이 사건으로 인해 그동안 노년층을 향했던 수많은 폭력사건을 그대로 방치했다는 것에 대한 질책과 비난이 물꼬를 트더니 걷잡을 수 없이 커졌다. 노인들의 권력을 두려워하던 국회는 노인을 향한 폭력에 강경한 법안을 제정했다. 마컴 의원은 노인들을 위협하는 사람에게는 사형을 처할 것을 주장했다. 그의 의견은 결국 받아들여지지 못했지만, 찬성표를 던진 사람들도 꽤 되었다.

이제 번스타인은 양쪽 모두를 만족시키는 플레이를 해야만 했다. 노인층들이 두려움 없이 안전하게 살 수 있는 나라를 만들어야 하는 동시에, 젊은 층에게는 맥스가 한 말은 사실이 아니며, 미국은 젊은이들을 아끼며 사랑한다고, 또한 그들의 미래는 부모 때보다 훨씬 밝을 것이라 설득해야 했다. 그러나 거짓으로 누군가를 설득한다는 것은 쉽지 않았다. 하지만 그는 최선을 다하려 노력했다.

그는 대학에 가서 "이 나라는 당신들의 것이다."라는 연설을 했으며, 노인층에게는 "미국인들의 권리는 죽을 때까지 영원하다."고 외쳤다. 그러나 그가 원하던 반응을 일으키기에는 역부족이었다. 그는 살얼음판을 걷는 기분이었다. 게다가 벳시도 그를 떠날지 모른다.

53.

 벳시는 2031년 2월 비오는 날 아침 눈을 뜸과 동시에 이제 모든 것이 끝났음을 직감했다. 그녀가 가장 먼저 전화를 건 사람은 존이었다. 그녀는 존을 만나 커피를 마시며 그날 오후 공식적인 이혼을 선포하고 이제 백악관과도 영원히 이별이라고 했다. 존은 놀라지 않았다. 수잔나가 번스타인과 점차 가까워짐을 보며, 존은 대통령이 맥스와 직접 대화하겠다고 결정했을 때를 기점으로 해서 자신의 위치에 위협을 느꼈다. 존은 다른 장군들과 마찬가지로 대통령의 결정에 반대했으나, 번스타인의 결정에는 수잔나의 언질이 크게 작용했다고 확신했다.

 존은 처음에는 번스타인과 수잔나의 관계를 받아들이려고 했다. 그러나 둘의 사이로 인해 그의 입지가 불안해졌다. 그래서 영부인인 벳시가 이제 모든 것을 끝내겠다고 말했을 때, 존은 "저도 동감이에요. 저도 그녀가 싫어요."라고 말할 뻔했다. 그는 상황이 여기까지 오게 되었다는 것에 유감을 표시했다. 그리고 왜 자신에게 먼저 말하는지를 물었다. 그녀 자신도 이에 대한 답을 알지 못했다.

"그냥 다른 사람에게 공식적으로 알리면 어떻게 될지 궁금해서 그랬나 봐요."라고만 했다.

그녀는 번스타인이 1시간 정도 여유가 날 때를 기다렸다가 집무실에 들어갔다. 그녀는 거의 몇 주 동안 집무실에 출입하지 않았었기 때문에, 그녀가 갑자기 모습을 드러내자 그도 어느 정도 상황을 예측할 수 있었다.

"어서와. 무슨 일이지?"

"알면서 묻는군요."

"모르겠는데."

"오늘 밤 떠나요. 그리고 돌아오지 않을 거예요. 이제 공식적으로 별거하고 이혼 수속에 들어가죠. 굳이 질질 끌고 싶은 생각 없는데, 당신도 마찬가지일 거라고 생각해요."

그의 심장은 철렁 내려앉았다. 더 이상 둘 사이에 대화가 없다는 것, 다른 여인을 사랑하고 있다는 것을 안다는 것은 그 순간이 도래해 대통령의 삶이 영원한 파멸에 이른다는 것을 안다는 것과 별개의 일이었던 것이다. 최초의 유대인 대통령이 되었다는 것만으로도 이미 충분했는데, 미국을 중국에 팔아먹은 데다가 백악관에 살면서 이혼한 첫 번째 대통령이 된다는 것은 정말로 수치스러운 일이었다.

역사가 나를 어떻게 평가할 것인가?

"벳시, 당신이 떠나는 것을 원하지 않아. 우리가 노력해볼 수 있지 않을까? 난 우리가 좀 더 노력해야 한다고 생각해."

그녀는 큰 소리로 웃었다.

"여보, 난 노동조합원도 재정지원을 바라는 국가도 아니에요. 더 이상 우린 노력할 수 있는 게 없다고요. 당신은 다른 사람을 사랑하고, 난 더 이상 당신을 사랑하지 않아요. 그건 최악의 조합이라고요. 그렇지 않아요?"

"역대 영부인 중 임기동안 자리를 뜬 사람은 없었어. 그건 미국이 나약하다는 것을 보여주는 덜미가 될 수 있단 말이야."

벳시는 화가 나기 시작했다.

"미국 소리 따윈 집어치워요. 난 미국과 결혼한 게 아니라고요. 미국이 날 두고 바람피운 것도 아니고, 난 미국을 떠나는 게 아니란 말이에요! 난 당신을 떠나는 거라고요! 발표는 당신 마음대로 지어내서 쓰세요! 내건 이미 다 써놨으니, 필요하면 빌려주고요."

그녀는 순간 울음이 나오려는 것을 참고 준비한 원고를 그의 책상 위에 던진 뒤 마지막으로 집무실을 뛰쳐나왔다. 번스타인은 그녀의 원고를 손에 들었다.

"22년 동안의 결혼생활을 끝으로, 매튜와 벳시 번스타인은 각자의 길을 갈 것을 결정했습니다. 그들은 서로를 사랑하고 존경하지만, 때로는 아무리 친한 사이일지라도, 각기 떨어져서 새로운 방향으로 새 출발을 할 필요가 있습니다. 벳시 번스타인은 영부인으로서 보냈던 시간을 매우 소중히 여길 것이며, 이 멋진 국가를 변치않는 마음으로 사랑하고 지지할 것입니다. 하지만 이제 그녀와 그녀의 남편은 서로 자신의 길을 갈 때가 되었습니다. 이 문제에 있어서 두 사람의 사생활을 존중해 주시기 바랍니다."

번스타인은 마지막 줄을 읽으며 손으로 머리를 넘겼다.

그래, 우리의 사생활을 퍽이나 존중해 주겠다.

수잔나가 워튼경영대에서 강의를 하고 있을 때, 그녀의 비서가 번스타인에게 전화가 왔음을 알렸다. 매우 급한 용무라는 말을 들은 그녀는 전혀 갈피를 잡을 수 없었다. 미국의 재무장관인 그녀가 대통령으로부터 '급한 용무'라는 말을 들었을 때는, 매우 심각한 재정위기를 의미하는 것이어야 하겠지만, 둘의 관계가 더 이상 평범한 대통령과 장관과의 관계가 아니었으므로, 그녀는 안전한 번호로 그에게 연락했다. 그의 얼굴을 보자마자 수잔나는 '급한 용무'가 무엇을 의미하는지 깨달을 수 있었다. 그의 얼굴은 정말 말이 아니었다. 마치 심하게 울고 있던 것처럼 보였으며, 눈 밑에는 다크서클이 내려앉아 있었다.

"왜 그래요? 어디 아파요?"

"그녀가 떠났어요." 누구냐고 물을 필요도 없었다.

"그녀가 가버렸어요. 이제 다 끝났어. 여기로 와줄래요?"

"물론이죠. 오늘밤에 갈게요."

"다친 애처럼 보채는 것 같아 미안하군요. 당신에게밖에 아직 말한 사람이 없어요. 그녀가 원고를 주고 갔는데 당신 의견이 필요해요."

"가자마자 볼게요. 괜찮겠어요?"

"그래요." 번스타인이 그녀에게 물었다.

"강의는 어떻게 됐어요?"

수잔나가 그를 좋아하는 이유가 바로 이런 점이었다. 자기 문제가 산더미처럼 쌓여 있어도 남을 배려하는 데 소홀하지 않다는 것 말이다. 바로 그 점 때문에 그가 대통령에 당선될 수 있었던 것일지도 몰랐다. 그는 다른 사람을 존중해 줄 줄 알았다. 물론 자신과 결혼했던 한 여자를 제외하고 말이다.

"잘 했어요. 여기 학생들은 당신을 정말 존경하고 있어요." 그녀가 대답했다.

54.

 시카고에 도착한 캐시는 테러에 가담한 죄로 공식적으로 기소되었다. 그녀는 유치장에 갇혔다. 처음부터 보석금은 허용되지도 않았을 뿐더러, 허용되었더라도 천문학적인 숫자에 이르렀을 것이다. 테러리스트를 도왔건, 알건 상관없이 테러리스트라는 말만 들어도 판사들은 보석금을 허용하지 않으려 했으며, 허용할 경우에라도 지불 불가능한 액수를 책정했다.

 캐시는 아무도 연락할 사람이 없었다. 유일한 연락처는 클라이드 폴섬이었다. 그 사실만으로도 그녀는 몹시 슬펐다. 클라이드의 얼굴이 스크린에 떴다. 집이었다.

 "안녕하세요? 저 캐시예요."

 "그렇군. 지금 어딘가?"

 캐시는 소리치기 시작했다. 순식간에 어린 아이가 되어 버렸다.

 "지금 시카고예요. 구금되었어요. 맥스를 도와줬다고 체포했어요. 전 아무 것도 하지 않았는데도요." 클라이드의 마음은 순간 찢어지는 듯했다. 그는 자기 사업이 걱정되면서도, 두려움에 가득 찬 그녀의 얼굴을 보자 돕지 않을 수 없었다.

"보석금은 가능하대?"

"아뇨. 안 된대요."

"보석금이 안 된다고? 그게 무슨 소리지?"

"저도 몰라요. 안 된대요."

"변호사에겐 연락했어?"

"아는 변호사가 없어요. 그래서 사장님께 연락했어요. 죄송해요."

"캐시, 넌 변호사가 필요해. 내가 알아보고 최고의 변호사를 구해줄게."

"그럴 돈이 없어요."

"그건 지금 걱정할 일이 아냐. 우선 보석금으로 빼줄 수 있나 알아볼게. 약속하마."

"사장님께 너무 죄송해요. 연락할 사람이 없어서요. 정말 전 아무것도 한 게 없어요."

"내가 도와줄게, 캐시. 할 수 있는 한 최선을 다해 볼게."

"감사해요. 그리고 죄송해요. 정말 죄송해요."

클라이드는 한동안 자신의 삶이 매우 순조롭다고 생각했었다. 80대 중반까지 건강도 걱정 없었으며, 아이들과는 연락하고 지내진 않지만, 새로 고용한 똑똑하고도 최고의 사원인 그녀를 맞았으니 이제 더할 나위 없었다. 이제 그녀를 믿고 사업을 맡기면서 자신은 뒷전으로 물러나 있으려 했으나, 이젠 그런 그녀가 감옥에 갇혔다. *젠장.*

수잔나는 백악관으로 돌아오는 즉시 집무실로 향했다. 그녀를 보자마자 번스타인은 그녀를 안았다. 그녀는 거부하지 않았다. 웃기는 사실은 비록 그가 대통령이며, 그녀가 그를 매우 좋아하기는 하지만, 부인과 헤어지자마자 새로운 사람을 만나는 것, 이것은 그녀가 가장 혐오하는 것이었다. 영부인 몰래 몇 시간씩 은밀히 대화를 나누던 것과 이제 그의 삶에 중요한 한 사람이 되는 것은 차원이 달랐다. 게다가 벳시가 떠났다는 것이 아직 세상에 알려지기도 전이었다. 그래서 수잔나는 그의 품에서 빠져나와 그를 자리에 앉혔다. 그리고 둘은 마주보며 이야기했다. 둘은 오랜 시간동안이 대화를 나누었다.

"납치사건 이후로 국민들의 여론이 내게 좋지 않은 쪽으로 돌아가고 있어요." 그가 말했다.

"내 행동으로 인해 수천 명이 죽을 뻔했다가 목숨을 건졌는데도 말이죠. 그런데도 내게 젊은이들과 한 패니 어쩌니 하며 온갖 욕설을 퍼붓고 있지."

"당신도 맞서요. 그렇게 말하는 그들이 바보라고, 강하게 맞서서 대응해요."

"벳시가 그런 걸 잘 했어요. 그녀는 공격하는 법을 알았어." 이 말을 들은 수잔나는 순간 느껴지는 분을 삼켜야 했다. 그녀는 날카롭게 대답했다.

"이제 벳시는 떠나고 없어요. 이제는 내각각료들과 국회, 그리고 존의 힘을 빌어야 해요. 더 이상 사람들이 들고 일어나는 것을 내버려둘 순 없어요."

번스타인은 그녀의 말에 동의했다. 이제 다음 날 해가 뜸과 동시에, 전 세계인들이 그들의 이혼소식을 알게 될 것이다. 엎친 데 덮친 격이다.

"납치건 뭐건 내 말을 들으려 할 사람은 아무도 없어요. 계속 이혼에 관해 떠들어대겠지. 이건 전례에도 없는 일이라고. 역대 대통령들이 어떻게 했는지 알아보기 위해 역사책을 들춰볼 수도 없지. 정말 이건 최악이야. 어떻게 해야 할지 모르겠어요."

수잔나는 갈피를 잡지 못하는 그를 돕기로 결심했다.

"매튜." 처음으로 그의 이름을 불렀다. 약간 어색했다.

"당신 입으로 직접 이혼 사실에 대해 선언해야 해요. 이혼과 국정과는 별개라는 것을 명시해야 하고요. 제 의견은 벳시와 함께 내일 밤 방송으로 선언하는 게 좋을 것 같아요. 그 후에 납치 건에 관해서도 언급하구요. 그러면 사람들은 당신이 이혼과 관계없이 계속 일에 집중할 것이라는 느낌을 받을 거예요. 그렇게 하면 다시 당신의 자리를 되찾을 거고요."

그때 집무실의 문이 열렸다. 존이었다. 대통령의 비서는 당황스러워 어쩔 줄 몰랐다.

"회의 중이시라고 말씀드렸는데도 이러시네요."

"괜찮네." 번스타인이 말했다. 존은 번스타인을 한 번 쳐다보고, 다음으로 수잔나를 쳐다보더니 아무 말도 없이 사라졌다.

"무슨 일이죠?" 수잔나가 물었다.

"나도 모르겠어요. 일이 삼중으로 겹칠 모양이에요. 당신이 남아서 연설문 작성하는 걸 도와줘야 할 것 같아요. 괜찮겠어요?"

"물론이죠."

그녀 자신이 미국에서 두 번째로 중요한 사람이 되었음을 깨닫는 순간이었다.

55.

　다음 날 나라 전역에 벳시와 번스타인이 별거상태에 들어갔다는 소식은 마치 원자폭탄이 투하된 것과 다름 없었다. 존의 반대에도 불구하고, 그날 저녁 번스타인은 TV 앞에 섰다.

　그는 그들 부부의 삶이 평범한 부부들의 삶과 다르지 않으며, 때로는 떨어져 있는 편이 나을 때가 있다고 말했다. 그는 이혼을 경험한 사람들의 심정을 이해하겠다고 했으며, 벳시가 행복하기를 바라고 그녀를 영원히 사랑하겠다고 말했다. 또한 그는 자신이 잠시 동안은 외롭겠지만, 정부는 예전과 다름없이 돌아갈 것이라고 했다. 그는 납치사건에 관해서는 짧게 언급했으며, 선셋 호 희생자들의 유가족에게는 그들의 영혼을 위해 늘 기도하겠다고 했다. 마지막으로 그는 자신의 삶에 있어서 미국이 자신에게는 가장 큰 연인이며, 미국이 결국 자신의 사랑을 차지하게 되었다는 말로 마무리를 지었다. 이 말은 그가 즉석에서 지어낸 말이었지만 그는 이 부분이 크게 흡족스러웠다. 전반적으로 성공적인 연설이라고 생각했다. 그러나 그의 추측은 틀렸다.

연설이 끝나자 마컴은 리에게 전화를 해서 방송을 보았는지 물었다.

"그럼요." 그가 대답했다.

"이제 그도 끝났네." 마컴이 말했다.

"결코 재선될 수 없을 걸세."

"왜요?"

"아내가 그를 버렸다는 건, 뭔가 문제가 있다는 거지. 큰 결점이 있다는 뜻이니, 대통령으로서의 자질도 의심을 받을 수밖에."

"그런가요?"

"자네가 그렇다고 말하면 사실이 되는 거지. 중요한 건 절대 부정적인 뜻으로 들리지 않도록 잘 돌려서 말해야 할 걸세."

"장인어르신 말씀이 맞네요. 이혼한 남자에게 문제가 있어 보이는 것은 당연한 일이죠."

"그렇다니까. 그러니 그걸 잘 돌려서 공격할 방법을 찾아보자고."

리는 그가 한 말이 무슨 뜻인지 정확히 이해하지 못했다. 마치 마컴이 대통령에 출마하겠다는 것 같았다. 하지만 마컴이 의도한 바는 그게 아니었다.

2030년대에는 역사의 첫 획을 긋는 일들이 많았다. 시민들의 입장을 대변하는 보건제도가 등장했으며, 한 국가가 다른 국가의 재난을 돕겠다고 나서면서 그로 인한 수익을 나누기로 했다. 임기를 마치지 않은 대통령의 이혼이라는 또 하나의 새로운 사건이 점점 무르익어갈 즈음, 마컴은 드디어 때가 왔음을 감지했다.

미국에서 아놀드 슈왈제네거의 전성기는 수십 년 전 일이지만, 그의 지지율이 떨어지면서 헌법개정운동도 시들해졌다. 하지만 이번엔 달랐다. 셴 리는 폭풍과도 같이 미국을 휩쓸었다. 그의 번뜩이는 아이디어와 매력, 완벽한 여성과의 결혼, 장인의 권력, 욕망, 헌법 개정을 이루어내는 능력이 모두 종합적으로 작용했고 성공을 거둔 것이다.

그리고 리는 이미 미국 시민권자였다. 그는 미국을 구해낸 인물들의 대표주자였다. 끝까지 가지 못할 이유가 뭐 있겠는가? 로라가 품고 있던 계획이 드디어 실현가능해 보였다.

마컴은 국회에서도 반대파가 없을 것임을 예상했다. 유일한 이슈는 국민들이 이를 승인할 것인가, 아닌가?였다. 미국인들은 모두 새로운 변화를 요구했다. 그들에게 필요한 건 돈이었다. 그것도 아주 많이. 조직적이고 체계적이면서도 값비싼 선거운동이 필요했다. 비로소 네이트 캐스가 등장하게 된다.

형인 찰스 캐스는 비록 감옥에 가지는 않았지만, 그가 겪었던 심리적 부담과 사회적 지위와 체면을 생각할 때, 네이트는 더욱더 번스타인을 반대할 수밖에 없었다. 대통령이 그에게 '감사'를 표시하지 않은 데에 대한 보복을 언제 어떻게 할지 그도 처음엔 몰랐다. 그러나 운명의 장난처럼 2031년 여름 자선행사에서 그와 마컴의 만남으로 복수가 시작되었다.

네이트는 단 한 번도 자신을 보수파라 생각한 적이 없었다. 그는 자신의 사업에 도움이 될 것 같은 후보자들을 지지하곤 했다. 하지만 셴 리는 그의 마음에 쏙 들었다. 리의 건강센터의 인기는 하늘을 찌를 기세였으며, 이 사업에 관심이 많던 네이트는 컴패셔닛 케어보다도 이쪽 사업이 더 강세를 보일 것임을 예감했다.

몇 잔의 양주를 나누며 네이트와 마컴은 가까워졌다. 그와 이야기를 하면서 네이트는 외국 태생의 미국시민권자가 미국대통령 후보로 나서는 것도 나쁘지 않을 것이라 생각하게 되었으며, 특히 그가 좋아하던 셴 리가 매튜 번스타인을 상대로 나서는 것이니 금상첨화였다. 그는 이 자리에서 자신의 돈을 어떻게 써서 복수극을 펼칠지도 결심했다. 그는 제 28차 헌법 개정을 비준하기 위한 50개 주의 캠페인 운동을 벌이기 위해 자신의 거금을 투자했다.

그들은 38개주의 표만 얻어도 당선할 수 있었지만, 네이트와 마컴은 그들이 50개주에서 모두 성공을 거둘 것이라 예상했다. 로스앤젤레스의 재건이 제대로 실행되지 않았더라면, 이런 일이 불가능했겠지만, 이미 한 주에서 커다란 성공을 가져온 리가 나머지 주에서도 자신의 능력을 보여줄 수 있을 것이었다. 거금을 투자한 광고 캠페인을 잘만 운영한다면, 미국인들도 헌법을 개정하자고 먼저 달려들 것이다. 그날 밤, 네이트는 너무나도 들떠서 새 아내에게 이렇게 말했다.

"그 개자식이 내 부탁을 들어주기만 했어도, 내가 이렇게 그를 끌어내리진 않았을 거야. 게다가 내 사업에도 잘 됐지 뭐야."

시카고에 도착한 지 3주 후, 캐시는 일리노이 주에 있는 주교도소에 수감되었다. 그녀는 남편을 살해한 혐의로 기소된 여자죄수와 같은 방을 썼다. 캐시의 삶은 끝난 거나 마찬가지였다. 살인죄로 들어온 여죄수는 재수 없다는 표정으로 캐시를 바라보았다. 테러리스트라는 이름 때문이었다. 다른 죄수들도 유달리 보수적이었다. 다른 사람을 죽이는 것은, 특히 그가 남자일 때는 아무런 문제도 되지 않지만, 나라를 배신하려는 행위를 한 사람은 아동성추행범과 같취급을 받았다.

 클라이드는 유명한 변호사를 고용했다. 그는 변호사를 데리고 캐시를 만나러 갔는데, 그녀는 그 변호사가 마음에 들지 않았다. 물론 클라이드가 엄청난 수수료를 대면서 그녀를 돕는 것에 감사했지만, 그는 별로 똑똑해 보이지 않았다. 하지만 그녀는 아무런 말을 할 수 없었다. 도움을 얻는 입장에서 그의 선택에 대해 불평을 할 수 있는 상황이 아니었다. 그로부터 1주일 후에 클라이드가 찾아왔을 때, 그녀는 변호사에 대한 우려를 표시했다. 그는 기분이 나빴지만, 그녀의 말을 잠자코 듣고 있었다. 하지만 그는 그녀의 말에 동의할 수 없었다.

 "캐시. 그 사람은 정말 유능한 변호사야. 정부쪽에 아는 사람들도 많아. 이런 일을 해결하려면 연줄이 없어선 안 돼. 그거 알지?"

 "사장님 말씀이 맞아요. 죄송해요. 다만 제가 생각했던 것만큼 이 일에 열정이 없는 것처럼 보여서요."

 "열정이 중요한 게 아냐. 누굴 아는지, 어떤 부탁을 들어줄 수 있는 사람인지가 중요한 거지. 게다가 그 사람은 정말 연줄이 많다고. 그가 돈을 얼마나 요구하는지 알아?"

 캐시는 그의 말이 옳다는 것을 깨달았다. 게다가 클라이드의 도움 없이 그녀가 변호사나 고용할 수 있었겠는가. 그녀는 반론을 제기한 것에 대해 사과했다.

 얼마 후 클라이드의 선택이 탁월했음이 밝혀졌다. 그로부터 대략 6개월이 걸리기는 했으나, 그는 캐시가 공범이 아님을 밝혀냈다. 그저 친구들을 잘못 선택한 죄밖에 없었던 것이다. 게다가 더 기쁜 소식은 그녀가 다시 원래 직장으로 돌아갈 수 있었고, 예전처럼 클라이드의 총애를 받게 되었다. 안 좋은 소식이라면, 진료비에 변호사비까지 부채가 늘어 그녀의 부채는 백만 달러에 이르게 되었다는 것이다. 하지만 클라이드가 그녀를 안심시켰다.

"걱정 마." 그가 말했다.

"앞으로 팔 집이 무척 많을 테니까. 괜찮아질 거야."

캐시가 출근할 때마다 이제 곧 87세가 되는 사장이 자신의 베스트 프렌드라는 아이러니를 상기하게 되었다.

번스타인이 재임에 도전한다는 선언을 했을 때, 그 누구도 놀라지 않았다. 민주당에서 현직 대통령과 견줄 만한 후보가 없었기 때문이다. 그러나 존이 사직서를 제출했을 때, 번스타인은 이에 놀라지 않을 수 없었다.

존은 백악관의 새로운 질서를 잘 받아들이는 것처럼 보였다. 영부인과 이혼한 후 재무장관과 사랑에 빠진 대통령을 모시는 데에 무리가 없는 것처럼 말이다. 하지만 수잔나 덕분에 그는 서열 3위로 밀려났다. 괜찮을 리 없었다. 어느 금요일 그가 퇴근할 무렵, 번스타인을 보러 와서 책상 위에 사직서를 내밀었다.

"꼭 이래야 하나?" 번스타인이 물었다.

"전 더 이상 각하께 도움을 드릴 수 없을 겁니다. 그동안 함께 일하면서 즐거웠지만, 이젠 떠날 때가 되었습니다. 지금까지는 늘 의견을 같이 해왔지만, 이제는 그렇지 않은 것 같습니다. 늘 자신의 편에 설 수 있는 사람이 필요하실 겁니다."

번스타인은 사직서를 열어보았다. 간단히 두 문장으로 그가 떠난다는 것을 알리는 내용이었다. 그는 존에게 자리에 앉도록 했다. 그의 의견을 존중해서 사직서는 받겠지만, 적어도 마지막 말은 듣고 보내야 했다.

"자넨 내 오른팔이야. 그거 잘 알고 있지 않나?"

"전에야 그랬죠."

"그렇지 않네. 수잔나 때문에 그러는 것은 이해하지만, 그건 말도 안 돼. 두 사람 다 내게는 큰 도움이 되어주고 있어. 문제가 뭐지?"

"문제는 없습니다. 하지만 각하께서 벳시와 결혼했을 땐, 우리가 모든 것을 같이 결정했었습니다. 하지만 더 이상 그렇지 않은 것 같습니다. 이젠 매일 어떤 결정을 내리실지 모르는 상태로 기다리기만 하고 있습니다. 이런 상태로는 더 이상 일을 할 수 없습니다."

번스타인은 그의 결정을 막을 수 있는 방법이 떠오르지 않았다. 이미 존은 결정을 내린 상태였다. 사직서를 쓰기까지는 쉬운 결정이 아님을 그도 잘 알고 있었다. 게다가 일전에 어떤 직원이 사임하겠다고 했을 때, 번스타인은 그에게 사임하지 말고 더 있어달라고 부탁했다. 하지만 그 후로 함께 일하는 시간은 양측 모두에게 괴로운 경험이었다. 같은 일이 반복되는 것은 원치 않았.

"존. 자네가 그리울 걸세. 자넨 정말 훌륭한 인재였어. 훨씬 더 훌륭한 일을 해내리라 믿네. 적어도 재선 때 자네 지지를 받을 수 있겠지?"

"물론 전 각하를 뽑을 겁니다."

번스타인은 이에 미소를 지어 보였다. 그는 자리에서 일어나 자신의 비서실장을 두 팔로 안으며 귀에 속삭였다.

"존, 나에 대한 책을 쓰진 말아줘."

56.

　로스앤젤레스 시내에 새로 건립된 축구장의 개막식은 대단했다. 축구장 앞으로 모노레일이 지나가는 아름다운 곳이었다. 주변에는 끊임없이 건축물들이 들어서고 있었다. 아파트, 사무실, 1년이면 완성될 것으로 보이는 세 개의 호텔도 있었다. 꿈속에서만 그려보던 로스앤젤레스의 풍경이 눈앞에 펼쳐진 것이다.
　도시의 다른 지역들도 차츰 모양새를 갖춰가기 시작하면서 웅장한 자태를 드러냈다. 그 어느 미국의 도시에도 견줄 수 없는 모습이었다. 마침내 미국은 미래로 향한 한 발을 더 내딛게 되었다. 큰 재난을 겪은 후에야 얻은 영광이지만, 다른 도시의 사람들은 부러웠다.
　도시건설을 맡았던 중국인들은 영웅이 되었다. 건축가였던 리동 우와 셴 리는 가는 곳마다 찬사를 받았다. 우가 대통령에 출마하지 않은 것에 리는 감사해야 했다. 둘 중 하나를 뽑으라고 한다면 시민들은 큰 고민에 빠질 것이기 때문이다. 그러나 사실 리만이 역사적인 인물이 될 운명이었다.

2031년 9월 9일 및 10일에 상·하원에서는 만장일치로 미국헌법의 제 28차 개정안을 통과시켰다. 개정안은 외국에서 태어나서 귀화한 자도 미국대통령에 출마할 수 있다는 것이었다. 네이트 캐스의 도움으로 3/4의 정족수를 채우는 것은 문제도 아니었다. 그들은 다음 글이 실린 광고를 로스앤젤레스 시민들에게 보여주었다.

"이 세상에서 최고로 명석한 그가 미국을 사랑할 수 있게 해준다면 이 모든 일이 가능해집니다."

이 개정안이 통과되기 전, 가장 빠른 헌법 개정은 3개월이 걸렸다. 개정안은 만18세에게 선거권을 주는 것이었다. 그러나 네이트의 재력과 중국으로부터 지원을 받기 원하는 국민들의 바램으로, 제28차 개정에 걸린 기간은 단 3주였으며, 이에 반대한 주는 앨러베마와 미시시피가 유일했다. 2031년 추수감사절에 이르렀을 때, 이미 주사위는 던져진 것이나 다름없었다.

셴 리는 자신의 아내와 장인어른과 함께 나란히 서서 미국대통령 공식출마를 선언했다. 이는 전혀 놀라운 일이 아니었다. 아무런 이유 없이 헌법을 개정할 리가 없음을 국민들은 이미 알고 있었다. 그러나 공식선언이 발표된 후, 그를 지지하는 국민들은 순식간에 불어났다. 이러한 반응은 거의 수십 년만에 처음이었다. 이제 미국에서 다수민족이 된 라틴계 미국인들은 그를 특히 좋아했다. 그의 대통령 출마는 그들의 숙원이었다. 특히나 세계 각국에서 이 나라에 온 소수민족들에게도 이는 마찬가지였다.

결정타는 보건관련 이슈였다. 그는 중국과 로스앤젤레스를 가리키며 뭔가 새로운 약속을 하기에 이르렀다. 그가 대통령이 된다면 자신이 고안한 소규모 보건센터를 미국의 모든 도시에 설립하겠다는 공약을 걸었다. 또한 이들 센터의 간호사들은 환자들의 이름을 기억하며, 그들을 가족처럼 대우할 것이라고 했다. 또한 수술이 필요한 환자들은 세계 최고의사들의 지시 하에 로봇이 실시하는 수술을 받을 것이며 종전보다 낮은 가격을 보장하겠다고 했다. 사람들은 그가 약속한 것이 사실인지에는 관심이 없었다. 모두들 그의 말을 믿었다. 수백만의 사람들이 리의 홀로그램 사진과 '시민에게 관심을 갖는 대통령'이라는 글귀가 쓰인 버튼을 달고 다녔다. 이는 강력한 선전효과를 발휘했다. 이런 반응을 보고 매튜 번스타인도 놀라지 않을 수 없었다.

번스타인은 수잔나와 결혼하지는 않았지만, 그녀를 비서실장으로 임명하면서 둘은 하루 18시간을 붙어 다녔다. 그들은 여섯 번 같이 잤지만, 사실 그러려고 했던 건 아니었다. 수잔나는 자신의 남편을 떠나고 싶지 않았으며, 그녀는 함께 자지 않아도 둘은 서로에게 필요한 것들을 모두 얻을 수 있을 것이라 설득했다. 그는 그녀를 이해할 수 있었다.

그녀는 새벽 2시까지 그를 위해 일했고, 아침 8시가 되면 다시 일하러 나타났다. 사람들로부터 번스타인이 다른 여자를 얻으려고 전 부인을 버린 것이라는 비난을 받지 않기 위한 의도였다. 하지만 반대편의 공략은 계속되었다.

그러던 어느 날, 별안간 번스타인이 왜 네이트 캐스가 제28차 개정안을 지지한 것인지 그녀에게 물었다. 그는 수잔나의 친구가 아니었던가? 왜 그가 대통령의 반대파를 지지하려는 것일까? 수잔나는 솔직히 고백하기로 결심했다. 너무나 오랜 시간 간직했던 비밀이지만, 이제 사실을 말할 때가 된 것이다. 번스타인은 그녀의 고백을 듣고 기쁘지 않았다. "내 생각해서 일부러 말을 안 해준 건 고맙지만, 앞으로 이런 일은 내게 맡겨요. 지금처럼 내게 돌아올 후환을 걱정하고 싶진 않으니까. 앞으론 늘 나와 상의하도록 해요. 알겠죠?"

"알겠습니다, 각하."

그녀는 존에게 그 사실을 보고했다는 것을 알릴까 하다가, 그냥 자신이 책임을 지기로 했다.

"당신에게 말도 안하고 그런 결정을 한 것 정말 미안해요. 당신이 들으면 괴로워할 것 같아서 그랬어요. 당신을 불법적인 일에 개입시키고 싶지 않았거든요."

번스타인은 그녀의 말을 듣고 고개를 끄덕였다.

"괜찮아요, 수잔나. 이 일로 이번 선거에 패할지는 모르지만, 그래도 괜찮소."

수잔나는 그의 말이 농담이 아님을 알고 있었다.

로버트 골든과 폴 프레스콧이 누구를 지지할지는 자명한 일이었다. 노인들을 향한 폭력을 막는 일이라면 셴 리만 한 후보가 없었다. 그가 중국태생이라는 것도 마음에 들었으며, 중국은 이런 사건이 일어나기 전에 미리부터 싹을 뿌리 뽑았던 나라였다는 점이 강력한 이유였다. AARP회원들도 마찬가지로 그를 지지했다.

세계 곳곳의 노인들은 힘든 시절을 보내고 있었다. 하지만 아시아인들의 노인공경사상은 여전히 살아 있었으며, AARP회원들은 그 점을 이용해 강한 메시지를 전달하는 광고를 제작했다.

"오직 리만이 당신들을 바르게 처우하는 법을 알고 있습니다. 그는 핏줄부터가 다릅니다."

선거가 있던 해에도 노인들에 대한 폭력은 완전히 사라지지 않았으나, 대통령을 향한 리의 강경한 멘트들로 인해 번스타인은 캠페인 때마다 그의 공격에 반론을 펼치는 식으로 진행되었다. 그는 가는 곳마다 사람들의 비난에 답하느라 정신없었다. 노인 폭력에 대해서는 강경한 입장을 취하겠다고 답했으며, 보다 개별화된 보건복지를 꾀하겠다고도 약속했고, 중국인들이 LA를 재건한 역사에는 더할 나위 없는 찬사를 보낸다고도 했다.

그러나 리의 캠페인에는 자금이 더 많이 모였으며, 장년층의 지지를 받을 뿐 아니라, 젊은 층의 표도 얻는 데에 성공했다. 미국의 부채를 해결할 수 있는 힘은 다른 누구도 아닌 자신에게 있음을 확실하게 피력했다. 이후로 그는 승승장구였다. 미국태생의 대통령은 결코 이룰 수 없는 일을 그만은 할 수 있었던 것이다. 자신의 모국어를 알아들을 수 있는 사람들이 세계경제를 지배하고 있었고, 희망의 한 줄기라도 잡으려던 젊은이들은 그의 말을 그대로 믿었다.

리가 아이오와 주 당원대회에서 승리를 거두었다는 소식을 듣고, 번스타인은 이제 생명을 걸고 선거운동을 벌여야 함을 알게 되었다. 그는 존에게 같이 일하자고 손을 뻗었지만, 이미 둘의 관계는 끝난 것이나 마찬가지였다. 번스타인은 할 수 있는 한 최고의 팀을 뽑았다. 팀원들은 그에게 진보적인 논점을 버리라고 조언했다. 결국 그에게 남은 것은 국가안보문제밖에 없었다.

네바다에서 펼친 연설에서는 그가 이런 말도 남겼다.

"여러분은 정말 이 나라에서 태어나지도, 자라지도 않은 대통령을 바라는 겁니까? 이 나라의 건국자들도 그것이 옳지 않다고 여겼기 때문에 헌법에 그 조항을 만든 겁니다. 자칫하면 이 사실을 여러분들께서 간과하실 수 있습니다."

그는 이 말을 마치고 무대에서 내려와 주먹으로 벽을 내리쳤다.

"젠장! 내가 우익파가 되버린 것 같잖아! 어쩌다 내 입에서 이런 말이 나올 수 있지? 난 진보주의란 말야!"

번스타인의 마지막 해는 그렇게 흘러갔다. 그는 어느 쪽을 택해야 할지 갈피를 잡지 못했다. 다섯 번째 대국민 토론에서 그는 리에게 이렇게 말했다.

"당신을 우리나라에 불러들인 건 건 바로 나였소. 그건 잊지 맙시다."

그러자 리는 얼굴에 미소를 띠며 잠시 뜸을 들이더니 카메라를 똑바로 쳐다보며 말했다.

"대통령 각하, 그것은 각하의 일생에 있어 최고의 결정이셨습니다. 그 점에 대해서 감사드립니다."

이를 들은 관중들은 거의 1분 동안 우뢰와 같은 박수갈채를 보냈다.

57.

2033년 1월의 맑게 개인 겨울날이었다. 얇게 내린 눈이 워싱턴을 덮었고, 수많은 시민들이 대통령 취임식에 모였다. 전 세계인들이 보는 앞에 셴 리는 미국의 제48번째 대통령 취임선서식에 임했다.

그는 300야드 바깥에서 쏘는 레이저총도 막을 수 있는 투명한 막으로 가려진 단상에 올라서서 선서를 마치고 취임연설을 할 차례였다.

리는 이미 연설을 다 외웠다. 종이도 필요 없었고 스크린도 필요 없었다. 그 사실은 다른 역대 대통령과 차별된 그의 모습을 보여주었다. 그는 꼿꼿하게 굳은 얼굴로 혼자 자리에 앉아 있는 번스타인을 포함해, 그곳에 모인 고위관리들에게 감사를 표시했다. 그는 영부인인 자신의 부인에게 감사를 표시했다. 그녀의 얼굴은 밝게 빛났으며 자신감에 넘쳤다. 곧 그는 세계인들 앞에서 연설을 시작했다.

"친애하는 미국 국민여러분, 그리고 세계 시민여러분. 오늘 우리는 역사적인 새 시대를 여는 순간을 맞이하고 있습니다. 미국이 아닌 곳에서 태어났으면서도 이 위대한 미국이라는 나라의 대통령으로서 이 자리에 선 제 모습을 보십시오. 저는 제 삶을 처음 시작한 곳이 어디인지에 따라서가 아니라 어떤 곳에서 어떤 삶을 선택했는지에 따라 평가받았습니다. 제가 이곳에 선 것은 단순히 법안의 개정으로 인한 것이 아닙니다. 이것은 우리가 살고 있는 세계의 변화를 말해주는 것입니다. 우리는 더 이상 어떤 사람은 국경 안에 들여보내고 어떤 사람은 받아주지 않는 그런 집단이 아닙니다. 더 이상 자신만을 생각하는 고립된 국가들의 집단이 아닌 것입니다. 우리의 국경은 땅을 구분할 뿐, 인간을 구분하지는 않습니다. 그것을 이해하기 전까지 우리는 결코 인간으로서의 잠재력을 최고로 발휘할 수 없을 것이며, 목표에 도달하는 일도 없을 것입니다. 언젠가 우리가 저 우주까지 영역을 넓혀가는 날, 결코 미국이나 중국, 러시아, 일본이라는 개개의 국가만의 힘으로는 불가능할 것입니다. 지구 전체가 하나가 되어야 합니다. 오늘날 여러분들은 그 목표에 한 발짝 더 가까이 나가기 위해 이를 대표할 대통령을 뽑은 것입니다.

 올 한 해는 제가 경험했던 가장 흥미진진한 해는 아닐지 몰라도, 제게는 가장 감사한 일들이 많았습니다. 이 위대한 나라에서 만났던 수많은 사람들과, 여러 차례의 토론과 회동, 그리고 불일치, 이런 모든 것들은 제게 한 가지 사실을 알려주었습니다. 겉모습이 어떻든 사람들이 바라는 점은 결국 다 같다는 것입니다. 그들은 모두 자신의 가족들이, 친구들이, 국민들이 다 같이 잘 살 수 있는 나라를 원합니다. 그들은 평화를 원하고, 번영을 바랍니다. 그들은 건강을 원하며, 그들은 장수를 원합니다. 그들은 공포와 두려움, 의심을 물리치고 안정과 평안을 얻기를 원합니다. 이제 때가 왔습니다. 이제 손만 뻗으면 잡을 수 있는 아주 가까운 거리에 그 순간이 온 것입니다. 이 위대한 나라의 대통령으로서, 저는 제가 할 수 있는 한 최선의 노력을 다해 미국을 새로운 신세계로 이끌 것입니다. 협력을 통해 이뤄낼 수 있는 기적을 여러분들은 이미 보셨습니다. 이것은 단지 시작에 불과합니다. 만일 전 세계가 같이 노력한다면, 이루지 못할 일은 없을 것입니다.

모든 것이 한 순간에 이루어지지는 않을 것입니다. 좌절할 일도 실패할 일도 있을 것입니다. 하지만 이제 첫 발을 내딛은 것입니다. 미국과 중국이 함께 보여주었듯, 이제 우리를 구분해왔던 국경조차 허물 수 있습니다. 인종이나 피부색, 크기, 출신국가, 성격. 이 모든 것은 인간을 구성하는 한 부분에 불과합니다. 우리가 이 사실을 진정으로 깨달을 때, 우리는 이 세상에 평화를 가져올 수 있습니다. 그리고 먼 훗날 언젠가 저 우주의 새로운 행성과 은하계를 정복하게 될 때, 우리는 고개를 똑바로 들고 이렇게 말할 것입니다.

"우린 지구에서 왔다. 우리는 하나다!"

청중들은 환호를 지르며 자리에서 일어났다. 카메라에는 5만 명의 고등학생들이 5만 명의 노인들과 나란히 어깨동무를 하고 있는 모습이 담겼다. 전에 없는 광경이었다. 물론 이는 사전에 계획된 것이지만, 그래도 그들의 얼굴 속에서 희망이 보였다. 이 두 집단은 취임식 이후로 다시는 얼굴을 보거나 대화를 나누려 하지 않겠지만, 그래도 그날 전 세계인들은 그 다음 날 온종일 이 장면에 대해 떠들어 댔다.

2030년 그들의 전쟁

1쇄 인쇄 2012년 2월 13일
1쇄 발행 2012년 2월 24일

지은이 알버트 브룩스 · **옮긴이** 김진영
펴낸곳 도서출판 **북캐슬** · **인쇄** 삼화인쇄(주)
펴낸이 박승규 · **마케팅** 최윤석 · **디자인** 진미나
주소 서울시 마포구 서교동 463-3 성화빌딩 5층
전화 325-5051 · **팩스** 325-5771 · **홈페이지** www.wordsbook.co.kr
등록 2004년 3월 12일 제313-2004-000061호
ISBN 978-89-964036-0-9 03840
가격 13,000원

*잘못된 책은 바꾸어 드립니다.